北京市社会科学理论著作出版基金资助
教育部人文社会科学研究重大项目成果
东南亚古典文学翻译与研究丛书／菲律宾卷

菲律宾史诗
翻译与研究

TRANSLATION AND RESEARCH
of the Philippine Epics

吴杰伟　史阳　译／著

北京大学出版社
PEKING UNIVERSITY PRESS

图书在版编目(CIP)数据

菲律宾史诗翻译与研究/吴杰伟,史阳译/著.—北京:北京大学出版社,2013.7
(东南亚古典文学翻译与研究丛书)
ISBN 978-7-301-22701-5

Ⅰ.①菲… Ⅱ.①吴…②史… Ⅲ.①史诗—诗歌研究—菲律宾 Ⅳ.①I341.072

中国版本图书馆 CIP 数据核字(2013)第 141641 号

书　　　名：菲律宾史诗翻译与研究
著作责任者：吴杰伟　史　阳 译/著
组稿编辑：张　冰
责任编辑：刘　虹
标准书号：ISBN 978-7-301-22701-5/I·2645
出版发行：北京大学出版社
地　　　址：北京市海淀区成府路 205 号　100871
网　　　址：http://www.pup.cn　新浪官方微博：@北京大学出版社
电子信箱：nklina@gmail.com
电　　　话：邮购部 62752015　发行部 62750672　编辑部 62754382
　　　　　　出版部 62754962
印　刷　者：北京汇林印务有限公司
经　销　者：新华书店
　　　　　　650 毫米×980 毫米　16 开本　27.75 印张　444 千字
　　　　　　2013 年 7 月第 1 版　2013 年 7 月第 1 次印刷
定　　　价：55.00 元

未经许可,不得以任何方式复制或抄袭本书之部分或全部内容。
版权所有,侵权必究
举报电话：010－62752024　电子信箱：fd@pup.pku.edu.cn

本书出版得到
"北京大学创建世界一流大学计划"
经费资助

编委会

主 编：裴晓睿
编 委：（以姓氏笔画为序）
　　　　吴杰伟　罗 杰　林 琼　赵玉兰

总　序

　　2006岁末,教育部批准了北京大学东方文学中心申报的人文社会科学重大研究项目"东南亚古典文学的翻译与研究"。该项目组全体成员经过三年多的努力,于2010年春天按计划完成了全部工作。最终成果便是这套即将出版的五卷本丛书"东南亚古典文学翻译与研究":《〈帕罗赋〉翻译与研究》、《〈金云翘传〉翻译与研究》、《〈马来纪年〉翻译与研究》、《菲律宾史诗翻译与研究》、《缅甸古典小说翻译与研究》。该丛书每卷的内容均由两部分组成:一是作品的中文译文并附有详细的学术性注释;二是项目组成员撰写的研究文章以及外国学者的相关研究成果的译文。

　　我们设计这一课题的初衷是,想把东南亚古代文学中有代表性的经典作品介绍给汉语读者。长期以来,我国东方文学领域中更受关注并为人所知的,一般局限于印度文学、阿拉伯文学和日本文学。而东南亚作为东方的一个重要组成部分,其文学,尤其是古代文学一向鲜为人知或知之甚少。其原因是,东南亚古典文学作品的阅读和翻译难度很大,其原典研究成果也极其有限;此外,不熟悉东南亚国家语言的东方文学学者,想借助译文进行研究的需要虽然迫切,但译著的缺乏或质量的不尽人意使这一要求始终难以得到满足。因此,填补这一空白,无论从当下,还是长远,都是东方文学学科发展所必需的。

　　本项目由五个子项目组成,项目组成员分别来自北京大学外国语学院东南亚学系的泰国语言文化、越南语言文化、印尼马来语言文化、菲律宾语言文化和缅甸语言文化五个专业。每个子项目分别从上述五种语言的古典文学名著中各选一部或几部翻译成汉语,这些作品分别是:泰国古典叙事诗《帕罗赋》;越南古典叙事诗《金云翘传》;印尼马来史话《马来纪年》;菲律宾史诗五部:《呼德呼德》、《拉姆昂传奇》、《拉保东公》、《达冉根》和《阿戈尤》;缅甸古典小说两部:《天堂之路》和《宝镜》。所选原典著作均为上述国家文学史上公认的经典文学作品,具有鲜明的代表性。这些作品的体裁有长篇叙事诗、史话、史诗、小说四类。作品产生年代大约在公元 12 世纪至 19 世纪中叶期间。

　　这个时期的东南亚已经从早期许多分散的城邦国家逐步发展成几个强大的、以农耕为社会基础的封建王国。经济和贸易的发展,推动了同质文化和异文化之间的交流、互补,使东南亚各国的民族文化特征和地域文化特征逐渐形成。从印度传入的婆罗门教(印度教)文化和佛教文化,经过数百年的浸润早已融入到越南除外的半岛国家的本土文化之中;海岛国家继接受印度教之后又接受了伊斯兰文化和天主教文化;独具特色的越南则发展到汉文化的全盛阶段。在此背景下,东南亚地区呈现的文学景象亦是蔚然可观。从文学种类来看,民间文学和作家文学并驾齐驱;从文学样式来看,多以韵文为主、散文为辅;从作品内容来看,宗教故事、历史传说、王室故事、英雄传奇、爱情故事、民间故事等等,可谓五光十色,异彩纷呈。各国古代经典文学作品的诞生和繁荣正是这个时代的必然产物。我们出版这套丛书,就是为了尽可能地体现这些特点于万一,从而使读者得以管中窥豹。

　　《帕罗赋》是产生在大约 15 世纪末至 16 世纪初年的一部伟大的爱情悲剧作品。它开创了泰国以爱情为题材的文学作品的先河,更是泰国古代文学仅有的两部悲剧作品之一,被誉为泰国的《罗密欧与朱丽叶》。作品以"立律"诗体写成,格律严谨、语言清新古朴、韵味醇厚,故事情节感人至深。1914 年,权威的"泰国文学俱乐部"将其评选为"立律体诗歌之冠",使之成为后世诗人仿效的典范。《帕罗赋》在泰国文学历史上享有崇高的地位,至今仍为当代文学家进行不间断地解读、研究和评论,堪称泰民族古典文学的瑰宝。此次即将问世的《帕罗赋》是泰国古典文学作品的第一部汉译本,译文后所附多篇文章以国内外学者的不同视角对这部长诗本身以及相关学术问题进行了探讨,这将有助于学者们对作品的深入理解和研究。

　　《金云翘传》是越南大诗人阮攸以最具越南民族特色的"六八"体写就的一部叙事长诗。作品以女主人公王翠翘的人生遭际为主线,演绎了一桩凄美感人的爱情故事。作品自 19 世纪初面世以来,一直在越南广为流传,可谓家喻户晓,妇孺皆知。从20世纪50年代起,就先后有我国学者对《金云翘传》进行翻译和研究,但实践证明,在如何挖掘这部越南文学名著的语言艺术和文化内涵方面,尚显不足,仍有深入探讨的必要和空间。《〈金云翘传〉翻译与研究》课题研究者在认真查阅大量资料之基础上,对其进行了再次翻译和深入研究,从而为中越文学的比较研究提供了一个可信的文本,相关研究文章亦颇具借鉴价值。

《马来纪年》是印尼马来古典文学中最重要和最有影响的作品之一,并被马来人奉为马来历史文学的经典之作。该书涉及的内容十分广泛:马来民族的起源、马来王朝的历史演变、马来民族伊斯兰化的经过,以及马来封建社会的政治、宗教、文化等多方面的情况。作为宫廷文学,《马来纪年》为巩固王权统治起了重要作用;该书汇集了不少马来民间文学的精华,其语言被视为马来古典文学的最高典范,是马来语言发展史上的一个里程碑,对马来古典文学产生过重大影响。

菲律宾的口头文学传统具有悠久的历史,包括史诗、神话传说、民间故事、谚语、歌谣等诸多文类,其中史诗是菲律宾古典文学的主要代表形式。本书选取了菲律宾不同民族的五部(组)史诗,包括来自菲律宾北部吕宋岛伊富高族的《呼德呼德》、伊洛戈族的《拉姆昂传奇》,菲律宾中部比萨扬地区苏洛德族的《拉保东公》,菲律宾南部棉兰老岛地区马拉瑙族的《达冉根》、马诺伯族的《阿戈尤》。这五部史诗覆盖了菲律宾的不同地区,代表不同民族文化背景的口头文化传统。《呼德呼德》和《达冉根》还被收录进联合国教科文组织《人类口头与非物质文化遗产代表作名录》。本课题还研究了菲律宾史诗作为"活形态"史诗的流传情况,运用民俗学研究方法,分析史诗叙事形态,阐释史诗的深层文化内涵。

缅甸从16世纪初到19世纪末前后400年,出现过三种类型的小说,即:本生小说、神话小说和宫廷小说。本书选择了两部典型代表作进行译介、研究,即1501年阿瓦王朝的国师高僧信摩诃蒂拉温达所写"本生小说"《天堂之路》;1752至1760年间(一说在1776至1781年间)宫廷作家瑞当底哈杜所写"神话小说"《宝镜》。通过这两部小说的译本和项目组成员的研究文章以及缅甸文学家相关研究著述的译文,可以了解古代缅甸文学的源头、发展轨迹、传承脉络、特色与影响。

翻译作品是文化交流的重要组成部分。高质量的文学翻译,本身是一个艰苦的学术研究过程,古典名著的翻译更是如此。"东南亚古典文学翻译与研究"丛书的执笔者以虔诚和认真的态度努力去呈现文学经典的面貌,从比较文学文化学、译介学、人类学、民俗学等视角对东南亚古代文学进行跨文化的重新解读。这对丰富东方文学研究的内涵,扩展研究视域,促进文化交流,为东方文学研究向广度和深度的发展无疑将提供更多的有利条件。

"东南亚古典文学翻译与研究"是一项意义重大的研究课题,但由于是初次尝试,其稚嫩和瑕疵依然难以避免。我们把它呈现在读者面前,期待着方家的指教和读者的批评,也期盼着更多的东方文学名著译作进入汉语读者的视野,让世界共享东方文学的盛宴。

感谢教育部对本项研究的资助;感谢北京市社会科学理论著作出版基金资助;感谢北京大学创建世界一流大学建设经费对"东南亚古典文学翻译与研究"丛书出版的大力支持;感谢北京大学出版社外语部主任张冰及责任编辑孙莹、李娜、刘爽、刘虹、叶丹等为这套丛书的面世所付出的艰辛。没有这些,东南亚古典文学翻译与研究仍会一如既往地栖身冷宫,鲜为人知。

裴晓睿
2013 年 5 月
百望山麓

目 录

序 ·· 1

第一章 菲律宾史诗搜集和整理的过程 ·· 1

第二章 《呼德呼德》——伊富高族的英雄赞歌 ··································· 9
  第一节 《呼德呼德》研究概况 ·· 10
  第二节 《呼德呼德》文本的生成 ··· 14
  第三节 《呼德呼德》的表演形式 ··· 20
  第四节 《呼德呼德——阿里古荣之歌》译文 ····························· 25
  第五节 《呼德呼德——阿里古荣,安达洛之子》译文 ··············· 57
  第六节 《呼德呼德——弃女布甘》译文 ·································· 79
  第七节 《呼德呼德——阿里古荣,
            比能瓦亨之子》译文 ··· 95

第三章 《拉姆昂传奇》
       ——天主教化民族的社会缩影 ··································· 115
  第一节 文本搜集和发展的过程 ··· 115
  第二节 史诗的情节类型与结构定式 ······································· 118
  第三节 原始的科学观:智慧与知识 ······································· 123
  第四节 天主教文化影响的痕迹 ··· 128
  第五节 《拉姆昂传奇》译文 ·· 129

第四章 《拉保东公》——一夫多妻制的史诗表现 ····························· 155
  第一节 《拉保东公》与民族文化 ·· 155

第二节　《拉保东公》的故事梗概 …………………… 157
　　第三节　《拉保东公》译文 …………………………… 160

第五章　《达冉根》——班杜干的神奇之旅 ………………… 199
　　第一节　《达冉根》与民族传统 ……………………… 200
　　第二节　《达冉根》故事梗概 ………………………… 201
　　第三节　《达冉根》文本的生成 ……………………… 203
　　第四节　《达冉根》译文 ……………………………… 204

第六章　《阿戈尤》——保卫家园的史诗 …………………… 239
　　第一节　《阿戈尤》与民族文化 ……………………… 240
　　第二节　《阿戈尤》故事梗概 ………………………… 241
　　第三节　《阿戈尤》译文 ……………………………… 246

第七章　菲律宾史诗与中国南方少数民族史诗比较 ………… 345

附录一　菲律宾史诗的特点（译文） …………………………… 353
附录二　中外文专有名词对照表 ………………………………… 391
附录三　菲律宾民族译名表 ……………………………………… 413
索引 ………………………………………………………………… 415
参考文献 …………………………………………………………… 425
后记 ………………………………………………………………… 429

序

  老实讲,我是不够资格为《菲律宾史诗翻译与研究》作序的,这绝对不是出于谦虚,而是因为我虽然对菲律宾民间文学,包括史诗,有感情、兴趣,也重视并尽量收集,但实在不曾做过什么严格意义上的研究,甚至真正阅读过的也不多。但是,我却又同北京大学外国语学院的菲律宾语专业有着不解的渊源,特别是与本书的两位作者吴杰伟和史阳有着深厚的友谊。事实上,也正因为自己以及菲律宾的华人相对缺乏对菲律宾民间文学、民族文化进行专业学术研究的条件和能力,所以当得知中国的最高学府北京大学的菲律宾语专业除了教授菲律宾语外,也从事菲律宾民间文学的研究,便从一开始即给予极大的关注,并在能力所及的范围内,尽量给予各方面的支持和协助。我们一直认为这是一种义不容辞的责任。

  民间文学是一个民族的文化最为生动的镜子和载体。史诗更是民间文学的巅峰,除反映一个民族的风俗、信仰和价值观,也是一个民族智慧和才能的集中体现。菲律宾大学在1999年出版的菲律宾民间文学丛书第八册《史诗》中收录和介绍的来自全菲的史诗就已有23部,还有很多部菲律宾史诗正在记录、整理、翻译和编辑出版中。特别值得一提的是,菲律宾伊富高族的《呼德呼德》和马拉瑙族的《达冉根》还作为东南亚地区史诗的杰出代表,被联合国教科文组织列入《人类口头与非物质文化遗产代表作名录》。

  菲律宾民族是一个有着丰富、悠久和优秀民族文化的大民族。菲律宾在古代即有了自己的文字,可惜大部分的史前文字载体遭西班牙殖民者的摧毁,于今已不复存在。也因此,靠歌唱和吟诵流传下来的全国各地各少数民族的史诗,其历史和文化价值愈显珍贵。这些史诗正是菲律宾人民有过高度发展的文化的证据。

国家、民族不分大小，应该平等相待，互相尊重，这不但表现在政治上，也应该体现在文化上。本书的出版，就是对菲律宾民族文化重视、尊重的一种体现。菲律宾著名歌曲《我的祖国》(*Bayan Ko*)把菲律宾描述成一个遍地"黄金和鲜花的土地"。"黄金"是富饶的代表，"鲜花"是美丽的象征，菲律宾就是一个富饶而美丽的国家。菲律宾民族英雄何塞·黎萨尔(Jose Rizal)把菲律宾称为"东方明珠"，菲律宾的民族文化正是"东方明珠"无穷魅力的重要组成部分。菲律宾的民族文化，包括民间文学、史诗也是一个富饶的宝藏，还有待人们进一步努力发掘和研究。

我在菲律宾生活了53年，自己觉得对菲律宾历史、文化的书刊资料也收集和阅读了不少，但学无止境，学而后知不知，对菲律宾的历史、文化不知道、不懂的东西还很多。在这里，除了对本书的出版表示祝贺外，也愿与本书的两位作者，还有他们所在的北京大学外国语学院菲律宾语专业的同学、校友共勉，希望大家谦虚谨慎、认真负责、扎实钻研，勇攀菲律宾文化研究的高峰，多出成果和贡献。

（菲律宾）吴文焕
2013 年 6 月

第一章　菲律宾
史诗搜集和整理的过程

　　菲律宾群岛位于亚洲东南部，由 7107 个岛屿组成。群岛北部的吕宋岛（Luzon）是最大岛（首都马尼拉即位于此岛上）；其次为棉兰老岛（Mindanao，位于群岛南部）、萨马岛（Samar，位于群岛中部）、内格罗斯岛（Negros，位于群岛中部）、班乃岛（Panay，位于群岛中部）、民都洛岛（Mindoro，位于群岛中部）和莱特岛（Leyte，位于群岛中部）等。

　　对于菲律宾民族源流的研究，学术界一直存在着不同的观点，特别是在一些细节的地方。最早生活在菲律宾群岛上的居民是尼格利陀人（Negrito，又称小黑人或矮黑人），现在菲律宾的阿埃塔人（Agta、Alta、Arta、Ata、Atta、Ati、Ayta 或 Aeta，主要分布在吕宋岛东部和北部山区以及棉兰老、民都洛、巴拉望、班乃和内格罗斯等岛屿的山林地带）和阿蒂人（Ati，分布于菲律宾的班乃岛）就是尼格利陀人的后裔。其体貌特征是身材矮小，皮肤黑色或深棕色，毛发卷曲，鼻子小，眼睛棕黑色。① 居住在北吕宋的阿埃塔人也被称为"Pugut"或者"Pugot"。这是他们附近的伊洛卡诺人对他们的称呼，在伊洛戈语里面，这个词的含义为"森林精灵"。关于阿埃塔人的起源，至今还存在争论，一种观点认为其祖先是在旧石器时代后期（当时菲律宾尚与亚洲大陆相连）由亚洲大陆迁来的。后来，马来人迁徙到菲律宾群岛，原先的尼格利陀人便迁徙到偏远的山林地区。在西班牙殖民时期，随着采矿、林业生产等社会活动的发展，阿埃塔人的人数和分布范围日益缩小。菲

---

① 尼格利陀人与非洲的俾格米人在外观上相似，有着矮小身材、深色皮肤和卷发，但是，遗传检验研究的结果显示尼格利陀人与非洲人关系疏远。可以说，尼格利陀人外表与非洲人相似是由于对相似环境的适应，而不是血缘上的关系。

律宾的尼格利陀人仅占总人口的 0.003%。约在公元前 3000 至前 1000 年,先后有两批南岛语系的民族(也称原始马来人)进入菲律宾群岛,带来新石器文化和陶器制作技术。① 其后裔为今日的卡林加人、伊隆戈特人、曼达亚人、布基农人等。公元前 2 世纪—公元 16 世纪,又有三批新马来人迁入,他们带来了金属工具和拼音字母,其后裔为现在的比萨扬人、他加禄人、伊洛戈人、伊富高人、比科尔人及信仰伊斯兰教的摩洛人等。② 这些民族构成了现在菲律宾的社会主体民族。此外,在菲律宾群岛的不同地区居住着许多小民族。他们人口不多,各自处于不同的社会发展阶段,在文化习俗方面有许多共同点。10 世纪以后,中国的古籍中开始出现一些关于菲律宾群岛的记载,这些记载有的来自亲身经历或所见所闻,有的来自转述的资料,主要内容是关于中菲之间的贸易和菲律宾的物产,对菲律宾文化的记载很少。1565 年,黎牙实比率领远征军开始占领菲律宾群岛,菲律宾文化发展的历史进入一个新的阶段。菲律宾大部分史诗都成型于西班牙殖民者占领之前。在西班牙殖民统治期间,一些西班牙的殖民官员和传教士留下了菲律宾群岛上最初的民族志和史诗的文字记载,其中也包括一部分史诗的文本。19 世纪下半叶,菲律宾民族主义开始蓬勃发展,很多菲律宾的学者开始全面地关注本民族的文化源头,通过各种考古发掘和口头传统寻找菲律宾民族文化的典型因素。

对菲律宾古代文明的研究,是从考古和民族志研究开始的。法国博物学家和探险家阿尔弗雷德·马歇(Alfred Marche)被认为是在菲

---

① 关于南岛语系的民族迁徙到菲律宾群岛的路线,学术界存在争论。有的学者认为婆罗洲的原住民向北迁徙,进入菲律宾群岛南部,然后继续向北迁徙。有的学者认为是从中国台湾移民到菲律宾群岛北部地区,然后向南移民。几年来,关于南岛语系起源的问题一直是讨论的热点,主要观点包括或是起源于东南亚海岛;或是起源于中南半岛沿海一带;或是起源于中国华南,迁移到中国台湾,从中国台湾南下移入菲律宾群岛,进而扩散到太平洋和其他地区。

② 菲律宾民族起源研究中,对"移民进入菲律宾群岛"的观点存在着长期的、不同角度的争论,而且一直缺乏有力的证据。在对比菲律宾与东南亚其他地区考古发现的基础上,笔者认为,从人种源流的角度而言,菲律宾的早期居民是从其他地区迁移而来,从文化发展的角度而言,菲律宾的早期居民具有丰富的本土文化。关于菲律宾民族起源与文化起源的观点,参见金应熙主编《菲律宾史》,河南大学出版社,1990 年,第 9—12 页。

律宾进行考古调查的先驱者。1881年,当他第一次访问菲律宾群岛时,在马林杜克岛(Marinduque,位于吕宋岛和民都洛群岛之间)和卡坦瑞内斯岛(Catanduanes,位于吕宋岛东部)调查和发掘了几个洞穴和露天遗址。他收集了人体遗骸、中国瓷器、贝壳、玻璃、青铜、黄金饰物、木棺和瓮棺。① 这是西班牙人征服菲律宾之前菲律宾文化的第一批文物。1922年至1925年,美国密西根大学的卡尔·古瑟(Karl E. Guthe)领导了菲律宾考古史上第一个系统的考古项目。这一项目的主要任务是探寻所谓"闯入陶器"(intrusive ceramics,主要指在菲律宾挖掘的中国瓷器)的性质和考古学内容。20世纪上半叶,在菲律宾考古中起了重要作用的人物是奥特利·拜尔。②

亨利·奥特雷·拜尔(Henry Otley Beyer,1883—1966)生于美国。1905年在丹佛大学获得硕士学位。1904年,拜尔在参加圣路易斯的一次展览之后,对人类学和考古学产生了浓厚的兴趣。1905年,拜尔加入菲律宾的民族志研究计划,主要进行伊富高的民族志研究。这项研究计划一直持续到1908年。1910年,拜尔重返菲律宾,在伊富高、伊戈罗特、阿帕瑶、卡林加、伊洛戈、班加丝兰和邦板牙等民族地区进行田野调查。1914年,拜尔参与了菲律宾大学人类学系的创建工作,并担任第一任系主任,他在这个职位上一直做到1951年。在第一次世界大战期间,他成功地收集了几乎所有有关菲律宾史前史的资料和藏品,收藏在菲律宾国立博物馆。1926年,在主持挖掘了诺瓦里切(Novaliches)水坝附近的遗址之后,他成为菲律宾公认的考古学家和历史学家。从1910年起,拜尔发表过许多普及性的文章和专辑,其中最重要的是各地发现的文物总目录和一份菲律宾群岛通俗史前史。这些成果构成了菲律宾考古和菲律宾早期历史、文化研究的基石。拜尔还收集了大量菲律宾考古发现的藏品,只可惜他的大部分藏品毁于第二次世界大战,其余的也在1966年他去世以后下落不明。由于拜尔的大部分精力都放在收集资料和藏品上,他甚至没有发表过一篇调

---

① Karl E. Guthe, "Philippine Archaeology: Status and Prospects", *Journal of Southeast Asian Studies*, Vol. XVIII, No. 2, p. 236.

② Ibid, pp. 237—239.

查报告。

　　史诗是菲律宾民间文学发展的顶峰,特别是英雄史诗,不仅具有很高的文学成就,而且在菲律宾群岛广为流传。在少数的史诗艺人、独特的叙事风格、丰富的史诗主题和世代民间传承所组成的民间文化体系中,史诗处于一个核心的地位。早期菲律宾民族能够进行读写的人并不多,所以,相比于文字材料,菲律宾的口头传统、口头作品更为发达。特别是西班牙人占领菲律宾以后,西班牙传教士大量毁坏当地的文字材料。在那以后,菲律宾的口头材料成为研究菲律宾早期历史的重要材料。这些不是文字的记录,而是民族的集体记忆。这些口头传统是年轻人获得知识的途径,也是传承民族精神的方式,祖先的事迹在一代又一代子孙的心灵深处激起波澜。族群历史在子孙后代的记忆中形成史诗。如果在族群形成过程中不断有新的族群融入或入侵,原有的族群记忆与新来的族群记忆相混合并发生涵化,原有的记忆就会重新整合。① 从史诗的形式上看,菲律宾史诗虽然经过了长期的发展,但仍然保持着史诗的原始特征,充分保留了菲律宾传统文化的基本元素。可以说,史诗是菲律宾传统文化的深层次根源。作为菲律宾文化的渊源和代表形式之一,各民族史诗在菲律宾的历史发展过程中发挥着重要的作用,史诗中的情节在各种文学作品中以不同的形式反复再现。

　　菲律宾的古代史研究学者,如科林(Padre Colin)、祖尼卡(Joaquin Martinez de Zuniga)和比格菲达(Antonio Pigafetta)都曾经考证过史诗诞生和存在的时间,以此作为研究古代民族发展历史的佐证。此外,菲律宾学者还根据本民族史诗的特点,总结出史诗的形式标准。曼纽尔(E. Aresenio Manuel)将韵文形式的英雄叙事作品称为"民间史诗"或"民族史诗"(ethno-epic),并根据菲律宾史诗的特点作出定义:(1)有一定的长度;(2)基于口头传统;(3)围绕超自然力量和英雄行为;(4)具有韵文的形式;(5)吟唱或颂唱的表现形式;(6)有目的地体现信仰、传统、意识及生命价值。迪米特里奥(Francisco R.

---

①　彭恒礼、杨树《史诗之谜与族群记忆——汉民族没有史诗的深层原因探析》,《广西师范学院学报(哲学社会科学版)》2005年第1期,第15页。

Demetrio, S. J.)也给出了一个略有不同的定义,规定了史诗所具备的主要特点包括:(1)故事主体必须围绕着英雄的冒险活动展开;(2)内容中必须有鲜活的信仰;(3)这些传统必须嵌入一个或一群有特殊天分的人;(4)故事中包含大量宗教或神圣的特征,不仅因为民族所具有的古老历史,而且因为民众所具有的信仰、思想和价值观。次要的特点包括:(1)诗必须具有一定的长度;(2)韵文的形式;(3)吟唱或颂唱的表现形式。另一位对菲律宾民间文学作出突出贡献的学者是达米阿娜·L.尤汉尼奥(Damiana L. Eugenio),她被誉为"菲律宾民俗之母"。她除了在菲律宾大学从事民俗学方面的教学活动之外,最主要的成就是编写了八卷本的《菲律宾民间文学系列丛书》。尤格尼奥毕业于菲律宾大学,她在曼彻斯特的曼荷莲女子学院(Mount Holyoke College)获得硕士学位,主修英语文学。后来,她在加州大学洛杉矶分校获得博士学位,主修民俗学。《菲律宾史诗》一书原本并没有包括在尤汉尼奥所编辑的菲律宾民间文学系列丛书当中。这套丛书前后共出版了7本,主要包括第一卷《菲律宾民间文学概论》(1982年)、第二卷《菲律宾神话》(1987年)、第三卷《菲律宾民间传说》(1996年)、第四卷《菲律宾民间故事》(1989年)、第五卷《菲律宾谜语》(1994年)、第六卷《菲律宾谚语》、第七卷《菲律宾民歌》(1996年)。《菲律宾史诗》作为系列丛书的第八卷出版于1999年,并在2001年再版。

目前,一共有二十多部民间史诗得到收集、整理、编纂和出版,还有很多其他史诗正在收集和整理中,也可能在将来出版。当然,在已经出版和收集到的资料中,有两部史诗具有明显的基督教化的痕迹,其余的史诗则保留着传统的民间信仰形式和民族传统内容。

吕宋岛地区:

A. 基督教化民族的史诗

1. 伊洛戈族(Ilocos)的《拉姆昂传奇》(*Ti Biag ni Lam-ang*)
2. 比科族(Bicol)的《伊巴隆》(*Ibalon*)

尚非基督教化的民族的史诗

3. 伊富高族(Ifugaos)的《阿里古荣》(*Hudbud hi Aliguyon*)
4. 卡林加族(Kalingas)的《乌拉林》(*The Ullalim*,由比利耶特神父(Billiet)和兰布雷希神父(Lambrecht)收集,出版了六种文本)

5. 加当（Gaddangs 或 Ga'dang）地区的《鲁马林道》(The Lumalindaw)，此文本出现在温鲁安（Rosalina C. Vinluan）的博士论文当中，远东大学（FEU），1985 年

B. 比萨扬地区：

6. 班乃（Panay）中部苏洛德族（Sulod）的史诗《希尼拉沃德》(Hinilawod)

1)《希尼拉沃德》(一)：《拉保东公》(Labaw Donggon)

2)《希尼拉沃德》(二)：《呼玛达能》(Humadapnen)（在曼纽尔的《菲律宾民间史诗研究》一文中有故事梗概）

巴拉望（Palawan）地区：

7.《库达曼》(The Kudaman)

棉兰老岛地区：

8.《天国的仙女》(The Maiden of the Buhong Sky)

9.《图瓦安参加婚礼》(Tuwaang Attends a Wedding)

10.《阿戈尤全集》(The Agyu Cycle)

1) E. A. 曼努尔的《阿戈尤：棉兰老岛伊利亚农族史诗》(Agyo: The Ilianon Epic of Mindanao)

2) 玛奎索（E. Maquiso）的《乌拉辛干》(Ulahingan)

3) 乌纳比亚（C. Unabia）从布基农族人那里收集到四节本故事，其中一节的名字是《纳兰当干的征服》(The Capture of Nalandangan)

4) C. 曼纽尔的《纳兰当干》(The Epic of Nalandangan)

第 xii 页

5) L. 奥派尼亚（L. Opeña）的《奥拉京：纳兰当干的战斗》(Olaging: The Battle of Nalandangan)

6) T. 希图依（T. Sitoy）的《布基农升入天国》(Bukidnon Ascension to Heaven)

11. 马诺伯族伊利亚农（Ilianon）地区的英雄图勒兰甘 (Tulelangan)

H. 瑞格斯沃（H. Wrigglesworth）的《图拉朗屠龙记》(Tulalang Slays the Dragon)，史诗中的英雄图拉朗是阿戈尤的表弟。

12. 马拉瑙族的史诗达冉根(Darangen);《班杜干》(*Bantugan*)

13. 马拉卡(E. Malagar)的《督玛利瑙的英雄古曼》(*Guman of Dumalinao*)

14. 奥图热纳(G. Ochotorena)《科波拉甘的王国》(*Ag Tubig Nog Keboklagan*)

15. 瑞斯玛(V. Resma)的《桑达尤的传说》(*Keg Sumba. Neg Sandayo*)

16. 哥达巴托省提波利地区的史诗《图布禄》(*Tudbulul*)①

菲律宾是民俗和民族文化的博物馆,近百个民族拥有丰富多彩的民间文学,但菲律宾很多史诗的整理工作进行得比较晚。20世纪前后,菲律宾学者才开始对史诗的搜集和整理工作,不同学者整理出了不同的文本,如《拉姆昂传奇》有5个版本,最早的版本完成于1899年,最晚的一个版本成形于1947年。又如《阿戈尤》一共有5个版本,最早由曼纽尔在1963年整理成文,最晚的出版于1979年。有的史诗文本还存在着民族语言、西班牙语或英语等不同语言版本。菲律宾学界对史诗的搜集和整理工作一直没有停止,2008年,笔者在菲律宾雅典耀大学(Ateneo de Manila University)了解到,该校的视听资料室中保存了Dr. Nicole Reoel (Centre National de la Recherche Scientifique, Paris)在棉兰老岛进行田野调查时收集到的口述资料。校方正在整理和制作这些资料。

在本书中,笔者选择了菲律宾不同民族的五部(组)史诗,包括来自菲律宾北部吕宋岛地区伊洛戈族(Ilocos)的《拉姆昂传奇》(*Ti Biag ni Lam-ang*),伊富高族(Ifugaos)的《阿里古荣》(*Hudbud hi*

---

① 本文中所引用的史诗翻译文本,原文出处如下:《阿里古荣》来自班达延(Hinayup Bantayan)表演,阿布尔(Pio Abul)记录并翻译(1937年),达奎尔(Amador T. Daguio)翻译成英文(1952年)的文本。《拉姆昂传奇》来自叶贝斯(Leopoldo Y. Yabes)综合整理的文本,卡斯托(Jovita Ventura Castro)翻译成英文。《拉保东公》来自荷加诺(F. Landa Jocano)的文本,马卡西布诺(Rosella Jean Makasiar-Puno)翻译成英文。《阿戈尤》来自克鲁兹(Particia Melendrez-Cruz)综合编辑的文本。《桑达尤传奇》来自瑞斯玛(Virgilio Resma)收集并英译的文本。笔者在文中所引上述五部史诗原文,均来自 Jovita Ventura Castro, *Anthology of ASEAN Literature: Epics of the Philippines*, ASEAN Committee on Culture and Information, 1983.

Aliguyon),菲律宾中部比萨扬地区苏洛德(Sulod)族的《拉保东公》(*Labaw Donggon*),菲律宾南部棉兰老岛地区马拉瑙族(Maranao)的《达冉根》(*Darangen*),马诺伯族(Manobo)的《阿戈尤》(*Agyo*)。① 这五部史诗覆盖了菲律宾的不同地区,能够代表不同民族文化背景的口头文化传统。在翻译这五部史诗的过程中,笔者深深感到,菲律宾传统文化在史诗中得到了充分的保留和体现,是菲律宾传统文化的宝贵财富,同时也是翻译中需要重点关注的方面。

---

① 菲律宾史诗主要以民族语言的形式流传,翻译原文及英文译本资料主要来自 Jovita Ventura Castro, *Anthology of ASEAN Literature*:*Epics of the Philippines*, Damiana L. Eugenio, *Philippine Folk Literature*:*the epics*, Diliman, Q. C., University of the Philippines Press, 2001.

第二章 《呼德呼德》
——伊富高族的英雄赞歌

《呼德呼德》①(hudhud)是菲律宾山地少数民族伊富高人(Ifugao，也称作 Ifugaw, Ipugao, Ypugao, Hilipan, Quiangan 等)口头传承的民间文学和表演艺术，讲述的是伊富高民族历史上伟大英雄的光辉业绩。伊富高人生活在菲律宾吕宋岛北部的科迪列拉(Cordillera)山区的伊富高省。"Cordillera"一词源自西班牙语，意为"连绵的山脉"，历史上西班牙殖民者把吕宋岛北部的广袤山区统称作"科迪列拉"。该地区山高路险、森林密布，与外界交通不便，一直是众多原住民族杂居的地区。伊富高族现有人口约17万人，分布在菲律宾的37个省，其中约有12万人居住在伊富高省。② 由于自然条件的限制，当地原住民族的传统土著文化得到了较好的保存。

伊富高人自古以来以就有修筑梯田、种植水稻的传统。他们开垦的规模庞大的高山梯田有近两千年的历史。这些梯田最大约两万五千平方英尺，最小的地块只有15平方英尺。尽管已经过去了三千多年，伊富高族的梯田依然在山谷间存在着，它们没有被洪水淹没，没有因为风雨侵蚀而倒塌。在这些壮观的梯田上，伊富高人创造了辉煌的农业文明，体现了伊富高民族文化的灵魂和精髓。人类学家哈罗德·康克林(Harold Conklin)整理的书目中，曾经列出了多达650篇提及伊富高梯田的著作，包括已发表的和未发表的，其中最早的可以

---

① 本文探讨的呼德呼德有广义和狭义两个层面的意思，狭义上的呼德呼德指的是"活形态"英雄史诗本身，属于民间文学样式，用书名号标定；广义上的呼德呼德还包括了相应的表演艺术和吟唱文化，用引号标定。

② 菲律宾国家统计局1990年的统计数字。

上溯至 1572 年。① 1995 年，伊富高梯田被列入联合国教科文组织的《世界文化与自然遗产名录》。

作为"活形态"英雄史诗，《呼德呼德》是科迪列拉山区几十个民族、部族多种多样的民间文学中的一种，主要分布在伊富高省齐安干市（Kiangan）周围的伊富高人村社中。其他地区的伊富高村社还有不少与之类似的民间口头传承文学作品，讲述历史上各个民族英雄的伟大业绩，但并不同于齐安干地区主要讲述英雄阿里古荣的呼德呼德。联合国教科文组织在 2001 年进行了《人类口头与非物质文化遗产代表作名录》（Masterpieces of the Oral and Intangible Heritage of Humanity）的首次评选，《呼德呼德》位列其中。

第一节 《呼德呼德》研究概况

长期以来，《呼德呼德》都是以口头传诵的形式在伊富高人当中流传。直到 20 世纪初，菲律宾国内外的民俗学者和人类学者在研究伊富高民族文化、搜集民俗资料时，采集、记录了下来，才形成了文本形式的《呼德呼德》史诗。由于最初有多位学者采取不同途径进行采录，产生了不同的版本。最早涉及《呼德呼德》研究的是俄国人类学家吉纳伊达·艾瓦德（Zinaida Evald），后来罗伊·巴顿（Roy Franklin Barton）整理了他的成果。之后有三位民俗人类学者在研究伊富高民俗文化时都涉及到了《呼德呼德》，分别是胡安·维拉维尔德（Juan Villaverde）、罗伊·巴顿和哈罗德·康克林。② 维拉维尔德是西班牙天主教神父，在伊富高地区传教时研究过当地土著的宗教信仰和习俗。罗伊·巴顿出版了多部关于伊富高民俗和神话的著作，为研究伊

---

① *Ifugao Bibliography*, 1968. 转引自 Jovita Ventura Castro, ed., *Anthology of ASEAN Literature: Epics of the Philippines*, ASEAN Committee on Culture and Information, 1983, p.9.

② Maria Stanyukovich, *Factors affecting stability/variability of the Ifugao hudhud*, Tenth International Conference on Austronesian Linguistics, January 2006, Puerto Princesa, Palawan, Philippines.

富高传统信仰奠定了基础。康克林曾在菲律宾众多少数民族中进行过大量田野工作,发表了多部伊富高民俗研究的著作。在这个时期,《呼德呼德》还仅仅是存在于民俗人类学者们浩瀚民族志材料中的零散记载,尚未有专门性、系统性的研究以及完整的记录和译介。不过,这已标志着《呼德呼德》已经通过早期民族志材料开始进入学者的研究视野。

《呼德呼德》文本的系统搜集和整理始于20世纪20年代,至今已形成了五个版本,并都已由当地语言翻译成英文。比利时语言人类学家弗朗西斯·兰布雷希(Fr. Francis Lambrecht)开始最早,他在伊富高地区进行了数十年细致的田野作业和系统的文本搜集,然后在碧瑶(Baguio)圣路易斯大学(St. Louis University)进行整理和翻译,于是《呼德呼德》得以在国际学术界引起民俗学者和人类学者广泛关注。他在劳德斯·杜拉旺(Lourdes Dulawan)①的帮助下,整理出了四个地方性的《呼德呼德》文本,于20世纪50年代末至60年代陆续发表。②这些版本彼此间的区别主要在于讲述内容和采录地点的不同,可以视作具有不同地方性色彩的版本。另一个重要学者是菲律宾诗人和小说家阿马德·达归奥(Amador Daguio),1953年他在斯坦福大学攻读文学硕士学位时,撰写了学位论文《〈阿里古荣的呼德呼德:伊富高人丰收之歌〉的翻译、介绍与注释》(*Hudhud hi Aliguyon: A Translation of an Ifugao Harvest Song with Introduction and Notes*),论文中他把自己采录的伊富高语文本译成英文。这个英译本可读性较强,成为了今天最为流行的呼德呼德版本,曾多次入选各种民间文学集成,比如东盟文化委员会编纂的《东南亚民间史诗集成》(Jovita Ventura Castro, *Anthology of ASEAN Literature: Epics of the*

---

① 杜拉旺是伊富高当地的原住民,后来成为了伊富高学者。
② 这四个版本分别为:1957年出版的《呼德呼德:哈那干的阿里古荣史诗》(*Hudhud, Hudhud Aliguyun ad Hananga*),1960年出版的《呼德呼德:阿里古荣在阿拉杜干,厌倦了棕榈树的沙沙声》(*Hudhud Aliguyun an Natling hi Bayuwong di Bagabag ad Aladugen*),1961年的《呼德呼德:布干在贡哈丹与乌鸦一起飞走》(*Hudhud Bugan an Inililyan di Mangayuding ad Gonhadan*),以及1967年的《呼德呼德:迪努拉旺与布干在贡哈丹》(*Hudhud da Dinulawan Ke Bugan ad Gonhadan*)。

Philippines, ASEAN Committee on Culture and Information, 1983)。遗憾的是,我国学界至今尚未有关于《呼德呼德》的专门研究,只有在东方民俗学的研究中有过零散介绍,比如《东方民间文学概论》。①

在伊富高民族中,"呼德呼德"并非一部明确的口头史诗或者民间文学作品,而是一种覆盖面极宽、表现形式丰富、民众广泛参与的综合性的《呼德呼德》文化,《呼德呼德》在伊富高人的生活中有着多层面的表现形态及文化内涵。《呼德呼德》一词音译自伊富高语中的"hudhud",是伊富高人对本民族世代口头传承的叙事诗歌的统称,在当地语言中,"hudhud"的意思是"吟唱、歌唱",是一个用来描述人们进行吟唱行为的常用词汇。广义上,它就是一般意义上的"吟唱",伊富高人把一切吟唱活动中所唱的内容都叫作呼德呼德,它涵盖了伊富高人的各种民间叙事诗和史诗等民间文学样式,是一种样式极为丰富的《呼德呼德》民间吟唱文化,包括了多种具体的民间叙事内容;狭义上,它特指其中关于一个特定内容的"吟唱",即吟唱阿里古荣(Aliguyon)和彭巴哈荣(Pumbakhayon)等几个英雄人物伟大业绩的各种传奇故事,伊富高人称之为"阿里古荣的呼德呼德"(Hudhud hi Aliguyon),在现代民俗学看来,这就是关于英雄阿里古荣的"呼德呼德史诗"。

广义上,伊富高人有多种被称作"呼德呼德"的吟唱,大致可分为四种类型,分别在特定的场合吟唱。第一种是在田间耕作、收获稻米、丰收庆祝等各种与水稻种植劳作相关的场景中唱诵的,即"丰收的呼德呼德"(hudhud di qani/ hudhud di 'ani)或"稻米的呼德呼德"(hudhud di page);第二种是在部族中显贵人物去世、以及为祖先举行二次葬时,伊富高人称之为 bogwa,即"死者的呼德呼德"(hudhud di nate);第三种是在伊富高人的成年礼"剪发仪式"上吟唱,即"剪发的呼德呼德"(hudhud di kolot)②;第四种是在婚礼庆典上,对该类型学术界尚未有定说。俄罗斯学者斯坦尤科维奇(Maria Stanyukovich)采用更为简洁的分类法,以是否

---

① 张玉安、陈岗龙主编:《东方民间文学概论》(第三卷),第十五章"菲律宾民间文学概论",昆仑出版社,2006年。

② 可能是指盘发,或者给头发打结,kolot 可能是他加禄语 kulot 的改写形式。

与仪式有关为标准把《呼德呼德》分为了两类。第一类是呼德呼德史诗本身，即阿里古荣英雄史诗，是伊富高人在田间劳作时吟唱的，与生产活动相关而与仪式无关，就是文中的第一种。第二类则是采用呼德呼德史诗吟唱形式的、在各种具体仪式上吟唱的其他民间叙事，它们吟唱的形式与史诗几乎一致，内容也有重叠，这些民间叙事吟唱时的领唱人往往也是史诗的领唱人。但是这类吟唱始终是与具体的仪式有关，唱诵的也不仅限阿里古荣、彭巴哈荣等英雄人物，还有部族中的知名人物和祖先。上文中第二、三、四种都属于这一类。

从民俗学的角度来看，广义上的《呼德呼德》是伊富高人所有韵文体的民间文学的总和，是伊富高人的一种专用文体，指称的是当地民间文学的一种样式(folklore genre)，是伊富高民间文学的"自然分类"——即原住民自己认知中对其口头传承的类别区分。这一概念隶属于伊富高人的地方性知识(local knowledge)，并不能直接等同于神话、传说、史诗等任何已知的现代民俗学关于口头民俗样式的分类。对于广义上的呼德呼德吟唱，男性和女性都可以作为呼德呼德的吟唱者，往往女性多于男性。可以单独一个人吟唱，也可以由一人领唱、众人集体合唱或各自回应。一个优秀的领唱应该掌握上述四种类型的《呼德呼德》的内容和技巧。吟唱大多是在晚饭后，持续两到四个小时，因为夜晚比较安静，既适于吟唱者集中精力，又便于部族成员聚集观看。而丰收庆祝的唱诵则是在白天，人们大量聚集在谷仓边，举行丰收庆典、祭祀谷神并吟唱史诗。吟唱者把芦苇草垫铺在谷仓下或院落中显眼的角落，男子、妇女和儿童围在四周跪坐着或趴着倾听。

狭义上的《呼德呼德》是广义所辖概念中的一部分。在形式上，它就是上文的第一种"丰收的呼德呼德"或"稻米的呼德呼德"，是伊富高人在稻田劳作和庆祝丰收时吟唱的，通常由一位年长女性领唱，劳作的人们在非常生活化和随意的场景中吟唱。内容上，狭义的《呼德呼德》是指当地的一个特定的民间文学作品——《阿里古荣的呼德呼德》英雄史诗，包括了各村社流传的一系列关于英雄阿里古荣的活形态史诗，属于专门讲述英雄伟大业绩的韵文体民间文学。阿里古荣史诗是伊富高传统信仰的根基之一，史诗中的英雄已进入了伊富高人的多神信仰体系。伊富高人认为，阿里古荣等人既是伟大的英雄，又是崇高的神,称他们为"halupe ma'ule"(善良的神),在劳作时吟唱,可以取悦这些"halupe"(神灵),从而促进水稻的生长。因为《阿里古荣的呼德呼德》内容丰富、情节复杂、语言音韵优美,常被视为伊富高所有《呼德呼德》中的杰出代表;而且其他类型的《呼德呼德》在内容上大都与史诗中的情节、英雄人物有关联,于是《呼德呼德》一词常被用来特指阿里古荣史诗,即用类型化的概念来称呼其中的代表作。值得注意的是,《阿里古荣的呼德呼德》是富有流变的"活形态"的史诗,并没有固定的、权威的定本,我们所见到的文本完全依靠民俗人类学者的记录。各种异文在伊富高各地广泛流传——多见于中部和南部,它们合在一起才构成了一部内容可观、规模宏伟的阿里古荣英雄史诗。从民俗学的角度,《阿里古荣的呼德呼德》其实是以一个事件或杰出人物为中心的传奇故事集,是由一系列叙事作品积累而成的一个"史诗集群"(epic cycle)[①]。

第二节 《呼德呼德》文本的生成

"呼德呼德"千百年来都是以口头传诵的形式在伊富高人当中流传,直到近代才形成文本。20世纪初菲律宾国内外的民俗学者和人类学者在研究伊富高民族文化、搜集民俗资料时,采集和记录下了《呼德呼德》史诗。由于有多位学者采取不同途径进行采录,于是就产生了不同的版本。

第一阶段:民族志材料阶段

一些早期民俗学者在研究伊富高民俗文化时都涉及到了"呼德呼德",但在这个时代,呼德呼德还只是存在于民俗人类学者们浩瀚民族志材料中的零散记载,尚未有针对它进行的专门性、系统性的研究,也没有完整的记录和译介。不过,这已经标志着,作为"地方性知识"的《呼德呼德》已通过早期的民族志材料开始进入外界的视野。

罗伊·巴顿1946年他在《美国人类学家》上发表了《伊富高人的

[①] 张玉安、裴晓睿:《印度的罗摩故事与东南亚文学》,北京:昆仑出版社,2005年,第29页。

宗教》一文，①1955年还在美国民俗学会文集中编著了著名的《伊富高神话》，②他的研究成果为今天学者研究伊富高人的信仰和民俗奠定了基础。康克林是人类学家，他有多部伊富高研究著作，1968年他在耶鲁大学出版了《伊富高书目》(Ifugao Bibliography)，③其中包括了不少"呼德呼德"研究的著作。这些民俗学者在研究伊富高民俗文化时都涉及到了《呼德呼德》，其他学者在阅读这些民族志资料时就开始对《呼德呼德》有了初步的接触和了解。

第二阶段：系统的田野采集

"呼德呼德"文本的系统搜集和整理始于20世纪20年代，至今已形成了多个版本，并且都已由当地语言翻译成英文，这其中主要包括了三位学者。

比利时传教士弗朗西斯·兰布雷希神父先后采录了数位妇女的吟唱，包括齐安干的马林甘(Rosario Malingan)、拉加威(Lagawe)的巾巴坦(Margarita B. Gimbatan)等人，然后在伊富高教师斯奎因(Lourdes Saquing)、伊富高神父玛丹更(Emiliano Madangeng)等人的帮助下，编写成文并译成英文。④ 兰布雷希把"呼德呼德"类比作伊富高人的"萨迦史诗"，从1930年开始在《山地省传教士》上刊发了整理出的一些片段。1930至1932年，他发表了《伊富高人的萨迦：呼德呼德》，1932至1934年发表了《阿桂纳亚的萨迦》，1934年发表了《古米尼金和布甘的萨迦》。⑤ 最终，兰布雷希一共整理出了四个具有不同地方性特点的《呼德呼德》文本，并于20世纪50年代末至60年代的十

---

① Roy Franklin Barton, "The Religion of the Ifugaos", *American Anthropologist*, N. S., vol. 48, No 4, Part 2, 1946.

② Roy Franklin Barton, "The Mythology of the Ifugaos", *Memoirs of the American Folklore Society*, vol. 46, 1955.

③ Harold Conklin, *Ifugao bibliography*, Bibliography Series No 11, Southeast Asia Studies, Yale University, 1968.

④ Jovita Ventura Castro etc. ed., *Epics of the Philippines: Anthology of ASEAN Literatures*, APO Production Unit Inc., 1983, p. 12.

⑤ *The Ifugao sagas or hudhud* (December 1930) 7.7 (April 1932) 8.11; The saga of Aginanga. Baguio; *The saga of Guiminigin and Bugan, his sister* (02 04 10.9, pp. 264—272 10.10, pp. 300—302 309), Little Apostle of the Mountain Province. Baguio.

年间分四次陆续发表。这四个文本分别为：1957 年出版的《呼德呼德——哈那干的阿里古荣史诗》(Hudhud, Hudhud Aliguyun ad Hananga)，①1960 年的《呼德呼德——阿里古荣在阿拉杜根，厌倦了棕榈树的沙沙声》(Hudhud Aliguyun an Natling hi Bayuwong di Bagabag ad Aladugen)，②1961 年的《呼德呼德——布干在贡哈丹，与乌鸦一起飞走》(Hudhud Bugan an Inililyan di Mangayuding ad Gonhadan)，③以及 1967 的《呼德呼德——迪努拉万与布干在贡哈丹》(Hudhud da Dinulawan Ke Bugan ad Gonhadan)。④ 这些版本彼此间的区别主要在于它们分别来自于不同的采录地点和不同的报告人，所讲述的内容并不相同，甚至没有紧密的逻辑联系。但是，每个版本都围绕着相同的几个主要英雄人物来讲述，可以认为是讲述了这些英雄人物各种各样的英雄事迹，所以可以把它们视作具有不同地方性色彩的版本。

另一位对采集和翻译"呼德呼德"做出重大贡献的学者是菲律宾诗人和小说家阿马多·达奎奥(Amador Daguio)，今天最为流行的《呼德呼德》文本就是由他采录和整理的。达归奥出生在与伊富高省相邻的高山省，那里也分布着一些伊富高人的村社，他后来还担任了菲律宾公立学校教科书委员会委员。1952 年他在斯坦福大学攻读文学硕士学位，1953 年便以《呼德呼德》为研究对象，撰写了学位论文《阿里古荣呼德呼德：伊富高人丰收之歌的翻译、介绍与注释》(Hudhud hi Aliguyon: A Translation of an Ifugao Harvest Song

---

① Francis Lambrecht, "*Ifugao epic story: hudhud of Aliguyun at Hananga*", University of Manila, *Journal of East Asiatic Studies*, vol. 6, No. 3—4, 1957, pp. 1—203.

② Francis Lambrecht, *Ifugao ballads*, reprinted from Philippine Magazine in University. of Manila Journal of East Asiatic Studies, vol. 7, N2, 1958, pp. 169—207.

③ Francis Lambrecht, "*Ifugaw hudhud: Hudhud of Aliguyun who was bored by the rustle of the palm tree at Aladugen*", *Folklore Studies*, Tokyo, vol. 19, 1960, pp. 1—174.

④ Francis Lambrecht, "*Ifugaw hudhud (continued): Hudhud of Bugan with whom the ravens flew away at Gonhadan*", *Folklore Studies*, Tokyo, vol. 20, pp. 136—273, 1961.

with Introduction and Notes),论文相当一大部分就是对《阿里古荣呼德呼德》的翻译。达归奥采录的是布奈(Burnay)的伊富高妇女班达彦(Hinayup Bantayan)的吟唱,然后由伊富高教师阿布尔(Pio B. Abul)为他转写成文并翻译,达归奥再进行修改和润色,形成最终的伊富高语本和英译本。① 他的英译本采用了散文诗体,以意译为主,语言流畅优美,可读性较强,发表时间略早于兰布雷希的版本。后来,该文本凭借其较强的可读性,逐渐成为了最为流行的呼德呼德版本,伊富高语本和英译本都曾多次入选各种民间文学集成,比如东盟文化委员会的"东南亚民间史诗集成"。②

从20世纪60年代开始,菲律宾本土学者开始运用人类学方法进行民俗学的田野工作,调查和研究"呼德呼德"。这些学者研究的目的在于从少数民族原住民的民族文化中寻找菲律宾民族文化的特色和源泉,含有强烈的民族认同和民族主义意识,其中还有一些少数民族本土学者。他们的这些研究都建立在兰布雷希和达归奥的基础之上,最具代表性的就是知名的伊富高学者劳德斯·杜拉万(Lourdes Dulawan)。他在菲律宾著名的马尼拉亚典耀大学的帮助下,于20世纪90年代先后采集、整理并发表了四个《呼德呼德》的文本,即1993年发表的《阿里古荣,阿木达老之子》(Aliguyun nak Amtalao)和《阿里古荣,比能瓦亨之子》(Aliguyon nak Binenwahen),1995年的《弃女布甘》(Bugan an Imbayagda)和《布甘,邦阿伊万之女》(Bugan nak Pangaiwan)。③

今天"呼德呼德"研究的文本基础主要是兰布雷希的四个文本、达归奥的一个文本和杜拉万的四个文本。其中,兰布雷希和达归奥两人采用的采集方法大致相同,并非自己亲自运用当地语言去记录和转写,而是请精通当地语言的伊富高人记录下吟唱的内容,再加以转写和整理,最终译成英文。只有杜拉万懂伊富高语,自己直接记录下报

---

① Jovita Ventura Castro etc. ed., *Epics of the Philippines: Anthology of ASEAN Literatures*, APO Production Unit Inc., 1983, pp. 12.

② Jovita Ventura Castro etc. ed., *Epics of the Philippines: Anthology of ASEAN Literatures*, pp. 17—66.

③ 这些文本现存在马尼拉亚典耀大学的黎萨尔图书馆。

告人的吟唱,并转写成文本,再译成英文。

但在文本风格上,这三者间有不小差异。达归奥是一位诗人和作家,注重"呼德呼德"文本作为文学作品所应该具有的语言美学和文学价值,所以他翻译的文本在保持作品原貌的基础上非常追求语言的连贯流畅和可读性。即使是这种翻译已经跨越了文化认知的界限,英译本的读者还是会感受到《呼德呼德》中语言的优美流畅、情节的波澜起伏。凭借着较强的可读性,达归奥的文本成为了今天学术界、文化界最为常用的版本。① 兰布雷希则是一位语言人类学家,他注重《呼德呼德》是作为一种"活形态"史诗而被"表演"(perform)的,是一种"口头诗学";除了对于史诗内容的忠实,他还非常强调伊富高人吟唱时的各种行为、声调、语言变化也都是表演(performance)的内容,是史诗的必然组成部分,所以都应该在文本中得以体现。于是兰布雷希的四个文本中保留了史诗吟唱者在吟唱时所发出的各种无实际意义的音节、重复的词语和短句、大量的象声词和语气助词。杜拉万师承了兰布雷希的学术思想,再加上他对于当地语言的精通和对于伊富高文化"主位式"的深入掌握,他的文本是标准的来自于田野的表演文本,保留了吟唱者的各种重复地词语、语音的变化和语气助词。②

其实关于这三位学者的版本,存在着深层次中的学术问题。在20世纪60年代以来,学者们开始探讨民间叙事的语音语汇、美感结构、

---

① Josefina T. Mariano, "Introduction of Hudhud", *Anthology of Asean Liturature*: *Epics of the Philippines* Jovita Ventura Castro etc. edit, APO Production Unit Inc., 1983.

② 从三位学者的伊富高语本中各摘取开头部分的诗节稍作比较。达归奥本:Hi Aliguyon, nak Amtalao/ doladad Hannanga/ Ohanan bigbigat ya kanana,/ "Daan kayuken, a-ay-ayamAliguyon? / Gawaon yuy gawanad Hannanga." 这段的语言非常流畅、意思明确。兰布雷西本:Aliguyun Aligu Aliguyunana an hi nak Amtalahaw,/ ad dalinda kamaligda adma ad Hanangaa/ An ungaungah Aliguyun Aligu Aliguyunana eeeeeeya,/ eee an hi nak Amtalaw eeehem. 这段中包括了吟唱者重复的音节和词(Aligu、Aliguyunana 等),以及语气词(eee、eeeeeeya、eeehem 等),读起来明显不够流畅、甚至是相当拗口。杜拉万本:An nahdom nakahillong boy algod na ay nangimbukig/ Maalana Aliguyun Aliguyon nana o.. yao an nak Amtalao o.. e/ Edah na dallinda kammaligday-a o ay Dumanayan/ Hantum Aliguyon Aliguyon nana o.. ya o an da nak Amtalao o.. e 这段重复的词语和(Aliguyon、an da nak Amtalao)和语气词(ya、o、e),相对于兰布雷西本已较为流畅,不过冗长的重复、变化多样的语气词仍非常多,一定程度上会影响普通读者的阅读和理解。

象征意义等层面的内容,①在传统的理性分析的基础之上,开始强调从艺术和感性的层次来研究民间叙事。首先是罗杰·亚伯拉罕、本·纳莫斯、阿兰·邓迪斯等一批学者提出应该把民俗事项放置在它们所存在的语境中进行考察,必须掌握民间叙事的语言、行为、交流、表达和表演等要素。② 即研究者不仅要从语义学的角度记录每个民俗事项的内容,还需要记录这些是在何种情况下、以什么方式被讲述和表演的。随之出现了"口头艺术的表演"理论(verbal art as performance,即表演理论)③以及史诗研究领域中的"帕里—洛德理论",强调对于民俗事项的流传和表演进行全面、精确而细致的描述。从表演理论的角度来看,在记录史诗等民间叙事时,首先自然是采录民间叙事的"文本"(text)——即其实际内容,然后还要记录它的"本文"(texture)——即通过何种形式、怎样被讲述出来的。对于史诗而言,"本文"应该具体包括:讲述者语言的节奏、快慢;声音强弱、高低;语言是否具有感情色彩;包括停顿、韵律和词句重复在内的声音重复;语言中的修辞以及语言技巧;讲述者的动作和表情。④

如果用上述表演理论的标准来衡量兰布雷希、达归奥和杜拉万三人的文本,很明显,兰布雷希和杜拉万的文本更接近于"本文",达归奥的文本则仅仅是个"文本"。兰布雷希的文本记录下了"呼德呼德"表演时的一些音长、音强、停顿等要素,但是就其语言本身而言,是比较朴素的,但文本中有不少无意义的音节和重复,有些地方的语言也略显晦涩。杜拉万的文本更具有鲜明的口头特征,体现了采集者田野工作的精华,充分展现出《呼德呼德》的口头程式,翻译时也采用了朴实的语言。不过其中包含了大量的语气词和回环反复的语句,令文本变得冗长、重复、不够流畅,从而降低了文本的可读性。达归奥的文本进行了一些文学修饰和艺术加工,虽然没有直接改变内容,但是与表演

---

① Heda Jason & Dimitri Segal, *Patterns in Oral Literature*, the Hague, Mouton, 1977, pp.1—13, 109—139.
② 王娟:《民间文学概论》,北京:北京大学出版社,2002年,第282—283页。
③ 理查德·鲍曼(Richard Bauman)无疑是这方面最具代表性的学者,参见他的 *Verbal Art as Performance*, Massachusetts, Newbury House Publishers, 1977.
④ 王娟:《民间文学概论》,第284—285页。

或口头特征相关的要素被剥离了,形成的已不是民俗人类学的田野文本,而是一个经过文学改写、语言优美的文本。实际上,严格的民俗人类学记录和描写与语言优美的文学文本并不矛盾。前者适合民俗学、人类学学者在研究中使用,尤其是分析史诗的口头特征。后者则适合用于该史诗的介绍和普及,适合大众读者的阅读,有助于进行跨文化的交流,把史诗介绍到全世界。今天,兰布雷希和达归奥两人的文本在实际中的运用的确也大抵如此,达归奥的文本有着较强的可读性,得到了广泛的传播,成为最为流行的版本,甚至被视为《呼德呼德》的标准文本。

按照表演理论严格的学术标准,采用文字来完整无误的记录下"呼德呼德"几乎是不可能的,因为《呼德呼德》是供人吟唱的史诗,充满了反复、回环、停顿等语言技巧,综合运用了明喻、暗喻、同义反复等修辞手法,还包括了吟唱者的各种灵活的发挥和随机应变的处理。这些复杂的语言技巧和口头程式是任何文字都无法全部表述的。所以从这个角度而言,兰布雷希的文本已经足够精确和细致,杜拉万的文本在兰布雷希的基础上又更进一步,更明显地体现了口头特征,这两位学者的文本都非常适合在研究中使用。值得注意的是,《呼德呼德》入选联合国"人类口头非物质遗产"时,主要还是注重它具备的"活形态"的口头表演特点,采用了两张光盘录制的"布甘与阿里古荣呼德呼德"和兰布雷希撰写的摘要,并没有采纳达归奥的文学改写本。

第三节 《呼德呼德》的表演形式

关于《呼德呼德》的历史,学术界尚无定论。联合国教科文组织采用的观点是,它的表演形式最早可能是公元7世纪之前伴随着梯田的产生而出现的;也有学者认为,它是伴随着伊富高人水稻种植文化的发展而产生的,很可能直到18—19世纪才发展成今天所见的样子。《阿里古荣的呼德呼德》中是这样讲述史诗产生的[1]:最初伊富高人只

---

[1] Lourdes S. Dulawan, *Ifugao Culture and History*, National Commission for Culture and the Arts 2001, p. 27.

会唱一首关于彭巴哈荣的《呼德呼德》。一天几位妇女在稻田里边干边唱,突然出现了一位男子,他手里拿着矛,跳着舞。他停了下来,找到稻田边一块延伸出来的石头,插上自己的矛,蹲在石头上,掏出一种叶子槟榔咀嚼起来。他告诉在田间劳作的妇女,他要教她们呼德呼德史诗。他不仅教她们阿里古荣、布甘(Bugan)、阿吉娜娅(Aginaya,有的文本记录成 Aguinaya,翻译成阿桂纳亚)等呼德呼德史诗,还教给了她们迪努拉万(Dinulawan)、道拉扬(Daulayan)、古米尼金(Guminigin)等史诗。彭巴哈荣唱完史诗之后,突然跳入石头旁边一处水池,消失了。后来见到他的妇女都莫名其妙地死去,只有几个在远处仅闻其声的妇女幸存了下来,从此她们把《呼德呼德》传唱了出去。① 伊富高人认为,在利布利班(Libliban)附近的一块巨石上有个洞,就是当时彭巴哈荣拿梭镖戳出来的,旁边还留有他的脚印。

《呼德呼德》史诗包括有两百多个故事,全部吟唱下来需要三到四天,也有人类学者在田野作业中发现,连续唱一两天就可以唱完。吟唱分为领唱和合唱两个部分,领唱人叫做 munhaw-e,通常是一位年长的妇女;合唱人叫做 munhudhud,由在场的民众集体组成。由女性领唱很可能是因为在伊富高社会中,妇女在水稻生产中发挥着至关重要的作用,"除了清理梯田以外,一切与稻米文化有关的劳动都是由女性承担的"②。于是相应的,女性在伊富高社会中地位很高,由于女性是梯田劳作的主导,《呼德呼德》又直接与梯田劳作有关,于是女性逐渐发展成为了专门的领唱者。

领唱在整个吟唱中的作用极其重要,她唱诵的内容是整个《呼德呼德》的核心,所有主要的故事情节都在领唱者的唱词中。合唱的民众仅仅是配角,唱词大多是应和领唱唱词的程式化语言。所以离开了合唱部分,《呼德呼德》会不够完整;但是若没有领唱,就根本不会有《呼德呼德》。《呼德呼德》的内容是按照线性的时间序列而展开的,但

---

① Jovita Ventura Castro, ed., *Anthology of ASEAN Literature*: *Epics of the Philippines*, ASEAN Committee on Culture and Information, 1983, p. 11.

② R. F. Barton, *Ifugao Rice Culture*, 转引自 Ifugao Economics, *University of California Publications in American Archeology and Ethnology*, Vol. 15, No. 5, pp. 385—446, April 12, 1922.

在吟唱方式上却存在着明显的程式化的回环反复。程式化是菲律宾各民族英雄史诗的共同特点,具体反映在两大方面:一是史诗的情节结构,总是按照某些既定的规则来展开,始终包含了奇幻、爱情、战争等固定的要素;二是史诗的语言,总有着固定的韵律和声调,并有一些固定的、程式化的字段始终反复唱诵。《呼德呼德》语言上的程式化主要集中在合唱部分,在领唱部分结束之后,合唱者常常反复唱诵几个固定的诗节。领唱部分的程式化语言较少,领唱者完全可以按照自己的想象和发挥,在不影响史诗根本情节线索的前提下,灵活地改变和创作自己唱诵的内容,比如可以按自己的风格用夸张的语句来描绘英雄出众的相貌和超人的能力。这种程式化的特点有助于《呼德呼德》的口头传承。一方面它给予了领唱者充分的自由,根据自己的想象力和实际需要给史诗的情节增添新的内容和色彩。史诗在口头传承过程中拥有了持久的生命力和自我创新的能力,这正体现了民间文学变异性强的特点。另一方面,固定的、程式化的合唱部分易于大众记忆和掌握,降低了史诗在实际传承中的难度。伊富高人生活中有许多场合都需要唱诵《呼德呼德》,并且要求人们要一边进行生产劳作一边应和着领唱者进行吟唱,这些场合都需要史诗的唱诵易于实际操作,较为简单的合唱有助于人们一呼百应唱起来。

领唱者(Munhaw-e)这个词对伊富高人来说,有着独特的文化和社会含义。因为领唱是呼德呼德的核心,于是被称作领唱者的人在村社中有着独特的、尊贵的地位,而且这种尊贵的地位不只限于《呼德呼德》表演活动本身,还涉及到村社生活的其他层面,这些领唱者已加入了村社的权力体系。在伊富高社会中,权力体系的上层由两类人组成,一是仪式活动中的祭祀,叫做 mumbaki;二是拥有大量稻田和财富的富裕阶层,叫做 kadangyan,其中出资支持 mumbaki 举行仪式的叫做 himmagabi,是整个社会权力的最高层。在权力体系的下层,是中间阶层 tagu 和穷困阶层 nawotwot,他们都受制于 mumbaki、himmagabi 和 kadangyan。[①] 领唱者与 mumbaki、himmagabi、kadangyan 一起构成了当

---

① Arsenio L. Sumeg-ang, *Ethnography of the Major Ethnolinguistic Groups in the Cordillera*, New Day Publishers, 2003, pp. 74—75.

地社区的权力核心,领唱者平时受到村社中民众的尊重,主导仪式的进行,参与重大事件的决策,影响民众的舆论导向。

今天,《呼德呼德》成为了联合国认可的人类口头非物质文化遗产,引起了来自菲律宾政府和民间、国际学术界和文化界的广泛关注,无数对伊富高文化感兴趣的游客更是蜂拥而至。于是领唱活动和领唱者都发生了巨大的变化。领唱活动本来是劳动生产或仪式庆典性质的,现在却成为了一种职业化、甚至商业化的工作,领唱者成为了社区中的明星,他们走出科迪列拉山区,在马尼拉甚至是国际舞台上表演领唱。这样,领唱活动被赋予了富有时代性的政治地位和民族认同的内涵,领唱者被视作为民族文化的代言人和外界了解伊富高的窗口,专门在外来的政府官员、学者、游客面前吟唱。于是,一些领唱者由稻田里、仪式上的歌者,变成了职业的民歌歌手。

和其他口头传统一样,进入现代社会以来,《呼德呼德》随着伊富高人生活的变化也面临着一些传承上的困境甚至是危机。一方面是外来文化大量传入,直接导致了伊富高人精神信仰、生活方式的改变。今天多数伊富高人已经皈依天主教,虽然和菲律宾其他原住民一样,伊富高人在信仰上灵活而宽容,即使是皈依了天主教,仍基本保持了包括《呼德呼德》吟唱、多神崇拜、祖先崇拜在内的传统信仰的理念和实践,但天主教信仰还是不可避免地削弱了这些传统的伊富高信仰文化。现代工业文明更是极大地改变了伊富高人传统的生活方式,从而削弱了《呼德呼德》存在的社会基础。最明显的是电视机和收音机改变了伊富高传统的娱乐方式,本来吟唱《呼德呼德》是伊富高人日常生活中的娱乐之一,但现在正让位于日益普及的现代化娱乐形式。另一方面,伊富高人传统的梯田劳作的生产方式也面临着现代化的冲击,《呼德呼德》吟唱与水稻耕作直接相关,于是就受到了间接却严重的影响。伊富高传统的劳作方式是集体式的,一大群人一边耕作、收割,一边在年长妇女的领唱下异口同声吟唱《呼德呼德》;现在伊富高梯田的耕作已经引入了现代农业机械,一些地方已经变成少数几个农夫驾驶现代小型拖拉机在梯田间穿梭。然而,更深层的问题是,伊富高地区的梯田耕作传统正在衰退,因为《呼德呼德》赖以依存的社会基础和文化根基正是集体式的梯田耕作,随着梯田传统的衰退,《呼德呼德》文化传统也被逐渐削弱了。今天从事传统的梯田耕作的伊富高农民不断减少——尤其是年轻人,这导致了梯田耕作面积锐减,甚至出现了梯田耕作后继无人的趋势。新一代的伊富高年轻人,不愿像祖辈那样终生居住在山谷中、靠梯田耕作为生,他们渴望离开山区、移居到乡镇和城市,进入现代都市生活。于是愿意继续耕种梯田的年轻一代正在减少,耕作面积收缩、梯田逐渐被荒废,梯田的核心设施——水利系统因为无人照管而年久失修。联合国报告称,由于当地人不断离开梯田,已经有25%至30%的伊富高梯田被遗弃而荒废,不少梯田筑垒的墙壁、部分灌溉系统已经损坏,生态环境也受到了破坏。① 此外,伊富高民族以两项世界遗产在世界成名之后,世界各地的游客慕名而来,促进了当地旅游业的发展,尚没有离开伊富高山区的年轻一代,很多都加入到当地的各种服务行业中,于是梯田耕作就更加缺乏吸引力。《呼德呼德》面临困境的根本原因,正是菲律宾社会的现代化发展、城市化进程给伊富高人的传统生活带来了冲击。

  在国家文化管理部门菲律宾国家文化与艺术委员会的政策指导下,菲律宾最权威的两所国家级文化机构——菲律宾国家博物馆和国家图书馆作为国家文化保护政策的执行者,开始进行抢救性保护:运用各种现代化视听手段向年长、权威的吟唱者采录《呼德呼德》,整理和出版《呼德呼德》的标准文本;开设"伊富高生活传统学校",请技艺出众的知名领唱者向年轻人传授吟唱技能、教授标准化的《呼德呼德》文本;发动伊富高当地力量举办各种传统节日和庆典,举行呼德呼德吟唱比赛。

---

① UNESCO, Convention Concerning the Protection of the World Cultural and Natural Heritage Report, 25th Session, http://whc.unesco.org/archive

第四节 《呼德呼德——阿里古荣之歌》译文①

　　阿里古荣，其父乃是安达洛
　　家住汉纳加里面
　　某日阿里古荣起得早
　　"阿里古荣的伙伴在哪里？
　　你们在汉纳加干什么？"②
　　伙伴们一一把队排，
　　他们一起玩陀螺
　　阿里古荣的陀螺在院子里绕了一圈
　　转进了他们的屋子里
10　陀螺打到老人③的邦吉邦④
　　邦吉邦发出音乐的声音
　　阿里古荣，安达洛的儿子，听到了邦吉邦的声音，
　　他昂着头走进了屋子，
　　他带着邦吉邦，寻找陀螺。
　　没有找到陀螺，阿里古荣将邦吉邦扔向老人
　　阿里古荣解开公鸡的绳子
　　把它带到房子底下，
　　他跳到谷仓的石墙上

---

　　① 根据 Damiana Eugenio，*Philippine Folk Literature：The Epics*，University of the Philippines Press，2001，Jovita Ventura Castro，ed.，*Anthology of ASEAN Literatures：Epic of the Philippines*，APO Production Unit Inc.，1983 年收集的同一文本翻译。此版本的呼德呼德由伯纳伊（Burnay）的班达延（Hinayup Bantayan）诵唱，由阿布尔（Pio Abul）记录并翻译（1937 年），阿马德·达奎奥（Amador Daguio）将文本翻译成英文版本（1952 年）。本文根据达奎奥的英文版本翻译。原文采用散文体形式。——译者注
　　② 这句唱词在史诗中被反复吟唱，主要是为了提高史诗表演中的韵律和节奏，意为"做你们在汉纳加该做的事情"。此处原文发音为"gawaon yuy gawanad"，在文中有各种不同的变形。
　　③ 文字意义上也可能是指父亲。
　　④ 这是一块形状类似飞去来器的木头，一般用在葬礼仪式当中，特别是当死者在战争中被敌人砍去了脑袋，则葬礼上就会敲击 bangibang。

　　　　　大声喊道:"干活吧①,弟兄们,
20　　　让我们用公鸡祈祷,因为我们要去战斗。"
　　　　　他的伙伴们吵闹着集合起来
　　　　　他们集合到房子里面
　　　　　阿里古荣在房子里祈祷
　　　　　他念道"公鸡啊,请给我启示吧
　　　　　请给我启示吧！我在向您祈祷
　　　　　你从来没见过阿里古荣打败仗
　　　　　我向你祈祷,请您的神谕降临吧！"
　　　　　杜姆老,他的母亲,来到阿里古荣的身边
　　　　　"停下来吧,我的儿啊
30　　　我亲爱的孩子,你从哪里学会祈祷的事情②
　　　　　你怎么知道向公鸡祈祷呢?"
　　　　　杜姆老突然站起来
　　　　　她把装酒的碗踢翻
　　　　　酒碗破碎的声音在院子里回响
　　　　　阿里古荣,安达洛的儿子,已经无所畏惧
　　　　　他大声叫道:"打破酒碗是神的启示吗?
　　　　　这不会给我,阿里古荣,带来坏运气吗?
　　　　　打破酒碗的人是我的母亲!"
　　　　　杜姆老摇着头说
40　　　"神啊,我该怎么办啊
　　　　　我亲爱的儿,阿里古荣,
　　　　　他怎么知道这么多祈祷的事情?"
　　　　　杜姆老愤怒地掀翻摆放祭品的竹台③
　　　　　统统扔到院子外面
　　　　　阿里古荣大声喊:"怎么是这样,
　　　　　祭台怎么会被破坏,
　　　　　这是厄运即将降临我吗?
　　　　　为什么是我的母亲做这样的事情?"
　　　　　阿里古荣不停地翻转公鸡④

---

① 反复出现的表达形式,原文为"gawaonyuy"。
② 表示阿里古荣的能力超过了他的实际年龄。
③ 也可能是指观看仪式的人所坐的竹子。
④ 用于祭祀的公鸡头被别在一只翅膀下面。阿里古荣将鸡的头从翅膀下面拿出来,左右摇动,然后才把公鸡放到地上。阿里古荣这么做明显可以影响到接下来的占卜。

第二章 《呼德呼德》——伊富高族的英雄赞歌

50　　嘴里不停念祷词
　　　"小小公鸡从哪来
　　　你从黑暗中诞生
　　　从深渊中走来①
　　　与我们一起生活
　　　在汉纳加的土地上繁衍生息
　　　你喜欢从土里寻找食物
　　　在我们房子地基的周围
　　　如果你看到我们所向无敌
　　　请以东方神灵和西方神灵的名义②
60　　保护我们参加战斗,免受伤害。
　　　如果我们中间有人牺牲
　　　请抬起你的硬喙
　　　开始啄食东西③
　　　那么我们将放弃这次战斗
　　　与你的敌人的战斗
　　　东方的神灵啊,西方的神灵啊
　　　如果我们所向无敌
　　　那么请保持你的身体不动
　　　因为从你的动作中
　　　人们将知道生与死,伊努啊呦!"④
70　　他打开公鸡的身体查看
　　　翻看祭品公鸡的胆囊。
　　　阿里古荣把它放在一边
　　　他跳到房子的门边上
　　　寻找他父亲乌黑的盾牌
　　　抓起梭镖和盾牌

---

① 原文中 Lidum 表示黑暗,Dalom 表示深度。
② 原文中 Lagud 表示东方,Daya 表示西方。
③ 在公鸡的头被摇动之后,如果出现这种不正常的动作,则预示者占卜的结果不好,如果祭祀的公鸡保持不动,则是一种好的占卜结果。
④ 原文为 ino ayo,经常出现在一个事件结束之后,表示诵唱者将要休息一下,咀嚼槟榔。

跳到院子里
叫来所有的伙伴,说道
"走,让我们到汉纳加的谷仓
石墙外面去扎营。"
80　勇士们爬上村庄的石墙
他们奔向稻田的田埂
他们在田埂上面行走
他们奔向谷仓外的院子
他们在那里扎营,直至夜晚
他们焦急地等待黎明。
第一声公鸡的啼叫
阿里古荣醒来,说
"各位兄弟快醒来
公鸡已经开始啼叫。"
90　他们起床又做饭
阿里古荣又说道:"各位兄弟莫着急
先在谷仓院子里等
我再向神灵祈祷,就像在汉纳加做的一样
看看队伍走哪条路
我向伊度鸟询问①
我们可以走哪条道。"
阿里古荣出发了
他走到村庄的石墙边,翻身爬过石墙去
穿过村庄到了家
100　父亲正在吃饭
阿里古荣轻声问:"我亲爱的父亲,
请您给我解困惑
哪里可以找到伊度鸟?"
父亲说:"万分惊讶见到你
阿里古荣我亲爱的儿啊
我想你并非认真做事情

---

① 伊度鸟(或 pitpit 鸟)是一种长着白色斑点的黑鸟,伊富高人认为,这种鸟具有预知未来的能力。

第二章 《呼德呼德》——伊富高族的英雄赞歌

    我想你将从达利迪甘获得幸福
    为何不找一个女孩并把她带到这里来
    帕古伊万有一个美丽的女儿。
110 阿里古荣,我的儿啊
    忘记那些部落之间的恩怨
    忘记你父亲与帕古伊万之间的仇恨。"
    老人从围栏里走下来
    跑到村庄边上的草地里,拿起一支叉子
    他回到居住的院子,说:
    "好吧,阿里古荣,我要试一试你的力量
    这样可以保证,
    你和帕古伊万的儿子
    在田野上打仗的时候
120 你不会被杀死。"
    阿里古荣回答道:"好吧,来吧!"
    父亲偷偷地掷出梭镖
    梭镖向阿里古荣飞去
    他轻松地抓住梭镖,准备掷向父亲
    但是老人举起了手
    "这就足够了,阿里古荣,我的儿啊
    我已经试出了你的力量,
    毫无疑问,你身上具有
    和帕古伊万一样的力量
130 帕古伊万这个老家伙
    我年轻时候的敌人中
    他是唯一活着的人。"
    阿里古荣回到田埂上
    走过稻田边的小路
    来到茂密的森林边
    他说:"伊度鸟,我来了
    请您唱歌,给我启示
    我正在去达利迪甘的路上
    我要去找我父亲仇人的儿子打战
140 我要去检验

我在战场上的力量。"
伊度鸟开始鸣歌唱
伊度鸟从田里疾飞而去
阿里阿里古荣重新找回了自信
他回到石头砌成的院子
他们在谷仓里吃饭
饭后一起嚼槟榔
他们在石头上拍巴掌
他们向敌人的地盘进发
150 他们走过河床上的路
他们列队前行
每当有伊度鸟飞过
他们就杀一只鸡来祭祀。
当他们来到达利迪甘河边的时候
正是一天的正午
他们仔细观察这个部落
他们啧啧称赞达利迪甘的农田。
他们列队走向达利迪甘谷仓
他们在石头路边休息
160 每个战士都拿掉挎包
他们一起嚼槟榔
他们在谷仓的院子里嚼槟榔。
阿里古荣站起来大声喊
他的力量从谷仓发出来
达利迪甘的人们都感受到这种挑战
他们都听到了阿里古荣的喊声
他们知道,这是入侵者到来的信号。
彭巴哈荣正坐在门边上
他探出身去询问:
170 "我的伙伴们,出了什么事?"
他的伙伴们说:
"我们都看到了什么?
看那些在谷仓院子里的入侵者
他们黑压压地聚集在您谷仓外。"

彭巴哈荣大声笑着说：
"那些来到这里的人，
一定是迷路的外乡人
他们可能是来这里寻求保护
这是他们来这里的原因。"
180　彭巴哈荣说："不要对他们喊叫，我的弟兄们
我将查出是谁侵占我们的谷仓。"
彭巴哈荣拿起挎包
顺着梯子滑下来
他和村民们一起穿过村庄
到达村庄石墙的最高点
他凝视谷仓外的院子①
入侵者就像谷仓墙上的烟灰。②
彭巴哈荣接着就看到
高大英俊的阿里古荣
190　在入侵者中鹤立鸡群。
彭巴哈荣，帕古伊万的儿子，大声喊道：
"你们是谁，外乡人，你们怎敢到这里来
你们怎敢侵占我们的谷仓？"
彭巴哈荣走得更近一些
他继续喊道："你们听好了，没有人敢与彭巴哈荣为敌
每个来这里的人都希望与彭巴哈荣交朋友。"
阿里古荣抬头，认出了彭巴哈荣
石墙像黄金一样闪闪发亮
是他赋予了石墙亮光
200　阿里古荣尊敬彭巴哈荣。
阿里古荣自我介绍：
"我的名字叫阿里古荣，汉纳加安达洛的儿子，
我来这里是为了了结父辈的仇恨。"
彭巴哈荣点头说："你在谷仓外

---

① 伊富高人谷仓的建筑风格也是高脚屋式的，谷仓的主体建在木桩上。谷仓外供人站立的地方铺着石头，因为这里是举行宴会的地方。
② 这里采用了比喻的手法，说明入侵者没有进行任何伪装。

　　　　　用石头铺成的院子里等我，
　　　　　我要先回去吃饭
　　　　　阿里古荣，你的到来不受欢迎。"
　　　　　彭巴哈荣转身回到村里
　　　　　他要做一件在达利迪甘做的事情。
210　　　他抓起一只公鸡
　　　　　大声喊："来吧，我的伙伴们，
　　　　　到你们站出来的时候了，把你们召集起来
　　　　　因为我们的敌人已经来到稻田边，
　　　　　我们必须和安达洛的儿子阿里古荣战斗。"
　　　　　他的伙伴们集合起来
　　　　　来到村中心商量对策
　　　　　彭巴哈荣出现在人群中央
　　　　　人群来到稻田边上
　　　　　彭巴哈荣高声祈祷：
220　　　"我杀了这只鸡来祭祀神灵
　　　　　因为我要到稻田的田埂上
　　　　　去攻击阿里古荣
　　　　　那个安达洛的儿子
　　　　　为了预知我们的战斗力
　　　　　他们是否是彭巴哈荣的对手？
　　　　　请给我启示吧！"
　　　　　他祈祷说：
　　　　　"啊，小小的公鸡，你最早来到这个世界
　　　　　你从黑暗中诞生，从深渊中走来
230　　　吉安甘的塔多纳养育了你①
　　　　　你和我们一起生活
　　　　　你喜欢在高脚屋的栏杆处
　　　　　寻找食物
　　　　　在我们房子地基的周围
　　　　　如果你看到我们所向无敌

---

① 吉安甘是伊富高省的一个古镇，位于伊富高省的中部。传说是伊富高人祖先居住的地方。——译者注

请以东方神灵和西方神灵的名义
保护我们参加战斗，免受伤害。
如果我们中间有人牺牲
请抬起你的硬喙
240　开始啄食东西
那么我们将放弃这次抗击敌人的战斗
东方的神灵啊，西方的神灵啊
如果我们所向无敌
那么请保持你的身体不动
人们将从你的动作预知生死，伊努啊呦！"
他打开公鸡的身体查看
翻看祭品公鸡的胆囊。
彭巴哈荣来到院子里
他爬上自家的房子
250　走上阁楼，从帕古伊万的旧架子上
拿起他父亲的梭镖
他跳到大厅的地板上
老人说："你怎么了，彭巴哈荣，你说啊，
你看到敌人聚集在谷仓外？"
他的父亲说：
"没有人敢与古老的帕古伊万为敌！"
"是的，你有一个敌人，阿里古荣，
难道他不是安达洛的儿子？
他们住在汉纳加
260　难道他来这里不是延续您和他父亲之间的仇恨？"
彭巴哈荣来到院子里
他敲打盾牌，抖落上面的灰尘
所有人都敲打盾牌，抖落灰尘
"达利迪甘的男人们，让我们集合起来！"
他们的呼喊声在四周回响
村庄在战栗，因为达利迪甘的力量
战士们喊叫着包围在谷仓的周围。
阿里古荣独自守谷仓①
他大声呼唤随行的伙伴

---

① 在与彭巴哈荣见面之后，阿里古荣让随行的战士先撤退。

270 　　"你们去哪里了,我的伙伴
　　　我告诉过你们,在达利迪甘的战斗中不能懈怠①
　　　伙伴们只是去清洗一下盾牌。"
　　　阿里古荣的战士们排着队回来了
　　　他们集合到谷仓的院子里
　　　彭巴哈荣穿过村庄
　　　他走过田间的道路
　　　阿里古荣在路上与他相遇。
　　　彭巴哈荣对阿里古荣说:
　　　"让我们在河床上交手吧,
280 　　因为我们的稻谷即将成熟
　　　如果我们在这里打仗,稻谷就会被毁掉。"
　　　阿里古荣说:"的确不错,
　　　我才不离开你的稻田,
　　　我就在这里和你交手,直到我看见
　　　竹子和阿里米树从稻田上长出来
　　　到那时,我才回家去。"
　　　阿里古荣仔细地看了看彭巴哈荣
　　　阿里古荣看着他的脚尖说:
　　　"彭巴哈荣不是很英俊吗?
290 　　你试着伸直变形的脚趾②
　　　这在战斗中是没有用的
　　　我想,如果我们一定要战斗,
　　　我们应该在力量上是相差无几的。"
　　　阿里古荣从稻田中砍出一条路
　　　彭巴哈荣也一样效仿
　　　阿里古荣突然向彭巴哈荣掷出梭镖
　　　彭巴哈荣已经有所警觉
　　　他接住了
　　　阿里古荣的梭镖

---

① 这里重复了上面的意思,说明由于阿里古荣战士的撤退,阻止了整个战斗的进程。
② 由于经常爬山,伊富高人的脚趾经常发生变形。在伊富高人看来,这是一个好的现象,说明可以在战争中保护自己的土地。彭巴哈荣在这方面可能远远超过平常人。

300	阿里古荣的目光随着梭镖看过来
	当他看到彭巴哈荣接住梭镖
	嘴里不由失望地发出"啧啧"的叹息①
	彭巴哈荣用力地将梭镖掷向阿里古荣
	但是有所警觉的阿里古荣
	接住了梭镖
	彭巴哈荣看着阿里古荣的身手,说:
	"阿里古荣,安达洛的儿子
	你的表现的确厉害。"
	他们就这样互掷梭镖,互相攻击
310	稻田里的战斗非常激烈
	他们从清晨一直打到中午
	他们的梭镖在稻田里飞来飞去
	他们在战斗中不时大声喊叫。
	漂亮的姑娘在旁边观看
	她们一起欢呼,一起尖叫
	"加油,加油,彭巴哈荣
	杀死阿里古荣,把他的脑袋带回来给我们
	使我们门前的空气清新。"②
	彭巴哈荣抬头看了看这些姑娘,说:
320	"亲爱的姑娘们,请把声音放小点,
	阿里古荣是一个难得的对手
	他和我一样本领高强。"
	当因丹古娜伊和帕古伊万听到儿子的消息
	她马上就出发了,她的内心充满了焦虑
	她带着孩子布甘
	她把孩子放在背上,用毯子绑住
	她走出房子
	走出院子,穿过村庄

---

① 舌头通过弹击上下颚所发出的声音,菲律宾人做这个动作的时候,更加有力,速度更快。

② 敌人的头颅作为战利品,被放置在容器当中,沿着屋子外面的墙跑一圈,使每个人都能看到。

    走到村子边上的石墙
330 她在稻田里搜寻着
    她看见了阿里古荣和彭巴哈荣
    她看着这两个人，仔细地比较
    彭巴哈荣和阿里古荣
    "没有哪个人更好，他们两个人在各个方面都一样"
    她弹了弹舌头，两人在一片狼藉的稻田中一样勇敢
    因丹古娜伊举起双刃的砍刀
    她吸引彭巴哈荣和阿里古荣的注意力
    她从堤坝上向两个人大声喊
340 "你们这两个小孩，你们从战斗中得到什么？
    你们在稻田里表现得一样强壮，这有什么用呢？"
    阿里古荣抬头看
    他看见帕古伊万的妻子因丹古娜伊
    他看见了充满母性的因丹古娜伊
    阿里古荣停下来，对彭巴哈荣说：
    "谁在村庄的墙上说话？"①
    "你为什么问我母亲因丹古娜伊的名字，帕古伊万的妻子。"
    "帕古伊万的妻子背上背着的小孩是谁？"
    "你为什么问我小妹妹布甘的名字？"彭巴哈荣回答说。
350 阿里古荣想："我的母亲杜姆老和她不是长得很像吗？"
    因丹古娜伊恳求说："阿里古荣，回到你的帐篷去吧
    因为彭巴哈荣要吃饭了。"
    阿里古荣离开了，彭巴哈荣回家了
    每个人都在做自己的事
    彭巴哈荣把盾牌放在地上
    食物已经准备好了，彭巴哈荣尽情享受美食
    饭后他们嚼槟榔，阿里古荣也做同样的事情
    他红色的唾液吐在地上
    他站起来，双手叉腰，站在谷仓的帐篷外
360 大声喊："彭巴哈荣，我的朋友，你在哪里？

---

① 在伊富高族的文化中，随意叫一个长者的姓名是一种不敬的表现。在文中，彭巴哈荣既保持了对长者的尊重，又回答了阿里古荣的问题。

来到我们的战场上,我已经来了,彭巴哈荣。"
彭巴哈荣站起来,拿起盾牌,
穿过村庄,很快来到稻田里
阿里古荣也从帐篷里来到战场,全力投入战斗
阿里古荣前进,迫使彭巴哈荣往后退
退到了村庄的石墙边,彭巴哈荣咬牙坚持着
他的武器打坏了很多鸡窝
彭巴哈荣将伙伴们召集起来
他看着阿里古荣,说:
370　"阿里古荣,我的伙伴,你确实很能打!"
彭巴哈荣很快巩固了阵地
他向阿里古荣施加压力
他迫使阿里古荣撤退
他们正在向梯田移动
他们在田埂上激烈打斗
彭巴哈荣前进,迫使阿里古荣后退
阿里古荣退回了河床上
阿里古荣尽力坚持
他向芦草丛中召唤伙伴
380　他们在河床上发起反攻。
阿里古荣前进,迫使彭巴哈荣往后退
他们向稻田的堤坝移动
他们在堤坝上全力战斗。
夜晚来临,阿里古荣停止了进攻
天色渐暗,彭巴哈荣偃旗息鼓
他们在夜色中吃饭休息
第二天他们继续战斗。
他们的战斗持续了一年半
有一天阿里古荣无意中看到
390　没有成熟的稻谷,没有收获的果实
稻田里一片荒芜,杂草丛生
梯田里长满竹子和阿里米树
彭巴哈荣和阿里古荣长大
和稻田里的树木一样高大。

阿里古荣大声喊："彭巴哈荣，我的朋友
我将带领我的伙伴回到汉纳加。"
彭巴哈荣回答道："好吧，如果你撤退了
我难道不会继续进攻吗？"
阿里古荣对伙伴们说："我们回家吧！"
400　阿里古荣离开帐篷，穿过河床上的小路
当他们到达稻田的时候，天色已经变暗
他们把武器放在村里的长屋里
他们在那里休息又吃饭。
阿里古荣向四周看了看，说：
"杜姆老，我的母亲，你在哪里？
你为什么不收获稻谷呢？"
他的母亲回答道："让我们等彭巴哈荣的到来
让他把我们的稻田彻底毁掉。
我们的谷仓里储藏了足够的粮食吗？
410　你们去吧，吃吧。"
夜色深深，他们沉沉入睡
公鸡发出了第一声啼叫
阿里古荣说："我的伙伴们，
到谷仓那里去，把塔甘垫子铺到谷仓下。"
他的伙伴们认真做
一些伙伴去铺垫子
一些拿着米酒，一些带来猪和鸡
阿里古荣接着说："亲爱的伙伴们，美丽的姑娘们，
让我们尽情享受宴会，没有人会拒绝。"
420　阿里古荣接着说：
"其他的伙伴们，让我们出发
我们去会一会彭巴哈荣，他已经来了。"
清晨来临，他来到梯田里，
他走过小路，来到河床上
他在河岸上等待彭巴哈荣
彭巴哈荣看见阿里古荣，他说：
"你故意在这里等我
你果然很精明，阿里古荣

你还没有收获成熟的水稻。"
430　彭巴哈荣充满了仇恨,他用力掷出梭镖
　　　阿里古荣在河床上,他接住梭镖
　　　梭镖的冲劲使他几乎失去平衡。
　　　彭巴哈荣的目光随着梭镖看过去
　　　他看到了梯田,他发出啧啧的叹息
　　　因为他看到了在田埂上等待收获的村民
　　　村民们在奚落彭巴哈荣,他被激怒了
　　　他砍下河床上的芦苇,把它们都削成梭镖
　　　他跳进梯田,将梭镖刺向阿里古荣的伙伴,
　　　他刺向阿里古荣的伙伴,他看见有的人跑掉了
440　他向他们发起进攻
　　　没有人能够很快地站起来
　　　他抓起所有成熟的稻谷穗,把它们扔进河里。
　　　彭巴哈荣说道:"阿里古荣,你还想得到丰收的喜悦吗?
　　　你还想吃到新收割的大米吗?你的确很精明。"
　　　他遇到了强大的对手,但丝毫不肯后退
　　　他们一片混乱,四处分散
　　　带着他们的酒罐子
　　　彭巴哈荣向阿里古荣大声喊
　　　要继续在稻田里打仗。
450　彭巴哈荣用力挥动武器
　　　从稻田里砍出一条路
　　　阿里古荣也砍出一条路,他们在稻田里相遇,
　　　他们在田埂上打了起来
　　　天时接近晌午
　　　他们的武器猛烈地撞击在一起
　　　他们战斗的呐喊,像响雷一样震动稻田。
　　　阿里古荣的伙伴大声喊:
　　　"加油加油,阿里古荣,
　　　杀死彭巴哈荣,割下他的头。"
460　阿里古荣抬头看着欢呼的人群说:
　　　"啊哟,我的伙伴,漂亮的姑娘
　　　请你们不要喊了

　　　　　因为彭巴哈荣是一个难得的对手。"
　　　　　杜姆老很担心
　　　　　她背起阿吉娜娅
　　　　　她拿起一条毯子,
　　　　　紧紧地裹在身上
　　　　　她为自己卷了一支烟
　　　　　从梯子上滑了下来
470　　他们穿过村庄,爬上石墙
　　　　　杜姆老站在田埂上观察
　　　　　阿里古荣和彭巴哈荣一样强大
　　　　　他们在田埂上激起沙尘。
　　　　　杜姆老大声喊:"你们为什么每天
　　　　　都要在稻田里上打仗呢?
　　　　　我的孩子们,你说,
　　　　　彭巴哈荣,你到梯田的谷仓里去吧,
　　　　　这样阿里古荣也可以这么做
　　　　　还可以去吃东西。"
480　　彭巴哈荣抬起头看见杜姆老
　　　　　正背着一个孩子,小孩的双腿在上下摆动
　　　　　她是安吉纳亚
　　　　　杜姆老和安达洛的女儿。
　　　　　彭巴哈荣停下来,他问阿里古荣:
　　　　　"谁在石墙上说话呢?"
　　　　　阿里古荣回答道:"你为什么问我母亲杜姆老的名字呢?"
　　　　　彭巴哈荣又问:"她背上的女孩是谁呢?"
　　　　　阿里古荣回答道:"你为什么问我妹妹阿吉娜娅的名字呢?"
　　　　　彭巴哈荣细寻思:"她和我母亲因丹古娜伊长得很像嘛!"
490　　彭巴哈荣很尊重她,他跳到谷仓的院子里
　　　　　阿里古荣也放下盾牌
　　　　　爬上房子去吃东西
　　　　　在吃东西的时候,他还嚼槟榔
　　　　　彭巴哈荣发出一声清晰的喊叫:
　　　　　"我的朋友,阿里古荣,我来了,你准备好了吗?"
　　　　　阿里古荣拿起武器

他走过村庄,跳到田埂上
　　　他们相遇,只用一支梭镖打仗。
　　　彭巴哈荣开始发起攻击
500　他将阿里古荣逼到石墙的旁边
　　　阿里古荣撤退的时候
　　　他的梭镖刺中了很多鸡窝①
　　　阿里古荣大声喊:"我的伙伴们,
　　　让我们发起攻击,击退彭巴哈荣。"
　　　他们将彭巴哈荣赶回梯田里
　　　他们在田埂上打得难分难解
　　　这次,阿里古荣发起攻击
　　　将彭巴哈荣赶到河床上
　　　当彭巴哈荣撤退的时候
510　他的胳膊被河床上的芦苇缠住了
　　　彭巴哈荣跳到一块高地上,大声喊:
　　　"我的伙伴们,让我们发起攻击,
　　　将阿里古荣打回梯田里。"
　　　他们发起攻击,并将敌人赶回了田埂上
　　　他们打得不分上下,白天过去,夜色降临
　　　彭巴哈荣爬上田埂
　　　再爬上谷仓的石院子中去
　　　阿里古荣在田埂上摆开阵势
　　　丝毫不肯让步
520　彭巴哈荣也是坚持不懈
　　　他们的战斗日夜不停
　　　一年半过去了,他们还是没有分出胜负。
　　　彭巴哈荣放眼望去
　　　稻田里一片荒芜,只有竹子和阿里米树
　　　他的目光在战场上来回巡视
　　　彭巴哈荣大声喊道:"阿里古荣,我的朋友
　　　我要回家了,我的伙伴们也要撤回达利迪甘。"

---

　　① 原文中用了 haginghing 和 langegan 两个词,这两个词可以互换,表示武器、长矛或盾牌的意思。

阿里古荣说:"你们回去吧,但我还会再追过去的。"
彭巴哈荣大声说:"来吧,伙伴们
530　我们回家吧,回到达利迪甘。"
他们的队伍走过河床上的小路
他们绕过村庄的围墙
当他们回到达利迪甘的时候,夜幕已经降临
他们爬上梯田,他们在田埂上前行
他们爬上村庄的石墙
他们回到了达利迪甘。
彭巴哈荣说:"亲爱的妈妈,因丹古娜伊
请准备食物,我和伙伴们都回来了。"
因丹古娜伊拿来很多食物,战士们尽情享用
540　他们嚼槟榔,把红色的口水吐到地上
天色已晚,他们安静地休息
战士们的火炬就像天上星星。
阿里古荣正在等待公鸡的啼叫
东方传来公鸡的啼叫声
阿里古荣说:"快醒来,我的伙伴,
我们准备吃的,清晨已经过去很长时间了。"
他们做饭,他们嚼槟榔
他们把红色的口水吐到地上
阿里古荣命令道:"做好准备,我的伙伴们,
550　我们将向达利迪甘前进。"
阿里古荣的队伍出发了
他们穿过村庄,他们在田埂上前进
他们到达河边的堤坝上,他们走过一条小路
当他们来到达利迪甘的时候
太阳已经高挂空中。
他们爬上谷仓的石墙上
阿里古荣的喊声在四周回荡
"彭巴哈荣,马上到稻田里来
我们再来决一胜负。"
560　彭巴哈荣回答道:"我们马上就到
我以为你不敢来了。"

彭巴哈荣接着喊道：
"我的伙伴们，列队出发，我们要发起进攻了。"
他们列队穿过村庄
他们向堤坝发起攻击
阿里古荣的和战士也来到了堤坝上
阿里古荣和彭巴哈荣再次相遇。
在梯田的一个险峻的弯角
阿里古荣操起梭镖，向彭巴哈荣发起攻击
570 阿里古荣掷出梭镖，彭巴哈荣接住梭镖
彭巴哈荣将梭镖重新掷回，阿里古荣接住梭镖
他们力量都差不多，谁也无法碰到对方
他们在达利迪甘打了一整天。
周围的村庄都知道两个部落之间的战争
战士们是这么形容战斗的：
"真是太可惜了，彭巴哈荣被阿里古荣的梭镖刺中了
他被无情地杀死了。"
消息在周围的村庄传开了
人们都在说：
580 "真是太可惜了，
彭巴哈荣被阿里古荣的梭镖无情地杀死了。"
在姆布鲁望，道拉扬问道：
"你们在谈论什么呢？"
战士们回答道：
"没什么，只是达利迪甘的彭巴哈荣
被阿里古荣的用梭镖杀死了"
道拉扬说道："我要去看看是不是真的。"
他回到家里，跳到门上
他拿起一把锋利的砍刀，他把砍刀插入剑鞘
590 他从墙上取下挎包
他的母亲玛卡比看着他
道拉扬也看着他母亲
"你要去哪里，道拉扬，
我亲爱的儿子？"
道拉扬走近母亲，说：

"玛卡比,我亲爱的母亲,请您留步
我要去达利迪甘,
因为阿里古荣用梭镖杀死了彭巴哈荣。"
玛卡比再次靠近儿子
600 "道拉扬,我亲爱的儿啊
你最好远离危险
和你的战士一起过快乐的日子
我听说阿里古荣是安达洛的儿子
他非常擅长战斗
你怎么能去和他拼命呢,我的儿啊。"
道拉扬没有在意母亲的劝告
他拿起梭镖,大步离开家门
他穿过村庄
朝着稻田的堤坝走去
610 他走过河岸上的小路
他走过人迹罕至的小道
当他到达达利迪甘的时候已经是正午时分。
他的目光穿过稻田,看到了河床
他看到达利迪甘散发着幸福气息的房子
道拉扬的舌头发出咯咯的声音,他大声说:
"达利迪甘的房子太棒了,这里的田地太肥沃了,
这些都即将属于我吗,道拉扬?"
他走到稻田的一边,他没有直接出现在阿里古荣的面前
他坐了下来,大声喊道:"你们在哪里,达利迪甘的战士们?
620 去把彭巴哈荣叫过来。"
彭巴哈荣的战士说:
"阿里古荣已经停止战斗,正在堤坝上休息
彭巴哈荣快过来
稻田的另一边有人想见你。"
彭巴哈荣听见了战士的话,他抬头说:
"你们在叫谁,我的战士?"
他的战士说:"爬上石墙,快上来。"
彭巴哈荣说:"嘿,阿里古荣,你先休息一下,
我要上去一下。"

第二章 《呼德呼德》——伊富高族的英雄赞歌

630　阿里古荣点了点头,"随你便。"
　　彭巴哈荣爬上石墙
　　彭巴哈荣盯着道拉扬,他说:
　　"我很奇怪,为什么你认识我,
　　而我不认识你呢?"
　　道拉扬回答道:"你为什么叫道拉扬的名字呢?
　　我是住在姆布鲁望的村民
　　我来这里是因为听说你被杀了。"
　　彭巴哈荣笑道:
　　"我怎么会被杀呢,难道我不能打仗吗?

640　你为什么来这里?"
　　道拉扬回答道:
　　"我来这里是为了看你。"
　　彭巴哈荣问答:"这是为什么?"
　　道拉扬说:"为什么,为什么
　　因为我应该成为你的妹夫
　　因为玛卡比和因丹古娜伊已经交换珍珠项链了。"
　　彭巴哈荣斜着脑袋说:
　　"但是,也许阿里古荣不能同意
　　我们不是一起在稻田里长大的吗?"

650　他们在稻田的一边嚼槟榔
　　他们的嘴唇一片血红,道拉扬接着说:
　　"彭巴哈荣,请允许我使用你的武器
　　我要到稻田里去挑战阿里古荣。"
　　彭巴哈荣回到道:"我才是挑战阿里古荣的人
　　你不具备这样的能力
　　你去挑战阿里古荣
　　这对他是一个侮辱。"
　　道拉扬回答道:"彭巴哈荣,我的姐夫
　　你看看我的胳膊,它们都强壮有力。"

660　他们争论了一会儿,彭巴哈荣最后说:
　　"那你就去吧,小心一点。"
　　道拉扬拿起彭巴哈荣的武器
　　他冲到堤坝上

彭巴哈荣跳到石墙的边上
他看着道拉扬和阿里古荣之间的战斗
阿里古荣抬起头,对彭巴哈荣说:
"为什么彭巴哈荣在那里
你是什么人,为什么来这里?"
道拉扬来到堤坝上,他们开始战斗。
670　阿里古荣掷出梭镖
道拉扬抓住了梭镖,可是几乎抓不住
阿里古荣接着说:"你为什么要替人来这里
你要多加小心了,你几乎接不住我的梭镖。"
道拉扬回答道:"我替彭巴哈荣,我的大舅子来到这里。"
阿里古荣一边笑着点头,一边说:
"好的,彭巴哈荣,你的大舅子!
他的妹夫,道拉扬,
你真的要小心了,好好接着我的梭镖
我仅剩的梭镖,这支梭镖是我父亲安达洛用过的。"
680　道拉扬嘲笑着说:
"真如你所愿,我真的不够勇敢吗?"
阿里古荣瞄准道拉扬,猛地用力掷出梭镖
梭镖击中了道拉扬的大腿
正好在两个铜制的腿环中间①
他尖叫着倒在武器上,倒在了堤坝上
阿里古荣把盾牌放在堤坝上,掏出他那把双刃的砍刀
他跑到道拉扬倒下的地方
他准备把道拉扬的脑袋砍了下来
但是道拉扬抬头说:
690　"嘿,你就饶恕道拉扬吧。"
他掏出了所有珍贵的珠宝
他把珠宝展现在阿里古荣面前,说:
"这些珠宝用来换回道拉扬的脑袋

---

① 男人们裆部穿着朴素的蓝色布兜,为了御寒,他们还会披上深蓝色的、妇女精心编织的毯子。他们的纹身分布在胸部、脖子甚至大腿上。他们会在腿上和脖子上戴上螺旋形的铜环。——译者注

　　　　你把它们拿走吧，我是一个富有的首领卡当扬①
　　　　在我们呼布鲁旺②的土地上。"
　　　　阿里古荣大声喊道：
　　　　"我的好朋友彭巴哈荣，过来把你的妹夫带走
　　　　把道拉扬带走，并好好照顾他
　　　　让他躺在干燥的房子里。"
700　　彭巴哈荣站在梯田的围墙上看，他说：
　　　　"道拉扬，你真是丢人
　　　　你说迪努阿南的儿子
　　　　有谁会在乎你呢？
　　　　我的妹夫应该是阿里古荣
　　　　他是安达洛的儿子
　　　　只有他能给我带来荣誉
　　　　弟兄们，把道拉扬扶起来
　　　　把他送回老家去。"
　　　　玛卡比，迪努阿南的妻子
710　　轻蔑地看着道拉扬
　　　　她指着道拉扬说：
　　　　"你看，你不听你母亲的劝告
　　　　你为什么不听她的话？
　　　　难道你母亲没有叫你不要惹麻烦
　　　　多用时间寻找幸福
　　　　另一个道拉扬在哪里
　　　　那个听话的道拉扬在哪里？"
　　　　道拉扬奄奄一息地躺着
　　　　所有的动物们都用来献祭神灵
720　　梭镖的伤口折磨了他一年半
　　　　最后，道拉扬离开了人世。
　　　　阿里古荣也在汉纳加休息
　　　　一天早晨
　　　　他走到河岸上去

---

① 原文为 kadangyan，指当地社会中富有的阶层。
② 原文为 Humbuluwan，应该是 Mumbuluwan 的另外一种形式。——译者注

他要清洗一下自己的身体
他说:"我的身体啊
你可不能有任何的损坏
有一天我会需要用强壮的身体来战斗。"
战斗中的污垢使河水都变了颜色
730　他重新回到村里吃东西
他咀嚼槟榔
他站起来,拿起自己的砍刀
他束紧腰带
他背上挎包
他拿起战斗的梭镖
他跳到广场中间,大声呼喊:
"我的战士们,你们是真正的男子汉,
我们要去达利迪甘继续战斗。"
他们穿过村庄,爬上石墙
740　他们穿过梯田,他们穿过河床
他们走过偏僻的小道
在傍晚的时候,他们到达了达利迪甘
他们爬上梯田,他们爬上村边的石墙
他们要进行一场大战
阿里古荣把梭镖摆成一堆
他转身,坐在彭巴哈荣家院子
坐在一个石臼上
彭巴哈荣往下看,
他点起一直松球火把
750　他把火把扔给阿里古荣
彭巴哈荣说:
"看清楚了,我的战士们
既然敌人来到了我们这里
让我们消灭阿里古荣
把他身上的肉分给各个村庄里的人。"
阿里古荣开怀大笑,说:
"好啊,彭巴哈荣,
如果你想实现这样的愿望,

你的战士中，
760　只有你彭巴哈荣能够做到。"
彭巴哈荣接着说：
"帕古伊万，我的父亲，你在哪里？
请把酒坛子拿过来
我们要了结恩怨
彭巴哈荣和阿里古荣之间的恩怨。"
老人站了起来
他把酒坛子拿出来
放在院子里面
老人拿起槟榔，分成两瓣
770　放在阿里古荣和彭巴哈荣的中间
两人咀嚼槟榔以后
老人又把一杯酒分成两份
其中一份递给彭巴哈荣
另一份递给阿里古荣
他们都很认真地举行仪式
他们分别站到院子的两边
他们重新听到了和平的祈祷
老人告诉他们巴翰的仪式①
彭巴哈荣说："我们结束仪式，我们可以吃东西了。"
780　夜幕降临，双方都休息了
第二天一大早
阿里古荣走遍村庄的每一个角落
"我的战士们，
把阿里古荣的挎包送过去②
如果有比阿里古荣更好的求婚者
那我就终身不娶。"
战士们把挎包送到彭巴哈荣的家里
正好是早饭时间，战士们说：
"彭巴哈荣，请你先不要吃饭，

---

① Pahang，主要是讲述两个有仇的部族之间互相和解的故事。
② 阿里古荣的挎包被送到彭巴哈荣的家里，作为阿里古荣准备迎娶布甘的象征。

790 　　这是阿里古荣的挎包。"
　　　听了战士们的话，
　　　彭巴哈荣回答道：
　　　"有什么能反对阿里古荣的求婚呢？
　　　他将成为我的妹夫，我同意了。
　　　我现在想见他
　　　我们可以一起吃饭。"
　　　战士们回到阿里古荣的身边，说：
　　　"没有人反对你的求婚
　　　他们邀请你一起吃饭。"
800　阿里古荣回答道：
　　　"我亲爱的战士们
　　　你们现在可以回家了
　　　还有很多的事情需要准备。"
　　　他们去吃东西
　　　他们吃完饭后就一起嚼槟榔
　　　他们把嘴里的汁液
　　　吐在地上的缝隙里
　　　阿里古荣说：
　　　"彭巴哈荣，我的姐夫
810　带我去看看你们的树林
　　　我想带一些柴火回来。"①
　　　彭巴哈荣笑着说道：
　　　"阿里古荣，我的妹夫
　　　你没有看到院子那些成堆的柴火吗？
　　　我的战士们都已经准备好了。"
　　　阿里古荣也笑着说：
　　　"为什么我不能再多准备一些柴火呢
　　　我还没有变成一个老人嘛。"
　　　彭巴哈荣从房子下面
820　拿起一把斧头

---

① 为心爱的人的家庭收集柴火是提供礼物的一种形式，也是求婚的一个重要的组成部分。

　　　　递给阿里古荣
　　　　他们穿过村庄
　　　　来到稻田的尽头
　　　　进入达利迪甘的树林里
　　　　他们找到了树木最繁茂的地方
　　　　到处都是高大的树木
　　　　阿里古荣从树丛底
　　　　没用太长的时间
　　　　就把大树砍倒了
830　　阿里古荣把树干砍成小块
　　　　把木头砍成小块
　　　　他的战士们把木头运走
　　　　他们吃饭的时候已经是正午时分了。
　　　　他们吃完饭以后，就开始嚼槟榔
　　　　阿里古荣站起来，把柴火劈开
　　　　他在院子里劈柴
　　　　非常使劲
　　　　彭巴哈荣看着他的妹夫
　　　　嘴里发出啧啧的声音，他心想：
840　　"阿里古荣伐木劈柴真娴熟
　　　　彭巴哈荣也能做同样的事情。"
　　　　阿里古荣在劈木头
　　　　他把木头堆成一堆
　　　　他把柴火摆放在壁炉上
　　　　他把木头摆放地非常整齐①
　　　　然后他们就休息了，夜晚已经来临
　　　　三天后，阿里古荣对彭巴哈荣说：
　　　　"彭巴哈荣，我的姐夫
　　　　你认为我能把你亲爱的妹妹
850　　布甘带到汉纳加吗？"
　　　　阿里古荣走到院子里
　　　　彭巴哈荣站起来

---

① 柴火摆放的整齐程度是一个人管理家庭事务能力的体现。

从墙上解下一面铜锣
从屋子里拿出一个编织精美的毯子
他把这些东西地拿到门口
他把这些东西交给阿里古荣，说：
"铜锣，你可以在路上用
天气非常热，你用它给布甘遮阴
这样她就不会被太阳晒到。"
860 他们穿过村庄
他们走过堤坝
他们走过河床
他们走过偏僻的小路
他们走过村庄的围墙
一天下午
他们终于走到了汉纳加。
阿里古荣开始
敲铜锣
村民们都站在围墙上
870 阿里古荣昂起头，说道：
"你们都在看什么，我的战士
我做了我想做的事情
如果没人反对
你们就来迎接
布甘和阿里古荣
都到我家里去吧
为我们准备食物吧。"
他的村民回答道：
"阿里古荣，安达洛的儿子
880 食物已经准备好了
我们都期待着你今天能回来。"
他们在堤坝上走着
他们爬上村边的石墙
他们尽情玩乐
杜姆老，阿里古荣的母亲
急切地跑过来拥抱布甘，轻抚儿媳

她轻轻地说：
"你在太阳底下走了这么长时间，一定累了
赶紧休息一下，去掉路途上的劳累
890　我们家里的垫子非常凉爽。"
他们休息之后，就上来吃饭
他们吃完饭之后
他们打开酒坛
他们尽情享用琥珀色的美酒
他们邀请达利迪甘的战士们一起分享美酒。
客人们返回达利迪甘
他们告诉彭巴哈荣
他们受到了盛情的款待
汉纳加的人们既富有又高贵。
900　彭巴哈荣回答道：
"太好了，我们也要像他们热情
盛情接待来自汉纳加的客人
夜幕降临
他们在汉纳加休息①
第二天一大早，阿里古荣说：
"我的战士们
大家行动起来
去打水吧。"
战士们吵闹着集合起来
1000　他从屋子底下
拿出斧头②
他把斧头递给战士们
战士们拿着斧头
穿过村庄
他们走过堤坝
他们走进稻田旁边的树林

---

①　此处的他们应该是指阿里古荣的家人及族人。——译者注
②　原文诗行的编号中，缺少900—1000句的编号，而史诗的意思和情节并没有因为缺少编号而中断。为保持原文的风貌，译本也保留了原文的编号。——译者注

　　　　他们寻找一个树木繁茂的地方
　　　　他们把树砍倒
　　　　挖空树干来引水
1010　　他们找到清澈的瀑布
　　　　他们把水引到稻田里
　　　　他们把水引过村庄的石墙
　　　　战士们们用管道引水
　　　　他们决定着水流的方向
　　　　他们找到一个办法
　　　　战士们跟着水流来到村里
　　　　他们做他们想做的事情
　　　　他们把水送到各家各户
　　　　阿里古荣正在房子底下
1020　　悠闲地小憩
　　　　他醒了过来，站了起来
　　　　他跑到瀑布所在的地方
　　　　他取下大腿上的铜环
　　　　把它们放在流动的水里，说道：
　　　　"这是布甘挂珍珠项链的地方
　　　　那些美丽的珍珠。"
　　　　他跑过院子
　　　　他跳进屋子里
　　　　他从屋子里拿出一面铜锣
1030　　他跳着跑到院子里
　　　　他跑到瀑布的旁边
　　　　他把铜锣面朝上放好，说道：
　　　　"这是布甘擦干身体的地方。"
　　　　阿里古荣跑回院子
　　　　他跑进屋子里
　　　　他拿出几条毯子
　　　　他这些毯子都解开
　　　　他挑出最好的毯子
　　　　他把毯子拿到屋子外
1040　　他把毯子放在肩上

他拿着毯子
　　他跑到院子里
　　他跑到洗澡的地方
　　他把洗澡的地方围起来，他说：
　　"这是布甘的浴室。"
　　很快，布甘就出来洗澡
　　彭巴哈荣，布甘的哥哥
　　来到汉纳加①
1050　他走进院子
　　阿里古荣邀请他，说道：
　　"来，我们一起吃吧。"
　　彭巴哈荣走过来，说：
　　"不，让我们去你其他的房子里
　　我要举行祈祷仪式，
　　为你幸福的婚姻祈祷。"
　　彭巴哈荣说：
　　"安达洛老人在哪里？
1060　我们应该去见他
　　在你的第二座房子里
　　我们可以在那里祈祷。"
　　老人走过来，说道："你们去做吧。"
　　他们来到另外一座房子里
　　他们取下酒坛子
　　他们尽情享用琥珀色的美酒
　　他们用同一个杯子喝酒
　　彭巴哈荣接着举行公鸡祈祷仪式
　　这是汉纳加常见的仪式
1070　他祈祷道：
　　"啊，小小公鸡从哪来
　　你从黑暗中诞生
　　从深渊中走来
　　与我们一起生活

---

① 从行数上，这里少一句，原文如此。——译者注

在汉纳加的土地上繁衍生息
东方神灵和西方神灵
如果您看到我们进行战斗
如果我们会有人死去
如果有人因此而丧命
1080 请抬起你的硬喙
开始啄食东西。
我们就放弃这个计划
我们不敢违抗神的旨意
保佑我们民族繁衍的神灵。
如果得到神灵的保佑
他们将赐予很多小鸡和猪
水稻也得到丰收
他们的土地一片繁荣昌盛
伊富高的贵族富足祥和
1090 从你这里得到和谐与安宁
人们可以知道生和死,伊努啊哟!"
他打开公鸡的身体查看
翻看公鸡的胆囊
彭巴哈荣把它放在一边
彭巴哈荣喝了很多酒
他开始大声地唱情歌
彭巴哈荣大声叫唤:
"你们去把漂亮的姑娘都叫过来
我要唱情歌给他们听。"
1100 阿里古荣站起来
他打开房门
对他的妹妹阿吉娜娅说:
"去把你的女伴们叫过来
你们可以和我的大舅子
和彭巴哈荣对情歌。"
阿吉娜娅走到门外面,他大声说:
"来吧,亲爱的姐妹们
都到我家的院子里来

我们可以和彭巴哈荣一起对歌。"
1110 他们集合到院子里
她们向彭巴哈荣唱情歌
天色渐渐变暗
人们都在谈论彭巴哈荣的占卜
彭巴哈荣的占卜非常好
占卜给所有的人带来欢乐。
每个月都会有一晚铜锣会响起
人们尽情享用美食和美酒
享用汉纳加的美酒
他们吃啊喝啊
1120 仪式上没有任何的疏忽
阿里古荣和布甘的婚礼非常成功
他们用食物和美酒
款待所有的伊富高人。
彭巴哈荣最后回到了家里
回到了达利迪甘的家里
他和阿里古荣的妹妹
汉纳加的阿吉娜娅一起回家
他们在达利迪甘
庆祝他们自己的婚礼
1130 他们在伊富高非常出名
因为他们拥有高贵的身份和巨大的财富。

第五节 《呼德呼德——阿里古荣,安达洛之子》译文[①]

那是一个夜晚,就像此时一样漆黑的夜晚
阿里古荣就在那里,阿里古荣喔呀,安达洛之子喔哦
他们生活在一个叫杜马纳延的村社里

---

① 本文本由杜拉万(Lourdres S·Dulawan)录制、转写、翻译,尚未正式出版,采录时间地点为伊富高省齐安干地区,1993 年 2 月 26 日。

就是阿里古荣,阿里古荣喔呀,安达洛之子喔哦
还有他的母亲因杜姆老①,因杜姆老啊,安达洛之妻。
他们家就在村社的中心,因杜姆老抬头看了看屋里的架子
拿起扬谷用的风车,走到屋外的院子中喔哦
她背上俊美勇敢的阿里古荣,一起出发,穿过了村社的边界
来到村旁的稻田中喔呀,杜马纳延的稻田
10 他们走到稻田边用石头垒起的院子里,那里都是谷仓
因杜姆老,因杜姆老喔呀,安达洛之妻喔哦
她把阿里古荣从背上放了下来,阿里古荣啊,安达洛之子
阿里古荣便在院子里玩耍打发时间,杜马纳延的院子呀,呢嘛喔哦
因杜姆老打开了谷仓
谷仓里存放着成捆的稻谷,她把稻谷从谷堆上搬出来喔哦
很快太阳高升,已是中午时分
这时有些鸟儿开始歌唱,声音像是悦耳的口琴
它们飞过杜马纳延村边的河滩
一低头就看见阿里古荣在这里喔呀,安达洛之子喔哦
20 这些来自遥远东方的鸟儿开始交头接耳起来
"看见那位俊美迷人的男孩吗?
让我们和他一起飞翔。"这些来自遥远东方的鸟儿说,喔哦!
他们飞了下来,来到了院子的谷仓边
翅膀遮掩住了阿里古荣,阿里古荣呀,安达洛之子喔哦
他们把阿里古荣从地上提起来
他们一起飞翔,飞越了其他遥远的村社喔呀。
阿里古荣的母亲因杜姆老,因杜姆老啊,安达洛之妻
仍然在谷仓里搬着成捆的稻谷喔,在杜马纳延村呀
这时因杜姆老走了下来,到了杜马纳延的院子
30 四处找寻阿里古荣,阿里古荣呀,安达洛之子喔哦
啊,你在哪里,阿里古荣,安达洛之子?
她在谷仓周围寻找,找遍了院子的每个角落,杜马纳延的谷仓呀,呢嘛喔哦
她去杜马纳延梯田的石垒②上,寻来了村里勇敢的人们
"在哪里啊?请过来吧,杜马纳延勇敢的人们,杜马纳延呀,呢嘛喔哦!"

---

① 在不同异文的"阿里古荣"英雄史诗中,角色的名字略有变化。
② 伊富高人的梯田的外侧由石块筑成,中间封上泥土,从而防止水土从梯田上层往下流失。梯田的外侧石垒的顶部就是上一层梯田的田埂,供人行走使用。(从下方向上看石垒好似高墙,把一层层的梯田隔开。)——译者注

她回到杜马纳延谷仓前的院子里,杜马纳延呀,呢嘛喔哦
"阿里古荣不见了,阿里古荣,安达洛之子。"
这些杜马纳延勇敢的人们都来了
他们四处寻找阿里古荣,阿里古荣,安达洛之子喔哦
母亲开始哭泣,因杜姆老呀,安达洛之妻
40　她便回到了杜马纳延村的中心,杜马纳延呀,呢嘛喔哦。
此时那些来自遥远东方的鸟儿
已来到达亚根的河滩边,达亚根呀,呢嘛喔哦。
它们在那里把阿里古荣放了下来,安达洛之子
可怜的阿里古荣,阿里古荣呀,安达洛之子喔哦
阿里古荣使劲地哭着,阿里古荣呀,安达洛之子
"妈妈您在哪里啊,因杜姆老,安达洛之妻"喔哦
这时阿里古荣明白了,阿里古荣,安达洛之子
"这不是我们的村庄"阿里古荣说,安达洛之子
此时太阳西下,已是下午时分
50　他哭了又哭,阿里古荣,安达洛之子喔哦
他走到达亚根村的稻田边
踏上达亚根村边梯田的石垒墙
与此同时,布甘就在那里,布甘呀,帕古伊万之女喔哦
布甘正在达亚根的院子里,把米碾粉,做成"比纳勒"。
阿里古荣专心地听着,阿里古荣呀,安达洛之子喔哦
阿里古荣走到院子中间,走到了正中间
乌勒普勒波曼,乌马伊阿约多,达亚根①
阿里古荣穿过院子前的大门,达亚根村的院子呀,呢嘛喔哦
这把布甘吓了一跳,帕古伊万之女哦
60　"你叫什么名字,俊美潇洒的年轻人?"
"我能叫什么名字呢?"阿里古荣问,阿里古荣,安达洛之子
"那你叫什么名字?"阿里古荣接着问,阿里古荣,安达洛之子
"我的名字叫布甘啊,我是帕古伊万的女儿。"
他们俩便开始一起碾米做粉,在达亚根村的院子里
"过来吧,咱们吃饭,"布甘说,布甘,帕古伊万之女喔哦
"我从小吃这种'比纳勒'米糕长大,"布甘说,布甘,帕古伊万之女

---

① 达亚根村的歌声,此处歌手添加了一句欢快的唱词,无实义。

"这个至少要煮一下吧,"阿里古荣咕哝道,阿里古荣,安达洛之子喔哦
"我不会煮,因为这里没有火。"布甘说,布甘,帕古伊万之女
于是阿里古荣安静地吃着米糕,在达亚根的院子里呀,呢嘛喔哦
70 "如果有火我们就可以煮了吃。"阿里古荣说,阿里古荣,安达洛之子。
他们俩在院子里悠闲地打发时间,在达亚根村呀,呢嘛喔哦
他们俩很快便长大成人,布甘和阿里古荣,安达洛之子
与此同时,在另一个村里,一个叫巴纳沃的村子里喔哦
有一个叫古米尼金的人,他是迪奴阿南之子
他刚在巴纳沃村的院子里举行完献祭仪式
"现在怎么办,老父亲迪奴阿南啊
你说你的敌人身居何处?"古米尼金问道。
他的父亲说,这个叫迪奴阿南的老人说
"至于我,我是周围村社所有朋友们的朋友,喔哦
80 我没有任何敌人。"老父亲迪奴阿南说道
"如果是这样,"古米尼金说,古米尼金,迪奴阿南之子
"那我会攻击所有那些远离我们的僻远村社。"
老父亲陷入了沉思,老父亲迪奴阿南喔哦
"这对那些僻远村社里的同胞们不好吧?"
老父亲走下了巴纳沃村的院子
拿起了一支梭镖,然后说"古米尼金,我的儿子
你过来,"老父亲迪奴阿南说
他用梭镖猛地投向他的儿子,古米尼金
老父亲迪奴阿南并不生气,用手抓住梭镖,投向他的儿子
90 "不要动不动就大动肝火,古米尼金,"老父亲对儿子说
"我这么做是要试一试你的能力,古米尼金呀,我迪奴阿南之子"
"因为你要去一个叫做达亚根的村社"喔哦
此时的古米尼金,迪奴阿南之子
穿过巴纳沃村的院子
召集来全村勇敢的人们
时光流逝,他们向前进发穿过一个又一个村社,僻远的村社呀,呢嘛喔哦
此时太阳当空,已是中午时分
他们来到了村边的河滩上,达亚根村的河滩呀,呢嘛喔哦
古米尼金,古米尼金,迪奴阿南之子
100 爬上来到了谷仓前的院子里,达亚根村的院子呀,呢嘛喔哦

古米尼金他们在那里停了下来,古米尼金呀,迪奴阿南之子
拿出了装槟榔的小包,上面装点着流苏喔哦
古米尼金开始嚼槟榔,古米尼金呀,迪奴阿南之子
嚼完后古米尼金站了起来,古米尼金呀,迪奴阿南之子
他在谷仓前大声叫喊起来
他的喊声在四周回荡着,古米尼金呀,迪奴阿南之子喔哦
是谁来到了达亚根村?
阿里古荣听见古米尼金的喊声,阿里古荣呀,安达洛之子
"有人在那里喊,"阿里古荣说,阿里古荣呀,安达洛之子

110　他立刻跑出屋子,来到屋前的院子里,达亚根村的院子呀,呢嘛喔哦
径直奔向达亚根村的谷仓
他往谷仓望去,达亚根的谷仓呀,呢嘛喔哦
他看见了古米尼金,古米尼金呀,迪奴阿南之子
"是谁在达亚根的谷仓前大声喊叫?"
他看着古米尼金,古米尼金呀,迪奴阿南之子
"不用装了,不认识我古米尼金吗,迪奴阿南之子"
"我就在这里"古米尼金说,古米尼金呀,迪奴阿南之子喔哦
"想起你父亲和我父亲迪奴阿南之间的恩怨了吗?"
"是的,"阿里古荣说,阿里古荣呀,安达洛之子喔哦

120　"不要着急,等我一下,"阿里古荣又说,阿里古荣呀,安达洛之子
他跑回了村子中心,达亚根村的中心,呢嘛喔哦
对着布甘说,布甘呀,帕古伊万之女
"为什么,是谁在那儿大喊大叫?"布甘问,布甘呀,帕古伊万之女喔哦
"啊,那是你们的敌人,"阿里古荣回答说,阿里古荣呀,安达洛之子
阿里古荣走进村中心的房子里,达亚根村的中心呀,呢嘛喔哦
拿出了布甘父亲帕古伊万的盾牌
再回到了谷仓前的院子里,达亚根的院子呀,呢嘛喔哦
走进了达亚根的稻田中
古米尼金紧随其后,古米尼金呀,迪奴阿南之子,呢嘛喔哦

130　也来到了达亚根的稻田中
他们之间隔着灌溉梯田的水渠,达亚根的梯田呀,呢嘛喔哦
古米尼金拿起了梭镖,古米尼金呀,迪奴阿南之子
使劲掷向了阿里古荣,阿里古荣呀,安达洛之子
阿里古荣武艺高超,阿里古荣呀,安达洛之子

　　　　一把抓住古米尼金投来的梭镖,古米尼金呀,迪奴阿南之子
　　　　两人在达亚根的稻田中不断地向对方投掷梭镖
　　　　"为什么呢,"阿里古荣心想,阿里古荣呀,安达洛之子
　　　　"要是我有稻米吃,来增强体力就好了"阿里古荣想,安达洛之子
　　　　阿里古荣有些担心了,阿里古荣呀,安达洛之子喔哦
140　　他使劲向古米尼金投掷梭镖,古米尼金呀,迪奴阿南之子
　　　　他把古米尼金逼退到河边,达亚根的河边呀
　　　　古米尼金猛地跌入深深的河水中,古米尼金呀,迪奴阿南之子
　　　　阿里古荣停在了院子边,达亚根的院子呀,呢嘛喔哦
　　　　他拿起一根点燃的木柴,跑了起来,阿里古荣呀,安达洛之子
　　　　他拿着木柴跑到了村社中心,达亚根喔哦
　　　　他很快就在房子里生起了一堆火
　　　　把稻米放入罐子中,然后说,"布甘啊布甘,帕古伊万之女
　　　　你来照管这堆火"
　　　　阿里古荣又回到稻田中,达亚根的稻田呀,呢嘛喔哦
150　　继续与古米尼金作战,古米尼金呀,迪奴阿南之子
　　　　最后烈日当空,又是中午时分
　　　　"你,古米尼金,古米尼金呀,迪奴阿南之子
　　　　你回谷仓前的院子去,我到村社的中心去,"阿里古荣说,阿里古荣呀,安达洛之子
　　　　阿里古荣便回到村子里,达亚根村呀,呢嘛喔哦
　　　　可怜的布甘正在那里,布甘呀,帕古伊万之女
　　　　她不知道应该如何煮饭,在达亚根村的中心呀,呢嘛喔哦
　　　　可怜的人啊,布甘的眼睛都肿了,
　　　　"你怎么会如此不幸!"阿里古荣说,阿里古荣呀,安达洛之子
　　　　他把米倒进去,开始煮新鲜的稻米,阿里古荣呀,安达洛之子
160　　"你看,布甘,我来教你如何煮饭,布甘呀,帕古伊万之女"
　　　　稻米已经煮了起来,在达亚根村中的房子里
　　　　他们做好了饭,在村中吃起来
　　　　布甘非常喜欢吃煮好的米饭,布甘呀,帕古伊万之女喔哦
　　　　"真是香甜啊,这就是人们说的煮好的米饭,"布甘说,布甘呀,帕古伊万之女
　　　　"所以人们都爱吃这种米饭"他说,在达亚根村中心的房子里
　　　　阿里古荣又回到稻田中去,达亚根的稻田呀,呢嘛喔哦

　　　　要与古米尼金继续作战,古米尼金呀,迪奴阿南之子
　　　　战斗持续了一个半月,就在达亚根村呀,呢嘛喔哦
　　　　与此同时,在金布卢村里
170　　有一个叫比木约的人,比木约呀,来自巴纳沃呀,呢嘛喔哦
　　　　他正要去村里面,去巴纳沃村呀,呢嘛喔哦
　　　　他要去拜访他的表兄①古米尼金,古米尼金呀,迪奴阿南之子
　　　　于是他前往巴纳沃村的中心,巴纳沃喔哦
　　　　他来到了村子中心,这个比木约呀,古米尼金之子
　　　　"古米尼金在哪里?"比木约问,比木约,古米尼金之子
　　　　"啊,他不在这里,"他的叔叔回答说,他的叔叔迪奴阿南呀
　　　　"他去达亚根已有些时日,"达亚根喔哦
　　　　"他是去达亚根打仗,"达亚根呀
　　　　"如果他不在这里,我就去追随他,"比木约说,比木约呀,古米尼金之子
180　　"我去帮助表兄古米尼金,古米尼金呀,迪奴阿南之子喔哦"
　　　　于是比木约便走到巴纳沃的稻田中
　　　　时间流逝,他穿过了一个又一个的村社
　　　　比木约终于到了,比木约呀,古米尼金之子②
　　　　他听见了打斗声,古米尼金和阿里古荣鏖战正酣,阿里古荣呀,安达洛之子喔哦
　　　　比木约气得咬牙切齿,跳进达亚根的稻田中
　　　　他用梭镖瞄准阿里古荣,阿里古荣呀,安达洛之子
　　　　阿里古荣丝毫没有注意到,比木约已向自己投出梭镖,阿里古荣呀,安达洛之子
　　　　可怜的阿里古荣惊讶地停了下来,停在达亚根的稻田中,达亚根的梯田呀,呢嘛喔哦
　　　　"你们来自遥远的村庄,俊美而富有,但为什么要这样"
190　　"而且同时从两边夹击我,"阿里古荣说,阿里古荣呀,安达洛之子
　　　　"就是这样的,"比木约说,比木约,古米尼金之子

---

① 或堂兄,菲律宾多个民族的亲属称谓中,当地的词汇系统不区分堂表亲,也不区分堂表亲中的长幼,这在马来民族中是常见的。——译者注
② 虽然整部史诗中比木约是古米尼金的表弟或堂弟,但此处原文如此,可能是歌手在吟唱表演时的口误,因为类似的句式"某某人,某某之子"是吟唱部分最多见的程式之一。——译者注

"今天下午,我们要把你的头皮剥下带回去"
可怜的阿里古荣站在梯田边上,达亚根的梯田呀,呢嘛喔哦
他用左手和右手同时接着投来的梭镖,在达亚根的稻田中
他武艺高强,古米尼金和比木约都被拖累了,比木约呀,古米尼金之子喔哦
比木约实在是太累了,他走到达亚根谷仓前的院子里
他拿出槟榔包,上面装点着流苏
他嚼起了槟榔,比木约,比木约呀,古米尼金之子
他的槟榔嚼成了鲜红色呀,他在达亚根谷仓前的院子里呀,呢嘛喔哦

200 他朝杜奴安山的山顶挥舞起槟榔包
"山上的水牛呀,杜奴安山,呢嘛喔哦"
"水牛呀,为什么不从山上冲下来呢?"
猛然间阿里古荣被水牛团团围住,阿里古荣呀,安达洛之子喔哦
水牛把阿里古荣围得水泄不通,阿里古荣呀,
阿里古荣拔出了双刃利剑,在达亚根的稻田里呀,呢嘛喔哦
他开始击杀水牛,在达亚根的稻田里呀,呢嘛喔哦
他左右开弓,挥剑击杀,阿里古荣呀,安达洛之子
当他正在稻田中击杀水牛时,达亚根的稻田呀,呢嘛喔哦
比木约在一旁观看,比木约呀,古米尼金之子

210 "这个阿里古荣真是个力大无比的汉子!"
比木约又往古古利山的山顶望去
"山上的大水牛呀,古古利山,呢嘛喔哦"
"你最好也下来,"比木约说,比木约呀,古米尼金之子
一头巨大的水牛吼叫着从古古利山上冲了下来
它径直奔向阿里古荣,阿里古荣,安达洛之子
可怜的阿里古荣一点机会都没有,阿里古荣,安达洛之子
大水牛用角把阿里古荣挑起,就在达亚根的稻田里
它把阿里古荣挑在牛角上,
它带着阿里古荣向着远方的村社狂奔

220 穿过了一个又一个村社,村社呀,呢嘛喔哦
可怜的阿里古荣一路请求道,阿里古荣呀,安达洛之子:
"村民朋友们啊,邻近的村社呀,呢嘛喔哦"
"挡住大水牛的去路吧,"阿里古荣说,阿里古荣呀,安达洛之子
但大水牛依然风驰电掣般狂奔而去,穿过了一个个村社,村社呀,呢嘛

喔哦
太阳西下,已是下午时分
大水牛终于来到了河滩边,巴尼拉干的河滩边呀
那里有一个叫阿纳纳约的人,阿纳纳约,阿里古荣之子
他看到阿里古荣时笑了起来
但阿纳纳约喝醉了,阿纳纳约呀,阿里古荣之子喔哦
230　一边的长者们对他说,"冷静点,阿纳纳约,阿里古荣之子
去看看这位俊美的年轻人。"
在巴尼拉干,已是破晓时分
所有人都在激动不已地谈论着阿里古荣,阿里古荣呀,安达洛之子喔哦
"那就是阿里古荣,阿里古荣呀,安达洛之子
还有这个阿纳纳约,阿纳纳约呀,阿里古荣之子喔哦
在巴尼拉干的河滩边阿纳纳约酒醒了
他从竹篱笆上抽出一根竹竿,伸向阿里古荣,阿里古荣呀,安达洛之子
阿里古荣从水牛角上跳了下来,跳到巴尼拉干的河滩上
阿纳纳约在河边杀死了大水牛,在巴尼拉干河边呀,呢嘛喔哦
240　阿里古荣和他的表弟①站在了一起,阿纳纳约呀,阿里古荣之子
"你叫什么名字?"阿纳纳约问,阿纳纳约呀,阿里古荣之子
"我是阿里古荣,阿里古荣呀,安达洛之子"
"你怎么和我父亲叫同一个名字呀,老父亲也叫阿里古荣喔哦"
"那我不知道,"阿里古荣说,阿里古荣呀,安达洛之子
"我们不如一起去村里,找到母亲阿桂纳亚,阿桂纳亚呀,阿里古荣之妻喔哦②"
此时有一个人叫杜努安,杜努安呀,帕古伊万之子
他也来到了河边,巴尼拉干河边呀,呢嘛喔哦
他看见了阿里古荣和阿纳纳约,阿里古荣之子
这个杜努安就在那里啊,杜努安呀,帕古伊万之子喔哦
250　"你叫什么名字啊,高大俊美的年轻人?"
"我是杜努安,杜努安呀,帕古伊万之子喔哦
我来这里是因为我要去远征,去达亚根村"
"啊,到底怎么回事?"阿里古荣说,阿里古荣呀,安达洛之子喔哦

---

① 此处指阿纳纳约。
② 此处人物关系混乱。

"我希望布甘仍在那等着我,布甘呀,帕古伊万之女
她也许已被其他富有的男子引诱了,布甘呀,帕古伊万之女喔哦"
于是他们一起穿过了一个又一个村社
最终回到达亚根的河滩边,达亚根呀,呢嘛喔哦
他们听见布甘的哭喊声,可怜的布甘,帕古伊万之女
古米尼金和比木约正拉扯着她,比木约呀,古米尼金之子
260 阿里古荣被激怒了,阿里古荣呀,安达洛之子
他从后面一把抓住比木约,比木约呀,古米尼金之子喔哦
他把比木约绑了起来,比木约呀,古米尼金之子
"这是你的报应,"阿里古荣说,阿里古荣呀,安达洛之子喔哦
"在我和布甘的婚礼上,布甘呀,帕古伊万之女
比木约你要当我们的垫脚凳,比木约呀,古米尼金之子。"
接着他们往达亚根村的中心走去
杜努安就在那里,杜努安呀,帕古伊万之子喔哦
"我现在回家去,"杜努安说,杜努安呀,帕古伊万之子
"我要去找妈妈因丹古娜①,因丹古娜呀,帕古伊万之妻喔哦
270 之后我们再回这里来,"杜努安说,杜努安呀,帕古伊万之子
时光流逝,杜努安穿过了一个又一个村社向远方走去,远方的村社呀,
喔哦
傍晚的时候,杜努安终于到了
他来到杜努根村的中心
见到了母亲因丹古娜,因丹古娜呀,帕古伊万之妻喔哦
"见到你的姐姐布甘了吗?她怎么样?"
"我见到她了,"杜努安回答道,杜努安呀,帕古伊万之子
"她很好,有一个叫阿里古荣的人,阿里古荣呀,安达洛之子
有人要伤害布甘,他把布甘救了下来,布甘呀,我的姐姐喔哦
母亲,请做好准备,我们要回达亚根村去。"
280 "好的,"因丹古娜答应道,因丹古娜呀,帕古伊万之妻喔哦
因为天已经黑了他们便休息了
午夜时分,深深的黑夜呀,呢嘛喔哦
因丹古娜醒了,因丹古娜呀,帕古伊万之妻喔哦
她起来了,因丹古娜呀,帕古伊万之妻喔哦

---

① 有的文本也写成"因丹古娜伊"。——译者注

"我们杜努根村的神灵啊
聚到一起,把我们从地上托起,飞到那遥远的村社去吧。"①
过了一会儿,因丹古娜有些害怕了,因丹古娜呀,帕古伊万之妻喔哦
她的房子在空中飞了起来,因丹古娜呀,帕古伊万之妻
房子呼呼地飞过了一个又一个村社

290　此时在达亚根,天刚刚亮,达亚根,呢嘛喔哦
当房子从天而降时,因丹古娜呀,帕古伊万之妻
达亚根勇敢的人们,无论成人还是孩子都非常惊讶
布甘和阿里古荣被叫醒了,阿里古荣呀,安达洛之子
"你的亲人来了,就在那儿,"他对布甘说,布甘呀,帕古伊万之女
阿里古荣和布甘走出屋子,来到院子里,达亚根的院子呀,呢嘛喔哦
他们见到了母亲因丹古娜,因丹古娜呀,帕古伊万之妻
因丹古娜紧紧抱住了布甘和阿里古荣,阿里古荣呀,安达洛之子
他们休息了一会儿,直到天色大亮
因丹古娜召集来村中勇敢的人们,因丹古娜呀,帕古伊万之妻

300　"达亚根勇敢的人们啊
把猪抓过来,就在达亚根的院子里呀"呢嘛喔哦
人们便把地上的猪抓住,捆了起来
"这样很好"因丹古娜说,因丹古娜呀,帕古伊万之妻
"我们一起唱诵吧,布甘要成为阿里古荣的妻子
因为如果没有阿里古荣的话,阿里古荣呀,安达洛之子
没有人能够保护和照顾好我的孩子布甘。"
于是人们把猪杀了,就在达亚根的院子里,喔哦
人们唱诵起布甘的名字,布甘,阿里古荣之妻
他们举行了盛大的宴会,达亚根的村民们

310　因丹古娜又说,因丹古娜呀,帕古伊万之妻,呢嘛喔哦
"此时此刻,我们用'乌亚伊'庆典来庆祝这个婚礼,就在达亚根这里吧"
阿里古荣开始思考,阿里古荣呀,安达洛之子喔哦
"这样的话,"阿里古荣说,阿里古荣呀,安达洛之子喔哦
"我不同意现在就举行我们的乌亚伊庆典,"阿里古荣说,阿里古荣呀,安达洛之子
"我不是懦夫,也不能被人当成懦夫,"阿里古荣说,阿里古荣呀,安达洛

---

① 此处原文注有杂音干扰,具体语句不精确。

之子

"那不如这样,母亲因丹古娜,因丹古娜哦呀,帕古伊万之妻"

"不要如此安排,"阿里古荣说,"因为我首先要去远征,到杜马纳延村去"

"我首先要回到自己故乡,"阿里古荣说,阿里古荣呀,安达洛之子

"就算我是因为迷路才来到这里,"阿里古荣说,阿里古荣呀,安达洛之子

320　"我都不知道是谁把我带到了这里,带到达亚根"

"如果是那样,"因丹古娜说,因丹古娜呀,帕古伊万之妻

"你的确应该开始新的远征,回到杜马纳延村去"

杜努安在一边专心地听着,杜努安啊,帕古伊万之子喔哦

"如果是这样,我和你一起去,阿里古荣,阿里古荣呀,安达洛之子。"

于是阿里古荣和杜努安开始了新的征程,杜努安呀,帕古伊万之子喔哦

他们走下了达亚根的稻田里

时光流逝,他们穿过了一个又一个村社,村社呀,呢嘛喔哦

杜努安和阿里古荣,阿里古荣,安达洛之子

来到了河边,巴洛博的河边呢嘛喔哦

330　此时阿桂纳亚正在那里,阿桂纳亚呀,安达洛之女

巴洛博河精灵正要向阿桂纳亚施魔法

"噢!又见到阿桂纳亚了,阿桂纳亚呀,安达洛之女"

阿桂纳亚拿着一把枪①,正在巴洛博河边走着

这是她自找的,"巴洛博河的精灵说,巴洛博河,呢嘛喔哦

"来,我们一起对阿桂纳亚喊,阿桂纳亚,就在巴洛博这里

就在村民来河边汲水的时候,"巴洛博河道精灵说

"阿桂纳亚应该向他们射击,阿桂纳亚呀,安达洛之女

阿桂纳亚正拿着枪在巴洛博的稻田边走着

忽然间,阿桂纳亚晕倒了,阿桂纳亚呀,安达洛之女喔哦

340　这时候阿里古荣和杜努安赶来了,杜努安呀,帕古伊万之子

阿里古荣走到阿桂纳亚身边,阿桂纳亚呀,安达洛之女喔哦

"你叫什么名字,美丽可爱的姑娘?"

"我叫阿桂纳亚,阿桂纳亚呀,安达洛之女"

"那你是谁呢?"阿桂纳亚问,阿桂纳亚呀,安达洛之女喔哦

---

① 原文如此,从时代背景的角度看,不合常理。但鉴于史诗流传的活形态,特别是本异文是上世纪田野采集的成果,史诗歌手将新事物也添加到传统的吟唱内容中,这正好表现出本异文的"活形态"特征。

"我是阿里古荣,阿里古荣呀,安达洛之子"喔哦
"真是令人难以置信,"阿桂纳亚说,阿桂纳亚呀,安达洛之女
"我找你找了好几年,阿里古荣呀,我的兄长喔哦"
"我从没有见过他,"阿桂纳亚说,阿桂纳亚呀,安达洛之女
"我必须告诉你,任何人都不能把枪拿走"阿桂纳亚说,阿桂纳亚呀,安达洛之女喔哦

350 "你不能把它拿走,待到我遇见哥哥阿里古荣的那一天,阿里古荣呀,我的兄长
我要把枪亲手交给他,"阿桂纳亚说,阿桂纳亚呀,安达洛之女
"现在我就要死去。"阿桂纳亚说,阿桂纳亚呀,安达洛之女
阿桂纳亚说着说着闭上了眼睛,躺在巴洛博的河滩边呢嘛喔哦
阿里古荣痛哭流涕,阿里古荣呀,安达洛之子
"我终于见到了你,阿桂纳亚,阿桂纳亚呀,我的妹妹喔哦,"
"但却是在你逝去之时,"阿里古荣说,阿里古荣呀,安达洛之子
阿里古荣向着巴洛博梯田的石垒上望去
"巴洛博勇敢的长者和青年们,
请来这里把阿桂纳亚抬走吧,阿桂纳亚呀,安达洛之女喔哦。"

360 人们把阿桂纳亚的遗体抬了起来,准备送回杜马纳延村
很快他们来到杜马纳延的河滩边,杜马纳延呀,呢嘛喔哦
接着来到了杜马纳延村的中心
可怜的母亲因杜姆老哭喊着说,因杜姆老呀,安达洛之妻喔哦
"我可怜的阿桂纳亚啊,阿桂纳亚呀,我的女儿
你找到了阿里古荣,但却永远地离开了,阿里古荣呀,你的兄长"喔哦
阿里古荣从杜马纳延的石垒墙边拿起了一根竹竿
用竹竿把阿桂纳亚的背撑了起来,阿桂纳亚呀,安达洛之女喔哦
这时候杜努安,杜努安呀,帕古伊万之子
取下自己脖子上的金项链,在杜马纳延的院子里呀,呢嘛喔哦

370 把金项链戴到阿桂纳亚的脖子上,阿桂纳亚呀,安达洛之女喔哦
"总有一天你会回来的,阿桂纳亚,阿桂纳亚呀,安达洛之女喔哦
这是一个信物,证明我,杜努安,来到过你们村,杜努安呀,帕古伊万之子"
他们一起为阿桂纳亚举行了所有的仪式,阿桂纳亚呀,安达洛之女喔哦
他们为阿桂纳亚祭奠服丧,阿桂纳亚呀,安达洛之女喔哦
太阳东升西落直至十天之后
终于到了阿桂纳亚下葬的日子,阿桂纳亚呀,安达洛之女喔哦

　　　　　他们先去了杜马纳延的稻田
　　　　　来到谷仓前的院子上,杜马纳延的谷仓呀,呢嘛喔哦
　　　　　他们走过了一排又一排的谷仓,哦,杜马纳延的谷仓呀
380　　最后到了第十排谷仓前,杜马纳延的谷仓呀,呢嘛喔哦
　　　　　阿桂纳亚将要葬在这里,阿桂纳亚呀,安达洛之女喔哦
　　　　　人们把阿桂纳亚埋在下面,把院子里的石板盖在上方
　　　　　之后人们回到村子中心,杜马纳延村呀,呢嘛喔哦
　　　　　把刚才抬人的木床存放在屋子下面
　　　　　天色渐暗,人们开始休息,杜马纳延村呀,呢嘛喔哦
　　　　　杜马纳延又迎来了一个明亮的清晨
　　　　　阿里古荣和杜努安,杜努安呀,帕古伊万之子
　　　　　在村中的院子里向神灵献祭
　　　　　献祭结束后,杜努安和阿里古荣,阿里古荣呀,安达洛之子
390　　准备前往周围的村社远征猎头
　　　　　他们先来到杜马纳延的稻田里
　　　　　他们向远方的村社进发,呢嘛喔哦
　　　　　太阳很快就升起来了
　　　　　太阳当空,阳光明媚,呢嘛喔哦
　　　　　阿里古荣和杜努安,杜努安呀,帕古伊万之子
　　　　　他们准备出征猎头,在杜马纳延村里哦
　　　　　他们准备出征猎头,去周围的村社呀,呢嘛喔哦
　　　　　一年又一年过去了,他们没有在别的村社里遇见阿桂纳亚
　　　　　其实阿桂纳亚,阿桂纳亚呀,安达洛之女喔哦
400　　已经从安迪布鲁村谷仓院子的石板下苏醒过来
　　　　　啊,阿桂纳亚从谷仓院子的石板下苏醒过来咯,在安迪布鲁村呀
　　　　　在安迪布鲁谷仓前的院子里,她坐了起来开始捉头上的虱子
　　　　　周围的鸡围了上来啄她的头哦,阿桂纳亚呀,安达洛之女喔哦
　　　　　她气极了一把扭住鸡的脖子,在安迪布鲁谷仓前的院子里哦
　　　　　这时候来了一个人,道拉扬呀
　　　　　那是迪努拉万,迪努拉万呀,道拉扬之子
　　　　　他正好来到安迪布鲁的谷仓,安迪布鲁的谷仓呀,呢嘛喔哦
　　　　　他看见了阿桂纳亚,阿桂纳亚呀,安达洛之女
　　　　　"陌生人,你为什么在这里呢? 在安迪布鲁谷仓前的院子里?"呢嘛喔哦
410　　"我可不是陌生人,"阿桂纳亚说,阿桂纳亚呀,安达洛之女

第二章 《呼德呼德》——伊富高族的英雄赞歌

"我是从这底下上来的"阿桂纳亚说,阿桂纳亚呀,安达洛之女喔哦
"原来是这样"迪努拉万说,迪努拉万呀,道拉扬之子
"我们到村中心去吧,安迪布鲁的中心"
他们一起走下了稻田,来到村中心,安迪布鲁的中心呀,呢嘛喔哦
他们来到了村中心,到了迪努拉万的家中
阿桂纳亚见到了迪莫娜伊,迪莫娜伊呀,迪努拉万之女喔哦
阿桂纳亚逗着迪莫娜伊开心地玩耍,迪莫娜伊呀,迪努拉万之女喔哦
他们在家里一起吃饭,在安迪布鲁村的中心呀
到了第二天的清晨,在安迪布鲁村中呀,呢嘛喔哦

420　有人来邀请迪努拉万,迪努拉万呀,道拉扬之子
邀请迪努拉万去他们的村子,杜克里干呀,呢嘛喔哦
布杜南将在那里举行一场宴会,布杜南呀,卡杜杜根之子
客人们来到安迪布鲁的村中心
他们休息了一晚,漆黑的夜晚哦
安迪布鲁村天光大亮时
村里的长者们聚集到了村中心
"你在哪里呢,迪努拉万,迪努拉万呀,道拉扬之子?"喔哦
"我明天就要去杜克里干村了
去参加布杜南的宴会,布杜南呀,卡杜杜根之子"

430　于是迪努拉万穿戴上迪莫娜伊的首饰,迪莫娜伊呀,迪努拉万之女
他们准备好了,阿桂纳亚跟他们一起去,阿桂纳亚呀,安达洛之女喔哦
人们走下到安迪布鲁的稻田中
时光流逝呀,他们穿过了一个又一个村社,呢嘛喔哦
此时太阳当空,已是正午时分
他们来到杜克里干村的河滩边,呢嘛喔哦
他们踏上杜克里干梯田的石垒
来到杜克里干村的院子里,走到祭坛前
杜克里干的村民们为他们献上米酒
他们给迪努拉万奉上米酒哦,迪努拉万呀,道拉扬之子喔哦

440　他们给阿桂纳亚奉上米酒哦,阿桂纳亚呀,安达洛之女喔哦
阿桂纳亚很快便喝醉了,阿桂纳亚呀,安达洛之女喔哦
阿桂纳亚看了一眼一旁的多普多邦山,呢嘛喔哦
山顶上有一个小屋,多普多邦山呀,呢嘛喔哦
阿桂纳亚边说,阿桂纳亚呀,安达洛之女:

"迪努拉万,迪努拉万呀,道拉扬之子喔哦
做好准备回安迪布鲁吧
我可能要做一些事,要去杀一个人,"阿桂纳亚说,安达洛之女喔哦
迪努拉万便把迪莫娜伊背在背上,迪莫娜伊呀,迪努拉万之女
他们走下到杜克里干的稻田中呀,呢嘛喔哦

450　返回了安迪布鲁村
阿桂纳亚听见村中心传来了优美的锣声
于是她来到杜克里干村的中心
村民们正在举行拉手仪式,他们正拉着布杜南的手,布杜南呀,卡杜杜根之子喔哦
他们一起来到杜克里干的房屋前
一起手拉着手来到屋子下面,杜克里干的屋子呀,呢嘛喔哦
阿桂纳亚正在村子里转悠呀,杜克里干村呀,呢嘛喔哦
猛然间,阿桂纳亚一把抓住了布杜南的头发,布杜南呀,卡杜杜根之子喔哦
她拽着布杜南的头,布杜南呀,卡杜杜根之子喔哦
她来到稻田里,杜克里干的稻田呀,呢嘛喔哦

460　她又向着多普多邦山爬去
她爬上了多普多邦的山顶
阿里古荣正在那里,杜努安呀,帕古伊万之子喔哦
他们瞪大了眼睛看着爬上山来的这位女子
"这肯定是阿桂纳亚,"阿里古荣说,阿里古荣呀,安达洛之女喔哦
阿桂纳亚走到阿里古荣和杜努安身旁,杜努安呀,帕古伊万之子
"你手里拽着的是谁?"阿里古荣问,阿里古荣呀,安达洛之女喔哦
"他是布杜南,布杜南呀,卡杜杜根之子"
"哦,我的天啦!"杜努安惊叹道,杜努安呀,帕古伊万之子喔哦
"这样会破坏我们和其他村社之间的和平

470　既然这样,"杜努安说,杜努安呀,帕古伊万之子喔哦
"如果你不让布杜南回去的话,布杜南呀,卡杜杜根之子
我就会怀疑阿桂纳亚的高贵和威严,阿桂纳亚呀,安达洛之女"
阿桂纳亚说道,阿桂纳亚呀,安达洛之女喔哦
"那你们最好先回杜马纳延村去
我待会儿也会随你而去"阿桂纳亚说,阿桂纳亚呀,安达洛之女喔哦
阿里古荣和杜努安便返回了杜马纳延村
然而阿桂纳亚,阿桂纳亚呀,安达洛之女喔哦

又走下到杜克里干的稻田中,爬上杜克里干旁的山,呢嘛喔哦
她朝着山的方向走去,杜克里干的山呀,呢嘛喔哦
480　她爬上了伊利延山的山顶
故事里说,阿桂纳亚,阿桂纳亚呀,安达洛之女喔哦
她用手拽着布杜南,布杜南说道,布杜南呀,卡杜杜根之子
"让我们回到杜克里干村吧"
他们又从伊利延山上下来往回走
很快便来到了河滩边,杜克里干的河滩呀,呢嘛喔哦
"现在你自己去村里"阿桂纳亚说,阿桂纳亚呀,安达洛之女喔哦
"我要回我的村社,杜马纳延呀,呢嘛喔哦"
时间流逝,阿桂纳亚穿过了一个又一个村社
到了下午,她终于来到了河滩边,杜马纳延的河滩边呀,呢嘛喔哦
490　她走到了村子的中心
故事里说,阿桂纳亚好好洗了个澡,阿桂纳亚呀,安达洛之女喔哦
她终于又恢复成原来的样子了,一个可爱的阿桂纳亚,阿桂纳亚呀,安达洛之女
他们休息了一夜,漆黑的夜晚
安迪布鲁村里天已破晓
阿桂纳亚把杜马纳延村勇敢的人们都召集了起来
"到村中心来吧,杜马纳延勇敢的人们"呢嘛喔哦
他们聚集到村中心,煮起了糯米
糯米饭煮好后,杜马纳延勇敢的人们
500　把饭盛出来装在篮子里,放到因杜姆老面前,因杜姆老呀,安达洛之妻喔哦
因杜姆老给米饭和上了芝麻和椰肉,因杜姆老呀,安达洛之妻
村里的长者们从院子里捉来了猪,杜马纳延呀,呢嘛喔哦
他们把猪绑好交给了村里勇敢的人们
他们要去搬运阿里古荣的订婚聘礼"辛沃特"①,阿里古荣呀,安达洛之子喔哦
人们走到杜马纳延的稻田中
时光流逝,他们穿过了一个又一个村社,村社呀,呢嘛喔哦
正午时分,他们终于来到达亚根村的河滩边
他们走进达亚根的稻田,达亚根呀,呢嘛喔哦

---

① Hingot,订婚时男方交给女方的聘礼,是由糯米饭做成的食物。

径直走到了村子的中心
540　在达亚根房子的门前，他们打开了装满米饭的篮子
此时此刻的杜努安，喔哦
把村中勇敢的人们都召集了过来
达亚根的人们开始一起吃糯米做成的辛沃特
夜幕降临，漆黑的夜晚呀
勇敢的人们都来到村中心，达亚根村呀，呢嘛喔哦
阿里古荣把他们喊来，一起分享糯米，阿里古荣呀，安达洛之子
这时杜努安说话了，杜努安呀，帕古伊万之子
"煮米饭吧，达亚根勇敢的人们"
饭煮好后，他们捉了一只猪，在达亚根村的中心呀，呢嘛喔哦
520　这些达亚根勇敢的人们齐心合力，把猪杀了
把猪肉割下剁成小块，在达亚根的村中心呀，呢嘛喔哦
把猪肉全都拿到火上烧烤，在达亚根的村中心呀，呢嘛喔哦
直到第二天正午，太阳当空
米饭都煮好了，就在达亚根村的中心
他们大快朵颐起来，这些达亚根勇敢的人们哦
他们吃完之后，这些达亚根勇敢的人们哦
对阿里古荣说，阿里古荣呀，安达洛之子
"我们现在各自回家去了，暂时离开你阿里古荣，阿里古荣呀，安达洛之子
明天你跟着我们走，"达亚根勇敢的人们说
530　人们便散去了，这些达亚根勇敢的人们哦
阿里古荣和其他人开始休息，夜幕降临，漆黑的夜晚哟
第二天达亚根村天亮时
阿里古荣说，阿里古荣呀，安达洛之子喔哦
"你说怎么样，杜努安，杜努安呀，我的小舅子，帕古伊万之子
今天我该把布甘带回家了，布甘呀，阿里古荣之妻"喔哦
"这样好啊，"杜努安说，杜努安呀，帕古伊万之子
杜努安便回屋里找出了他的锣，在达亚根村中的屋里哦
"这是我们的锣，祝贺你迎娶我的妹妹布甘，布甘呀我们的妹妹"
然后杜努安又拿出了一个槟榔包，在达亚根的村中心哦
540　"这可以用来帮你免于太阳的酷热呀"呢嘛喔哦
接下来布甘和阿里古荣穿过了达亚根村一个又一个院子
他们走到稻田中，达亚根的稻田呀，呢嘛喔哦

时光流逝,他俩穿过了一个又一个村社
太阳西下,已是下午时分
他们回到了杜马纳延村的河边
他俩在河边停了下来
在梯田的石垒旁站着一队队的人
阿里古荣看了看,阿里古荣喔哦
"杜马纳延勇敢的人们,你们为什么在这里?要看什么呢?
550 如果是在等布甘的话,我现在就带着她一起到村里去,杜马纳延的村中心呀,呢嘛喔哦
你们现在还是回去煮饭吧,"阿里古荣说,阿里古荣呀,安达洛之子
"米饭已经全部准备好了,"杜马纳延勇敢的人们说
"因为今天是阿里古荣带着新娘回来的好日子,"阿里古荣呀,安达洛之子
他们在河边歇息片刻就踏上了杜马纳延梯田的石垒
他们来到了村子的中心,杜马纳延村的中心呀,呢嘛喔哦
因杜姆老见到了他们,因杜姆老呀,安达洛之妻
她紧紧抱住阿里古荣和布甘,布甘呀,这一对新人喔哦
"今天你穿过一个个村子来的路上,一直被火辣辣的太阳曝晒着
但当来到我们村里,进了自己的家时,杜马纳延喔哦
560 连我们头上的酷热都消散了,我们大家、母亲、孩子、祖父母都在杜马纳延村中"
米饭做好之后,他们大吃了起来,杜马纳延村呀,呢嘛喔哦
夜幕降临他们休息了,漆黑的夜晚哟
第二天天亮的时候,杜马纳延呀,呢嘛喔哦
阿里古荣又一次出发了,阿里古荣呀,安达洛之子
他走到了屋前的院子中,杜马纳延呀,呢嘛喔哦
走到了杜马纳延梯田的石垒边
他爬上石垒旁的树,摘下了槟榔叶
他又采了一大包槟榔果,阿里古荣呀,安达洛之子
他把槟榔果和槟榔叶都带回了杜马纳延村
570 召集了全村的妇女,杜马纳延呀,呢嘛喔哦
她们都来了,杜马纳延勇敢的姑娘们
"姑娘们,请去村外把槟榔捣碎,就用小小的博克博克白①,杜马纳延村呀

---

① botbok,用来捣碎槟榔的石臼。

呢嘛喔哦

因为我担心这会让布甘头晕,布甘呀,阿里古荣之妻"

磨槟榔的姑娘们大笑了起来,杜马纳延的姑娘喔哦

"别嫌我们麻烦,我们是你在杜马纳延需要依靠的人哟"

年轻的姑娘们,杜马纳延的姑娘们,呢嘛喔哦

她们觉得阳光太强烈了

便跑到河滩边去了,杜马纳延的河滩,呢嘛喔哦

"我只是开个玩笑呀,"阿里古荣说,阿里古荣呀,安达洛之子

580 "拿上你们的博克博克臼,都到村中心集合吧,杜马纳延村中心呀,呢嘛喔哦"

直到了天色破晓

阿里古荣呀,安达洛之子

把杜马纳延勇敢的人们召集了起来

他们一起在院子里嚼槟榔,杜马纳延村呀,呢嘛喔哦

此时在达亚根村里

杜努安想起他还有事要做,杜努安呀,帕古伊万之子

他拿起了小酒罐背在背上,杜努安呀,帕古伊万之子

他走下到稻田中,达亚根的稻田呀,呢嘛喔哦

时光流逝,他穿过了一个又一个村子喔哦

590 正午时分他终于来到了河滩上,杜马纳延的河滩呀,呢嘛喔哦

他踏上了梯田的石垒,杜马纳延的石垒

来到了村子中心,杜马纳延村的中心呀,呢嘛喔哦

杜努安来到了村中,杜努安呀,帕古伊万之子

他到达时阿里古荣正向人们分发槟榔叶,在杜马纳延的院子里呀,呢嘛喔哦

杜努安解下背上的酒罐,把米酒分给杜马纳延勇敢的人们

他们两人都来到了布甘身旁,布甘呀,阿里古荣之妻

这时杜努安停了下来,杜努安呀,帕古伊万之子

他们一起喝米酒嚼槟榔,在杜马纳延的院子里呀,呢嘛喔哦

槟榔嚼成红色时,杜努安说话了,杜努安呀,帕古伊万之子

600 "我之所以来到这里,"喔哦

"是要在这杜马纳延村的中心,杀一只鸡作为牺牲来祭祀"

"那就动手吧,"阿里古荣回答道,阿里古荣呀,安达洛之子

人们抓了一只鸡,交给了杜努安,杜努安呀,帕古伊万之子

他在院子里进行了祭祀的仪式,杜马纳延的院子呀,呢嘛喔哦
"真是好兆头啊!"杜努安说,杜努安呀,帕古伊万之子
"把我给你的锣拿出来,拿到这里来,杜马纳延的院子呀,呢嘛喔哦"
阿里古荣拿出了锣交给杜马纳延勇敢的人们
杜马纳延勇敢的人们把锣敲得震天响
应和着锣声,他们跳起舞来,杜努安和阿里古荣哦,阿里古荣呀,安达洛之子

610 布甘和阿桂纳亚也跟着跳了起来,阿桂纳亚呀,安达洛之女
还有老母亲因杜姆老,因杜姆老呀,安达洛之妻
他们一起在杜马纳延的房子下跳舞
"我要回去了,"杜努安说,杜努安呀,帕古伊万之子喔哦
"继续把锣敲响,继续在这里庆祝吧"
杜努安便回去了,回到达亚根村呀,呢嘛喔哦
阿里古荣他们每天晚上都在村中心敲锣庆祝
他们的锣声足足敲响了一个半月,在杜马纳延村中,呢嘛喔哦
直到婚礼庆典的高潮"霍亚特"的日子来到了
杜努安把甘蔗汁和米酒掺在一起,在杜马纳延村中呀,呢嘛喔哦

620 到了天色破晓时
人们已经成群结队聚集在一起来参加庆典,杜马纳延所有勇敢的人们哟
天色大亮已是上午时分,在杜马纳延村的中心呀,呢嘛喔哦
举行了聘礼"高塔德"的仪式,在杜马纳延村的中心呀,呢嘛喔哦
时光流逝,他们在不停地敲锣庆祝,在杜马纳延村的中心呀,呢嘛喔哦
人们要把布甘和阿里古荣两家的传家珠宝都展示出来,这对新人哟
人们把所有姑娘都集合了起来,杜马纳延的姑娘哦
人们让这对新人留在院子里
他们便朝着梯田的石垒①走去
他们都争先传颂着布甘和阿里古荣的美丽,这对新人呀,喔哦

630 他们说,周围村社边的悬崖又深又陡
但也无法超过布甘和阿里古荣的美丽,这对新人呀,喔哦
太阳西下,已是下午时分

---

① 伊富高人的梯田外侧由石块筑成,中间封上泥土,从而防止水土从梯田上层往下流失。梯田的外侧石垒的顶部就是上一层梯田的田埂,供人行走使用。从下方往上看,石垒好似高墙,把一层层的梯田隔开了。——译者注

他们应该去搬布甘和阿里古荣的传家珠宝了,阿里古荣呀,安达洛之子
搬珠宝的仪式举行得非常顺利,在杜马纳延村的中心呀,呢嘛喔哦
杜努安又说话了,杜努安呀,帕古伊万之子
"阿桂纳亚啊,阿桂纳亚呀,安达洛之女
瞧瞧你的亲友们,这些要和你一起去达亚根的年轻人们
我们去他们的宴会上喝米酒'多郭普',在杜马纳延村的中心呀",呢嘛喔哦
阿桂纳亚便邀请了这些亲友们,大家一起去达亚根村

640　他们来到了达亚根,达亚根村呀,呢嘛喔哦
在达亚根的院子里坐了一圈
米酒也拿到了院子里噢,达亚根的院子呀,呢嘛喔哦
村里的每个人都拿出了自己家酿的米酒,带到达亚根的院子里哟
他们和村民们一起畅饮,杜马纳延的客人呀,呢嘛喔哦
杜马纳延的客人们喝醉了,杜马纳延的年轻人哟
阿里古荣也管不住他们了,阿里古荣呀,安达洛之子
杜马纳延的年轻客人们闹了起来
夜幕降临,漆黑的夜晚哟
阿里古荣和同伴们起身返回杜马纳延,阿里古荣呀,安达洛之子喔哦

650　第二天杜马纳延天色大亮
人们在村里的院子里杀猪进行庆祝,杜马纳延的院子呀,呢嘛喔哦
人们把米饭煮好之后,在杜马纳延的院子里哦
大快朵颐了起来,杜马纳延勇敢的人们哦
杜努安来到房子的门边,杜马纳延的房子哦
他把槟榔嚼成红色,然后说,杜努安呀,帕古伊万之子
"我的妹夫阿里古荣,阿里古荣呀,安达洛之子
我不会带着分给我的肉离开这里,杜马纳延呀,呢嘛喔哦
回家的路上,我要为阿桂纳亚把锣声敲得响当当",杜努安说,杜努安呀,帕古伊万之子
"你自己决定吧,"阿里古荣回答道,阿里古荣呀,安达洛之子

660　阿里古荣把锣交给了杜努安,杜努安呀,帕古伊万之子
"回去的路上,以我妹妹阿桂纳亚的名义把锣敲响,阿桂纳亚呀,安达洛之女喔哦
我们都是杜马纳延俊美而富有的人"喔哦
阿桂纳亚和杜努安穿过了杜马纳延村的院子

他们走下到了河滩边,杜马纳延的河滩呀,呢嘛喔哦
时光流逝,他们穿过了一个又一个村社
很快就来到了达亚根的河滩边,达亚根呀,喔哦
他们径直走到了村子中心
他们的母亲因丹古娜,因丹古娜呀,帕古伊万之妻喔哦
紧紧抱住了阿桂纳亚和杜努安,杜努安呀,帕古伊万之子喔哦
670 "回到达亚根的中心,我们精力充沛。"①

第六节 《呼德呼德——弃女布甘》译文②

在一个叫贡哈丹的村社里
有一位因丹古娜,因丹古娜哦呀,帕古伊万之妻喔哦
正在屋里的架子上找纺锤,贡哈丹村中心的屋里哦
她抓住了布甘的手,布甘哦呀,帕古伊万之女喔哦
给布甘戴上珠宝,布甘哦呀,帕古伊万之女喔哦
为什么布甘要独自前行呢?布甘哦呀,帕古伊万之女喔哦
这样她好在路上停歇,在前往邻近村社的路上
去帮母亲找一个纺锤,因丹古娜呀因丹古娜哦呀,帕古伊万之妻喔哦
她俩一起离家出发,贡哈丹村里的家
10 前往邻近的村社走去哦呀,邻近的村社喔哦
很快就来到胡亚旦村的河滩边
嚯,人们正在河里游泳,村里的年轻人哦呀,胡亚旦村俊美勇敢的人们呢嘛喔哦
"这是布甘,布甘哦,帕古伊万之女
她留下来和青年们一起游泳哦呀,胡亚旦村俊美勇敢的人们呢嘛喔哦
我要去一趟胡亚旦村的中心"
因丹古娜爬上了村里的梯田哦呀,胡亚旦的梯田呢嘛喔哦
很快就来到村外围梯田的石垒边,胡亚旦村外哦
然后在房前的院子里停了下来哦呀,胡亚旦的院子呢嘛喔哦

---

① 原文此处另有一句歌手为表达欢快之情的吟唱,并非史诗的一部分。
② 本文本由杜拉万(Lourdres S. Dulawan)录制、转写、翻译,尚未正式出版,采录时间地点为伊富高省齐安干地区,1994年。

此时因杜姆老抬头望去,因杜姆老,安达洛之妻

20 "我们应邀而来,来自远方的村社呢嘛喔哦"
因木达老拿起装槟榔的小包,她那装点着流苏的小包
来到了院子里哦呀,胡亚旦的院子呢嘛喔哦
坐在因丹古娜身旁,因丹古娜,帕古伊万之妻
她们一起在院子里嚼槟榔哦呀,胡亚旦的院子呢嘛喔哦
谁将是来到村中心的有钱人哦呀,胡亚旦的中心呢嘛喔哦
此时因丹古娜对杜姆老说道,杜姆老呀,安达洛之妻:
"我之所以来是因为我带来了布甘,布甘呀,帕古伊万之女喔哦
我要把她卖掉,换回一个纺锤带回贡哈丹"
"为什么有人会买布甘呢,布甘哦呀,帕古伊万之女"

30 "不管什么价钱我都要把她卖掉,"因丹古娜说道,因丹古娜,帕古伊万之妻喔哦
"那好吧,让我们到屋里去,胡亚旦中心的屋子里
我们坐在地板上吃饭哦呀,在胡亚旦呢嘛喔哦"
"我还不饿,"因丹古娜说道,因丹古娜,帕古伊万之妻
因杜姆老拿出她的纺锤交给了因丹古娜,因丹古娜,帕古伊万之妻喔哦
"我必须悄然离开,"因丹古娜说道,因丹古娜,帕古伊万之妻
"这样才不会被布甘看见,布甘哦呀,帕古伊万之女"
太阳高升,正是中午时分
因丹古娜来到了胡亚旦村边
在梯田边停留片刻哦呀,胡亚旦的梯田呢嘛喔哦

40 她对布甘大声喊,布甘呀,帕古伊万之女
"哦,那是我妈妈!"布甘说道,布甘呀,帕古伊万之女
"她把我遗弃在此,我的母亲因丹古娜哦呀,帕古伊万之妻喔哦"
布甘走到胡亚旦的河滩边,爬上胡亚旦的梯田
往胡亚旦的梯田上爬去
可怜的布甘从梯田上摔了下来,胡亚旦的梯田
俊美勇敢的人们哦呀,胡亚旦的人们呢嘛喔哦
拿上竹竿去帮她,把她抬了回来
来到胡亚旦村中心的房子里

50 因木达老把簸箕推到屋里的火塘边,胡亚旦中心的屋里
把成捆的稻米从屋里的竹竿上取下哦呀,胡亚旦呢嘛喔哦
她把稻米递给布甘,布甘呀,帕古伊万之女

第二章 《呼德呼德》——伊富高族的英雄赞歌

布甘抽出了稻秆,可怜的布甘呀,帕古伊万之女喔哦
此时因杜姆老呀,因杜姆老,安达洛之妻
来到了屋前的院子里哦呀,胡亚旦的院子呢嘛喔哦
掂了掂木杵,挑出比较轻的那根藏了起来,因杜姆老呀,帕古伊万之女①
她叫布甘把稻谷从房里搬出来,胡亚旦中心的房里
布甘把稻谷搬到院子里倒在米臼里,胡亚旦中心的院子呢嘛喔哦
她拿起木杵,哦真是沉得要命,在胡亚旦的院子里!

60　可怜的布甘强忍着舂起米来,布甘呀布甘哦,帕古伊万之女
最终把稻谷都舂完了,在胡亚旦的院子里
她用簸箕扬谷再把簸箕交给因杜姆老哦呀,安达洛之妻
此时因杜姆老把竹管放下准备去汲水,在胡亚旦的院子里
"哦!你能拿这么多吗?"布甘说道,布甘哦呀,帕古伊万之女喔哦
她拿过来扛在肩上往泉水边走去,胡亚旦梯田边的泉水哦
幸亏有一些俊美勇敢的青年在那里哦呀,胡亚旦的青年呢嘛喔哦
"请帮我把竹管搬到胡亚旦中心的房里去"
青年们帮了布甘,这些俊美勇敢的年轻人哦呀,胡亚旦的年轻人呢嘛喔哦
他们把竹管搬到因杜姆老面前,因杜姆老哦呀,安达洛之妻喔哦

70　她又把一个装满稻谷的簸箕交给布甘,可怜的布甘呀,帕古伊万之女
"哦,还没让我吃饭就要做这些,"布甘喃喃道,布甘哦呀,帕古伊万之女喔哦
布甘的手舂米舂得又肿又疼,布甘呀,帕古伊万之女
但她仍在院子里坚持舂着米哦呀,胡亚旦的院子喔哦
太阳西下,已是下午时分
忽然传来了铜锣声,阿里古荣敲响了铜锣哦呀,阿里古荣,安达洛之子喔哦
他刚刚参加完聚会从遥远的村社回来
他惊讶地望着布甘呀,布甘哦呀,帕古伊万之女喔哦
他把锣挂在房前的钩子上,胡亚旦中心的房子哦
他拿起了木杵和布甘一起舂起米来,布甘呀布甘,帕古伊万之女

80　因木达老听见有两个人在舂米,因木达老呀因木达老,安达洛之妻
她四处张望,在胡亚旦中心的屋里哦
"阿里古荣哦呀,阿里古荣,安达洛之子
你不能帮她,我是用纺锤把她换来的,在胡亚旦的村中心啊"

---

① 原文如此。

但阿里古荣一句也不听,阿里古荣哦呀,安达洛之子喔哦
因杜姆老生气了,因杜姆老,安达洛之妻
"那好吧,我们在胡亚旦中心还有一间房子"
阿里古荣非常开心,阿里古荣哦呀,安达洛之子喔哦
春米扬谷都弄完之后,他们去了胡亚旦中心的另一间房子
阿里古荣开始在屋里煮饭,在胡亚旦中心的屋里呢嘛喔哦
90　饭煮好了,香喷喷的米饭放在胡亚旦的房子里
他用勺把米饭盛出来交给布甘哦呀,帕古伊万之女喔哦
他们吃完后把剩饭放在一旁,来到门边嚼起了槟榔,在胡亚旦的村中心
天色渐暗,黑夜来临
他们睡了一觉直到天亮,胡亚旦的村中心已是天光大亮
阿里古荣说道,阿里古荣哦呀,安达洛之子喔哦
"我们去稻田里劳作吧,在哈拉东村边的稻田"
离开这里,他们的家乡胡亚旦
他们做好准备启程前往邻近的村社哦呀,邻近的村社呢嘛喔哦
他们往下走到胡亚旦的河滩边
100　再爬到村边的梯田上哦呀,哈拉东的梯田呢嘛喔哦
阿里古荣停了下来,阿里古荣,安达洛之子
取出槟榔包,装点着流苏的槟榔包哦呀,装点着流苏喔哦
他们嚼起了槟榔,在哈拉东的梯田边
阿里古荣把包折了放好哦呀,装点着流苏的槟榔包喔哦
他们开始在田间劳作,在哈拉东的梯田里
就这样一天过去了哦呀,在哈拉东的中心喔哦
终于布甘说话了,布甘呀,阿里古荣之妻
"我们为什么不回家呢?"她对阿里古荣说,阿里古荣哦呀,安达洛之子
"我们要在这里直到劳作结束,在哈拉东的梯田里"
110　"那我们在村里养的鸡哦呀,还在胡亚旦村中心"呢嘛喔哦
"我提前回去,"布甘说道,布甘呀,阿里古荣之妻
"天要黑了,回去路上不要迷路哦呀,穿过邻近的村社呢嘛喔哦"
布甘来到了河滩边,胡亚旦的河滩
时间流逝她来到了村里,他们的家乡胡亚旦
此时已是夜幕降临,漆黑一片哦呀
鸡在房子周围停歇着,胡亚旦中心的房子哦
布甘走进村中心的房子里

第二章 《呼德呼德》——伊富高族的英雄赞歌

　　　　点燃了炉火哦呀，胡亚旦中心的房子呢嘛喔哦
　　　　此时因杜姆老呀因杜姆老，安达洛之妻
120　从村边路过哦呀，胡亚旦村呢嘛喔哦
　　　　她走进胡亚旦村的中心
　　　　从门口往屋里望去哦呀，胡亚旦中心的房子哦
　　　　"阿里古荣在哪呢，阿里古荣，安达洛之子"
　　　　"阿里古荣打算在那里过夜，在哈拉东村里
　　　　他说等田间劳作都完了他再回来哦呀，在哈拉东村里呢嘛喔哦"
　　　　"那你们不能迟到，布甘呀布甘哦呀，阿里古荣之妻喔哦"
　　　　布甘苦思冥想，可怜的布甘呀，阿里古荣之妻
　　　　"我真可怜，会被再一次卖给其他村的有钱人哦呀，邻近的村社喔哦"
　　　　布甘收拾好东西，可怜的布甘呀布甘，阿里古荣之妻
130　院子里的公鸡啼晓了，胡亚旦的院子
　　　　布甘开始煮饭，布甘哦呀，阿里古荣之妻
　　　　等饭煮好了，她盛到罐里吃了起来，布甘，阿里古荣之妻
　　　　忽然间因杜姆老来到门口，因杜姆老哦呀，安达洛之妻
　　　　"赶紧吃，布甘呀布甘，阿里古荣之妻
　　　　待会儿会热起来哦呀，太阳要升高了呢嘛喔哦"
　　　　布甘把剩下的赶紧吃完，在胡亚旦中心的房里哦
　　　　她来到院子里哦呀，胡亚旦的院子呢嘛喔哦
　　　　她们俩一起往前走，穿过一个又一个村社
　　　　来到了河滩边哦呀，哈拉东的河滩呢嘛喔哦
140　旁边的努巴达安山边来了一些俊美的少女
　　　　她们爬上了山顶哦呀，努巴达安山呢嘛喔哦
　　　　因木达老停了下来，因木达老，安达洛之妻
　　　　她拿出了槟榔包哦呀，装点着流苏的槟榔包喔哦
　　　　在山顶上嚼起了槟榔，努巴达安山顶哦
　　　　嚼完后把包折好挂在腰带上，装点着流苏的槟榔包喔哦
　　　　然后往山下走去，把努巴达安山甩在后面
　　　　两人来到了河滩边哦呀，胡米岚村的河滩呢嘛喔哦
　　　　爬上了胡米岚的梯田
　　　　来到人们的房子前哦呀，胡米岚村呢嘛喔哦
150　他们直接来到院子里的米白边坐下，在胡米岚的院子里
　　　　马加皮德往门外瞥去，马加皮德哦呀，迪奴阿南之妻喔哦

"富有的人远道而来,来拜访我们咯"
她拿起了槟榔包,她的槟榔包哦呀,缀有流苏的槟榔包喔哦
走到院子里,胡米崀的院子哦
她和因杜姆老一同嚼起了槟榔,因杜姆老哦呀,安达洛之妻喔哦
"请问来我们村的这位尊姓大名,来到胡米崀村哦"
"还需要问因杜姆老是谁吗?因杜姆老哦呀,安达洛之妻喔哦
我和布甘一起来到此地,布甘呀布甘,阿里古荣之妻
我要把她在这里卖掉换成糯米带回去,在你们胡米崀村哦!"

160 "我必须把布甘买下来吗?布甘呀布甘哦呀,阿里古荣之妻"喔哦
"是的,无论价钱多少都可以,"因杜姆老说道,因杜姆老呀,安达洛之妻
马加皮德便取出五捆糯米,在胡米崀村的中心
交给了因杜姆老,因杜姆老哦呀,安达洛之妻喔哦
因杜姆老把糯米捆成一大捆,因杜姆老呀,安达洛之妻
她把糯米顶在头上往回走了,穿过了一个个村社哦呀,邻近的村社呢嘛喔哦
很快就回到了家,胡亚旦村哦
天色已晚,夜幕降临,漆黑的夜晚
她爬上梯子回到家中,胡亚旦村中心的家
此时阿里古荣也到家了,阿里古荣哦呀,安达洛之子

170 回来到村中心的家里,胡亚旦的中心哦
"布甘在哪里?布甘呀布甘哦呀,阿里古荣之妻"喔哦
阿里古荣穿过了村子来到村边,胡亚旦的村边
他向因杜姆老望去,因杜姆老呀因杜姆老哦呀,安达洛之妻喔哦
"布甘到底在哪里?布甘呀布甘,阿里古荣之妻"
因杜姆老低头不语,因杜姆老呀因杜姆老哦呀,安达洛之妻喔哦
阿里古荣火冒三丈,阿里古荣呀阿里古荣,安达洛之子
捡起石头往村中心的房子砸去,胡亚旦村的中心
因杜姆老吓了一跳,因杜姆老呀因杜姆老哦呀,安达洛之妻
"布甘……她在胡米崀村里,胡米崀村"

180 阿里古荣跑回了自己家中,他在胡亚旦村中心的家
他走进了家哦呀,胡亚旦中心的家呢嘛喔哦
他拿出了梭镖,在胡亚旦中心的屋里
从挂钩上取下了皮带和砍刀哦呀,在胡亚旦中心的屋里
他站在地板上,戴上了皮带,在胡亚旦中心的屋里

他大步流星穿过了僻远的村社,邻近的村社喔哦
很快就来到哈拉东村的河滩边
他仰头往山上望去哦呀,哈拉东的山峰呢嘛喔哦
他来到努巴达安山的山顶
往下望去,正是胡米崀村
190 他从山上下来,他在山坡上嚼起了槟榔哦呀,在努巴达安山上呢嘛喔哦
此时太阳高升,正是中午时分
他见到了布甘和道拉扬,道拉扬呀,迪奴阿南之子
他们俩正一前一后走着,在胡米崀的梯田中
他们很快便走到梯田尽头,来到了村中哦呀,胡米崀的村中心呢嘛喔哦
来到了他们的村子,胡米崀村哦
他们在一起走着,一前一后走在梯田里哦呀,胡米崀的梯田呢嘛喔哦
阿里古荣看见了他们,阿里古荣哦呀,安达洛之子喔哦
"他们已把布甘从我身边抢走,布甘呀布甘,阿里古荣之妻"
阿里古荣从山上走下来,把山坡抛在身后哦呀,努巴达安山呢嘛喔哦
200 飞快地走到河滩边,哈拉东的河滩
在河边坐下哦呀,哈拉东的河滩边呢嘛喔哦
他从腰上取下小包,缀有流苏的腰包
拿出槟榔嚼了起来,阿里古荣呀阿里古荣哦呀,安达洛之子喔哦
他嚼完槟榔站起身来,突然摔倒了跌落在河滩上,哈拉东的河滩
一位美丽的姑娘哦呀,哈拉东的姑娘呢嘛喔哦
姑娘正在河里面游泳,在哈拉东的河里
发现阿里古荣摔死在河滩上哦呀,哈拉东的河滩呢嘛喔哦
她跑回了村里,哈拉东的中心
她找到了阿桂纳亚,阿桂纳亚,安达洛之女喔哦
210 "你可以心满意足了,阿桂纳亚呀阿桂纳亚,安达洛之女喔哦
阿里古荣摔死在河滩上,哈拉东的河滩"
阿桂纳亚听到后立刻召集来俊美勇敢的人们哦呀,哈拉东的人们呢嘛喔哦
勇士们来到哈拉东的河滩边
他们把阿里古荣背了起来,阿里古荣哦呀,安达洛之子喔哦
把他抬到了村中心,哈拉东的中心
"俊美勇敢的人们哦呀,哈拉东的人们呢嘛喔哦
去砍一些竹子给阿里古荣做死亡之椅,阿里古荣,安达洛之子。"

时间飞逝,太阳高升哦呀,已是正午时分喔哦
人们为阿里古荣做好了死亡之椅,阿里古荣,安达洛之子
220　把阿里古荣摆在椅子上,就在哈拉东中心屋子的下面
"和他说话,美丽的姑娘们哦呀,哈拉东的姑娘们呢嘛喔哦!"
阿里古荣的死讯很快就在各村社中传开了
消息也传到了胡米崀村
布甘听说了,布甘呀布甘,阿里古荣之妻喔哦
"让我也一起去,和胡米崀俊美勇敢的人嚼槟榔,在胡米崀村的边界上"
她和一群俊美勇敢的人们出发了哦呀,胡米崀的人们呢嘛喔哦
"请给我一些石灰,布甘呀布甘,阿里古荣之妻"
"那她就一点不剩了"俊美勇敢的人说哦呀,胡米崀的人呢嘛喔哦
"我们每人都只有一点,要省着在路上用,去哈拉东村的路上"
230　这是为什么,布甘疑惑了,布甘呀布甘哦呀,阿里古荣之妻喔哦
"我们去看望阿里古荣,阿里古荣呀阿里古荣,安达洛之子"
"那就请先等我片刻,布甘呀布甘哦呀,阿里古荣之妻喔哦
我去告诉母亲马加皮德呀马加皮德,迪奴阿南之妻"
布甘跑过了村边的房子哦呀,胡米崀俊美勇敢人们的房子呢嘛喔哦
"母亲啊,马加皮德呀马加皮德,迪奴阿南之妻
我和他们外出时请安心坐下等待哦呀,胡米崀俊美勇敢的人们
我和他们去看望可怜的阿里古荣呀阿里古荣,安达洛之子"
"好吧,"马加皮德说,马加皮德哦呀,迪奴阿南之妻喔哦
"我只是希望你兄弟能在这里,道拉扬呀道拉扬,迪奴阿南之子"
240　"等他回来,请告诉他沿着我们的路去哦呀,穿过遥远的村社喔哦"
于是布甘便快马加鞭赶上了俊美勇敢的人们,在胡米崀的边界上
她与他们一起穿过了一个又一个村社哦呀,邻近的村社呢嘛喔哦
很快就来到了河滩边,哈拉东的河滩
他们踏上了村里的梯田哦呀,哈拉东的梯田呢嘛喔哦
布甘与人们挥手告别继续自己的行程,在胡米崀的边界上
因为她必须是第一个到达哈拉东中心房子的人!
咦,她来到了房子下面,①阿里古荣的尸体正坐在那里,阿里古荣哦呀,安达洛之子

---

① 伊富高人的房子是干栏式建筑即俗称的"高脚屋",房子下面常用来放置物体,圈养家禽家畜。

　　　　她闭上了眼睛跌倒在房子下面,哈拉东中心的房子
　　　　可怜的道拉扬呀道拉扬哦呀,迪奴阿南之子喔哦
250　　他刚刚参加完狩猎聚会归来,从遥远的村社哦
　　　　"你在哪里？布甘呀布甘哦呀,阿里古荣之妻"喔哦
　　　　"她已和村里的人们一起去胡米崀的边界了
　　　　他们要去看望阿里古荣,阿里古荣哦呀,安达洛之子喔哦"
　　　　"至少她可以等我这个兄长一起去,道拉扬呀道拉扬,迪奴阿南之子"
　　　　"她叫你沿着他们的路跟上去哦呀,穿过遥远的村社喔哦"
　　　　于是道拉扬便跟着他们,穿过了一个又一个村社
　　　　"希望你一路平安哦呀,俊美勇敢的哈拉东人呢嘛喔哦"
　　　　他往下望去人们聚集在房子边,哈拉东中心的房子
　　　　"这真是你的过错,我的兄弟阿里古荣呀阿里古荣哦呀,安达洛之子喔哦
260　　因为如果你来到村中心,胡米崀的中心
　　　　你就会知道并没有人把布甘从你身边抢走,布甘呀布甘,阿里古荣之妻
　　　　你本可以把她带回家去,可怜的布甘呀布甘,阿里古荣之妻喔哦
　　　　道拉扬在村里休息了一夜,在哈拉东村哦
　　　　他要在那里埋葬布甘和阿里古荣哦呀,安达洛之子
　　　　便在村中心停留了些时日,在哈拉东村哦
　　　　他需要去埋葬布甘和阿里古荣,阿里古荣哦呀,安达洛之子
　　　　人们爬上爬下走遍了哈拉东的河滩
　　　　一直走到第十个谷仓前哦呀,哈拉东的谷仓呢嘛喔哦
　　　　人们停了下来,来自哈拉东的俊美勇敢的人们
270　　人们站着哭泣,而后放下了些竹竿
　　　　在谷仓下的地面上哦呀,哈拉东的谷仓呢嘛喔哦
　　　　道拉扬赞颂了布甘和阿里古荣的祖先,阿里古荣,安达洛之子
　　　　人们把尸体放在竹席上,裹起来放进谷仓挂在墙边哦呀,哈拉东的谷仓呢嘛喔哦
　　　　"再也不要来打扰布甘和阿里古荣,阿里古荣,安达洛之子！"
　　　　仪式结束,谷仓的门关上了哦呀,哈拉东的谷仓呢嘛喔哦
　　　　人们便一起回家去,来自胡米崀边界的俊美勇敢的人们
　　　　道拉扬也回到了家,胡米崀村哦
　　　　时间流逝哦呀,在哈拉东村呢嘛喔哦
　　　　一个半月过去了,在哈拉东的中心哦
280　　啊耶,阿里古荣呀阿里古荣哦呀,安达洛之子喔哦

他复活了,在巴纳沃村哦
他在谷仓边起死回生哦呀巴纳沃的谷仓呢嘛喔哦
鸡站在他的头上啄着他,阿里古荣呀阿里古荣,安达洛之子
太阳西下,已是下午时分
因乌亚伊,比能瓦亨之妻,把鸡带到谷仓边,巴纳沃的谷仓
她来到了巴纳沃的谷仓边
看见了阿里古荣呀阿里古荣,安达洛之子!
她见到了一位俊美的年轻人正在谷仓下,巴纳沃的谷仓
"天啦!这些鸡会要了他的命的!巴纳沃的谷仓"

290　阿里古荣的头上站满了鸡,阿里古荣,安达洛之子
"你是谁,来到我们巴纳沃谷仓边的年轻人?"
"还需要知道谁是阿里古荣吗,阿里古荣,安达洛之子?
我之所以会在这里,在这巴纳沃村的中心
是因为我死去了,在哈拉东村
忽然之间我在这里起死回生,在巴纳沃村"
于是因乌亚伊带阿里古荣到村里去,阿里古荣呀阿里古荣,安达洛之子
他把阿里古荣带到村中心,阿里古荣呀阿里古荣,安达洛之子
他们很快就来到梯田的石垒上,村里俊美勇敢人们的梯田
又穿过了村里的院子,村里俊美勇敢人们的院子喔哦

300　来到了村子中心哦呀,哈拉东的中心
他们来到梯田的石垒上,巴纳沃俊美勇敢人们的梯田
他们走进村中心的房子哦呀,巴纳沃中心的房子呢嘛喔哦
坐在地上吃起了煮熟的饭,在巴纳沃的地上
但阿里古荣没有吃,阿里古荣呀阿里古荣哦呀,安达洛之子喔哦
因乌亚伊便问道,因乌亚伊,比能瓦亨之妻
"为什么不吃饭呢,阿里古荣呀阿里古荣哦呀,安达洛之子"喔哦
阿里古荣不肯说,阿里古荣呀阿里古荣,安达洛之子
日子就这样一天天过去,在巴纳沃的中心
于是因乌亚伊想了个办法,因乌亚伊呀因乌亚伊哦呀,比能瓦亨之妻喔哦

310　她对伊干①·比能瓦亨说道
"我们为阿里古荣举行一次盛宴作为庆典吧,阿里古荣哦呀,安达洛之子"
喔哦

---

① Iken,是对男性年长老者的尊称,意为老者、老人。

伊干答应了,伊干呀伊干,比能瓦亨哦
伊干来到院子里,他们的院子哦呀,巴纳沃的院子喔哦
抓起了一只鸡,走到村中心的房子下面,巴纳沃的中心
他顺利举行了献祀仪式,伊干呀伊干哦呀,比能瓦亨喔哦
"鸡就在巴纳沃的中心
为了阿里古荣的庆典成功,我把你献上,阿里古荣呀阿里古荣,安达洛之子"喔哦
他把鸡血向四处洒去,展现给巴纳沃俊美勇敢的人们

320　人们把鸡毛烤焦后剥下,把鸡交还给伊干呀伊干哦呀,比能瓦亨喔哦
伊干把鸡开膛破肚,伊干呀伊干,比能瓦亨
他把占卜的好兆头展示给众人看哦呀,安达洛之子
"阿里古荣的庆典会和这兆头一样好阿里古荣哦呀,安达洛之子喔哦"
伊干回到了家,在巴纳沃中心的屋里
把挂着的铜锣取下,交给众人,巴纳沃俊美勇敢的人们
人们敲响了铜锣,巴纳沃俊美勇敢的人们
在院子里把锣敲得震天响,院子哦呀,巴纳沃的院子呢嘛喔哦
美丽的少女们从巴纳沃周围涌到村里来
在院子里翩翩起舞,院子哦呀,巴纳沃的院子呢嘛喔哦

330　村中心人头攒动,巴纳沃的中心
一天又一天,村中天天如此狂欢哦呀,巴纳沃村呢嘛喔哦
与此同时,布甘呀布甘,阿里古荣之妻
在村里的谷仓里也死而复生哦呀,农吉达言村呢嘛喔哦
此时太阳西下,已是下午时分
伊干·比林翁正把鸡往回赶,伊干呀伊干哦呀,比林翁喔哦
他朝着成排的谷仓走去,农吉达言的谷仓
猛然遇见了年轻的布甘呀布甘哦呀,阿里古荣之妻喔哦
老者吓了一跳,伊干呀伊干,伊干比林翁
"天啦,她肯定是从远方来的富有的人哦呀,来自邻近的村社呢嘛喔哦"

340　伊干把自己的鸡放在一边,坐下向姑娘问起话来,在农吉达言的谷仓下哦
"你是谁,俊美的年轻人,来到农吉达言的谷仓下?"
"还需要问谁是布甘呀布甘哦呀,阿里古荣之妻喔哦
我曾已死去,在哈拉东村。"
伊干拉起她的手带她走,布甘呀布甘哦呀,阿里古荣之妻
待他们来到村里,村里哄闹了起来,农吉达言村的中心

他们走进了村中心的房子,农吉达言村的中心
天色已晚他们开始休息,漆黑的夜晚
时间流逝他们在村中心的屋里停留,农吉达言村的中心
各地人们奔走相告阿里古荣的巴里洪庆典,阿里古荣呀阿里古荣哦呀,安达洛之子喔哦

350 农吉达言村的人们听说了,农吉达言村
布甘也听说了,布甘哦呀,阿里古荣之妻喔哦
"让我赶到农吉达言的村界边去
我要去问那里俊美勇敢的人们欧亚,农吉达言的人们呢嘛喔哦
让他们给我布甘一点嚼槟榔的石灰,布甘呀布甘,阿里古荣之妻"
但没人愿意给她哦呀,农吉达言俊美勇敢的人们喔哦
"我们都只带了一点,要省着在路上用,去巴纳沃的路上
我们去参加阿里古荣的巴里洪庆典,阿里古荣呀阿里古荣哦呀,安达洛之子喔哦"
"那好,请先等我一程,布甘呀布甘,阿里古荣之妻
我先去爷爷伊干那里哦呀,伊干比林翁喔哦"

360 她飞快地回到村中,农吉达言村的中心
来到伊干面前,伊干呀伊干哦呀,伊干比林翁喔哦
"老爷爷,你就在村中心的房里坐着哦呀,农吉达言村的中心
我要和村里俊美勇敢的人们一起去哦呀,农吉达言村的人们呢嘛喔哦"
"你不会在路上晕倒吧?"伊干比邻翁问道
"我会没事的"布甘答道,布甘呀布甘哦呀,阿里古荣之妻
她便和农吉达言俊美勇敢的人们一起出发了
他们穿过了一个个村社哦呀,邻近的村社呢嘛喔哦
很快就来到河滩边,巴纳沃的河滩哦
人们手牵着手,布甘呀布甘哦呀,阿里古荣之妻喔哦

370 渡河上岸,巴纳沃的河滩
他们踏上了梯田哦呀,巴纳沃的梯田呢嘛喔哦
很快来到了村中的院子里,巴纳沃俊美勇敢人们的院子
在跳舞的地方停了下来哦呀,在院子里哦呀,巴纳沃的院子呢嘛喔哦
有一位巴纳沃的美丽的姑娘
来到院子里翩翩起舞哦呀,巴纳沃的院子
因乌亚伊呀因乌亚伊,比能瓦亨之妻
她轻轻推了推阿里古荣呀阿里古荣哦呀,安达洛之子喔哦

"看看院子里的这位姑娘,我们巴纳沃的院子!"、
阿里古荣转头向她看去,阿里古荣呀阿里古荣哦呀,安达洛之子喔哦

380 "她配不上我,"阿里古荣喃喃说道,阿里古荣,安达洛之子
他盯着姑娘看着哦呀,巴纳沃的姑娘呢嘛喔哦
姑娘走出了院子,巴纳沃的院子
院子里优美的锣声敲响了,巴纳沃的院子
布甘走了进来翩翩起舞,在院子里哦呀,巴纳沃的院子呢嘛喔哦
她挺着大肚子在院子里跳着,巴纳沃的院子!
因乌亚伊又推了推阿里古荣,因乌亚伊呀因乌亚伊哦呀,比能瓦亨之妻喔哦
"天啦!阿里古荣,看那个在跳舞的姑娘,在我们巴纳沃的院子!"
阿里古荣转头看去,睁大了眼睛,在巴纳沃中心的房子里
他盯着布甘目不转睛,在院子里哦呀,巴纳沃的院子呢嘛喔哦

390 太阳西下,已是日落时分
参加庆典的人们逐渐散去,在巴纳沃村哦
因乌亚伊来到院子里,院子里哦呀,巴纳沃的院子呢嘛喔哦
她要把布甘留下,布甘呀布甘哦呀,阿里古荣之妻喔哦
因乌亚伊张开了双臂抱住她,布甘呀布甘哦呀,阿里古荣之妻
"你真的不能和他们一起走,"因乌亚伊说道,比能瓦亨之妻
……①

490 于是杜努安来到了村界边,贡哈丹俊美勇敢人们的村界
他追上了人群哦呀,贡哈丹俊美勇敢的人们呢嘛喔哦
"他要问我们什么呢,杜努安呀杜努安,帕古伊万之子?"
"我只是想问可否和你们一起嚼槟榔,俊美勇敢的人呀,贡哈丹的人们呢嘛喔哦"
"我们都只有一点石灰,要省着在路上用,去胡亚旦村的路上
我们要去参加阿里古荣和布甘的婚礼,布甘呀布甘哦呀,阿里古荣之妻喔哦"
"请先等我一下,我名叫杜努安呀杜努安,帕古伊万之子"
杜努安是他的名字,帕古伊万之子
"你们有送给男孩的线吗,父亲伊干呀伊干哦呀,安达洛?"
因丹古娜回答道,因丹古娜,帕古伊万之妻

---

① 史诗第 396—489 行轶失。——译者注

500　"我们怎么会缺东西?"她说,因丹古娜呀因丹古娜哦呀,帕古伊万之妻喔哦
　　　杜努安想起了在村界边玩的游戏,那里住着贡哈丹俊美勇敢的人们
　　　他来到村界边,那里住着俊美勇敢的人们哦呀,贡哈丹的人们呢嘛喔哦
　　　他和那里的孩子们玩起了游戏,贡哈丹俊美勇敢的人们
　　　他和孩子们玩个不停,杜努安哦呀,帕古伊万之子喔哦
　　　"那你继续玩吧,杜努安哦呀,帕古伊万之子喔哦"
　　　一个人说,贡哈丹俊美勇敢的人
　　　"那你就继续玩吧,你不知道你姐姐是被遗弃的,布甘呀布甘,帕古伊万之女?"
　　　"你说的是什么,贡哈丹俊美勇敢的人?"
　　　"啊,没事没事,"那人笑着回答道哦呀,贡哈丹俊美勇敢的人呢嘛喔哦
510　杜努安便回到村中,贡哈丹的中心
　　　他对母亲发起了脾气,因丹古娜呀因丹古娜哦呀,帕古伊万之妻
　　　"你为什么要遗弃姐姐布甘,母亲因丹古娜呀因丹古娜,帕古伊万之妻?"
　　　因丹古娜默不作声,因丹古娜哦呀,帕古伊万之妻喔哦
　　　"看来真是你把布甘遗弃,母亲因丹古娜呀因丹古娜,帕古伊万之妻
　　　我要把家里的传家宝卖掉,在贡哈丹村的中心
　　　好让我有钱去寻找我的姐姐,布甘呀布甘哦呀,帕古伊万之子喔哦
　　　母亲因丹古娜,现在你必须把我们的传家宝在村里卖掉,在贡哈丹村的中心"
　　　"真希望你不是如此幼稚,"因丹古娜对杜努安说,杜努安呀,帕古伊万之子喔哦
　　　……①
548　他便去喊布甘,布甘呀布甘哦呀,阿里古荣之妻喔哦
　　　布甘来了见到兄弟杜努安,可怜的杜努安,帕古伊万之子
550　布甘说道,布甘呀布甘哦呀,阿里古荣之妻喔哦
　　　"你知道母亲偏心,因丹古娜呀因丹古娜,她把所有的爱都给了你,杜努安呀杜努安,帕古伊万之子
　　　你知道他把我卖掉换回了一套纺锤,"布甘说,布甘呀布甘哦呀,阿里古荣之妻喔哦
　　　杜努安一边哭泣一边哽咽,在胡亚旦的院子里

---

① 史诗第519—547行轶失。——译者注

第二章 《呼德呼德》——伊富高族的英雄赞歌　93

阿里古荣对布甘说道,布甘呀布甘哦呀,阿里古荣之妻喔哦
"别伤他的心了,一切都已过去,否则他也不会来寻找我们,"阿里古荣说,阿里古荣,安达洛之子
但杜努安哭得很伤心,一句话也说不出,杜努安呀杜努安哦呀,帕古伊万之子喔哦
布甘平静了走下来去安慰他,可怜的布甘,阿里古荣之妻
她对弟弟已是好声好气,杜努安呀杜努安哦呀,帕古伊万之子喔哦
杜努安说道,杜努安哦呀,帕古伊万之子喔哦

560　"我要准备大量米酒",杜努安说,杜努安呀杜努安哦呀,帕古伊万之子喔哦
"让我来负责在这里举行婚礼庆典,在胡亚旦村的中心呢嘛喔哦"
杜努安还说他要先回一趟家,回到贡哈丹去
然后会很快回来参加婚礼哦呀,在胡亚旦村的中心呢嘛喔哦
于是杜努安启程返回,穿过了一个个村社
很快就回到了村中心哦呀,贡哈丹村的中心
因丹古娜向他问了又问,母亲因丹古娜呀因丹古娜,帕古伊万之妻
"我遇上了布甘和阿里古荣的婚礼庆典,阿里古荣哦呀,安达洛之子喔哦"
"真是件幸运的事,"因丹古娜说,因丹古娜呀,帕古伊万之妻
"现在我要去给庆典帮忙,"杜努安说,杜努安呀杜努安哦呀,帕古伊万之子喔哦

570　杜努安来到村边,去找贡哈丹村俊美勇敢的人们
他和人们交谈起来,贡哈丹村俊美勇敢的人们呢嘛喔哦
"请跟我一起去吧,杜努安呀杜努安,帕古伊万之子
让我们去给布甘和阿里古荣的婚礼庆典帮忙,阿里古荣哦呀,安达洛之子喔哦"
"没问题,这太好了,"贡哈丹村俊美勇敢的人们说道
村民们都同意了,贡哈丹村里俊美勇敢的人们
村民们集合起来,这些俊美勇敢的人们,贡哈丹的人们呢嘛喔哦
杜努安走到房子背后,贡哈丹中心的房子
在那抓了一只鸡,贡哈丹中心的房子
他把鸡掐死,杜努安哦呀,帕古伊万之子喔哦

580　从腰带上取下腰包,缀有流苏的槟榔包
把鸡和槟榔包一起绑在腰上,在贡哈丹的地板上
人们启程前往远方,穿过一个个村社哦呀,邻近的村社呢嘛喔哦

很快就穿过了一个个村社哦呀,邻近的村社呢嘛喔哦
很快就来到胡亚旦村的河滩边
他们爬上了梯田哦呀,胡亚旦的梯田呢嘛喔哦
来到胡亚旦村外的墙边
杜努安把铜锣挂在屋外,胡亚旦村中心的房子
阿里古荣从房里走了出来,来到院子里哦呀,胡亚旦的院子呢嘛喔哦
杜努安说道,小舅子①杜努安,帕古伊万之子

590 "我给你带来了锣,你好在院子里敲响哦呀,胡亚旦的院子呢嘛喔哦"
因为杜努安准备跳舞助兴,杜努安是他的名字,帕古伊万之子
当优美的锣声响起,杜努安走了进来翩翩起舞,在胡亚旦的院子里
杜努安来到院中翩翩起舞,在胡亚旦的院子里
人们谈论了起来,俊美勇敢的人们哦呀,胡亚旦村的人们呢嘛喔哦
"天啦!这位小舅子真是玉树临风,肯定是来自邻近村社富有的人!"
杜努安的舞姿如此美妙!杜努安哦呀,帕古伊万之子喔哦
他停下来站到院子边上,胡亚旦的院子
他大声说道,杜努安呀杜努安哦呀,帕古伊万之子喔哦
"你的罐子里没有酒吗?我的姐夫,阿里古荣呀阿里古荣,安达洛之子"

600 "哦,在我们的架子上有的是哦呀,在胡亚旦村的中心呢嘛喔哦"
"那请你拿出一小罐到院子里来,胡亚旦的院子里!"
阿里古荣取出一小罐米酒拿到院子里哦呀,胡亚旦的院子呢嘛喔哦
杜努安又说道,杜努安是他的名字,帕古伊万之子
"怎么没人来陪伴这美酒呢,美丽的姑娘们哦呀,胡亚旦的姑娘们呢嘛喔哦?"
阿里古荣唤来了一些美丽的姑娘,阿里古荣呀阿里古荣,安达洛之子
"村中心已有不少姑娘们了,胡亚旦的中心哦。"
阿里古荣请来了一些美丽的姑娘,热心的姑娘
她们簇拥着杜努安,杜努安哦呀,帕古伊万之子喔哦

---

① 伊富高人观念中理想的婚姻模式是,两家各有一对及以上的儿女,第一家的儿子娶了另一家的女儿,另一家女儿的兄弟迎娶前一家人的女儿。此处史诗只讲述了杜努安和布甘是帕古伊万的儿子和女儿,没有说明他们彼此间的长幼关系,同样也没有讲述阿里古荣和阿桂纳亚是兄妹还是姐弟,在菲律宾许多民族的亲属称谓中,对一家的兄弟姐妹的称呼不区分长幼,甚至不区分男女。所以此处既可能是小舅子,也可能是大舅子,出于译文流畅的考虑,统一为小舅子。

她们等着杜努安,杜努安呀杜努安,帕古伊万之子
610 杜努安准备好一颗槟榔,用叶片包好递给阿桂纳亚,阿桂纳亚是她的名字,安达洛之女喔哦
阿桂纳亚满心欢喜地把槟榔接下,阿桂纳亚是她的名字,安达洛之女
时间流逝直到第二天早晨,在胡亚旦村的中心
布甘和阿里古荣的婚礼庆典才最终结束,阿里古荣哦呀,安达洛之子
杜努安向阿桂纳亚求婚,幸运的阿桂纳亚,安达洛之女
阿里古荣把她带到了村中心哦呀,贡哈丹的中心呢嘛喔哦
好在这里为她举行仪式,阿桂纳亚呀阿桂纳亚,安达洛之女
在村中又举行了一场婚礼庆典,在贡哈丹村的中心
从此她有了一个名字,阿桂纳亚呀阿桂纳亚哦呀,杜努安之妻喔哦

第七节 《呼德呼德——阿里古荣,比能瓦亨之子》译文①

有一个叫卡林加延的人,卡林加延呀,帕古伊万之子
带着另一个叫古米尼金的人,古米尼金哦呀,迪奴阿南之子
他们一起去远方的村社打猎哦呀,呼嚯
他们一起走下到纳安努旦村的稻田中
时光流逝,他们穿过一个又一个村社哦呀
太阳高升,已是正午时分
他们来到河滩边哦呀,马卡瓦延的河滩呀,呢嘛喔哦
卡林加延在河边嚼起了槟榔
这时候,一个叫阿里古荣的人,阿里古荣哦呀,比能瓦亨之子喔哦
10 他也来到了马卡瓦延的河边
卡林加延见他便问道,卡林加延哦呀,帕古伊万之子
"俊美的年轻人,你是谁?"
"我名叫阿里古荣,阿里古荣哦呀,比能瓦亨之子,来自纳巴雍村。"
他们在河边嚼起了槟榔,直到槟榔嚼成红色

---

① 本文本由杜拉万(Lourdres S. Dulawan)录制、转写、翻译,尚未正式出版,采录时间地点为伊富高省齐安干地区,1993 年 2 月 27 日。

他们踏上马卡瓦延村的稻田
他们来到马卡瓦延的勇敢人们的石垒上
来到因古仑的房前停了下来,因古仑哦呀,孟杜拉安之妻呼嚯
因古仑见到他们,因古仑哦呀,孟杜拉安之妻
"你叫什么名字,院子里的年轻人?马卡瓦延的院子哦呀",呢嘛呼嚯
20 "我是卡林加延,这是阿里古荣,阿里古荣哦呀,比能瓦亨之子。"
"哦,原来是你们!"他们的老奶奶因古仑说,因古仑哦呀,孟杜拉安之妻
"你们稍作歇息,我去找你的爷爷哦呀,老头子孟杜拉安哦。"
因古仑便来到马卡瓦延村的中心
"老头子哦,伊干·孟杜拉安哦呀,和我一起去马卡瓦延的村边。"
他们俩赶紧穿过了院子,马卡瓦延的勇敢人们的院子
很快就来到他们自家的院子,马卡瓦延的院子
伊干孟杜拉安把勇敢的人们召集起来,马卡瓦延的人们哦
他们要去捉一只猪,在马卡瓦延的院子里
但他们怎么着都抓不着,马卡瓦延勇敢的人们
30 猪跑到卡林加延身边时,卡林加延哦呀,帕古伊万之子呼嚯
他一伸手就把猪紧紧抱住,在马卡瓦延的院子里
人们把猪宰杀,马卡瓦延勇敢的人们
他们把肉煮熟,在马卡瓦延的院子里
然后一起大快朵颐,卡林加延呀,帕古伊万之子
他们开心地吃着米饭,在马卡瓦延村的中心哦呀,呢嘛喔哦
"过来吧,"卡林加延说,卡林加延呀,帕古伊万之子
"我们一起来院子中翩翩起舞吧,马卡瓦延的院子哦呀,呢嘛喔哦。"
他和古米尼金、阿里古荣三人一起,阿里古荣哦呀,比能瓦亨之子
卡林加延把金努图皮带取下给阿里古荣戴上,阿里古荣呀,比能瓦亨之子
40 他们一起来到院子中哦,马卡瓦延的院子哦呀,呢嘛呼嚯
看到这里古米尼金心生不满,古米尼金呀,迪奴阿南之子
"皮带呀,待阿里古荣跳至第三步时,阿里古荣哦呀,比能瓦亨之子
你就掉落下来,皮带呀,"古米尼金诅咒道,古米尼金哦呀,迪奴阿南之子
阿里古荣的舞跳到了第三步,阿里古荣呀,比能瓦亨之子
皮带应声落在院中的空地上,马卡瓦延的院子哦呀,呢嘛喔哦
"你为何要把我们的皮带摔坏?"古米尼金质问道,古米尼金呀,迪奴阿南之子
"就算摔坏了也没有关系,"卡林加延说道,卡林加延呀,帕古伊万之子

"就算摔坏了,这也是我自己的皮带,阿里古荣只是借用,阿里古荣哦呀,比能瓦亨之子"
50　他们不再跳了,离开了马卡瓦延的院子
　　他们下到河滩边哦,马卡瓦延的河滩哦呀,呢嘛喔哦
　　时间流逝,他们穿过一个又一个村社
　　阿里古荣回到了自己的纳巴雍村
　　卡林加延留在自己的纳安努旦村
　　天色已晚,夜晚降至,他们便休息了
　　第二天清晨呢嘛呼嚯,纳安努旦村哦
　　古米尼金说话了,古米尼金哦呀,迪奴阿南之子
　　"我要去杜努安村"
　　"你自己决定吧,"卡林加延回答道,卡林加延哦呀,帕古伊万之子
60　古米尼金下到梯田中,纳安努旦的梯田
　　穿过了一个又一个村庄
　　终于他来到了河滩边哦,纳巴雍哦呀,呢嘛喔哦
　　他走到村中心,纳巴雍的村社哦呀
　　抬头看了看房子的门口,纳巴雍中心的房子哟
　　"你在哪里阿里古荣,阿里古荣哦呀,比能瓦亨之子"喔哦
　　"卡林加延派我前来,"古米尼金说,古米尼金呀,迪奴阿南之子
　　"我要把你卖作为奴,阿里古荣哦呀,比能瓦亨之子"喔哦
　　阿里古荣来到了院子外面,纳巴雍中心的院子哦
　　他们一起穿过了院子,纳巴雍的院子哦
70　穿过了一个个村社哦,邻近的村社哦呀,喔哦
　　一路上阿里古荣边走边说,阿里古荣呀,比能瓦亨之子
　　他们来到了一个村社,邻近的村社哦
　　古米尼金走到村中心,古米尼金呀,迪奴阿南之子
　　想把阿里古荣卖掉哦,阿里古荣哦呀,比能瓦亨之子喔哦
　　如果有人想买,他就从地上抓起一把尘土
　　人们都买不起,邻近村社的人们哦呀,喔哦
　　他们便继续往远方的村社跋涉
　　太阳高升,已是正午时分
　　他们来到河滩边哦呀,纳亚汉的河滩哦呀,呢嘛喔哦
80　阿里古荣停了下来,阿里古荣呀,比能瓦亨之子
　　"这里会有人把我买下吗?"阿里古荣问,阿里古荣哦呀,比能瓦亨之子

阿里古荣往阿纳纳约山上望去
"古米尼金，古米尼金哦呀，迪奴阿南之子
我们比比谁先爬上阿纳纳约的山顶吧"
古米尼金答应了，古米尼金哦呀，迪奴阿南之子喔哦
他们爬上了阿纳纳约陡峭的山坡
阿里古荣和古米尼金，古米尼金哦呀，迪奴阿南之子喔哦
阿里古荣遥遥领先，阿里古荣，阿里古荣呀，比能瓦亨之子
他们爬上了山顶哦呀，阿纳纳约的山顶，呢嘛喔哦

90 阿里古荣开怀大笑，笑声在山顶回荡
此时阿桂纳亚就在那里，阿桂纳亚哦呀，安达洛之女
她听见阿里古荣的笑声，阿里古荣呀，比能瓦亨之子
"哦，你叫什么名字？"阿桂纳亚问道，阿桂纳亚，安达洛之女
"我是可怜的阿里古荣，阿里古荣哦呀，比能瓦亨之子
我之所以在这里，"阿里古荣说，阿里古荣呀，比能瓦亨之子
"是因为古米尼金要把我卖作为奴，古米尼金哦呀，迪奴阿南之子"喔哦
"为什么要把你卖作为奴？"阿桂纳亚问，阿桂纳亚呀，安达洛之女
"因为我打坏了一条宝石腰带，"阿里古荣说，阿里古荣哦呀，比能瓦亨之子喔哦

100 "卡林加延正要把我卖掉，卡林加延，帕古伊万之子"
阿桂纳亚气得咬牙切齿，阿桂纳亚呀，安达洛之女
"他们凭什么要把你卖掉，你是我们马达雍社里俊美富有的人
为何他们要把你卖作为奴，"阿桂纳亚说，阿桂纳亚哦呀，安达洛之女喔哦
"你啊，阿里古荣，阿里古荣，你是我的哥哥，
你绝非比能瓦亨之子，"阿桂纳亚说，阿桂纳亚呀，安达洛之女喔哦
"你叫阿里古荣，阿里古荣，安达洛之子
这么多年来，"阿桂纳亚说，阿桂纳亚哦呀，安达洛之女
"我一直都在找你，阿里古荣，阿里古荣，安达洛之子
和我一起回家哦呀，我们的家乡马达雍，呢嘛喔哦"

110 "原来如此"阿里古荣说，"但我还是要回一趟纳巴雍村
去探望我的母亲，纳巴约卡哦呀，比能瓦亨之妻
他们待我亲如儿女，在纳巴雍村的中心呀"
阿里古荣转过身来，离开了阿纳纳约山
时光流逝，他穿过一个又一个村社哦呀，邻近的村社呢嘛喔哦
来到了纳巴雍的河滩边，径直走向村子中心

第二章 《呼德呼德》——伊富高族的英雄赞歌

乌勒普勒波曼,乌马伊阿约多,因萨里杜玛伊,萨里杜玛伊,迪瓦伊,纳巴雍村①

阿里古荣来到了村中心,阿里古荣哦呀,安达洛之子喔哦

他向母亲巴约卡道别,巴约卡哦呀,比能瓦亨之妻

"再见了,我要回马达雍去"

120　时光流逝,他穿过了一个又一个村社哦呀,邻近的村社呢嘛喔哦

太阳高升,已是正午时分

他来到了河滩边哦呀,马达雍的河滩呢嘛喔哦

阿里古荣径直来到村中心,马达雍呢嘛喔哦

因杜姆老大吃一惊,他的母亲因杜姆老,安达洛之妻

她紧紧抱住阿里古荣,阿里古荣,因杜姆老之子喔哦

"我的儿阿里古荣,阿里古荣哦呀,安达洛之子

你一出生就走失了,"因杜姆老说,因杜姆老哦呀,安达洛之妻喔哦

"阿里古荣你到现在终于回来了,阿里古荣,安达洛之子"

因杜姆老说道,因杜姆老,安达洛之妻

130　太阳高升,已是正午时分

阿里古荣述说着他的经历,阿里古荣哦呀,安达洛之子喔哦

与来到村中的人们交谈着,马达雍的中心

还有他的母亲因杜姆老,因杜姆老哦呀,安达洛之妻喔哦

"你的姐姐阿桂纳亚还好吗？阿桂纳亚,安达洛之女"

"我把她留在村里了,纳亚汉村哦呀,呢嘛喔哦

就在阿纳纳约山那边"

"阿桂纳亚真是遗憾！阿桂纳亚哦呀,安达洛之女"喔哦

时光流逝,他们在马达雍的村中心交谈

140　此时的阿桂纳亚,阿桂纳亚哦呀,安达洛之女喔哦

"你为何如此?"阿桂纳亚说,阿桂纳亚,安达洛之女

"我怎么了？"卡林加延问道,卡林加延哦呀,帕古伊万之女

"为何我们俊美而富有,"阿桂纳亚说,阿桂纳亚,安达洛之女

"你却胆敢为了一条腰带而要把我们卖做奴隶？卖到邻近的村社呀

让我们好好比试一下本领和财富,"阿桂纳亚说,阿桂纳亚,安达洛之女

"我要击败卡林加延,"阿桂纳亚说,阿桂纳亚,安达洛之女

阿桂纳亚开始宰杀山上的野水牛哦,阿纳纳约山呀

---

① 原文音译,无实意,表达欢快的语气。

　　　　　杀死了一头又一头,山上的野水牛哦,阿纳纳约山呀
　　　　　她把水牛头带到山下的纳亚汉村
150　　阿桂纳亚大喊道:"纳亚汉勇敢的人们
　　　　　快来把牛头拿到村里去哦呀,带到纳安努旦村,呢嘛喔哦"
　　　　　阿桂纳亚指挥着人们,阿桂纳亚哦呀,安达洛之女
　　　　　"把牛头拿去,告诉卡林加延,卡林加延,帕古伊万之子"
　　　　　阿桂纳亚向他们发出命令,阿桂纳亚哦呀,安达洛之女
　　　　　人们便把水牛头带到了纳安努旦
　　　　　水牛头在院子里引起了巨大的震动哦,纳安努旦的院子呀
　　　　　可怜的卡林加延惊讶得目瞪口呆,卡林加延,帕古伊万之子
　　　　　"这些牛头是怎么回事?"卡林加延问道,卡林加延哦呀,帕古伊万之子
　　　　　喔哦
160　　纳亚汉来的人们回答说:
　　　　　"是阿桂纳亚让我们送来的,阿桂纳亚哦呀,安达洛之女喔哦
　　　　　她说要和你卡林加延较量一番,卡林加延,帕古伊万之子
　　　　　因为她说他们俊美而富有,阿桂纳亚哦呀,安达洛之子喔哦
　　　　　而你卡林加延却要把他们卖作为奴,"
　　　　　可怜的卡林加延惊呆了,卡林加延哦呀,帕古伊万之子
　　　　　"我如何才能公平解决呢?"卡林加延说,卡林加延,帕古伊万之子
　　　　　深深的黑夜里公鸡已经打鸣
　　　　　阿里古荣来了,阿里古荣哦呀,安达洛之女喔哦
　　　　　还有阿桂纳亚,阿桂纳亚,安达洛之女喔哦
170　　卡林加延也来了,卡林加延,帕古伊万之子
　　　　　"事情并非如此,"卡林加延解释道,卡林加延,帕古伊万之子喔哦
　　　　　于是纳安努旦的长者和勇敢的人们,纳安努旦村呀
　　　　　回到了他们村里哦呀,纳亚汉村呢嘛喔哦
　　　　　但是阿桂纳亚,阿桂纳亚呀,安达洛之女
　　　　　每天都把牛头送去,送到纳安努旦村呀
　　　　　直到卡林加延心烦意乱,卡林加延哦呀,帕古伊万之子
　　　　　"可怜的布甘啊,我的妹妹,去战斗吧
　　　　　布甘,你要去战斗,布甘哦呀,帕古伊万之女"
　　　　　于是可怜的布甘,布甘呀,帕古伊万之女
180　　拿起刀插在腰带上,在纳安努旦村的中心哦
　　　　　布甘走下到稻田中哦呀,纳安努旦村的稻田,呢嘛喔哦

　　　　布甘一边走着一边哼着歌,布甘呀,帕古伊万之女
　　　　她来到一个村社哦呀,邻近的村社呢嘛喔哦
　　　　就停下来玩耍一番,布甘呀,帕古伊万之女
　　　　终于她来到了河滩边哦呀,纳亚汉的河滩,呢嘛喔哦
　　　　布甘来到了纳亚汉的河滩边
　　　　她爬上了高高的阿纳纳约山
　　　　布甘站在阿纳纳约的山顶,布甘哦呀,帕古伊万之女喔哦
　　　　突然间一头野水牛窜了出来
190　　布甘大惊失色尖叫起来,布甘哦呀,帕古伊万之女
　　　　呼噻……公鸡打鸣,天色渐亮
　　　　阿里古荣来了,阿里古荣哦呀,安达洛之子喔哦
　　　　他在和人们聊着天,在马达雍的中心呀
　　　　此时可怜的布甘,布甘呀,帕古伊万之女
　　　　正害怕地叫喊着,在阿纳纳约的山顶
　　　　这时阿桂纳亚来了,阿桂纳亚哦呀,安达洛之女喔哦
　　　　她来到布甘身旁,布甘呀,帕古伊万之女
　　　　阿桂纳亚杀死了山顶上的野水牛,阿纳纳约的山顶哦呀,呢嘛喔哦
　　　　"你叫什么名字,美丽可爱的姑娘?"
200　　"我是布甘,布甘哦呀,帕古伊万之女喔哦
　　　　我的兄长卡林加延派我前来,卡林加延,帕古伊万之子
　　　　他叫我杀死山顶上的野水牛哦呀,阿纳纳约的山顶喔哦
　　　　我必须把牛头带回马达雍去。"①
　　　　布甘开始她的旅途,布甘哦呀,帕古伊万之女喔哦
　　　　她来到了纳安努旦村的河滩边
　　　　径直走到纳安努旦村的中心
　　　　卡林加延,卡林加延哦呀,帕古伊万之子
　　　　见到了布甘啊呀,布甘哦呀,帕古伊万之女
　　　　阿里古荣恰好也在,阿里古荣哦呀,安达洛之子
210　　"啊,"卡林加延说,卡林加延呀,帕古伊万之子
　　　　"到底发生了什么,可怜的布甘,布甘哦呀,帕古伊万之女喔哦
　　　　让她不得不回到我们的纳安努旦村?
　　　　我们该怎么办?"卡林加延左思右想,卡林加延哦呀,帕古伊万之子喔哦

---

① 此处有杂音干扰,锣声盖过了歌手的演唱。——原注

"让我们制作米酒吧,在纳安努旦村的中心。"
此时阿桂纳亚回到了马达雍
她把勇敢的人们召集起来,马达雍的人们喔哦
让他们制作米酒,在马达雍的中心喔哦
人们开始舂米,马达雍勇敢的人们呀
接着把米煮熟酿制米酒,在马达雍的中心呀,呢嘛喔哦
220 然后放置三天发酵成酒
终于阿桂纳亚的米酒都做好了,阿桂纳亚哦呀,安达洛之女
太阳高升,正是中午时分
阿里古荣来了,阿里古荣哦呀,安达洛之子喔哦
还有阿桂纳亚,阿桂纳亚呀,安达洛之女
她把话捎了过来,到了纳安努旦村哦呀,呢嘛喔哦
"卡林加延啊,卡林加延,帕古伊万之子
你村里的米酒做好了吗,纳安努旦村呀"
"一切就绪,"卡林加延答道,卡林加延哦呀,帕古伊万之子喔哦
"阿桂纳亚,你可以过来,阿桂纳亚呀,安达洛之子
230 想成为我们的敌人,就到纳安努旦村的中心来。"
阿里古荣,阿里古荣哦呀,安达洛之子
和阿桂纳亚,阿桂纳亚呀,安达洛之女
召集了马达雍勇敢的人们
"马达雍的长者和勇士们
待明天马达雍里天光大亮之时
我们会启程前往哦呀,纳安努旦村呢嘛喔哦。"
人们同意了他的请求,马达雍勇敢的人们哦
他们休息了一晚,漆黑的夜晚啊
第二天村里天光大亮时哦呀,马达雍呢嘛喔哦
240 阿桂纳亚看到马达雍的勇士们已经吃过饭
他们吃饱喝足,马达雍的长者和勇士们
于是他们下到梯田,来到河边哦呀,马达雍的河滩呢嘛喔哦
时光流逝,他们穿过了一个又一个邻近的村社
太阳高升,已是正午时分
他们来到了河滩边哦呀,纳安努旦的河滩,呢嘛喔哦
阿桂纳亚停在了纳安努旦的河滩边
往上看了看纳安努旦人们修筑的石垒

　　　　告诉卡林加延说,卡林加延,帕古伊万之子
　　　　"你的朋友阿桂纳亚来了,阿桂纳亚,安达洛之女"
250　　卡林加延四下看去,卡林加延,帕古伊万之子喔哦
　　　　看到米饭铺在了纳安努旦梯田的石垒边
　　　　米饭多得都漫过了梯田石垒哦呀,纳安努旦的梯田呢嘛喔哦
　　　　"你们就站在那里,"卡林加延说,卡林加延,帕古伊万之子
　　　　阿桂纳亚来到了村中心,阿桂纳亚哦呀,安达洛之女喔哦
　　　　"不要以为这样会让我黯然失色,我也是村中富有而俊美的人。"①
　　　　阿桂纳亚踏上了梯田哦呀,纳安努旦的梯田喔哦
　　　　"马达雍的长者和勇士们啊
　　　　不要踩石垒上的米饭,纳安努旦梯田的石垒
　　　　只有阿桂纳亚可以踩上石垒的米饭哦呀,纳安努旦梯田的石垒"呢嘛喔哦
260　　当她来到纳安努旦村的中心
　　　　卡林加延行动了起来,卡林加延,帕古伊万之子
　　　　"纳安努旦的院子里有垫子
　　　　你可以在那里坐下来嚼槟榔
　　　　那里还有一小管石灰供你阿桂纳亚用,阿桂纳亚哦呀,安达洛之女"喔哦
　　　　天色已晚,漆黑的夜晚啊
　　　　讲述的是卡林加延的故事,卡林加延哦呀,帕古伊万之子喔哦
　　　　现在讲述的是在纳安努旦村
　　　　卡林加延走进到屋里哦呀,纳安努旦村中心的屋子呢嘛喔哦
　　　　他看到罐子里还剩了些食物,就在纳安努旦村中心的屋里哦
270　　拿起来走到院子里哦呀,纳安努旦的院子
　　　　人们拿出了米酒,就在纳安努旦的院子里
　　　　人们喝起了米酒,来自马达雍的人们呢嘛喔哦
　　　　他们把米酒献给阿桂纳亚,阿桂纳亚哦呀,安达洛之女
　　　　阿桂纳亚酩酊大醉,阿桂纳亚哦呀,安达洛之女喔哦
　　　　阿桂纳亚唱起了利乌利瓦②,阿桂纳亚呀,安达洛之女
　　　　阿桂纳亚越唱越投入,阿桂纳亚哦呀,安达洛之女
　　　　"卡林加延你为何要这般,卡林加延,帕古伊万之子
　　　　我是村里俊美而富有的人哦呀,马达雍呢嘛喔哦

---

①　此处歌手添加了一句无实际意义的欢快语句。
②　Liwliwa,伊富高人的讽刺诗。

280　为什么你卡林加延却要把我卖作为奴,卡林加延,帕古伊万之子"
　　　可怜的卡林加延,卡林加延哦呀,帕古伊万之子喔哦
　　　"关于这件事,"卡林加延说,卡林加延呀,帕古伊万之子
　　　"我也是村中心善良的人哦呀,纳安努旦村呢嘛喔哦
　　　在周围的村社我也鼎鼎有名哦呀,邻近的村社哟
　　　把阿里古荣卖作为奴,是古米尼金干的,古米尼金哦呀,迪奴阿南之子喔哦
　　　是他要把阿里古荣卖作为奴,阿里古荣,安达洛之子"
　　　因为阿桂纳亚已是酩酊大醉,阿桂纳亚哦呀,安达洛之子喔哦
　　　她坚持说是卡林加延把阿里古荣卖作为奴,阿里古荣呀,安达洛之子
　　　时间流逝,他们在院子里喝着米酒哦呀,纳安努旦的院子哟
290　他们足足喝了一个半月,就在纳安努旦村中心的院子里
　　　时光就这样不断流逝,阿桂纳亚和卡林加延,卡林加延哦呀,帕古伊万之子喔哦
　　　此时此刻在杜努安村
　　　古米尼金在那里,古米尼金哦呀,迪奴阿南之子喔哦
　　　他不断地听着阿桂纳亚和卡林加延,卡林加延,帕古伊万之子
　　　"对这些俊美富有的人来说真不错呀,"古米尼金嫉妒地说道哦呀,迪奴阿南之子
　　　多米尼加走到杜努安村的稻田中
　　　时间流逝,他穿过了一个又一个村社,呢嘛喔哦
　　　直到太阳高升,已是中午时分
　　　终于来到了河滩边哦呀,马达雍的河滩
300　他径直来到马达雍的中心
　　　他走到了院子前哦呀,马达雍的院子呢嘛喔哦
　　　古米尼金走进了马达雍中心的屋子里
　　　看到屋里摆着一罐罐的米酒哦呀,马达雍村中心的屋子里呢嘛喔哦
　　　他把酒罐一一抓起摔碎在院子中哦呀,马达雍的院子呢嘛喔哦
　　　所有米酒都被他毁坏在院子里了哦呀,马达雍的院子呢嘛喔哦
　　　可怜的杜姆老说道,杜姆老,安达洛之妻
　　　"你是谁,来到我们马达雍中心的年轻人?
　　　你为什么要这么做?"杜姆老说,杜姆老哦呀,安达洛之妻喔哦
　　　古米尼金没有回答,把屋中最好的珠宝一件件挑出来,马达雍中心的屋子哦

| 310 | 他把所有珠宝装了起来走到房前的院子里哦呀,马达雍的院子哦
他走下到马达雍的梯田中
时间流逝,他穿过邻近的村社哦呀,一个个村社呢嘛喔哦
最终回到了杜努安村
与此同时哦呀,在纳安努旦村呢嘛喔哦
阿桂纳亚正在那里,阿桂纳亚,安达洛之女
"为何我只是在院子里坐着,哦呀,纳安努旦的院子呢嘛喔哦
为何我感觉有些不对劲呢?"阿桂纳亚想到,阿桂纳亚,安达洛之女
"可能是我的母亲因杜姆老病倒了,因杜姆老哦呀,安达洛之妻
那么就由阿里古荣来招呼马达雍来的勇士们
| 320 | 我先行一步,你稍后再跟上"阿桂纳亚说,阿桂纳亚哦呀,安达洛之子喔哦
阿桂纳亚穿过了邻近的一个个村社
很快便来到河滩边哦呀,马达雍的河滩呢嘛喔哦
她径直走到马达雍的中心
院子里一片狼藉哦呀,马达雍的院子呢嘛喔哦
"怎么到处都是米酒味?"阿桂纳亚很惊讶
她向村中心房子的门口望去哦呀,马达雍的中心喔哦
她和母亲因杜姆老紧紧抱在一起,因杜姆老,安达洛之妻
"母亲因杜姆老,你在哭什么啊,因杜姆老,安达洛之妻"
"因为古米尼金来了,古米尼金哦呀,迪奴阿南之子喔哦
| 330 | 他毁了我们的米酒罐,在这马达雍的中心;
他抢走了我们屋中珍贵的珠宝哦呀,马达雍中心的屋子呢嘛喔哦"
"那你为何如此哭泣,"阿桂纳亚说,阿桂纳亚,安达洛之女
"这些珠宝岂不会像香蕉一样,被他贪婪地带回家去"阿桂纳亚说,阿桂纳亚哦呀,安达洛之女
阿桂纳亚来到了村中心的房子里,马达雍的中心哦
她抽出大刀往院子走去哦呀,马达雍的院子呢嘛喔哦
她走到了马达雍中心的院子
"米酒罐,你们都回来吧,"阿桂纳亚说,阿桂纳亚,安达洛之女
她高举大刀挥舞起来,阿桂纳亚哦呀,安达洛之女喔哦
| 340 | 猛然间破碎的米酒罐神奇地恢复原状哦呀,在马达雍的院子中呢嘛喔哦
罐子一跳一跳地又回到了马达雍中心的屋里
它们又回到架子上原先的位置哦呀,在马达雍中心的屋里呢嘛喔哦
夜色降临,他们开始休息,漆黑的夜晚啊

第二天，村里已是天光大亮哦呀，马达雍呢嘛喔哦
阿桂纳亚让人给纳安努旦村捎去话
稍给卡林加延，卡林加延哦呀，帕古伊万之子喔哦
"等着我吧，卡林加延，卡林加延，帕古伊万之子"
阿桂纳亚走过了一个个村社，阿桂纳亚哦呀，安达洛之女
很快就来到了河滩边哦呀，杜努安的河滩呢嘛喔哦

350　爬上了梯田边的石垒，杜努安人的梯田哦
古米尼金就在那里，古米尼金哦呀，迪奴阿南之子喔哦
他得意地说道，古米尼金，迪奴阿南之子
"你终于来了，富有俊美的人哦呀，邻村的人呢嘛喔哦"
"我把你在村里的财富都毁掉了，你们马达雍哦"
阿桂纳亚听了几句，阿桂纳亚哦呀，安达洛之女
便已咬牙切齿，阿桂纳亚，安达洛之女
她跳了过去，一下就把古米尼金绑了起来，古米尼金，迪奴阿南之子
阿桂纳亚把他扛在肩头，阿桂纳亚哦呀，安达洛之女喔哦
走下到杜努安的河滩边

360　时光流逝他们穿过一个个村社哦呀，邻近的村社喔哦
终于回到了马达雍
来到马达雍的中心
把古米尼金塞进了笼子里，古米尼金哦呀，迪奴阿南之子
"在我兄弟阿里古荣的婚礼庆典上，阿里古荣，安达洛之子
会把你古米尼金当做垫脚凳使，古米尼金哦呀，迪奴阿南之子。"
夜色降临他们开始休息，漆黑的夜晚啊
阿桂纳亚发出了命令，阿桂纳亚，安达洛之子
"马达雍的长者和勇士们

370　来到村中心煮糯米哦呀，就在马达雍的中心呢嘛喔哦"
村民们便煮起饭来，马达雍勇敢俊美的人们哦
他们把饭盛在篮子里，再把篮子递给因杜姆老，因杜姆老哦呀，安达洛之妻
因杜姆老在饭上撒上芝麻和盐，因杜姆老哦呀，安达洛之妻
他们在院子里捉了几头猪哦呀，马达雍的院子呢嘛喔哦
勇士们一人拿着一头猪，马达雍的勇士们
走下到梯田中哦呀，马达雍的梯田呢嘛喔哦
时间流逝，他们穿过了一个个村社

中午时分他们来到了河滩边哦呀,纳安努旦的河滩呢嘛喔哦
带来了阿里古荣的订婚聘礼"辛沃特",阿里古荣呀,安达洛之子
380 把聘礼搬到了村中心哦呀,纳安努旦村的中心喔哦
卡林加延正在那里,卡林加延,帕古伊万之子
他请来了全村人,纳安努旦勇敢的人们
人们聚集了起来,纳安努旦俊美勇敢的人们
一起大快朵颐阿里古荣的"辛沃特"糯米,阿里古荣哦呀,安达洛之子喔哦
他们吃完阿里古荣的"辛沃特"之后,阿里古荣哦呀,安达洛之子喔哦
阿桂纳亚发了话,阿桂纳亚哦呀,安达洛之女喔哦
"卡林加延啊,卡林加延,帕古伊万之子
按照传统我们要带着布甘一起回家,布甘哦呀,现在已是阿里古荣之妻
我们要准备他们的婚礼庆典乌亚伊",阿桂纳亚说道,阿桂纳亚,安达洛之女
390 "就按你说的办",卡林加延答道哦呀,帕古伊万之子喔哦
太阳西下,已是下午时分
阿里古荣带着布甘启程返回,布甘哦呀,阿里古荣之妻
时间流逝,他们穿过一个又一个村社
很快便来到来河滩边哦呀,马达雍的河滩呢嘛喔哦
他们走向村中心,马达雍的中心
母亲因杜姆老正在那里哦呀,安达洛之妻喔哦
母亲紧紧抱住他们,站在马达雍的中心
天色渐暗他们休息了一晚,漆黑的夜晚
第二天马达雍天色大亮时
400 阿桂纳亚把人们召集起来,阿桂纳亚哦呀,安达洛之女喔哦
她让马达雍俊美勇敢的人们
往村里汲水哦呀,马达雍村呢嘛喔哦
水流淌到马达雍中的院子前
此时阿里古荣,阿里古荣哦呀,安达洛之子喔哦
抓起铜锣,扣过来接住了流过来的水
"你可以坐在这里面洗澡,布甘,布甘哦呀,阿里古荣之妻。"
天色渐暗他们又休息了一晚,漆黑的夜晚
待到第二天马达雍中天色大亮呢嘛喔哦
仪式开始,阿里古荣与新娘并肩而坐,阿里古荣,安达洛之子
410 此时在纳安努旦村里哦呀,纳安努旦村呢嘛喔哦

卡林加延猛然想起来,卡林加延,帕古伊万之子
他也应该去马达雍,于是便下到梯田里哦呀,纳安努旦的梯田呢嘛喔哦
时间流逝,他穿过了一个又一个村社
中午时分来到了河滩边哦呀,马达雍的河滩呢嘛喔哦
他径直走到了村中心
看见人们正围坐在布甘身边,布甘哦呀,阿里古荣之妻
在马达雍的院子里一起嚼着槟榔
卡林加延说道,卡林加延哦呀,帕古伊万之子:
"我卡林加延要在马达雍的中心献上一只鸡作为牺牲。"

420 "没有问题,"阿里古荣说,阿里古荣哦呀,安达洛之子喔哦
卡林加延从笼子里捉出鸡,跳上了房子下的"哈加比"大车
卡林加延唱颂起来开始祭祀,卡林加延哦呀,帕古伊万之子喔哦
卡林加延的仪式举行得非常好,卡林加延哦呀,帕古伊万之子喔哦
人们把米酒洒在马达雍院子的地上
阿桂纳亚喊来一位小姑娘哦呀,马达雍的小姑娘呢嘛喔哦
去给卡林加延唱歌,卡林加延,帕古伊万之子
太阳西下,已是下午时分
"为什么,"卡林加延说道,卡林加延哦呀,帕古伊万之子喔哦
"不把你们的锣拿到院子里呢,马达雍的院子

430 在回去之前,我还要起舞助兴,"卡林加延说,卡林加延哦呀,帕古伊万之子喔哦
人们便把成套的铜锣拿到了马达雍的院子
勇士们敲响了锣,马达雍的勇士们
卡林加延从房子底下穿过去,在院子里跳了起来哦呀,马达雍的院子呢嘛喔哦
阿里古荣也跟了进来,阿里古荣,安达洛之子
于是阿桂纳亚和布甘也来了,布甘哦呀,阿里古荣之妻喔哦
他们在院子里一边跳着一边交换着位置,在马达雍的院子里
人们都涌了上来挤来挤去,马达雍俊美勇敢的人们哦
观看他们翩翩起舞,看着卡林加延和阿里古荣,阿里古荣哦呀,安达洛之子喔哦
母亲因杜姆老,因杜姆老哦,安达洛之妻

440 也来到了院子里哦呀,马达雍的院子呢嘛喔哦
因杜姆老把梯子移开也跳了起来,因杜姆老,安达洛之妻

一会儿她握住阿里古荣和卡林加延两个人的手,卡林加延哦呀,帕古伊万之子
"你已跳了很久,在我们马达雍的院子里
看看马达雍的人们相互推挤着
可能会把邪恶的精灵引到村里来哦呀,马达雍呢嘛喔哦"
卡林加延跳着跳着就累了,在马达雍的院子里
"我要回去了,但你们要让这里的锣声不断敲响哦呀,在马达雍呢嘛喔哦"
天色已晚,漆黑的夜晚
卡林加延才回到家,卡林加延哦呀,帕古伊万之子喔哦

450 此时阿里古荣,阿里古荣,安达洛之子
此时天色已晚,漆黑的夜晚
召集了全村人,马达雍俊美勇敢的人们
在院子里敲打起铜锣哦呀,马达雍的院子
一个半月里他们天天晚上要敲响铜锣,在马达雍中心的院子里
终于婚礼庆典的最高潮"霍亚特"来到了哦呀,在马达雍的中心呢嘛喔哦
此时卡林加延,卡林加延,帕古伊万之子
在庆典最高潮的前夜
把米酒送到了院子里哦呀,马达雍的院子呢嘛喔哦
第二天村里天光大亮,太阳高升

460 庆典高潮"高塔德"就要开始,在马达雍的中心
中午时分客人们已经从周围的村社赶来了
很远村社的客人也都已来到
但是谣言传了出来哦呀,到了达由登呢嘛喔哦
"因古仑,看起来你不太关心这件事,因古仑,布拉由安之妻
你没听说他们要拿你的兄弟古米尼金作为垫脚凳嘛,古米尼金哦呀,迪奴阿南之子
布甘和阿里古荣婚礼庆典上的垫脚凳哦,阿里古荣,安达洛之子。"
因古仑立刻放下了手上的编织活哦呀,在达由登的院子里
回到房子里哦呀,达由登村中心的房子哦
拿出屋里珍贵的珠宝哦呀,达由登村中心的房子哦

470 她把珠宝戴在身上,时间流逝,穿过了一个个村社
正午时分她来到了河滩边哦呀,马达雍的河滩呢嘛喔哦
踏上了马达雍梯田的石垒,马达雍俊美勇敢人们的石垒
她仰头望去,看见了古米尼金,古米尼金哦呀,迪奴阿南之子

把他从石垒旁的笼子里放了出来,马达雍俊美勇敢人们的石垒哦
"这是你的珠宝,"因古仑说道,因古仑哦呀,布拉由安之妻
因古仑手拉着古米尼金走下到马达雍的梯田中
……①

542 他挥舞着斧头想把树砍倒,但却徒劳无获,在俊美勇敢的哈卢拉人的梯田边哦
阿桂纳亚踏上了俊美勇敢的哈卢拉人的梯田石垒
来到了卡林加延身边,卡林加延哦呀,帕古伊万之子
"你还要多久?"阿桂纳亚问道,阿桂纳亚,安达洛之女
"卡林加延,你已经离开了好几个月,卡林加延,帕古伊万之子
好好看看这些树吧,"卡林加延说,卡林加延,帕古伊万之子
"你看,这些树如此坚硬,"卡林加延说道哦呀,帕古伊万之子
阿桂纳亚把斧头从卡林加延手中夺下,卡林加延哦呀,帕古伊万之子
550 她开始砍起树来,在俊美勇敢的哈卢拉人的梯田边哦
第三斧下去,树应声倒下,在俊美勇敢的哈卢拉人的梯田边哦
"你瞧瞧!"阿桂纳亚说,阿桂纳亚哦呀,安达洛之女喔哦
"卡林加延你是个胆小鬼,卡林加延,帕古伊万之子。"
阿桂纳亚继续砍树为做长桌准备木材,在俊美勇敢的哈卢拉人的梯田边
她一抬头往附近的树林望去,在俊美勇敢的哈卢拉人的梯田边
到处都是鸡叫声,还看到一只大公鸡"布加文"哦呀,大公鸡呢嘛喔哦
"啊!那边树林里怎么有这么多鸡?"阿桂纳亚问道,阿桂纳亚哦呀,安达洛之女喔哦
"那是长老的鸡,长老因努达南。"
阿桂纳亚说道"我须把这树林中最大的公鸡取走作为礼物,在俊美勇敢的哈卢拉人的梯田边。"
560 于是阿桂纳亚便前去找长老,长老因努达南
"这样可以吗,长老爷爷,长老因努达南"
"我想拿一只鸡作为礼物,"阿桂纳亚说道,阿桂纳亚哦呀,安达洛之女喔哦
"好,你可以拿一只小鸡,"长老因努达南回答
"啊,"阿桂纳亚又说,"我必须要那只最大的公鸡",阿桂纳亚哦呀,安达洛之女喔哦

---

① 史诗第 477—541 行轶失。——译者注

"如果你执意要那只最大的公鸡,"长老因努达南回答,"那会让我死去,让你的老爷爷因努达南死去"
"假若你逝去也没事",阿桂纳亚说道,阿桂纳亚哦呀,安达洛之女喔哦
"即使你死去,我也要带走最大的那只公鸡,"阿桂纳亚说道,阿桂纳亚,安达洛之女
"那就过来吧,我带你去拿,"长老说道,长老因努达南
"你需要做长桌的木材,之所以会在这里,"长老说道,长老因努达南
570　"是因为要让你来找到我,"长老说道,长老因努达南
"你的母亲因杜姆老,因杜姆老哦呀,安达洛之妻喔哦"
木材削成长桌形状后,他们走下到哈卢拉的梯田中
阿桂纳亚拿起了大公鸡和长桌穿过了一个个村社
他们穿过了一个又一个村社哦
他们背着长桌路过了一个个村社哦呀,遥远的村社呢嘛喔哦
终于回到了马达雍
他们停在了马达雍的河滩边
然后把长桌搬到村中心哦呀,马达雍的中心呢嘛喔哦
580　把新长桌放在母亲因杜姆老的长桌对面,因杜姆老,安达洛之妻
召集来马达雍全村的长者和勇敢的人们
在院子里捉了一只猪哦呀,马达雍的院子呢嘛喔哦
人们大快朵颐起来,马达雍俊美勇敢的人们哦
深深的黑夜里公鸡打鸣了
卡林加延说道,卡林加延哦呀,帕古伊万之子喔哦
"下面怎么办,我们已经做好了一切,阿桂纳亚,阿桂纳亚呀,安达洛之女
一切都已经为阿桂纳亚和布甘准备就绪,布甘哦呀,为了这对新人"
"那你就该离去,"阿桂纳亚说道,阿桂纳亚,安达洛之女
于是卡林加延回到了自己的村子哦呀,纳安努旦喔哦
590　很快便来到了纳安努旦的院子里
他走进村中心的屋子哦呀,纳安努旦的中心呢嘛喔哦
母亲因丹古娜正在那里,因丹古娜,帕古伊万之妻
"我的儿卡林加延,你现在才回来,卡林加延哦呀,我的儿!"喔哦
"我只能这么做,必须在马达雍待些时日"
他们在屋里吃了饭,纳安努旦中心的屋里
第二天村里天光大亮哦呀,纳安努旦村呢嘛喔哦
卡林加延召集来全村的长者和勇士们

"到村中心来吧,纳安努旦的中心呢嘛喔哦"
他们一起舂糯米,在纳安努旦的院子里
600 舂好后人们便煮饭,纳安努旦俊美勇敢的人们
糯米煮好后盛在了篮子里,推到因丹古娜面前,因丹古娜哦呀,帕古伊万之妻喔哦
因丹古娜给米饭撒上芝麻和椰肉,因丹古娜,帕古伊万之妻
人们在院子里捉了几只猪哦呀,纳安努旦的院子呢嘛喔哦
准备好卡林加延的订婚聘礼辛沃特,卡林加延,帕古伊万之子
每位勇士都背了头猪走下了纳安努旦的梯田
时间流逝,他们穿过一个个村社哦呀,邻近的村社呢嘛喔哦
很快便赶到马达雍的河滩边,径直走向村中心哦呀,马达雍的中心呢嘛喔哦
一到村中心就把盛满米饭的篮子推到屋门前,马达雍中心的屋子哦
640 他们召集来长者和村民,马达雍勇敢俊美的人们
勇士们杀了猪,马达雍勇敢的人们
把肉切块,把米饭和肉煮熟,马达雍勇敢俊美的人们
村中心里正煮着米饭哦呀,马达雍的中心呢嘛喔哦
人们让客人们先来就餐,这些纳安努旦来到亲家们
待他们吃完米饭哦呀,在马达雍的中心呢嘛喔哦
"我们要回到纳安努旦村去,但把你卡林加延留在这里,卡林加延,帕古伊万之子
明天村里天色渐亮时你再跟上我们哦呀,马达雍里哦"
于是他们就回去了,这些纳安努旦来的亲家们
天色渐晚,阿桂纳亚和卡林加延休息了,漆黑的夜晚
620 第二天马达雍里天光渐亮
卡林加延拿上斧头去给村里准备柴火,马达雍呢嘛喔哦
即使是树根和枝杈,卡林加延也要取来带到马达雍的中心
卡林加延开始劈柴,卡林加延哦呀,帕古伊万之子
太阳高升,已是中午时分,柴也终于劈好
他走到村中心的屋子里哦呀,马达雍的中心呢嘛喔哦
他们备好了新煮的饭在屋里吃了起来,马达雍中心哦
在村中心吃完了米饭哦呀,马达雍的中心呢嘛喔哦
又来到门口嚼起了槟榔,在马达雍的中心哦
槟榔嚼成来红色,卡林加延说道,卡林加延哦呀,帕古伊万之子

630　"现在如何,"卡林加延说道,卡林加延,帕古伊万之子
　　"今天我把阿桂纳亚带回家去,阿桂纳亚哦呀,卡林加延的新婚妻子"
　　"这样非常好",阿里古荣赞同道,阿里古荣,安达洛之子
　　阿里古荣便交给他一面铜锣哦呀,在马达雍的中心呢嘛喔哦
　　"给你这好在路上为我的姐妹阿桂纳亚敲得响当当,阿桂纳亚,安达洛之女"
　　卡林加延收下了锣穿过了院子,马达雍俊美勇敢的人们的院子
　　走下到梯田中哦呀,马达雍的梯田
　　时间流逝他们穿过一个村社哦呀,邻近的村社喔哦
　　太阳西下,已是下午时分
　　他们来到河滩边,纳安努旦的河滩呢嘛喔哦
640　在河滩边停歇片刻,纳安努旦的河滩
　　在河滩上嚼起了槟榔哦呀,纳安努旦的河滩呢嘛喔哦
　　然后踏上了梯田的石垒,纳安努旦俊美勇敢的人们的石垒
　　径直走向纳安努旦村的中心
　　目前因丹古娜正在那等候哦呀,因丹古娜,帕古伊万之妻
　　把阿桂纳亚和卡林加延两人紧紧抱住,这对新人
　　"今天你穿过一个个村社,忍受了烈日的晒烤哦呀,邻近的村社呢嘛喔哦
　　但当你坐到我们纳安努旦中心的房屋下,头上的汗就会干,我们在这里会精力充沛。"
　　乌勒普勒波曼,乌马伊阿约多,因萨里杜玛伊,哎哟,萨里杜玛伊,迪瓦伊,迪瓦伊,纳安努旦村。①

---

① 原文此处有一句纳安努旦村的歌声,是歌手为表达欢快之情的吟唱而添加的并无实际意义的、表达欢快的语句。

第三章 《拉姆昂传奇》
——天主教化民族的社会缩影

第一节 文本搜集和发展的过程

　　《拉姆昂传奇》在伊洛戈族人民中间代代吟唱,口头流传,直到近代才开始有文字记录,产生了不同的版本。今天,学者们公认,伊洛戈族诗人佩德罗·布卡纳格(Pedro Bukaneg)①是第一个记载这部史诗的人。布卡纳格生于1592年,精通西班牙语和萨姆多语②,他按照当时一直流传的拉姆昂的故事,再根据17世纪的社会生活的现实加以改编,在1640年用伊洛戈语和西班牙语双语对照记录下来。他的这项贡献把伊洛戈古典文学推介到了世人面前,他本人也被誉为"伊洛戈文学之父"。在伊洛戈语中,"Bukanegan"这个词的意义和他加禄语中的"Balagtasan"③一样,充分地表示了人们对于他在文学上贡献的尊敬。

　　1898年,伊萨贝拉·德·洛斯·雷耶斯(Isabela de los Reyes)在《伊洛戈人》(*El Ilocano*)上发表了伊洛戈语和西班牙语双语对照的文

---

　　① 相传佩德罗·布卡纳格生下来就双目失明,父母把他放到篮中遗弃在阿布拉河(Abra)中,但幸运地被一位妇女拣到,交给了马尼拉的奥古斯丁教会的神父,神父给他赐名"佩德罗·布卡纳格",抚养并教育他,培养他成为诗人。

　　② 即 Samtoy,是伊洛戈语(Ilocano)的别称。

　　③ Balagtas 是菲律宾著名诗人弗朗西斯科·巴尔达扎(Francisco Baltazar)的他加禄语姓氏,他加禄语中词根加上后缀 an,表达抽象名词的意义,此处可理解为"巴拉格塔斯主义"。菲律宾每年都有名为 Balagtasan 的文学比赛;Bukanegan 的释义与此类同。

本。该版本由联合省班加地区(Bangar, La Union)的神父吉拉多·布兰科(Fr. Gerardo Blanco)提供给雷耶斯,从1898年2月到1890年2月逐期连载而成。此后,雷耶斯在《菲律宾民歌》(*El Folklore Filipino*)第二卷上再次发表了该版本,标题为《拉姆昂的一生(伊洛戈古典民歌)》(*Vida de Lam-ang (antiguo poema popular de Ilocos)*)。这是第一个西班牙文译本。在它之后,阿纳斯塔西奥·吉拉多(Anastacio B. Gerardo),梅塞德斯·维加(Mercedes Vega),安德斯·尼古拉斯(Andres S. Nicolas)和马利阿诺·门西亚斯(Mariano L. Mencias)在马尼拉发表了第一个英文译本。此后又先后出现了多个不同版本,包括:1906年,卡努托·麦地那(Canuto Medina)的西班牙文版;1920年,克莱里奥·瓦德斯(Correlio N. Valdez)的英文版;1926年,拉·卢查(La Lucha)编写的版本;1927年,帕拉伊诺·赫莫诺斯(Parayno Hermonos)编写的版本。[1]

其中,赫莫诺斯版采用的是韵文体,标题为《来自纳布安的拉姆昂和来自卡拉诺蒂安的唐娜·伊纳斯·卡诺扬的传奇故事》(*Historia a Pacasaritaan ti Panagbiag ni Lam-ang iti Ili a Nalbuan nga Asaoa ni Doña Ines Cannoyan iti Ili a Calanotian*),从这个韵文版中能看到十八、十九世纪流行于菲律宾的两种韵文诗——阿维特诗(Awit)和科利多诗(Korido)——的影响。阿维特诗是一节四行,每行十二音节;科利多诗则是一节四行,每行八音节。这两种讲究押韵的诗歌都是为歌唱或行吟而创作,并非普通朗诵;它们源于西班牙文学,主题也通常来自西班牙戏剧和民谣,包含了浓郁的西班牙民间文化色彩。赫莫诺斯的韵文版就像是伊洛戈人的阿维特诗歌,文字优美,流畅押韵,朗朗上口,至今仍是最为流行、最受欢迎的版本之一。

最早的散文体版本是菲律宾大学教授莱奥波多·叶贝斯(Leopoldo Y. Yabes)在1935年发表的,并有散文体英译文对照。该

---

[1] Angelito L. Santos, *Towards a Paradigmatic Theory of Philippines Poetics: The Iloko Ethnoepic Biag ni Lam-ang (the Life of Lam-ang) Reassessed* (M. A. Thesis, University of the Philippines, 1981), Appendix. Epics, Damiana Eugenio ed., *Philippine Folk Literature: The Epics*, p. 1, U. P. Press, 2001。

散文版参照了赫莫诺斯的韵文版,充分比较了以前四个版本的细微差别,加以筛选、改编,利用不同版本相互补充,综合成一个全新的版本。叶贝斯散文版共 305 节,而此前诸版本中最长的才不过 294 节①,所以叶贝斯版是迄今为止最准确和完整的史诗文本。今天,该版最具权威、非常知名,在菲律宾及海外都广为流传。

此外,邦板牙族诗人、美国诗歌研究院成员于逊(Amado M. Yuson)在 1955 年也发表了一个韵文体英译本。② 国内的刘浩然先生根据它翻译出版了《兰昂的一生——菲律宾伊洛戈古典叙事诗》。该版本采用了"新民歌"体翻译,是最早的中译本。③ 把《拉姆昂传奇》这部史诗介绍给国内学者和读者很有意义,笔者第一次接触《拉姆昂传奇》就是读了该译本。然而根据于逊的英译本来翻译仍然值得商榷,因为该译本本身并非精确严格。为了让英译本符合韵文在行节形式上的苛刻标准,于逊翻译时对原诗做了很大的调整和改动,所有不规则的散文诗句全部整齐划一改成了韵文诗句,一节四行,一行八音节,而原文一行则是七到十二个音节不等。他对原文作了过多的添加和删节以保证符合上述的格式标准,因而就造成了意义上的出入。以其中一节为例④:

伊洛戈语文本:Ay nalinis a balasang/ta siam can a lalabayan/ti inna marugsakan/iti maysa a sardam.

叶贝斯散文版:She is a beautiful maiden/and industrious because/it is said she can spin/nine lalabayan in one evening. (她是个美丽的少女/而且勤劳能干,因为相传她能/一个傍晚就纺九(拉拉巴扬)车的线。)

于逊韵文版:She is a maiden beautiful/And she's industrious, it is

---

① Jovita Ventura Castro, *Epics of the Philippines*, ASEAN Committee on Culture and Information, p. 65, 1983.
② 同上书, Jovita Ventura Castro, p. 64.
③ 刘浩然:《蓝昂的一生——菲律宾伊洛戈族古典叙事诗》(*Biag ni Lam-ang*), 泉州菲律宾归侨联谊会编, 1990 年, 前言第 3 页.
④ Jovita Ventura Castro, *Epics of the Philippines*, ASEAN Committee on Culture and Information, p. 65, 1983;拉拉巴扬(lalabayan)是一种纺车,诗中纺线以拉拉巴扬车为计量单位.

said/For in one night she could, in full/Spin nine of lalabayan thread.（她是个美丽的少女/而且还很勤劳，人们说/她可以在一夜之间/纺满九（拉拉巴扬）车的线。）

该节中叶贝斯用的是"傍晚"（evening）而于逊用的是"夜晚"（night），因为这两个英文词音节不一样，于逊的英译文是整齐的八音节一行，正是为了凑音节才把单音节的"night"换用成双音节的"evening"。但这两个词在时间意义上有不小的差异。在古代，人民都是"日出而作，日落而息"，夜间缺乏照明工具，无法劳作，所以叶贝斯用"傍晚"来表述卡诺扬的劳作非常确切。即使卡诺扬十分勤劳能干，也不可能在漆黑的夜晚纺线。当然九车的线也许是一种夸张纺线多的说法，但这正是诗歌用赞赏的口吻来强调卡诺扬品性勤劳和技艺精湛，纺线又快又好；并非是说她纺线花了很长时间，一直纺到了"夜晚"。故笔者管中窥豹，认为于逊的译文有失精准，仍需推敲。

第二节　史诗的情节类型与结构定式

考察菲律宾各族英雄史诗时，可以按其情节进行分类来深入研究。因为史诗通常是以英雄的探险经历作为情节主线，所以这里用探险活动的类型作为分类的标准，大致可分为三类：浪漫史诗、战争史诗和迁徙史诗。[1]《拉姆昂传奇》无疑是"浪漫史诗"的典范，以拉姆昂出生、成长、追求卡诺扬、求婚、举行婚礼为主线，逐步展开情节，这些约有六百八十多行，占总长度的三分之二，构成了史诗的主体。[2]

史诗中也有近三分之一写的是拉姆昂英勇作战、击败劲敌。史诗中共有三次战斗：为报杀父之仇，他大战野蛮的伊戈罗特人（Igorot）；他跳入河中杀死危害同胞的大鳄鱼，美名远扬；在求婚的路上遇到苏

---

[1] Herminia Meñez, "The Philippine Folk Epics and Multicultural Education", *Explorations in Philippine Folklore*, Ateneo de Manila University Press, pp. 16—18, 1996。

[2] 根据 Angelito L. Santos 的译本统计，见 Damiana Eugenio ed. *Philippine Folk Literature: The Epics*, University of the Philippines Press, pp. 3—21, 2001。

马让(Sumarang)的挑战,轻松击败对手,扫除了求婚的障碍。前两次战斗中英雄分别完成了保护家庭和部落的职责,赢得了人们的尊敬,奠定了他的英雄地位。这两次战斗,又分别代表了与敌对人类做斗争和与大自然做斗争,正好构成了人类祖先在原始社会时期生存斗争的主要内容,客观上保留了人类祖先与自然界、与邻近部落斗争的历史。第三次迎战苏马让也必不可少,象征着英雄在武力上彻底击败了所有求婚竞争者。可见,战争是英雄历险征途中克服千难万险的手段,英雄绝非为战争本身而战,而是以战斗为手段,赢得胜利、达到终极目的——与心上人结婚,所以战争场面只是铺垫,求婚才是主旋律,整个情节都是为它而展开,所以《拉姆昂传奇》仍属于"浪漫史诗"。

　　菲律宾史诗中英雄的一生,往往是出生、历险、死亡、而后复活;死而复生或再次苏醒的情节模式屡见不鲜。根据达米阿娜·尤格尼奥的观点[①],具体可以概括为:(1)英雄出生在非同寻常的特殊环境中;(2)英雄神奇地长大成人,并具有了开始历险的力量;(3)英雄遭遇到各种奇遇和险境,便实施了英雄主义行为,展现了英雄气质;(4)通过武力和战斗,英雄在历险中都获得了胜利;(5)如果英雄死去或者失去知觉,他还会复活或者苏醒。《拉姆昂传奇》是这一传统套路的典型,这一套路不仅用于记述英雄的行为以及塑造英雄的形象,也用于安排整个史诗叙事展开的顺序。《拉姆昂传奇》正是按照这五条线索叙事的:

　　1. 拉姆昂出生前,父亲就被蛮族伊戈罗特人杀害了。拉姆昂的家乡纳布安离蛮族居住的山区很近。所以拉姆昂一出生就担负起了与伊戈罗特人作战的职责和为父复仇的使命,他已不再是寻常人。

　　2. 在拉姆昂长大的过程中发生了许多奇迹:一生下来就能说话;出生九个月后就已成人;出生时是他自己告诉别人给他起名为"拉姆昂"。他复仇心切,年仅九个月就离家出征,"臂膀还很柔弱"。[②]

　　3. 拉姆昂在历险中展现了各种惊人之处:孤身面对来自二十一

---

　　① Damiana Eugenio ed. *Philippine Folk Literature*: *The Epics*, University of the Philippines Press,前言 p. XVII,2001.

　　② Leopoldo Y. Yabes, "The Ilokano Epic: Lam-ang", Asuncion David-Maramba *Early Philippine Literature*, *from ancient times to* 1940,Second Edition,National Book Store, INC,p. 49,1971.

个伊戈罗特部落的敌人英勇血战①;在战斗中,他能运用所带的魔法石召唤来超自然力助战;在河中洗澡时,又能召唤来狂风暴雨相助;他防御娴熟,进攻出色,能轻松接住伊戈罗特战士掷来的梭镖、"多拉斯"(doras)和"皮卡"(pika)。②

4. 为父报仇和追求卡诺扬是英雄在史诗中最主要的行为。为了完成这两项壮举,英雄都运用了战争手段来达到目的、获取胜利,分别战胜了伊戈罗特蛮族、杀死了求婚对手。

5. 婚礼后,拉姆昂跳入海中捕捉海贝"拉朗"(rarang),不幸被大鲨鱼"迪安迪安"(tioan-tioan)吞掉了。此前拉姆昂已在梦中预知自己有此浩劫,事先就告知卡诺扬,他若遇难应该如何应付。卡诺扬便按预先的指示,在动物的帮助下,让他最终死而复生。

史诗英雄为人们所敬奉,是因为他们拥有的才能和力量都是常人不具有的,这其中包括了拉姆昂让人羡慕的超强体力、出众的战斗技术和力量、英勇无畏的胆量等等。除了这些客观的能力,他的超自然魔力也让人深深敬畏。在菲律宾,英雄们几乎都拥有某些具有魔法的物品,如衣服、饰品、护身符、武器、器皿等,它们协助英雄历经波折、赢得胜利。拉姆昂就拥有各种各样的魔法物,并在需要的时候充分使用这些超自然神力。当他启程向伊戈罗特人寻仇时,就带上了许多魔法石和护身符。"他带上了萨刚石/还有唐拉班石和劳劳干石③/和一个野水牛的护身符。/当路过郁郁葱葱的灌木丛时/树木的嫩枝都弯下了腰/这样他又得到了蜈蚣的护身符。"④此后,拉姆昂在河中杀死了大

---

① 叶贝斯版本中记录了 Dardarat、Padang、Nueva、Dogodog、Tapaan、Mamookan、Kawayan、Amangabon、Gambang、Lipay、Kapariaan、Sumadag、Lukutan、Tupinaw、Bandan、Sambangki、Loy-a、Bakong、Sasaba、Tebteb、Bakayawan 共 21 个伊戈洛人村寨的名字,其他版本中提到的数字也是很多的,但在具体数字上可能有所出入。

② 这是两种土著居民使用的投掷武器,类似于梭镖。

③ 萨刚(sagang)是一种类似猫的动物;唐拉班(tangraban)是一种比鹌鹑略大的鸟;劳劳干(laolaoigan)是一种歌唱不停的鸟。伊洛戈人认为这些动物拥有魔法石,石头来自于它们,所以用动物的名称命名。

④ Damiana Eugenio ed., *Philippine Folk Literature*: *The Epics*, University of the Philippines Press, p. 5, 2001. 这里所引诗节的中译文由笔者根据所注出的史诗英译文版本翻译,后面引用的诸段诗节亦同。

鳄，又获得了新的护身符。"年轻的姐妹们/把它的牙做成项链吧/这样它们就能成为我旅行路上的护身符。"①

英雄在战斗中使用魔法物的技法也非常纯熟，只需"轻轻地拍了拍劳劳干石/然后纵身一跃/跳到一片空地上"②，就能召唤来雷电和狂风助战。同时，魔法石也是他的庇护者，保护他不为敌人梭镖所伤。"大批的梭镖向拉姆昂飞来/就好像傍晚时的暴雨/但他把它们都一一接住/因为他能得到神灵的庇护/所以他毫发未伤/很快伊戈罗特人的梭镖就告罄了。"③

魔法物对于英雄至关重要，史诗中的很多地方，都能看到它们神奇的超自然力量帮助了英雄；而且这些魔力不只局限在战争中用来杀敌，还在现实生活中有丰富的实际价值。拉姆昂有个神奇的"一人罐"，装在里面的食物取之不竭，供他在旅途中食用。当他在阿布拉河（Abra）的支流安布拉扬河（Amburayan）中洗澡时，他用魔法石召唤来大风点燃稻梗，而后又唤来暴雨浇灭大火，人们对他的壮举惊异不已："拉姆昂召唤来狂风，火苗立刻就升腾起来/浓烟滚滚，以至圣胡安的人看到后都很惊讶。"；"巴克诺坦镇的居民跑到了现场/他们都以为有房子着了火/结果发现无法将火扑灭/拉姆昂又唤来了倾盆大雨/雨水倾泻，成片的乌云好似深渊一样/还伴随着电闪雷鸣/但下了半天才把火浇灭。"④

还有一类重要的魔法物就是有神力的动物。因为这是可以自主行动的活物，所以往往会比普通的魔法物发挥更多的作用。拉姆昂养了三只动物，一只白公鸡、一只卷毛狗和一只母鸡。它们在史诗中的地位比那些魔法石和护身符重要得多。它们能思考会说话，并且在必要的时候为主人表达最关键的意思，做出最有意义的事情。

---

① 同上书，pp. 8—9。
② 同上书，p. 6。
③ Leopoldo Y. Yabes, The Ilokano Epic: Lam-ang, Asuncion David-Maramba ed., *Early Philippine Literature, from ancient times to* 1940, Second Edition, National Book Store, INC, p. 51, 1971.
④ Leopoldo Y. Yabes, The Ilokano Epic: Lam-ang, Asuncion David-Maramba ed., *Early Philippine Literature, from ancient times to* 1940, Leopoldo Y. Yabes, *The Ilokano Epic: Lam-ang*, p. 53, 巴克诺坦镇（Baknotan）位于联合省北部。

在拉姆昂去卡诺扬家求婚之前，母亲娜蒙安(Namongan)非常为他担忧，害怕儿子求婚失败，遭受精神上的打击，于是劝说拉姆昂放弃不要去。她说道："她可能会泼你一盆洗脚水/让你大失颜面、无地自容。"①拉姆昂的动物们听到这一席话后，"公鸡、母鸡和小白狗齐声说道：/娜蒙安妈妈，昨天我们都已经梦到/伊纳斯·卡诺扬注定要成为你的儿媳。"②它们用这些话来增强娜蒙安对儿子的信心，劝她相信英雄的求婚之旅注定会成功。此后，当求婚者人山人海聚集在卡诺扬家楼下时，这些动物再次帮了大忙，让卡诺扬在茫茫人海中注意到了拉姆昂。"他让公鸡跳到地上/公鸡拍了拍翅膀，棚屋轰然坍塌了/倒塌声引起了卡诺扬的注意/她从窗口探出身来张望。"；"然后卷毛狗开始汪汪叫/棚屋又奇迹般地站了起来/狗在无形之中/把棚屋修葺一新。"③接着，三只动物参加了商谈彩礼的全过程。当讨论到拉姆昂应该送什么样的彩礼时，是公鸡最先发的言，并回答了卡诺扬父母的问题，表达了最核心的意思——拉姆昂已经准备好付出女方所要的一切；因此，随后的订婚、结婚才得以顺利进行下去。

史诗的结尾是全诗的最高潮——拉姆昂死而复生。他的复活，也是由三只动物运用自己的神力，指导、协助女主人卡诺扬，共同完成了复活的全过程："此时公鸡叫了起来，母鸡拍打着翅膀/骨头好像有了生气，动了起来/卷毛狗叫了两声，在骨头边跑来跑去。/正如公鸡事先所说/骨头开始具有了生命/拉姆昂从中站了起来。"④此外，史诗还充分地赋予了它们人性，使得它们除了能像人类一样思考、表达、行动自如，还能理解人类的情感，深知人的喜怒哀乐，甚至还能在主人心情忧郁之时去开导、安慰。这些都大大丰富了它们的形象。卡诺扬得知拉姆昂葬身鱼腹之后伤心欲绝，公鸡便来安慰她："公鸡说道：女主人啊/不必为我的主人担心/只要能找到他的骨骸/他就必将能起死回生。"⑤

---

① 同上书，p.54。

② 同上。

③ 同上书，p.57。

④ Leopoldo Y. Yabes, The Ilokano Epic: Lam-ang, 引自 *Early Philippine Literature, from ancient times to* 1940, Leopoldo, p.64。

⑤ 同上书，p.64。

第三节 原始的科学观：智慧与知识

　　史诗的细节把当时人类的科学观鲜活地展现在我们面前，因而可以清晰地看到那个时代人们的知识与智慧。《拉姆昂传奇》作为民间文学的典范，并非是"为文学而文学、为艺术而艺术"，而是"为人生"的文学，它所反映和记录的是原始社会的日常生活。史诗是一个民族特殊的知识总汇[①]，汇集了整个部族千百年生存斗争中积累的大量知识和经验，并传授给后代。这是由民间文学自身的特点所决定的。因为民间文学是以口头的形式集体创作和流传的，它的创作和传诵并不局限在个人居所或亲朋好友之中，而是在整个部落居民参加的聚会和庆典上；原住民在倾听行吟诗人唱诵史诗的同时，便潜移默化地接受了其中所蕴含的知识和经验，祖先的智慧和思想就得以一代又一代心口相传。

　　《拉姆昂传奇》开头唐胡安和娜蒙安的对话中，说到了娜蒙安怀孕和生产的具体经过，其实这是创作者们在记述他们关于生育的各种原始而朴素的知识。这其中包括：怀孕的妇女应该吃的食物，为婴儿降生应该做的准备等。娜蒙安在怀孕期间吃了许多被认为是有利于身孕的滋补食物，包括各种酸水果、贝类和水产品。这些都是伊洛戈人观念中对于孕妇必不可少的，即使在今天看来，这些也还具有科学的营养价值。史诗不惜笔墨进行了大量罗列："她吃了大量的水果/青色的罗望子，三剑果和杨桃/嫩椰子和未熟的番石榴/还有桔子和咯咯吉森。"；"吃饭时她吃巴纳巴纳和马拉当当/阿拉罗斯普和阿拉干，迪莱姆和虾/平平干和伊姆伊默克和洛洛西/勃勃咯，莱当干和索索，这些她都爱吃。"[②]

---

① 钟敬文主编《民间文学概论》，上海：上海文艺出版社，1980年，第284页。
② 钟敬文主编《民间文学概论》，p.47。三剑果（pias），果实很酸，常用来做传统酸汤（sinigang）的调料；咯咯吉森（lolokisen）是一种百合属植物，学名 limnanthemum cristatum；巴纳巴纳（panapana）是环刺棘海胆，学名 echinotrix calamaris；马拉当当（maratangtang）是白棘三列海胆，学名 tripneustes gratilla；阿拉罗斯普（ararosip）是一种叫方叶五月茶的海草，学名 antidesma ghaesembilla；阿拉干（aragan）是一种水生蕨类；迪莱姆（tirem）是一种牡蛎；平平干（pingpinggan）是一种类似于海月（学名 placuna placenta）属的牡蛎；伊姆伊默克（immoko）和洛洛西（loslosi）各是一种贝类；勃勃咯（pokpoklo）是一种海带；莱当干（leddanggan）是一种蜗牛；索索（soso）是一种带尖壳的蜗牛。

在怀孕的第七周,就必须要准备分娩专用的产床,诗中称之为"巴利唐"(balitang)。这是伊洛戈人特有的一种倾斜的竹床,床的一头较高,分娩的妇女头枕在其上。"娜蒙安想到该为分娩准备产床巴利唐/便告诉丈夫:哦,唐胡安/去砍些竹子来做巴利唐床吧。/现在应该去准备那些/咱们小宝宝出生要用的各种东西/所以到出生的时候就不会手足无措/巴利唐床是让我躺着用的。"①

史诗中还能看到伊洛戈人关于水稻的知识。当拉姆昂打开谷仓的大门时,诗中列举了大量上等水稻品种的名字:"我们已经九年没有把他们拿出来了/有萨莫散稻、伊布安稻和拉京安稻/还有卢马诺稻,拉帕丹稻,马拉戴克戴克稻和马坎稻/和伽加奈特稻,巴拉桑稻,吉马杜达稻。"②这里并不只是拉姆昂在展示自己的富庶,仓中堆满了稻谷九年都未动用;这也是在向听众们宣传各种适合耕作、贮藏和食用的优质水稻品种。

拉姆昂在河中洗澡时,用实际行动展示了当时的人们如何自制洗发品来洗发。他召唤来大风把清洗稻谷剩下的稻梗点燃,然后用雨水泼灭,再用来洗头;古代伊洛戈人就是这样用焚烧稻梗的灰烬来洗发的。类似的,传统上他加禄人用固果树(gugo)③树皮来洗发,所以他加禄语中"洗发"一词的词根就是"gugo"。如上所述,这些古代人类的生产生活知识就保存了史诗中。

史诗中有大量精神层面的内容,部落成员的思想感情、对生命的看法、对世界的看法、宗教信仰、价值取向,都体现得淋漓尽致;而且这些精神层面的内容以史诗为载体,转变成为部落、民族的一种传统,由先祖传承给后代,深入了一代代原住民的思想观念中。

尽管拉姆昂年仅九个月、身单体薄,但他一得知是伊戈罗特人杀

---

① 同上书,p. 47。
② 同上书,p. 52。萨莫散稻(samosan)、伊布安稻(ibuan)和拉京安稻(lagingan),卢马诺稻(lumanog),拉帕丹稻(lampadan),马拉戴克戴克稻(marattektek)和马坎稻(makan),伽加奈特稻(gagaynet),巴拉桑稻(balasang),吉马杜达稻(kimmatuday),这些都是不同种类的稻米的名字。
③ 固果(gugo)是榼藤子属植物。它的功用参见 Damiana Eugenio, *Philippine Folk Literature: The Epics*, Preface, University of the Philippines Press, p. XXXIX, 2001。

害了父亲,就要立即去复仇。这种血亲复仇是先祖流传下来的部落传统和民族观念,是伊洛戈男子自出生起就肩负的崇高使命,也和伊洛戈民族长期生活的具体环境有关。他们是农业民族,所生活的平原地区靠近散布着山地蛮族伊戈罗特人村寨的山区。伊戈罗特人向来以好战凶残而著称,有猎头的传统,从远古至近代,一直威胁着伊洛戈民族的生存安全。史诗中把伊戈罗特人居住的山区描述成"最黑暗的大山",并不是实指那些山的颜色很"黑暗",而是暗指那片山区意味的是死亡,因为在伊洛戈人观念中黑色代表死亡①。类似的,在整个菲律宾群岛,长期以来,山地民族都威胁骚扰着附近农耕定居的平原民族。因此,伊洛戈男子才会有对抗蛮族、保卫家园的传统职责,史诗中就以拉姆昂作为模范来昭示后人。

史诗结尾,拉姆昂神奇的死而复生,体现了菲律宾各族史诗的又一典型传统——如果英雄死去或者长眠,最终都会奇迹般的复活或者苏醒过来,无一例外。因为英雄在人们信念中代表的是超乎寻常的、完美的人类形象,富有、勇敢、英俊、聪慧、拥有魔力,是英雄的典型人格,这些共同组成了人们所认同的"英雄气质"。除此之外,十全十美的英雄绝非凡人,还应该是永生的,他不能真正死去,而应和家人、部族、爱人永远幸福的生活下去。人类最原始的欲求就是求生,但是无人能逃脱死亡,所以祖先们只好把这一永远无法实现的理想寄托在英雄身上,让他在史诗中不死。这种精神寄托也是在理想中,给完美的英雄最终赋予了人性中最崇高的特质——永恒的生命,值得凡人永远敬奉和崇拜。生存和死亡一直是全人类关注的永恒话题,从最古老的《吉尔伽美什》史诗开始,世界各地的史诗文学中都有反映。菲律宾人民根据自己的信仰,创造了拉姆昂这类完美全能的英雄并赋予了永生,表达了他们对于理想世界的憧憬和向往。

伊洛戈人有他们原始的数字崇拜观念。史诗中最常出现的数字就是"九"。其实这些九并不是实指数学意义上的"九",而是他们以九为尊,"九"是最大的数字概念,凡是在要表示夸张或者数量真的很多

---

① Jovita Ventura Castro, *Epics of the Philippines*, ASEAN Committee on Culture and Information, 1983, p. 60.

时,就用数字"九"来虚指。拉姆昂九个月就长大成人,就是用"九个月"来指代他逐渐成长的岁月。拉姆昂把苏马让打死后,苏马让飞到了"九座山"外,就是苏马让飞得很远很远。此外,拉姆昂洗澡的时要求村里的少女来伺候,一共要"两个九,九乘以九"个那么多;他在战斗中接住掷来的梭镖后,把它们熟练的绕身体转了九圈;他家中的稻谷在谷仓中储藏了九年没有动过;卡诺扬勤劳能干,一夜能纺九车的线。

伊洛戈人的价值观、财富观也得见于史诗中。稻米是财富的象征,拉姆昂谷仓中的稻谷已经储藏了九年之久而一动未动,这就是在炫耀英雄家财万贯,多得吃不完。伊洛戈人收割水稻时,是在稻穗下方约三十厘米处割断,然后把连着稻秆的稻穗分别扎成小捆,再扎成大捆,运到粮仓储藏。这种收获的方式和中吕宋地区不同,比较有利于稻米长时间的贮藏,富裕人家就是这样储存大量的稻米。至今,在和伊洛戈邻近的伊富高人的高山梯田地区,仍然能看到这种方式。

和其他民族一样,黄金是伊洛戈人另一个财富的象征,人们以炫耀黄金财富为荣。在卡诺扬父亲和拉姆昂商议订婚的对话中,卡诺扬父亲用一系列的排比,骄傲地炫耀金碧辉煌的庭院和琳琅满目的黄金饰品,好像一切都是黄金打造的,连卡诺扬的玩具也不例外:"啊,我的孩子拉姆昂,你看看吧/看看你眼前的院子/以及路上铺的地砖/还有整块的兰达干,全都是用黄金打造的。";"啊,我的孩子拉姆昂,你看看吧/睁开你的眼睛看看这个前院吧/这里有两个公鸡的雕像/还有一只母鸡和两只龙虾的雕像/它们全都是纯金的。";"啊,我的孩子拉姆昂,你看看吧/你看到的一切都是卡诺扬的财富/我们的家产继承于先祖/卡诺扬还有两个玩具也是金制的/我们的戴克戴克和卡卡纳扬是金制的/还有郎干干和萨拉巴扬也是金制的。"①

《拉姆昂传奇》里的伊洛戈人已经进入了男子为尊的父系氏族社

---

① Leopoldo Y. Yabes, *The Ilokano Epic: Lam-ang*, 引自 Asuncion David-maramba ed., *Early Philippine Literature, from ancient times to* 1940, Second Edition, National Book Store, INC, 1971, pp.58—59. 兰达干(landagan)是用于洗衣的硬质用具,通常是石质的;卡卡纳扬(gaganayan)是一种织布用的架子,通常是木制和石质的,准备好的线先放在上面按类分开,然后再送入织布机,戴克戴克(tektek)是它的一部分;郎干干(longgangan)是纺车拉拉巴扬(lalabayan)的一部分;萨拉巴扬(salapayan)是晾衣绳。

会。纵观菲律宾各族史诗,其中也有不少勇猛刚毅、救民于水火的女战士、女英雄形象,但她们在全诗中依然处于从属地位,配合男性英雄的历险行动,协助英雄或者为英雄服务,整部史诗仍由男性来完成绝大部分的英雄主义壮举。而女性的形象通常是慈祥的母亲、温柔的爱人、贤淑的主妇或勤劳的仆人。拉姆昂洗澡时就先召集了全村少女来到河边,陪他下河、帮他洗头发:"啊,母亲,请您敲响郎干干吧/我想把村中的女孩子们喊到这里来/足足有两个九,九乘以九那么多。"①

不过这种男女不平等并非绝对,女性位置也很重要。两性之间常常是互动的,女性也会作出一些至关重要的事情,成为史诗中不可或缺的人物;如果没有女性角色的鼎力相助,英雄就无法独立完成一些壮举。一方面,菲律宾史诗中,英雄和母亲总是保持着一种异常亲密的关系,母亲对于英雄有着不可替代的巨大影响力。《拉姆昂传奇》中,是娜蒙安独自为英雄准备了远征和求婚的所有装备;她还非常理解英雄的心情,能感知到他情感上细微的变化,然后告知他如何应对不同的情况,从而推动了故事情节不断发展。另一方面,妻子有时也会起到决定性作用。拉姆昂死而复生时,就是卡诺扬通过预兆最先感知到他已经遇难,然后接受了动物们的帮助,找到擅长潜水的人打捞起他的骨骸,堆在一起,铺上自己的围裙——整个复活仪式中最核心的道具,举行仪式、施展法力,英雄才重获生命。

史诗展现了娜蒙安和卡诺扬两个善良贤惠的女性形象,她们是人们理想中的正面女性形象的代表,相反的则是反面的女性形象。伊洛戈人认为举止轻浮、引诱他人的女性为人所唾弃,史诗中的"萨丽丹丹"(Saridandan)就是典型。伊洛戈语中,"saridandan"(亦作saridangdang)的本义就是不端庄、水性杨花②,拿这个词作为女子的名字,本身就意味着对她的贬谪和讽刺。英雄对两种女性的态度截然不同,他先是坚决拒绝了萨利旦旦,对她深恶痛绝,然后继续求婚之旅,去追求美丽圣洁的卡诺扬。在这种强烈的反差中,可以显而易见,温柔、贤

---

① 同上书,Leopoldo Y. Yabes, *The Ilokano Epic: Lam-ang*, pp. 51—52。这里的郎干干(longgangan)是当地的一种锣,和前面出现的那个郎干干(longgangan)词同义不同。

② Leopoldo Y. Yabes, *The Ilokano Epic: Lam-ang*, p. 56。

淑、勤劳、纯洁、端庄、顺从是伊洛戈人衡量女性人格善恶的标准。

第四节　天主教文化影响的痕迹

虽然《拉姆昂传奇》是伊洛戈的民族史诗,但在众多伊洛戈文化因素之外,也能发现西班牙天主教文化的影子,而且这种外来影响贯穿了全文。伊洛戈族是吕宋岛北部的平原农业民族,1565 年西班牙殖民者到达后,它是最早的接受天主教文化影响的民族之一。他们从大督①开始,自上而下接受洗礼,听从西班牙传教士的布道,万物有灵的拜物信仰消亡了,开始以天主教的形式接受西班牙文化的影响。到了布卡纳格的时代,西班牙文化已经在伊洛戈人中立足,他本人又是在西班牙统治中心马尼拉由西班牙神甫抚养教育的,所以在记载史诗时,自然就会把大主教文化因素添加进去。因而,他笔下的史诗和伊洛戈人民自古传唱的就会有一定出入;不过这并未改变史诗的原貌,反而还能让我们看到那个年代西班牙文化的影响。

在史诗中,拉姆昂的部族都信仰天主教;拉姆昂刚出生时,接受了西班牙神甫的洗礼并命名;他和卡诺扬的婚礼是由神甫主持、按天主教的仪式举行。诗中不少人物的名字也来自西班牙语,如拉姆昂的父亲唐·胡安(Don Juan),以及唐娜·米朗(Doña Miliang)和唐娜·伊纳斯·卡诺扬(Doña Ines Kannoyan)②;地名圣胡安(San Juan)也是西班牙文。史诗的伊洛戈语原文中也直接使用了大量从西班牙语借来的词汇,如 estilo、lugar、billetan、oracionan、cosinero、oras;还有一些词按照伊洛戈语规则略作变化后再借用过来,如 agsalvaacto 来自 salva（拯救）,agviahian 来自 viajar（旅行）,agbestido 来自 vestido（服装）。③

对于英雄史诗和其他民间文学作品,不能只把它们当做一部文学

---

① 菲律宾语中为 datu,是对土著部落和村落首领的称呼,即酋长。

② 胡安(Juan)是西班牙常用名,"唐"(Don)是对男子的尊称,相当于"先生";"唐娜"(Doña)是对女子的尊称,相当于"女士"。

③ Jovita Ventura Castro, *Epics of the Philippines*, ASEAN Committee on Culture and Information, p. 62.

作品或者一种文学样式。它们作为文化的遗存,总是不断的真实再现着早期人类社会某些本质的面貌,是人类先祖生活和心理的最好反映,保存了那些时代很有参考价值的文化要素,因而成为了研究各时代文化所不可或缺的材料。

第五节 《拉姆昂传奇》译文①

啊,伟大的主啊,伟大的神灵
请给我启示,啊波②
这样我才可以
讲述一个伟大人物的故事。 20

很早很早以前
有一对夫妇
他们刚刚结婚
他们非常恩爱
才过了几天
10 妻子就已经怀孕了
他们发誓要好好孕育小孩
就像时间孕育果实一样。
她不停地
吃各种水果
微微泛青的罗望果
还有杨桃和五敛子果

还有未成熟的椰子
即将成熟的番石榴
还有桔子和洛洛吉森果③
她每顿饭都要吃这些:
巴巴班和玛拉荡荡④
阿阿洛西和阿拉干⑤
去壳的新鲜牡蛎
她自己抓的虾。
炳炳干和因因摩珂⑥
洛洛西和波波科洛⑦
勒丹干和索索⑧
这些都是她喜欢的菜。
幸福的时光过得很快
30 怀孕七个月后
他们都非常高兴
眼看就要看到孩子降生!
妻子娜蒙安

---

① 译自 Leopoldo Y. Yabes 搜集、Jovita Ventura Castro 翻译的英译本。
② 原文为"Apo",一种表示尊敬、敬意的象声词。
③ 这些都是带酸味的水果。
④ 贝壳类生物。
⑤ 海藻类生物。
⑥ 贝壳类的生物。
⑦ 海藻类生物。
⑧ 贝壳类生物。

开始想
做一些准备工作
她对丈夫说：
"哎哟，①唐·胡安,我的丈夫,②
请你砍一些竹子,
40 　做巴里旦床③的时候需要用。
你出去看看
我们种在
卡帕瑞安山上的竹子
砍一些竹子回来。

这些真的需要
我们要做一些准备
我们真的需要
为即将降生的孩子
做好所有准备
50 　这样可以避免
孩子出生后手忙脚乱
巴里旦床做好以后
我要躺到床上试一下。"

她的丈夫东·胡安
开始准备出门
当他到达竹林的时候
他先绕着土堆跑了一圈
他挥手召来需要的大风
接着落下瓢泼大雨
60 　天上开始乌云密布
电光闪闪,雷声隆隆
他躲到一个盾牌的下面

他开始砍土堆上的竹子
就像在修剪头发。
"如果我扛着这些竹子
我将会倒霉,我将感到耻辱。"
于是竹子都排成队
整齐地排在东·胡安的后面。
当他回到
70 　他离开的房子
竹子整齐地排列
堆放在院子的前面。
娜蒙安接着说
"东·胡安,我亲爱的丈夫
我还需要一些柴火
就像莫拉菲和卡萨丹
还有当拉④和番石榴树皮。
还要买一些东西
一个罐子和炉子
80 　炉子用来烧热水
我要用热水洗澡
我还需要一个罐子
用来装
我们孩子的胎盘。"
这些东西都准备好以后
东·胡安又要离开
他逆流而上
他来到一座黑乎乎的山上
准备和伊戈罗特人战斗
90 　他们的身上布满了文身。

此时,娜蒙安正躺在床上

---

① 一种常用的语气词,相当于"啊"、"哦",表示一种惊讶、痛苦或悲伤。
② 唐(Don)是一种尊称,可能来自西班牙文化的影响——译者注。
③ 一种用竹子做的床,生小孩的时候用。
④ 一些当地的树种,木材质地较硬。

准备生小孩
她没有叫其他人
来帮她接生
她没有叫马科斯
也没叫阿里索特和巴丝霍
她们都有接生的经验
然后,他们想起了
一个弯着腰的老妇人
100　她的手指头非常有力①
当她准备帮忙的时候
娜蒙安已经成为母亲
一个男孩已经诞生了
小孩一出生就开始说话:
"娜蒙安,我的母亲
请在为我洗礼的时候
给我取名字叫拉姆昂
请基布安老人当我的教父。"

当他接受洗礼的时候
110　这个不幸的小孩问
他的母亲娜蒙安
他是否有父亲
"妈妈,我想问一个问题
我是否有父亲
我是不是一个私生子
我的出生是否值得炫耀。"

娜蒙安这样回答
"我亲爱的儿子拉姆昂
关于你的父亲
120　你还在我肚子里的时候

他即将离开我们
他就离开了我们
他到森林里去了
他到伊戈罗特的村庄里
喜欢文身的伊戈罗特人。"

拉姆昂接着说
"哎呀,娜蒙安,我的母亲
请让您的儿子走吧
我要去寻找父亲
130　我对父亲心存感激。"
娜蒙安接着回答道:
"我的儿啊,勇敢的拉姆昂,
请你别走
你的双脚还那么柔弱
你的双手还像树叶一样单薄
你的身体还没有长大
你还只有九个月。"
但是,勇敢的拉姆昂
还是坚持要走。
140　他向森林走去
他走向伊戈罗特的村庄
他一直在搜寻
他对父亲心存感激
他把一颗萨岗石放到口袋里
还有当戈拉班石
还有劳拉维甘石
还有姆桑石。②

他穿过密密的树林

---

① 这是 Yabes 的版本,但在 Medina 的版本中没有出现这些表述。
② 这些都是具有魔力的石头。

	又穿过大片竹林		拉姆昂迷迷糊糊
150	他快速穿过林子		看见了自己的父亲
	因为有一颗蜈蚣石		拉姆昂在睡梦中
	当他到达		听到了一个声音：
	河边陡峭的河岸		"我亲爱的朋友，拉姆昂
	他很快看到		快起来，跟我来
	一棵很大的树		他们正围着你父亲的头颅
	文身的伊戈罗特人		举行庆贺宴会。"
	经常在这里安营扎寨		拉姆昂突然醒过来
	拉姆昂躺在这里等	190	他很快收拾好武器
	等待他的敌人。		他继续出发
160	他的眼睛四处张望		一往无前。
	他很快架起		
	一个三支脚的锅架		当他到达
	他在锅架上做饭		最黑的山峰
	他很快地把米洗好		他到达了曼蒂利镇和达格曼镇
	然后倒入		他径直走向宴会
	他的聚宝盆		他在那里看到
	他那充满魔力的聚宝盆		他父亲的头颅
	能够为每个路过的人提供食物		放在一根木棍上
	吃完饭以后	200	面对着宴会的人。
170	勇敢的拉姆昂说：		
	"我们要好好消化食物		拉姆昂接着说：
	因为这是上天给我们的恩赐。"		"哎呀,喜欢文身的伊戈罗特人
	他拿起盾牌		我想问一下
	放到自己的旁边		我心存感激的父亲
	他把梭镖插在		到底犯了什么错
	自己脚边上		你们必须为此付出代价。"
	他从刀鞘里		文身的伊戈罗特人回答道：
	拿起一把大双刃刀①		"我的朋友拉姆昂
	勇敢的拉姆昂准备好这些		你最好先回去
180	很快就睡着了。	210	回到你的家里
			否则你就会像

---

① campilan，一种宽的双刃刀。

第三章 《拉姆昂传奇》——天主教化民族的社会缩影

你的父亲一样。"
拉姆昂接着反驳道：
"哎呀,喜欢文身的伊戈罗特人
我才不会理会你
只有你们伊戈罗特人的首领
才能成为我的对手。"

"你,普玛卡斯,开始行动吧
召集每一个人
220　所有的人
把他们都召唤到这里来
那些来自达达拉特和帕当
那些在纽旺房子里的人
在多扣多和达帕安的人
在莫奴堪和卡瓦杨的人
在阿玛卡本和堪班
在利帕伊和卡帕瑞安
还有在苏玛达戈和路卡丹
在图比瑙和班丹
230　在萨姆邦吉和罗伊亚
在巴贡和萨拉巴
在特巴特巴和巴卡亚旺"①。
当所有的人都被召集起来以后
所有村庄,所有角落的人
都集合到这里
就像小鸡聚集在一起
那些喜欢文身的伊戈罗特人
他们来了这么多人
没有人能算出到底有多少人
240　拉姆昂开始发起攻击
他扔出拉拉维甘石

他纵身跃起
勇敢的拉姆昂
跳到稻田里
他的腋窝和腹股沟
开始发出声音②
拉姆昂的双手
不停地拍打胳膊
不停地拍打双腿。

250　当伊戈罗特人包围起来的时候
包围圈只有一张桌子的宽度
包围了勇敢的拉姆昂
当他们完全包围起来以后
他们开始战斗
战斗打响了
他们扔出去的梭镖
就像雨点一样密集
勇敢的拉姆昂
马上接住了所有的梭镖
260　就像嚼槟榔一样容易
他把梭镖都放到旁边。

文身的伊戈罗特人
很快就用光了
削尖的竹子、木头和梭镖
但他们丝毫都没有
碰到拉姆昂
拉姆昂对他们说：
"现在轮到我了
我要从刀鞘里
270　取出我的双刃刀。"

---

① 这些都是伊戈罗特族村庄的名称,这些村庄现在都还存在。一般认为,这些伊戈罗特人是被平原民族赶到山区去的。——译者注
② 表示拉姆昂的身体非常强壮。——译者注

270	他把双刃刀砍向地面
	大刀砍落的东西
	就是他吃的东西
	这是神奇的东西
	这是激发魔力
	最好的东西
	"哎呀,文身的伊戈罗特人
	你们做好准备了吗?"
	他召唤
280	一阵旋风
	他随风飞奔而来
	他发起猛攻
	就像砍香蕉树一样利索
	他的刀前后挥舞
	拉姆昂勇敢向前
	所向披靡
	伊戈罗特人纷纷倒下
	没有人能够活下来。
	拉姆昂非常高兴
290	他紧紧地抓起
	一个文身的伊戈罗特人
	并告诉他:
	"现在你完蛋了。"
	拉姆昂拔掉他的牙齿
	挖掉他的眼睛
	又割掉他的耳朵
	也砍掉他的双手
	然后放了这个
	文身的伊戈罗特人
300	拉姆昂没有表现丝毫的怜悯
	他在戏弄伊戈罗特人:
	"现在你能记住我了
	你的族人和亲人也会记着我

我要把这些梭镖捆起来
还有其他伊戈罗特人的东西
这样可以记住你们的失败
现在我让你离开
我们战斗的战场。"

拉姆昂准备离开战场
310 勇敢的拉姆昂啊
他走上回家的路
他要回到母亲娜蒙安的身边
文身的伊戈罗特人
流出来的血
就像维甘河的河水流淌不止。

当拉姆昂到达
他的家乡纳布安镇
他对母亲说:
"我的亲爱的母亲娜蒙安
320 我想问一下
我心存感激的父亲
为什么要离开您呢?
什么原因他要这么做。"
娜蒙安回答道:
"我亲爱的儿啊
啊波,关于你的父亲
我们的感情非常好
我们从来不争吵。"
拉姆昂又说
330 对他的母亲娜蒙安说:
"如果您说的事情不实,
天神将会对您进行惩罚。"

"亲爱的母亲,娜蒙安
请你帮我

第三章 《拉姆昂传奇》——天主教化民族的社会缩影

  四处通知
  年轻的姑娘们
  二九一十八
  九九八十一
  她们可以到
340 安布拉扬河
  来帮我清洗
  战斗中弄脏的头发
  昨天的战斗持续了一整天。"

  "亲爱的母亲,娜蒙安
  我们到旧谷仓里
  去把谷物脱壳
  用卡萨丹做的柱子
  用德尔安做的木板上
  用贝朗做的椽子
350 亲爱的母亲,娜蒙安
  请带上你的扫帚"
  娜蒙安带上扫帚
  她开始打扫
  谷仓的门口
  门口有蜘蛛和蟑螂的
  口水和粪便
  上次开门是很早的事情①
  "上次我们在这里给谷物脱壳
  已经是九年前的事情了
360 我们的稻谷有:萨摩萨姆
  伊布安和拉吉甘
  路马诺和朗帕丹

  马拉特特和玛堪
  卡卡伊奈和巴拉桑
  还有吉玛图达伊。"②
  当脱壳工作完成以后
  他对村民们说:
  "亲爱的朋友们
  你们的工作做得这么好
370 由你们脱壳的谷物都归你们。

  他们一共完成了
  十捆谷物的脱壳工作
  拉姆昂又说:
  "我年轻的朋友
  请带上你们捆的稻秆
  别忘了带上
  竹子做的水瓢③
  别忘了烧火的余烬
  可以用来点燃稻秆
380 我亲爱的朋友们
  要把灰烬带回来
  这些灰烬可以放在铁罐子里
  用来熨衣服"。

  "我们都到安布拉扬河
  去洗澡
  我听说那里有一只
  最大的鳄鱼
  我要去和
  最大的鳄鱼战斗。"

---

  ① 谷物收获以后,都是带茎、杆储藏。将谷物脱壳的工作一般都是在谷仓门口完成的。所以工作之前要打扫干净。
  ② 史诗中出现众多关于稻谷的名称,从一个侧面反映了菲律宾稻作文化非常发达。——译者注
  ③ 大约有一半椰子壳大小。

390 他们出发了
朝着安布拉扬河的方向
在河岸边上
拉姆昂四处张望
他一下子就看到了
鳄鱼冒出的气泡。

拉姆昂说:
"哎呀,亲爱的朋友们
点燃你们的稻秆。"
村民们无法点燃稻秆
400 拉姆昂召来
一阵大风
火苗马上从稻秆中蹿了起来
浓烟滚滚
圣胡安的人们发出欢呼声
巴克诺旦的人民以为着火了
纷纷跑过来
当他们无法把火扑灭的时候
拉姆昂又
从乌云中
410 召来一阵暴雨
电光闪闪,雷声隆隆
最终把火浇灭。

拉姆昂接着说:
"亲爱的朋友们
请你们带上
椰子做的水瓢
用水瓢装满水
来为我清洗头发
我要到河里清洗头发。"
420 当他们在清洗
拉姆昂的头发的时候
小虾都死了

龙虾都游到岸边
还有小螃蟹也爬到岸边
小鱼都游走了
很多鳝鱼也不见了。

勇敢的拉姆昂接着说:
"哎呀,亲爱的朋友
请等我一会儿
430 我要潜到水里
我要尽我的力量
和最大的鳄鱼战斗。"

拉姆昂潜入水中
但是没有找到鳄鱼
鳄鱼已经跑到下游去了
拉姆昂向上游游去
鳄鱼也游向上游
拉姆昂重新游向下游
440 他遇到了鳄鱼
他们开始战斗。

拉姆昂很生气
他朝着鳄鱼掷出梭镖
他把梭镖插入鳄鱼的后背
他抱着鳄鱼浮出水面
他告诉年轻的姑娘们:
"哎呀,亲爱的朋友们
拔出它的牙齿
马上用绳子栓起来
450 它们可以作为外出的护身符
亲爱的朋友们
现在是时候了
让我们回到
我们的家乡。"

当他们到达

他告诉母亲娜蒙安：
"哎呀，亲爱的母亲娜蒙安
请给我的朋友们
应有的赏赐
460　从这里往返河流
每一步一个比索。"
当他们在分发赏赐的时候
"亲爱的妈妈，娜蒙安
请您打开
第二个衣柜
把我最好看的衣服
拿出来
我要做好准备
带细绳的裤子
470　带饰品的衣服
带钩边的手绢
亲爱的姑娘们
请给这些服装绣上图案。"

衣服准备好以后
"亲爱的妈妈
请打开第三个衣柜
请您拿出
带金线的项链
卷上九圈
480　把金项链放到
炽热的阳光下熔化
阳光热得足以烧焦双脚
这是从高祖母那里
传下来的传家宝
我要用这些金线
拴住我那只白公鸡
黄色的爪子
我那长着斑点的长毛狗

脖子上有一圈彩色的毛
490　看上去非常惹人喜爱。"

我要去卡拉姆天镇
向我心爱的姑娘求婚
我听说那里有一位
叫多纳·伊内丝·卡诺扬的
姑娘
哎呀，她是一位纯洁的姑娘
就像九个星座
闪耀在
夜空中
娜蒙安接着说：
500　"我亲爱的儿啊
请你不要去
因为多纳·伊内丝·卡诺扬
才不会在乎
你这样一个人
因为有很多富有的人
甚至连西班牙人
都没有引起她的注意
多纳·伊内丝·卡诺扬
不会爱上
510　像你这样的人。"

拉姆昂回答道：
"哎呀，亲爱的母亲娜蒙安
我不会错过任何一个机会
我要去卡拉姆天镇
试试我的运气
因为我会赢得
多纳·伊内丝·卡诺扬的爱。"
娜蒙安又说道：
"拉姆昂啊，我的儿啊

520	如果你想要娶一个妻子		我要在公鸡身上
	镇上的姑娘		抹一些油
	成百上千		让公鸡的毛色光亮
	你可以选择你喜欢的人		打扮一番以后
	你可以选择你爱的人。"		我们要去卡拉姆天镇
	勇敢的拉姆昂		亲爱的妈妈,娜蒙安
	他这样回答母亲的话:		请您把绕了九圈的
	"哎呀,我的母亲娜蒙安		金项链给我"
	即使你这么说	560	当他拿到
	我也不在乎		金色的线圈
530	你说的这些姑娘		他走出去
	都不能留住我		他把一根线缠在白色公鸡的
	我一定要去。"		脚上
			他还把另一根线
	母亲娜蒙安		拴在长毛狗的脖子上
	接着对拉姆昂说:		正好是在长着彩色毛的地方
	"拉姆昂,我亲爱的儿啊		当他把线都拴好以后
	请你不要去		拉姆昂就准备出发了。
	她只会把满满的一盆尿		
	扣到你的头上。		他抱起白色的公鸡
	你只会感到伤心难过	570	长着黄色爪子的公鸡
540	你会受到莫大的羞辱。"		娜蒙安接着说
	长着黄色爪子		"拉姆昂,我亲爱的儿啊
	白色的公鸡		天神将会保佑你
	还有长着斑点的长毛狗		无论走到哪里都要小心
	对娜蒙安说:		当你走到岔路口的时候
	"啊波,我们的娜蒙安		你要时刻小心
	我们昨天做了一个梦		隐藏着的危险。"
	多纳·伊内丝·卡诺扬		拉姆昂接着
	将会成为你的儿媳妇。"		对他的母亲娜蒙安说:
		580	"亲爱的母亲娜蒙安
	拉姆昂接着说:		天神也会保佑您。"
550	"亲爱的妈妈,娜蒙安		
	请您拿来昨天榨的油		拉姆昂出发了

第三章 《拉姆昂传奇》——天主教化民族的社会缩影　139

  朝着卡拉姆天镇进发
  多纳·伊内丝·卡诺扬
  就住在那个小镇上
  他走啊走啊
  当他走到半路的时候
  他遇到了苏马朗
590 他的眼睛就像盘子一样大
  他的鼻子有两只脚那么宽
  苏马朗说道：
  "我勇敢的朋友拉姆昂
  你要去哪里呢
  你要成为一个森林的猎人
  还是一个高山上的猎手
  啊，我的朋友拉姆昂。"

  拉姆昂反问道：
  "我的朋友苏马朗
600 我也想要问你
  你从哪里来
  什么地方，什么城镇
  你都到过什么地方。"
  苏马朗回答道：
  "你是在问我问题吗
  我从北方来
  我要去卡拉姆天镇
  我要去试一试
  我要向多纳·伊内丝·卡诺扬
  求婚。"
610 拉姆昂接着说：
  "如果你要去那里
  我也有同样的目的
  我的朋友苏马朗。"

  苏马朗接着回答道：

  "哎呀，我的朋友拉姆昂
  你最好不要再继续走了
  你以为你是谁
  你以为多纳·伊内丝·卡诺扬
  会爱上你吗
620 很多有钱人
  还有西班牙人
  卡诺扬甚至
  都没看你一眼
  我的朋友拉姆昂
  你最好不要再往前走了。"
  但是拉姆昂回答道：
  "我的朋友苏马朗
  我们就此分手
  我也要去卡拉姆天镇
630 试试运气
  也许多纳·伊内丝·卡诺扬
  会爱上我。"

  苏马朗又说：
  "我要在这里了结你
  我那淬毒的武器
  即将向你飞去
  你要做好准备
  你看不到，也躲不开我的武器。"
  拉姆昂又回答道：
640 "这是你的愿望而已
  我的朋友苏马朗
  我就在这里，我准备好了。"
  苏马朗掷出
  手中紧握的梭镖
  梭镖飞向
  他的朋友拉姆昂。

	但是拉姆昂抓住了梭镖		生命中必然发生的事情
	就像年轻的姑娘		就是这么发生的
	熟练地卷动手指	680	我们现在就分手吧
650	轻而易举地作出槟榔果。		我马上要离开你
	拉姆昂用大拇指和小拇指		离开这个战斗的地方。"
	抓住梭镖		然后,他抱起
	绕着脖子和后背		他那只白色的公鸡
	转了九圈		勇敢的拉姆昂
	他又接着说:		继续向前走。
	"哎呀,我的朋友苏马朗		
	我把梭镖还给你		拉姆昂继续走啊走啊
	我可不想欠你东西		他来到一座房子前
	你的梭镖微微有点热		这是萨丽丹丹的房子
660	我用的梭镖	690	萨丽丹丹对拉姆昂说:
	都是冰冷的。"		"哎呀,咔咔①,拉姆昂
			请你进来坐一坐
	"我的朋友苏马朗		请你赶紧移动脚步进屋
	我的梭镖来了,做好准备		让我们拥抱一下
	你根本看不见它		漂亮女人萨丽丹丹
	你会被梭镖刺穿		非常渴望你的到来
	我要警告你		她在窗户前
	你的离去会使别人伤心。"		望眼欲穿
	他开始召唤		她对你非常着迷
	一阵海风	700	我已经为你
670	与此同时		准备好了槟榔
	他掷出梭镖		整齐地摆放在盘子里
	他带着这支梭镖		咔咔,勇敢的拉姆昂
	走过九座山		我想问你
	可怜的苏马朗		你从哪里来呢?"。
	就这样被梭镖击倒了。		
			拉姆昂回答道:
	拉姆昂接着说:		"哎呀,我的萨丽丹丹妹妹
	"这就是苏马朗		你要问我从哪里来

---

① 这是一种表达爱慕之情的语气词,也用于对情郎的称呼。

　　　　　我的父亲和母亲赋予我生命
710　　我对他们心存感激
　　　　　哎呀，漂亮的萨丽丹丹
　　　　　请你不要阻挡我
　　　　　我要去卡拉姆天镇
　　　　　追求多纳·伊内丝·卡诺扬
　　　　　试试我的运气
　　　　　我义无反顾。"

　　　　　萨丽丹丹接着说
　　　　　"无论如何，咔咔
　　　　　你就不能如我所愿
720　　给我带来幸福和快乐吗？"
　　　　　然而，勇敢的拉姆昂
　　　　　依然朝着自己的目标前进
　　　　　他信心依旧
　　　　　他要实现自己的目标。

　　　　　当他到达
　　　　　卡拉姆天镇
　　　　　拉姆昂对求婚者的人数
　　　　　感到惊奇
　　　　　人数如此众多
730　　你很容易就和同伴走失
　　　　　你甚至可以
　　　　　在人群上行走
　　　　　你可以在梭镖戳出来的洞里
　　　　　进行播种
　　　　　追求者吐出的口水
　　　　　可以进行一次灌溉。

　　　　　拉姆昂心想：
　　　　　"我该怎么办呢？
　　　　　我如何才能接近她呢？

740　　多纳·伊内丝·卡诺扬
　　　　　是不是
　　　　　正在新建成的外屋散步？"
　　　　　他用肘部拨开人群
　　　　　悄悄地挤开别人的脚
　　　　　缓慢地向前移动
　　　　　直到他挤到了
　　　　　卡诺扬房子外
　　　　　院子的中间。

　　　　　拉姆昂放下公鸡
750　　他那只白色的公鸡
　　　　　它扇动一次翅膀
　　　　　卡诺扬家的外屋就倒了
　　　　　多纳·伊内丝·卡诺扬
　　　　　惊讶地往外看
　　　　　他的长毛狗
　　　　　接着大声叫
　　　　　旧的东西变新了
　　　　　有的东西变没了
　　　　　这都是他的长毛狗干的。

760　　一个年长的女人
　　　　　对她的女儿说：
　　　　　"哎呀，我的女儿，卡诺扬
　　　　　你快换衣服
　　　　　因为你的情郎
　　　　　勇敢的拉姆昂就在这里。"
　　　　　卡诺扬换完衣服以后
　　　　　慢慢走了下来
　　　　　她慢慢来到
　　　　　院子的中间
770　　她朝拉姆昂走了过来
　　　　　卡诺扬的举动

使所有的富人和西班牙人感到羞辱
因为他们都希望接近卡诺扬。

卡诺扬说道：
"咔咔，拉姆昂
你快过来
把手交给我
给我一个拥抱
美丽的卡诺扬
780 已经等你很久了。
哎呀，咔咔，拉姆昂
让我们到
那个用小竹子
作屋顶的房子里休息
我们可以在那里
躲避炽热的阳光。"

两人进了屋子
卡诺扬说：
"哎呀，我亲爱的父亲
790 请您拿出
那把镀金的椅子
椅子上的纯金
是北方的人精炼出来的。"
当他们坐下以后
卡诺扬又说
"我的母亲文纳央
亲爱的母亲
请您往聚宝盆里
倒上水
800 这个神奇的聚宝盆
可以为每个路人提供食物

因为我们必须为
我的咔咔
勇敢的拉姆昂
准备食物。"
"亲爱的爸爸
请您抓一只
阉割的公鸡
我要用这只公鸡
810 来招待我的咔咔
勇敢的唐·拉姆昂。"
他们把公鸡煮熟以后
摆在一张桌子的中间
他们坐在一起分享美味
拉姆昂用的饭碗
正好是伊内丝·卡诺扬
用过的饭碗
而多纳·伊内丝·卡诺扬
选来装鱼的盘子
820 恰好也是拉姆昂
选来装鱼的盘子
拉姆昂用来盛汤的碗
恰好也是窈窕淑女
美丽的卡诺扬
用过的碗。

吃完饭以后
卡诺扬说：
"亲爱的母亲文纳央
请到院子里
830 从树藤上
摘一些心形的叶子①
当你靠近时叶子会微笑

---

① 这种叶子一般用来包槟榔。

第三章 《拉姆昂传奇》——天主教化民族的社会缩影

当你摘取它们的时候
叶子在眨眼睛
哎呀,亲爱的妈妈文纳央
请带着欢笑
将槟榔果收集起来
我要将槟榔献给
勇敢的拉姆昂
840 亲爱的母亲文纳央
长在卡加扬东部的
最好的烟叶
请你用这些烟叶把槟榔裹起来。"

当这些都准备好了以后
卡诺扬的父母
说了这样一席话:
"哎呀,我的女婿拉姆昂
啊波,你为什么要来这里
你有什么目的?"
850 拉姆昂带着一只
黄色爪子的公鸡
白色的公鸡
公鸡说道:
"啊波,我们到这里来
是为了关心你的女儿卡诺扬。"
长着黄色爪子的
公鸡接着说:
"如果能够得到你们的许可
我们就要向卡诺扬求婚。"

860 村里的老人
说了这样的话:
"拉姆昂,亲爱的孩子
如果你能够完成
所有我们交代的事情
870 你就可以娶卡诺扬为妻。
但是,如果你觉得无法完成
我们希望
你不要太勉强自己。"
长着黄色爪子的公鸡说道:
"啊波,无论您说出什么样的话
拉姆昂都能够完成
保证让您满意。"

老人接着说道:
"哎呀,亲爱的孩子,拉姆昂
你到处看看
院子中间的这条路
是用黄金做成的
所有平坦的石头
都是用黄金做的
880 拉姆昂,我亲爱的孩子
你到处看看
就在院子的前面
有两只公鸡
有四只母鸡
有两只
向上游动的虾
这些雕像都是用黄金做的。"

"哎呀,亲爱的孩子,拉姆昂
你到处看看
890 你就可以看到
卡诺扬到底有多富有
这是世代相传的房子
在房子的中间
有两个转动的球
大小就像桔子一样
"他们都是用纯金制作的

　　　　　这只是卡诺扬的玩具而已
　　　　　这些架子和隔栅
　　　　　都是纯金的
900　　　还有整架织布机
　　　　　还包括织布用的金线。"

　　　　　卡诺扬的母亲
　　　　　清楚地说道：
　　　　　"哎呀，亲爱的孩子，拉姆昂
　　　　　我们已经展示了我们的财富
　　　　　如果你能够带来匹配的东西
　　　　　你就可以和卡诺扬结婚
　　　　　你要匹配所有
　　　　　我们给你看的东西。"

910　　　拉姆昂接着回答道：
　　　　　"亲爱的母亲，正如您所说
　　　　　卡诺扬的母亲
　　　　　您所提出的要求
　　　　　只是我所有财富的
　　　　　很小的一部分
　　　　　他们的价值
　　　　　甚至都比不上我的鱼塘
　　　　　我只是在那个鱼塘里
　　　　　捉一些小虾而已
920　　　在伊戈罗特地区
　　　　　我还有很多财富
　　　　　我的财富是这些的九倍
　　　　　我从祖父那里得到的遗产
　　　　　我从父亲那里得到的遗产
　　　　　我从母亲那里得到的财富。"
　　　　　"如果这样还不够
　　　　　那么，勇敢的拉姆昂
　　　　　还有两艘

　　　　　用纯金打造的船
930　　　这两艘船从中国
　　　　　带回了大量的瓷器
　　　　　我的船经常航行到
　　　　　中国的国度里
　　　　　我已经和普安普安国的皇帝
　　　　　建立了友好的关系
　　　　　他是我的伙伴和朋友
　　　　　我的船装满瓷器后
　　　　　很快就会返航。"

940　　　两位老人对拉姆昂说：
　　　　　"亲爱的孩子，拉姆昂
　　　　　你现在应该回去
　　　　　回到你的家里去
　　　　　回到纳布安镇
　　　　　把这些事情告诉你母亲。"
　　　　　拉姆昂接着说道：
　　　　　"我亲爱的父亲
　　　　　我的母亲文纳央
　　　　　当我回来的时候
950　　　我将在海滩上点燃焰火
　　　　　请留意爆竹的声音。"

　　　　　拉姆昂离开了
　　　　　卡拉姆天镇
　　　　　朝着家乡的方向
　　　　　他走啊走啊
　　　　　美丽的卡诺扬
　　　　　说了这样的话：
　　　　　"亲爱的父亲
　　　　　亲爱的母亲文纳央
960　　　请不要担心
　　　　　让我们在通往海边的路上

第三章 《拉姆昂传奇》——天主教化民族的社会缩影

搭起拱门
把路装饰起来
就像举行圣体节的宴会。"
父亲和母亲
对卡诺扬说道：
"你的愿望会实现的
不会有任何的闪失
你不会有什么抱怨
970　我们的女儿卡诺扬。"

拉姆昂终于回到了
家乡纳布安镇
他告诉母亲娜蒙安：
"亲爱的母亲娜蒙安
我真高兴看到你依然健康
我刚刚从卡拉姆天镇
多纳·伊内丝·卡诺扬居住的
小镇
回到这里。"
娜蒙安接着说道：
980　"我亲爱的儿子
感谢伟大天神的保佑
你的母亲一切都好
我的儿啊，我想知道
你这次出行顺利吗？"
长着黄色爪子的公鸡
这样回答这个问题：
"那个美丽的卡诺扬
即将成为您的儿媳妇。"

拉姆昂接着说道：
990　"敲起铜锣
把镇上的人
都召集到这里

我们将
坐船远行
我们把需要的东西
在婚礼上用的东西
都搬到船上去
我们需要碗和盘子
还有猪和羊
1000　还有蔬菜和鱼
我们还需要其他的东西
用于举行盛大的婚礼
大小不一的罐子
大大小小的盘子
还有喝酒用的杯子
用来梳妆的镜子。"
当他们把这些准备好后
拉姆昂向村民
聚集到一起的村民
1010　解释了事情的缘由：
"亲爱的乡亲们
请登上这两艘船
你们将参加
我的婚礼
我将和
多纳·伊内丝·卡诺扬结婚。"

所有的村民都
登上船后
拉姆昂说道：
1020　"娜蒙安，亲爱的母亲
请准备好
给卡诺扬的礼物
用纯金线
绣花的拖鞋
镶嵌宝石的戒指

    还有美丽的梳子
    还有她的两只手镯。"
    他的母亲把这些东西准备好
    仔细地包起来
1030 她为儿媳妇
    准备了这些东西。

    拉姆昂又说道：
    "亲爱的母亲，
    我们现在出发吧
    我们也到船上去。"
    他们都已经上船了
    他们整个巴朗盖都在上面①
    马上就要起锚了
    他们的船即将出航
1040 当两艘船一动不动的时候
    拉姆昂拍打
    船只的尾部
    两艘船
    都动了起来。
    当他们靠近
    卡拉姆天镇的海边时
    拉姆昂点燃了焰火
    拉姆昂想让多纳·卡诺扬
    知道他到来的消息
1050 拉姆昂到达以后
    卡诺扬说道：
    "亲爱的父亲
    还有母亲文纳央
    咔咔已经来了
    他就是拉姆昂

    海滩上已经有焰火燃起
    亲爱的父亲
    亲爱的母亲文纳央
    让我们进去打扮一下
1060 然后我们去迎接
    我的心上人拉姆昂。"

    他们马上就出发了
    他们走到了目的地
    他们在
    海滩上的斜坡等待
    勇敢的拉姆昂
    还有他的母亲
    卡诺扬说道：
    "亲爱的咔咔拉姆昂
1070 你快过来啊
    请把你的手给我
    请你拥抱我吧
    美丽的卡诺扬
    已经在这里等待很久了
    亲爱的咔咔，拉姆昂
    让你的村民们
    都到海滩上来
    他们可以在这里
    换上我为他们准备的衣服
1080 这些都是为你准备的。"
    卡诺扬对拉姆昂的村民们说
    了这些话。

    娜蒙安也说了
    这样一些话：

---

① 在西班牙征服菲律宾群岛之前，有船只定期往返于岛屿之间。有一点值得注意，在整篇史诗中，除了走路外，没有提及任何其他的陆上交通工具，这可能从另一个角度强调，故事发生在基督教化之前。

第三章 《拉姆昂传奇》——天主教化民族的社会缩影

"哎呀，亲爱的亲家
赛莫拉·文纳央
我们现在出发
到你的家里去
到你的家乡卡拉姆天镇去。" 1120
1090 他们一起出发了
他们来到了
多纳·伊内丝·卡诺扬
居住的房子里
每个人都在这里休息。

第二天
正好是星期一
多纳·伊内丝·卡诺扬
精心打扮了一番
她穿上 1130
1110 用金线刺绣的拖鞋
戴上镶嵌宝石的戒指
还有她的五个梳子
还有两只手镯
勇敢的拉姆昂
也打扮自己
他穿上
带腰带的裤子
还有带饰物的衬衣
还有钩边的手绢
1110 还有带刺绣的拖鞋 1140
以及精美的稻草帽。

他们准备离开
很多乐师伴随着他们
当他们到达教堂的时候
教堂的钟发出了震耳欲聋的
声音

当他们到达
预定的教堂
牧师马上走过来
为他们主持婚礼
然后他们马上
走向祭坛
不久以后
弥撒仪式就开始了。

弥撒结束以后
新郎和新娘
站起来，离开了
勇敢的拉姆昂
美丽的卡诺扬
文纳央接着说道：
"亲爱的亲家
让我们跟他们一起走吧。"
多纳·伊内丝·卡诺扬
每走一步
拉姆昂就用枪
放一次焰火
烟雾渐渐环绕在卡诺扬周围
教堂里响起震耳欲聋的钟声。

当他们到达
他们居住的房子
一大群村民跟随着
拉姆昂来到这里
不久以后
他们开始跳舞
跟随拉姆昂
无比高兴的同乡
所有跟随卡诺扬
无比高兴的同乡

他们尽情舞蹈
他们跳方当果舞和萨卡曼提卡舞。

1150 欢乐的时光很快流逝
午饭的时间到了
厨师们准备了可口的菜肴
很快就摆到桌上
文纳央接着说道:
"哎呀,亲爱的村民们
让我们一起分享
这个盛大的宴会。"
所有的村民
都坐到了桌子旁边
1160 新郎和新娘面对面坐着
中间坐着一位老人。

文纳央又说道:
"你们听我说
你们的盘子是你们的
你们可以把它包起来
把它们带回家。"
宴会结束以后
所有镇上的人
都在不停地跳舞
1170 他们一直跳舞
持续到夜里。

卡诺扬说道:
"亲爱的咔咔,拉姆昂
让我来看看
你走路的样子
如果你走路的样子有问题
我就把你退回给你母亲。"

新郎和新娘
离开了人群
1180 天气实在太热了
他们要出来换换空气
卡诺扬对新郎
拉姆昂说道:
"让我们去
新建的房子那里。"

他们两人走了
美丽的卡诺扬
对自己的心上人
对拉姆昂说道:
1190 "亲爱的咔咔,拉姆昂
现在请你走一下
我要看看
你走路的方式
如果你走路的姿势有毛病
我真的会
把你退回给你母亲
退回给娜蒙安。"
好的,拉姆昂向前走去
拉姆昂走了五步
1200 卡诺扬马上说道:
"亲爱的咔咔,拉姆昂
我不喜欢你现在的样子
因为你穿的裤子太短了
你的脚有点弯曲
你的屁股太突出了
你占满了整条路
你还可以把头发盘成一个
圆髻。"

拉姆昂接着回答道:

第三章 《拉姆昂传奇》——天主教化民族的社会缩影

1210
"哎呀,多纳·伊内丝·卡诺扬
你为什么这么说
这是我平常的行为方式
在纳布安镇
这是富有的人的方式
在纳桂联镇的东部也是这样
哎呀,多纳·伊内丝·卡诺扬
我也来看看
你走路的方式
也许你的表现更糟糕。"
卡诺扬向前走去。

1220
她向前走了五步
勇敢的拉姆昂
说了以下一席话:
"哎呀,多纳·伊内丝·卡诺扬
我也不喜欢你现在的样子
你的步伐杂乱无章
你身体不停地摇摆。"

正在此时
娜蒙安正在和
亲家文纳央交谈:

1230
"我可以问你一下
你的女儿
平时喜欢干什么
亲爱的文纳央。"
文纳央回答道:
她这样回答
"哎呀,我的女儿伊内丝·卡诺扬
当她离开的时候,天上出现满月
当她回来的时候,天上出现新月

当她到河里打水

1240
她会搜寻
河边的每一块石头
找出藏匿其中的小虾
当河水上涨的时候
她会带回很多鱼。"

文纳央接着
又说了以下一席话:
"我想问一下
我的女婿拉姆昂
是一个什么样的人呢?"

1250
娜蒙安这样回答道:
"亲爱的亲家
说到拉姆昂
当他离开的时候,月亮由圆变缺
当他回来的时候,天上出现新月
当他到森林里去的时候
他会到每一棵树底下
在他要睡觉的树底下
支起一张床。"

年迈的娜蒙安

1260
接着又说道:
"亲爱的亲家
现在轮到我来宴请他们了。"
他们着手准备离开
他们来到海边
多纳·卡诺扬的亲人
拉姆昂的亲戚
都一起登上了
拉姆昂的两艘船

	当两个镇上的人		斯舞①
1270	都上船以后		然后他们就分开了
	人们开始准备		卡诺扬留了下来
	扬帆远行		他的母亲把她留下来
	正当两艘船	1300	照顾拉姆昂。
	都一动不动的时候		
	拉姆昂拍打了一下		卡诺扬的乡亲们
	船只的尾部		离开纳布安镇后
	在大风的推动下		镇上的大督
	两艘船很快驶向大海。		到拉姆昂的家里
			来做客
	当他们到达		他对拉姆昂说道：
1280	他们的家乡纳布安镇的时候		"哎呀，我的朋友拉姆昂
	两艘船都停了下来		我来这里想告诉你
	人们陆续登上海滩		现在轮到你
	他们都回到了	1310	去水里抓拉朗②了。"
	当初离开的房子		
	卡诺扬镇上的人		当大督离开以后
	和拉姆昂镇上的人		勇敢的拉姆昂
	马上开始跳舞。		说了这样一席话：
			"我亲爱的妻子卡诺扬
	人群中发出一阵叫声		现在轮到我去
	欢迎新郎和新娘		抓拉朗了
1290	跳一个双人舞		这是一种巨大的怪兽
	因此，拉姆昂邀请		我有一种预感
	卡诺扬一起跳舞		我将会被抓住
	他们一起跳了	1320	我将会被吃掉
	方当果舞、华尔兹和库拉萨舞		你一定要记住
	还有班加丝兰的萨卡曼提卡舞		到时房子的楼梯开始摇晃
	还有伊洛戈地区的比欧		到时厨房的屋顶会塌下来

① 方当果舞、华尔兹和库拉萨舞是西班牙影响下形成的舞蹈形式，萨卡曼提卡舞和比欧斯舞是当地举行仪式时候的舞蹈。

② 一种巨大的贝壳类生物。

到时炉子会裂开。"

第二天
拉姆昂出发了
他朝着目的地前进
他很快来到
下水的地方
1330　拉姆昂脱掉身上的衣服
他游到拉朗群里
因为拉姆昂要先观察一下
正当他在仔细查看的时候
一只拉朗爬了过来
拉姆昂潜入水中
这次他没有发现拉朗
他再一次潜入水中
他继续寻找
这次他发现了
1340　一只正在爬行的拉朗
他第三次潜入水中
拉姆昂直接落入了
怪兽的嘴里。

预言中事情真的发生了
卡诺扬看到了这一切
楼梯开始摇晃
厨房的屋顶塌了下来
炉子裂成了几块
卡诺扬伤心地哭泣
1350　"哎呀,我的丈夫拉姆昂
你现在在哪里
我甚至找不到合适的人
请他潜入水中
找回你的尸骨。"

卡诺扬正在

努力寻找一个合适的人
后来,她找到了年迈的马科斯
一个擅长潜水的人
他走过去,将一根线
1360　绑在白色的公鸡
和长着黄色爪子的母鸡身上
卡诺扬
还把一个项圈套在
长毛狗身上
狗毛有各种颜色
她把公鸡、母鸡和狗
都聚到一起
然后他们就出发了。

当他们到达
1370　拉姆昂下水的地方
他们就发现了
拉姆昂的衣服
卡诺扬伤心地哭泣
她感到无比的悲伤
公鸡说道:
"请您不要难过
我们的英雄,啊波
他一定会活过来的
只要我们找到
1380　他所有的骨头。"
年迈的马科斯
熟练地潜入水中
但他什么都找不到
当他再一次潜入水中
他找到了从怪兽身体里排泄
出来的
拉姆昂所有的骨头。

那只长着黄色爪子的公鸡

	动作十分敏捷	1420	拉姆昂重新站了起来
	因为它能预知		他大声说道：
1390	勇敢的拉姆昂		"我亲爱的妻子
	和美丽的卡诺扬		我一定是睡着了
	将会发生什么事情		我睡得这么香
	公鸡对大家说道：		一睡就睡了七天
	"请大家马上		我们已经七天没有见面了
	把所有的骨头拿过来		我真的非常想你了。"
	不要有任何遗漏		卡诺扬接着说道：
	即使是一个很小的骨头		"你说你睡着了
	这样他才能获得重生。"	1430	实际上你是被怪兽
			吞掉了
	当所有的尸骨都拿来以后		你所说的预言都真的发生了
1400	拉姆昂的尸骨被拼到一起		我为你哭泣
	没有一块被遗漏		我亲爱的丈夫拉姆昂
	拉姆昂的尸骨		我几乎无法接受这个现实。
	都回到了这里		
	公鸡昂首高呼：		我亲爱的丈夫，拉姆昂
	"哎呀，我的啊波，卡诺扬		把你的手给我
	请用你的外衣		因为你的妻子卡诺扬
	盖在尸骨上		在这么长的时间里
	然后马上转过身去。"	1440	也非常思念你。"
			他们都感到非常惊奇
	公鸡高声啼叫		就像掉到一个木质的堤坝上
1410	母鸡扇动翅膀		他们都彼此
	拉姆昂的骨头动了起来		等待了很长时间。
	轮到身上长着斑点的狗		
	长毛狗马上跳出来		勇敢的拉姆昂
	它冲着尸骨叫了两声		也非常想念
	然后用爪子		他的公鸡
	拨动地上的尸骨		他的长毛狗
	正如公鸡的预言一样		他亲了亲他们
	尸骨重新获得了生命	1450	当他们的情绪
	拉姆昂复活了		平静下来以后

他们朝着
他们的房子出发了
他们要回家了
当他们到达的时候
拉姆昂说道：
"我们应该好好感谢
这个能干的老人
请把这些钱给他
1460 我亲爱的妻子
我们应该爱
长着黄色爪子的母鸡
还有那只公鸡
还有那只长毛狗
因为如果没有他们

我将永远离开这里。

不仅如此
我们都应该彼此相爱
亲爱的卡诺扬
1470 这样我们才能幸福地生活在
一起
因为我们的目标
是为了远离泪水。"
这就是勇敢的拉姆昂
多纳·伊内丝·卡诺扬的
丈夫
传奇故事的结局
他们的生活幸福美满。

第四章 《拉保东公》
——一夫多妻制的史诗表现

第一节 《拉保东公》与民族文化[①]

生活在菲律宾群岛中部的比萨扬民族认为本民族有很多史诗,如《玛拉格达斯》(*Maragtas*)、《哈拉亚》(*Haraya*)、《拉格达》(*Lagda*)、《布吉特的国王》(*Hari sa Bukit*)和《西尼拉乌德》(*Hinilawod*)。但是有的学者认为,只是苏洛德民族的《西尼拉乌德》符合严格意义上史诗的定义,其他的几部作品只能算是民间故事或传说。菲利佩·兰达·霍卡诺(Feilipe Landa Jocano)认为,《西尼拉乌德》主要由两个部分组成:《拉保东公》和《呼玛达普能》(*Humadapunen*)。第一部分讲述了拉保东公、呼玛达普能和杜玛拉达普(Dumalapdap)的历险故事,他们后来成为班乃岛上怡朗、卡毕兹(Capiz)和安提克(Antique)的统治者。第二部分主要叙述英雄呼玛达普能的历险故事。《拉保东公》的篇幅要远远小于《呼玛达普能》的篇幅。以这两部史诗为中心,各种史诗文本共同构成了班乃岛上苏洛德民族古代文化的源头。以《西尼拉乌德》为中心的艺术创作形式,如舞台表演,已经成为比萨杨地区体现民族特色的主要形式。

苏洛德人(Sulod)是对生活在班乃河两岸的山地民族的统称,现在没有准确的人口统计数字,估计在3万人左右。苏洛德人的生活受

[①] 主要参考 Jovita Ventura Castro, Anthology of ASEAN Literature: *Epics of the Philippines*, pp. 109—114 中相关内容。

现代文明的冲击较小,他们仍然像几百年前一样生活着,维持着刀耕火种和打猎捕鱼的生活方式,这些生产活动都和各种自然神灵有着密切的联系。① 他们居住在离地约 3—4 米的高脚屋里,但在一个地方定居的时间一般不超过 2 年。他们虽然被天主教化,但是仍保留有传统的信仰,并将自然地其融入天主教的信仰。他们认为,新的信仰仪式并不与他们自己古老的文化相违背,两种信仰形式具有类似的准则。他们相信正义和邪恶的神与灵的存在,分别为善灵迪瓦达(diwata)与恶灵恩坎图斯(engkantus),巫师(baylan)是他们之间沟通的媒介。而在他们的天主教信仰中,神圣也是要通过神父来传递信息的。他们甚至相信,通过杀死牲口来献祭传统的神灵,与天主教的教堂神要燃烧蜡烛也是一致的;孩子出生时烧叶子的习俗,和天主教新生儿的洗礼仪式也有相似性。在苏洛德的社会秩序中,巫师具有很大的影响力,是重要的社会角色和社会纽带。②

《拉保东公》出现在天主教化之前,史诗中存在大量苏洛德人传统的信仰和习俗,包括魔法、咒语和祭祀仪式的使用,特别是史诗英雄笃信班朗(pamlang)等魔法可以赋予超能力。拉保东公、阿稣·芒卡(Asu Mangga)、布雍·巴拉诺甘(Buyung Baranugun)与萨拉纳扬(Saragnayan)都拥有魔法咒语和魔法武器,使他们能够在战斗中战胜对手。他们对于迪瓦达的信任和恩坎图斯的恐惧也是根深蒂固的。一些在《拉保东公》出现的日常用品,比如吊床仍然可以在现代的苏洛德人生活中看到,基本都是挂在房子的中间。

《拉保东公》主要包括五个方面的主题:生育与婚姻、家庭关系、兄弟情义、魔法以及超自然神灵。③ 在史诗人物的家庭关系方面,《拉保东公》也体现出很多鲜明的特点。一夫多妻制作为史诗《拉保东公》的主题和线索体现了这部史诗与其他民族史诗的不同之处。在史诗和

---

① F. Landa Jocano, *Sulod Society: A Study in the Kinship System and Social Organization of a Mountain People of Central Panay*, UP Press, 2009, p. 241.

② F. Landa Jocano, *Sulod Society: A Study in the Kinship System and Social Organization of a Mountain People of Central Panay*, pp. 23, 35.

③ F. Landa Jocano, *The Epic of Labaw Donggon*, University of the Philippines Press, 1965, p. 30.

现实生活中，一个男人必须得到他的第一任妻子以及其他前几任妻子的同意才能娶第三个、第四个或者第五个妻子。但在史诗《拉保东公中》，主人公追求女性的冲动成为英雄历险的动力，这样的情节安排体现了苏洛德民族独特的社会价值观的评判取向。此外，当拉保东公被萨拉纳扬打败，被营救之后娶了雅瓦返回时，被他的妻子巾碧提南和度若浓所斥责，但是最终他还是得到了妻子们的宽恕，并用魔力和特定的仪式帮他恢复了帅气的、充满男子气概的形象。也有学者据此认为，妇女在苏洛德社会中扮演着重要的角色，女性角色对于史诗英雄的支持侧面体现了苏洛德妇女的社会地位。多子继承是史诗英雄娶多个妻子的另一个理由。拉保东公的第一个儿子是由来自于地下世界的巾碧提南所生，第二个是由现世的度若浓所生。他如果和雅瓦（仙女）再生一个，他将会有一个代表天上世界的继承人。获得不同空间的统治权是民族文化深层次的期望。

对于抢夺别人妻子的行为，苏洛德族也有罚金的惩戒（对受害者的抚慰）或道德上的谴责，在史诗中对应地表现为拉保东公被打败以及随后被萨拉纳扬监禁。拉保东公承受屈辱是对那些想要违规的苏洛德人的一种提醒，是对不可占有已婚女人的暗示，并告诉人们追寻一个不可取的目标或者违反道德准则，会不可避免地给违规者带来相应的惩戒。另一方面，对于史诗英雄的美好品德，即使是敌人，也会由衷地敬佩，史诗中萨拉纳扬在妻子面前赞扬拉保东公的美德即为一例。[①]

第二节 《拉保东公》的故事梗概

《西尼拉乌德》（*Hinilawod*）是西比萨扬群岛（Western Visayas）地区历史最悠久、篇幅最长的民族史诗。"西尼拉乌德"这个词的意思是"来自哈拉伍德河口的传说"，这种文学形式最初起源于班乃岛（Panay）中部山区的苏洛德族人。《西尼拉乌德》不仅是一部文学作

---

① Francisco R. Demetrio, "On Human Values in Philippine Epics", *Asian Folklore Studies*, 45(2), 1986, p. 209.

品,而且是一部包含传统文化、民族信仰、宗教仪式的百科全书。

《西尼拉乌德》主要由四个部分组成。第一部分 Pangayaw,主要讲述拉保东公的第一次历险活动。第二部分 Tarangban,主要讲述拉保东公在地下世界的历险活动。第三部分 Bihag,主要讲述拉保东公被萨拉纳扬击败的经过。第四部分 Pagbawi,主要讲述他的两个弟弟呼玛达普能和杜玛拉达普营救拉保东公的故事。整部史诗演唱的过程大约要持续 3 天时间。1983 年 3 月,在怡朗市(Iloilo)的西比萨扬国立大学(West Visayas State University)举行的文化节开幕式上,以史诗为原型改编的作品第一次被搬上舞台。

东方女神阿伦希纳(Alunsina)长大成人,众神之王卡普坦(Kaptan)发布告示,为阿伦希纳招亲。阿伦希纳最终选中了哈拉伍德(Halawod)的统治者大督保巴瑞。阿伦希纳的决定激怒了其他的追求者,他们聚集在一起密谋,决定发起一场大洪水来毁灭哈拉伍德。欢乐家园的保护神苏克朗·玛拉雍(Suklang Malayon)是阿伦希纳的姐姐,她偷偷地把这个消息告诉阿伦希纳。阿伦希纳夫妇在高地上建了一个避难所,从而躲过了大洪水。洪水过后,阿伦希纳夫妇在哈拉伍德河口的三角洲建立了新的家园。

几个月之后,阿伦希纳怀孕了,她让保巴瑞去准备一些婴儿的东西,特别是一些祈祷用的物品,以确保婴儿的健康。巫师很快就做好了一个圣坛。在祈祷仪式完成以后,巫师打开东边的窗户,一阵凉风吹了进来,阿伦希纳的三个孩子变成了三个英俊强壮的年轻人。

最大的孩子拉保东公让母亲准备一些具有魔力的服饰:斗篷、帽子、腰带和剑,因为他听到一阵召唤,在汉笃戈(Handug)住着一位美丽的姑娘巾碧提南(Angoy Ginbitinan)。一路上翻山越岭,经过几天的跋涉,拉保东公来到巾碧提南的住处,并向巾碧提南的父母提亲。巾碧提南的父亲为了考验拉保东公,就让他去挑战怪物玛纳麟达(Manalintad)。在腰带魔力的帮助下,拉保东公杀死了怪物,并把怪物的尾巴带回给巾碧提南的父亲。就这样,拉保东公娶了巾碧提南为妻。拉保东公带着新婚妻子回家。

在回家的路上,他们遇到一群正在前往地下世界(Tarambang Burok)的年轻人。他们准备去向度若浓求婚。拉保东公一回到家里,就让母亲好好照顾巾碧提南,他又出发去追求度若浓了。在前往地下世界的路上,拉保东公战胜了有 100 只胳膊的巨人帕达罗多(Sikay Padalogdog)。拉保东公赢得了度若浓的芳心,并把她带回了家。

没过多久,拉保东公又出发追求女人,这次他的目标是黑暗世界主人萨拉纳扬的妻子雅瓦。拉保东公坐上黑色的飞船(biday nga inagta),一路漂洋过海,穿越云雾,最终到达萨拉纳扬位于海边的城堡。拉保东公向萨拉纳扬说明来意之后,萨拉纳扬发出一阵大笑。萨拉纳扬告诉拉保东公,要想得到雅瓦,就必须战胜他。两个人进行了一场决斗。拉保东公把萨拉纳扬关在水下长达 7 年,萨拉纳扬依然活着。萨拉纳扬从水里出来之后,拔起椰子树击打拉保东公。拉保东公虽然躲过了萨拉纳扬的进攻,但感到自己无法战胜萨拉纳扬的护身魔法,最终被萨拉纳扬关了起来。

巾碧提南和度若浓都生了儿子,巾碧提南的儿子叫做芒卡,度若浓的儿子叫做巴拉诺贡。他们在降生后不久,就吵着要去找父亲。他们驾驶具有魔法的飞船,飞跃云端,飞过黑暗,飞过乱石之地,最终达到了萨拉纳扬的住所。萨拉纳扬看到巴拉诺贡的脐带还没有剪下来,他笑着让这两个孩子回家去。两个孩子向萨拉纳扬发起挑战,经过一场决斗,芒卡和巴拉诺贡战胜了萨拉纳扬,救出了他们的父亲。

拉保东公被囚禁以后,他的弟弟呼玛达普能也非常生气,他邀请朋友一起去解救哥哥。他们的飞船在路上遇到了女巫,女巫幻化成一个美丽的姑娘,迷住了呼玛达普能的心。无论他的朋友如何劝说,呼玛达普能还是投入女巫的怀抱。有一天,吃饭的时候,呼玛达普能的朋友将几片姜片投入火中,女巫一闻到姜片的气味就现出原形,呼玛达普能被朋友救了出来。

在结束对萨拉纳扬的复仇行动以后,呼玛达普能在经过一个村庄的时候,得知大督正在给女儿选女婿。呼玛达普能借助魔法成功将滚落的石头送回了山顶,从而战胜其他追求者,赢得了姑娘的芳心。和拉保东公一样,在迎娶大督女儿的婚宴上,呼玛达普能听说了另一个美丽姑娘的名字。新婚不久,呼玛达普能就出发去追求新的女人。他在路上战胜了其他竞争对手,把美丽的姑娘带回了家。

拉保东公的另一个弟弟杜玛拉达普也在追求心仪的姑娘。在具有魔法的保护神的帮助下,经过 7 个月的艰苦奋战,杜玛拉达普战胜有两个头的妖怪之后,顺利来到心爱女人的住地。激烈的战斗引起了地震,一道山脊裂成了两半,一半变成了布格拉斯岛(Buglas),另一半变成了班乃岛(Panay)。杜玛拉达普将心爱的女人娶回家。大督保巴瑞看到三个儿子都回来团聚,感到非常高兴。他举行了盛大的仪式来庆祝这次团聚。宴会之后,拉保东公统治北方,呼玛达普能统治南方,杜玛拉达普统治西方,而保巴瑞依然统治东方。

第三节 《拉保东公》译文

  噢嘟咿咿咿咿咿咿   箱盖上有精美的装饰。
  我们要认真地讲述   20   然后,我要从箱子里
  我们要专心地叙述   精心挑选
  关于拉保东公的故事   我所拥有的宝物
  安古伊·阿伦希纳怀孕之后   我不从箱底拿
  她有了身孕之后   我也不从最上面取
  这就是布雍·拉保东公   我只拿中间的部分
  就在他出生不久之后   我要仔细地挑选
  谁都没有注意到   那些具有魔力的物品
10 他很快就长大了   我要用这些东西
  成为一个强壮的年轻人   30   装饰我的身体。"

  噢嘟咿咿咿咿咿咿   然后,我要穿上筒裙①
  拉保东公说道   衣服下垂到脚踝
  向阿布央·阿伦希纳   筒裙盖住了脚后跟。
  他的亲爱的母亲:
                拉保东公这样装饰自己
  "打开,请您打开   他身上包裹着银器
  巴卢布甘·乌木宝   他身上戴着各种金饰
  这个巨大的木箱子   他额头裹着头巾

---

① 这种服饰可能类似于马来族的纱笼(sarong),也类似于现在的筒裙。

第四章 《拉保东公》——一夫多妻制的史诗表现

```
        头巾上绣着精美图案              她的名字叫阿布央·巾碧提南
        这不是当地人的绣品              就在汉笃戈的入口
40      这是外地人的作品                就在哈拉伍德河旁边。"②
        他小心地拿起
        萨拉敏库帽                      他要去寻找心爱之人
        帽子有一圈银制的流苏            他要去寻找心中的最爱
        装饰着精美的饰带         70     他的要求得到长者的许可
        饰带不停地随风摆动              他的请求得到母亲的认可
        饰品总是叮当作响。              阿布央·阿伦希纳的认可。

        他的腰带又长又宽                "噢嘟咿咿咿咿咿咿
        他捡起腰带的两端                啊,房子的女主人
        仔细地打了一个结                我将要进入这座房子
50      腰带的两端垂在前面              这座没有设防的房子
        垂到他的脚上                    这座没有咒语的房子。"③
        金属制成的伊库米利亚①
        腰带的流苏都指向天空     80     我事先提醒你
        可以映射天空的颜色。            我要跨过这道门槛
                                       我提前告诉你
        布雍·拉保东公                  我要进入房子的大门。
        他又穿上了衣服
        他对亲爱的母亲说                进去以后,我将住下
        阿布央·阿伦希纳                噢嘟咿咿咿咿咿咿
        "亲爱的妈妈,请您看仔细         就在汉笃戈的入口
60      亲爱的妈妈,请您好好看看我      就在哈拉伍德河旁边
        因为我要去周游世界              我的目标是心爱之人
        我要去地平线的最远处            我要追求最爱的女人
        我要去寻找我的最爱              阿布央·巾碧提南。"
        我要去寻找心爱的人
```

---

① 这是腰带的名字。
② 这是怡朗省的一条主要河流。
③ 根据乌朗·乌迪格的研究,早期的居民在房子的周围布满咒语以防止敌人的侵袭。兰布瑙(Lambunao)人把一种叫做"阿乌格"(awog)的咒语放置在畜栏的周围以防止水牛被偷。

	"噢嘟咿咿咿咿咿咿"		令人无比心动。
90	一个长者的声音回答道		当我来到这座房子
	安古伊·玛达纳雍		当我经过窗前
	少女的母亲反驳道:	120	我看见了窈窕淑女
	"我的女儿们都有所属		我看见了心爱之人
	她们都准备嫁人了		她在摇晃的吊床上
	嫁给地底下的神灵		就像不断游动的希盖伊③
	嫁给河流下面的人。①		她在亚麻的吊床上
			就像不知疲倦的巴拉纳克④
	我的女儿被带走了		我看了所有的房子
	所有的女儿都离开了		我爬上所有的楼梯
100	乌玛卡·帕林迪		你的女儿是最漂亮的
	希巴依·帕达罗多		你的女儿是我的最爱
	逊布依·帕库帕库	130	她的手臂洁白无瑕
	带走了所有的女儿		就像香蕉树的茎
	我孤独地陪伴着乌瑞本②		她的大腿就像鱼的肚皮
	她的手臂都缠在一起		皮肤就像剥开的香蕉
	她的手指都变形了。"		没有任何的瑕疵
			她的步伐优雅柔美
	拉保东公回答道:		她的臀部轻轻摇动
	"噢嘟咿咿咿咿咿咿		看上去非常可爱
	尽管你在说谎		看上去纯真无邪
110	尽管你在欺骗我		这就是我心爱之人
	但我心爱的人就在这里	140	阿布央·巾碧提南
	我最爱的人就在这里		就在汉笃戈的入口
	因为我看见她就在井边		就在哈拉伍德河旁边。"
	当我经过水井的时候		
	我看见她长发垂肩		噢嘟咿咿咿咿咿咿
	她弹奏吉他的样子		我到过很多地方

---

① 兰布瑚人相信,河流是井水的来源,很多具有神力的神灵都住在水底下。
② 根据相关资料推测,可能是"孤儿"的意思。——译者注
③ 一种白色的虾。
④ 一种白色的鱼。

```
        我去了很多地方                    "爬梯子的时候要小心
        我到过所有的小村庄                  慢慢爬上来
        我找过所有的小镇                    梯子可能坏掉
        没有人能让我动心                    木梯可能裂开。"
        没有人能让我心动
150     只有阿布央·巾碧提南                "这个梯子怎么会坏掉
        就在汉笃戈的入口                    当木匠① 刚刚做好的
        就在哈拉伍德河旁边。                 当木匠刚刚造好的。"

153     她是我来这里的原因            180   "乌瓦,不要站在木梯上
        她是我来这里的目标。                我们家的狗
        乌瓦,请你把梯子放下来               刚刚生了七只小狗②
        请把宽阔的楼梯放下来                乌瓦,站到吊床边上
        我已经被露水湿透                    到吊床这里来。"
        我冷得浑身颤抖
        天上落下冰冷的露水                 "为什么我要来这里
160     使我浑身打冷战。"                  难道我是为了这张吊床
                                          我是为了进入卧室
        "噢嘟咿咿咿咿咿咿                  我是要寻找卧室
        我不可能                           为了看到美丽的少女
        放下梯子                     190   为了看到优雅的女孩。"
        你不可能
        爬上梯子                           布雍·拉保东公飞快地
        除非你给我银子                      走过阿布央·玛达纳雍身边
        每个台阶都要黄金                    径直进入卧室
        每个台阶都放上珠宝                  直接来到休息室
        珍贵而稀有的宝贝。"                那个优雅的女孩
                                          安古伊·巾碧提南
170     玛达纳雍放下梯子                   就像希盖伊
        缓缓放下木梯                       就像不知疲倦的巴拉纳克
        然后她这样说道:                   "啊,她就是我追求的女孩
```

---

① 木匠一词 panday 也有"能工巧匠"的意思。
② 在菲律宾民间信仰中,母狗生完小狗以后,会咬说话的陌生人。也有可能是少女的母亲为了吓唬求婚者而编出来的借口。

200	她就是我要娶的女孩		飞过天上的云彩。"①
	她是我的梦中情人,乌瓦		
	一个真正可爱的少女。"	230	没过多长时间
			只是过了一会儿
	"噢嘟咿咿咿咿咿咿"		他来到厨房的阳台上②
	拉保东公		在阿布央·阿伦希纳
	然后说道:		房子外的空地上
	"女孩,我必须先回家		那是布雍·保巴瑞③的地盘
	女孩,我会回来的		那是阳光普照的地方
	我来这里就为看看		那里总是出现第一缕阳光.
	我的爱人的样子		拉保东公坚决地说道:
210	你的腿像香蕉的茎		"啊,亲爱的父母
	大腿像巴拉纳克一样白	240	我已经找到美丽的姑娘
	就像裂开的香蕉一样白皙		找到最爱的女人
	为什么还要找别人		请您帮助她的父母
	为什么还要追求别人		为我们筹备婚礼。"
	你是我心中的女神		
	端庄优雅,美丽可爱		噢嘟咿咿咿咿咿咿
	我要娶你为妻		拉保东公
	我们要一起生活。		缓慢而清晰地
	我要回家去,我的女神		说出他的愿望
220	我要回家一下		表达他的请求。
	几天之后我就回来		布雍·保巴瑞回答道
	季节变化的时候我就回来	250	安古伊·阿伦希纳说道:
	我要征求父母的意见		"来吧,我们出发吧
	我要听一听长辈的建议。"		我们到女孩的家里去
225	噢嘟咿咿咿咿咿咿		我们将去向
	拉保东公又说道:		安古伊·巾碧提南提亲
	"亲爱的,我们将穿过		就在汉笃戈的入口
	无比广阔的天空		就在哈拉伍德河旁边

---

① 这些诗句的暗示着拉保东公将不会停留太长时间。
② 这是传统建筑中用来厨房用品的地方。
③ 有的史诗版本中,保巴瑞是一个勇敢的战士。而在本文中,保巴瑞是拉保东公的父亲。

　　　　为这个焦急的年轻人
　　　　为这个勇敢而大胆的人
　　　　筹备盛大的婚礼。"

260　　噢嘟咿咿咿咿咿咿
　　　　他们飞过天上的云朵
　　　　他们穿过远处的天际
　　　　当他们到达那里
　　　　安古伊·巾碧提南
　　　　房前的空地上
　　　　几乎就是同时
　　　　没有丝毫耽搁
　　　　他们就去拜访
　　　　这座房子的女主人。

270　　阿布央·玛达纳雍
　　　　非常慎重地询问：

　　　　"噢嘟咿咿咿咿咿咿
　　　　请问你要去哪里
　　　　你要去什么地方？"

　　　　"我们到这里来看你
　　　　我们想和你结为亲家
　　　　拉保东公对我们说
　　　　这是你的家
　　　　他在这里留下了誓言
280　　因此，我们就来到这里
　　　　和你们共同筹备婚礼。"

"噢嘟咿咿咿咿咿咿"
玛达纳雍回答道：
"你们的聘礼是否
配得上我的女儿
配得上这么好的女儿
那个木制的大箱子
叫做巴卢布甘·乌木宝
箱子盖上装饰精美
290　箱子里要装满衣服
一层又一层精美的衣服
还有无数美丽的财宝
还有各种可爱的服装。"

布雍·保巴瑞回答道：
"如果这就是你的要求
我可以准备更多的聘礼。
在这片宽阔的空地上
我要建一座
无比巨大的房子①
300　房子有十层的屋顶
房子有一百扇门。"
保巴瑞承诺的嫁妆
远远超过了玛达纳雍的要求
人群中传来一阵惊叹声
很多玫瑰都聚集到一起
真是不可思议的事情。

"噢嘟咿咿咿咿咿咿"
拉保东公开始祈祷
"我在召唤你，奥班朗②

---

① 这种大房子现在已经无法在兰布瑞地区再找到。乌朗·乌迪格认为，早期的兰布瑞社会中流行着建造大房子的风尚。
② 这是能够给拉保东公带来力量的咒语，当主人公遇到麻烦的时候，就会念这个咒语。

310	请借给我力量		那个帕茂卡万水罐
	让这里建起一座大房子		那个帕玛辛贡杯子①
	房子要有十层的屋顶	340	请大家传递班通杯子
	房子要有一百扇门		传到每个人手里
	要用漂亮的砖砌墙		班通杯在人群中传一圈
	要建成舒适的居所。"		都从希布兰②罐子里补充
	安古伊·巾碧提南加入他们		饮料。"
	布雍·保巴瑞		
	大声说道：		"噢嘟咿咿咿咿咿咿"
	"噢嘟咿咿咿咿咿咿		布雍·保巴瑞说道
320	你确实非常可爱		"都过来，姑娘们
	你是最贤惠的女人。"		都过来尽情畅饮吧。"
			安古伊·巾碧提南
	没过多长时间		盛情邀请大家
	几乎没人注意到	350	她说道：
	长者都集合在一起		"加水，加上更多的水③
	双方的父母都站一起		装满这个酒坛子
	"让我们都拥有食物		这是一个巨大的酒坛子
	让我们享受食物。"		酒坛的周围有把手。"
	这里有红色的虾籽		帕玛辛贡罐子的
	这里有爽滑的鱼卵		米酒被稀释了
330	菜肴如此美味		少女吸两口酒
	比蜂蜜还要甜美		少女喝下两口酒。
	言语已经无法形容。		
			"噢嘟咿咿咿咿咿咿"
	拉保东公来到女人旁边	360	拉保东公也跟着做
	他坐在女人的身边		他把很多水
	"噢嘟咿咿咿咿咿咿"		倒进巨大的帕玛辛贡
	安古伊·巾碧提南说道：		他用椰壳做成的杯子
	"你去把帮我拿一下		给大督多次敬酒

---

① 帕茂卡万和帕玛辛贡都是指用椰子壳做到容器。
② 一种大的粗陶罐子。
③ 通常人们在喝酒之前要向酒坛里加水。

大督尽情畅饮。
"现在,我们该回家了
回到我们的家乡去
既然我们的儿子已经结婚①
370　就在天亮的时候
就在破晓时分。"

我感到无比惊讶
我感到非常奇怪
因为拉保东公
又开始不安本分
又开始蠢蠢欲动
去追求新的少女。

"噢嘟咿咿咿咿咿咿,"
拉保东公
380　又要重新开始了
但是巾碧提南抓住他
噢嘟咿咿咿咿咿
"年轻人,你刚娶了妻子
怎么又去追求别的女人?"

噢嘟咿咿咿咿咿
拉保东公
又一次
他的想法
发生了转变
390　他又喜欢上别人
喜欢地下世界的
安古伊·度若浓②
她因美貌而著名

这唤起了他的爱意
他要去追求她
他要去向她求婚。

噢嘟咿咿咿咿咿咿
安古伊·巾碧提南
他又说道

400　"打开,请你打开
巴卢布甘·乌木宝
那个巨大的箱子
箱盖上有精美的装饰
请从箱子里仔细地
挑选我最喜欢的衣服
挑选最贵的珠宝
挑选具有魔力的器物。"

噢嘟咿咿咿咿咿咿
拉保东公拿起
410　他那身带刺绣的衣服
穿上这身衣服
他显得更加英俊
又穿上又长又宽的衣服
衣服一直垂到脚踝
可以盖住双脚
他把头上裹上头巾
那是一条带刺绣的头巾
那不是本地人的织品
那是外地人的作品
420　他身上裹着银器
他身上裹着金饰。

---

① 原文360—370行之间少一句。——译者注
② 传说中地下世界中最漂亮的女人。

　　　　他穿上自己的衣服
　　　　他的萨拉敏库帽子
　　　　周围都是银制的流苏
　　　　随着微风叮当响
　　　　还有腰带伊库米利亚
　　　　腰带的流苏都指向天空
　　　　可以映射天空的颜色
　　　　他的腰带又长又宽
430　　他在腰带仔细地打了一个结
　　　　腰带的两端垂在前面
　　　　在他的脚上摆晃
　　　　他变成了英俊的年轻人
　　　　一个强壮的年轻人
　　　　一个身手敏捷的战士
　　　　一个无比勇敢的战士。

　　　　拉保东公
　　　　他穿过远处的天际
　　　　他飞过天上的云朵
440　　没过多长时间
　　　　只是过了一会儿
　　　　他就来到院子里
　　　　安古伊·度若浓家的院子
　　　　这是一个地下的世界
　　　　"啊,房子的女主人
　　　　我准备进入这所房子
　　　　这座房子是否设防
　　　　有没有施加咒语?"①

　　　　"你是谁呢,陌生人？
450　　你是谁呢,过路人？

　　　　你可能是奸诈之人
　　　　你可能是邪恶之人
　　　　你可能是凶恶之人
　　　　你可能会欺骗我
　　　　所以我把梯子升起来
　　　　所以我把台阶搬开了。"

　　　　拉保东公回答道：
　　　　"我不是凶恶的人
　　　　我没有任何的恶意
460　　我是一个真心的求婚者
　　　　我希望能结成连理
　　　　我心仪名声好的女人
　　　　我追求心爱的女人
　　　　那就是安古伊·度若浓
　　　　因为她拥有巨大的力量
　　　　因为她具有超凡的能力。"

　　　　噢嘟咿咿咿咿咿咿
　　　　拉保东公高兴地说
　　　　"乌瓦,请把梯子放下来
470　　请把楼梯放下来
　　　　我已经被露水湿透
　　　　我冷得浑身颤抖。
　　　　我走遍了各个地方
　　　　我找到天地交汇处
　　　　我找遍了每个村落
　　　　我找遍了每个市镇
　　　　我没有找到
　　　　我没有发现
　　　　我想要找的人

---

① 兰布瑙族人相信,任何人经过禁地或施加咒语的地方,都会感到疼痛,甚至可能死亡。

第四章 《拉保东公》——一夫多妻制的史诗表现

480　我所心爱的人
　　没有找到心爱之人。
　　我在睡梦中
　　知道了她的存在。
　　她是如此的美丽
　　她是如此的高贵
　　她的步伐无比轻盈
　　她的体态非常优雅
　　就像树梢在摇摆
　　我感到心神荡漾
490　这就是我心爱之人
　　这就是地下世界的
　　阿布央·度若浓。"

　　噢嘟咿咿咿咿咿咿咿
　　阿布央·度若浓回答道:
　　"西努洛扬·阿隆①
　　已经追求我
　　已经答应我
　　已经向我求婚
　　已经向我提出要求
500　来自河流下面的
　　乌玛卡·帕林迪
　　希巴依·帕达罗多
　　逊布依·帕库帕库
　　我该怎么办,乌玛
　　我没有
　　其他的姐妹
　　我是家里唯一的女儿
　　我有一些乌瑞本
　　但她们的手臂都缠在一起
510　她们的手都弯曲了。"

　　"乌玛,尽管你在说谎
　　尽管你在欺骗我
　　我刚才看见她了
　　我看见一个窈窕淑女
　　我看见我心爱之人
　　就在水井的旁边
　　就在喝水的地方
　　她正在弹奏吉他
　　她那美丽的秀发
520　垂在肩上。

　　我看见她
　　在摇晃的吊床上
　　就像斜躺着的希盖伊
　　就像不知疲倦的巴拉纳克
　　那个美丽的少女
　　她的腿像香蕉的茎
　　大腿像巴拉纳克一样白
　　就像剥开的香蕉一样白皙
　　她是我的心爱之人。
530　乌玛,请赐予我力量
　　请赋予装备和力量
　　她正是我寻找的人
　　让她成为我的妻子。

　　噢嘟咿咿咿咿咿咿咿
　　乌玛,请让我爬上梯子
　　请把梯子放下来
　　请让我登上梯子
　　我已经冻得发抖了。"

---

① 地下世界的首领之一,其影响力没有乌玛卡·帕林迪那么大。

"噢嘟咿咿咿咿咿咿
540　你不可能
　　爬上梯子
　　我不可能
　　放下梯子
　　除非你给我银子
　　每个台阶都要黄金
　　每个台阶都放上珠宝
　　珍贵而稀有的宝贝。"
　　"啊,乌玛,你要小心一点
　　你要慢慢爬上来
550　楼梯可能会裂开
　　梯子可能会塌了。"

　　"梯子哪里裂开了
　　楼梯怎么会裂开呢
　　这些木材是刚刚砍伐的
　　这个楼梯是木匠刚刚完成的。"
　　"不要在门口逗留
　　去那些小狗那里
　　那些小狗会带你去。
　　乌玛,直接去吊床那里
560　直接去摇晃的吊床那里。"
　　"我的目标在吊床那里吗?
　　我的所爱在吊床那里吗?
　　我来这里找一间卧室
　　我来找一张吊床
　　那里有我心爱之人
　　那里有我心仪之人
　　安古伊·度若浓。"①

噢嘟咿咿咿咿咿咿
拉保东公
570　又叹息道：
"我又有一个想法
一种强烈的感觉
我感到饱受折磨
我感到十分头痛
我想去追求其他女人
其他心爱的女人
她叫玛丽敦·雅瓦
西纳玛琳·迪瓦达②
来自正午的太阳
来自最明亮的地方。"

噢嘟咿咿咿咿咿咿
他又说道
580　"打开,请你打开,
巴卢布甘·乌木宝
这个巨大的木箱子
箱盖上有精美的装饰
从里面挑选
独一无二的
我所拥有的财宝
高雅精美的衣服。"

"我不从底下拿
我也不从最上面取
590　我要从中间挑选
我的衣服和腰带

---

① 根据乌朗·乌迪格的记述,拉保东公和安古伊·度若浓生活一段时间以后,就回到了汉笃戈的安古伊·巾碧提南身边。
② 这个地区的一个女性神灵。

第四章 《拉保东公》——一夫多妻制的史诗表现

　　　　用它们包裹身体
　　　　让我看起来非常英俊。
　　　　还要穿上宽松的萨亚裙
　　　　衣服一直垂到脚踝
　　　　衣服盖住了脚后跟。"
　　　　有一条头巾缠在额头
　　　　带着精美刺绣的头巾
　　　　那不是本地人的织品
600　　那是外地人的作品
　　　　拉保东公没有停下来
　　　　他用银器包裹身体
　　　　他身上挂满了金器
　　　　他小心地拿起
　　　　萨拉敏库帽
　　　　帽子上镶嵌银饰
　　　　四周是金制的流苏
　　　　这是富有的表现。

　　　　噢嘟咿咿咿咿咿咿
610　　他小心地拿起
　　　　又长又宽的腰带
　　　　他仔细地打了一个结
　　　　腰带的两端垂在前面
　　　　垂到他的脚上
　　　　他又系上伊库米利亚
　　　　流苏都指向天空
　　　　映射天空的颜色。
　　　　拉保东公的打扮
　　　　就像突然出现的
620　　天神一样
　　　　就像真正的天神
　　　　就像四处巡游的神灵。
　　　　他在寻找少女

　　　　他在寻找心爱之人
　　　　她叫玛丽敦·雅瓦
　　　　西纳玛琳·迪瓦达
　　　　来自正午的太阳
　　　　来自最明亮的地方。

　　　　噢嘟咿咿咿咿咿咿
　　　　他对安古伊·巾碧提南说道：
630　　"仔细寻找
　　　　靠近观察
　　　　看着水晶球
　　　　运用强大的魔力
　　　　为我寻找那个少女
　　　　为我寻找心爱之人。"
　　　　他盯着水晶球
　　　　他看着护身符
　　　　少女出现在了
640　　就在艳阳高照的地方
　　　　就在阳光无比明亮的地方
　　　　啊，玛丽敦·雅瓦
　　　　西纳玛琳·迪瓦达
　　　　一个无比美丽的女人
　　　　一个魅力无限的女人。
　　　　"啊，我要去追求她
　　　　我要去向她求婚。"

　　　　噢嘟咿咿咿咿咿咿
　　　　他有对安古伊·巾碧提南说道：
650　　"请你解开船锚
　　　　快速解开船锚
　　　　放出具有魔力的船
　　　　清洗船只，清洗甲板①
　　　　用柔软的阿拉耀的树叶

---

① 这是一种仪式，用于保佑航行安全。

　　　　用兰西兰的花瓣②
　　　　在船上装满卡茫扬
　　　　它的香气
　　　　可以加强
　　　　年轻人的力量
660　　能干的年轻人
　　　　战斗的力量。"

　　　　噢嘟咿咿咿咿咿咿
　　　　拉保东公大喊道：
　　　　"奥班朗,我在召唤您
　　　　请赐予我力量。"
　　　　他大声喊,他大声吼
　　　　声音就像击打铜锣
　　　　他的声音听起来
　　　　充满了巨大的力量
670　　充满了坚定的意志
　　　　他的声音反复回响
　　　　传遍了每一个角落
　　　　如此健壮的年轻人
　　　　发出的声音
　　　　使得竹子的末梢摇动。

　　　　他仍然在寻找
　　　　他对安古伊·巾碧提南说道：
　　　　"玛丽敦·雅瓦
680　　西纳玛琳·迪瓦达
　　　　我要去追求她
　　　　我要向她求婚
　　　　我要驾驶小船
　　　　我要升起船帆去找她。"

　　　　他扬帆启航了
　　　　他来到了町黎的土地上
　　　　这是环绕石墙的土地。
　　　　"我应该从哪里进去
　　　　我能从哪里穿过？
　　　　这些石墙高耸入云
690　　地基都深埋大地。"
　　　　拉保东公祈祷道：
　　　　"奥班朗,我在召唤你
　　　　请赐予我力量
　　　　请让我的船
　　　　高高地飞起来
　　　　请让我的船
　　　　飞过这面石墙
　　　　飞过这片阴影
　　　　越过这里的黑暗。"①

700　　没过多长时间
　　　　只是一瞬间
　　　　那艘神奇的船
　　　　就高高地飞了起来
　　　　飞到了艳阳高照的地方
　　　　飞到了阳光最明媚的地方。

　　　　噢嘟咿咿咿咿咿咿咿
　　　　他轻轻地询问
　　　　他仔细地观看
　　　　那个神奇的水晶球
710　　那个神奇的护身符
　　　　他看到了那个少女

---

① 阿拉耀和兰西兰都是蔓生植物。
② 主要是指高墙下的光线不好。

第四章 《拉保东公》——一夫多妻制的史诗表现

          优雅地坐在那里
          玛丽敦·雅瓦
          西纳玛琳·迪瓦达
          就坐在那个地方
          那个艳阳高照的地方
          那个阳光最明媚的地方。

          噢嘟咿咿咿咿咿咿咿
          他驾驶着小船
720   他操纵着小船
          他径直驶向
          那个艳阳高照的地方
          那个阳光最明媚的地方。

          布雍·萨拉纳扬①
          注意到他的到来。
          "这个年轻人
          你是谁啊
          你是什么人呢
          你到底是谁呢
730   他看起来那么强壮
          他跨过了禁忌的水域②
          他侵入到海滩上
          我要大叫着欢迎他
          我要先发起挑战③
          我要看看他是哪里的首领
          我要知道他是什么样的人
          他有什么样的力量
          他看上去像天神一样
          他看起来像神灵一样

740   就像一个来自天国的神灵
          就像来自乌杜哈浓的英雄。"

          噢嘟咿咿咿咿咿咿咿
          拉保东公大叫道
          他向萨拉纳扬回答道:
750   带着挑衅的语气
          "我的目标是你的女人
          你一直在保护的女人
          她就叫玛丽敦·雅瓦
          西纳玛琳·迪瓦达。"
          萨拉纳扬回答道:
          "你想要拥有
          你想要得到
          玛丽敦·雅瓦
          除非我死了
          除非我停止呼吸。
          噢嘟咿咿咿咿咿咿咿
          我们要为此决斗
          我们要为此决一生死。"
          布雍·萨拉纳扬祈祷道:
760   "奥班朗,我在召唤您
          请赐予我力量
          他的油瓶破了
          他的魔力消失了④
          大督拉保东公
          我要用班朗战胜他
          我要用魔力战胜他。"

          噢嘟咿咿咿咿咿咿咿

---

① 玛丽敦·雅瓦的丈夫。
② 指禁止进入的河流或海湾。
③ 兰布瑞人认为,两个对手相遇时,首先发起挑战的人可以获得更多的力量。
④ 魔力被存放在油瓶里。

	没过多久		只凭我们的勇气
	只过了一会儿	800	只用我们的勇敢。
770	布雍·拉保东公		我是训练有素的战士
	他的油瓶破了		我将全力投入战斗。"
	他的魔力瓶子破了		
	他感到非常尴尬		拉保东公
	他的脸一下子白了		和萨拉纳扬
	他的脸颊煞白。		开始投入战斗
			拉保东公将
	噢嘟咿咿咿咿咿咿		萨拉纳扬
	拉保东公大喊道		打入水中
	就像空中响起雷声：		七年之后才把他拉出来
	"奥班朗，我在召唤您	810	噢嘟咿咿咿咿咿咿
780	请赐予我力量		萨拉纳扬并没有死
	请让布雍·萨拉纳扬的		他是不会被杀死的
	油瓶破裂		他是不会被打死的
	我要用班朗		他身体里并没有生命
	彻底击败他		他的生命藏在野猪体内
	我要用魔力		藏在迪格茂拉①体内
	彻底战胜他。"		野猪藏在帕林·布吉特
	但是，萨拉纳扬的油瓶		拉保东公拔起一棵
	并没有破裂		带有七个凹口的椰子树
	没有受到损害。	820	他把萨拉纳扬的尸体
790	拉保东公失去了信心		放在石头上
	他无法击碎敌人的油瓶		用椰子树刺穿尸体
	他无法破坏对手的魔力		布雍·萨拉纳扬的尸体
	布雍·拉保东公		变成了椰子树的纤维
	发出巨大的叫喊声：		但他还没有死
	"我们要进行身体的决斗		还没有被剥夺生命
	我们用自身的力量来战斗		拉保东公接着
	没有魔力的战斗		把萨拉纳扬拉出来
	没有神力的决斗		把他扔到天上去

---

① 一种野猪的名字。

第四章 《拉保东公》——一夫多妻制的史诗表现

830　尸体旋转着飞上天空
　　　和云朵混在了一起
　　　但他还没有死
　　　他还没有被剥夺生命。

　　　很多年过去了
　　　很多年过去了
　　　拉保东公筋疲力尽
　　　萨拉纳扬战胜了他
　　　萨拉纳扬把他捆起来
　　　手和胳膊都捆起来
840　两只脚也捆了起来
　　　把他拎到了家里
　　　把他锁在猪圈里
　　　就在厨房的下面。

　　　噢嘟咿咿咿咿咿咿
　　　拉保东公
　　　心中充满了
　　　悲伤和悔恨
　　　因为他被打败了
　　　被更高的魔力击败了
850　被更大的勇气打败了。

　　　噢嘟咿咿咿咿咿咿
　　　我们要暂时离开
　　　拉保东公
　　　回到那里
　　　回到度若浓
　　　安古伊·巾碧提南那里
　　　就在汉笃戈的入口
　　　就在哈拉伍德河旁边。

　　　噢嘟咿咿咿咿咿咿
860　阿稣·芒卡
　　　拉保东公的儿子
　　　对安古伊·巾碧提南
　　　说道:
　　　"噢嘟咿咿咿咿咿咿
　　　妈妈,我感到很困惑
　　　我感到很不解
　　　这么多年过去了
　　　这么多年过去了
　　　布雍·拉保东公
870　我亲爱的父亲
　　　还没有回来
　　　还没有回家。"

　　　安古伊·度若浓
　　　也这么想。
　　　布雍·巴拉诺甘
　　　他的脐带还没剪断
　　　他的脐带还没有分离①
　　　他对母亲说道:
　　　"妈妈
880　我感到很困惑
　　　我感到很不解
　　　这么多年过去了
　　　季节更替了这么多次
　　　我亲爱的父亲
　　　布雍·拉保东公
　　　还没有回来
　　　还没有回家
　　　妈妈,请您打开

---

① 这可能是兰布瑙人的表达方式,类似于中文中的"乳臭未干"。——译者注

　　　　巨大的巴卢布甘·乌木宝
890　那个巨大的木箱子
　　　　箱盖上有精美的装饰
　　　　我要获得我的神力
　　　　这可能是他命中注定的
　　　　这可能发生在他身上。
　　　　我亲爱的父亲
　　　　可能被萨拉纳扬打败了。

　　　　噢嘟咿咿咿咿咿咿
　　　　我要去找他
　　　　我要去寻找父亲
900　我要横渡海洋
　　　　到大督去的地方
　　　　到他经过的地方。"

　　　　安古伊·度若浓
　　　　回答她的儿子
　　　　布雍·巴拉诺甘：
　　　　"噢嘟咿咿咿咿咿咿
　　　　我亲爱的儿子
　　　　你还是个孩子
　　　　你的脐带还没剪断
910　你的脐带还没有分离
　　　　你要去寻找父亲
　　　　你要去找回父亲
　　　　这已超出了你的能力
　　　　你会被别人的魔力打败
　　　　会被别人具有魔力的
　　　　护身符打败。"

　　　　"噢嘟咿咿咿咿咿咿

　　　　亲爱的妈妈
　　　　那个能干的年轻人
　　　　决定让地下的世界知道
920　我是拉保东公的儿子
　　　　我拥有强大的力量。
　　　　请您打开
　　　　巨大的巴卢布甘·乌木宝
　　　　它那沉重的箱盖上
　　　　有精美的雕饰。
　　　　我要从箱子里寻找
　　　　无比名贵的服装
　　　　非常精美的服饰
　　　　我要穿上
930　带有刺绣的衣服
　　　　可以使我更显英俊
　　　　我还要穿上宽大的萨亚裙
　　　　衣服一直垂到脚后跟。"

　　　　噢嘟咿咿咿咿咿咿
　　　　他带上鲜亮的头巾
　　　　带有刺绣的头巾
　　　　这不是本地人的绣品
　　　　它来自遥远的国度。
　　　　巴拉诺贡①还戴上
940　很多的银饰
　　　　很多的金饰。
　　　　他变成非常英俊的年轻人
　　　　他成为很高雅的年轻人
　　　　他看上去像强壮的战士
　　　　具有与众不同的风度
　　　　尽管他的脐带还没剪断
　　　　他的脐带还没有分离。

---

① 应为巴拉诺甘，原文将名字改为 Baranugun，翻译时未作改动。——译者注

第四章 《拉保东公》——夫多妻制的史诗表现

  噢嘟咿咿咿咿咿咿
  他又对母亲说道：
950 "拿出来，请拿起来
  那淬毒的箭
  它能穿透人的身体
  从第七个人身体里穿出
  还有那波形的短剑
  它的刀刃无比锋利
  他们一定有很多人
  我要用箭打败他们
  用淬毒的箭射杀他们
960 我肯定可以击败他们
  我一定可以打败他们。"

  噢嘟咿咿咿咿咿咿
  安古伊·度若浓心中
  充满悲伤和犹豫
  眼前的一个小孩子
  已经变成勇敢的人
  他要去寻找父亲
  他要去找父亲
  布雍·拉保东公。

970 噢嘟咿咿咿咿咿咿
  阿稣·芒卡
  布雍·拉保东公的
  另一个儿子
  也在做同样的事情。

  噢嘟咿咿咿咿咿咿
  布雍·阿稣·芒卡
  也对安古伊·巾碧提南
  说道：
  "过去了这么多个月

980 过去了这么多季节
  过去了这么多年
  但他还没有回来
  他还没有回家
  我亲爱的父亲
  我敬爱的父亲
  布雍·拉保东公。"
  他也想去
  寻找父亲。

  "打开，请您打开
990 巴卢布甘·乌木宝
  那个巨大的木箱子
  它的盖子有精美装饰。
  我要从里面挑选
  与众不同
  我所拥有的宝物
  我那些精美的服饰
  我要仔细挑选
  那些具有神力的衣服
  用来包裹我的身体
1000 使我显得更加英俊
  我那宽松的萨亚裙
  一直垂到我的脚踝
  衣角盖住了脚后跟。"
  他的头上缠着头巾
  头巾上有精美的刺绣
  这不是本地人的织品
  这是来自国外的织品
  噢嘟咿咿咿咿咿咿
  他头上带着萨拉敏库
1010 帽子四周是银制的流苏
  帽子四周是精美的金饰

真是美轮美奂。

噢嘟咿咿咿咿咿咿咿
安古伊·巾碧提南
牵挂儿子的母亲
深情地说道：
"布雍·巴拉诺贡
就在河流的深处
你将会遇到
1020　阿稣·芒卡
记住，你将会遇到他
他是你的弟弟
你们可能会发生战斗
你们可能会互相伤害。
噢嘟咿咿咿咿咿咿咿
你要时刻注意
就在大海的远处
你将遇到英俊的年轻人
一个充满魅力的年轻人
1030　他看起来就像天神一样
就像一个强大的神灵
我的儿啊，他是你弟弟。"

噢嘟咿咿咿咿咿咿咿
阿稣·芒卡说道
对安古伊·巾碧提南说道：
"我亲爱的母亲
给我，请给我
那些淬毒的箭
它们能穿透人的身体
1040　从第七个人身体里穿出
还有那把锋利的短剑
我要用它们去
战胜布雍·萨拉纳扬。

噢嘟咿咿咿咿咿咿咿
亲爱的母亲
请给我那艘大黑船
那艘具有魔力的船
请用阿拉耀的叶子
请用兰西兰的嫩芽
1050　仔细地清洗
请您点上卡芒烟
让香气缭绕
亲爱的母亲
这样可以
增加我的法力。
让我变得更加强大
使我真正成为
布雍·拉保东公的儿子。"

噢嘟咿咿咿咿咿咿咿
接着，那艘船
1060　驶向了大海深处
驶入了大洋深处。
他仔细地操纵
他小心地驾驶
那艘巨大的黑船
那艘巨大的船只
最终到达
遥远的町黎
石墙环绕的土地。

阿稣·芒卡看见
1070　远处的巴拉诺贡
他从海面上走过来
没有乘坐船只
他在深蓝的海面上行走

　　　　没有借助任何工具
　　　　巴拉诺贡大步走来
　　　　看上去就像天神一样
　　　　就像神灵一样
　　　　在海面上行走
　　　　他迈着坚定的步伐
1080　　海浪在他脚下翻动
　　　　海面上显得很平静。
　　　　阿稣·芒卡大声喊道：
　　　　"你是谁，陌生人
　　　　你是谁，过路人
　　　　你要去哪里？
　　　　你的目的地在哪里？
　　　　你的脐带还没剪断
　　　　你的脐带还没有分离。"
　　　　布雍·巴拉诺贡回答道
1090　　他向哥哥回答道：
　　　　"噢嘟咿咿咿咿咿咿咿
　　　　我是拉保东公的儿子
　　　　我正在寻找父亲
　　　　我正在寻找父亲
　　　　布雍·拉保东公
　　　　我是他和度若浓的儿子
　　　　她来自地下的世界
　　　　那里所有的树叶都翻转
　　　　所有经过的人都会受伤
1100　　我也是一个战士
　　　　一个勇敢的战士
　　　　尽管我的脐带还没剪断
　　　　我的脐带还没有分离。"

　　　　"噢嘟咿咿咿咿咿咿咿，"
　　　　阿稣·芒卡回答道：
　　　　"我也是要寻找父亲

　　　　寻找亲爱的父亲
　　　　拉保东公
　　　　我是他的儿子
1110　　他和巾碧提南的儿子
　　　　就在汉笃戈的人口
　　　　就在哈拉伍德河旁边
　　　　我正在寻找父亲
　　　　我正在寻找父亲。"

　　　　"噢嘟咿咿咿咿咿咿咿，"
　　　　阿稣·芒卡大喊道
　　　　对着巴拉诺贡大喊道：
　　　　"你到我这里来
　　　　到我的黑船上来
1120　　到具有魔力的船上来。"
　　　　布雍·巴拉诺贡爬上船
　　　　他对阿稣·芒卡说道：
　　　　"我感到很困惑，玛仑
　　　　我感到很不解，哥哥
　　　　很多年过去了
　　　　季节更替了很多次
　　　　布雍·拉保东公
　　　　我们亲爱的父亲
　　　　他一直没有回来
1130　　他一直没回家。
　　　　他一定被萨拉纳扬关起来了
　　　　就在他家房子下面
　　　　噢嘟咿咿咿咿咿咿咿
　　　　也许他已经被吃掉了
　　　　因为萨拉纳扬是个巫师
　　　　他是声名狼藉的贪吃鬼。"

　　　　巴拉诺贡回答道：
　　　　"弟弟，这个水晶球

	这个神奇的东西		请让我的船高高飞起来
1140	可以告诉我们		一直向上
	我们亲爱的父亲		越过高大的石墙
	现在的情况怎么样。"		飞到町黎的土地上。"
	阿稣·芒卡仔细地看		那艘黑色的船
	那个神奇的水晶球		高高地飞起来
	具有魔力的水晶球		那艘具有魔力的船
	噢嘟咿咿咿咿咿咿		飘到了
	拉保东公	1180	町黎的土地上
	就在布雍·萨拉纳扬家的		石墙围绕的土地上。
	厨房下面		
1150	他已经蓬头垢面。		噢嘟咿咿咿咿咿咿
	巴拉诺贡失声痛哭		布雍·巴拉诺贡
	他擦掉眼泪		布满装饰的身体
	大声说道：		在大海中间闪闪发亮
	"大督，你很快会看到	1190	阿稣·芒卡
	谁是真正的首领		那艘黑色的大船
	谁是真正的战士		那艘充满魔力的大船
	谁是真正的斗士		带着巴拉诺贡
	尽管我们还是小孩子		飞驰而来。
	尽管我们还很年轻		
1160	我的脐带还没剪断		噢嘟咿咿咿咿咿咿
	我的脐带还没有分离，		他们在海面上
	我将在战斗中		驾驶着黑色的大船
	展示我们的能力		没过多长时间
	布雍·拉保东公		没有丝毫耽搁
	亲爱的父亲		他们就到达那里
	您将重新获得自由。"		那充满黑暗的土地
		1200	那黑夜笼罩的大地。
	噢嘟咿咿咿咿咿咿		噢嘟咿咿咿咿咿咿
	布雍·巴拉诺贡召唤道：		焦虑袭扰着他们
	"奥班朗，我在召唤您		恐惧侵袭着他们
1170	请赐予我伟大的力量		他们看不到海岸
	请让这艘黑船飞起来		他们认不清方向

第四章 《拉保东公》——一夫多妻制的史诗表现

      他们无法判断
      他们深陷黑暗之中
      没有星星的黑夜之中。

      "奥班朗,我在召唤您
1210 请赐予我力量
      请让这艘黑色的船
      请让这艘具有魔力的船
      高高地飞起来。"
      没过多长时间
      没有丝毫耽搁
      黑色的船飞上云端
      黑色的船在雨中飞行
      在一阵朦胧的薄雾中
      飞过了黑暗的土地
1220 飞过了没有星星的黑夜
      黑色的大船
      最终到达
      艳阳高照的地方
      阳光最明媚的地方。

      就在此时,拉保东公
      似乎看到了希望的光芒
      他对自己说道:
      "我的儿子正在找我
      我的儿子正在找我。"
1230 他重新抖擞精神
      他舒缓沮丧的情绪
      就在此时,阿稣·芒卡
      也对弟弟巴拉诺贡说道:
      "噢嘟咿咿咿咿咿咿
      黑色的大船啊
      飞到海滩上去。"

      萨拉纳扬看见了他们
      从阳光明亮的土地上
      "这两个大督是谁呢
1240 他们是哪里的首领呢
      他们是谁
      在那奇怪的大船上
      在那神奇的大船上?"

      布雍·巴拉诺贡
      把船泊在海滩上
      就在他父亲的船上面
      萨拉纳扬在船上
      覆盖了看不见的云
      用黑暗覆盖在船上
1250 以防被人发现。
      但是,这层伪装
      无法抵挡
      巴拉诺贡的法力。
      船只停泊的地方
      被萨拉纳扬发现了
      他把黑船停在上面
      噢嘟咿咿咿咿咿咿
      黑色的大船
      拖拽着
1260 拉保东公的船。

      噢嘟咿咿咿咿咿咿
      巴拉诺贡仔细看着
      他的班朗
      那个具有魔力的宝物
      寻找相关的线索
      他认真看着水晶球
      仔细地观察魔力宝物
      他们看到了拉保东公

　　　　　他的头发盖住了后背
1270　他被关在
　　　　　布雍·萨拉纳扬的厨房下面
　　　　　巴拉诺贡小心地跳下来
　　　　　从闪闪发亮的船上
　　　　　从具有魔力的船上
　　　　　从黑色的大船上
　　　　　从快速的船上。
　　　　　他直接来到
　　　　　萨拉纳扬的房子前面。
　　　　　房子前面站着很多猴子①
1280　它们发出尖锐的叫声。

　　　　　萨拉纳扬的宠物
　　　　　警觉地看着闯入者。
　　　　　巴拉诺贡挥舞着短剑
　　　　　使尽浑身的力气
　　　　　猛烈地砍杀
　　　　　杀死了所有的猴子。
　　　　　他仔细地四周寻找
　　　　　布雍·拉保东公
　　　　　很长时间没见面的父亲。
1290　他就在布雍·萨拉纳扬的
　　　　　房子下面。
　　　　　他的头发长得很长
　　　　　盖住了后背
　　　　　盖住了双腿。

　　　　　巴拉诺贡马上
　　　　　抚摸着父亲的后背
　　　　　拍打着父亲的肩膀
　　　　　"亲爱的父亲

　　　　　敬爱的父亲
1300　你被别人打败了吗
　　　　　你被别人击败了吗?"
　　　　　拉保东公回答道
　　　　　向来自地下世界的
　　　　　儿子巴拉诺贡说道
　　　　　"噢嘟咿咿咿咿咿咿
　　　　　我的儿啊,我失去法力
　　　　　我缺少神奇的力量
　　　　　因此,萨拉纳扬
　　　　　使用魔力击败我
1310　他的魔力击败了我。"
　　　　　巴拉诺贡回答道:
　　　　　"亲爱的父亲,我来了
　　　　　亲爱的父亲,我在这里
　　　　　我来救你
　　　　　您的儿子来帮您
　　　　　您的儿子来救您。"

　　　　　噢嘟咿咿咿咿咿咿咿
　　　　　阿稣·芒卡说道:
　　　　　"奥班朗,我在召唤您
1320　请赐予我力量
　　　　　推倒这里的铁棍
　　　　　把它们扔到海里
　　　　　这样,我父亲可重获自由。"
　　　　　没过多长时间
　　　　　没有丝毫耽误
　　　　　布雍·阿稣·芒卡
　　　　　话音刚落
　　　　　那些铁棍就断了
　　　　　那些铁栅栏飞进海里。

---

① 当猴子看到陌生人后,会发出尖叫声,所以有人认为猴子可以起到守夜的作用。

1330	巴拉诺贡马上	1360	但他没有被淹死
	扶起拉保东公的双手		他没有死。
	把父亲		我把他放在石头上
	从房子下面扶出来		我拔起
	把他带到船上		带有七个凹口的椰子树
	带到神奇的船上		使劲刺进他的身体。
	那艘巨大的黑船		他的身体变成了丝线
	那艘飞快的船。		但他没有死
	然后，他开始清洗		他没有被杀死。"
	仔细清洗		
1340	父亲的身体		巴拉诺贡回答道
	用阿拉耀的叶子	1370	向父亲回答道：
	用阿兰西兰①的嫩芽		"他很快就会知道
	这样可以增加力量		我们有多勇敢
	可以提高魔法的力量。		我们有多强大
	拉保东公		我们要向他发起挑战
	再一次变得非常英俊		我用喊声挑战他
	成为一个勇敢的首领。		我用叫声问候他
			布雍·萨拉纳扬。"
	拉保东公说道：		布雍·巴拉诺贡站在
	"我的儿子啊		船的另一边
	你们怎么挑战萨拉纳扬？	1380	黑船的另一边
1350	他是一个强大的对手		阿鲦·芒卡站在
	他是一个勇敢的战士		魔船的另一边
	他不会被杀死		在飞船的另一边
	噢嘟咿咿咿咿咿咿		他们一起大声喊叫
	亲爱的儿子		就像齐鸣的大钟
	我要仔细讲述		就像敲击铙钹
	告诉你们所有细节。		这么响亮的声音
	我把萨拉纳扬		这么有力的喊叫声
	打入水中		在各个角落回响
	在水里关了七年。		反复回响了十遍

① 此处原文为 aranghiran，应该就是指兰西兰。翻译时保留原文。——译者注

1390	一个真正的战士		你不用召唤帮手
	发出如此有力的叫声		请让你的手下离开
	声音震碎了竹子。	1420	我只是一个小孩子
			我年纪还很小
	恐惧向萨拉纳扬袭来		我的脐带还没剪断
	他把女人抛开		我的脐带还没有分离。"
	他扔掉心爱之人		
	就像扔掉一个枕头。		布雍·萨拉纳扬对
	噢嘟咿咿咿咿咿咿		玛丽敦·雅瓦说道:
	萨拉纳扬大叫道:		"你去吧,你去拿
	"这个大督是谁		达瓦利瑙锣
1400	这个首领是谁?"		玛帕拉央普茹
	噢嘟咿咿咿咿咿咿		摩卡霍诺霍诺。"
	拉保东公的船被发现了		
	那艘充满魔力的船	1430	噢嘟咿咿咿咿咿咿
	他已经逃走了		萨拉纳扬敲打
	猪圈已经被打破了		阿昆·达瓦格利瑙
	铁棍都四处散落		玛帕拉央普茹
	落在海滩上。		摩卡霍诺霍诺
			"啊,地下世界的臣民
	噢嘟咿咿咿咿咿咿		我在召唤你们,快来。"
	萨拉纳扬大声说道:		
1410	"我们要召集所有人		不知从哪里出现
	集合所有的年轻人		很多来自地下世界的人②
	让他们过来帮助		没过多长时间
	需要得到帮助的人。"①	1440	没有丝毫的耽搁
			这座宽敞的房子
	布雍·巴拉诺贡大喊道		有十层屋顶
	声音宏亮而清晰:		有一百扇门
	"我们俩将有一场决斗		已有一百五十人。
	一场公平的决斗		人数还在不断增加

---

① 在兰布瑙的传统文化中,当有人需要帮助的时候,他就击打竹节,召唤其他人来帮忙。
② 来自地下世界人都很高大,皮肤黝黑,他们可以在空中飞行。

第四章 《拉保东公》——一夫多妻制的史诗表现

	很快到了八百人。
	没过多长时间
	没有丝毫的耽搁
	房子里挤满了人
1450	这些都是召唤来的人。
	萨拉纳扬敲打墙壁
	敲打这座房子的墙壁
	他大声说道：
	"墙壁啊，请向外移动
	还有成百上千的人
	还有很多人即将到来。"
	萨拉纳扬
	不停地敲打墙壁
	这座大房子开始扩展
1460	又增加了十层屋顶
	又增加了一百扇门
	噢嘟咿咿咿咿咿咿咿
	但空间还是不够
	人与人之间
	没有丝毫的空隙
	房子里挤满勇敢的战士。

噢嘟咿咿咿咿咿咿咿
布雍•巴拉诺贡说道：
"自从我来到这里
1470　自从我来到这个世界
我看到了光明
噢嘟咿咿咿咿咿咿咿
如果不是为了寻找父亲
如果不是为了找到父亲
我不会远渡重洋
我不会长途跋涉。"

布雍•巴拉诺贡
　　　　　一边做准备
　　　　　一边转向阿稣•芒卡：
1480　"如果我们没见到
　　　　　如果我们没有遇到
　　　　　我们亲爱的父亲
　　　　　布雍•拉保东公
　　　　　那么他将老死在
　　　　　他所被囚禁的地方。
　　　　　因此，我要为他而战
　　　　　为他的荣誉而战
　　　　　我要战胜他们
　　　　　我要杀死他们
1490　这个布雍•萨拉纳扬
　　　　　尽管，所有人都知道
　　　　　噢嘟咿咿咿咿咿咿咿
　　　　　他是一个强大的勇士
　　　　　我要让他知道
　　　　　即将和他战斗的人
　　　　　向他发起挑战的人
　　　　　是他对手的儿子。"
　　　　　拉保东公正在
　　　　　焦急地等待
1500　心中充满了担忧。

噢嘟咿咿咿咿咿咿咿
"现在，你要知道
拉保东公的儿子
是真正勇敢的战士
是真正熟练的战士
噢嘟咿咿咿咿咿咿咿
布雍•拉保东公的儿子
布雍•巴拉诺贡
还有阿稣•芒卡
1610　我们将用魔力击败你

我们将用法力战胜你
我们将会视死如归
我们将为父亲而战。"

噢嘟咿咿咿咿咿咿
巴拉诺贡说道
阿稣·芒卡说道：
"怎么会来这么多人
真是一群愚蠢的人
我真为你们感到可惜
1620 你们将在战斗中被打败。

噢嘟咿咿咿咿咿咿
你们这些男人们
如果你们在战斗中死去
如果你们和萨拉纳扬一起
被杀
你们的女人将拥抱别的男人
你们的妻子将爱抚其他男人
就在你们家的吊床上
你们就没有想过这些
你们就不为此而焦虑吗？

1530 噢嘟咿咿咿咿咿咿
尽管你们人数众多
尽管你们人多势众
你们注定要被击败
你们肯定会被杀死
你们来自地下的世界
你们将升入天国
因为布雍·萨拉纳扬
具有巨大的法力
他击败了我们父亲
1540 他打败了我们父亲

我们是拉保东公的儿子
我们是勇敢的战士
我们将结束这一切。"

噢嘟咿咿咿咿咿咿
"奥班朗，我在召唤您
请赐予我力量
请让油瓶破裂
请让大督萨拉纳扬的
法力消失
1550 这样，我们的法力
就可以击败他

噢嘟咿咿咿咿咿咿
我们就可以
用法力战胜他
我们是大胆的孩子
我们是愚蠢的孩子
我们不可能战胜
这个著名的勇士
我们不可能战胜他。"

1560 噢嘟咿咿咿咿咿咿
布雍·巴拉诺贡
兴高采烈
阿稣·芒卡也很高兴
他们只带了一些箭
他们只有淬毒的箭
但这些对手都没有机会
很多人会失去生命
他们当中很多人会死去
"你们的妻子，你们的女人
1570 将会被其他男人抢走
将会被其他男人抚弄
这对你们是多大的损失

第四章 《拉保东公》——一夫多妻制的史诗表现

你们这些过来帮忙的人
你们在浪费生命
快回到你们生活的地方
这里没有你们的位置
这里没有你们的事情
不要再跟随萨拉纳扬。
尽管他是勇敢的战士
1580　尽管他具有强大法力
他将被击败
被两个孩子击败
被两个孩子的法力击败。"

噢嘟咿咿咿咿咿咿
巴拉诺贡催促道：
"马上离开，各位帮忙的人
赶紧离开战斗的地方。"
所有的人都使劲地
一边喊叫，一边跳舞
1590　他们挥舞着梭镖和短剑
短剑上有七处的刀刃
这是对抗巴拉诺贡的武器。
巴拉诺贡叹息道：
"我真为他们感到遗憾
这些来帮忙的人
注定都要死去。"

噢嘟咿咿咿咿咿咿
阿鯀·芒卡开口了
阿鯀·芒卡说道
1600　他对弟弟说道
对布雍·巴拉诺贡说道：
"乌度，这已经足够了

你已经反复警告了
我们还能做什么
我们就和他们打一仗。"

噢嘟咿咿咿咿咿咿
巴拉诺贡说道：
"玛仑①，请将船只
转过来
1610　这艘具有魔力的船
我们用毒箭射他们
毒箭将射穿身体
从第七个人身体穿出。"
那些来帮忙的人
成千上万的人倒下了
就像跳跃的青蛙
就像爬行的蟾蜍。
布雍·巴拉诺贡大喊道：
"这些人都失去生命
1620　他们都在浪费生命
他们和战斗没有关系
他们和这件事情无关。"

噢嘟咿咿咿咿咿咿
其他人都倒下了
只剩下萨拉纳扬
那些参加战斗的人
那些前来帮忙的人
所有人都被打败了
所有人都倒下了
1630　只有萨拉纳扬幸存下来。
布雍·巴拉诺贡说道：
"噢嘟咿咿咿咿咿咿

---

① 乌度是对弟弟的称呼，玛仑是对哥哥的称呼。

	我要找到萨拉纳扬		怎样才能杀死这个勇士。"
	灵魂所在的地方		
	我从他的膝盖往上找		巴拉诺贡回答道:
	从膝盖找到大腿		"去吧,达戈乎伊①
	从他的臀部		飞吧,杜温迪②
	找到他的腰部		去问阿布央·阿伦希纳③
	从他的腰部		她就在东边的天上
1640	找到他的胸部		就在最早看到曙光的地方。"
	找到他的颈部		没过多长时间
	从他的肩部		没有丝毫耽搁
	找到他的头上	1670	达戈乎伊飞走了
	找到他的头冠		杜温迪飘走了
	找出他不死的原因		飞向阿布央·阿伦希纳
	找出他不败的原因。"		"我们能做什么
			我们该怎么做
	拉保东公		才能杀死他
	感到很担心		这个不可战胜的人
	为他勇敢的儿子		不死的布雍·萨拉纳扬。"
1650	为他强大的儿子。		
	拉保东公接着说道:		阿布央·阿伦希纳
	他对孩子说道		对达戈乎伊
	固执的儿子	1680	对杜温迪
	布雍·巴拉诺贡		留下口信:
	"噢,乌度,他有多强大		"噢嘟咿咿咿咿咿咿咿
	这是他可怕的地方		萨拉纳扬并不会
	现在该由你来决定了		被真正杀死
	你要好好想想		他真正的灵魂
	你最好想清楚		藏在那座深山里
1660	怎样才能杀死他		藏在迪格茂拉里面。"

---

① 字面意思是"低声说",是只一种只能听见而不能看见的神灵。
② 可能是来自西班牙语,表示"女神"的意思。达戈乎伊和杜温迪在文中应该是指传递信息的精灵。——译者注
③ 但遇到问题的时候,孙子总是向祖父或祖母询问解决办法。

第四章 《拉保东公》——夫多妻制的史诗表现

	得到这个消息
1690	巴拉诺甘正在想
	怎么找到那个地方
	没有人知道那个地方
	没有人知道怎么去
	"再回去，达戈乎伊
	回到她那里，杜温迪。"
	噢嘟咿咿咿咿咿咿咿
	达戈乎伊
	杜温迪
	再次飞起来
1700	飞向阿布央·阿伦希纳
	咨询怎么找到野猪
	询问怎么杀死野猪
	那只迪格茂拉
	萨拉纳扬的灵魂
	就藏在野猪身上。
	噢嘟咿咿咿咿咿咿咿
	阿伦希纳的信息
	被达戈乎伊带回来
	被杜温迪带回来
1710	"请为巴拉诺贡
	准备好符咒
	还有图鲁图鲁
	还有达恭达恭①
	这种致死的制剂
	将使野猪马上睡着
	将使它立刻沉睡。
	迅速把它杀死
	即刻把它杀掉。

	寻找布雍·萨拉纳扬
1720	隐藏的灵魂
	深藏着的灵魂。
	噢嘟咿咿咿咿咿咿咿
	当达戈乎伊回来的时候
	巴拉诺贡伸出手
	他展开手掌接住符咒。
	"来自东边的天空
	来自最先看到曙光的地方
	这是阿布央·阿伦希纳
	送来的符咒
1730	它可以使野猪沉睡。"
	沉睡的符咒
	沉睡的露玛伊
	落入了
	布雍·巴拉诺贡的手中
	落入了他的手里。
	布雍·巴拉诺贡
	高兴地欢呼道：
	"现在，我要飞过云端
	我要飞过天上的白云
1740	飞到帕林·布吉特。"
	噢嘟咿咿咿咿咿咿咿
	没过很长的时间
	没有丝毫耽搁
	战士出现在
	战士降落在
	野猪生活的山上。
	"现在我要洒下药水
	我要将毒药洒向野猪

---

① 这是两种树汁，可用于制作露玛伊。

	让它很快入睡		我们要去击败
1750	让它沉沉入睡。"		布雍·萨拉纳扬
	野猪失去了知觉		我们已经吃掉了他的灵魂
	野猪陷入沉睡。		我们已经吞食了他的生命。"
	巴拉诺贡踏在野猪身上：		
	"这真是一只大野猪		噢嘟咿咿咿咿咿咿咿
	这真是一只大野猪		没过多长时间
	简直让人难以置信。"		没有丝毫耽搁
	巴拉诺贡拿出		他们要飞过云端
	一只淬毒的箭	1790	他们飞过天上的白云
1760	箭头可以穿透身体		布雍·巴拉诺贡祈祷道：
	从第七个人身体穿出。		"班朗，我在召唤您
			我要在战斗中击败你
	噢嘟咿咿咿咿咿咿咿		我要在决斗中战胜你
	阿稣·芒卡		年长的战士
	对弟弟说道：		年老的战士
	"让我们杀死它		尽管你是不死的
	我们剖开猪的身体		尽管你不会被打死
	取出猪的心脏		我们已经吃掉
	把它吃掉	1800	你的生命
	我们一起分享猪心		我们已经吃掉猪心
1770	通过使用我们的符咒		那是你灵魂的所在
	通过使用我们的法力		那是你生命的所在
	萨拉纳扬马上就被击败。"		藏在帕林·布吉特。"
	阿稣·芒卡开始烘烤		
	这只野猪的心脏		就在这一瞬间
	他们一起分享		萨拉纳扬的身体
	他们一起吞食。		感到非常虚弱
			他擦去
	噢嘟咿咿咿咿咿咿咿		焦急的泪水
	布雍·巴拉诺贡说道：	1810	他大声喊叫，他知道
	"我们得走了		自己的生命受到威胁
1780	亲爱的哥哥		来自强大的对手
	我们回到战场上		布雍·巴拉诺贡。

第四章 《拉保东公》——夫多妻制的史诗表现

	噢嘟咿咿咿咿咿咿		他抱住妻子
	萨拉纳扬说道		让妻子坐在腿上
	对布雍·巴拉诺贡说道：		他又把妻子放到吊床上。
	"年轻人,你慢慢来		"我们在这里
	小孩子,你不要着急		在吊床上多待一点时间
	我必须回家一趟		亲爱的,我的身体越来越虚弱
1820	我必须回去住所	1850	我的力量正在逐渐消失
	我要向妻子告别		我将被巴拉诺贡打败
	我要和爱人说几句话。"		我将被他的符咒击败
	巴拉诺贡回答道		亲爱的,我留下一个愿望
	"萨拉纳扬,你可以回去		亲爱的,我还有一个遗愿
	和你妻子告别		拉保东公想要得到你
	和心爱的女人话别		他想要带你走
	你的神情很紧张		你可以随他去
	你的情绪很不安。"		你可以去
			他想去的地方
	噢嘟咿咿咿咿咿咿	1860	你将成为他合法的妻子
1830	萨拉纳扬回到家里		他将成为你的丈夫
	树木都已经枯萎		你要学会爱他
	树叶都已枯黄		这是我最后的遗言
	没有生命的气息		这是我要对你说的话
	纷纷掉落到地上		这是战争的起因
	甚至连周围的野草		这是战争的起源
	都变干变黄。①		拉保东公和我
			我们之间的战争。"
	噢嘟咿咿咿咿咿咿		
	萨拉纳扬		噢嘟咿咿咿咿咿咿
	泪流不止	1870	"我回来,就是想亲吻你的脸颊
1840	他为自己的命运而哭泣		你那无比可爱的脸颊
	为无法避免的结局而哭泣。		我给你留下遗言
	玛丽敦·雅瓦走过来		我留下最后的劝告
	西纳玛琳·迪瓦达走过来		你要好好照顾自己

---

① 这是一种预示。

你要好好记住
不要带着虚荣心
不要成为势利之人
因为拉保东公
有很多妻子。
1880 一个叫做安古伊·巾碧提南
布瑞卡丹·帕达
苏玛拉伊·布拉望
还有安古伊·度若浓
她来自地下世界
玛丽敦·雅瓦,你要
成为拉保东公的首选。
他是这个世界上
最好的最勇敢的战士
噢嘟咿咿咿咿咿咿咿
1890 他做事非常细致
他的胸怀非常宽广。
他的孩子也很强大
他的儿子也很尊贵
他的脐带还没剪断
他的脐带还没有分离
他们向我发起挑战
我们在战斗中相遇。"

噢嘟咿咿咿咿咿咿咿
玛丽敦·雅瓦回答道:
1900 "你是我所有的依靠
你是我所有的爱
我的爱和我的依靠
但是你为什么
把拉保东公关起来?
你没有杀了他
你也没有给他吃的
他的两个勇敢的儿子

敢于冒险的儿子
就找到了他
1910 把拉保东公救了出去。
噢嘟咿咿咿咿咿咿咿
布雍·巴拉诺贡
还有阿稣·芒卡
他们都是勇敢的战士
他们都拥有强大的力量
全世界都知道
所有人都知道
他们所拥有的力量。"

他感到更加焦虑
1920 他感到更加不安
布雍·萨拉纳扬说道:
"来吧,我轻轻摇着你
我要紧紧抱着你
亲爱的,你睡吧
亲爱的妻子,你睡吧
就在这摇晃的吊床上
就在这晃动的睡床上。"
没过多长时间
几乎就是一瞬间
1930 这个女人很快就睡着了
这个女人很快就入睡了
玛丽敦·雅瓦
西纳玛琳·迪瓦达
萨拉纳扬轻轻地
把枕头垫在她脑袋下
垫在妻子的脑袋下。
"乌瑞本,仔细看好
你们好好服侍她
如果苍蝇过来打扰她
1940 如果苍蝇飞到她身上

第四章 《拉保东公》——一夫多妻制的史诗表现

	我的妻子会很生气		面对布雍·巴拉诺贡的时候
	她会从沉睡中醒来		他嘲笑着说道：
	她会从酣睡中惊醒。		"来吧，我们一决高下
	我的那两个敌人		我们在战斗中一决生死
	两个可怕的对手		我们都不使用班朗
	具有强大的力量		我们都不使用符咒。
	来自地下世界的人	1980	我们只凭自己的力量
	名字叫做巴拉诺贡		我们只用自己的力量。"
	来自汉笃戈的人口		
1950	来自哈拉伍德河旁边		巴拉诺贡抓住他
	他就是阿稣·芒卡。"		萨拉纳扬将对手逼入困境
	在亲吻妻子之后		巴拉诺贡纵身一跃
	他感到心情平静		跳到对手的身后
	萨拉纳扬准备离开		正好站在敌人的身后。
	很多女佣人就守在		噢嘟咿咿咿咿咿咿
	纳戈玛丽敦·雅瓦的		萨拉纳扬也转过身
	吊床的两边		用锋利的刀刺向对手
	很多苍蝇就躲在旁边	1990	但是巴拉诺贡也躲开了
	苍蝇在黑暗处盘旋		他再次站在萨拉纳扬身后
1960	它们随时都会落下来		抓住他的后腰
	使她睁开双眼		爬到萨拉纳扬的头上
	使她从沉睡中惊醒。		站在他的头上
			巴拉诺贡把淬毒的箭
	噢嘟咿咿咿咿咿咿		刺进了对手的双眼
	玛丽敦·雅瓦还在酣睡		哎呀，萨拉纳扬
	她还在沉睡		尽管他是一个勇敢的人
	布雍·萨拉纳扬		还是痛得不停地翻滚
	不情愿地回到战场	2000	他喊叫着倒了下去
	"现在，我要回去了		倒在了战场上。
	回到我战斗的地方		
1970	布雍·巴拉诺贡		噢嘟咿咿咿咿咿咿
	我要和他决一死战		萨拉纳扬倒下的时候
	一场血战，一场荣誉之战。"		四周都在震动
	当布雍·萨拉纳扬		整个大地都在颤抖

　　　　　大地剧烈地震动
　　　　　在萨拉纳扬的身体里
　　　　　储藏着地震的力量
　　　　　大地震动的时候
2010　　　正是萨拉纳扬的
　　　　　身体在不停地震动
　　　　　他被巴拉诺贡杀死了
　　　　　在阿稣·芒卡的帮助下。

　　　　　噢嘟咿咿咿咿咿咿咿
　　　　　"我被深深打动了，"
　　　　　巴拉诺贡承认道：
　　　　　"我为强大的对手感到可惜
　　　　　我为勇敢的敌人感到惋惜
　　　　　其实只是一个结果
2020　　　我只是想复仇
　　　　　我只是想发泄怒火
　　　　　因为他囚禁了
　　　　　我的父亲
　　　　　因为他关押了
　　　　　我的父亲
　　　　　拉保东公
　　　　　我的仇恨使我这么做
　　　　　我的愤怒使我这么做。"

　　　　　噢嘟咿咿咿咿咿咿咿
2030　　　萨拉纳扬被杀死后
　　　　　布雍·巴拉诺贡说道
　　　　　他对父亲说道：
　　　　　"现在，我们该回家了
　　　　　我们该回去了
　　　　　强大的对手已经死了
　　　　　勇敢的敌人已经完了。

　　　　　噢嘟咿咿咿咿咿咿咿
　　　　　让我们驾驶船只
　　　　　我们黑色的大船
2040　　　这艘最快的船只
　　　　　这艘充满魔力
　　　　　黑色的大船。"

　　　　　没过多长时间
　　　　　没有丝毫耽搁
　　　　　巴拉诺贡回头一看
　　　　　他的父亲已经不见了
　　　　　因为拉保东公逃走了
　　　　　他躲到了一张渔网里
2050　　　拉保东公感到很害怕
　　　　　他已经变得很敏感
　　　　　因为更多的人赶过来
　　　　　在乌玛卡·帕林迪带领下
　　　　　萨拉纳扬的弟弟
　　　　　逊布依·帕库帕库
　　　　　他和布雍·巴拉诺贡相遇
　　　　　他们在战场上相遇
　　　　　他们之间发生激烈的战斗。

　　　　　布雍·巴拉诺贡发出挑战
2060　　　"虽然你是
　　　　　乌玛卡·帕林迪
　　　　　希巴依·帕达罗多
　　　　　我还是会杀了你
　　　　　丝毫不会留情
　　　　　我要让你知道
　　　　　我是勇敢的战士。"
　　　　　他拉起强弓
　　　　　布雍·巴拉诺贡
　　　　　用力射出淬毒的箭

2070	箭头连续射穿七个人。		来自天上和地下
	敌人就像青蛙一样	2100	那些敌人的身体
	他们已经站不起来		他们被巴拉诺贡的
	已经没机会站起来		毒箭所击溃
	因为他们都被杀死了		毒箭从身体穿出
	包括乌玛卡·帕林迪		留下七个伤口。
	希巴依·帕达罗多		
	逊布依·帕库帕库。		噢嘟咿咿咿咿咿咿
			现在,让我们来关注
	巴拉诺贡驾驶		布雍·呼玛达普能
	小船驶向大海		他跟随着大督
2080	那艘充满魔力的船		他跟着首领一起回来。
	那艘具有法力的船	2110	"布雍·拉保东公
	那是黑色的船		神秘的行踪
	那艘速度飞快的船。		使我感到困惑
	它正飞向汉笃戈		使我感到不解。"
	它驶向哈拉伍德的家		噢嘟咿咿咿咿咿咿
	驶向安古伊·巾碧提南		大家都没有看到他
	驶向地下世界的		大家所拥戴的首领。
	安古伊·度若浓。		布雍·呼玛达普能说道:
	噢嘟咿咿咿咿咿咿		"巴拉诺贡回来了
2090	布雍·巴拉诺贡的		但是没有看到他父亲
	脸上洋溢着笑容	2120	他会去哪里呢?
	他们就要回家了		他会到什么地方呢?"
	朝着家的方向飞行。		布雍·呼玛达普能
			非常焦虑,他对
	美丽的彩虹出现在		布雍·杜玛拉达普
	曾经血流成河的山上①		"噢嘟咿咿咿咿咿咿
	他们的血就像雨滴		我们赶紧去寻找
	就像非常密集的雨滴		我们去仔细地寻找
	噢嘟咿咿咿咿咿咿		他可能去的方向

---

① 由于巴拉诺贡和萨拉纳扬之间战斗,前来帮忙的人所流出的血就像雨点一样密集,这是原住民用于解释彩虹色彩丰富的原因,因为每一种颜色代表着一个部族。

	他可能去的地方		就在汉笃戈的入口
2130	他可能经过的道路。"		就在哈拉伍德河旁边。
			但是，他再也听不见了
	布雍·呼玛达普能走进内陆		他的耳朵失去了功能
	布雍·杜玛拉达普进入大海		布雍·拉保东公
	他们在渔网里发现了		失去了听觉
	拉保东公		失去了冷静的思维。
	他的身上		安古伊·巾碧提南
	盖着一张渔网	2170	非常关切
	他把自己藏起来		拉保东公的命运
	战斗使他不停地颤抖。		勇敢战士的未来
	布雍·杜玛拉达普说道：		自从他遇见
2140	"那个人看起来很眼熟		很多的敌人之后
	他很像我们的大哥		安古伊·巾碧提南
	失踪很久的拉保东公		眼泪不停地流淌
	就在那张渔网里面。"		她从未停止哭泣
	他小心地	2180	安古伊·度若浓也一直哭泣。
	把拉保东公扶出来。		她们能做什么
	"哥哥，我们回家吧		帮助这个勇敢的战士
	我们一起回家吧		她们能做什么
	回到安古伊·巾碧提南那里		来恢复英雄的形象？
	就在汉笃戈的入口		"我为丈夫感到惋惜
2150	就在哈拉伍德河旁边。		我为丈夫而感到难过。"
	噢嘟咿咿咿咿咿咿		安古伊·巾碧提南责备道：
	然后再去安古伊·度若浓的		"因为你的野心
	所居住的地下世界。"	2190	拉保东公
			因为其他人的妻子
	没过多长时间		你也想染指。
	没有丝毫耽搁		你确实是一个勇敢的人
	他们飞过云端		噢嘟咿咿咿咿咿咿
	他们飞过天际		你想去诱骗
	他们回到了		其他男人的女人
	安古伊·度若浓		你想拥有
2160	地下世界的家		其他的女人

2200 玛丽敦·雅瓦 西纳玛琳·迪瓦达。" 布雍·呼玛达普能 反驳道: "亲爱的嫂子 这是一个长者应该做的 这是一个勇敢者的性格 这是一个能干的人的行为。" 噢嘟咿咿咿咿咿咿咿 接下来 2210 呼玛达普能 要求嫂子 安古伊·巾碧提南 他对嫂子说道: "他还有其他女人吗? 他的女人很多吗? 这是玛丽敦·雅瓦 西纳玛琳·迪瓦达 她是最年轻的妻子 还有其他女人吗?" 2220 安古伊·巾碧提南回答道: "玛丽敦·雅瓦 西纳玛琳·迪瓦达 真是一个漂亮的女人 就像可爱的少女 布瑞卡丹·帕达 苏玛拉伊·布拉望 鲁巴依鲁巴由·哈巾浓 玛呼尤胡宇昆 她们都是心爱之人。"	2230 布雍·杜玛拉达普 被这个女人迷住了 "这是我喜欢的女人 这是我要追求的女孩 鲁巴依鲁巴由·哈巾浓 玛呼尤胡宇昆 她一定是个美丽少女 她肯定是个妩媚女人。" 杜玛拉达普无比陶醉 杜玛拉达普几乎晕倒 2240 只是听到这个名字 就让他百感交集 尽管他没见过她 但她肯定是个美丽少女 她肯定是个妩媚女人 她充满了无限魅力! 布雍·呼玛达普能很高兴: "布瑞卡丹·帕达 苏玛拉伊·布拉望 2250 我将拥抱她 在摇晃的吊床上 这个少女一定很漂亮 她正是我心爱之人。" 布雍·拉保东公说道: "那么,我们该回去了 回到玛丽敦·雅瓦那里 西纳玛琳·迪瓦达那里 她将成为我的妻子 她将和我结婚。" 2260 噢嘟咿咿咿咿咿咿咿 安古伊·度若浓 从地下世界

发出激烈的震动
发出严重的警告
安古伊·巾碧提南也有感觉。

"噢嘟咿咿咿咿咿咿
拉保东公
我将不会恢复你的力量
我将不会恢复你的法力
2270 我将无法接受
你的胳膊抱着
玛丽敦·雅瓦
你在摇晃
西纳玛琳·迪瓦达的吊床。"

噢嘟咿咿咿咿咿咿
拉保东公祈求道：
"亲爱的，
我将平等对待你们
我将公平地照顾你们
2280 我将在吊床上
拥抱你们
你们都可以
坐在我腿上；
拥有很多女人
这就是勇士的生活
这就是英雄的生活。
我缺少女人
继承我的功绩
2290 我怎么能没有孩子
我怎么能没有儿子
像我一样强壮？"

安古伊·巾碧提南

最终被说服了
就在汉笃戈的入口
就在哈拉伍德河旁边。
来自地下世界的
安古伊·度若浓
也被说服了。
2300 拉保东公
仰面躺下
两个女人跳过
他的脑袋和双脚。
"奥班朗，我在召唤您
请赐予我巨大的力量
请恢复他的能力
这个战士的勇气
这个年轻人的力量
这个男人的精神。
2310 布雍·拉保东公。"
安古伊·度若浓把他举起来
"年轻人，升起来
像一个男人那样
发出震耳欲聋的吼叫。"

拉保东公大声吼叫
他的叫声就像响雷一样
鲁努科的树干裂开了
巨大的树阴消失了
强壮的辛巴罗德树折断了
2320 树干断成几节
那是大督拉保东公
无比强大的叫声
威力无比的声音
那是勇敢的声音
那是英雄的声音。

第五章 《达冉根》
——班杜干的神奇之旅

《达冉根》史诗(Darangen 或 Darangan)是菲律宾南部棉兰老岛马拉瑙民族历史悠久的口头传统,是关于马拉瑙民族祖先、英雄班杜干(Bantugan)及其子孙历险经历、婚姻传奇的一系列史诗所构成的史诗集群,至今已发现并记录下来的共有 17 部,合计 72000 多行,可分为 25 章①,要花 8 天时间才能唱完。② 每部史诗讲述的都是一个完整的事件,可以单独成篇和单独吟唱;各部史诗的主要人物都是王族,各部史诗讲的故事也都是在这些王族之间展开;把各部中的不同故事联系起来,才可以梳理出各主要人物之间错综复杂的谱系关系;主要人物的爱情、智慧、战争、历险作为主题贯穿了各部史诗。所以,虽然各部史诗情节有所不同,但合在一起就构成了一部规模宏大的史诗集群。

在 2005 年联合国教科文组织的第三次评选中,它作为口头传统的杰出代表入选《人类口头与非物质文化遗产杰作名录》。《达冉根》史诗既借用象征、暗喻、讽刺等文学手法,探讨了生死、爱情、政治和美等人类文化的永恒主题;同时也成为马拉瑙丰富的文化传统和地方性知识的载体,演绎马拉瑙民族的法律和社会准则、习俗和民族传统、美学观念和社会价值观。所以史诗被马拉瑙人奉为关于社会和文化规范的行为准则。

今天在婚礼庆祝仪式上,人们会持续数夜在音乐和舞蹈的配合下

---

① Nagasura T. Madale, *A Preliminary classification of Philippine Muslim literature*. In *The Muslim Filipinos: a book of readings*. ed. N. T. Madale. Quezon City: Alemar— Phoenix, 1981.

② Damiana Eugenio, *Philippine Folk Literature: Epic*, p. 393.

吟唱史诗。达冉根史诗长期是以传统的口头形式流传的,由老歌手将自己个性化的吟唱传授给年轻歌手,所以带有鲜明的个性化特征。比如,史诗通篇所用的是非常古老的语言,很多地方只有史诗歌手本人才能理解;对于英雄和其他主要人物的称呼多种多样,光班杜干就有十几个称呼,吟唱中歌手时不时变换称呼,使得人物关系更为庞杂;甚至有些年老歌手认为其他一些正在流传的版本并不是原汁原味的传统版本,已被修改过,于是拒绝吟唱。[1]

第一节 《达冉根》与民族传统

达冉根是一部英雄史诗,更是讲述生活在棉兰老中部拉瑙湖(Lanao)畔的马拉瑙民族的历史传说。《达冉根》以布巴兰王国为中心,布巴兰是马拉瑙民族的传说和信仰中理想式的王国,史诗讲述了布巴兰王国从建立、发展、强大直至消亡的全部历史,这实际上构成了马拉瑙人信仰中的历史。史诗中的主要人物都是王族,彼此间有着错综复杂的谱系关系、结盟和敌对等。同时这些王族被马拉瑙人视为本族先人和伟大的英雄,于是马拉瑙民族形成阶段的历史渊源便体现于史诗中,今天马拉瑙人的民族情感、历史归属亦可溯源于其中。史诗中讲述了大量的皇家礼仪和贵族传统,主要人物们在王宫中的宫殿"多罗干"(torogan)和塔楼"拉明"(lamin)中,按照礼仪规范生活,举行嚼槟榔、授头巾等仪式,这些细节精致地展现了王宫中的政治和生活,这都代表了前伊斯兰时代马拉瑙民族的传统文化。

今天的马拉瑙人早已皈依了伊斯兰教,但史诗中依然展现出前伊斯兰时期,马拉瑙人对于超自然生灵丰富多样的信仰,英雄经常召唤"diwata"、"tonong"等神灵前来帮助自己战胜敌人,史诗基本没有出现真主安拉的称号或其他一神教信仰的因素,而是来自于天空、海洋

---

[1] Taro Miura, Reviewed work(s): Darangen by Mamitua Saber; Ma. Delia Coronel, *Asian Folklore Studies*, Vol. 48, No. 2 (1989), p.320, Nanzan Institute for Religion and Culture.

的各种各样的神灵构成了前伊斯兰时期马拉瑙人的多神信仰,这与皈依伊斯兰教后的一神教信仰截然不同。史诗中还多次出现了马拉瑙人周边的其他民族,如生活在海边的萨马人(Samar)和山地民族马诺伯人(Manobo),史诗展现了马拉瑙人和这些民族之间的关系。在史诗的结尾最终还说道,伊斯兰传教士沙里夫·奥利斯(Sharief Awlis)在棉兰老和苏禄地区威名远扬,他来到布巴兰劝说人们诡异伊斯兰教,但是人们拒绝了,天神非常生气,便用大火毁灭了整个王国,只有一个叫做布杜安能·卡里南(Butuanen Karinan)的人逃了出来,并成为了马拉瑙人的祖先,[①]于是史诗由马拉瑙人的前伊斯兰时代富丽、恢弘的传统王室贵族文化,过渡到了伊斯兰时期。

由此可见,达冉根一方面讲述的是前伊斯兰时期马拉瑙人的历史,从中可以了解前伊斯兰时期的马拉瑙文化;另一方面,它也讲述了马拉瑙人和伊斯兰传教士早期接触的经过,可以看到伊斯兰教传入时期马拉瑙民族的社会状况。虽然史诗是由很多传奇性的故事组成的,并非学术意义上真实的民族历史,但这对于文字记载较少的马拉瑙民族而言,它发挥了口述历史的作用,是被严肃对待和信以为真的历史传说,作为关于历史的集体记忆在马拉瑙人中不断传承。

第二节 《达冉根》故事梗概

史诗中的故事发生在传说中马拉瑙历史上的四个王国或部落联盟——布巴兰(Bumbaran),班根萨扬阿罗贡(Pangensayan a Rogong),纳达恩格班阿拉贾特(Nataengcopan a Ragat)和米尼利吉阿罗贡(Minirigi a Rogon),英雄人物主要来自于班杜干所在的布巴兰国的王族。

史诗的起始篇章现在已经失传,仅存有题目"布巴兰的第一位统

---

① Darangen Miura Taro, In Original Maranao Verses, with English Translation, Volume 5 by Ma. Delia Coronel, *Asian Folklore Studies*, Vol. 52, No. 2 (1993), p. 415, Nanzan Institute for Religion and Culture.

治者纳道·吉本（Ndaw Gibon）"。史诗一开始介绍了各个王国及其国王的名字，故事的核心是布巴兰国，它的第一位统治者是纳道·吉本（Ndaw Gibon），他也是史诗中所有主要人物谱系的起始点。纳道·吉本经历了一系列历险找到了米囊高阿罗贡王国（Minangoaw a Rogong）的公主阿亚巴加纳巴伊（Aya Paganay Bai），并与之缔结良缘。接着吉本又通过与另五位邻国公主的婚姻，把布巴兰由一个小村社发展成强大的王国。阿亚巴加纳巴伊也非常支持丈夫的联姻，带领着乐队欢迎吉本迎娶其他几位妻子归来。数年后，国王吉本去世，长子托米纳南萨罗贡（Tominanan sa Rogong）继承了王位，托米纳南萨罗贡娶了八位妻子，生下了班杜干等15个儿子。

班杜干成功地偷袭了他国、凯旋归来，赢得了众多女子的芳心，其中便有拉瓦能（Lawanen）。但不幸的是，后来人们发现拉瓦能是班杜干的亲妹妹，这让拉瓦能伤心欲绝，但班杜干最终向大家证明了这完全是众神特意的安排。后来，班杜干和马达利（Madali）之间爆发了战争，班杜干认为马达利应当为布巴兰被袭击一事负责，马达利则认为班杜干是来抢夺公主达囊佳（Danangkap）的。激战之后，两人发现原来彼此是堂表亲，于是化干戈为玉帛，两人成为了挚友。班杜干的兄长继承王位成为国王后嫉妒班杜干，既不准他结婚，又不准大小首领们与他说话。班杜干觉得受到人们的冷遇，被迫远走他乡，想另找他处安度余生。旅途中突然天降大雨，疾病把班杜干折磨得痛苦不堪，他召唤出精灵，把他带到海中之国的达丁邦（Datimbang）公主那里。尽管公主想尽办法，但班杜干最终还是不治身亡。

人们为班杜干的死很伤心，海中之国的国王召集了所有人来辨认都没有人认识，最后还是班杜干的鹦鹉告诉了达丁邦公主。公主为了避免误会而导致两国爆发战争，派鹦鹉将噩耗传给布巴兰的国王，并派船将尸体运回布巴兰。班杜干最亲密的朋友马巴宁（Mabaning）和马达利乘坐魔法盾牌飞到了天堂。马达利变身成一位美女将负责看管死者灵魂的死神支走，他们便趁机找到装有班杜干灵魂的瓶子，把瓶子带回到布巴兰，从而让班杜干起死回生。敌对国家以为班杜干已经去世，纷纷派遣军队进犯布巴兰，班杜干复活之后立即披甲上阵、大败敌军，并从国外娶回了五十名公主。后来班杜干与巴贡巴扬鲁纳

(Bagombayan a Luna)国的巴兰泰明金娜(Balantai Mingginaon)公主订婚，米斯科瑶(Miscoyao)率军进犯巴贡巴扬鲁纳，企图掠走巴兰泰明金娜公主。班杜干前去与米斯科瑶的大军大战，尽管他神勇无比，但最终体力不支，此时他的精灵和鳄鱼及时赶到，最终米斯科瑶被打得全军覆没，带着负伤的战士落荒而逃。

第三节 《达冉根》文本的生成

《达冉根》及其译文最早可以追溯到 1902 年美国军医拉尔夫·波特少校(Ralph S. Porter)在《美国民俗》第四卷 68 号中发表的一个文本。尽管由于当时翻译的疏漏和知识的匮乏，波特的论述中有大量疏漏，而且该文本在内容上也仅仅是《达冉根》的部分片段，并非完整的版本。但这毕竟意味着《达冉根》作为菲律宾南部穆斯林民族的口头史诗传统，第一次出现在学术界的视野中。

今天所见的各个版本的《达冉根》，最早是由美国人弗兰克·劳白奇(Frank Laubach)发现、记录、翻译并发表的。劳白奇于 1930 年 2 月探访拉瑙湖沿岸，在马拉瑙社区中发现两个马拉瑙人每晚都要吟唱，人们专心致志地凝听，在婚礼和其他庆典上更是专门请歌手吟唱以供人们娱乐。于是他专门返回当地，采录了邦加加·穆罕默德(Pang-gaga Mohammad)的吟唱，并在报告人的帮助下翻译成文，于 1930 年 11 月发表于《菲律宾公立学校》杂志(*Philippine Public Schools*)的第三卷第 8 期。这项搜集和研究工作使得《达冉根》为世人所知，该版本已成为今天研究中学者们最为广泛采用的文本，劳白奇随文所作的研究论述也被后世广为引用。达米阿娜·尤汉尼奥(Damiana Eugenio)教授编撰的《菲律宾民间文学集成》中采用了此版本，本文中的译文也是以此为准。不过，该版本是否与口头吟唱的《达冉根》完全一致尚有不少值得商榷之处，《达冉根》体现的本是前伊斯兰时期的马拉瑙社会，但该版本中出现了一些当时的马拉瑙社会并不具有的内容，比如用"首相"这一称呼来指称布巴兰地区的达官贵人，以及不时出现的伊斯兰教信仰和《古兰经》中的因素。

到了当代,棉兰老国立大学研究中心民俗所的马米杜·萨博(Mamitua Saber)、黛拉·克罗奈(Delia Coronel)等本土学者,从史诗歌手和歌词本"kirim"的记载两方面入手,搜集、翻译、编排并出版了八卷册的马拉瑙语本的《达冉根》,并附有详尽的英文对照翻译。该套书中,史诗文本取自于多位马拉瑙当地知名的歌手和艺人,本土研究者对于记载吟唱歌词的"kirim"进行了精心的逐字翻译,最终的译文较好地展现了史诗的口头艺术特征,较完整地保留了马拉瑙本土文化的风貌,但可读性和整体流畅感就相对较弱,读者阅读时不易理解。

第四节 《达冉根》译文[①]

1 在美丽的布巴兰,国王正忧心忡忡
  他心神不宁地走到河口边
  听见有人正在独木舟上说话
  国王便走上前去看个究竟
  原来是在谈论伟大的王子班杜干
  "他再也无法忘却那巴巴拉伊·阿诺南的女了。"
  听到这里,国王大步向前
  登上了独木舟,在垫子上坐了下来
  眼睛紧盯着船夫甘巴约兰
10 船夫说:"国王陛下,请坐到我身边来。"
  国王便挪到船夫甘巴约兰身旁说:
  "谢谢你,我不在乎你要多少槟榔
  但今天我诚心诚意地向你询问
  请告诉我你所听到的那些流言
  关于我的弟弟班杜干王子的流言
  他是如何在外面向女子们求爱。"

[①] 译自 Frank C. Laubach 的英文译本。Damiana L. Eugenio, ed., *The Epic*, pp. 394—422. 这是班杜干神奇冒险经历中的两个故事。两个故事既相对独立,又与上下文有承接关系。

美丽的布巴兰的国王话音刚落
甘巴约兰四下看了看,说道:
"我的主人啊,那是在昨天下午
20　我们在岸边航行,见到了班杜干王子
他正和巴巴拉伊·阿诺南的公主在一起
他们俩一起走到水边
摘取芬芳的鲜花给自己做香水。"
这时船夫甘巴约兰说完了
国王一声没吭走下了木船
径直离去,返回了王宫
一进门就坐倒在豪华躺椅上
躺了一会儿,向侍女们喊道
"快拿十个蚊帐来把我的龙榻罩好。"
30　只见国王话音刚落,两位侍女
达拉雅和卡苏巴·莫洛普走上前来
把五彩缤纷的帐子系在了床上
国王这才合上眼打起盹儿来
五天过去了他从未下令将帐子掀起
全国上下,无论远近
都知晓了他心中的悲伤
知道国王正在悲痛和发怒中
到了第五天,所有的贵族们
都被国王的首相下令叫了过来
40　来召开一个事关国家福祉的会议
那天贵族们都来到了美丽的布巴兰
当人们到齐之后,马巴宁公·道罗格
四下仔细看了看,然后说道
"我能要求国王的首相解释一下
为什么今天把所有的贵族们都请来呢?"
马巴宁公·道罗格说完之后
首相看了看屋里的人们开口说道:
"阁下,就请卡拉雍将军来告诉我们
到底是什么使我们的国王如此悲伤欲绝?"
50　将军答道:"你不用来问我,兰噶伊戈国王如此悲伤，我是一无所知"
卡拉雍将军说完之后，兰巴丹——
马达拉巴城堡的主人，看了看众人说道：
"如果我没有弄错，在场的所有人
都会同意来询问首相，他定能告诉我们
到底是什么坏消息让国王如此悲伤失望。"
兰巴丹——马达拉巴城堡之主说完了
首相抬头看了看周围的人们说道：
"我尊敬的兰巴丹，在我看来

60　最明智的行为莫过于去询问国王本人
国王如此悲伤，我并不知情，也无法理解。"
首相把话说完了
国王抬头看了看大家，终于开口说：
"尊敬的诸位，感谢大家聚集于此
我请大家来到这里的原因
并非是有坏消息或危险将要降临
而是来见证我在这里发出的命令
来这里亲耳听我说出让你们前来的缘由
我将要向所有臣民颁布一项法令

70　美丽的布巴兰王国的人们
我命令你们每一个人
当班杜干王子回来的时候
任何人都不能和他说一句话
原因是我要让他知晓国王的愤怒
因为他在巴巴拉伊·阿诺南那里寻欢作乐。"
当国王把话讲完之后
在场的人们面面相觑
华丽的宫殿中鸦雀无声

人们的目光纷纷投向了萨巴拉特
80　他先向两边望了望，然后开口了
"兰巴丹阁下，请听听我的意见吧
我相信你会同意我们应向国王请求
恳求收回这条严酷的法令

不要禁止与伟大的班杜干王子交谈。"

  杰出的萨巴拉特说完了,无人做声
  兰巴丹对他的话确信无疑
  盯着在场的人们看了看开口道:
  "国王陛下,伟大的主人请息怒
  我们大家都意见一致、全心全意地
90 向您恳求,请您能收回成命
  不要禁止我们与班杜干王子交谈
  肯定有别的办法能让他回心转意
  这项法令会让人不将他尊为朋友
  当他回来时如若我们不与他交谈
  他可能会离开美丽的布巴兰王国
  去远方流浪,再也不会归来。"
  兰巴丹讲完了自己的意见
  首相四下看了看,然后说道
  "英明的陛下,我向您诚心恳求
100 认真考虑兰巴丹阁下的肺腑之言
  您如此爱他,就算是这个世界您也会给他。"

  首相发表完自己的意见
  人们的目光又投向了萨巴拉特,他说道:
  "伟大的国王,您看到了
  您的臣民忠心耿耿地站在面前。
  难道我们没有像那些参天大树
  高低整齐地站成行列?
  难道我们是像海蛇那样
  在波涛汹涌的大海中不断搅动?
110 有人能够更为强大吗?
  我们之中没有一个人
  敢于向伟大的班杜干王子挑战。"

  "这就是班杜干王子为何
  被称作'国王的卫士'的原因

所以各地的人们都传颂他的美名；
他的光辉荣耀上从未有过微瑕
他是坚不可摧的守护者，让敌人望而却步
他就像芬芳的花朵让每个人都陶醉
他高高举起我们荣誉的旗帜
自从他长大成人，由于他
我们的邻邦无一不臣服于我们布巴兰。"
杰出的萨巴拉特说完了自己的请求
国王往四周望了望，开口说道：
"啊，诸位都如此违抗我
对国王的法令抗命不遵，
那我只好离开美丽的布巴兰
去远方的高山大河那里另寻他处。"

老国王说完了，人们鸦雀无声
无人打破王宫中死一般的沉寂
130 贵族和王子全都神情沮丧地坐着
没有人再敢向国王提出反对意见
年轻的贵族窃窃私语，连手都颤颤巍巍
年轻的加东王子马巴宁，低声说道：
"我的朋友，巴拉拉马卡约干，我问你
你觉得，如果伟大的班杜干王子对你说话
你却对他毫不理会的话，这对不对？"

波约加马巴宁说完了
巴拉拉马卡约干盯着他回答说：
"波约加马巴宁喔，我亲爱的朋友
140 我宁愿去死，也不会服从国王的残酷法令
去反对我亲爱和尊贵的朋友班杜干
说实话，你会服从这项错误的法令吗？"

马巴宁王子回答道：
"听我说朋友，我发誓要反对国王
就算他要把我驱逐出美丽的布巴兰；

就算是他夺去我的住所和所有财物
我也不会对班杜干保持沉默
因为如果不能和亲爱的朋友说话
我宁可去死"

150 马利利说:"我的朋友
我已决意离开这座宫殿
我们最好的朋友何时才能归来?
如若我们不和他说话
他会以为所有的朋友都背叛了他。
我们赶紧离开,到科达兰加·鲁纳去。"
马达利站起身来走了
他的挚友马巴宁紧随其后
他们一起离开了王宫。

还没过一会儿
160 王宫中传来了银铃的响声
人们都知道,这铃声
正是来自伟大的班杜干剑上的铃铛
正是班杜干那把赫赫有名的坎皮兰剑
他已经抵达了河口,丝毫不犹豫
大步流星朝着王宫走来
他很疑惑城里居然一片寂静
因为他班杜干一直都光彩耀人
每当远征归来,回到美丽的布巴兰
都会有数不清的美丽姑娘
170 在窗口向他挥手致意
但现在周围却一片寂静
他边走边看路边的房屋
徒劳地寻找着欢迎他的姑娘
毫无所获的他穿过广场来到王宫前

他踏上了富丽奢华的红木台阶
抬起来脚步往前望去

　　　　看着他依然如故的家
　　　　他动作一僵,停在了台阶上
　　　　往大门里一瞥,正是他的朋友们
180　　但人们却低着头,眼睛都看着地面
　　　　班杜干停了下来,张着嘴,异常惊讶
　　　　他等待着有人会上前来迎接他
　　　　但等了半天都没有任何欢迎的话语
　　　　伟大的班杜干王子整个心都凉了
　　　　"怎么我的朋友们都聚集在王宫里
　　　　却没有一个人与我说话呢?
　　　　难道美丽的布巴兰出事了?
　　　　我要去问国王,我的兄长,到底怎么回事。"
　　　　真是无法用语言来描述伟大的班杜干王子
190　　他心里忐忑不安,慢慢走到国王面前
　　　　从腰带上取下了坎皮兰宝剑
　　　　放在了盾牌上,然后弯下腰
　　　　向国王鞠躬后说道:
　　　　"伟大的国王陛下,我的主人
　　　　请您告诉我今天为何把这些人都召集在此?
　　　　我的兄长,为何一言不发?不要拒绝
　　　　请把一切都告诉我,我心里惶恐不安。"

　　　　伟大的班杜干王子把话说完
　　　　但国王仍缄默不语,对班杜干王子
200　　瞧都不瞧一眼,班杜干转过身问道:
　　　　"首相阁下,请你告诉我
　　　　为什么国王不愿回答我
　　　　请求你回答我向你提出的问题
　　　　难道是敌人侵犯了我们的城镇?
　　　　什么都不要向我隐瞒,我会出征
　　　　把他们的城镇也夷为平地
　　　　把他们杀得片甲不留,然后宣告
　　　　除了寡妇任何人都不能在那里居住。"
　　　　伟大的班杜干王子把话说完

210　再来看看这位国王的首相
　　他在那里坐着,好似已天塌地陷
　　眼泪止不住地夺眶而出
　　因为国王的命令把他的嘴封住了

　　班杜干站起身走到宫殿的一边
　　好朋友兰巴丹王子正坐在那里
　　他在兰巴丹的左侧坐了下来
　　杰出的萨巴拉特正在他的右侧
　　班杜干忍不住开口说道:

　　"亲爱的兰巴丹王子,
　　我向国王致意的时候他一句话都没有说
220　兰噶伊戈首相也始终缄默不语
　　我向你诚挚地请求,一定要回答我
　　如果连朋友都没有,我将离开美丽的布巴兰。"

　　伟大的班杜干王子把话说完
　　兰巴丹王子的眼泪也涌了出来
　　杰出的萨巴拉特眼里也闪烁着泪光
　　他再也无法抑制住心里的忧伤。
　　此时班杜干终于明白了
　　是国王下令让朋友们缄默的。
　　班杜干王子站起身来,眼角湿润了
230　他开口说道:
　　"既然没有一位贵族或王子
　　来回答我提出的问题
　　那我将被迫离开王宫
　　尽管我对为何这样一无所知
　　我从未做过一件对不起祖国的事
　　也未说过一句有辱祖国声望的话。"
　　伟大的班杜干王子话音已落
　　他从地上拿起了坎皮兰宝剑
　　拾起了盾牌,又继续说到:

240　"亲爱的达若民邦王子
　　我再也不能见到你了
　　国王不许兰巴丹的贵族们与我说话
　　他也会严厉地封住你的嘴
　　因为你是他的儿子,我的侄儿。"
　　伟大的班杜干王子把话说完。

　　班杜干走向了塔楼的楼梯
　　此时他的幼子巴拉塔·麦鲁纳走了下来
250　孩子看见了他的父亲班杜干王子
　　张开双臂上前抱住了班杜干的腰
　　他紧紧抱着班杜干说道:
　　"父亲,你从哪里来,你去哪里了
　　你已经离家好几个月了。"
　　班杜干把巴拉塔·麦鲁纳紧紧抱入怀中
　　在他的脸上身上不停地亲吻
　　"来,和我一起到塔楼上去
　　我要告诉你一些你不知晓的事情。"
　　孩子答道:"上去吧,父亲,先等一下
　　我要先去院子里招呼一下伙伴们
　　我们很快就回来找你。"

260　孩子说完话,就跑了出去
　　班杜干王子迈步登上塔楼
　　他走到门边,见到妹妹利民娜公主
　　利民娜对他说:"亲爱的哥哥
　　过来坐到躺椅上,坐到我身边来
　　我盼着见你盼了许久,在我心中
　　你就像那明媚月光照耀在浪涛之上
　　波澜起伏,涛声时刻回荡在耳边。"

　　"妹妹伊娜朗,我知道你爱我,"班杜干答道
　　"但我必须坐在窗边
270　因为我要呼吸新鲜空气。"

第五章 《达冉根》——班杜干的神奇之旅

　　他踌躇地来到窗边坐到地上
　　妹妹利民娜拿出了槟榔包
　　她左手拿着槟榔包
　　右手娴熟地把槟榔果切开放进包中
　　又拿出了烟草和红色的陶斯
　　放在手中递给俊美的班杜干王子
　　"我英俊的兄长,这是给你准备的槟榔。"

　　伟大的班杜干王子接过了槟榔包说道:
　　"亲爱的公主,你想为我梳头吗?
280　我有种感觉,以后你再也无法为我梳头了。"
　　美丽的公主回答说:
　　"班杜干王子,请允许我请求你
　　如果国王做了或说了什么让你伤心
　　请你记住,国王已是老朽之年
　　再过些日子就会离开人世。"
　　利民娜公主从瓶中倒了点油
　　把她的金梳子递给班杜干,说道:
　　"哥哥,请躺下,我好把油抹在你的头发上。"
　　班杜干躺了下来,公主给他抹发油
　　但很快班杜干就不安地说:
290　"别梳了,把头发打成结,我要起来
　　再好好看一眼这美丽的布巴兰。"
　　公主小心翼翼地把他的头发系好
　　班杜干站在窗口往外望去
　　深情地看着这片无比熟悉的土地
　　每看到一处,心中的忧伤却增加一分
　　这时巴拉塔·麦鲁纳回到塔楼上
　　在班杜干身旁坐下来,说:
　　"父亲,想说什么就告诉我吧
　　到底是什么我还不曾知晓。"
300　班杜干看了看自己的儿子说道:
　　"儿子,我要告诉你的事情就是
　　为什么我现在要离开美丽的布巴兰

　　　　仔细听好我要和你说的这些
　　　　我回来的时候，首相拒绝与我交谈
　　　　国王和王宫里所有的人也是如此
　　　　我在这里坐着反省自己
　　　　自从我在美丽的布巴兰长大成人
　　　　从未有人要来保护我
　　　　我自己正是这里的守护者
310　　你是我的儿子，不能像女孩那样
　　　　有人要占用你财物时，可以龟缩在这塔楼中
　　　　像把新娘嫁给出价最高的人那般送予人家
　　　　你现在还是个孩子，还未参加过流血的战斗
　　　　但你终将会长成顶天立地的男子汉；
　　　　如果他们未把我拒于布巴兰之外
　　　　孩子，总有一天你会与我并肩作战
　　　　就像两朵美丽的花儿四处散发芬芳！

　　　　但是孩子，这片土地也会把你拒之门外
　　　　因为你现在还没有赢得出生入死的荣誉。"
320　　伟大的班杜干王子说完了
　　　　孩子抬起头殷切地看着父亲说：
　　　　"我想与你一起走，我还只是个孩子
　　　　这里这么多敌人，我留下该怎么办？"

　　　　"你什么都不必做……我就要离去
　　　　不再停留，但当我抚平悲伤之后我会归来。"
　　　　伟大的班杜干王子回答道。他儿子又问：
　　　　"父亲，为什么你必须离开美丽的布巴兰？
　　　　为什么不到拉纳亚科波拉干那里去
　　　　我们把这座塔楼也移到那里立起来
330　　把国家分成两半，那边就是我们的
　　　　你就可以独自称王！即使我还是个孩子
　　　　但我也要击败国王以及他的随从
　　　　就好像弱小的榕树攀爬在紫檀之上
　　　　最终能把巨大的紫檀勒死掀翻

　　　　如若我深爱的父亲离我而去
　　　　我会将他们一一杀死
　　　　我要把他们的血洒在地上
　　　　然后赢得出生入死的光辉荣誉。"
　　　　巴拉塔·麦鲁纳激昂地说道
　　　　班杜干王子坐下来陷入沉思：
340　　"如果有一天我死去,我的灵魂
　　　　是否会在儿子身上再次重生呢？"
　　　　他接着说道："我的孩子,
　　　　我不同意你的想法
　　　　不能把美丽的布巴兰一分为二。"
　　　　孩子说道："那你就带我走吧
　　　　我有种感觉,你可能再也不会回家。"

　　　　班杜干接着说："我的孩子
　　　　你在我心中像黄金一般珍贵
　　　　不要觉得我像个奴隶一样离开美丽的布巴兰
350　　去和孩子们到科达兰加·鲁纳玩去吧。"

　　　　班杜干话音刚落
　　　　孩子一边摇着头一边说道：
　　　　"父亲,如果你不让我一起去
　　　　如果你不会很快就回来
　　　　那我就去找你
　　　　虽然儿子默默无闻,但父亲大名远扬
　　　　我能和你在一起是最好的。"
　　　　伟大的班杜干王子对孩子无比怜惜
　　　　"我的孩子,不要离开这美丽的布巴兰
360　　除非你听说我死了,否则一定要等我。"
　　　　儿子答道："亲爱的父亲,我一定会做到。"
　　　　班杜干王子把儿子紧紧抱在怀里
　　　　一边亲吻他的面颊一边说：
　　　　"现在去吧,儿子,去和伙伴们一起玩耍。"
　　　　伟大的班杜干王子把话说完

孩子离开了他们的迪南丁安塔楼
去科达兰加·鲁纳玩耍了
伟大的班杜干王子拿起了坎皮兰剑
把锋利的宝剑擦拭得闪闪发亮
370 他妹妹见他右手持剑
剑光闪闪,左手持盾
站起来铿锵有力地说道:
"公主妹妹,你的美名世人皆知
达荣达,向你道别!我必须离开布巴兰
如若哥哥阿加隆·达利南向你问起
或者向兰噶伊戈等其他人问起
你就说既然我们无法在这里交谈
我们就等到天堂中再相会吧。"
伟大的班杜干王子说罢
380 公主的心就好像被利箭射穿一样疼痛
利民娜公主的脑子里一片空白
一心想着班杜干说的令人悲痛欲绝的话:
"既然我们无法在这里交谈
那我们就等到在天堂中相会吧。"
公主在门边掩面而泣。

班杜干快步从塔楼上走下来大声喊:
"仆人们,快过来,这些女眷需要照顾。"
他走到楼梯下,径直穿过王宫
左右两边都是他的朋友,但他一眼都没看
390 他走到门口轻轻一跃
来到了王宫大门外
他把坎皮兰剑放在地上
闪闪发亮的坎皮兰宝剑
他曾用它参加过无数次战斗
有无数敌人被它杀死
它为主人增添了英勇无敌的威名
班杜干四下环视,大声说道:
"哦,布巴兰,布巴兰,我必须离你而去!

    我必须离你而去！在我回来之前
400 让天地相撞在一起吧。"

    伟大的班杜干王子说完了
    他拿起宝剑，用绳子缠好
    紧紧缠绕在手中，再举起盾牌
    挥舞起宝剑，在路上跳了起来
    他身边满是闪亮的剑光
    剑柄上所有的铃铛噌噌作响
    远在王宫和塔楼中都能听见
    班杜干一边往前走一边喊道：
    "哦，美丽的布巴兰的国王和贵族们
410 请求你们原谅我，我就要走了
    是你们把我驱赶走的，因为你们认为
    我若在此，会让美丽的布巴兰蒙羞
    国王，你清清楚楚地知道
    自从我班杜干长大成人
    布巴兰的美名就在四海传播。"
    班杜干越走越快，一直来到河边
    他看到在河岸上有一块大石头
    便坐了下来稍事休息
    他自言自语道："布巴兰啊
420 我不能去，因为巴拉塔·麦鲁纳在那里；
    我也不能去加加巴亚·鲁纳
    因为马本达拉·杜鲁姆会发现我；
    我也不能去波瓦拉散·萨莱
    因为马巴宁会发现我。"
    他不断往前走，一直来到一片树林
    一切都被遮蔽在枝繁叶茂的树丛中。
    在树林中他发现湖边有个小村镇
    他自言自语道："这个地方如此美丽
    我以前却从未见，定要过去看看
430 在此我没有亲人，更无人知晓我的名字。"
    班杜干坐在地上，把盾牌放在一边

　　　　他说:"我忠诚的盾牌啊
　　　　你愿意和我一起远走他乡吗?"
　　　　伟大的班杜干王子说完后
　　　　天开始下雨,突如其来的疼痛
　　　　侵袭了班杜干王子的心脏
　　　　他拿起坎皮兰剑和盾牌
　　　　站起身来向云雾中的村镇走去
　　　　他打算先翻过眼前的小山
440　　山丘上密密的茅草在风中飘摇
　　　　但正当他在山坡上穿行时
　　　　感到心里又是一阵刺痛
　　　　他忍着继续往前走,来到一棵大榕树下
　　　　他晃晃悠悠着跌倒在树下
　　　　紧紧抓着自己的宝剑和衣服
　　　　身体的剧痛让他绝望
　　　　他张大嘴拼命呼吸
　　　　脸色变得让人都认不出来
　　　　他的眼中早已天旋地转
450　　视线中的一切都变得黯淡下来
　　　　咽喉中发出一丝哀伤的声音:
　　　　"哦,死神啊,听听我的请求吧!"
　　　　他找出槟榔包
　　　　惊奇地发现虽然叶子依旧新鲜柔软
　　　　但槟榔果已变得又硬又干
　　　　他颤抖着双手切开槟榔果
　　　　嚼了一会儿后吐了出来
　　　　再把烟叶放入嘴中,就昏了过去.
　　　　不知过了多久,他醒了过来
460　　想到自己应该离开这大榕树
　　　　班杜干王子伸出左手拿起盾牌
　　　　挣扎着站起来,在茅草丛中艰难前行
　　　　他并不知道自己要走向何方
　　　　轻轻动了动嘴唇喃喃说道:
　　　　"唉,我可能要葬身于这片茅草丛中

不会有人知道我是在哪里死去的
美丽的布巴兰会把我从记忆中抹去。"
"现在我要呼唤玛高,他是友好的精灵,
而不是去呼喊那些国王的精灵
470 国王都不再准许他的臣民与我交谈
我怎么能够指望召唤他的精灵呢?"
班杜干王子喊道:"我的玛高
我自己的精灵,你来自天国
曾帮助我屡次征战得胜,玛高!
我的朋友玛高,如果你还可以施展神力
现在就来助我一臂之力
若我在此死去,布巴兰的人们都会嘲笑我。"
伟大的班杜干王子把话说完
突然雨点落下,在阳光的照耀下现出了彩虹
雨越下越大,整个世界变得天昏地暗
伟大的班杜干王子,他的精灵
480 前来把他轻轻托起,带着他飞向远方
周围遍是高山和大海
精灵把他放在了塔楼之巅
那里是可爱的丁邦公主居住的王宫
班杜干虽然陷入深深的沉睡
但他依然呼唤来无比的神力
他说道,就算是要死
他也要在屋里歇息
在进门时他被绊了一脚
丁邦公主正坐在那里做针线活
公主的侍女卡丽曼看见了班杜干
见他像个临死之人瘫在那里
"这位先生,请过来坐到公主的床上。"
侍女对班杜干王子说道
虽然疼痛难忍,班杜干依然答道:
490 "这位和蔼可亲的侍女,我可以问问
这张漂亮大床的主人到底是谁?"
侍女说:"不用介意这是谁的

你无需管它的主人到底是谁，
因为你急需它，它现在便归你。"
班杜干躺倒在床上说："善良的侍女，
你能允许我在这床上稍歇片刻吗？"
侍女答道："尊敬的先生
我想你会喜欢在这张吊床上休息。"
伟大的班杜干王子便宽衣解带
500　疲惫地爬上吊床，闭上眼睛睡着了
这时候，公主的小妹妹
见到来了位英俊的陌生人
便拿出槟榔果切成碎块
放入槟榔包中，然后说：
"侍女，把槟榔盒交给那位勇士。"
侍女穿过房间，把槟榔递给班杜干
"尊敬的先生，这是给您嚼的槟榔。"
这位英俊的陌生人回答道：
"希望你不要介意
510　我先不嚼你给我的槟榔
因为它可能让我疼得更厉害。"
侍女说："你不嚼槟榔
那就请容许我侍奉你吧
你睡觉的时候罩着这个蚊帐。"
侍女把蚊帐挂在了吊床上
回到了丁邦公主身边说道：
"比南道，你听着，先停下手中的活
如果这位病重的先生因为我们没留心
在我们的塔楼里死去的话
520　那将是无比巨大的羞辱。"

比南道笑着说道：
"你可别拿这位勇士开玩笑
那样会被精灵们惩罚的"
侍女萨娅干巴又说道：
"我可是在很严肃地和你说

这位尊贵的陌生人可能就要不久于世。"
萨娅干巴话音刚落,丁邦公主吓了一跳
把手头上正在缝补的东西一扔
站起来喊道:"比南道,你和我一起来
530　我们去看看这位生病的勇士。"
公主和侍女们都围到了吊床边
丁邦公主说:"侍女,快把帐子移开。"
她们看到班杜干王子之后
才知道侍女刚才绝没有危言耸听
公主用手按了按班杜干的额头
发现他的额头烫得像火一样
"这位勇士,我们还不知道你的名字
我这就给你准备些槟榔子。"
公主说道,她知道应该怎么办。
540　虽然疼痛难忍,班杜干温和地说道:
"我告诉你的话请不要生气
我现在不能嚼槟榔,那会让我更疼……"
班杜干已经有些意识不清
公主说什么再也听不清楚
虽然嘴上已说不出话来,但眼睛还能表达
眼泪从班杜干的双颊上流了下来
这是对丁邦公主感激的热泪
一个侍女说:"看他的眼睛
他这是在和公主说话呢
550　想让公主帮他找些药
以及能给他治病的医生。"
丁邦公主站起身来,让大家聚到面前说
"无论长幼,把所有人都召集起来
还有巴达拉瓦拉安医生
告诉人们王宫里发生了不幸的事
如果大家真正热爱自己的国家
就应该尽快赶到王宫来
必须仔细询问每一个人
看看有什么良方可以治好这位勇士

560 　如果有人懂得使用精灵的魔法
　　　就请尽快赶到王宫来。"
　　　年轻的侍从带着她的命令跑了出去
　　　丁邦公主又赶到其他房间里
　　　找来一位名叫达曼阿甘阿希伊格的老妇人
　　　她是纳当科班·阿·拉加特最出名的女巫
　　　公主抓住她的胳膊说道：
　　　"我听说过有一种神药
　　　是精灵交给纳索班国王的
　　　我求求你，请你快把那种药
570 　给这位病危的勇士，要不然他会死去
　　　我们就连和他说话的机会都没有
　　　也无从知晓他的姓名和他的家乡。
　　　救治像他这样尊贵的勇士
　　　肯定会给我们带来好运。"

　　　此时此刻班杜干王子已是气若游丝
　　　他觉着眼前变得五彩斑斓
　　　有声音告诉他，他即将死去
　　　说他死之后灵魂就会上路
　　　要么去天堂要么下地狱
580 　他转了转头左右看看。
　　　他的面容已经改变，这是不祥之兆
　　　勇士的脑海里已经全是神灵
　　　人们看着他，想着死亡是否会
　　　赋予他最后的力量，发出预言
　　　有些人则非常担心他不知道
　　　如何召唤精灵陪伴他的灵魂上天堂。

　　　我们无法忍心去看这位临死的勇士
　　　富有光泽的皮肤、一串串汗珠子，瞪着的眼睛
　　　他浑身颤抖，双眼凝视着远方
590 　他看到的好像不是尘世，而是天堂
　　　他的样子表明他的灵魂

只要稍许片刻,就准备离去
等着有一阵风来把他送上天堂
但他有些害怕,泪水润湿了眼眶
也许是他的灵魂还不能去天堂
也许是因为他的言行还不够资格
他长叹了三声,深深的最后的叹息
丁邦公主靠在他的头旁
他看了看公主好像是请求她允许自己离开
600 这时班杜干停止了呼吸
今天关于伟大的王子班杜干的故事讲完了
接下来古新班的万能的神力
终于在他最后的时刻赶来保护他了。

我们现在来说丁邦公主
她的悲痛让我们看着都非常难受
她对精灵们痛苦地说道:
"要是我能够在他死之前
问问他的名字就好了。"
王宫里的人们由此都变得敬畏起来
610 国王本人心烦意乱
当他得知陌生的勇士逝去的消息
他低下头用手掩面,伤心地坐着
思索着下一步应该怎么办
他抬起头来问比南道说:
"你知道关于这位勇士的任何信息吗?
他到底是谁?他从哪里来?
为什么他来到我们这里,怎么又会死的呢?"
比南道公主转到左侧说道:
"我们没人能猜出他的名字
620 他又从哪里来,为什么要来
这是一位最为陌生的人物。"
这位拥有海中之国的国王
也转到左侧说:"丁邦和比南道
还有其他人,大家都听好了

　　　　我衷心请求你们提议我们该怎么做
　　　　以防有敌人入侵我国为此复仇。"
　　　　此时贵族们已经严肃地集结起来
　　　　国王征求了首领们的意见并说：
　　　　"尊贵的各位，由你们来决定
630　　将这位死去的不知名的勇士
　　　　放在王宫大厅正中间的床上
　　　　也不用东西来遮盖他的面容
　　　　让王宫中所有的达官贵人都来瞻仰他的遗容
　　　　也许有人能告诉我们他到底是谁。"
　　　　依国王的命令大卧床放在了王宫大厅中
　　　　丁邦和其他王室的女子
　　　　给大床装饰上了各色的彩旗
　　　　摆上了很多装着芬芳花朵的花瓶
　　　　国王说道："尊贵的各位
640　　在我们决定下面做什么时请坐下
　　　　如果你们中有人认识这位杰出的勇士
　　　　请举起手来告诉我他的名字。"
　　　　他足足等了五分钟①
　　　　却没有任何人回答
　　　　最后国王的首相转到左侧说道：
　　　　"国王陛下，我们请求您告诉我们
　　　　下面怎么办最好，我们会执行您的意旨
　　　　没有人想由于这位勇士的死而受责难。"
　　　　国王说道："各位贵族，
650　　我想我们可以在此敲响铜锣
　　　　在海滩边放响兰达卡斯火炮
　　　　把全国人民都召集而来
　　　　聚集在此举行一个会议
　　　　因为我忧心忡忡

---

①　原文采用的计时单位，在古代原住民的传统观念中，本无"分钟"的概念。这可能是史诗在流传和演变的过程中由歌手在演唱的时候即兴加上的，或英译本中译者改写的。——译者注

这位勇士的国家可能会来找我们的麻烦
　　　你们大家同意吗?"
　　　于是贵族们列队敲响了铜锣
　　　在海滩上燃响了隆隆炮声
　　　这声响就像轰隆隆的雷声一般
660　不知道有多少锣鼓和火炮
　　　声响划破长空把集会的信号
　　　一直传到了王国最边远的角落
　　　人们纷纷从各个村落赶来
　　　轮流上前瞻仰勇士的遗容
　　　尽管来了成千上万的人们
　　　没有人能说出这位勇士的名字
　　　也没人知道他到底来自何方。

　　　我们把他们的故事先放一边
　　　讲讲五只绿鹦鹉的故事
670　他们停栖在一棵大树上
　　　与另一只刚从布巴兰飞来的鹦鹉聊天
　　　"朋友,你为什么愁眉苦脸?"
　　　来自迪囊卡普的鹦鹉问道
　　　"兄弟啊,"来自布巴兰的鹦鹉回答说
　　　"我的忧伤是因为找不到我的主人
　　　我在大海上飞来飞去,四处寻找
　　　你们正在这树上谈些什么呢?"
　　　来自巴巴拉伊·阿诺南的鹦鹉说道:
　　　"我们想知道为什么伟大的班杜干王子
　　　今天下午在这海中之国逝去
680　你觉得他是邪恶咒语所害吗?
　　　就是那个巴巴拉伊·阿诺南的女巫马金娜。"
　　　布巴兰的鹦鹉静静的默不作声
　　　起身飞往那海中之国
　　　他非常惊讶眼中看到的一切
　　　地上旌旗飘扬,人头攒动
　　　人们肃静地聚集在王宫周围。

鹦鹉直接飞向了王宫
来到了丁邦公主的窗口前
公主认出了鹦鹉叫了起来
"哦,来自布巴兰的鹦鹉
过来告诉我,为什么
这几个月我都没看见你?"

鹦鹉朝着床的方向看了看
伟大的班杜干正躺在那里
这时公主低下了头
亲吻着鹦鹉说道:
"哦,可爱的小家伙,到那大床边去吧
看一看那位逝去的陌生人
如果你认识他,请把他的名字
700　告诉我这个老朋友丁邦公主。"
鹦鹉径直飞到了床边
他看到躺在那里的正是它的主人
"哦,我的主人,让我和你一起死吧。"
哭喊着就晕倒在班杜干王子的尸体旁
这时,国王最年长的姐姐马贝尔
看见鹦鹉倒在了班杜干身边
赶上前来把鹦鹉抱在怀中说道:
"快,侍女们,给我一些水。"
马贝尔把水浇到鹦鹉的头上
710　丁邦接过鹦鹉把他捧在面前说道:
"亲爱的鹦鹉,请听我说,你不能死
告诉我们到底是什么让你悲痛欲绝
啊,你终于醒过来了！我向你请求
告诉我这位你深爱的主人叫什么名字。"
"小姐,"鹦鹉无比哀伤地说道,
"他就是著名的伟大的班杜干王子
他是布巴兰国王的兄弟
是布巴兰人民坚不可摧的守护者

　　　　是在无数战争中英勇善战的将领
720　　是在各种危机挫折中英明的领袖
　　　　他的神力可以治疗各种病痛。
　　　　如今他在这海中之国的土地上死去
　　　　他的朋友们可能会以为是你们害死了他。"
　　　　公主听到这番话心都要碎了
　　　　心中的懊悔让她禁不住哭出声来
　　　　此时国王便对鹦鹉说道：
　　　　"现在你愿意前往布巴兰
　　　　替我们向布巴兰表达深深的同情吗？"
　　　　鹦鹉回答说："哦，国王陛下
730　　我宁死也不会再离开我主人半步。"
　　　　国王转向左侧说："我不知道
　　　　应该派谁去告诉布巴兰的国王
　　　　那些想去的人们现在就上船去吧
　　　　我们将在船头装上兰达卡斯火炮
　　　　由十个人抬着张灯结彩的大床
　　　　把这位伟大的勇士送回家乡
　　　　用我的大船把他送回布巴兰
　　　　看吧，也许他们会要与我们开仗
　　　　如果他们动手，我们也要反击
740　　因为我们丝毫没有伤害班杜干王子
　　　　对此我们问心无愧、听天由命。"

　　　　丁邦公主转过身来说道
　　　　"我的兄弟，戒心不要这么重
　　　　我将派我的鹦鹉去布巴兰
　　　　可以赶在我们的船队到达那里之前
　　　　她会告诉那里的人们这件悲惨的事情。"
　　　　国王当众称赞道，虽然公主年岁尚小
　　　　但她提出的计划非常英明。
　　　　公主起身登上了自己的塔楼上
750　　忧郁地朝着布巴兰的方向望去
　　　　然后召唤来她的鹦鹉说：

"亲爱的鸟儿,我这儿有个消息
要请你带到美丽的布巴兰去
等你飞到他们的国家,
找到国王后对他说
这海中之国的国王派你捎信
他们伟大的班杜干王子在两天前
神志不清地来到了我们的城镇
在王宫中去世了,这让我们悲痛欲绝。
760 你注意听他们的回答,不管好坏
尽快回来告诉我们他们说了些什么。"

鹦鹉像箭一样疾速飞上了天空
她在云端上飞了整整五天五夜
第六天的午夜才抵达布巴兰
来到布巴兰王宫的塔楼上
她看到下面聚集着大督贵族们
正谈论着拉瓦能公主刚刚做的梦
她听见拉瓦能公主说道:
"布巴兰的大督们,听听我的噩梦吧
770 我梦见我来到了河口边
看到一艘船漂浮在云端幻影重重
我拿起望远镜一看正是班杜干①
天使们正抬着他飞向天堂。"
此时鹦鹉飞到了地上
吓了在场的贵族们一大跳
巴拉罗玛把她轻轻地捧在手中问道
"亲爱的绿鹦鹉,你能告诉我们
你从哪里来,你的主人是谁
你来这里是干什么的呢?"
780 鹦鹉转到左边开口答道:
"我来自那海中之国
我的主人是公主丁邦

---

① 望远镜一词应该也是演唱者的再创作。——译者注

　　　　我来这里是要告诉马达利王子
　　　　你的兄弟,伟大的班杜干王子
　　　　被某种邪恶的精灵所伤而死去了
　　　　连他到底是谁都没来得及交代。"
　　　　马达利王子听见鹦鹉说的话
　　　　就像天塌地陷一般晕倒在地
　　　　人群骚动了,众人又叫又跳
790　　妇女们惊声尖叫,甚至有人晕倒
　　　　年迈的国王得知后懊悔不已
　　　　他想起是自己命令布巴兰的人们
　　　　不准与班杜干王子说话
　　　　他转过身去把头上的头巾扯下来
　　　　摇摇晃晃地从椅子上摔到地上
　　　　首相赶紧把他扶起来说道:
　　　　"醒一醒,国王陛下,您必须下命令
　　　　这样天下的臣民才知道该做些什么。"
　　　　但其他贵族们都对国王置之不理
800　　他们离开王宫来到自己的船上
　　　　升起帆向那海中之国赶去。
　　　　但与此同时班杜干最亲密的朋友
　　　　马巴宁和马达利制订了一个大胆的计划
　　　　乘坐他们神奇的盾牌飞到天上去
　　　　要去亲自请求天使
　　　　将最亲密朋友的灵魂交还给他们。
　　　　他们的盾牌在空中颠簸着
　　　　五天后他们才赶到天堂的门口
　　　　那里是闪电和惊雷的通道
810　　巨大的河流就从那里
　　　　流淌到大地之上。

　　　　整整五天五夜
　　　　他们一会儿在寒冷的空中飞行
　　　　一会儿又飞到炎热的地方
　　　　他们又继续飞了整整五天

这五天的天气非常怡人
最终来到天边的一扇大门前
守门人见了惊讶地跳起来
"你们还没有死,怎么前来这里?"
他们答道:"我们是来请教天使的
820 请教他我们将会在何时死去
世界又会在何时爆炸灭亡。"
"那请继续前往下一道门,"守门人说,
"那里是天使的住地
住着负责守卫死者灵魂的天使。"
于是他们继续往前飞
又飞了一个月才抵达第二道大门
守门人也是非常惊讶说道:
"你们还没有死,怎么前来这里?"
马达利答道:"我们日夜兼程赶到这里
是来询问死亡天使我们将何时死去
830 我们死后将会被放置在哪里。"
守门人答道:"如果你是想问这些
那就给些许时间让你们进去问他
但之后你们必须返回地面去。"
他们赶紧进去找到了死亡天使
很快他们就来到花园,天使就住在
这里的芬芳的花丛、香甜的水果中
马巴宁说:"马达利,让我一个人上前去
如果他把我杀死,你必须马上回到地上
告诉我们的朋友我到底出了什么事。"
840 马巴宁摇身一变变成了美丽的少女
死亡天使看到有一位少女翩翩走到面前
天使寻思道:"从未见过这么美丽的少女
她还没有死就来这里了,真是奇怪!
也许是神要赐予我这样一位妻子!
我和她两人看起来还挺般配。"
天使站起身来迎接美丽的少女
风度翩翩地询问少女来自何方

为什么还未过世就已来到天堂
少女回答到：
"我究竟来自何方
850　不能告诉你,是神将我带到此地。
我想向你询问的是：
天堂里一共分为多少层
我将死之际这里会有多少星星
我死后会在哪里停留？"
死亡天使走到少女身边说：
"对你这么一位美丽的女子,我不会掩藏
我是多么想让你成为我的新娘
我不知道天堂有多少层
也不知道这里有多少星星
860　我不知道你哪天会死去
但若你愿意做我的妻子
我可以去问天神之王
让你死后和我一起生活。"
美丽的少女继续说道：
"此外,我还想知道
在天堂里怎么能找到科马果。"
天使说："我不知道科马果在何处生长
但你若能等我五天
我会去问天神你可否吃科马果
我会去弄清你将何时死去
870　你是否和我一起住在这漂亮的大屋中。"
少女答道：
"如果那正是你所愿
我们真心交往,我会嫁给你
如果你不会离开太久
如果你能找来科马果
但若你无法知晓我何时过世,又将在何处居住
那我们就算了,我再也不会和你说话。"

死亡天使立即动身

　　　　　前往天堂的第五层
880　　少女看着天使慢慢走出视线，笑了起来
　　　　　转过身径直走向一边的桌子
　　　　　桌上摆着很多瓶子，里面装着死者的灵魂
　　　　　少女大声呼喊班杜干王子的名字
　　　　　"哦，我亲爱的兄弟，
　　　　　死亡天使把你装在哪里？"这时候
　　　　　一个贴着蓝色标签的瓶子里传出了声音
　　　　　就像是柔和而细小的笛声飘了出来
　　　　　马巴宁二话没说抓起瓶子
　　　　　快步跑出天堂的花园
　　　　　他的朋友马达利正在外等候
　　　　　马巴宁把少女装束往旁边一扔
　　　　　换上了男子的马隆袍子
　　　　　他们迅速飞向天堂的大门
　　　　　守门人询问道：
　　　　　"你们已经从天使那里得到
　　　　　那令人烦扰的问题的答案吗？"
　　　　　"没有，"马巴宁说道，"我们见到一位女子
　　　　　正在天使的房间里，所以我们就没有进去。"
　　　　　他们继续向前飞奔，飞得像光一般快
　　　　　五天后来到了天堂最底层的门口
900　　片刻都未停歇，一句话也不说
　　　　　一头往地面的方向扎下去
　　　　　只用了一天时间
　　　　　就走完了来时五天走的路
　　　　　他们坐在盾牌上一路飞奔
　　　　　像勇敢的雄鹰一样在空中穿梭
　　　　　第五天他们终于回到了布巴兰
　　　　　此时无数帆船停泊在海岸边
　　　　　到处都鸣响着兰达卡斯炮声
　　　　　马巴宁和马达利径直奔向王宫
910　　王宫里人满为患，根本挤不进去
　　　　　所有人都在瞻仰着灵柩

班杜干王子的遗体躺在那里
四周都是旗帜的海洋
他的亲人们围在灵柩周围
他的朋友们和爱恋他的姑娘们
国王曾经不准王子娶她们
丁邦公主也来到了这里
从那遥远的海中之国而来
人们将她与马金娜相比
920　那个巴巴拉伊·阿诺南的漂亮的女巫
但她们两人都无法超过米诺约德的美貌
她若把两颊上的泪痕拭去
就会像月光一样靓丽夺目。

但即使是米诺约德
也还是比不上米奇里德公主
她是班杜干生前最喜爱的姑娘
马巴宁打开了瓶口上封着的木塞
灵魂从瓶子里流了出来
直接流向了巴巴拉伊·阿诺南的女巫
女巫害怕地把它推开
930　灵魂便飞进了班杜干的身体。

班杜干王子终于从长眠中苏醒了过来
他坐了起来向四周微笑着看去
亲友们见了纷纷喜形于色
那些爱恋他的姑娘围坐在他身旁
向他诉说见到他归来的快乐之情

此时此刻大家可以想象
伟大的班杜干王子死而复生的故事
已经被人们一传十,十传百
传到了遥远的海岸边
940　那里敌人们正打算入侵布兰
他们集合了无数帆船和战士

正在气势汹汹地渡海而来
他们以为勇敢的班杜干已经死了。
我们再回到美丽的布巴兰
班杜干仍然坐在大床上
有些许快乐，也有些许忧伤
他想到了这些天来的痛苦经历
姑娘们一个个起身向他告别
贵族们聚集在一起窃窃私语

950　低沉的声音就像远方风暴的隆隆声
马卡拉扬就像一道闪电一样
跳跃着穿过了王宫的门口
严肃地快步走入房间
他大声喊道：
"大督们，很遗憾我要让大家扫兴
但是新的危险正在迫近我们！
走下去看看海的那边
那里有很多敌人的战船
敌人企图前来侵略我们
以为我们最强大的勇士班杜干死了

960　我能认得出那里有米斯科瑶的船
这个让人憎恶的名字令所有人都心神不安。"
人们匆匆赶到了河口边
已经看到前方满是战船
正朝着海岸边飞驶而来
于是所有的大督
纷纷赶回家中拿起武器准备作战
班杜干王子听到战斗的号角
他异常气愤，他拿起坎皮兰剑
镇定自若地把利剑绑在手中
他坐到盾牌上，飞到海岸边

970　看到无数战船正排山倒海般扑来
他抬起头，召唤起他的神灵：
"我的玛高啊，从天堂下凡吧
还有我那些栖息在云端的精灵们

第五章 《达冉根》——班杜干的神奇之旅

你们足以阻拦住太阳,让它不再升起
法力无边的精灵们,我召唤你们
现在前来帮助我,依我命令行事。"
精灵们便把班杜干王子从地上托起
班杜干发出惊雷般的吼声
坐上盾牌钻入了云霄中
980　敌人们听见头顶上传来他的声音
还有那坎皮兰剑的令人生畏的响声
他们被吓得大惊失色
纷纷惊慌失措,奋力划桨
但一切都太晚了
愤怒的班杜干从背后追上一阵劈杀
人们传说那么多的战船
都被班杜干无情的利剑击沉
战斗持续了整整一天又一夜
最后班杜干杀得手腕都酸了
990　都不想再挥动那把沉重的坎皮兰剑
逃走的敌人见他疲倦了
返回身来借机偷袭他的伤口
有米斯科瑶国王、巴卡散·古曼阿德
和一百多个身材高大的巨人
把他团团围住试图抓住他的臂膀
迪利波逊辛巴从背后悄悄靠近
敏捷地把班杜干从船上推了下来
英勇的班杜干虽然跌倒,但并未落入水中
他的鳄鱼精灵从布巴兰前来相助
1000　当班杜干跌倒时
它把自己的背露出水面
使劲把他拉到自己背上
鳄鱼用大尾巴猛地抽向敌人
但敌人依然步步逼近他们俩
最后他们实在是累得无法动弹

班杜干摔了下来,穿过舱门

倒在米斯科瑶的船舱中
躺在甲板上喘着粗气
敌人兴高采烈地把舱门锁上
1010　米斯科瑶坐在自己的甲板上
惊奇地看着四周的海面上
到处都飘浮着战死的人
即使是幸存者也累得摇不动船桨
他们整整五天五夜不停歇
疲惫不堪的舰队
终于回到了卡达拉·扬桑道

战士们痛苦不堪地走下船
疲惫得什么都来不及想
只顾拖着倦体回家休息
把班杜干留在了船舱中
1020　只有些年轻人留下来负责看守。

终于伟大的班杜干王子醒来了
拿起坎皮兰剑一把击穿舱门
一跃而起控制了整个甲板
他的精灵吹起一阵风
把米斯科瑶的船队吹向大海中
整个舰队一桨未动便已离开海岸
那些疲倦的战士们早已离开战船
接到消息说班杜干已经逃走
赶紧赶回到了海岸边
1030　米斯科瑶只能眼睁睁地看着
他的舰队正在越驶越远
船上还有些年轻人在为班杜干欢呼
他们愿意追随他到美丽的布巴兰。

他们航行了整整五天
来到了巴巴拉伊·阿诺南
他在此向美丽的马金娜求婚

他在马金娜公主家里停留了一天
带她上船又航行五天来到吉里那基纳
他娶了第二位妻子米诺约德公主
1040 又航行了五天来到巴贡巴扬鲁纳
在那里又迎娶了曼金娜万公主
然后继续向前航行
五天之后到达了海中之国
班杜干娶了可爱的丁邦公主
婚礼庆典足足举行了五天
然后他继续启程前往索拉万罗共
他娶了波隆泰皮斯吉为妻
停留一天后继续启程
找到了四十位以前曾爱恋的女子
1050 但却因为国王的命令不能迎娶
关于他凯旋的伟大航程
消息传遍了全世界
各国竞相向他恭贺致敬

消息也传到了布巴兰
所有的大督们都出动了
去迎接他们的英雄凯旋
但却走了另一条路与班杜干错过了
班杜干回到布巴兰时惊讶地发现
海岸边一个人,一条船都没有
他仔细搜寻了每个地方都未有发现
1060 为什么这里已是人去城空?
他很奇怪,忽然看见有一艘帆船
正要离开布巴兰驶向大海
当船靠得非常近
卡拉丹,拉奈阿格之兄,大声喊
询问他们来这里要干什么
因为他还认得这些船
正是可恶的米斯科瑶的
殊不知早已被班杜干夺走了

班杜干王子回答说：
"我们的布巴兰又遇到麻烦了？"
1070 "什么问题都没有，"卡拉丹答道
"但是早已万人空巷，人们都已出发
前去迎接你，要护送你归来。"
这时卡拉丹才看见
船上足有五十位公主
他掉转船头回到岸边
前往王宫告诉那里的人们。
国王听说班杜干王子凯旋
带回了世界上最漂亮的公主们
国王震惊了，不停走来走去
想着应该说些什么；
1080 自从班杜干王子起死回生
他们兄弟俩还从未有过交谈。
最后国王拿起了自己的铜锣
那是精灵赐给他的神器
他使劲敲击，声音大得
连他兄弟马古图都能远远得听见；
远方的人们都被锣声震撼了
因为这面神奇的铜锣可以预警
但从未在美丽的布巴兰敲响过
人们听见锣声聚集而来

他们见到了班杜干王子和他的公主们
1090 他们疯狂地涌上去亲吻自己的英雄
海滩边欢声笑语
班杜干王子不得不跑开躲了起来。

第六章 《阿戈尤》
——保卫家园的史诗

本文所翻译文本帕特丽夏·梅能德兹·克鲁兹（Patricia Melendrez-Cruz）综合编辑的文本，主要的文本来源包括曼纽尔（E. Arsenio Manuel）、帕戈耀（Saddani Pagayaw）合作记录、转录并翻译的《阿戈尤：棉兰老岛伊利亚隆族史诗》（*Agyu：The Ilianon Epic of Midanao*）；玛奎索（Elena G. Maquiso）、德摩提奥（Demetrio）、班卡斯（Samaon Bangcas）和塞利琳（Abraham Saliling）合作记录、转录并翻译的《拉卡巴安在纳兰当干历险记》（*The Visit of Lagabaan to Nelendangan*）；乌纳比亚（Carmen Ching Unabia）、帕萨尔（Luis Pasal）和曼斯（Jose de la Mance）合作记录、转录并翻译的《塔巴格卡的婚礼》（*The Marriage of Tabagka*）和《塔戈雅库娃与黑人大督》[①]（*Tagyakuwa and the Black Datu*）；科拉松·曼纽尔（Corazon Manuel）和乌纳红（Luningning Unhon）合作记录、转录并翻译的《萨吉兰的勇士进攻纳兰当干》（*The Warriors of Sagilan Attack Nalandangan*）；乌纳比亚、阿纳斯塔西奥（Anastacio）和萨瓦伊（Saway）合作记录、转录并翻译的《征服纳兰当干》（*The Capture of Nalandangan*）。[②]

---

① 文中"黑人"指的是早期生活在东南亚的小黑人，不同于非洲的黑人。
② Jovita Ventura Castro, ed., *Anthology of ASEAN Literatures：Epics of the Philippines*, ASEAN Committee on Culture and Information, 1983, p. 185.

第一节 《阿戈尤》与民族文化

阿戈尤①是菲律宾棉兰老岛马诺伯族（Manobo）的民族英雄，同时也是其他临近民族共同的民族文化象征，包括利温卡奈族（Llivunganen-Arumanen）、库达巴托的伊利亚隆族（Ilianon）、布吉德农族（Bukidnon）和生活在布吉德农地区的达拉安迪族（Talaandig）。即使到了今天，马诺伯族人依然相信，阿戈尤及其众多的亲戚是他们共同的祖先。《阿戈尤》史诗在棉兰老岛的南部和北部得到了广泛传播，和 18 个马诺伯语族的地区有着密切的关系，同时也为利温卡奈族和伊利亚隆族的口头历史提供了证明。

"Manobo"或"Manuvu"的意思有各种不同的解释。第一种解释是"人"或"人们"的意思，当西班牙人到达这里的时候，他们问当地人这是什么地方，当地人回答"manobo"，在马诺伯语中是"人"的意思。第二种解释认为这个词来源于"Mansuba"是 man（人）和 suba（河）的合称，表示河边的人的意思。第三种解释认为这个词来自离卡达巴托市两公里的一条流向布兰吉河的小溪流的名字"Banobo"。第四种解释认为是 man（最初的原住民）和 tuvu（长大，成长）的意思，Manobo 是这个词的西班牙语拼写形式。早期的马诺伯族人主要分布在巴诺

---

① 在不同的文本中，Agyo 有不同的名称。在玛奎松的《乌拉尼甘：菲律宾南部史诗》(*Ulaningan*: *An Epic of the Southern Philippines*, 1977)中称为乌拉尼甘，在曼纽尔的《阿戈尤：棉兰老岛伊利亚隆族史诗》(*Agyu*: *The Ilianon Epic of Mindanao*, 1969)中称为乌拉辛贡(Ulahingon)，在乌纳比亚的硕士论文《布吉德农民间文学初探》(*An Exploratory Study of the Bukidnon Folk Literature*, 1976)中称为乌拉京(Ulaging)，在奥佩尼奥(Ludivina R. Opeña)的《奥拉京：一部布吉德农史诗》(*Olaging*: *A Bukid-non Epic*, 1979)中称为阿吉奥(Agio)，在科拉松·曼纽尔的硕士论文《纳兰当干史诗：关于两手唱词的研究》(*The Epic of Nalandangan*: *Study of Two Songs*, 1976)中称为阿戈尤(Agyo)，在科尔(Fay Cooper Cole)的《棉兰老岛的布吉德农》(*The Bukidnon of Mindanao*, 1956)一书中称为阿戈尤奥(Aguio)。本翻译文本采用 Agyo 的拼写方式，翻译成阿戈尤。

博地区(Banobo),他们过着一种平静祥和的生活,他们的统治者是达布纳威大督(Datu Tabunaway)。① 有的学者甚至认为,玛巾达瑙族和马拉瑙族的祖先是达布纳威的弟弟玛玛鲁(Mamalu)。1515 年前后,玛玛鲁在沙里夫·卡本素望的影响下皈依伊斯兰教。这样的口头历史可以解释史诗中为什么阿戈尤的很多敌人都是自己的亲戚,同时也呼应文中雷神拉卡巴安降临,警告这些具有血缘关系的人不要彼此杀戮。今天,马诺伯族仍然生活在西班牙人最初遇到他们的地方,包括阿古桑河(Agusan)。的分水岭处、伊利甘省(Iligan)、卡密巾岛(Camiguin)、卡达巴托、达沃市靠近布兰吉河(Pulangi)源头的地区以及棉兰老岛北部的沿海地区。还有一部分马诺伯族人在殖民主义和现代化的影响迁徙到了偏远地区。② 在卡本素望入侵之前,马诺伯族人已经在这里生活了很长时间。在史诗中曾提及瓷器盘子,甚至可以直接或间接地说明,中国的货物已经在这个地区广泛使用。

第二节 《阿戈尤》故事梗概

《阿戈尤》主要分成三个部分,第一部分是祷文(*pamahra*),③第二部分是"引子"(*kepu'unpu'un*),第三部分是"正文"(*sengedurug*)。史诗以祷文开始,唱诗人通过吟唱祷文,吸引神灵附体。"引子"和"正

---

① 亚伯拉罕·塞利琳版本的"引子",收录在玛奎索的《乌拉辛贡》文本中。其他学者对马诺伯族早期的历史也有类似的看法,例如"Introduction"to "Tulalang Slays the Dragon: A Complete Song from the Ilianon Manobo Epic of Tulalang", *Philippine Quartely of Culture and Society*, V. 3, Spetember 1977.

② Jovita Ventura Castro, *Anthology of ASEAN Literature: Epics of the Philippines*, ASEAN Committee on Culture and Information, 1983, p. 187.

③ 不同的文本有不同的叫法,在《乌拉辛甘》中称为"帕玛腊"(pamarah),在伊利亚隆族《乌拉贡》和布吉德农族《乌拉京》(*Olaging/Ulaging*)中称为"帕玛拉"(pamara),在达拉安迪戈族的《奥拉巾贡》(*Olagingon*)则称为帕玛达。

文"则构成了一个完整的故事,"引子"主要叙述阿戈尤及其族人的过去,包括他们从奴役中获得自由、他们经历的艰辛以及他们所获得的奖赏:半神性(semi-immorality)和理想家园纳兰当干。尽管史诗在流传的过程中形成了不同的版本,但这部分的叙述是单线性的,只有一个故事发展的线索。"正文"叙述了阿戈尤及其族人在纳兰当干的生活,包括建设家园和保卫家园。唱诗人可是根据实际情况和观众的反应,创造性地增加史诗中的情节(正文),以达到更好的表演效果。只要人们相信阿戈尤和他的族人的确是存在的,这种对史诗的"正文"的创作就不会停止。

早期的《阿戈尤》史诗的"引子"部分主要采用韵文和颂唱的形式,而且必须和"正文"一起进行表演。现在的史诗演出中,"引子"的部分则采取散文体和朗诵的形式,也可以和"正文"分开表演。"引子"部分主要使用古老的语言,而在"正文"部分则主要使用现在的利温卡奈的马诺伯语,同时点缀了一些比萨扬的词汇。这从另一个侧面反映了,史诗《阿戈尤》所认为的英雄不是一个个体,而是各种英雄行为和英雄人物的集合体。

《阿戈尤》是本书中翻译的最长的史诗,长达5767行。由于这是一个各地区不同史诗版本集合而成的史诗文本(史诗集合),所以史诗中的人物称谓、人物关系、社会关系非常复杂。以人物称谓为例,阿戈尤在文中就出现了贝戈亚桑、伦巴、迪格·达卡顿·玛运巴、玛萨拉吉、门达雅维、鲁玛鲁·鲁玛朗代、萨拉戈雅恩、马萨拉盖、达勇、麻卡各瓦斯、匀巴温、迪格·棱阿万、依纳依·乐庚·萨·吉拉依/依纳依·卡图巴卡安、卡运巴安·哈·阿戈尤/利卡亚·丁德卡奈等名字,这些名字有的是包含了对英雄的尊称,有的是包含了对英雄形象的描述。史诗中其他人物的称谓和地名也有类似的情况,这是史诗翻译和阅读过程中的一个难点。

史诗的情节是这样的:在阿尤曼这个国度里生活着班拉克、阿戈尤和古亚苏三个英雄。在伊利亚农的传统中,这三个人都是帕姆劳

(Pamulaw)的儿子。阿戈尤有四个姐妹,但在史诗中只出现了扬卜甘和伊卡旺甘(Ikawangan)两个人。伊利亚农族人和摩洛人进行贸易。伊利亚农族人收集蜂蜡和蜂蜜,与摩洛人交换日常生活用品。史诗中虽然没有提及交换哪些日用品,但根据一些历史和民俗研究,可能包括衣服、毯子、刀具、槟榔、椰子油和盐。有一天,阿戈尤派班拉克和古亚苏给摩洛人送去了九块蜂蜡。由于蜂蜡的数量远远少于摩洛大督所要的数量,摩洛大督生气地把蜂蜡扔向古亚苏,正好击中古亚苏腿上的伤口。古亚苏生气地用梭镖杀死摩洛大督。班拉克跑回家乡,将古亚苏杀死摩洛大督的消息告诉阿戈尤。阿戈尤预见到摩洛人可能很快就要入侵,因此,他带领族人离开了居住的地方。阿戈尤带着族人来到依莲山顶,在那里建造新的家园(城堡)。他们用巨大的石头和圆木建造了坚固的住所,过着幸福而平静的生活。但是,摩洛人很快就发现了他们的新家园。当摩洛人入侵的时候,阿戈尤命令族人用石头击退敌人的进攻。取得胜利以后,阿戈尤决定迁移到毗那玛顿山。他们再一次建造了新的住所。阿戈尤和弟弟外出寻找食物,他们找到野猪和蜂蜜,并将收获与族人分享。当玛蒂隆把猪肉送到班拉克的妻子那里的时候,发现姆甘已经完全康复了。

阿戈尤带领族人回到阿尤曼,他们利用所能找到的最好的材料,在阿尤曼建造非常坚固的城堡,并对城堡进行了精心装饰。用作房梁的木头非常大,需要八个人才能环抱。房屋的横梁上都雕刻着张着血盆大嘴的毒蛇。用美人鱼和海神的头发与干草一起铺成屋顶。屋檐上竖立着闪亮的战士的雕像,屋顶上竖立着两尊金黄色的、全副武装的战士雕像。房子的西边是一尊正在溪流中洗澡的少女的雕像,房子的东边是一尊展翅高飞的雄鹰的雕像。城堡里还有一个装饰精美的院子,可供年轻人玩耍嬉戏。房子的周围环绕着鲜花和灌木。城堡外面散落着入侵者溃败时留下的武器。少女们洗澡的地方用鹅卵石围起来,以免受到鲨鱼和鳄鱼的袭击。这座神奇的城堡,成为族人幸福的家园。

阿戈尤梦见敌人即将进攻城堡，就提前组织族人进行抵抗。战斗非常激烈，阿戈尤在精灵的帮助下，请妹妹准备槟榔果，为战士们补充体力。阿戈尤的妹妹也参加了另一场抵抗侵略者的战斗。她在战斗中被敌人俘获，所幸阿戈尤及时把她解救出来。最后天神降临，说明战斗的双方原来拥有共同的祖先，于是，各族之间恢复了和平。阿戈尤的另外一个敌人坐在城堡外，他想要征服这个国家。他知道自己无法通过武力征服这个地方，于是他开始借助魔力，使纳兰当干陷入黑暗之中。他自己变成一条巨大的蟒蛇，悄悄地爬近城堡，吞噬了城堡里所有的居民。只有阿戈尤在护身符的保护下免于受难。第二天，当玛运巴（阿戈尤）醒来以后，他对寂静的城堡感到奇怪。他没有看到任何人，也没有人和他说话。玛运巴知道敌人使用了巫术，破坏了他的国家。他决定去找敌人报仇。

有一天，玛运巴看到一个美丽的少女坐在河边的石头上。他向少女做了自我介绍，也知道这个少女叫依纳依，是卡巴特劳大督的女儿。玛运巴向少女索要槟榔果。吃了几个槟榔果后，玛运巴就晕倒了。依纳依砍下玛运巴的头，把玛运巴的尸体扔进海里，然后带着他的随身物品回到家里。她把杀死阿戈尤的过程告诉自己的父亲。

在玛拉恩住着母子两人。小男孩看见墙上挂着的武器，就问母亲这些东西是什么。他的母亲拒绝告诉他。小孩子又哭又闹，母亲没办法，只好和他说了实情。这些武器都属于孩子的父亲玛运巴。他的父亲住在遥远的纳兰当干。小男孩听到这个消息以后，马上想去寻找自己的父亲。即使他母亲悲伤的哭泣，也无法动摇他远行的决心。这个男孩子叫做密纳匀，他坐在一个会飞的盾牌上，来到凌卡安。他看到一群鳄鱼围在一个尸体旁边哭泣。当他得知这是阿戈尤的尸体后，马上拿出能够起死回生的槟榔，放到阿戈尤的嘴里，阿戈尤重新活了过来，父子团聚。当阿戈尤叙述了受害的经过以后，密纳匀让父亲到一块大石头上休息，嚼槟榔，而他则要去为父亲报仇。密纳匀骑上盾牌，很快就飞到依纳依居住的地方。密纳匀利用法术，把自己变成一条小鳄鱼，潜入水潭。依纳依在洗澡的时候发现了这条小鳄鱼，并把它带回家。小鳄鱼就这样在房子里四处闲逛。有一天，它看到了墙上挂着的武器，它问依纳依这些武器是谁的，依纳依告诉他，这些武器属于有扬当的大督。密纳匀施展魔法，使黑暗突然降临，他则拿起墙上的武器装备，消失得无影无踪。密纳匀将武器装备带回来，分发给族人，并向敌人发起攻击。密纳匀成功击败了敌人。从此，族人们过上了幸福快乐的生活。

对于现在的马诺伯族人而言，史诗《阿戈尤》的意义在于描绘了一个理想家园——纳兰当干的美好情景。史诗描绘了纳兰当干无比华丽和壮观的景象，这个景象的所有细节都深深地留在了马诺伯族的传统文化之中，使马诺伯族深信，纳兰当干不仅是一个史诗中的景象，是一个传奇，而且是一个曾经存在的地方，值得将来长久地期待。史诗中对于纳兰当干的描述，都是采用过去式、第一人称、主动的语态，都是为了暗示这个理想家园的真实性，并且通过唱诗人的每一次表演都能重新呈现在人们的脑海之中，每一次都能打动马诺伯族人的内心。包括黎萨尔在内的很多民族学家都认为，这些传统文化的内容比殖民时期形成的文化形态更具价值。

《阿戈尤》在表现形式上也具有鲜明的特点。史诗中的重复句(paired poetic style)形式贯穿全文始终，通过重复句的形式，史诗描述了马诺伯族被贪婪而残暴的敌人赶出原来居住的土地。他们宁愿选择在艰苦的环境中新建家园，也不愿在原来的土地上过着被奴役的生活。这种文学形式，极大地增强了史诗的感情色彩，具有强烈的感染力。《阿戈尤》的吟唱节奏缓慢悠长，其表演的音调(liku'en)可以通过事件的不同而发生变化。在吟唱韵文的时候，声音比较低沉，而当战斗来临的时候，声音就会变得高亢且时断时续。经常是在宴会之后，人们把唱诗人集合到一起进行表演。一个好的唱诗人并不需要刻意地记住史诗的曲调，他们可以一边表演，一边创作出曲调。史诗的内容就在表演的过程中不断得到丰富和发展。

第三节 《阿戈尤》译文

第一部分　祈祷辞[①]

　　啊,我这谦逊低沉的声音
　　啊,我这朴素羞涩的声调
　　你们将飞向高处
　　你们将冲向更高的地方
　　我仍将留在这里
　　让我的祈祷继续
　　到达神圣的国度
　　我仍将留在这里
　　让我的声音继续
10　到达永恒的国度。

　　我要向天神说些什么呢?
　　是他为我们降临了启示
　　给我带来了《伦巴腾》
　　我将向苏古伊[②]转达什么请
　　求呢?
　　是他向我们揭示了真谛
　　给我们带来了《乌耶巾根》[③]
　　是您为我
　　高亢的声音指引方向

　　是您为我
20　现在的祈祷指引目标。

　　我将轻轻地,悦耳地
　　唱诵英雄的故事
　　我将向神圣的英雄
　　表达我的敬意;
　　他为我们指引方向
　　带来明智的启示;
　　他为我的歌声
　　明确地指引方向;
　　带着由衷的敬意
30　带着永远的崇敬
　　因为你真诚地启示
　　认真地指引
　　我心中的愿望
　　我脑海中的意念。

　　请小心地点燃卡曼亚[④]
　　就像点燃了
　　塞鲁玛雅各[⑤]树脂作的火炬
　　我要开始诵唱英雄的故事

---

　①　第1—63行选自玛奎索(E. Maquiso)的《乌拉辛干》(Ulahingan)。
　②　迪瓦达和苏古伊都是天神的名字,如果天神的名字以小写字母d开头,表示比较次要的天神。
　③　《伦巴腾》和《乌耶巾根》都是《乌拉辛干》的别称。这些都是史诗《阿戈尤》的别称,叙述了史诗英雄不同的冒险经历。
　④　用卡曼亚树(kamanya)的树脂做成的火把。
　⑤　原文为selumayag。

第六章 《阿戈尤》——保卫家园的史诗

```
       歌声轻柔而悠扬              60  就像汹涌海面上的小鸟
40     我不会迷失方向                  因为你们的不敬
       因为我得到了您的许可            将使我在海洋里
       我不会误入歧途                  漫无目标地游荡。
       因为我得到了您的首肯。
                                          第二部分  引子①
       现在,在我的脑海中
       浮现一个重要的请求              他们在
       向迪瓦达                        荒芜的土地上
       我们家园的保护神                建立最初的国家
       向苏古伊                        建成欣欣向荣的地方
       我们族人的保护神                就在阿尤曼河的河口
50     向每一位被当做朋友              就在西宁布兰河②的入海口。
                                  70  传说中有一位英勇的大督
       专心聆听的首领                  他是一位伟大的首领
       向每一位被当做兄弟              他背负着沉重的债务
       身份尊贵的贵族                  他从摩洛人那里拿的东西
       请不要干扰                      他从玛巾达瑙人那里买的货物
       我即将发出的声音                都到了付钱的时候
       请不要阻挠                      这些东西值一百块蜂蜡
       我即将发出的音调                实际价值是一千块蜂蜡;
       因为你们的干扰                  但是他无法全部支付
       将使我迷失方向                  他连一半的钱都付不起
```

---

① 原文为 Kepu'umpu'un,首先描述了达布纳威大督(Datu Tabunaway)统治下的巴诺博族(Banobo)原本过着宁静、田园诗式生活。由于卡本索望族(Kabungsuwan)的入侵,并要求他们改信奉伊斯兰教,达布纳威率领族人展开了与入侵者进行了战斗。勇敢的阿戈尤和他的族人与提出苛刻要求的伊斯兰苏丹所进行的战斗是描述的重点。战斗导致了入侵者的杀戮和占领,阿戈尤不得不撤到更加偏远的山区。文中一共有两条线索,第一条线索描述了族人如何在偏远的山区搜寻食物和建立住所,另一条线索描述了姆甘(Mungan)因生了重病而被丈夫抛弃的情况。两条线索在阿杜鲁桑(adtulusan)的宗教仪式中交汇在一起,姆甘病愈之后通过仪式而获得神性(semi-immortal),阿戈尤通过供奉圣油、比尼比(pinipi)和槟榔也获得神性。主人公的勇气在与巨人夫妻、巨人食人兽库马卡昂(Kumakaan)、巨猪兽玛卡然丁(Makaranding)的战斗中得到了充分表现。姆甘选择继续留在山中,充当神灵与人之间交流的中介,以使神灵继续保佑后代。族人们都回到阿汝曼(Aruman,可能和 Ayuman 是同一个地方,只是在文本记录时出现不同的拼写方式——译者注),并登上通向天国萨瑞拔(Sarimbar)。第 64—442 行选自 E. A. 曼纽尔的《阿戈尤》一文

② 这是阿尤曼河的另一个称呼。

80　　甚至连四分之一都付不起。
　　　阿戈尤所能带来
　　　所有的物品

　　　只有可怜的九块蜂蜡。

　　　玛巾达瑠的大督
　　　非常愤怒
　　　摩洛人的大首领
　　　无比气愤
　　　因为原来的契约没有被履行
　　　他们原来约定
90　　阿戈尤要付一百块蜂蜡。

　　　英勇的首领
　　　迅速冲到玛巾达瑠大督的旁边
　　　他用蜂蜡击打
　　　古亚苏的伤口①
　　　古亚苏无法忍受伤口的疼痛
　　　发出巨大的惨叫声。

　　　然后，他又抓住
　　　牢牢地抓住
　　　他那支锋利的武器
100　他那支锐利的梭镖
　　　迅速刺向
　　　摩洛人的首领
　　　梭镖准确地刺中目标
　　　玛巾达瑠的大督

　　　就躺在他的身边
　　　丝毫不能动弹。
　　　班拉克急急忙忙回到家
　　　匆匆走过了贝戈亚桑家②
　　　匆匆走过了伦巴大督的家③
110　到达了他的家
　　　现在他很安全了
　　　他和首领面对面
　　　就在伟大的首领面前
　　　班拉克开始说话
　　　"伟大的大督，请听我说
　　　请您听仔细，伟大的首领
　　　毫无疑问
　　　敌人的战士即将到来
　　　敌人即将入侵我们
120　当我把梭镖刺向他④
　　　当梭镖正中目标
　　　大督就被杀死了
　　　他们的首领倒下了。"

　　　接下来，大督说道
　　　这位首领回答道：
　　　"敌人会来攻击我们
　　　我们需要做一些事情
　　　敌人很快就会过来
　　　我们必须马上撤离
130　我们必须马上疏散
　　　我们马上离开
　　　我们赶紧离开

---

① 原文并没有说明大督伤口的由来。——译者注
② 阿戈尤的另一个名字，表示征服者、主人、无法战胜的意思。
③ 阿戈尤的另一个名字。
④ 这里可能是唱诗人的一个失误。前文中并没有出现班拉克和敌人之间的战斗。

　　　　离开阿尤曼河的河口
　　　　离开西宁布兰河的人海口。"

　　　　他们朝着远方出发了
　　　　他们经过艰苦的旅程
　　　　来到了依莲山上
　　　　来到了玛卜朋山的顶峰。

　　　　他们没花多长时间
140　　就到达这里
　　　　他们已经到了
　　　　依莲山的国度
　　　　到了玛卜朋的土地上
　　　　大督开始说话
　　　　高贵的首领说：
　　　　"请仔细藏好
　　　　那些拉瓦昂木材①
　　　　任何时候
　　　　敌人都会出现
150　　敌人很快就要来了。"

　　　　他们作出决定
　　　　每个人都捡一百块石头。
　　　　尊敬的大督又说道
　　　　伟大的首领又说道：
　　　　"我们将可以
　　　　用这些石头
　　　　和敌人作战。"

　　　　大督又开始说
　　　　伟大的首领又说道：
160　　"我们建造房子

　　　　建设我们居住的房屋
　　　　我们就在这里等待
　　　　我们就在这里戒备
　　　　等待敌人的到来
　　　　迎接敌人的进攻。"

　　　　他们开始建造房子
　　　　他们建造坚固的房子
　　　　当他们完成所有的工作
　　　　当所有的事情都做完了以后
170　　所有的人
　　　　在这里平静地生活
　　　　所有的村民
　　　　在这里平静地生活。

　　　　没过多长时间
　　　　很快地
　　　　入侵者来了
　　　　敌人已经来了
　　　　他们看到了敌人的标志
　　　　他们看到了战斗的预兆
180　　你所看到的黑压压一片
　　　　你面前所呈现黑色的
　　　　不计其数的摩洛人。

　　　　大督开始对大家说
　　　　伟大的首领说道：
　　　　"每个人都快起床
　　　　大家都赶紧动起来。"

　　　　所有的人
　　　　都跳到地上

---

① 一种龙脑香科树。

190	所有的村民 像雄鹰一样猛扑下来。 成千上万的人倒下了 无数的敌人死去了 成千上万的人倒下了 玛巾达瑙的摩洛人损失惨重。 大督开始对大家说 伟大的首领说道： "战斗已经结束了 敌人都倒下了	220	伟大的大督说道 名声显赫的首领说道： "大家听我说 亲爱的臣民们 数量众多的人啊 你们将在这里生活 我将离开你们 到桑达瓦山那里 我要带上所有的猎犬 到那里去打猎。"
200	让我们继续 迁徙到远方的土地 我们继续在那里 建设美好的家园。" 没过太长时间 他们很快就 到达了目的地 到达了那片土地 毗那玛顿的国度 玛拉达玛的土地。	230	名声显赫的大督 他就这样离开了 值得信赖的首领 朝着目标出发。 传说中的玛蒂隆 传说中的帕那拉温① 他正在干的事情 就是从荆棘中开辟 通向比纳玛顿山的道路。
210	大督开始对大家说 伟大的首领说道： "我们开始建造房子 建造我们睡觉的房间。" 这项工作完成以后 他们的房屋建成后	240	还有美丽的少女 叫做扬卜甘·比格纳嫒 也就是传说中的巴妮娟② 还有传说中的伊卡瓦甘 美丽的少女卡布亚瓦侬③。 她们正在干什么 她们正在坐在

---

① 玛蒂隆和帕那拉温是罗诺（Wahingon）和雷纳（Ulahingan）的别称，他是阿戈尤的兄弟。
② 扬卜甘·比格纳嫒和巴妮娟是同一个人，是阿戈尤的姐妹。
③ 伊卡瓦甘和卡布亚瓦侬是同一个人，是阿戈尤的另一个姐妹。

　　　　　真正坐在
　　　　　一个金色的秋千上
　　　　　在一个金色的藤条上
　　　　　就像一只摇摆的小鸟①
　　　　　在山顶上来回摆动
　　　　　就像雄鹰迅速扇动翅膀
　　　　　在山顶上来回盘旋。

250　　　没过多长时间
　　　　　也就一会儿工夫
　　　　　这个名声显赫的大督
　　　　　已经回来了
　　　　　这个高贵的首领
　　　　　回来了
　　　　　他的包里
　　　　　装着一只小猪
　　　　　一只小巴卡丁猪。

　　　　　玛蒂隆开始说话
260　　　帕那拉温说道：
　　　　　"美丽的玛雅桃②
　　　　　找到了一些东西
　　　　　美丽的巴妮媔
　　　　　发现了一些东西
　　　　　她们发现了蜜蜂
　　　　　在巴斯瑶椰子树的树干里。"

　　　　　大督回答道
　　　　　名声显赫的首领说道：
　　　　　"把这一小点猪肉
270　　　这一点巴卡丁猪肉

　　　　　进行公平的分配
　　　　　公平地发给每个人
　　　　　然后，把玛雅伽·玛雅桃
　　　　　找到的蜂蜜
　　　　　平均分给每个人。"
　　　　　因此，他们进行了公平的分配
　　　　　村庄里的人
　　　　　所有的人
　　　　　都得到了一小份
280　　　伟大的大督对大家说
　　　　　名声显赫的首领问道：
　　　　　"你是怎么想的
　　　　　你有什么想法呢
　　　　　班拉克，你可以多要一份
　　　　　给你的好妻子
　　　　　把你妻子的份额
　　　　　带回去给她。"

　　　　　班拉克回答道：
　　　　　"我再也不会给姆甘
290　　　给我的妻子任何东西
　　　　　我不会为她提供东西。"

　　　　　玛蒂隆说道
　　　　　具有太阳一般力量的
　　　　　英雄说道：
　　　　　"班拉克，我即将
　　　　　把你妻子的份额交给她。"

　　　　　所以他就出发了
　　　　　具有太阳一般力量的达阳当

---

① 特指打猎时用来引诱猎物的假鸟。
② 这是扬卜甘的另一个名字。

　　　　　他真的非常匆忙
　　　　　玛蒂隆·达戈乌达南①。
300　　　在很短的一段时间
　　　　　他到达了目的地
　　　　　阿尤曼河的河口
　　　　　他就在那里
　　　　　在西宁布兰河的交汇处
　　　　　他感到非常惊奇
　　　　　他感到迷惑不解
　　　　　为什么有那么多叫喊声
　　　　　就像连绵不断的雷声。

　　　　　美丽的姑娘开始说
310　　　巴妮婳说道：②
　　　　　"你听，玛蒂隆
　　　　　帕那拉温，请你耳朵仔细听
　　　　　请伸开你的右手
　　　　　请展开你的左手
　　　　　请你仔细拿好它们
　　　　　那些金黄色的槟榔
　　　　　请你真心地拿好他们
　　　　　这些金黄色的槟榔
　　　　　然后，请你也拿好
320　　　这些金黄色的稻米③
　　　　　新鲜的金黄色的稻米
　　　　　现在，你可以走了，玛蒂隆
　　　　　帕那拉温，现在你走吧

　　　　　到名声显赫的大督那里去
　　　　　到真正的首领那里去
　　　　　你将去告诉他
　　　　　你将去通知他
　　　　　我的感觉非常好
　　　　　我所有的情绪都很好。"

330　　　因此，玛蒂隆就离开了
　　　　　帕那拉温离开了
　　　　　很快地
　　　　　没过多长时间
　　　　　他就到达目的地了
　　　　　他就在那里
　　　　　在大督的房子里
　　　　　在名声显赫的首领家里
　　　　　玛蒂隆爬上梯子
　　　　　帕那拉温进入房子里
340　　　他交叉双腿蹲坐着
　　　　　他坐在尊贵的大督面前。
　　　　　面对着伟大的首领
　　　　　就在名声显赫的首领面前
　　　　　玛蒂隆开始讲述
　　　　　帕那拉温开始叙述：
　　　　　"尊贵的大督，请您听仔细
　　　　　名声显赫的首领，请您听好了
　　　　　我来这里给您讲个故事
　　　　　我来这里向您报告。
350　　　尊贵的班拉克的妻子

---

① Lena/Lono 的另一个名字。
② 这是颂唱者的错误，上文中巴妮婳是指阿戈尤的姐妹扬卜甘，这里指的是姆甘。由于史诗中人物的关系比较复杂，每个人又有不同的名字，再加上一些表演时的失误，给读者理解史诗中人物的关系造成一定的困难。另外，由于对早期马诺伯族的风俗无从了解，也可能是马诺伯族的家庭婚姻关系是通过名字的变化而表现出来。——译者注
③ 金黄色槟榔和稻米是很少见的，分享这些食物将可以给人带来永生。

　　　　她的身体已经康复了
　　　　她的身体现在变好了
　　　　她真心献上
　　　　金黄色的槟榔
　　　　金黄色的槟榔
　　　　除了这些
　　　　还有金黄色的稻谷
　　　　新鲜的金黄色的稻谷。"

　　　　班拉克开始说道：
360　　"我真的要回去了
　　　　回到玛雅伽·玛雅桃那里
　　　　我真的要回去了
　　　　回到亚歌·比格纳嫒①那里
　　　　因为她现在健康
　　　　她的情绪很好。"

　　　　尊贵的大督说话了
　　　　名声显赫的首领说道：
　　　　"班拉克，你是个傻子吗？
　　　　你为什么现在回去找你妻子
370　　去找玛雅伽·玛雅桃
　　　　你为什么和她生活在一起
　　　　和亚歌·比格纳嫒在一起？"

　　　　尊贵的大督这么说
　　　　名声显赫的首领说道：
　　　　"因为她现在已经痊愈了
　　　　她的身体状态很好
　　　　亚歌已经具有神性

　　　　布依阿诺已经具备神性②
　　　　让我们回到阿尤曼
380　　让我们赶紧回到西宁布兰。"

　　　　现在轮到玛蒂隆说了
　　　　帕那拉温说道：
　　　　"让我们把这些
　　　　金黄色的稻米
　　　　新鲜的金黄色的稻米
　　　　分给每一个人
　　　　这些东西都分给了
　　　　让我们一起分享
　　　　这些金黄色的槟榔
　　　　这些金黄色的槟榔。"

390　　公平地分配
　　　　给无数的村民
　　　　成千上万的人变得高贵
　　　　无数的人变得高贵。

　　　　尊贵的大督开始说
　　　　伟大的首领说道：
　　　　"让我们回到我们的国家
　　　　让我们回到我们的土地
　　　　回到阿尤曼那块土地
400　　回到西宁布兰国度。"

　　　　就在这时候
　　　　很短的一段时间
　　　　他们很快就上路了

---

①　在上文中，这两个名字都是指扬卜甘，现在都是指姆甘。颂唱者的这种失误是口传文学的特点之一。

②　姆甘因为所受的磨难而成为神灵，获得了永生。

	在高贵大督的带领下		让我们到大海中航行
	他们疾步飞奔	430	让我们沿着海岸航行。
	奔向他们的目的地。		我们现在走吧
			我们到远方去历险
	就在这时候		这就是我的感觉
	很短的一段时间		这就是我要说的话。"
	他们到达目的地		
410	他们来到了这里		他们就这样离开了
	就在阿尤曼河的河口		他们真的出发了
	就在西宁布兰河的人海口。		经过了十个白天
			花了九个夜晚在路上
	他们感到无比惊讶		他们到达了目的地
	他们感到无比敬畏		他们到了迪格扬当
	因为他们从来没见过		就在姆当乌当的人海口。①
	班拉克的妻子		在麦能能的土地上②
	他们又看到		他们一到那里就住下
	一座金黄色的房子		就在利巴兰的河口
	一个金黄色的住所。		他们开始了聚居的生活
			在纽利昂的人海处
420	大督开始说话了		在苏古伊神灵的眷顾下③
	伟大的首领说道：	450	在迪瓦达神的保佑下
	"成千上万子民，请听好		芸芸众生中选中了他们
	请你们保持安静		在扬当的国度里
	我的计划还要继续		所有的人都得到了恩惠
	因为玛雅伽・玛雅桃		得到林顿伽内・呢・苏古伊的
	亚歌・比格纳媛		恩惠
	的确恢复了健康		纽利昂的所有居民
	真正康复了		得到了林图帕斯・呢・迪瓦达④

---

① 迪格扬当表示繁荣、幸福的地方，姆当乌当表示高贵的地方，这是纳兰当干的另外一个名字。

② 第443—485行选自 E. Maguiso, *The Visit of Lagabaan to Nelendangan*。

③ 这是纳兰当干的别称，麦能能是和平、宁静的土地，利巴兰是指土地上的人可以得到照顾，纽利昂是指欢乐、快乐的土地。

④ 代表永恒的神灵。

　　　　特别的关注和眷顾。
　　　　他们的体格和精神
　　　　都比邻近的部族好
460　　他们得到的荣誉和赞扬
　　　　超出了所有的民族。

　　　　林顿伽内·呢·苏古伊
　　　　从芸芸众生中选中了他们
　　　　因为他们出众的表现
　　　　林图帕斯·呢·迪瓦达
　　　　从芸芸众生中选中了他们
　　　　因为他们出色地完成任务。

　　　　当他们刚到的时候
　　　　他们还是无法获得神性
470　　神灵苏古伊改变了他们
　　　　神灵迪瓦达改变了他们；
　　　　尽管他们的出身是人类
　　　　尽管他们来自大地
　　　　他们因特殊的品格
　　　　获得了特殊的能力
　　　　当他们在阿尤曼的时候
　　　　当他们还住在
　　　　西宁布兰的土地上的时候
　　　　他们就已经聚居生活
480　　当他们居住在扬当的时候

　　　　当他们在梅干顶①拓荒的时候
　　　　从他们到达这里的时候起
　　　　他们就过着富足的生活
　　　　他们具有高贵的品格
　　　　从一开始就得到神灵保佑。

　　　　不计其数的河流流入大海②
　　　　成千上万的河流汇入大海
　　　　他们说这就是扬当③
　　　　这就是纳兰当干。④
490　　经历了十次曲折
　　　　通过了九道磨难
　　　　他们才能到达这里
　　　　他们最终来到这里
　　　　没有什么地方可以相比
　　　　没有哪里的土地可以相比。

　　　　这是长着巴丽提树⑤的地方
　　　　这是长满巴丽提树的地方
　　　　这是长着仑巴瑶树的地方
　　　　这是长满仑巴瑶树的地方
500　　这是长着竹子的地方
　　　　这是长满竹子的地方
　　　　这是长着班加树⑥的地方
　　　　这里有布萨亚努果。⑦
　　　　这是一个遍布岩石的地方

---

① 这是纳兰当干的另一个名字,表示出名的土地。
② 第486—747行选自 Unabia, *The Marriage of Tabagka*.
③ 在布吉德农族的文本中叫做 Yandang,在 Livunganen-Arumanens 的文本中称为 Yendang。
④ 在布吉德农族的文本中叫做 Nalandangan,在 Livunganen-Arumanens 的文本中称为 Nelendangan。
⑤ 这是一种长着很多树瘤的树,可以保佑居住的处所不受魔鬼侵害。
⑥ 班加树长得很像槟榔树,它的树叶可以用在庆祝胜利的仪式上。
⑦ 一种类似槟榔的果实。

这是一个随处可见巨石的地方
这里经常可以听到巨响
这里时常发出隆隆的声音
这里的海浪快速冲到岸边
这里的海水猛烈拍打礁石
510 这是狂风肆虐的大海
这是波涛汹涌的大海。

当我们沿着河流往上走
就来到了著名的黎纳瓦①
就到了名声显赫的扬当
我们将不会感到孤独
我们将不会感到悲伤
因为当我们到达这里
当我们到达这里
海边长着许多巴丽提树
520 海边长着很多巴丽提树
林中的猴子会被骚扰
它们将会发出尖叫声
当我们看到这些母猴子
当我们看到这些猴子
但事实上它们都是班达伊
它们是真正的杜玛努达②
它们是守卫扬当人的神灵
它们是保佑纳兰当干人的精灵。

当我们在散步的时候

530 当我们在悠闲地散步的时候
我们将不会感到孤独
我们将不会感到悲伤
因为树枝会弹奏古蒂雅毗③
因为仑巴瑶会弹奏古德朗④
因为竹子会弹奏帕纳昆布⑤
因为拉卡树会吹奏普拉拉⑥
因为班加树叶发出的飒飒声
就像是胜利的歌声
岩石也发出口哨一样的声音
540 就像给人带来安慰
还有竹子也在欢歌
就像要用歌声抚慰大家。

我们将离开这个故事
我们将离开这个部分
我们现在开始讲述
我们现在讲述这个故事
在大海中航行的故事
在大海中远航的故事
这是一个曾经讲过的地方
550 这是一个曾被提及的地方
这里是扬当河的干流
这里是黎纳瓦河的主流
这里长着许多迪格苞
这里长着许多萨拉苞⑦这里盛
开着美丽的鲜花

---

① 这是 Linawan Libay Bagyu 的缩写,这是在扬当城堡下方的一条河流,是战斗经常发生的地方。
② 班达伊和杜玛努达是守卫者、警卫的意思。
③ 风吹过树林发出的声音就像一种长弦琴发出的声音。
④ 一种当地的二弦琴。
⑤ 一种用竹子做的弦琴。
⑥ 一种笛子。
⑦ 迪格苞和萨拉苞是一种类似于甘蔗的植物。

这里长满美丽的鲜花
干燥的叶子闪闪发光
干燥的叶子熠熠生辉
就像金子一样明亮
560　迪格苞的每一个树枝
还有萨拉苞的树干
就像闪闪发亮的金子一样。

这是一个使人快乐的地方
这是一个充满欢乐的地方
这里铺满了沙子
像雾一样白的沙子
沙子中混着很多硬币
沙子和硬币混在一起。
这就是传说中的钱币
570　他们说这就是钱币
这是求婚者的财物
这是带来当嫁妆的钱币
可是这些没有被接受
这些彩礼没有被接受
他没有带走这些财物
当他回到住所的时候
当他回到自己土地的时候
他带着失落的心情
他带着痛苦和失望。

580　敌人那些坚硬的牙齿
入侵者那些坚硬的牙齿
成为留在这里的记号
成为留在这里的标记

他们的脑袋留了下来
他们的骷髅留在这里
这是征服者的骷髅
这是征服者的脑袋
只有他们的名字回去了
只有他们的名字回家了
590　回到了他们的家乡
回到他们曾经生活的地方。

现在,让我们离开这个故事
让这个故事成为过去
我们现在将要讲述
我们现在将要叙述
这里的大海长满布甘树①
这是匀甘种的布甘树
这是帕姆劳②种的布甘树
每一棵树都是果实累累
600　果实接二连三地掉下来
果实源源不断地掉下来
果汁不停地往外流淌
果汁像泉水一样流淌
从第一个树杈开始
一直延续到树枝的末梢
这些果实可以躲避偷盗
小偷都找不到这些果实。

瓦杨的藤条向上攀爬
麻尼卡的藤条向上攀爬③
610　它们不停地向上攀爬
它们不停地向上攀爬

---

① 这是类似于槟榔的植物。
② 阿戈尤的哥哥,他是前任大督,现在已经是家族中受人尊敬的长者。
③ 瓦杨和麻尼卡指的是同一种藤生植物,它们的叶子可以和石灰、烟叶混合在一起咀嚼。

　　　　一直攀到云端之上
　　　　在那里有清风吹拂
　　　　在那里有疾风吹动
　　　　它们可以躲避强盗
　　　　它们可以躲避小偷
　　　　那里还长着吉索尔①
　　　　那里长着开花的烟草
　　　　就像苏苏②一样在攀爬
620　　就像贝壳生物一样在爬动。

　　　　接下来,这里有一条河
　　　　一条红通通的河
　　　　一条颜色鲜红的河
　　　　它的名字是
　　　　人们都叫它
　　　　伊卡万用来浸染的锅③
　　　　必格萨伊的拉布瓦④
　　　　他的兄弟们
　　　　头上围着红色的头巾
630　　头上围着红色的带子
　　　　他们是值得信赖的伙伴
　　　　他们在黎纳瓦唱歌
　　　　他们在纳兰当干唱歌
　　　　因为战场上取得胜利
　　　　他们在胜利之后回到家乡。

　　　　在这旁边
　　　　在河流的旁边
　　　　一条黑乎乎的河
　　　　流淌着颜色黝黑的河水
640　　它的名字是
　　　　人们都叫它
　　　　伊卡万的班里拉哈
　　　　必格萨伊的达伽乌玛⑤
　　　　浸染用来装饰的布条
　　　　用来缠绕脑袋的布条
　　　　当玛运巴唱歌的时候
　　　　当玛萨拉吉⑥唱歌的时候
　　　　当他从遥远的地方回来
　　　　当他从远方回到家乡。

650　　让我们离开这部分的故事
　　　　让我们继续下一个部分
　　　　让我们现在来讲述
　　　　让我们来告诉你
　　　　关于这里的泉水
　　　　曾经流淌不止的泉水
　　　　它的名字是
　　　　人们都叫它
　　　　扬当的萨萨古如汉
　　　　黎纳瓦的杜格达南⑦
660　　这里被萨巴干⑧所围绕

---

① 像姜一样的植物,颜色金黄。
② 一种身体能够拉长的贝类。
③ 指的是伊卡万用来浸染(dips dye)的地方。
④ 石臼或木头做的臼,用来舂米。小的可以用来研磨槟榔。
⑤ 这是伊卡万/必格萨伊用来染东西的地方。
⑥ 玛运巴和玛萨拉吉都是阿戈尤的别称。
⑦ 这是黎纳瓦人喝的水。
⑧ 河流或河海的交汇处或入海口。

　　　　　这里得到了很好的保护
　　　　　唯恐被人破坏或偷盗
　　　　　它们必须得到保护
　　　　　如果有人过来取水
　　　　　他将会被鳄鱼吞噬
　　　　　他将会被鳄鱼吃掉
　　　　　他将从此声名狼藉
　　　　　他将从此名誉扫地
670　　　在名声显赫的黎纳瓦
　　　　　在无人不知的扬当。

　　　　　当这些事情都完成后
　　　　　等事情都做完了以后
　　　　　他们在水底放上
　　　　　毫无瑕疵的精美瓷盘
　　　　　他们用这些精美瓷盘
　　　　　来解决这样的问题
　　　　　因为他们害怕
　　　　　因为他们不安
680　　　如果有人在洗澡的时候
　　　　　当他们在洗澡的时候
　　　　　当他们心爱的女儿洗澡时
　　　　　他们那从没挨骂的女儿
　　　　　如果她的戒指掉下去了
　　　　　当她的戒指落到水里
　　　　　如果所有人都找不到戒指
　　　　　如果没人能找到戒指
　　　　　人们就会开始掉眼泪
　　　　　人们在痛苦地哭泣
690　　　他们感到无比烦恼
　　　　　他们感到很不舒服
　　　　　因为他们的名声受损

因为他们的声誉受损
值得信赖的兄弟
名声显赫的兄弟。
当这些事情都完成后
等事情都做完了以后
他们就开始种树
他们就种植树木
700　种植金黄色的斑点树
种植金黄色的巴鲁古树
这些树木可以用于洗涤
可以用来洗头发
树根的形状就像椅子
树根的形状就像长凳
它们的树荫非常凉爽
它们的树荫遮蔽阳光
有一块平整的石块
有一块光滑的石头
710　周围环绕着班当花
周围长满了丹苏丽花
美丽的鲜花长在一起
美丽的鲜花同时盛开
早晨的阳光照耀鲜花
阳光照耀鲜花盛开。
人们还种植了很多
人们又种植了很多
巨大的拉普拉普①树
巨大的巴亚瓦树
720　因为这些巨大的拉普拉普树
这些巨大的巴亚瓦树
树皮割开就流出汁液
树的汁液被取走
汁液加入香水之中

————————
① 一种长在次生林中的树，其学名待考。

汁液发出迷人的香气
他们把石头叫做
他们给石头取名叫做
这是美丽姑娘的
这是漂亮少女的
西尼利亚·胡·萨亚
730 坦布哈伊·胡·萨利利①
她们在这里沐浴
她们在泉水中展示自己。

让我们开始叙述
我们要说的故事
他们开始建设家园
他们立起建房的柱子
他们开始建设大房子
建造所有人的住所
740 他们精心选取建房地点
那是一个精挑细选的地方
房屋整齐地排成十行
房屋整齐地围成九个圈
站在房屋的屋顶上
站在房屋的平顶上
可以清晰地眺望萨巴干
可以看到远方汹涌的河流
站在这里，视野广阔②
这就是我们建设家园的地方
750 在这里可以触摸到兰杜伊③

在这里可以拿到普拉拉④
这是天国一般的地方
这是天堂一般的地方
我们的家园就在这里
我们的房子就在这里
这是纳能甘的特本甘
这是纳兰当干的达伊阿⑤

在干净宽敞的道路上⑥
建起了高大雄伟的阿勒特
760 城堡建得非常漂亮
城堡装饰得非常豪华
城堡建设了楼梯
如果你想看干净宽敞的道路
你可以从楼梯登上伊利延⑦
城堡无比雄伟壮观
因为城堡用青铜做装饰
城堡还建设了楼梯
在干净宽敞道路的两边
770 人们种植了很多
金黄色的竹子
在干净宽敞道路的两边
人们种植了很多
金黄色条纹的竹子
如果有被诅咒的人经过
竹子就会发出啸叫声
如果有精通巫术的人经过

---

① 意为"装饰的地方"。
② 第 748—757 行选自 Unabia, *The Capture of Nalandangan*。
③ 一种当地的短笛。
④ 一种当地的长笛。
⑤ 特本甘和达伊阿是指水源和洗澡的地方。
⑥ 第 758—867 行选自 Unibia, *Tagyakuwa and the Black Datu*。
⑦ 阿勒特和伊利延都是指城堡的意思。

	竹子就会发出哨音		你将顺利通过
	但是，我们都不能太在意		无数的汤额班洞
780	因为，如果我们谈论竹子		你将发现自己毫发无伤
	我们就会变成竹子	810	如果你带着美好的愿望
	因为，如果我们评论竹子		你来到这座城堡
	我们就会变成竹子。		来到姆当乌当的阿勒特
			你将顺利通过
	竹子的作用不仅如此		无数的巴拉那堪洞
	有一些竹子变成卫士		你将发现自己毫发无伤
	保护道路上的行人		
	竹子的作用不仅如此		当到达扬当的
	成千上万的竹子变成卫士		伊利延的顶部
	保护道路上的行人。		接下来，我们将来到
			位于拉克戈③树根部的
790	如果我们要来到城堡	820	巴克桑的洞穴
	这座防御严密的城堡		当到达姆当乌当的
	我们首先来到汤额班①的洞穴		阿勒特的顶部
	如果你带着邪恶的目的		接下来，我们将来到
	胆敢来到这座城堡		位于灌木茂密的巴丽提树下
	你就会被汤额班咬伤		因兰达温④的洞穴
	如果我们要来到城堡		但是我们无须害怕
	这座防御严密的城堡		这些巨大的蟒蛇
800	我们首先来到巴拉那堪的洞穴		因为它们只会
	如果你带着不好的目的		吓唬那些胆小的人
	胆敢来到这座比格阿勒坦②	830	吓唬那些缺乏勇气的人
	你就会被巴拉那堪咬伤		但是我们无须害怕
	如果你带着友好的目的		这样巨大的巴克桑
	你来到这座城堡		因为它们只会
	来到扬当的伊利延		吓唬那些胆小的人

---

① 汤额班和巴拉那堪都是指毒蛇。
② 意为城堡。
③ Ficus payapa(Blanco).
④ 巴克桑和因兰达温指一种巨蟒蛇，虽然毒性不大，但以缠绕和吞噬猎物而著名。

吓唬那些大督中的懦夫。

我们可以在阿勒特顶上
简单停留一下
可以就在伊利延顶上
简单休息一小会儿
840 然后我们可以四处瞭望
我们可以观察周围的景色
看看伊利延的四周的景色
如果我们往回看
同样可以看到周围的景色
看到伊纳勒坦四周的景色
我们可以清楚地发现
这是一座勇士的伊利延
因为在伊利延四周
出现了美丽的彩虹
850 永远不会消失的彩虹
我们可以肯定地说
这是一座勇士的阿勒特
因为在伊利延四周
出现了美丽的彩虹
永远不会减弱的彩虹。

如果我们放眼望去
我们可以看到在晴空万里的天上
飞翔着几只不同颜色的雄鹰
860 那是在延登甘的伊利延
鲁门德波驯养的飞禽
如果我们抬头看
我们可以看到

在风起云涌的天际
几只雄鹰以不同的姿态飞行
那是姆当乌当的阿勒特
塔拉布扫①饲养的宠物。

如果我们继续前进
我们就会来到城堡的护墙
870 如果我们继续前进
我们就会来到护墙边上
有很多关于护墙的说法
有很多关于护墙的传说
这是具有双重保护的围墙
护墙的保护非常严密
就像匀巴恩的大腿
就像马萨拉盖的双脚
当扬当被入侵的时候
当黎纳瓦被攻击的时候。
880 他们砍伐树木
他们砍倒大树
他们仔细地搬运木头
他们精心挑选木材
来自宿务的巴顿黎瑙木
来自希姆盖的巴纳特伊木
来自怡朗的阿斯阿斯木②
他们不用森林里的藤条
他们把木头紧紧地捆在一起
他们把木头紧紧地绑在一起
890 他们不用其他地方的藤条
把木头紧紧地捆在一起
把木头紧紧地绑在一起。
他们用来粘贴木头的东西

---

① 鲁门德波和塔拉布扫是传说中勇士的保护神。
② 这里提及的树木都是一些硬木。

　　　　是蛇的毒液
　　　　是巨蟒的唾液。

　　　　即使藤条不会腐烂
　　　　即使藤条很耐用
　　　　还是要用很粘的毒液
　　　　要用很粘的巨蟒的唾液
900　这些粘液会逐渐增加
　　　　这些粘液会逐渐变多
　　　　它们永远不会腐烂
　　　　它们永远不会变坏。

　　　　如果我们继续向前走①
　　　　如果我们继续前进
　　　　我们就来到前院的阿巴特
　　　　我们就来到前院的土鲁干②
　　　　如果我们事先不知情
　　　　我们将不敢进入房间
910　如果我们事先不知道
　　　　我们将不敢从这里经过
　　　　因为在城堡的大门口
　　　　面对面站着
　　　　两个黑皮肤的人
　　　　因为在城堡的入口处
　　　　面对面站着
　　　　两个金黄色的尼格利陀人
　　　　他们两个人手里都拿着

　　　　装饰精美的波形刃短剑③
920　他们两个人手里都拿着
　　　　装饰精美的堪比兰刀。④

　　　　但是,这并不会让我们害怕
　　　　我们也不会感到担心
　　　　因为他们只是雕刻的人像
　　　　他们只是人物的塑像
　　　　用来吓跑想要进入的人
　　　　用来吓唬那些路过的人
　　　　那些缺乏勇气的人
　　　　那些大督中的懦夫。

930　我们再来说说扬当的广场
　　　　我们再来说说黎纳瓦的院子
　　　　我们要证实一下广场的宽度
　　　　我们要测量一下院子的宽度
　　　　院子的大小就像一块农田
　　　　甚至比一块农田还要大
　　　　这里的树被连根拔起
　　　　这里树桩也被清理干净
　　　　这里的土坎已经被推平
　　　　这里的土地已经被夯实。
940　他们精心装饰院子
　　　　他们在地上镶嵌硬币
　　　　他们用银币装饰院子
　　　　他们发挥想象力

―――――――――
① 第904—929行选自 Unabia, *Tagyakuwa and the Black Datu*.
② 阿巴特和土鲁干是指部落的房子。
③ 也译作克里斯短剑或格里斯短剑马来人佩戴的一种短剑,主要用于装饰,在平日和一些特殊庆典上为男女所佩带。马来人把短剑视为力量、智慧、坚强、勇敢、富有和吉祥的象征。作为传家宝,短剑象征着家族的兴旺。2005年,印度尼西亚波形佩剑被列入世界非物质文化遗产代表作名录。——译者注
④ 这是打战用的砍刀。

	他们要用硬币铺出		因为地板上的瓷片闪闪发亮。
	一条鳞片带斑点的伊纳盖		
	一条鳞片带颜色的音顿巴固①		如果我们继续向前走④
	它看起来就像在地上爬行		如果我们离开装修精美的院子
	它看上去就像在地上爬行		我们继续我们的脚步
	它是蟒蛇中的首领		我们就将来到
950	它是最大的蟒蛇。		我们将看到一个陡直的梯子
	它的名字是		如果我们继续行程
	人们都叫它		我们愉快地穿过
	萨拉伽安·库拉乌曼	980	镶嵌硬币的院子
	比让干·雅古都安②		我们继续朝前走
	这条巨蟒栩栩如生		来到一个高高的梯子前
	这条巨蟒美观漂亮		如果我们不是事先知道
	这条巨蟒闪闪发光		我们将会感到害怕
	这是巧夺天工的设计啊。		如果我们不是事先了解
			我们会受到惊吓
	院子里还装饰着精美瓷器		因为我们以为会被
960	地板上会发出叮当的声音		眼前的巨蟒咬到
	对于这里的年轻人而言		因为我们以为会被
	这个广场是游戏的地方	990	巨大的巴克桑吞噬。
	对于青春洋溢的年轻人而言		但我们不用感到害怕
	这个院子也是娱乐的地方。		因为梯子模仿巴克桑的颜色
	但当他们游戏时候		梯子模仿巴顿黎瑠的形状
	他们不会抬头看天		我们无须感到害怕
	除非他们的玩物飞上天		因为这只是一个复制品
	除非他们把西巴球③踢上天		那个巴纳特伊的梯子
	他们都在看地上		设计得像一条蛇。
970	他们只注意光滑闪亮的地板		当我们走上梯子
	他们的眼睛只盯着地上	1000	走上巴顿黎瑠的梯子

---

① 传说中这是一种生活在地下世界的巨蛇,当它移动的时候就会引起地震。也可表示支撑大地的神灵。

② 指设计的模型。

③ 一种当地用藤条编的球。

④ 第 973—1028 行选自 Unabia, *Tagyakuwa and the Black Datu*。

　　　　当我们登上梯子
　　　　登上巴纳特伊的梯子
　　　　如果我们不是事先知道
　　　　我们仍然会感到害怕
　　　　我们以为会
　　　　被迪格·达卡顿·玛运巴①
　　　　锋利的梭镖
　　　　刺穿宽阔的胸膛
　　　　就在梯子的最高处
1010　　就在梯子最亮的地方
　　　　我们无须感到害怕
　　　　因为这只是一个雕像
　　　　我们无须感到担心
　　　　因为这只是一个塑像
　　　　一个阿戈尤的雕像
　　　　雕像模仿了玛运巴的容貌
　　　　他紧紧地抓住一支梭镖
　　　　准备用力向前扔去
　　　　他保护着明亮的大门
1020　　他保护着城堡的入口。
　　　　另外的一个目的
　　　　另外的一个意图
　　　　只是为了震慑那些
　　　　准备爬上去的人
　　　　只是为了吓唬那些
　　　　准备爬上去的人
　　　　那些没有足够勇气的人
　　　　那些大督中的懦夫。

　　　　哎哟,哎哟,我们的印象深刻②
1030　　我们看到了充满神奇的地方
　　　　我们的建筑材料
　　　　来自十个不同的地方
　　　　我们房子的材料
　　　　来自九个不同的地区
　　　　远方的材料都被聚集起来
　　　　近处的原料都被保存起来。

　　　　用来建造房子的立柱③
　　　　用来建设土鲁干的柱子
　　　　都是经过精挑细选
1040　　经过一番精心挑选
　　　　苏戈布的巴顿黎瑙
　　　　希姆盖的巴纳特伊
　　　　密伦伊伦的阿斯阿斯。
　　　　这些都是巨大的木材
　　　　这些都是硕大的木料
　　　　刚刚结婚的夫妇
　　　　刚刚举行婚礼的新人
　　　　可以一起在上面睡觉
　　　　可以在上面并排躺着
1050　　躺在砍掉的木料上
　　　　躺在砍掉的木块上。
　　　　柱子如此巨大④
　　　　为房子提供有力的支持
　　　　八个人才能合抱
　　　　这个巨大的柱子
　　　　十个人才能合围

---

① 这是阿戈尤的另一个名字,意为永远不会生病的人。
② 第1029—1036行选自玛奎索的《拉卡巴安在纳兰当干历险记》。
③ 第1037—1051行选自乌纳比亚的《塔巴格卡的婚礼》。
④ 第1052—1057行选自玛奎索的《拉卡巴安在纳兰当干历险记》。

	这个房子的柱子。	1080	我们先关注一下
			东边方向房间的情形
	当柱子竖起来后①		建在这个方向的房间
	当柱子立起来后		墙壁都是用玻璃建的③
1060	当他们刚刚停止挖土		镶嵌的隔板都是银质的
	当他们刚刚停止竖起柱子		西边方向房间的情形
	他们来到了		建在这个位置的房间
	他们走到了		墙壁都经过了粉刷
	因阿格奈的前部		镶嵌的隔板都被包起来
	因顿巴固的前部		墙壁都经过了十次粉刷
	他们要证实地基的稳固性	1090	隔板先后被包了九层。
	他们要确认地基的安全性		
	房屋必须保持稳固		我们说了这么多房子的事
	房屋必须保持安全		然而这座房子却没有屋顶
1070	即使遇到了大地震		因为藤条长得非常密集
	地面会发生剧烈的震动		我们很关注这座族屋的情况
	房子不能因此而倒塌		然而房子屋顶还没被盖上
	房子不会因此而毁损。		因为能伽④大量繁殖
			屋顶刚开始覆盖的是
	房子的地板也很讲究		海上美人鱼的头发
	土鲁干的地板也不一般		从此,屋顶就覆盖各种东西
	地板用料经过仔细挑选	1100	哦,有阿里戈姆卡⑤的头发
	都是带金黄色条纹的竹子		然后再加上另外一层
	带着金色条纹的竹子。		来自天国的色莱塞的叶子⑥
			然后再加上另外一层
	我们再来看看房间的情形②		来自天国的库甘草⑦

---

① 第1058—1078行选自乌纳比亚的《塔巴格卡的婚礼》。
② 第1079—1102行选自玛奎索的《拉卡巴安在纳兰当干历险记》。
③ 以史诗流传的年代而言,不太可能出现玻璃墙壁。这可能是唱诗人的失误或再创作。——译者注
④ 一种带叶子的藤生植物,可用于覆盖屋顶。
⑤ 这是海里或水里的女神,半人半鱼,生活在水下用黄金建造的宫殿。
⑥ 第1103—1112行选自乌纳比亚的《塔巴格卡的婚礼》。
⑦ 色莱塞和库甘都是白茅型(Imperata cylindrica)的草,可用于覆盖屋顶。

第六章 《阿戈尤》——保卫家园的史诗

       色莱塞的叶子不会枯萎
       即使在烈日当空的时候
       库甘的叶子不会打蔫
       即使炙热的太阳高挂空中。
       不仅是叶子不会枯萎
1110 屋顶上的草还不断开花
       不仅是叶子不会打蔫
       屋顶上的草还一直在开花
       即使在烈日当空的时候①
       即使炙热的太阳高挂空中。
       还有什么神奇的事情呢
       屋顶会不停地落下油滴
       屋顶会自己落下小油膏。
       屋顶的接合部是金子做的
       屋顶的连接处都是镀金的
1120 这是多么神奇的景象啊。
       这是多么令人开心的事情啊！

       当每件事情都完成后
       当所有的工作都结束了
       天神恩赐的雕像
       被安放在屋檐上
       天神赐予的塑像
       都被放到屋檐上
       在神像的两旁
       加上蓝色甲虫的翅膀
1130 在这些雕像的旁边
       加上了飞翔的翅膀。

       现在已经很难看到屋檐了
       因为只能看到红色的雕像
       围成一圈在战斗
       现在,屋檐已经看不到了
       因为只能看到红色的雕像
       正在列队进行战斗。

       在这些装饰的旁边
       看过这些精美的装饰
1140 就在拱形的房檩上
       就在颜色鲜红的屋顶上
       有两个人互相抱在一起
       它们是用黄金做成的雕像
       两尊雕像栩栩如生
       就像扬当土地上的人一样
       雕像的装束
       就像乌达南②的年轻人。
       它们都穿着明亮的盔甲
       身上披着坚固的铠甲
1150 头上戴着美丽的羽毛
       看过的人都印象深刻
       每个雕像的头顶
       都戴着令人崇敬的皇冠
       雕像的腰部佩带短剑
       雕像的臀部有一把巴亚刀
       每个雕像都拿着盾牌
       每个雕像都拿着小圆盾
       每个雕像都拿着梭镖
       都是一样的梭镖。
1160 从日出到日落
       它们都拿着梭镖在战斗
       从黄昏到黎明
       它们都拿着武器在战斗

---

① 第1113—1860行选自玛奎索的《拉卡巴安在纳兰当干历险记》。
② 这是纳兰当干的另一个名字。

　　　　　谁也没有战胜谁　　　　　　　　从日出到日落
　　　　　谁也没有征服谁。　　　　　　　雄鹰都在执行任务
　　　　　　　　　　　　　　　　　　　　时而快飞,时而猛扑
　　　　　让我们继续向前看　　　　　　　雄鹰快速地拍打翅膀
　　　　　朝着太阳下山的方向看　　　　　让凉风带走身上的汗水
　　　　　我们要仔细地观察　　　　　　　在扬当的门达雅维②那里
　　　　　朝着西边的方向看　　　　　　　雄鹰身上就开始出汗了
1170　　那里有许多黄金铸造的雕像　1200　让凉风带走身上的汗水
　　　　　按照年轻少女的样子　　　　　　在利巴兰的贝戈亚桑那里
　　　　　精心制作的雕像　　　　　　　　雄鹰身上早就出汗了。
　　　　　就在利巴兰河流的源头
　　　　　雕像的样子就像　　　　　　　　我们再看看这座房子
　　　　　梅干顶土地上　　　　　　　　　这座已经建成的房子
　　　　　高贵美丽的少女。　　　　　　　这座房子如此巨大
　　　　　一整个晚上　　　　　　　　　　就在房子的另一端
　　　　　它们都在欢笑　　　　　　　　　都听不到阿贡③的声音
　　　　　从黄昏到黎明　　　　　　　　　我们由此可以证明
1180　　它们度过欢乐的时光。　　　　　这座族屋非常大
　　　　　它们还高兴地追逐嬉戏　　1210　我们证明了房子很大
　　　　　它们还开心的传递梳子　　　　　就在房子的另一端
　　　　　它们互相传递库玛排。①　　　　都听不到阿贡的声音。

　　　　　除了这些以外　　　　　　　　　如此巨大的房子
　　　　　还有黄金制成的雄鹰雕像　　　　给人留下了深刻的印象
　　　　　坐落在东边的方向　　　　　　　值得大家仔细欣赏
　　　　　除了这些以外　　　　　　　　　房子朝东的部分
　　　　　还有各种猎鹰的雕像　　　　　　房子突出的檩条
1190　　就在东边的方向。　　　　　　　做成了鳄鱼的样子
　　　　　哎哟,每个白天和黑夜　　　　　房子朝西的檩条
　　　　　雄鹰都在不停地移动　　　1220　雕成了鳄鱼的样子

---

① 指梳子。
② 这是阿戈尤的另一个名字,意为攻击者、强壮的人和一发怒就反击的人。
③ 指铜锣。

鳄鱼的牙齿像短剑
牙齿就像匕首一样锋利
鳄鱼的舌头快速地运动
舌头的速度像闪电一样快
眼睛就像明亮的镜子
目光就像闪亮的银球。

是谁设计了这座房子
是谁装饰了这座房子
答案其实很明显
1230　其实没有任何疑问
这是苏古伊的风格
这是迪瓦达的设计
这代表着他们的喜好
表达了高贵和博爱的品格
至高无上的苏古伊
伟大神圣的林顿伽内。

在房子的走廊上
有一道颜色鲜艳的彩虹
就像很多的槟榔树
1240　从房子的这边到那边
分布着色彩斑斓的拱顶
就像一片槟榔树林
因为这是林图帕斯的道路
这是他来利巴兰的必经之路
林顿伽内啊,纽利昂的保
　　护神。
这是他的必经之路
啊,我们来到了院子里
来到这座房子的后院
这是通向水源的道路

1250　周围都建着栏杆
因为这是比林图的道路。
因为这是比纳伊雅克的道路①
这里的香味不会消失
这里的芳香不会消褪。
这条绳子用来挂
比林图的衣服
这根柱子用来挂
比纳伊雅克的衣服
1260　当比林图在水里洗澡
当比林图在海里游泳。
水面的周围有很多石头
巨大的石头保护着我们
啊,带着黄色条纹的巨石
啊,带着金色条纹的巨石
石头的表面就像镀了金
金色的竖条非常醒目
当她在海里游泳
一直有她兄弟的保护
1270　人见人爱的比林图
可以免受鲨鱼攻击
当她在水里洗澡
一直有她家人的保护
人人爱戴的比纳伊雅克
可以避免鳄鱼的伤害。

大海的底部是银质的
海床上有闪亮的金属
就像玻璃一样明亮
海底到处闪耀着亮光
1280　她的兄弟事先提醒
她的家人反复叮嘱

---

①　比林图和比纳伊雅克是扬卜甘的名字。

　　　　如果戒指从手指滑落　　　　　　被踩踏的灌木丛
　　　　就很难再被找回来　　　　　　　散落在这条道路上
　　　　如果库拉路易①掉下去　　1310　路旁排列着伊苏伊苏
　　　　杜密瓦塔戈·阿亚门　　　　　　沿路都是里务库戈。⑤
　　　　雷纳那戈·阿尼纳延②
　　　　就会很容易做上记号　　　　　　年轻少女通向水源的道路
　　　　细心地把戒指摘起来　　　　　　刚刚找到伴侣的少女
　　　　藏到海边的峭壁旁边　　　　　　年轻少女通向水源的道路
1290　　用心地保护好　　　　　　　　　那些新婚不久的少女
　　　　放到海边陡峭的石头边　　　　　道路的香味逐渐变弱
　　　　有阿亚门在这里保护　　　　　　道路的芳香正在消失
　　　　有阿尼纳延在这里看守。　　　　因为少女找到了伴侣
　　　　　　　　　　　　　　　　　　　因为少女找到了配偶
　　　　已婚妇女走过的道路　　　1320　道路的香味减少一半
　　　　那是特拉尤③的道路　　　　　　路上的芳香减弱一半。
　　　　甜美的香味消失了
　　　　芳香的气味闻不到了　　　　　　谁都无须过问
　　　　仔细地观察　　　　　　　　　　这是阿亚门走的道路
　　　　用心地察看　　　　　　　　　　通向洗澡地方的道路
1300　　特伦巴耀树被砍倒了　　　　　　这是阿尼纳延的道路
　　　　鲁朗树被砍倒了④　　　　　　　通向游泳池的道路
　　　　竹子被做成了架子　　　　　　　路上铺满了细腻的沙子
　　　　上面放着很多水桶。　　　　　　就像鹅卵石的粉末
　　　　每个妇女都带着小孩　　　　　　他的力量无以伦比
　　　　带着蹒跚学步的小孩　　　1330　他的力量无人能敌
　　　　准备带回家的嫩树枝　　　　　　他是利巴兰王国里的
　　　　散落在这条道路上　　　　　　　克鲁斯斯·阿尼纳延

---

　① 意为戒指。
　② 杜密瓦塔戈·阿亚门和雷纳那戈·阿尼纳延是罗诺/雷纳的别称，前者表示不朽的意思，后者表示喜爱、偶像的意思。
　③ 已婚妇女的意思。
　④ 特伦巴耀树和鲁朗树都是重阳木属的树木（*Parrictia javanica*）。
　⑤ 伊苏伊苏和里务库戈都是灌木的名字。

他是内贝戈伊万①土地上的
提宇流·阿尼纳延。②

通向洗澡地方的道路
这是门达雅维的道路
通向游泳池的道路
这是贝戈亚桑的道路
每次迈出一胳膊长度③的步伐
1340　就会听到噼噼啪啪的声音
每次走过十胳膊长度的路面
就会听到一阵巨大的爆裂声
每次走过十胳膊长度的路面
就会听到用力拍打地面的
声音
这是他与众不同的标志
扬当的门达雅维
这是他独特的行为方式。
他一边走一边跳舞
走在去洗澡的路上
1350　他跳着萨乌特舞
走在去洗澡的路上。
谁都无须过问
这个年轻人时刻准备着
谁也不用过问
这个年轻人总是准备着。
他从来没有脱下护甲
他从来没有放下装备
他从来没有取下匕首
他从来没有卸下宝剑。
1360　当他游泳的时候

很多带条纹的遮目鱼陪伴着他
在他旁边游动的是
很多五颜六色的遮目鱼
他在深海的漩涡中游泳
他在深海的漩涡中戏水。

谁都无须过问
这是一个巨大的战场
谁也不用过问
这是一个巨大的竞技场
1370　你抬起头，你往上看
山上到处都是盔甲
你抬起头，你往上看
到处都有战斗的装备
还有很多的匕首
还有很多的盾牌。
那些盾牌散落四方
那些匕首都断成几片
还有很多梭镖的手柄
还有很多砍刀的手柄
1380　在这个战场上
在这个战斗的地方。
你不要到处走动
因为利巴兰的国度
正面临着一次入侵
因为在利巴兰的土地上。
即将迎来一次攻击
那些散落一地的盾牌
是扬当的入侵者留下的
那些断裂的匕首

---

① 这是纳兰当干的别称，意为多风暴的土地，经常被入侵的土地。
② 这些都是雷纳/罗诺的别称，意为美丽的黄色的鸟或黄鹂。
③ 古代菲律宾民族对长度的计量方式。

1390	是利巴兰的敌人丢下的。		这里的材料经过精挑细选
			那是海边坚硬的门吉其特
	当他们建造城堡的时候		这里的材料经过精挑细选
	当他们建设堡垒的时候		那是海边的特卡斯。⑤
	这里就成了国家的要塞	1420	在这之后
	这里就成了抗敌的据点		还有咕噜衮都·比里布的
	当扬当被入侵的时候		防线
	这里是第一道防线		还有瑟鲁代伊·帕能里丹⑥
	当利巴兰遭受攻击		的城堡。
	这里是抗敌的最前线		他从南边的海岸上
	这里是库亚苏的城堡		搬来了巨大的石头
1400	这里是森戈伊顿比①的要塞。		他从南边的峭壁上
	建造的材料都精挑细选		运来了坚硬的石头。
	都是成熟的色哈树		在这之后
	建造的材料都精挑细选		他们还建造了
	都是纯正的蒙戈朋树。②		他们还建成了
	接下来,他们还建立了		纳布耀的防线
	接下来,他们还建造了	1430	德雷蒙内⑦的城堡。
	瑟伊路温的防线		这只是简单地取来
	纳蒙曼顿③的城堡		天上的幕罩
	这些材料经过精挑细选		天空的穹顶
1410	那是来自海边的恩胡树		这里经过了艺术的设计
	这些材料经过精挑细选		建成了如此精巧的样子
	那是来自海边的普拉树		如果这里受到攻击
	在这之后		就会发出比铜锣还响的声音
	还有能戈蒙的防线		如果这里遭受袭击
	还有纳门努刚④的城堡		发出的声音传得比锣声还远

---

① 库亚苏和森戈伊顿比意为"矛头",文中指阿戈尤的一个侄子或外甥,以脾气暴躁著名。
② 色哈和蒙戈朋是一种叶子上长毛的树。
③ 瑟伊路温和纳蒙曼顿是同一个人,都是指阿戈尤的一个儿子。
④ 能戈蒙和纳门努刚指同一个人,他是阿戈尤的一个兄弟。名字的意思是住在女方家里的未过门的女婿。
⑤ 门吉其特和特卡斯是一种硬木。
⑥ 咕噜衮都·比里布和瑟鲁代伊·帕能里丹都是阿戈尤兄弟万拉克(Vanlak)众多名字中两个。
⑦ 纳布耀和德雷蒙内是阿戈尤的儿子,意为太阳、急脾气、大嗓门。

1440	就像是天幕发出的声音	1470	发生在房子里的故事
	就像是苍穹发出的回响。在		发生在屋子里的故事。
	这之后		
	他们还建造了		这是同时发生的事情
	阿亚门的防线		就在围墙的里面
	他们还建设了		集合了许多的年轻人
	阿尼纳延的城堡		这是同时发生的事情
	这是用金属连接而成的		就在房子的里面
	这比钢铁还要坚固		集合了众多的人。
	这里经过了艺术的设计		这里集合了这么多的人
	建成了如此精巧的样子		这里来了这么多的人
1450	支撑城堡的大柱子	1480	劈啪的声音不是来自树上
	是特意为战争而准备的		而是来自身上饰品互相撞击
	支撑城堡的大柱子。		嘈杂的声音不是来自树干
	是专门为战争而设计的		而是来自身上羽饰末端的摩擦。
	八个人可以在柱子上跳战舞		如果你在人们的头上
	十个人可以在柱子上跳苏特舞		撒下一千达①的珠子
	在城堡的上面		没有一颗珠子会
	在城堡的顶部。		落到狭小的地面
	利巴兰国度的侵略者		如果你在所有人头上
	会因此而失去勇气	1490	撒下许多的梅勒乌帕斯
1460	他们只能到达		没有一颗珠子会落到地上
	城堡前的开阔地。		根本不会有珠子落到地上。
	利巴兰国度的侵略者		很多年轻人站到了一起
	会因此而变得害怕		他们脚交叠在一起
	他们只能到达		他们的脚排成了长条
	这个城堡的门口。		很多年轻人排在一起
			他们站着叠罗汉
	现在,让我们离开这里		他们的腿都贴在一起
	我们停止描绘这个城堡		当人们集合到这里
	我们继续唱诵英雄的故事	1500	再也听不到交谈的声音
	我们继续唱诵传统的故事		当人们都来到这里

① 表示重量的量词,约等于2公斤。

他们就不再说话,保持安静。 扬当的门达雅维
1530 他向左边看了看
在这座伟大的房子里 利巴兰的贝戈亚桑
这么多人集合到一起 他的目光又转向右边
一定发生了大事情 他装出懒洋洋的样子
在这座华丽的城堡里 他轻轻抬了抬眉毛
这么多人集合到一起 他看了看旁边的妻子
一定出了大事情 他轻轻地抬起眼皮
扬当的门达雅维 他用眼睛瞄了瞄妻子
1510 特意召集这么多人 他看着房间里的伴侣
利巴兰的贝戈亚桑 善解人意的塔戈雅库娃
特意叫来这么多人。 1540 温柔贤惠的拉库姆缤①
她是第一个结婚的伴侣
当我们说到贝戈亚桑 她具有沉着冷静的性格
他睡了一个长觉 她是第一个结婚的妻子
刚刚起来活动一下 她的举止威严得体。
当我们说到门达雅维 他轻柔地温柔地说道
他好好休息了一下 充满无限爱意地说道:
刚刚从睡梦中醒来 "亲爱的,我生活中的伴侣
他的眼睛红得像卡雅戈的 无比耐心而令人尊敬的妻子
种子 你起来帮帮忙
1520 他的眼球红通通 1550 把那个小水罐递给我
就像一块烧红的木炭 现在你来帮帮忙
他的眼睛正在四处张望 把那个小水罐交给我
目光就像锐利的梭镖 我想好好洗一下脸
就像细小的梭镖一样 我想轻松地洗一下脸。"
就像掷出的梭镖 作为你生活中的伴侣
刺穿他看到的一切 她很快做了你要求的事情
这就是他眼睛的样子 作为善解人意的妻子
这就是他目光的特点。 她马上遵从你的命令。
她非常仔细小心地

---

① 塔戈雅库娃和拉库姆缤是忠诚、顺从的意思,在 *Ulahingan* 中,她是阿戈尤神圣的妻子,在 *Olagingon* 中,她是阿戈尤最小的妻子,以美貌出众而著名。

1560	把小水罐拿了过来	1590	"啊,我生活中的伴侣
	她非常细心地		啊,令人尊敬的妻子
	把小水罐拿了过来		请你把槟榔拿来
	她轻轻地把水罐递给		请你把玛玛恩②交给我
	扬当的门达雅维		从我睡觉时开始
	她轻轻地把水罐递给		我就一直抓着槟榔
	利巴兰的贝戈亚桑。		从我睡觉时开始
			我就一直想嚼槟榔
	扬当的门达雅维		我尽量控制自己
	开始轻轻地举起		但我一直渴望嚼槟榔。"
	强壮有力的右手	1600	"我已经睡了很长时间了
1570	然后,他又慢慢举起		那确实是很长的一觉
	同样强壮有力的左手		我在梦中看到
	如钢铁一样坚硬的吉膀。①		我睡觉前种了一棵槟榔树
	他伸出左手		一棵槟榔树苗
	伸向那个水罐		就在我睡觉的时候
	那个小小的水罐		槟榔树不停地生长
	他用无名指		它的树叶增加了十倍
	轻轻地勾住水罐		我睡觉前种了一棵槟榔树
	他用无名指		就在我睡觉的时候
	小心地勾住水罐。		槟榔树不停地生长
1580	他轻轻地勾住水罐	1610	它的叶子增加了九倍
	慢慢地放到自己面前		这是很长的一段时间
	他仔细地洗自己的脸		经过了长久的时间
	他慢慢地擦拭脸庞		就在我不受打扰的沉睡中
	他轻柔地把水罐		一个新生的小孩长大了
	放到自己的面前		就在我轻轻松松的沉睡中
	他小心地把水罐		一个婴儿都长大成人了。"
	放到了合适的地方。		
			善解人意的塔戈雅库娃
	他轻柔地温柔地说道		温柔贤惠的拉库姆缤
	他慢慢地轻轻地说道:		她轻轻地温柔地拿来

---

① 意为左手。
② 槟榔和石灰混在一起,咀嚼时可以使人感到清爽。

1620 唯一的一颗槟榔果
她轻轻地托起那颗
用金黄色叶子包裹的槟榔
包在外面的叶子
几乎都快被撑破了
这个混合了石灰的玛玛恩。
她轻轻地捧到他面前
她慢慢地送到他面前。

我们再来说说贝戈亚桑
我们再来说说门达雅维
1630 他先举起并展开
他那坚硬如铁的胳膊
朝着广阔的地平线
朝着各个方向舞动着
他举起并伸展
他那坚硬如铁的左手
朝着遥远的地方
朝着四面八方挥动着
然后,他就抱住
站在对面的妻子
1640 他迅速抱住
自己心爱的人
他轻轻地温柔地亲吻
善解人意的妻子
他深情地拥抱
温柔贤惠的生活伴侣。

贤惠的妻子温柔地斥责道:
"你这个愚蠢的贝戈亚桑
你怎么不感到害羞呢
你这个疯狂的门达雅维
1650 你怎么能这么失礼呢
你在这么多人面前

怎么能做这样的事情
你到底是怎么想的
你怎么能在众人面前
你怎么能在大家面前
展示你任性的想法。"

然后,贝戈亚桑回答道
门达雅维回到道:
"为什么我要感到害羞
1660 你是我合法的妻子
为什么我要感到尴尬呢
你是我生活中的伴侣。"

然后他就开始亲吻妻子
他就开始拥抱妻子
这是苏古伊的拥抱
这是迪瓦达的亲吻
这样持续了两天
他们都没有分开
他遵循着自己的道德标准
1670 在接下来的四个夜晚
他们也都没有分开
他很好地控制情绪。
扬当的门达雅维
他带着令人崇敬的微笑
看着远方的地平线
利巴兰的贝戈亚桑
他带着令人愉悦的神情
他的目光望向远方
然后,他轻轻地温柔地
1680 他悄无声息地离开了。

接着,他用自己的无名指
他用自己的无名指
他用手指勾起

	那颗锥形的槟榔果		"啊,谦恭的阿亚门
	接着,他又捡起		令人尊敬的阿尼纳延
	那颗混着石灰的玛玛恩		如果我们大部分臣民
	他把槟榔果放进		已经集中到这里
	两排精美牙齿的里面		如果我们大部分人
	他轻轻地把槟榔果	1720	都已经在这里集合
1690	放到两排白齿之间。		我将把要求讲十遍
	你再也看不到槟榔果了		我要把请求讲九遍
	只有看到红色的汁水		请你们都坐到地板上
	喷溅到平整的地面上		请你们都蹲到地板上
	再也看不出槟榔的形状		这样你们可以专心听
	只有看到深红色的唾液		我要告诉你们的信息
	喷溅到宽阔的地面上		我睡觉时做的梦
	你不用感到惊奇		这样你们可以明白
	你无须感到惊讶		我要告诉你们的消息
	因为在他嘴里闪闪发亮的	1730	我睡觉时梦境的情形。"
1700	那是金色的皇冠形的牙齿		
	什么东西在他嘴里发光		我的臣民们,你们休息一下
	那是金色的皇冠形的牙齿		我的臣民们,你们要相信
	那是镶嵌黄金的牙齿		我要预言的事情
	那是黄金打造的牙冠。		涉及到整个扬当王国
			如果你们不愿忍受
	他慢慢地来回走动		林顿伽内·呢·苏古伊
	就在这座大房子里		将使你们痛苦悲伤
	他慢慢地踱来踱去		我要预言的事情
	就在这座房子里		遍及梅干顶的土地
	然后,他的目光注视到	1740	如果你们不愿相信
1710	扬当的碧娜朗伽		林图帕斯·呢·迪瓦达
	他的眼睛看到了		将带来黑暗和毁灭。
	利巴兰的比努克鲁①		自从我开始统治
	他开始说道		整个扬当的土地
	他说了这样的话:		自从我开始统治

① 这是 Lena/Lono 的别称,意为受人尊敬和爱戴。

整个梅干顶王国
就没有人拜访这里
没有访客在这里出现
甚至都没有人打招呼
1750　甚至没有人到过这里。
为什么出现这种事情
因为这是世界的最远处
有大山阻隔联系
因为这是大地的最外边
有绵延的山峰阻挡
这就是我们居住的地方
特卡斯树被连根拔起
1760　被吹到遥远的地平线
那些门吉其特树被连根拔起
移植到大地的尽头
海边陡峭的悬崖
被击碎变成了粉末
海边巨大的石头
被击碎变成了尘土。

啊，这是关于阿亚门的故事
请你们仔细听
这是关于阿尼纳延的事情
1770　请你们认真听
他带着微笑四处环顾
他开始不停地大笑
哎呀，那是一种怀疑的笑声
那是一种轻蔑的微笑
笑声中带着一丝的愤怒
笑声中带着无比的怨恨
然后，他停止了微笑
他的笑声也停止了

他的脸好像被染了色
1780　他的眉毛变成了红色
他的脸好像涂了颜色
他的脸变成了深红色。
"啊，谦虚的贝戈亚桑
你为什么做这样的事情
啊，令人尊敬的门达雅维
你为什么感到惊恐？
就像一个人没有穿衣服
一个战士没有穿盔甲
就像你没有穿上
1790　战斗的装备。
我很想知道一些关于
居住在扬当的人的情况
我的确感到很好奇
那些纽利昂居民的情况。
他们像蜜蜂一样忙乱
他们像黄蜂一样哀伤
如果有人到这里访问
访问利巴兰的国度
温迪将放弃我们
1800　如果有人来拜访
纽利昂的国度
我们就会被雅雅瓦戈①诅咒。
你们为什么要质疑
你们为什么不相信
扬当的居民们
你们忽略了死亡的存在
纽利昂的居民们
你们没有觉察到
这是最后的安身之所。
1810　你们为什么感到恐惧

---

① 温迪和雅雅瓦戈都是命运女神。

第六章 《阿戈尤》——保卫家园的史诗

```
        你们为什么感到惊慌?                啊,令人敬畏的阿亚门
        明天就知道会发生什么                你肯定还记得
        当战争的乌云出现          1840      你一定还记得
        当公鸡掉下来摔死                    从我开始统治这个地方
        扬当的碧娜朗伽                      在整个扬当的土地上
        出现在战场上                        叫嚣着胜利的人都被诅咒
        当好斗的公鸡掉下来                  就在纽利昂土地上
        雷纳那戈·阿尼纳延                   叫喊着征服的人都损失惨重。
        来到了战场上。"①                   我并不是非常肯定
                                            我也不是非常确信
1820    啊,再来说说贝戈亚桑                 我们是否必须去迎接
        再来谈谈门达雅维                    雅戈帕玛雅·纳·苏古伊②
        他只是轻蔑地笑了笑          1850    我也不是非常确信
        一种带着怀疑的微笑                  我们是否必须去面对
        他开始说道                          雅戈宾特·纳·迪瓦达③。"
        他说了以下的话:                    他对着众多的群众说道
        "没有什么迹象                       他对着密集的人群说道:
        可以说明我心存恐惧                  "唯一的事实,我的臣民们
        事实上,我让自己保持谦和            真正的事实,我的战士们
        但这并不意味着                      只有明天的天象能说明
1830    我是一个懦夫                        我们什么时候面对面
        我时刻让自己保持谦和。              只有明天的启示能告诉
        事实上,比努克鲁          1860      我们什么时候相遇。"
        事实上,碧娜朗伽
        因为你们,我的兄弟                  在最深的萨班干④
        我的良心被深深地唤起                在最深的比格·阿伽万⑤
        因为你们,我的伙伴                  满载战士的船在此停泊
        我的思绪交织在一起                  满载勇士的船在此靠岸
```

---

① 这段话应该是阿戈尤的敌人说的。——译者注
② 这里指最高贵的神。
③ 这里指最高贵的神。
④ 第1861—2558行选自 Unabia, *The Marriage of Tabagka*。
⑤ 指河流交汇的地方或河流的入海口。

	他们跳着舞前进		比吉当拉山③还要高
	就在铺满沙子的海滩上		那是入侵者的旗舰
	他们跳着萨乌特舞		敌人的舰队就像浮木
	就在宽阔的沙滩上		就像漂在海上的木头。"
	他们挥动着手里的盾牌		
1870	他们挥舞着手里的利剑		就在萨班干的最深处
	就在坚不可摧的伊利延		就在比格阿伽万的最深处
	就在不可战胜的阿勒特。		他就在那里指挥军队
		1900	他就在那里指挥进攻
	就在事情发生的时候		鲁玛鲁·鲁玛朗代
	就在事情发生的时刻		从来不会晕船的阿戈尤。
	匀巴温转过头		
	萨拉戈雅恩转过头①		阿戈尤来了
	他回到屋子里		萨拉戈雅恩来了
	就在他的屋子里		他一边走一边跳舞
	他说了以下的话		他一边前进一边跳舞
1880	他说了一席话：		就在平原的沙地上
	"朝气蓬勃的年轻人		就在宽阔的海滩上
	生机勃勃的年轻人		他的膝盖轻轻磕着
	每个人都准备好了	1910	他的膝盖轻轻磕着
	做了充分的准备		他手中利剑的中心
	我们做好了战斗的准备		他手中盾牌的中心
	我们的敌人即将到来		互相磕碰发出的声音
	我们要保持警惕		就像水花飞溅的声音
	就在萨班干的深处		因为这是青铜的武器
	你往下看		因为外面包了一层铜
1890	检查萨班干每个角落		就在盾牌的周围
	那是敌人的旗舰		就在盾牌的四周
	比阿普郎②还要高		那是盾牌上的帕纳吉吉④

---

① 匀巴温和萨拉戈雅恩都是阿戈尤的别称。
② 吉当拉山的主峰。
③ 布吉德农（Mount Kitanglad，地名）最高的山。
④ 盾牌边缘用马尾鬃做的装饰。

1920	马鬃毛镶嵌在盾牌四周	1950	大风从那里吹过。
	就像少女卷曲的长发		当大风从这里吹过
	就像少女披肩的秀发		当大风从这里掠过
	这是顽皮的少女做的		它不会感到陌生
	这是调皮的少女做的。		它不会感到生疏
	当我们看着它们		我们应该把它叫做
	当我们盯着它们		我们应给给它取名
	他的眼睛四处瞭望		它就叫做里布胡温
	他的眼睛四处查看		它的名字就是布利苏干。③
	他的眼睛就像		那些躲开的人
		1960	将会受到诅咒
1930	他的眼睛好比是		那些跑开的人。
	灰烬中闪烁的火光		将会被诅咒
	就像灰烬中红色的火光		这是我的梭镖
	那是勇敢的战士的眼神		这是我的梭镖
	那是无畏的战士的目光。		巫师设计的样式
			巫师铸造的结晶
	他接着说道		由十支钢质的棍子
	他的嘴里念念有词		由九支铁质的棍子
	"这是我的盾牌		牢固地焊接在一起
	这是我的盾牌	1970	当放进水里时发出吱声
	那些宁静的轻风		用这种方法锻造
1940	那些温柔的微风		就会发出吱吱的声音。
	将不会把盾牌吹掉		每一次出击
	将不会把它吹走		梭镖都将命中目标
	因为制造盾牌的材料		有十个人被击中
	来自台风吹过的地方②		有九个人被打死
	来自大风刮起的地方		梭镖自己会飞行
	那里生长着坚硬的树木		梭镖自己会移动
	那里长着参天大树		那些靠近它的人
	台风从那里吹过	1980	那些胆敢出现在它前面的人

① 原文使用台风一词,应该是现代文化影响史诗的痕迹。——译者注
② 意为"诅咒"。

那些不惧怕死亡的人
那些不害怕死亡的人。梭镖
啊,请你不要手软
梭镖啊,请你不要犹豫
用你那锻造过的身体
用你那巫师设计的身体
你要刺穿他们
你要穿过他们
梭镖啊,我要放开你
1990 梭镖啊,我要让你飞出去
你要服从我的控制
你要回到我手里。"

正如我们所看到的
正像我们所看到的
扬当的马萨拉盖
黎纳瓦的玛运巴
无数的大督们
成千上万的首领们
就像在砍迪格苞
2000 就像在砍萨拉苞①
就像从内心激发的勇气
就像从下而上的怒火
世界仿佛被染红了
他左边的胳膊
他右边的胳膊
都已经渗出鲜血
都已经滴出鲜血
他的动作非常快
就像闪电划过一样
2010 他的双脚踏在
宽阔的海滩上

踏在灼热的沙子上
他大声高呼
他振臂疾呼:
"冲啊,用尽你们的全力
冲啊,大家英勇杀敌
打垮进攻扬当的敌人
击退入侵黎纳瓦的敌人。"
2020 在这之后
除了呻吟,没有别的声音
再也听不到其他声音
只有伤者的悲嚎
只有垂死者的呻吟
只有失败者的叹息。

鲁玛鲁·鲁玛朗代
听到了这些声音
阿戈尤·曼·迪格·达戈顿
听到了这些声音
2030 他对敌人们说道:
"你们都回去等死吧
回到你们即将死去的地方
你们将牢记这个教训
你们将不会再犯这样的错误
走吧,你们都将死去
再也不会发生这样的事情
再也不会有这样的记忆。"

于是,我们都看到了
我们确实都看到了
2040 当我们看着海滩
就在海滩上
死者的尸体堆积成山

---

① 一种类似甘蔗的植物。

就像石头堆砌在一起
他们流出来的血
他们流出来的血
就像流淌的河流
一幅血流成河的景象。

　　一个月以后
　　已经一个月过去了
2050　更加激烈的战斗开始了
　　更加可怕的战斗又来了
　　更多的船只来到海边
　　更多的战士登上海滩
　　无数的船只出现在海上
　　无数的士兵登上海滩
　　船上载着无数的战士
　　船上的战士更加勇猛
　　他们再次攻击扬当
　　再次挑起黎纳瓦的战争。

2060　扬当勇敢的年轻人
　　纳兰当干纯洁的年轻人
　　他们互相鼓励和安慰
　　他们的人数正在减少
　　他们都看着阿戈尤
　　他们都看着匀巴
　　因为他突然想起了
　　因为他有了好办法
　　他要送出他的戒指
　　他要命令他的戒指
2070　他让戒指回到家中
　　他让戒指回到家里。

　　阿戈尤取下戒指
　　他把戒指放在掌心

他开始进行祈祷
他嘴里念念有词：
"戒指啊，请听我命令
戒指啊，我要放开你
让你飞向我的家里
让你飞向房子的大厅
2080　你要抄近道回去
你要走最近的道路
去找塔巴格卡·瓦德·宾图雅
去找吉拉·瓦德·帕雅卡。①
你一定要告诉她
你一定要说清楚
让她们给我送槟榔果
让她们给我带槟榔果
给我们勇敢的年轻人
给纳兰当干的英雄们
2090　他们正在河流的交汇处
他们正在河流的入海口
他们的处境很危险
他们处于绝望之中
他们十分饥饿
他们饥饿难耐。"

现在，我们要暂时离开战场
我们暂时离开这个故事
离开扬当的马萨拉盖
离开黎纳瓦的玛运巴
2100　让我们回到黎纳瓦城堡
讲一讲发生在这里的故事
巴格卡·瓦德·宾图雅
吉拉·瓦德·帕雅卡
她正坐在那里
她正坐在那里

　　　　坐在一把水晶椅子上
　　　　一把透明的椅子上
　　　　她的目光正盯着萨巴干
　　　　她正看着比格阿伽万
2110　没过多长时间
　　　　没过多长时间
　　　　她看到一件神奇的事情
　　　　她看到一件困惑的事情
　　　　那是闪闪发亮的戒指
　　　　那是熠熠生辉的戒指
　　　　出现在她的手掌里
　　　　出现在她的手中
　　　　她不认得这个戒指
　　　　她不知戒指是哪来的
2120　所以她就问道
　　　　所以她也想知道
　　　　"你为什么来这里
　　　　你带来什么信息呢？"

　　　　"我来这里的真正目的
　　　　我带来了确切的消息
　　　　我现在就告诉你
　　　　我现在就向你描述
　　　　请你送一些槟榔果
　　　　请你送一些槟榔果
2130　给扬当勇敢的年轻人
　　　　给纳兰当干的英雄们
　　　　他们十分饥饿
　　　　他们饥饿难耐。
　　　　他们需要成千上万的槟榔
　　　　你要带上尽可能多的槟榔
　　　　因为他们需要很多槟榔

　　　　因为每个人都需要槟榔。"

　　　　巴格卡·瓦德·宾图雅
　　　　吉拉·瓦德·帕雅卡
2140　她向伙伴们招呼
　　　　她召集周围的人
　　　　许许多多的女人
　　　　成千上万的少女
　　　　她向伙伴们说明情况
　　　　她向人们讲了一番话：
　　　　"亲爱的姐妹们
　　　　亲爱的伙伴们
　　　　请你们不要耽搁
　　　　请你们不要浪费时间
2150　让我们赶紧准备槟榔果
　　　　我们必须准备槟榔果
　　　　我们把槟榔果送给战士
　　　　我们把槟榔果送给勇士
　　　　他们就在萨巴干的深处
　　　　他们就在比格阿伽万的深处。"

　　　　所有的妇女
　　　　成千上万的妇女
　　　　她们准备了很多槟榔
　　　　每个人都在做玛玛恩
2160　她们的手指
　　　　她们的无名指
　　　　就像兴奋过度一样
　　　　就像陶醉其中似的。

　　　　当完成了所有的工作

---

① 她是阿戈尤隐居的姐妹。

	当准备好了所有的槟榔		他们就可以获得力量。"
	她就开始祈祷		
	她就开始祷告：		槟榔果都散落开
	"啊，金黄色的槟榔果		槟榔果四处散开
	啊，亲爱的槟榔果		这些带石灰的槟榔果
2170	这是我的要求	2200	精心准备的槟榔果；
	这是我的请求		他们都变成了萨耀
	你要寻找每一个人		他们都变成了卡鲁盖①
	你要找到每一个人		径直飞向萨巴干。
	所有的战士		
	成千上万的战士		每个人都变得强壮
	你必须交到每个人手里		每个人都苏醒过来
	每个人都要拿到槟榔		他们都恢复了呼吸
	即使他们不咀嚼槟榔		他们的力量重新恢复。
	即使他们不吃槟榔		
2180	迪瓦达，我的保护神啊		我们再离开这个故事
	迪瓦达，我的保护神啊		我们暂时离开这个情节
	现在由你来做决定	2210	鲁玛鲁·鲁玛朗代
	现在就你有决定权		阿戈尤·曼·迪格·达戈顿。
	这些准备好的槟榔果		他想起了一件事
	这些加了石灰的槟榔果		他要做一件事情。
	哪些槟榔果将送给战士		他要去寻找
	哪些槟榔果将交给战士		他要去搜寻
	他们就在涛声怒吼的萨巴干		那些倒下的年轻人
	他们就在浪声咆哮的比格阿		那些牺牲的战士
	伽万。		他要使他们复活
2190	他们已经饥肠辘辘		他想重新唤醒他们。
	他们已经饥饿难耐		
	请你把槟榔果交给他们	2220	他找到一块宽大的石头
	请你把槟榔果交给他们		在战场上找到一块石头
	请把槟榔果放进他们嘴里		然后他抓起石头
	这样他们就可以吃下		从沙子中把石头举起了

---

① 萨耀和卡鲁盖是一种叫玛雅的褐色的小鸟。

他开始祈祷
他嘴里念念有词：
他开始祈祷
他嘴里念念有词：
"升起来吧，石头
升起来吧，石头
2230　一直升到天上去
一直升到天上去。"

石头慢慢升起来
石头慢慢升上去
他猛地跳上石头
他轻松地跳上石头；
他坐在石头上
他站在石头上
他慢慢摘下
他慢慢取下
2240　他那闪亮的戒指
他那发光的戒指
他开始低声祈祷
他嘴里念念有词
他在为死者祈祷：
"戒指啊，请变成雄鹰
戒指啊，请变成雄鹰
你要带来玛雅
你们要抓起那些
那些牺牲的战士
那些倒下的战士
2250　把他们带到这里
让他们回到这里。"
没有经过很长的时间
因为这是非常真实的①

玛雅把他们带过来
所有人都被带到这里
当他们被集中到这里
当他们被集合到这里
他把他们的胸膛
——都摊开
2260　他用夹杂石灰的槟榔
他用夹杂石灰的槟榔
摩擦他们的胸膛
摩擦余温尚存的胸膛。
他开始低声祈祷
他嘴里念念有词：
"玛玛恩，你要自己溶化
玛玛恩，你要自己溶解
你要进入他们的身体
你要进入他们的灵魂
2270　使年轻的战士复活
使年轻的战士苏醒。"
他们就这样开始咀嚼
他们就这样吃玛玛恩
他们恢复了力量
他们重新获得活力。

他开始低声祈祷
他嘴里念念有词：
"年轻人，你们休息一下
战士们，你们放松一下
2280　你们很快就会恢复
你们很快就能走动
当你们恢复精神
当你们休息过后。
敌人的战船正好到达

---

① 原文如此，只是在上下文意思上缺乏连贯性。——译者注

第六章 《阿戈尤》——保卫家园的史诗

	敌人的战船恰好靠岸
	满载着凶恶的敌人
	敌人的船只正在靠岸
	就在萨巴干的深处
	就在比格阿伽万。
2290	我亲爱的战士们
	亲爱的年轻人
	我要下去了
	我要继续战斗。"
	他的动作就像
	他的行动好比是
	一个人在砍迪格苞
	他在战场上来回跳跃
	他杀进敌人的中央
2300	成千上万的敌人
	数量众多的敌人。
	没用多长时间
	没过多长时间
	敌人的数量逐渐减少
	敌人的人数慢慢变少
	敌人四处逃窜
	敌人乱作一团
	他们都逃到海滩上
	他们都挤在沙滩上
2310	他正在嘲笑那些留下的大督
	他正在挑战那些首领
	那些高贵的大督们。
	没用多长时间
	没过多长时间

　　他们遇到了一个人
　　他们遇到了一个首领
　　遇到了一个伟大的大督
　　遇到了受人尊敬的大督
　　他的胸前用线系着符咒
2320 他的胸前戴着一串符咒
　　就像一棵长满藤条的大树
　　就像正在灼烧的火焰
　　当他们遇到他。①
　　他就说了一番话
　　他的口中念念有词：
　　"不要感到惊奇
　　不要感到奇怪
　　因为我就是首领
2330 因为我就是大督。"

　　这是一个伟大的奇迹
　　这是一次神奇的经历
　　因为他没有梭镖
　　他也没有带盾牌
　　他也没有带利剑
　　他也没有带砍刀
　　他也没有带匕首。
　　你们都看好了
2340 你们都要仔细看
　　你们不要遗漏细节
　　那是无比强壮的身躯
　　那是充满力量的身体。

　　因巴拉那·呼·兰吉特
　　因巴达特·库·玛拉匀②

---

① 原文在这里有一点指代上的混乱，句中的"他"指阿戈尤。——译者注
② 在《乌拉辛贡》(Olagingon)中，塔戈雅库娃和班拉克的儿子，阿戈尤的侄子。

	脑海中冒出一个想法		雷声在天空中轰鸣

脑海中冒出一个想法
心中有了一个主意
他是一个强大的对手
他要第一个进行战斗。
2350　他就说了一番话
他的口中念念有词：
"我亲爱的祖先
我亲爱的祖先
扬当的马萨拉盖
黎纳瓦的麻卡各瓦斯①
请你走远一些
请你走远一点
因为我要经过那里
因为我要继续前进
2360　据我所知
在我看来
你是举世无双的英雄
你却无法匹敌那强壮的身躯
那是一个伟大的首领
那是一个高贵的首领。"

他就说了一番话
他的口中念念有词：
"我们要手拉手
我们要握紧手
2370　我们要自信地手拉手
我们要用力握紧手。"

他们把手握在一起
他们把手紧握在一起

雷声在天空中轰鸣
雷声在天空中回响
他们双手握得更紧
他们聚拢在一起。
他们心中充满了恐惧
大地正在慢慢地裂开
2380　地面上逐渐出现裂缝
我们辛勤耕种的土地
我们辛苦劳作的地方。
地上形成了很多大坑
到处都是塌陷的痕迹
高山变成了平地
高地变成了平原。
天空似乎塌了下来
天空即将掉了下来
世界仿佛颠倒过来
2390　世界仿佛要被压碎
就在天国的最高层②
就在天空的最上方。

当世界变成这样
当目睹发生的一切
人们开始呼救
人们开始尖叫。

他那相亲相爱的妻子
他的妻子正在掌管
拉滚滚·拉格巴安
2400　图戈朋·南昆迪拉瓦③
她的丈夫正呼呼大睡

---

① 阿戈尤的绰号，意为英俊。
② 马诺伯族人认为，天空一共分为七层。
③ 雷神，在 *Olagingon* 中，拉滚滚·拉格巴安是阿戈尤的祖父，负责平息互不认识的亲戚间的争斗，在 *Olaging* 中，他是阿戈尤的叔叔，主要是为亲戚之间的争斗充当中间人，在 Ulahingan 中，他是阿戈尤死去的父亲。

第六章 《阿戈尤》——保卫家园的史诗

  她的丈夫正在睡梦中
  她解开自己的头发
  她解开自己的秀发
  然后她就晃动头发
  她的头发迎风飞扬。
  她嘴里念念有词
  她说了一番话：
  "起来吧，拉滚滚
2410 起来吧，拉格巴安
  我们遇到了难题
  我们遇到了困难
  这是什么样的台风呢
  哪儿来的这么大的风呢
  它的力量如此巨大
  它的力量如此可怕
  大风不停地旋转
  大风激烈地旋转
  就在天国的最高层
2420 就在天空的最高处。
  如果大风不停下来
  如果大风不平息下来
  那天空就会塌下来
  天国就会掉下来。"

  他不情愿地醒来
  他还没有完全清醒
  他用手揉了揉眼睛
  然后他坐了下来
  他正在仔细地听
2430 然后他向下看
  看着下面的大地
  看着下面的世界；
  看遍世界的每个角落
  他检查每一样东西

  这是一个颠倒的世界
  所有的事情都失去规则
  他要恢复世界的秩序
  他要恢复世界的章法
  他的目光四处搜索
2440 他的目光四处寻找
  在这著名的黎纳瓦
  在这有名的扬当。
  你将在那里发现
  你将对那里感到奇怪
  这里已经漆黑一片
  就像黑夜提前降临
  空中飞舞火苗
  就像萤火虫在四处乱飞
  这是他说的话
2450 他的口中念念有词
  "黑暗啊，这不是你的领地
  黑暗啊，请消失无踪。"

  当黑暗消失的时候
  当天空重新升起
  他清楚地看到
  他清晰地看到
  正在打仗的大督们
  正在战斗的勇士们
  然后，他拿起了
2460 然后他就捡起
  那把铜制的鞭子
  那根潮湿的绳索；
  然后他往下走
  他慢慢地走下来
  当他到达地面
  当他走到地上
  他径直往前走

	他直着向前走		慢慢地停下来
	走到鲁玛鲁·鲁玛朗代		渐渐地平息下来。
2470	走到阿戈尤·曼·迪格·达戈顿	2500	当他走进他们
	那个神奇的屋子		当他靠近他们
	他要询问事情的真相		他用那把铜制的鞭子
	他要弄清事情的缘由。		他用潮湿的绳索
			去捶打他们
	萨拉戈雅温回答道		去击打他们
	匀巴温回答道：		打在敌人的头上
	"我的祖先		打在敌人红色的头上
	我亲爱的祖先		那些熟练的战士
	事情是这样开始的		那些勇敢的战士
	事情的缘由是这样	2510	所有的人都倒下了
2480	巴格卡·瓦德·宾图雅		他们都倒在了地上
	吉拉·瓦德·帕雅卡		他们都失去了知觉
	和掌管大地的迪瓦达		他们都没了呼吸。
	和图姆帕斯·哈·马纳比绕		
	彼此交换槟榔		扬当的马萨拉盖
	将槟榔发到彼此手里		他说了一番话
	当这些事情完成以后		他嘴里念念有词：
	当这些事情就绪以后		"祖先啊，请让他们复活吧
	敌人已经过来了		先人们，请让他们醒过来。"
	成千上万的战士。"		他接着说道
		2520	他嘴里念念有词
2490	拉滚滚正在注视		"起来吧，伟大的战士
	拉格巴安正在关注		醒过来吧，勇敢的战士。"
	他说了这样一番话		
	他嘴里念念有词：		现在，你可以看到
	"平息下来吧，大风		现在，你能注意到
	停下来吧，呼啸的风。"		充满魅力的大督
	那些呼啸而过的风		聪明能干的首领
	那些来去匆匆的风		他的名字是
			他被叫做

　　　　　古鲁巴特能·南·拉比
2530　　拉衮伽·南吉纳戈①
　　　　　他是扬当年轻人
　　　　　共同的祖先
　　　　　他是纳兰当干英雄们
　　　　　共同的祖先。
　　　　　他戴着死神面具
　　　　　古姆古纳拉的面具
　　　　　他穿上地狱之神
　　　　　古姆巴的衣服②
　　　　　他是扬当人的长者
2540　　他是黎纳瓦人的长者
　　　　　这就是为什么
　　　　　他如此想念他们
　　　　　因为他感到极度孤独。

　　　　　鲁玛鲁·鲁玛朗代
　　　　　阿戈尤·曼·迪格·达戈顿
　　　　　他说了以下一席话
　　　　　他的嘴里念念有词：
　　　　　"我尊敬的祖先
　　　　　我亲爱的祖先
2550　　让我们到森林里去
　　　　　让我们忘记孤独
　　　　　让我们忘记悲伤。"
　　　　　他们尽情欢聚
　　　　　他们彼此分享快乐
　　　　　欢笑中伴着泪水
　　　　　笑声里夹杂着尖叫

　　　　　他们的泪水尽情流淌
　　　　　那是亲人团聚的泪水。

　　　　　就在房子的中间③
2560　　就在大厅的正中间
　　　　　那些被推举出来的大督
　　　　　那些具有名望的首领
　　　　　他们聚集到一起
　　　　　他们集合到一起
　　　　　他们在这里互相吹嘘
　　　　　他们正在自吹自擂
　　　　　他们炫耀杀敌的人数
　　　　　他们以此互相取乐
　　　　　他们互相比较
2570　　用双手杀敌的人数。

　　　　　延登甘的首领
　　　　　他的脑袋来回转动
　　　　　姆当乌当的首领
　　　　　他的脑袋不停地摇动
　　　　　他在微笑
　　　　　他在大笑
　　　　　他的牙齿金光闪闪
　　　　　就像划过一道闪电
　　　　　就像要刺穿每个人
2580　　就像从嘴里发出
　　　　　一道耀眼的光芒
　　　　　仿佛给人致命的一击。④

---

① 意为不可战胜、不可超越。在 *Olaging* 版本中，他是 Langunga Gulubatnon 的另一个名字。

② 在 *Olaging* 版本中，Langonga Gulubatnon 让 Gumugunal/Gumumba 装扮自己，而他则去拜访在纳兰当干的亲戚。

③ 第 2559—3342 行选自 Unabia, *Tagyakuwa and the Black Datu*。

④ 原始的马诺伯人有锉牙和镶金牙的习俗。在提及阿戈尤的微笑的时候，都会用这样的描述。

　　　　迪格·达卡顿·玛运巴
　　　　迪格达戈恩·玛萨拉盖
　　　　他开始大声说
　　　　他发出刺耳的声音：
　　　　"每个人，你们都仔细听
　　　　所有的人，都要保持安静。
　　　　我要告诉你们一些事情
2590　　我要宣布一些事情
　　　　这是千真万确的事情
　　　　这是毫无疑问的事实。①
　　　　明天上午
　　　　我们都要准备好
　　　　我们要去参加战斗
　　　　就在宽阔的海滩上
　　　　明天上午
　　　　我们都要做好准备
　　　　我们要加入战争
2600　　就在波涛汹涌的海边；
　　　　我们参加这次战斗
　　　　已经很长时间了
　　　　我们参与这场战争
　　　　已经很长时间了
　　　　有一件事情是肯定的
　　　　敌人人数增长的速度
　　　　就像竹子生长的速度
　　　　成千上万的敌人
　　　　来到了海滩上。
　　　　有一件事情是肯定的
2610　　敌人的人数就像

　　　　竹子上的新芽一样多
　　　　就在波涛汹涌的海滩上
　　　　我们必须带上
　　　　所有年幼的小孩子
　　　　我们必须带上
　　　　所有的年轻人
　　　　即使这些小孩子
　　　　身体还比较柔弱②
　　　　身上还带着兽皮的气味
2620　　即使这些年轻人
　　　　身体还比较柔弱
　　　　身上还带着兽皮的气味③
　　　　我们要让他们血流成河
　　　　我们要好好教训他们
　　　　就在我们周围的海滩上
　　　　就在波涛汹涌的沙滩上。"
　　　　马萨拉盖·哈·阿戈尤
　　　　他又接着说道
　　　　麻卡各瓦斯·迪格·达卡顿
2630　　再一次说道：
　　　　"你，因吉拉斯
　　　　你，因达亚巴特④
　　　　你站到我面前
　　　　你站到我前面
　　　　我有一些事告诉你
　　　　我要交代你办点事。"
　　　　就像闪电划过
　　　　他已经到了

---

① 原文在这里又用了十次和九次来说明事情的真实性。——译者注
② 原文直译是"那些挂在竹子上的小孩子"，根据史诗中的情节，人们在干活的时候，可能将襁褓中的婴儿挂在竹子上。文中表示小孩子年纪还很小，身体还很柔弱。——译者注
③ 可能是以身上是否带着兽皮，或具有兽皮的气息来判断是否成年。——译者注
④ 阿戈尤的儿子。

	马萨拉盖·哈·阿戈尤		在头巾的保护下
2640	他父亲的前面		在头巾的保佑下
	就像闪电划过		你将不会受到诅咒
	他瞬间来到		你将百病不侵
	麻卡各瓦斯·迪格·达卡顿		你永远不会生病
	面前	2670	因为我要你去做事
	他说了这样一席话		因为我要给你安排任务
	他的嘴里念念有词		既然你已经在我面前
	"我将不会受到诅咒		既然你已经站在我前面④
	我将不会受到疾病的伤害		就像笛子的声音,仔细听
	在头巾的保护下		就像我要演奏的达肯贝
	在头巾的保佑下		就像兰杜伊,你要认真听
2650	我将不会受到疾病的伤害		就像我要演奏的唐库拉⑤。
	那是图保的带子		现在,我要命令你
	那是唐库鲁的带子①		现在,我要发号施令
	既然我站在这里	2680	我命令你去滨渡
	站在我父亲面前		我命令你进入派雅克⑥
	站在玛运巴的面前		那是布延的派雅克
	既然我站在这里		那是亚曼阿格的滨渡⑦
	站在我父亲面前		她们是你的长辈
	站在马萨拉盖的面前。"②		她们是你的母亲
	然后,玛运巴说道		你直接去那里
2660	然后,马萨拉盖说道:		到大督的派雅克那里
	"亲爱的因吉拉斯		你径直朝前走
	我心爱的因达亚巴特③		到大督的滨渡那里
	在闪电中降生	2690	到布延的首领那里
	你是闪电带来的		亚曼阿格的大督那里

---

① 图保和唐库鲁是绑在头上的装饰的布条,可以获得神灵的保佑。
② 第2646—2658行表现出对长辈的问候。
③ 原文为Inyatabat,疑为记录错误。——译者注
④ 第2661—2673行经常用来回答长辈或上级的问候。
⑤ 这是一些当地用竹子制作的乐器。
⑥ 这是有名望的人的女儿隐居的房间。
⑦ 布延和亚曼阿格意为月亮,文中用来形容美丽的女人。

　　　　　塔戈雅库娃·达·德拉戈
　　　　　达戈梅勒·达·卡拉桑
　　　　　那是所有的布延中
　　　　　最美轮美奂的人物
　　　　　那是所有的亚曼阿格中
　　　　　充满魅力的明星。
　　　　　你要去告诉她
　　　　　她会向其他人下命令
2700　　命令成千上万的布延
　　　　　她会向伙伴们下命令
　　　　　命令成千上万的亚曼阿格
　　　　　让她们准备穆努
　　　　　让她们准备槟榔果
　　　　　因为无数的大督
　　　　　他们感到很饿了
　　　　　因为很多高贵的人
　　　　　他们都饥肠辘辘
　　　　　他们就在这个大厅里
2710　　就在这个宽阔的大厅里。
　　　　　你还要特别交代
　　　　　你还要特别说明
　　　　　一定要准备足够的穆努
　　　　　要准备成千上万的玛玛恩
　　　　　她们要为我们提供食物
　　　　　她们要为我们提供给养
　　　　　因为明天上午
　　　　　我们就将去战斗
　　　　　因为明天上午
2720　　我们就将奔赴战场
　　　　　就在我们周围的海滩上
　　　　　就在波涛汹涌的海滩上。"

　　　　　就在玛运巴
　　　　　说了这些话以后

　　　　　就在马萨拉盖
　　　　　发出命令之后
　　　　　他就像驯服的公鸡一样
　　　　　就像家养的公鸡一样
　　　　　就像旋转的陀螺
2730　　就像旋转的陀螺
　　　　　就像一道火光划过
　　　　　就像一道闪电划过
　　　　　就像飘过一阵笑声
　　　　　年轻少女欢快的笑声
　　　　　就像飘过一阵笑声
　　　　　美丽姑娘愉快的笑声
　　　　　派雅克的大门紧闭着
　　　　　他需要从这里经过
　　　　　滨渡的大门紧闭着
2740　　他需要从这里进去.
　　　　　他顺利到达这里
　　　　　在首领的派雅克面前
　　　　　在大督的滨渡面前
　　　　　他说了这样一番话
　　　　　他说了这样一席话：
　　　　　"我将不会被
　　　　　你刺绣衣服所诅咒
　　　　　我将不会受到
　　　　　你华丽衣服的伤害
2750　　因为你需要走出去
　　　　　走出你自己的滨渡
　　　　　因为你要跨出去
　　　　　跨出你自己的派雅克
　　　　　你要命令你的伙伴们
　　　　　让她们都集合起来
　　　　　你要命令你的伙伴们
　　　　　让她们都集合起来
　　　　　都到防风的大厅里

2760	都到这个宽阔的大厅来 我的父亲,扬当的首领 要我告诉大家 我的父亲,黎纳瓦的首领 要我带来命令。"	2790	请你们都出来吧 请你们都出来吧。" 当她们都集合到 这个防风的大厅里 她们都集合到 这个宽阔的大厅来 因达亚巴特·库·吉拉特 他对大家说道 因卡雅思·塔·巴纳耀① 他口中念念有词。
	就像飘过一阵笑声 年轻少女欢快的笑声 就像飘过一阵笑声 美丽姑娘愉快的笑声 滨渡的大门缓慢地开启 派雅克的大门慢慢地打开		
2770	大门缓慢地开启 大门慢慢地打开 布延的首领 令人尊敬的女首领 她慢慢走了出来 她说了一席话 他这样回答: "亲爱的因卡雅思 亲爱的因达亚巴特	2800	因卡雅思的话 说完了之后 因达亚巴特的声明 传达完了之后 成千上万的布延 她们开始哭泣 无数的哈雅格② 她们开始流泪 她们热烈地讨论 她们都争先发言
2780	在我刺绣衣服的保护下 你将不会被诅咒 在我华丽衣服的保护下 你将不会受到伤害 你带来了玛运巴的命令 阿勒特的首领的命令 你带来了马萨拉盖的命令 伊利延的首领的命令 亲爱的姐妹们 我亲爱的姐妹们	2810	"亲爱的姐妹们 我亲爱的姐妹们 我们应该怎么办呢 当野蛮的敌人入侵 入侵延登甘的伊利延 我们能够做什么 当敌人大举入侵 姆当乌当的阿勒特 我们肯定都会死去

① 原文为 Banayaw,文中也曾出现 Banayao,疑为同一人。根据上下文的关系判断,因卡雅思和因吉拉斯是同一个人。——译者注

② 意为"月光",用来指漂亮的女人。

	我们都会被杀死		她们都拿起
2820	我们都会变成俘虏	2850	金黄色的卡拉普罕
	我们都会成为奴隶		她们都迅速地拿起
	即使小男孩也不能幸免		金黄色的马兰安
	所有的人都不能幸免		她们飞快地准备玛玛恩
	延登甘的伊利延		穆努都被切成薄片
	姆当乌当的阿勒特。"		就像一绺一绺的头发
			玛玛恩都被切成薄片
	只有一个人没哭		就像一缕一缕的头发
	只有一个人忍住了眼泪		数量就像落下的雨滴
	她就是布延的首领		大小就像阿格莱②
	她就是亚曼阿格的首领	2860	她们就这样准备槟椰果
2830	她对大家说道：		槟椰果的形状
	"姐妹们，请安静		就像布棱盖③
	姐妹们，请静下来		她们就这样准备槟椰果
	大家不要哭泣		没过多长时间
	大家停止哭泣		没用太长时间
	因为我们不能违抗		一长串穆努准备好了
	首领的命令		一长串玛玛恩准备好了。
	我们不能违抗		
	首领的意志		然后，她开始祈祷
	拿起你们的马兰安		接着，她开始祷告
2840	我们要赶紧准备	2870	"迪瓦达，我的迪瓦达
	成千上万的穆努		我亲爱的保护神啊
	拿起你们的卡拉普罕①		请把这些穆努包起来
	我们要马上准备		请把这些玛玛恩捆起来
	成千上万的玛玛恩。"		这样就只有一个穆努
			这样就只有一个玛玛恩
	所有的人都安静下来		这是闪闪发亮的玛玛恩
	她们都不再哭泣		这是闪耀光芒的穆努
	所有的人都安静下来		就像金子一样闪光
	她们都停止哭泣		就像金子一样耀眼。"

① 马兰安和卡拉普罕是一种黄铜制成的容器，用于盛放槟椰果。
② 一种植物，其果实可以用来酿造班加西酒（pangasi）。
③ 同上。

2880	这一长串穆努	2910	"亲爱的布延
	突然就消失了		亲爱的亚曼阿格
	这一长串玛玛恩		现在,我要走了
	马上就变成一个		现在,我必须离开了
	金黄色的玛玛恩		就像一颗星星
	金黄色的穆努。		守望着隐蔽的派雅克
	然后,达戈梅勒说道		就像一颗星星
	接着,塔戈雅库娃说道:		保护着紧锁的滨渡。"
	"亲爱的因卡雅思		
	亲爱的因雅达巴特①		然后,他就离开了
2890	你过来,带上它		然后,他就走了
	你把它捡起来	2920	就像一道闪电划过
	这个金黄色的穆努		他马上就站在
	这个金黄色的玛玛恩		玛运巴的面前
	像蜜蜂一样飞走		就像一道亮光闪过
	像蜜蜂一样离开这里		他已经站在
	你已经耽误了		马萨拉盖的面前
	因为你在这里停留了		"既然我已经拿到
	也许你会受到责备		那些金黄色的玛玛恩
	阿勒特首领的责备		既然我已经得到
2900	也许你会受到斥责		那些金黄色的穆努
	伊利延首领的斥责。"	2930	亲爱的因卡雅思
			亲爱的因雅达巴特
	因雅达巴特·库·吉拉特		现在,你可以回去了
	拿起那个玛玛恩		回到你自己的地方
	那个金黄色的玛玛恩		现在,你可以回去了
	因卡雅思·达·巴纳耀		回到你自己的地方。"
	拿起那个穆努		
	那个金黄色的穆努		迪格·达卡顿·玛运巴
	他说了一番话		他开始祈祷
	他嘴里念念有词:	2940	"迪瓦达,我的神啊

---

① 因达亚巴特(Intayabat)和因雅达巴特(Inyatabat)应该是同一个人,只是唱诗人的失误造成人名上的不同。——译者注

　　　　我的保护神啊
　　　　您使我成为首领
　　　　您使我成为勇士
　　　　您是我头巾的保护神
　　　　您是我头巾的保护神
　　　　这是图保的绳结
　　　　这是唐库鲁的绳结
　　　　请您解开这个穆努
　　　　请您解开这个玛玛恩
2950　　这个金黄色的玛玛恩
　　　　这个金黄色的穆努。"

　　　　然后，他开始投掷玛玛恩
　　　　就在这个大厅里
　　　　然后，他开始抛撒穆努
　　　　就在这个宽阔的大厅里
　　　　面对这么长的穆努
　　　　你会感到害怕
　　　　面对这么多的玛玛恩
　　　　你会感到恐惧
2960　　这是加了石灰的槟榔
　　　　这是掺杂石灰的槟榔。

　　　　他说了一席话
　　　　马萨拉盖·哈·阿戈尤说道：
　　　　"亲爱的大督们
　　　　亲爱的权贵们
　　　　不要再耽搁了
　　　　不要浪费时间了
　　　　尽情地享用穆努
　　　　尽情地咀嚼玛玛恩
2970　　还有那些年轻人
　　　　还有那些年幼的孩子
　　　　你们已经饥饿难耐

　　　　你们已经饥肠辘辘。"

　　　　他们都在尽情享用
　　　　他们嘴里塞满穆努
　　　　他们都在尽情咀嚼
　　　　他们嘴里塞满玛玛恩
　　　　他们咀嚼之后的残渣
　　　　就像纷纷落下的
2980　　拉瓦安的花朵
　　　　落在伊利延的四周
　　　　他们咀嚼之后的残渣
　　　　就像纷纷落下的
　　　　卡莉雅恩的花朵
　　　　落在伊纳勒坦的周围。

　　　　年幼的男孩子
　　　　年轻的小伙子
　　　　他们慢慢长大
　　　　他们继续嚼槟榔
2990　　他们渐渐长高
　　　　只有在充分长大后
　　　　他们才停止嚼槟榔
　　　　只有在充分长高后
　　　　他们才停止嚼槟榔。

　　　　然后，玛运巴说道
　　　　然后，马萨拉盖说道：
　　　　"亲爱的弟兄们
　　　　还有你们，年轻人
3000　　如果你们已经
　　　　吃完了玛玛恩
　　　　如果你们已经
　　　　咀嚼了玛玛恩
　　　　请你们包一些穆努

　　　　　请你们带一些玛玛恩
　　　　　作为你们的补给
　　　　　作为你们的食物。"
　　　　　接着,他们把穆努包起来
　　　　　接着,他们把玛玛恩带在身上
3010　　在这个大厅里
　　　　　我们再也看不到
　　　　　那一长串的穆努
　　　　　在这个大厅的中间
　　　　　我们再也看不到
　　　　　那一长串的玛玛恩。

　　　　　当清晨来临
　　　　　当黎明到来
　　　　　玛运巴说道
　　　　　马萨拉盖说道:
3020　　"亲爱的大督们
　　　　　亲爱的权贵们
　　　　　还有那些年轻人
　　　　　还有那些年幼的孩子
　　　　　现在,你们不要再耽搁
　　　　　你们不要再浪费时间
　　　　　我们必须做好准备
　　　　　我们必须做好准备
　　　　　做好准备之后
　　　　　我们即将出发
3030　　一切就绪以后
　　　　　我们即将离开。"

　　　　　接着,玛运巴说道
　　　　　接着,马萨拉盖说道:
　　　　　"如果你们已经准备好了
　　　　　如果你们已经准备好了
　　　　　让我们列队前进

　　　　　我们要编队出发
　　　　　尽管你们拥有强壮的双腿
　　　　　但我们要缓慢前行
3040　　我们要保存体力
　　　　　我们要节省体力
　　　　　否则,延登甘的伊利延
　　　　　将会被彻底破坏
　　　　　否则,姆当乌当的阿勒特
　　　　　将会成为一片废墟。"

　　　　　接着,他们就离开了
　　　　　这些延登甘的保卫者
　　　　　接着,他们就开赴远方
　　　　　这些姆当乌当的战士
3050　　他们的队伍
　　　　　看上非常整齐
　　　　　所有的战士
　　　　　看上去都精神抖擞
　　　　　我们都无法看到队伍的末端
　　　　　我们都无法看到部队的末端。
　　　　　他们举起的盾牌
　　　　　就像燃烧的火焰
　　　　　他们举起的利剑
　　　　　就像窜起的火苗
3060　　那是红通通的火焰
　　　　　那是红通通的火苗。
　　　　　他们像爬行的蚂蚁
　　　　　他们迅猛地冲下来
　　　　　冲到萨巴干的深处
　　　　　他们像爬行的蚂蚁
　　　　　他们向下猛冲
　　　　　冲到比格阿伽万的深处
　　　　　就在黎纳瓦·利巴依·巴
　　　　　戈尤

就在扬当·阿努德·阿努登。 他们遇上了
不计其数的人
3070 阿勒特的首领 3100 这些都是他们的敌人。
当他到达 敌人的数量如此众多
萨巴干的深处 就像飘落的拉瓦安花
黎纳瓦·利巴依·巴戈尤 他们数量突然剧增
伊利延的首领 他们都冲到海滩上
当他到达 敌人的数量如此众多
比格阿伽万的深处 就像飘落的卡莉雅恩花①
扬当·阿努德·阿努登 成千上万的敌人
这时，我们可以看到 他们都冲到了海滩上。
他开始展示他的力量
3080 他把脚下的大石头 放眼望去
都踢到遥远的地方 3110 到处都是卡拉萨斯
这时我们可以看到 视线所及
他开始释放力量 无处不在的达普达普
他把脚下的大石头 就在荒凉空旷的海滩上
都踢到遥远的地方 就在波涛汹涌的海滩上。
就在黎纳瓦·利巴依·巴 接着，敌人的首领说道
戈尤 接着，敌人的酋长说道
就在扬当·阿努德·阿努登。 他是敌人的首领
他是敌人的酋长
他们沿着海滩前进 "从扬当来的兄弟
延登甘的战士 3120 从黎纳瓦来的兄弟
3090 他们沿着海岸前进 你们最好选出
姆当乌当的战士 谁来当扬当的首领
用了不到一夜的时间 你们最好决定
没到一晚上的时间 谁是黎纳瓦的酋长
他们在沙滩上前进 他将在沙滩上
队伍在海湾里前行 和我们进行战斗
他们遇到了 他将在沙堆上
成千上万的人 和我们进行战斗

---

① 原文中为 kaliyaan，应该是和 kaliyaen 指同一种花。——译者注

　　　　我们即将开始战斗
3130　我们马上就开始战斗。"

　　　　迪格·达卡顿·玛运巴
　　　　他只是微微一笑
　　　　迪格达戈恩·马萨拉盖
　　　　他只是笑了笑
　　　　然后，马萨拉盖命令道
　　　　然后，玛运巴命令道：
　　　　"年轻人，我的战士
　　　　年轻人，我的伙伴
　　　　不要再耽搁了
3140　马上投入战斗吧
　　　　不要再犹豫
　　　　马上加入战斗吧
　　　　大家小心一点
　　　　大家加倍小心
　　　　要像训练过的公鸡一样去
　　　　战斗
　　　　打垮不计其数的敌人
　　　　要像老练的公鸡一样去战斗
　　　　击退成千上万的敌人。"

　　　　战士们飞快地跑下来
3150　年轻人又蹦又跳
　　　　他们一路争先恐后
　　　　他们一路跳跃着
　　　　他们跳上隆起的沙堆
　　　　他们跳上高高的沙地。
　　　　沙子没过了膝盖
　　　　沙子把脚埋了进去
　　　　沙子没过了膝盖

　　　　沙子把脚埋了进去
　　　　他们把盾牌
3160　紧紧地摆放在一起
　　　　他们把利剑
　　　　整齐地摆放在一起
　　　　他们向敌人说道
　　　　他们向敌人喊道：
　　　　"你们是难得的敌人
　　　　你们是可敬的敌人
　　　　不要浪费时间了
　　　　不要再迟疑了
　　　　和我们较量一番
3170　我们是扬当的年轻人
　　　　和我们交手吧
　　　　我们是姆当乌当的年轻人
　　　　我们已经做好准备了
　　　　我们已经准备就绪了。"

　　　　不计其数的敌人
　　　　他们飞快地冲过来
　　　　攻击扬当的年轻人
　　　　成千上万的敌人
　　　　他们迅速发起冲锋
3180　挑战黎纳瓦的年轻人
　　　　他们是精挑细选的年轻人
　　　　他们是年轻人中的佼佼者。①

　　　　扬当的年轻人
　　　　像陀螺一样旋转
　　　　姆当乌当的年轻人
　　　　像陀螺一样旋转
　　　　我们感到无比兴奋

---
① 指的是扬当/黎纳瓦的年轻人。——译者注

我们感到无比激动
因为我们无所畏惧
3190 我们只是哈哈大笑
只是由衷地发出欢呼
就像看见了美丽的姑娘
就像看到了漂亮的少女
不计其数的敌人
他们的盾牌裂成碎片
成千上万的敌人
他们的短剑断成碎片。

没过多长时间
没用多长时间
3200 他们在沙滩上的战斗
他们在海滩上的战斗
没有延续到第二天
战斗只持续了一天
出现在我们眼前
出现在我们视线中
敌人的尸体躺在沙滩上
敌人的尸体躺在海边
那些凶猛的敌人啊
那些凶恶的敌人啊
3210 他们都被打死了
他们生命不复存在
只有一个人活了下来
他就是敌人的首领
只有一个人没有倒下
他就是敌人的首领。

接着，他微笑着
接着，他大笑起来
迪格·达卡顿·玛运巴
迪格达戈恩·玛萨拉盖

3320 就像那些大督
就像那些权贵
他们都在微笑
他们都在大笑
他们说了一番话
他们嘴里念念有词
"亲爱的年轻人
亲爱的弟兄们
你们在战斗中的表现
我感到非常满意
3230 你们在战斗中的表现
我感到非常高兴
你们作战的方式
像老道的大督
你们战斗的方式
就像训练有素的首领。
你们现在可以休息了
你们现在可以放松了
我们必须浴血奋战
为了那些小孩子
3240 他们都还年幼
我们必须浴血奋战
为了那些小孩子
他们都还在摇篮里
这里已经血流成河
就在隆起的沙滩上
这里已经血流满地
就在隆起的沙堆上。"
夜幕降临
他们都在休息
3250 一连好几个晚上过去了
他们仍然在那里休息
然后，玛运巴说道
接着，马萨拉盖说道：

"亲爱的大督们
亲爱的权贵们
还有你们,年轻人
亲爱的年轻人
我已经看到了
我已经知道了
3260　我们的年轻人
我们的年轻人
已经接受了考验
在战斗中
他们值得信赖
在战场上
他们让人放心
这正是我所希望的
这正是我所期待的
现在,我们要继续前进
我们的队伍要继续向前
3270　我们将兵分两路
我们将继续前进
就在波涛汹涌的海滩上
我们将兵分两路
我们将继续前行
就在荒凉空旷的海滩上
那些有经验的大督
将和你们一起
那些精明的权贵
将和你们一起
3280　还有我们的年轻人
他们将和你们一起
那些勇敢的年轻人
他们将和你们一起
我将一个人前进
我将走不同的道路
我将一个人前行

我将去不同的地方
我要去寻找
那个最勇敢的敌人
3290　那个最难对付的敌人
我要去寻找
那些最强大的敌人
成千上万的敌人
经过了几年的征战
明天我们都将返回
回到延登甘城堡
经过了几年的远征
我们应该回去了
回到姆当乌当城堡
3300　就像宽阔的海边
迅猛的洪水一样
就像咆哮的海边
急速的水流一样。"

接着,他们就分开了
延登干的战士们
他们继续在海滩上前进
然后,他们就走上不同的道路
姆当乌当的保护者
敌人的数量
3310　就像飘落的拉瓦安花
敌人向他们发起攻击
就在隆起的沙堆上
敌人的人数
就像飘落的卡莉雅恩花
他们与敌人相遇
就在高高的沙堆上
他们就好像在海滩上
收割萨拉苞草
成千上万的敌人

3320	都倒在	3350	连绵不断的吼声
	海边高高的沙堆上		不断地从海边传来
	他们就好像在海滩上		从四周的海边传来
	收割迪格苞草		真是令人毛骨悚然
	不计其数的敌人		就像是天上的雷声
	就死在		就像晴天霹雳一般。
	海边隆起的沙堆上。		人们四处张望
	自从他们在海滩上行军		人们警觉地观察
	已经过去了一年		他们朝着四面八方看
	自从他们在海边行军		他们搜寻每一个角落
3330	已经过去了十二个月。	3360	他们最终发现
	但他们对无数的敌人		他们还是看到了
	没有丝毫的怜悯之心		就在海浪滔天的海面上
	但他们对无数的敌人		就在波涛汹涌的海滩上
	没有丝毫的宽恕之心		敌人分布在海滩上
	他们没有放过一个敌人		他们分散在海滩上
	他们把敌人通通杀死		他们出现在各个地方
	海滩上血流成河		就在海浪滔天的海边
	就像雨后暴涨的河水		就在波涛汹涌的海滩上
	就在他们战斗的沙滩上		那些驶过来的船只
3340	海滩上血流成河	3370	那些正在靠岸的船只
	就像雨后暴涨的河水		船只的数量如此巨大
	就在他们战斗的沙滩上。		船只的数量成千上万
			人们感到非常恐慌
	让我们暂时离开这个故事①		人们感到非常害怕
	离开这些战斗的勇士		这是命中注定的考验
	我们来叙述那些		这是无法逃避的灾难
	留在城堡里的人的故事。		在这种情形下
	他们正在乱作一团		在这种情况下
	他们受到一阵惊吓		人群中出现了骚动
	因为天空中飘来的吼声	3380	人群中出现了混乱

---

① 第 3343—3968 行选自 C. A. Manuel, *The Warriors of Sagilan Attack Nalandangan*.

　　　　　年轻的姑娘在颤抖　　　　　　　他们从甲板上下来
　　　　　善良的妇女很着急　　　　　　　他们从船上跳下来
　　　　　她们在恐慌中哭泣　　　　　　　他们确实从海滩上
　　　　　她们泪流不止。　　　　　　　　发起进攻了
　　　　　她们在喊叫　　　　　　　　　　他们的确从海滩上
　　　　　她们在呼唤：　　　　　　　　　发起攻击了
　　　　　"我们该怎么办　　　　　　　　从隆东干的海滩发起攻击
　　　　　将会发生什么事情　　　　3420　从姆当乌当的河上发起攻击
　　　　　没有人能保护我们　　　　　　　他们紧紧地抓住盾牌
　3390　没有人能保护我们　　　　　　　他们的佩剑叮当作响
　　　　　我们已经陷入重围　　　　　　　他们挥舞着手中的长剑
　　　　　我们都无法逃脱　　　　　　　　他们挥舞着手中的梭镖
　　　　　我们都将死去　　　　　　　　　可以看到这样的景象
　　　　　我们听不到任何　　　　　　　　敌人就像迪格苞花一样
　　　　　扬当战士的声音　　　　　　　　敌人就像萨亚苞的新芽
　　　　　尊贵的隆东干人　　　　　　　　尖锐的矛尖
　　　　　名声显赫的姆当乌当人　　　　　锋利的刀刃
　　　　　将就此失去荣誉。"　　　　3430　闪耀着冰冷的光芒
　　　　　　　　　　　　　　　　　　　　他们飞快地砍伐
　　　　　　　　　　　　　　　　　　　　他们迅速地砍伐
　　　　　让我们先忘了这个故事　　　　　那种在河边
　3400　我们暂时离开一下　　　　　　　一排排槟榔树
　　　　　我们来谈论一下　　　　　　　　那种在河岸上
　　　　　我们来叙述一下　　　　　　　　一行行槟榔树
　　　　　这个波浪滔天的大海　　　　　　但是，他们感到惊奇
　　　　　这个波涛汹涌的大海　　　　　　对河边的槟榔树
　　　　　敌人的船队就像　　　　　　　　他们感到惊讶
　　　　　敌人的船队好比是　　　　3440　槟榔树重新长起来
　　　　　一群巴拉纳克①　　　　　　　　这是真正的扬当
　　　　　就像是密集的鱼群　　　　　　　一片充满传奇的土地
　　　　　在很短的时间里　　　　　　　　毫无疑问的巴戈尤万。
　3410　他们就已经到达
　　　　　没用太长的时间　　　　　　　　敌人都停在海滩上
　　　　　他们就已经靠岸

---

① 这是一种小鱼。

保持着他们的姿势
就在宽阔的海滩上
他们感到非常惊讶
一个人都没出现
没有人出来迎战
3450　没人到宽阔的海滩上
这里的居民没有反应
他们没有受到打扰
入侵者没有看到任何人
没有任何扬当的居民
什么人都看不到。
巴戈尤万的居民
他们去哪里了呢？
他们何以如此自信
难道他们具有
3460　打赢战争的勇气
他们常常赢得战斗
他们经常赢得战争
他们已经训练有素
他们具备丰富的经验？

让我们暂时离开
重新回来叙述发生在
巴戈尤万城堡的故事
姆当乌当要塞的故事
现在，塔巴格卡·瓦德·拉米娜
3470　已经做好准备了
吉拉·瓦德·帕伊亚卡①
正在仔细考虑
她大声说道：
"年轻的战士们，请耐心等待

你们很快就会
迎来一场激烈的战斗
一场保护隆东干的战斗
你们很快就会
迎来一个最勇敢的英雄
3480　一个姆当乌当的英雄。"
我不会放弃对英雄的期望
对胜利和荣誉的渴望
对尊严的守护
这是无畏的扬当人
这是骄傲的隆东干人。"

她进行了充分准备
她迅速采取行动
她飞快地跑到
放置铠甲的地方
3490　她飞快地跑到
悬挂盔甲的地方
那是达腊玛隆·玛运巴的装备
那是阿戈尤·巴里班东恭
留下的东西
她熟练地穿上盔甲
她坚定地抓起战斗装备
她的装束就像
达腊玛隆·玛运巴一样
和阿戈尤·巴里班东恭
3500　非常相似
她想起她还需要
她想起了
那宝贵的梭镖

---

① 扬卜甘和伊卡瓦甘的姐妹，表示没有保护、不隐蔽的意思。在前文中也出现帕雅卡（Paiyaka），和帕伊亚卡（Pa-iyaka）应该是同一个人。——译者注

那隐藏起来的利伦布
她飞快地抓起
那细细的梭镖
带着金黄色的矛尖
她又想起
她还缺一样东西
3510 那个珍贵的盾牌
那个珍藏的盾牌
在拿到这些装备以后
当她准备好了这些
她就牢牢地抓住
她就坚定地抓住。

那是一个战斗的少女
那是一个战斗的女人
她的名字非常相配
她叫彭卡度兰·哈戈拉万
3520 她有一个合适的名字
她叫莫莫桑·拉格腊巾干
她前后跳跃
她快速移动
她向前冲去
她冲到门口的地方
她向前猛冲
冲到入口的地方.
就像闪电划过一样
就像霹雳闪过一样
3530 她像星星一样出现
她好比是闪烁的星光
从一边跑到另一边
飞快地在人群中移动
然后,她到达了
她一路跳跃过去
然后,他来到了

她的身影出现在
隆东干的海滩上
姆当乌当的海岸上
3540 她继续前进
她勇敢向前
她将要发起攻击
她在海滩上发起攻击。

让我们离开一会儿
在我们继续叙述之前
我们转到故事的另一边
我们来叙述一下
那些入侵者
那些发起攻击的敌人
3550 他们已经注意到
有一个身影出现在海滩上
他们已经看到
有人正在向海滩靠近
但是,敌人的首领
入侵者的首领
他感到非常惊奇
他感到非常惊讶
他大声说道
他念念有词:
3560 "亲爱的战士们
亲爱的伙伴们
她不是一个战士
她不是一个男人
她也不是一个大督
她也不是一个首领
非常明显,她是女的
她是一个真正的女人。
在这样的情形里
在这样的情况下

3570　让我们都把梭镖放旁边
　　　让我们都把利剑放地上
　　　使她感到安全
　　　不要去吓到她
　　　我要去和她商量
　　　让我们分享她的穆努
　　　让我们分享她的玛玛恩
　　　让她成为我的配偶
　　　让她成为我的妻子。"

　　　没有丝毫耽搁
3580　就在这一瞬间
　　　他们都撤退了
　　　非常整齐
　　　他们都撤退了
　　　非常有秩序
　　　把梭镖放在旁边
　　　把利剑放在地上。

　　　我们重新回到
　　　我们再来叙述
　　　彭卡度兰·哈戈拉万的故事
3590　莫莫桑·拉格腊巾干的经历
　　　没过多长时间
　　　当她最终来到
　　　当她出现在
　　　成千上万的战士前面
　　　不计其数的战士前面
　　　他们都没有拿梭镖
　　　他们都没有拿利剑
　　　她继续向前
　　　她正在靠近对手
3600　她感到事情蹊跷
　　　但她马上意识到

　　　这是一次难得的机会
　　　这是一次绝佳的机会
　　　她没有丝毫犹豫
　　　她没有丝毫迟疑
　　　她把梭镖刺向
　　　离她最近的敌人
　　　她把梭镖刺入
　　　离她最近的敌人。

3610　敌人都感到惊慌失措
　　　因为事先没有任何征兆
　　　那些站在她旁边的人
　　　都被她的梭镖刺穿
　　　他们没有丝毫防备
　　　很多人被梭镖杀死
　　　很多人被梭镖刺死。

　　　这时，战斗真正开始
　　　战斗进入白热化
　　　敌人的队伍骚动起来
3620　就在隆东干的海滩上
　　　就在姆当乌当的海岸上。

　　　对于入侵者而言
　　　他们都会记住
　　　很多人失去生命
　　　他们都要记得
　　　很多人血流满地
　　　姆当的扬当
　　　成为风暴的中心
　　　谁也无法阻止
3630　没有人能阻止
　　　彭卡度兰·哈戈拉万
　　　莫莫桑·拉格腊巾干

　　　　她作出决定
　　　　她下定决心
　　　　没有人能够逃脱
　　　　没有人能被饶恕
　　　　不计其数的敌人
　　　　成千上万的入侵者。
　　　　不幸的事情发生了
3640　　她的头巾松开了
　　　　那些散开的长发
　　　　成为她行动的阻碍
　　　　她还没有意识到
　　　　她还没有注意到
　　　　大督抓住了她的头发
　　　　首领抓住了她的长发。

　　　　现在，她已陷入危险之中
　　　　她将面对失败的结果
　　　　她冒出一身冷汗
3650　　她已经无依无靠
　　　　她已经落入圈套
　　　　当这些发生的时候
　　　　她的脸色变得苍白
　　　　她的脸上失去了颜色
　　　　就像凋谢的萨杨巴万
　　　　就像枯萎的丹索勒。①

　　　　我们先离开这个故事
　　　　我们再来叙述一下
　　　　一件始料未及的事情
3660　　没有人注意到
　　　　没有人感觉到

　　　　一个人悄悄走到了
　　　　黎纳瓦·利巴依·巴戈尤
　　　　一个人已经回到了
　　　　扬当的土地上。

　　　　达腊玛隆·玛运巴
　　　　他的到来正是时候
　　　　阿戈尤·巴里班东恭
　　　　他迅速做好准备
3670　　他马上加入战斗
　　　　他向前冲入敌群
　　　　他要救出他的妹妹②
　　　　他要帮助他妹妹
　　　　没过多长时间
　　　　经过很短的时间
　　　　他已经看见了
　　　　他已经来到了
　　　　他妹妹的后面
　　　　来到了妹妹的后面。

3680　　他猛地抱起
　　　　正在被追赶的妹妹
　　　　他抱着心爱的妹妹
　　　　飞快地离开敌群
　　　　他们迅速跑回家
　　　　他们朝着
　　　　摩耀摩耀的方向飞奔。
　　　　然后，他对妹妹说
　　　　他对妹妹建议道：
　　　　"我亲爱的妹妹
3690　　我亲爱的妹妹

----
① 野姜花。
② 原文无法区分是姐姐还是妹妹，译者根据上下文作出的判断。——译者注

　　　　你好好休息一下
　　　　你可以恢复体力
　　　　你看上去已经疲惫了
　　　　你看上去筋疲力尽了。
　　　　我还要回去
　　　　我要回到海滩上
　　　　让敌人领教一下
　　　　我要继续去战斗
　　　　他们要为此付出代价
3700　　我要好好教训他们一下。"
　　　　说完这些话以后
　　　　讲完这些话以后
　　　　他马上就离开了
　　　　他立刻就离开了。

　　　　一来到战场上
　　　　他马上就
　　　　一到达战场上
　　　　他立刻就
　　　　向目标发起攻击
3710　　用梭镖瞄准目标
　　　　他要做一件事
　　　　他要摧毁敌人的盾牌
　　　　他要打碎敌人的利剑
　　　　他的确做到了
　　　　他的确完成了。
　　　　我们还听到
　　　　达勇的梭镖发出
　　　　一个细微的声音
　　　　迪格·达卡顿的梭镖
3720　　轻柔地发出声音：
　　　　"达勇啊，请您放开我

　　　　阿戈尤啊，请您放开我
　　　　让我们共同面对敌人
　　　　让我们分开战斗"

　　　　"好吧。"达勇回答道
　　　　"同意。"迪格·达卡顿回答道
　　　　"但我要提醒你
　　　　利伦布，不要被骗了
　　　　不要被一个文身的男人骗了
3730　　你要听我说
　　　　梭镖啊，不要落入圈套
　　　　不要落入英俊男人的圈套。"

　　　　说完这些以后
　　　　念叨完这些以后
　　　　他就放开梭镖
　　　　他就丢开利剑。
　　　　他做完这些以后
　　　　当梭镖发起攻击的时候
　　　　周围都带着闪电
3740　　当利剑发起攻击的时候
　　　　时刻都伴随着霹雳声。

　　　　达勇在接下来的时间里
　　　　迪格·达卡顿从此以后
　　　　就只有奥度延相伴了
　　　　就只有西格西吉南①
　　　　他冲入敌群猛砍
　　　　就像在砍迪苞草
　　　　就像在割萨亚苞②
　　　　这就是达腊玛隆·玛运巴

---

① 一种武器。
② 原文为 sayabay，疑为 sayabaw 之误。——译者注

第六章 《阿戈尤》——保卫家园的史诗

3750　这就是达勇·迪格·达卡顿。

　　　没过多长时间
　　　没用多长时间
　　　梭镖接到指令
　　　利剑收到命令
　　　因为它带回消息
　　　因为总是向
　　　达腊玛隆·玛运巴
　　　达勇·迪格·达卡顿
　　　发回一连串的报告
3760　它遇到了一个大督
　　　它遇到了一个男人
　　　一个使他退却的男人
　　　他的身上都是文身
　　　他的胳膊满是文身
　　　他的胸口
　　　他的胸部
　　　画着一个图像
　　　男人设计的图像
　　　一幅女人的图像。

3770　他大声斥责
　　　他大声责骂
　　　"梭镖啊，你被骗了
　　　尽管我事先提醒
　　　利伦布啊，你被耍了
　　　虽然我预先警告。"

　　　达腊玛隆·玛运巴
　　　全力向前冲
　　　阿戈尤·巴里班东恭
　　　奋力杀敌
3780　他要去证实

　　　他要弄清楚
　　　梭镖带回来的报告
　　　利剑对他说的话
　　　他的确看见了
　　　他真的看见了
　　　消息里说的大督
　　　他在思考
　　　如何靠近他
　　　他在寻思
3790　如何接近他
　　　他大步走过去。

　　　没过多长时间
　　　没用多长时间
　　　就走到他面前
　　　出现在他面前
　　　达勇在询问
　　　迪格·达卡顿在发问：
　　　"不要感到困惑
　　　不用感到惊奇
3800　你要说出真相
　　　你要说出事实
　　　我非常想知道
　　　你来自何方
　　　你叫什么名字
　　　他们怎么称呼你
　　　请不要耽搁
　　　请不要迟疑
　　　你快点回答我
　　　你快点回答我。"

3810　"我是一个首领"
　　　他大声说道
　　　他语气坚决
　　　"所以,你要听仔细

我出发的地方
你要认真听
我居住的地方
这样你就知道 3850
这样你就明白
我居住的村庄
3820 我生活的地方
那不是一个富庶的村庄
那不是一片肥沃的土地
那是萨吉兰城堡
那是朗拉那盘城堡
那就是我居住的城堡
那就是我出发的地方。
他们怎么称呼我呢 3860
他们怎么叫我呢
比纳戈缇波洛斯·洛纳
3830 比纳林达特·帕马洛伊。
我离开家乡
已经很长时间了
我离开村庄
已经很多个季节了
我一直没回家
我一直没返家
因为这个原因 3870
我渴望兄弟情
因为这个缘故
3840 我渴望朋友情。"

就在此刻
就在此时
达腊玛隆·玛运巴
似乎一下子明白了
似乎一下子知道了
他回答道

他答复道:
"我相信
你告诉我的事实
你说的是真心话
但是,你的愿望
却是无法实现的
你一定还记得
巴戈尤万的人们和
巴戈纳兰人之间的世仇
萨吉兰城堡和
扬当城堡之间的纷争。"
达勇说得明白
迪格·达卡顿说道:
"这是无法避免的
这是无法逃避的
既然我们相遇了
我们就要进行战斗
进行一对一的战斗
进行一对一的决斗
就在巴戈尤万的海滩上
就在扬当的土地上。
如果你愿意
如果你同意
我们就开始
一场公平的战斗
一场公平的决斗
我们都用短剑
我们彼此厮杀
就在这宽阔的海滩上
就在这广阔的海滩上。"
两个首领公平地战斗
他们付诸行动
他们开始行动

第六章 《阿戈尤》——保卫家园的史诗

3880 两个人势均力敌	3910 就在尸体的上面
谁也无法占得先机。	就在死尸的上面
他们的鲜血四处飞溅	直到达勇的尸体
他们的鲜血到处流淌	慢慢升到半空中
鲜血可以装满班东①	直到迪格·达卡顿的尸体
到处都是血迹	慢慢升起来
鲜血从心脏里流出来	升到空中
鲜血从胸膛里喷射出来。	升到天国里
	武器被留在海滩上
那是一场残酷的战斗	武器被遗弃在海边。
那是一场激烈的决斗	
3890 比纳林达特·洛纳②	3920 尸体不停地上升
比纳林达特·帕马洛伊	就在天国的边缘
渐渐失去了警觉	就在天空的边际
渐渐失去了意识	住着一个天神
他慢慢地昏死过去。	拉卡巴安·库·拉吉特
战斗还没有结束	他看见
事情还没有结束	达勇的尸体
达腊玛隆·玛运巴	他看见
达勇·迪格·达卡顿。	迪格·达卡顿的尸骸
把尸体被切成碎块	他陷入沉思
3900 就在荒凉的海滩上	3930 拉卡巴安·库·拉吉特
在做完这些以后	他开始召唤：
在干完这些以后	"伟大的保护神啊
他的心情非常沮丧	最高的神灵啊
他感到非常悲哀	我请求您
他也停止了呼吸	帮帮我吧
他也倒在了沙滩上。	请赐予我力量
达勇的盾牌	让达腊玛隆·玛运巴
迪格·达卡顿的利剑	重新苏醒过来
仍然保持警戒	让达勇·迪格·达卡顿

---

① 一种用竹节制成的装水的容器。
② 原文为 lena，疑为 lona 的别称。——译者

3940 重新开始呼吸。"   所有的人都是亲戚。

　　　神灵的力量   经过很长的时间③
　　　使他重新苏醒过来   3970 经过悠长的时光
　　　他重新开始呼吸   经过漫长的岁月
　　　他的身体的样子   所有人都知道
　　　一点都没有改变   一年又一年过去了
　　　他身体的样子   日月穿梭,时光飞逝
　　　没有发生任何变化。   所有人都明白
　　　　　　　　　　　　　　　　　　　一年又一年过去了
　　　拉格巴安·库·拉吉特   日月穿梭,时光飞逝
　　　他很快就出发
3950 朝着隆东干的方向   就在这个时刻
　　　朝着姆当乌当的方向   就在这一瞬间
　　　他到达那里   3980 不计其数的黄鹂鸟在鸣叫
　　　他到达目的地   无法数清的黄鹂鸟在唱歌④
　　　在他下落的时候   就在这座房子里
　　　就像达肯贝①在下落。   就在这个城堡里
　　　他作出一个决定   你一抬头就可以看到
　　　要平息族人之间的战争②   你一抬头就可以看到
　　　拉卡巴安·库·拉吉特   黄鹂鸟是小小的保护神
3960 他要作出一个判决   它们是扬当城堡
　　　来停止族人之间的冲突   它们是巴巴戈尤万①
　　　他大声宣布   小小的守护神。
　　　他发表声明   3990 在坚硬的岩石上
　　　人们必须和睦相处   在巨大的石头上
　　　因为团结才有力量   在河流的交汇处
　　　因为他们都不是外人   在河流的汇合处
　　　所有的人都是兄弟   有人坐在那里

---

① 这是一种当地竹制的乐器,乐器的弦安放在乐器的边上。
② 布吉德农人认为,他们和马拉瑙人、玛巾达瑙人、马诺伯人是来自相同的祖先。
③ 第3969—5767行选自 Unabia 的 The Capture of Nalandangan。
④ 表示发出警告。——译者注

　　　　　　一个人坐在那里　　　　　　　请将黑暗降临
　　　　　　他孤独而阴险　　　　　　　　请让黑夜降临
　　　　　　他孤独而狡诈　　　　　　　　请您改变我的身体
　　　　　　他抬头注视着城堡　　　　　　请您改变我的外貌
　　　　　　他抬头看着城堡。　　　4030　将我变成一条毒蛇
　　　　　　　　　　　　　　　　　　　　将我变成一条巨蟒
4000　　　当他到达这里　　　　　　　　一条不断变大的蛇
　　　　　　这块坚硬的岩石上　　　　　　一条正在长大的巨蟒。"
　　　　　　当他来到这里
　　　　　　这块巨大的石头上。　　　　　孤独的首领
　　　　　　天才刚刚亮　　　　　　　　　他说完这些以后
　　　　　　黎明刚刚降临　　　　　　　　孤独的大督
　　　　　　慢慢地,已经是中午了　　　　他讲完这些以后
　　　　　　太阳已经升到空中　　　　　　黑暗瞬间降临
　　　　　　渐渐地,已经到了中午　　　　黑夜马上到来
　　　　　　骄阳似火照大地　　　　4040　所有人都进入梦乡
4010　　　他脑海中冒出一个想法　　　　所有人都开始沉睡
　　　　　　他似乎感到豁然开朗　　　　　扬当的居民
　　　　　　他要使用神奇的魔法　　　　　巴巴戈尤万的人们。①
　　　　　　他要发挥巨大的魔力
　　　　　　因为他知道　　　　　　　　　他变成了一条毒蛇
　　　　　　因为他确信　　　　　　　　　他被变成了一条巨蟒
　　　　　　如果阿戈尤加入战斗　　　　　巨蟒开始在地上爬行
　　　　　　如果玛运巴使用魔法　　　　　大蛇开始匍匐前进
　　　　　　他无法轻松地战胜　　　　　　它爬上城堡
　　　　　　他无法轻易地征服　　　　　　他爬进要塞
4020　　　他开始低声祈祷　　　　4050　当它到达那里
　　　　　　他嘴里念念有词:　　　　　　当它进入那里
　　　　　　"迪瓦达,我的迪瓦达　　　　它闯过了各种防备
　　　　　　我的保护神　　　　　　　　　它突破了多重防守
　　　　　　如果您还记得我　　　　　　　毒蛇开始发起攻击
　　　　　　请您常伴我左右　　　　　　　巨蟒开始发动攻击

---

① 原文为 Babagyowan,应为 Bagyowan 的别称。——译者注

	毒蛇继续前进		他感到非常奇怪
	巨蟒继续爬行		世界出奇的安静
	它终于来到	4090	周围极度的静寂
	它最后到达了		就在这个房子里
4060	城堡的楼梯处		就在这座城堡里。
	要塞的梯子处		他心里想到
	毒蛇抬起身子		可能还没有人起来
	这时发生了神奇的事		他四处看看
	所有扬当的人们		周围一个人都没有。
	所有巴巴戈尤万的居民		玛运巴叫道
	好像一个东西		迪格·棱阿万①喊道：
	飞快地滑进毒蛇嘴里		他喊了无数遍
	好像一块东西	4100	他叫了无数遍
	迅速落入巨蟒嘴里		他四处走动
4070	只有一个人幸免于难		他到处寻找
	卡运巴安·哈·阿戈尤		他心存疑惑
	只有一个人逃过劫难		他十分不解
	利卡亚·丁德卡奈		就在房子里
	因为巴卡劳的保护		和平时一样明亮
	因为塔卡鲁布的保护。		就在城堡里
			和往常一样明亮。
	当毒蛇离开		他迷惑不解
	它发起攻击的地方	4110	他感到惊讶
	当蟒蛇离开		他的伙伴们
	它开始进攻的地方		他们都到哪里去了
4080	天边渐渐露出曙光		他的伙伴们
	天边慢慢出现晨曦		他们都到哪里去了。
	黑暗消失了		
	黑夜不见了		他前思后想
	可怜的玛运巴		他感到非常担心
	他慢慢地翻身		天上的太阳
	他慢慢地站起来		慢慢从西边落下
	他感到非常惊讶		天上的太阳

---

① 意为不可战胜的。

4120	渐渐落入地平线。		当他来到
	玛运巴感到非常孤独		一个平整的院子
	迪格·棱阿万孤身一人		他感到惊讶
	他感到心情沉重		这里变成了山谷
	他无法入睡		他感到奇怪
	他翻来覆去		这里变成了峡谷
	他起来踱来踱去		他仔细地检查
	就在房子里		他仔细地观察
	就在城堡里		他发现了一条路
	渐渐地，夜幕降临	4160	他沿着这条路前进
4130	渐渐地，夜色沉沉		他找到了蛛丝马迹
	他仍然无法入睡		他要循着痕迹前进。
	他还是难以入眠		
	卡运巴安·哈·阿戈尤		阿戈尤继续前进
	利卡亚·丁德卡奈①		迪格·棱阿万又出发了
	就像看到清晨的阳光		经过很长的时间
	就像看到明亮的阳光		一段很长的时间后
	他一下子豁然开朗		不知道过了多久
	他一下子醒悟过来		一年又一年过去了
	他知道受到魔法的攻击		日月穿梭，时光飞逝
4140	他知道受到巫术的攻击。	4170	不知道过了多长时间
			一年又一年过去了
	伟大的玛运巴		日月穿梭，时光飞逝
	他离开纳能甘		他看不到任何人
	伟大的迪格·棱阿万		就在这个山谷里
	他离开巴巴戈尤万		就在他行走的路上
	他要去寻找		他迷失了方向
	他要去搜寻		就在这个峡谷里
	具有攻击魔力的人		就在他前进的路上。
	使用攻击巫术的人		玛运巴对自己说道
	当他到达	4180	迪格·棱阿万自言自语：
4150	一个平坦的院子		"你是个无耻的家伙

① 原文为 Tindeganen。——译者注

你是个愚蠢的无赖
你使用了魔法
你使用了巫术
但是，无论你躲在哪里
无论你逃到哪里
要是没有找到你
我将不会回去
要是没有遇到你
4190　我就不会回头
我不会回去
回到达故纳兰·塔·宇贡
回到利卡兰·塔·玛达靳。
我们都很想知道
当两个强大的对手相遇
我们都很想知道
当两个厉害的强敌相遇
谁的花朵会先凋谢
谁的花苞会先枯萎。"

4200　他继续自己的行程
他继续向前进发
卡运巴安·哈·阿戈尤
当他咀嚼穆努的时候
利卡亚·丁德卡奈
当他咀嚼槟榔的时候
他数了数
他带的食物
他算了算
剩下的槟榔
4210　他的槟榔几乎吃光了
他的槟榔所剩无几。

没过多长时间
没用太长的时间

玛运巴看见
迪格·棱阿万发现
他看到了一些东西
就在溪流的下游
就在河流的下游
就在一块大石头上
4220　就在坚硬的石头上
他认出
他注意到
一位姑娘坐在石头上
一位淑女坐在石头上。

没用多长时间
卡运巴安·哈·阿戈尤
没用太长时间
利卡亚·丁德卡奈
就来到
4230　就靠近
那块坚硬的石头
那块厚重的石头
就在石头上面
就在石头上面
坐着一位年轻的姑娘
坐着一位温柔的淑女
卡运巴安·哈·阿戈尤
结结巴巴说不出话
利卡亚·哈·丁德卡奈
4240　嘟嘟嚷嚷说不出话
接着，他微微一笑
然后，他大声笑道
他说了一席话
他嘴里低声说道：
"亲爱的姑娘
亲爱的姑娘

第六章 《阿戈尤》——保卫家园的史诗

我的确很幸运	"迪格·棱阿万,请你坐下,"
我的确非常荣幸	窈窕淑女回答道
能够遇到你	"请坐在我的对面
4250 能够见到你	和我面对面
让我们握握手	我可不想被诅咒
让我们握握手吧"	4280 我可不愿被诅咒
	因为我迫不及待
年轻的姑娘回答道	想问你很多问题
温柔的淑女的说道:	因为你还在流汗
"尊敬的大督	因为你汗流浃背。
亲爱的苏丹①	你从哪里来
这一点都不难	你生活在哪里?
我们握握手	你叫什么名字
这没有什么不好	人们怎么称呼你?"
4260 如果我们握握手。	
不过,我有事情问你	迪格·棱阿万回答道
请你不要感到奇怪	4290 玛运巴回答道:
我有事情向你咨询	"我来自纳能甘
请你不要感到惊讶。"	我来自纳兰当干
	我叫玛运巴
玛运巴回答道:	我叫迪格·棱阿万。"
"就像劈开一根竹子	
你尽管提出问题。"	那个姑娘笑道
迪格·棱阿万回答道:	美丽的姑娘笑道:
"就像劈开一根竹子	"我的确非常高兴
4270 你要问什么就说吧	我感到非常开心
我不会感到惊讶	原来你是玛运巴
我不会感到奇怪。"	4300 原来你是迪格·棱阿万。"
	我的名字叫做
"玛运巴,你坐下说话,"	依纳依·乐庚·萨·吉拉依
年轻的姑娘回答道	依纳依·卡图巴卡安

---

① 原文直译为苏丹,和史诗的情节有不符的地方。为了保持文本原貌,保留直译。——译者注

如果你问我
如果你想知道
我居住的城堡
我生活的城堡
就在卡布卡安·达·达戈桑
就在凌卡安·达·玛达靳。
4310 我的父亲是大督
他叫帕德斯伦·哈·卡巴特劳
我的父亲是首领
他叫盘丁卡保·呼·拉吉特。"

玛运巴说道
迪格·棱阿万说道：
"请你给我穆努"
请你给我玛玛恩
因为你告诉我
你不会拒绝我的要求
4320 因为你使我明白
你不会拒绝我的要求。"

萨瓦兰拿出槟榔果
图巴卡安① 掏出槟榔果
槟榔果使人昏昏欲睡
槟榔果使人头昏眼花。
玛运巴突然感到
他的胳膊不听使唤
他的胳膊使不上劲。

4330 玛运巴说道
迪格·棱阿万说道：
"请你再多给一些
这样我就可以睡着了

请你再多给一些
这样我就可以昏睡过去。"
这次，他手里拿到了
一颗致命的槟榔果
接着，他又得到了
一颗致命的槟榔果。

他咀嚼槟榔果之后
4340 卡运巴安·哈·阿戈尤
在他咀嚼槟榔果以后
利卡亚·丁德卡奈
慢慢地倒了下去
就像巨大的花苞
他慢慢地倒下去
就像巨大的花苞。
玛运巴的鼾声
在周围均匀地回响
迪格·棱阿万的鼾声
4350 在四周不停地回响。

接着，萨瓦兰得意地笑了
然后，图巴卡安开心地笑了
"我要给你个警告
我要给你个教训
卡运巴安·哈·阿戈尤
利卡亚·丁德卡奈
被一个普通女子杀了
落入了女人的圈套
这是毫无疑问的事实
4360 凌卡安的居民
以后无须感到困扰
这是确定无疑的事情

---

① 这是依纳依·乐庚·萨·吉拉依、依纳依·卡图巴卡安另外的称呼。

第六章 《阿戈尤》——保卫家园的史诗

	卡布卡安的臣民		她无法带走
	以后不会再遇到麻烦		充满力量的巴卡劳
	因为已经将火苗扑灭		依纳依·乐庚·萨·吉拉依
	来自达故纳兰·塔·宇贡		用力时
	因为大火已经被扑灭		它就会发出叫声
	来自利卡兰·塔·玛达斯。		依纳依·卡图巴卡安使劲时
	就像完全盛开的花朵		它就会发出啸叫
4370	我亲爱的父亲		卡运巴安·哈·阿戈尤
	他将是最强大的人	4400	他被扔进了海里
	我亲爱的父亲		利卡亚·丁德卡奈
	帕德斯伦·哈·卡巴特劳		他被扔进了海里。
	盘丁卡保·呼·拉吉特		
	我将更爱我的父亲		她骑在萨杜克上
	我将更爱我的父亲。"		她坐在萨琳达上①
			她回到家乡
	然后,她解开黎本		她回到家里。
	然后,她解开比纳拉依		当她回到家里
	她拿出戈贝斯		当她到达家中
4380	戈贝斯上带着铃铛		她就开始讲述故事
	她拿出帕帕拉斯①	4410	她叙述发生的事情
	帕帕拉斯上系着铃铛。		"我的父亲
	她把刀架在		我们没有什么可担心的
	玛运巴的脖子上		玛运巴已经死了
	她把刀放在		没有人会给我带来麻烦
	迪格·棱阿万的喉咙上		阿戈尤已经死了
	她砍了下去		她们将永远成为奴隶
	她刺了进去。		她们将永远成为奴隶
	接着,她收拾阿戈尤的东西		那些纳能甘的妇女
4390	她带上所有阿戈尤的东西		那些纳兰当干的姑娘。"
	她无法拿起		
	威力巨大的塔卡鲁布	4420	纳曼丁回答道

① 戈贝斯和帕帕拉斯是一种砍刀,主要是妇女使用。
② 当地一种圆形的帽子。

纳玛德斯伦回答道：
"难道我没有听错
难道你在开玩笑
我亲爱的萨瓦兰
我亲爱的卡图巴卡安？"

"我没有骗你
我亲爱的父亲，"
萨瓦兰说道
"我没有说谎
4430　我亲爱的首领，"
卡图巴卡安回答道：
"这些是
他私人的物品
你看，这些是
他个人的东西
它们可以证明
我所描述的事实。"

帕德斯伦·哈·卡巴特劳
盘丁卡保·呼·拉吉特
4440　他感到非常高兴
他感到非常开心
他赶紧宣布这个消息
他马上公布这个事实
"所有人都听着
每个人都听着
我的朋友们
我的臣民们
玛运巴已经死了
阿戈尤已经死了。"
4450　凌卡安的人们

都感到无比高兴
卡布卡安的人们
都感到非常开心。

我要先离开这个故事
我以后再继续这个故事
关于凌卡安的故事
关于卡布卡安的故事
现在，我要说一说
现在，我要讲一讲
4460　玛拉恩·哈·因本苏德
拉吉特·哈·纳卡塔娜。

故事里有一位
姑娘带着一个小孩
故事中有一位
妇女带着她的儿子。
小孩子还很年幼
小孩子还没有成年
他的头巾还是白色的
他的头巾还是白色的。①

4470　就在这时候
就在这个时刻
他看见
他看见
一个挂着的盾牌
一把摇摆的短剑
一支倚在墙边的梭镖
一把倚在墙边的利剑
还有一把砍刀
还有一把匕首

---

① 文中特指穆斯林佩戴的头巾。

4480	年轻人说道		她的孩子在流泪
	小男孩说道:		她走到孩子身边
	"我亲爱的妈妈		她来到孩子身边
	我亲爱的母亲		她对孩子说道
	我想问问您		她对孩子说道:
	我很想知道		"我亲爱的孩子
	那些挂在墙上的东西		我亲爱的儿子
	叫做什么名字		你不要再哭了
	那些挂在墙上的东西		你不要再流泪了
	叫做什么名字?"	4520	我现在就告诉你
			挂在墙上的是什么东西
4490	他的母亲回答道:		现在就让你知道
	"你不要再问了		挂在墙上的是什么东西
	因为我不会告诉你。"		其中一个的名字叫做
	他的母亲说道:		达利奈楞·安本根
	"你不要再问了		其中一个的名字叫做
	因为我不会回答你		卡拉萨格·阿奈戈恩②
	这是非常清楚的事情		那个插在屋顶的东西
	你还太年轻		那个插在屋顶的东西
	这是非常明显的事情	4530	那个东西是
	你还太年轻。"		黎姆布·哈·班额根
			它的名字是
4500	但他还是不停地问		班考·巴林图瓦森
	他提出更多的问题		在利剑的对面
	当他开始提问的时候		那是一把砍刀
	还是上午很早的时候		在梭镖的对面
	阿尼劳·玛运·安劳		那是一把匕首。"
	努迪·曼拉格·迪瓦达①		
	时间渐渐来到了中午		一段时间以后
	太阳出现在半空中		过来一些时候
4510	她的孩子在哭泣	4540	他还是一边哭泣

---

① 这是将小孩子的品质和太阳进行对比。
② 这是一种盾牌,摇晃的时候会发出声音。

一边继续提出问题
　　　他还是一边流泪
　　　一边继续提出问题
　　　他没有嚼槟榔
　　　他不肯吃东西
　　　他变得消瘦
　　　他面容憔悴。
　　　虽然他母亲是巴依①
　　　但她还是很担心
4550　虽然他母亲是辛宇达②
　　　但她还是很着急
　　　因为她能看到
　　　因为她知道
　　　这将对她的儿子
　　　造成深深的伤害
　　　他想知道的事情
　　　他想了解的事情
　　　可能成为他的心病
4560　她要做的正确的事情
　　　她要做的合适的事情
　　　是公开事情的真相
　　　是说明所有的事实。
　　　"我的儿啊，不要哭泣
　　　我的孩子，不要流泪
　　　你要乖乖地吃东西
　　　你正在长身体的时候
　　　你可以继续问问题
　　　你可以尽情地提问
4570　我将不会再搪塞
　　　我将不会再有所隐瞒。
　　　这些东西的主人是玛运巴

　　　这些东西的主人是迪格·棱阿万
　　　他是你的父亲
　　　他是你的父亲。
　　　等你长大以后
　　　等你成人以后
　　　这些东西都是你的
　　　这些东西都属于你
4580　它们可以作为你的佩饰
　　　它们可以当做你的饰品。
　　　他住在一个遥远的地方
　　　他住在一个很远的地方
　　　我们无法测量
　　　我们无法估量
　　　我们之间遥远的距离
　　　我们之间漫长的路程
　　　这是你要面对的
　　　这是你要经历的
4590　跨过无数的河流交汇处
　　　一个又一个的河口
　　　那是河流的入海口
　　　那是江河的入海口
　　　当你到达那里
　　　当你到达那里
　　　到达纳能甘的河口
　　　卡运巴安·哈·阿戈尤
　　　他的达伊阿
　　　利卡亚·丁德卡奈
4600　他的特本甘。"①

　　　这个男孩子

---

① 对首领、大酋妻子的称呼。
② 对皇室、贵族妻子的尊称。
③ 达伊阿和特本甘是指用于汲水和洗澡的地方。

	这个小孩子	4630	既然你还是一再坚持
	很快就做好准备		既然没人能够留住你
	很快就备好行装。		你要离开你居住的滨渡
	但是他的母亲		离开你生活着的派雅克
	然而他的母亲		你要去纳能甘
	开始哭泣		你要去纳兰当干
	开始流泪		去寻找你的父亲
	她径直来到		去寻找你的父亲
4610	黎本挂着的地方		你的父亲玛运巴
	布努莱②挂着的地方		你的父亲迪格·棱阿万
	她解开布努莱	4640	那么，你戴上塔卡鲁布
	她解下黎本		那么，你戴上巴卡劳
	她拿着布努莱		当你在海滩上行走
	她拿着黎本		这是你的保护神
	她回到大厅里		当你在海边行走
	她回到房子里。		这是你的保护神
	她打开布努莱		如果你遇到
	她打开黎本		如果你遇到
4620	她在里面放着		非常残酷的人
	威力巨大的塔卡鲁布		无比卑鄙的人
	她在里面放着	4650	你还要穿上
	魔力无限的达拉克。①		你还需穿上
			这件特别制作的衣服
	接着，她说道		这件非常漂亮的衣服
	然后，她说道：		这是用头发织成的
	"我亲爱的孩子		这是用头发织成的
	我亲爱的儿子		它可以抵抗梭镖
	既然事已至此		它可以防御利剑
	既然已经发生		砍刀对它无计可施

---

① 黎本和布努莱是一种带盖子的篮子，一般是妇女用来珍藏东西之用，也可以用外出时装东西。

② 塔卡鲁布和达拉克是指用野猪的獠牙制作的手镯，戴着男人手上，可以产生巨大的魔力。

	匕首拿它没有办法。	4690	非常明白的事情
4660	记得带上盾牌		盾牌说道
	记得带上利剑		盾牌说道：
	当然还有梭镖		"孩子啊,请你坐上来
	当然还有匕首。"		坐上达利奈楞·安本根
			孩子啊,请你坐上来
	当他完全		坐上萨布温·阿奈戈恩
	穿戴好这些装备		这样可以很快到达
	当他完全		达古纳兰·塔·匀甘
	穿上所有的衣服		这样可以马上到达
	这个小孩子说道		利卡兰·塔·玛达靳。"
	这个男孩子说道：	4700	他马上坐了上去
4670	"亲爱的妈妈,我要走了		他马上坐了上去
	亲爱的妈妈,我要离开了		坐上达利奈楞·安本根
	就在今天		坐上萨布温·阿奈戈恩。
	就在这个时候。"		我们可以看到
			我们可以看到
	我们感到无比惊讶		就像一只飞翔的
	我们感到非常高兴		黑色的雄鹰
	当他摇动		就像一只高飞的
	梭镖的把手		黑色的雄鹰
	当他晃动	4710	他就坐在利剑上
	利剑的剑柄		他就坐在盾牌上。
4680	仿佛五十个年轻人		
	同时发出喊叫声		我要回到故事中去
	仿佛六十个年轻人		就在卡布卡安·塔·萨基普
	同时发出欢呼声		我要回到故事中去
	他们同时敲打		就在凌卡安·塔·达耶曼
	那十个帕胡戈达		我要接着叙述关于
	他们同时敲击		必格萨伊·哈·帕兰卡的
	那十个库仑库仑。①		故事
			我要继续讲述关于
	非常清楚的事情		吉拉·迪格·巴拉婉的故事

① 装饰在长矛上的小铃铛。

4720	她是玛运巴的妹妹	4750	人们等待的太阳
	她是迪格·棱阿万的妹妹。		将发出万丈光芒
	当她听说		黑暗将从此消失
	当她知道		黑暗将不复存在。"
	发生的事情		
	出现的情况		我要离开这个故事
	从依纳依·乐庚·萨·吉拉		我过后再继续这个故事
	依那里		这个碧耀之间的争论
	从依纳依·卡图巴卡安那里		这个拉格蒂娜①之间的争吵
	她说了这样的话		我要回到原来的故事
	她说了这样一席话:		我要接着讲原来的故事
4730	"你不感到羞耻吗	4760	那个小孩正在向上游前进
	你不感到尴尬吗		那个男孩正在向上游前进
	依纳依·乐庚·萨·吉拉依		他的名字叫做密纳匀
	依纳依·卡图巴卡安		他的名字叫做杜密瓦达②
	你觉得你父亲纳曼丁		就在这个时候
	已经变得非常强大		就在他靠近
	你觉得你父亲纳玛斯伦		就在他快要到达
	已经变得不可战胜。"		凌卡安的交汇处
	如果他已经足够强大		卡布卡安的交汇处
	如果他的确不可战胜		他光着脚
4740	那么你也将一样	4770	在沙滩上行走
	那么你也是这样		他一步步前进
	你为什么还用巫术		就在松软的海滩上
	你为什么还用法术		在他走过的地方
	你不要高兴太早		留下了一个个脚印
	你不要得意太早		在他的脚接触的地方
	我已经预见到了		留下了一个个沙坑
	我已经预感到了		他小心地向前走
	令人期待的太阳		他的步伐保持警惕
	将发出耀眼的光芒		就在这个海滩上

---

① 一种虫子或甲虫,这里用来比喻美丽的女人。
② 这是阿尼劳·玛运安劳、努迪·曼拉格·迪瓦达的昵称。

4780	朝着上游的方向。		鳄鱼的首领
			说道：
	亲爱的孩子啊		"亲爱的伙伴们
	可爱的小男孩		亲爱的臣民们
	你的目光朝前看		不要在哭泣
	你的眼睛朝前看		不要再流泪
	就在你的正前方		因为有人来了
	你仔细看前面		因为有人来了
	你细心地查看		是一个人来了
	看到一些奇怪的东西	4820	有一个人来了
4790	聚集在海滩上		我们的祈祷应验
	一些不平常的东西		天神听到了我们的祈祷
	聚集在沙滩上		你是刚刚到这里
	他感到很惊奇		你是刚刚来这里
	他感到很奇怪		我希望不会被
	它们都在那里哭泣		你的保护神诅咒
	它们都在那里流泪		我希望不会被
	他走近一些		你的保护神训斥
	他靠近一些		我会快一点说
	密纳匀上前询问	4830	我会快一点表达
4800	杜密瓦达问道：		告诉你我的想法
	"这是什么东西		我脑海中的想法
	这些东西怎么会在这里		请你不要害怕
	它们看起来和我不一样		请你不用担心
	它们看起来和我不同。"①		如果我们和你不一样
			如果我们看上去和你不同
	这些聚集起来的鳄鱼		我们的名字叫鳄鱼
	就像听到了一阵笛声		我们的名字叫鳄鱼。"
	这些聚在一起的鳄鱼		
	就像听到了一阵笛声		密纳匀就在那里
	鳄鱼的首领	4840	他仔细地听
4810	说道		杜密瓦达就在那里

---

① 这段文本中人称代词有一点变换，可能是唱诗人表演时的角色变化。——译者注

　　　　他用心倾听
　　　　没有丝毫耽误
　　　　没有浪费一点时间
　　　　密纳匀拿起
　　　　混着石灰的槟榔果
　　　　杜密瓦达拿起
　　　　带着石灰的槟榔果
4850　　那是母亲特别准备的
　　　　槟榔果可以使人苏醒
　　　　槟榔果可以使人复生
　　　　他把槟榔果放在
　　　　玛运巴的嘴唇上
　　　　他把槟榔果放进
　　　　迪格·棱阿万的嘴里
　　　　他开始祈祷
　　　　他开始祈祷
　　　　"迪瓦达，亲爱的迪瓦达
4860　　我忠实的保护神
　　　　我亲爱的保护神
　　　　让槟榔果像药膏一样溶解
　　　　让槟榔果像油脂一样溶解
　　　　让槟榔果被身体吸收
　　　　让槟榔果进入身体
　　　　让槟榔果发现
　　　　生命存在的地方
　　　　让槟榔果找到
　　　　生命停留的地方。"

4870　　在他说完之后
　　　　在他祈祷之后
　　　　卡运巴安·哈·阿戈尤
　　　　开始摇动
　　　　利卡亚·丁德卡奈
　　　　开始移动

　　　　因为安劳·玛运·安劳
　　　　超自然的力量
　　　　因为努迪·曼拉格·迪瓦达
　　　　巨大的魔力
4880　　他坐起来，目光炯炯
　　　　他做起来，目光如炬
　　　　他说了一番话
　　　　他讲了一席话
　　　　"我睡了太长时间
　　　　我睡得太熟了。"

　　　　"你只是睡着了吗，"
　　　　鳄鱼说道
　　　　"你只是睡得太熟吗，"
　　　　鳄鱼说道
4890　　"玛运巴，你已经死了
　　　　阿戈尤，你已经死了
　　　　玛运巴，你被扔进
　　　　阿戈尤，你被投入
　　　　扔进深深的海底
　　　　投入幽深的海底。
　　　　我们想尽办法救你
　　　　我们尽力营救你
　　　　所以你才没有
　　　　被海浪卷走
4900　　所以你才没有
　　　　被巨浪带走。
　　　　因为这个男孩子来了
　　　　你才苏醒过来
　　　　因为这个小孩子来了
　　　　你才重新活过来。"
　　　　玛运巴回答道
　　　　迪格·棱阿万回答道：
　　　　"请你放松地坐下来

就在我的前面
4910 找个舒服的地方坐下来
就在我的对面
我们可以好好谈谈
我们可以细细聊聊
你把盾牌放在
这些松软的沙子上
你把盾牌放在
这些松软的沙子上。"

密纳匀就坐在
他的盾牌的中间
4920 杜密瓦达就坐在
他的盾牌的中间
他把盾牌当做椅子
他把盾牌当做凳子。

卡运巴安·哈·阿戈尤
继续说道
利卡亚·丁德卡奈
继续说道
"亲爱的孩子
亲爱的小男孩
4930 你从哪里来
你怎么来这里？
你要去哪里
你的目的地在哪里？"

密纳匀回答道
杜密瓦达回答道：
"我来自
我的家乡在
玛拉恩·哈·因本苏德
拉吉特·哈·纳卡塔娜

4940 我要去的地方
就是纳能甘
我要去的地方
就是纳兰当干
我要去那里
寻找我的父亲
我去那里的目的
就是看看我的父亲
他的名字叫玛运巴
他的名字是迪格·棱阿万。"

4950 卡运巴安·哈·阿戈尤
心中充满了喜悦
利卡亚·丁德卡奈
心中一阵欢喜
他抱着儿子一阵狂吻
他抱着儿子亲个不停
他的儿子密纳匀
他的儿子杜密瓦达。

密纳匀说道
杜密瓦达说道：
4960 "我亲爱的父亲
我亲爱的父亲
请你不要再离开我
请你不要再躲着我
发生了什么事情
出了什么事情
你怎么会死去呢
你怎么会被害呢？"

玛运巴回答道
迪格·棱阿万回答道：
4970 "你仔细听好了

第六章 《阿戈尤》——保卫家园的史诗

	我要叙述给你听		没用多长时间
	你要用心听		没有太长时间
	我要讲述给你听。"		密纳匀已经到达
	密纳匀说道		杜密瓦达已经到达
	杜密瓦达说道：		富饶的萨格额班
	"我亲爱的父亲		肥沃的萨库度万。
	我亲爱的父亲		
	请您坐到大石头上去	5010	盾牌降落到
	请您坐到岩石上去		一块平整的石头上
4980	请您继续咀嚼槟榔		盾牌降落到
	请继续品尝槟榔		一块平坦的石头上
	我们不会放过		密纳匀
	我们不会宽恕		杜密瓦达
	就是纳玛斯伦		在石头的中间
	就是纳曼丁		舒服地休息
	依纳依·乐庚·萨·吉拉依		在石头的中间
	她是实施行动的人		安逸地休息
	依纳依·卡图巴卡安	5020	他看着城堡
	她是认真做事的人		他观察城堡
4990	我们不要浪费时间		他在仔细思考
	我们不要耽搁时间		他在精心计划
	赶紧回到达伊阿		他必须做什么
	马上返回特本甘		他应该做什么
	凌卡安的交汇处		他想出了一个办法
	卡布卡安的交汇处		他想出了一个主意
	在那里等待太阳		他要改变容貌
	在那里等待太阳。"		他要变化体形
		5030	他要变成一只鳄鱼
	现在，那个男孩子		他要变成一只鳄鱼
	正在水上滑行		一只小鳄鱼
5000	现在，那个小孩子		一只小鳄鱼
	正在水上航行		
	坐在盾牌上面		一只鳄鱼突然出现在
	坐在盾牌上面		一只鳄鱼忽然出现在

依纳依·乐庚·萨·吉拉依
经常洗澡的地方
依纳依·卡图巴卡安
经常游泳的水池
5040　水池就建在
滨渡里面
水池就建在
帕雅卡里面
一只鳄鱼突然出现在
依纳依·乐庚·萨·吉拉依
洗澡的地方
一只鳄鱼忽然出现在
依纳依·卡图巴卡安
游泳的水池
5050　洗澡的地方
就建在滨渡里面
游泳的池子
就建在帕雅卡里面
我要讲述关于
依纳依·乐庚·萨·吉拉依
的故事
我要叙述关于
依纳依·卡图巴卡安的故事
她感到很热
她感到很闷
5060　她想出一个主意
她想做一件事情
她要去洗澡
她想去游泳
巴依站起来
辛宇达从坐着的地方站起来

她径直来到
她径直走向
比纳巴瑙·哈·腊纳
比能淘·哈迪努哈①
5070　啊,萨瓦兰
啊,卡图巴卡安
当她正在高兴地游泳
她看到了一些东西
当她正在快乐地戏水
她发现了一些东西
那是一只小鳄鱼
那是一只小鳄鱼
5080　小鳄鱼长得如此漂亮
小鳄鱼通身金黄
萨瓦兰放声大笑
卡图巴卡安微微一笑
"我是如此幸运
我感到非常庆幸
我将拥有一只宠物
我将拥有一件玩物
一只非常漂亮的鳄鱼
一只非常美丽的鳄鱼
5090　一只会说话的鳄鱼
一只会讲话的鳄鱼"

从此,一只鳄鱼
生活在滨渡里面
从此,一只鳄鱼
出现在帕雅卡里面
这只小鳄鱼
所做的事情

---

① 萨瓦兰洗澡的地方。

这只小鳄鱼
所做的事情
5100 就是每天到处爬行
就是每天四处闲逛
没用多长时间
没过多长时间
这只鳄鱼遇到
必格萨伊·哈·帕兰卡
吉拉·迪格·巴拉婉
看,必格萨伊
看,扬卜甘
你用眼睛仔细看
5110 你用心认真看
那只小鳄鱼
那只小鳄鱼
就像你听到的笛声
就像你听到的笛声
"赶快,拿起
我准备的槟榔果
赶快,拿起
我拥有的槟榔果
让所有的奴隶
5120 都嚼槟榔
让成千上万的奴隶
都咀嚼槟榔
当闪电出现的时候
让他们咀嚼槟榔
当雷声响起的时候
让他们咀嚼槟榔
就在房子里
就在屋子里。
不能再有娱乐活动
5130 不能再有庆祝活动
我要回到滨渡去

依纳依·乐庚·萨·吉拉依
的地方
我将回到帕雅卡去
依纳依·卡图巴卡安的地方
我们就在等待这一天
我们将会度过这一天。"

必格萨伊·哈·帕兰卡
5140 很快就收到消息
吉拉·迪格·巴拉婉
很快就收到消息。
那只小鳄鱼
回到了滨渡
那只小鳄鱼
返回了帕雅卡。
它看见
一堆堆的战争装备
它看见
一堆堆的战争装备
5150 有无数的梭镖
有无数的长枪
有无数的盾牌
有无数的盔甲
有无数的胸甲
小鳄鱼说道
小鳄鱼说道
"亲爱的萨瓦兰
亲爱的卡图巴卡安
5160 那些堆在角落的东西
叫什么名字
那些堆在隐蔽处的东西
叫什么名字?"

萨瓦兰回答道
卡图巴卡安回答道
"我亲爱的小鳄鱼
我亲爱的小鳄鱼
那些都是扬当居民
身体的护具
那些都是巴戈尤万居民
5170　身体的装备
因为我的父亲
他们的热情已经熄灭
因为我的父亲
他们的力量已经消失。"
小鳄鱼大笑一声
小鳄鱼微微一笑
"我非常高兴
我非常开心
如果我不是一只鳄鱼
5180　我将拥有这些东西
如果我不是一只鳄鱼
我将拥有这些东西。"

亲爱的萨瓦兰
亲爱的卡图巴卡安
你将感到惊讶
因为黑暗突然降临
你将感到困惑
因为天空突然暗下来
然后，你就开始祈祷
5190　然后，你嘴里念念有词：
"我的保护神啊
请您听我说
我的保护神啊
请您听我说
让那黑暗消失

让那黑暗消失
让我看清楚
黑暗降临的原因
让我弄明白
5200　黑暗背后的魔力。"

黑暗消失了
黑暗消失了
你又感到惊讶
因为你再也看不到
你又感到奇怪
因为你再也看不到
那只小鳄鱼
就像丢了心爱的物品
就像丢了珍爱的东西
5210　你居住的帕雅卡
墙壁已经被破坏
你居住的滨渡
围墙已经被毁坏。
充满了害怕与恐惧
巴依从她坐着的地方站起来
充满了畏惧和恐慌
辛宇达从坐着的地方站起来
依纳依·乐庚·萨·吉拉依
依纳依·卡图巴卡安
5220　然后，她来到
接待客人的房间
然后，她走到
接待访客的房间
她就想把
黑暗降临的事情
她很想把
黑暗消失的事情
告诉她的父亲纳曼丁

告诉他的父亲纳玛德斯伦。

5230 接着,纳曼丁
接着,纳玛德斯伦
大声地宣布
用浑厚的声音宣布:
"所有的人都听着
你们都要听我说
不要再耽误
不要再浪费时间
马上做好准备
马上做好准备
5240 一场大灾难即将来临
一场大灾难即将降临。"

我要离开一会儿
我要离开一下
离开帕德斯伦·哈·卡巴特劳
忙乱的人们
离开盘丁卡保·呼·拉吉特
慌乱的臣民。
我要叙述关于
阿尼劳·玛运·安劳的故事
5250 我要讲述关于
努迪·曼拉格·迪瓦达的
故事
他回到了自己的地盘
他的父亲玛运巴的地盘
他回到了自己的家乡
他的父亲迪格·棱阿万的
土地
他带回了
纳能甘人们的
所有战争的装备

他带回了
5260 巴巴戈尤万人们的
所有战斗的装备。

玛运巴说道
迪格·棱阿万说道:
"你顺利回来啦
你平安回来啦。"
密纳匀回答道
杜密瓦达回答道:
"您还坐在原来的地方
你坐着不要动
5270 我要回到城堡里
我要爬上城堡
我要开始战斗
我要加入战斗
如果有人能胜过我
你就过来帮忙
如果有人能战胜我
你再出来帮忙。"

他坐到盾牌上
他坐到盾牌上
5280 他爬到城堡上
他爬到要塞上
接着,密纳匀
接着,杜密瓦达
站到院子里
站在院子里
密纳匀大声喊道
杜密瓦达大声叫道:
"有本事就到这里来
有胆量就到院子里来
5290 凌卡安的勇士们

卡布卡安的居民们
我们将开始战斗
我们将开始厮杀
如果你们犹豫不前
如果你们退缩不前
灾难即将来临
灾难即将降临。"

纳曼丁的臣民们
就像听见了一阵笛声
5300 纳玛德斯伦的随从们
仿佛听到了一阵笛声
他们向院子看去
他们仔细查看院子
每个人都说道：
"只来了一个小孩子！"
每个人都说道：
"只有一个小孩子
他来挑战我们
他胆敢和我们打仗。"

5310 纳曼丁说道
纳玛德斯伦说道：
"来到这里的人
来到这里的人
你们是可靠的战士
你们是可信的勇士
因为我们选择了
因为我们挑选了
像你们这样的小伙子
像你们这样的年轻人
5320 来和他战斗
来和他打仗。"

就在一瞬间
凌卡安所有的孩子
都冲了下来
就在这个时候
卡布卡安的所有年轻人
都冲了下来
他们冲向密纳匀
他们攻击杜密瓦达。

5330 他们发出尖叫
他们感到惊讶
阿尼劳·玛运·安劳
正在哈哈大笑
努迪·曼拉格·迪瓦达
正冲着他们微笑
他为什么不能呢
他为什么不能呢？
他永远不会被伤害
他永远不会受伤
5340 因为他的衣服
是用头发编织而成
因为他的衣服
是用头发编织而成
没有梭镖能刺穿
没有长枪能刺入。
多么可悲啊
多么不幸啊
那些发起进攻的人
那些发起攻击的人。
5350 每一次猛烈的攻击
每一次猛烈的攻击
都有十个人倒下
都有九个人死去
他们被锋利的刀所伤
他们被锋利的剑所伤

纳曼丁大声喊道
纳玛德斯伦大声喊道：
"都到院子里去
你们这些可靠的勇士
5360　都到院子里去
你们这些可信赖的战士
他不是普通的孩子
他不是一般的孩子
把他夹在盾牌中间
把他夹在盾牌中间
用你们的力量压碎他
用你们的力量击碎他。"

所有人都冲到院子里
所有人都冲进院子里
5370　当他们靠近密纳匀
当他们接近杜密瓦达
阿尼劳·玛运·安劳
被他们挤在盾牌中间
努迪·曼拉格·迪瓦达
被他们压在盾牌中间
你们感到非常惊讶
你们感到非常奇怪
因为你们再也看不到他
因为你们再也发现不了他
5380　你们可以听到
小孩的喊叫声
在空中回荡
你们可以听见
男孩的呼喊声
在空中回荡。

强壮的人抬起头
勇敢的人抬起头

你们可以看见
就在空中
5390　你们可以看到
就在天空中
密纳匀坐在盾牌上
杜密瓦达骑在盾牌上
他就像是
他仿佛是
搏击长空的雄鹰
展翅高飞的雄鹰。

我要暂停叙述
我以后再继续讲述
5400　阿尼劳·玛运·安劳的故事
努迪·曼拉格·迪瓦达的故事
我现在要讲述
必格萨伊·哈·帕兰卡的故事
吉拉·迪格·巴拉婉的故事
她发出快乐的笑声
她发出欢快的笑声
她命令所有的槟榔果
她命令所有的槟榔果
"玛玛恩，你们马山出发
5410　飞到囚犯的嘴巴里
穆努，你们马上出发
飞到囚徒的牙齿中间
那些被困的纳能甘的战士
那些被困的纳兰当干的居民
去恢复他们的力量
去恢复他们的精神。"

所有人都嚼玛玛
每个人都嚼穆努
不计其数的奴隶

5420	成千上万的奴隶		他在那里看守
	都在咀嚼玛玛		你们的装备
	都在咀嚼穆努		他在那里看守
	他们很快恢复力量		你们的武器。"
	他们马上恢复活力。		
			当他们集合到
	没过多长时间		当他们汇聚到
	没用多长时间		巨大的石头周围
	他们重新获得自由		巨大的岩石旁边
	他们重新获得解放		他们的大督坐在那里
	不计其数的奴隶	5460	他们的首领坐在那里
5430	成千上万的奴隶		卡运巴安·哈·阿戈尤
	他们的牢房被攻破		利卡亚·丁德卡奈
	监狱的围墙被击破		"我亲爱的伙伴
	所有扬当的战士		我亲爱的族人,"
	都被放了出来		玛运巴说道
	所有巴巴戈尤万的居民		迪格·棱阿万说道:
	都跑了出来。		"带上这些装备
			穿上这些铠甲
	让我们来讲述密纳匀		这是你们自己的东西
	让我们回到杜密瓦达①	5470	这是你们自己的武器
	他发出巨大的喊声		因为等你们穿上以后
5440	他话音震耳欲聋:		因为等你们穿好以后
	"亲爱的纳能甘人		我们将开始战斗
	亲爱的纳兰当干人		我们将开始战斗。
	你们不要参加战斗		让我们去帮助
	你们不要发起攻击		阿尼劳·玛运·安劳
	到达伊阿那里		让我们去支持
	向特本甘前进		努迪·曼拉格·迪瓦达
	因为我的父亲		他是我隐藏的儿子
	玛运巴在那里等候	5480	他是我藏匿的儿子。"
	因为我的父亲		
5450	迪格·棱阿万在那里等待		战斗开始了

---

① 原文为 Dumitawa,疑为 Dumiwata 之误。——译者注

　　　　战斗开始了
　　　　神的启示说明
　　　　神的启示证明
　　　　经过了很长的时间
　　　　经过了很长的时间
　　　　一年又一年过去了
　　　　很多年过去了
　　　　一年又一年过去了
5490　时光飞逝
　　　　凌卡安居民的
　　　　人数在不断减少
　　　　卡布卡安居民的
　　　　数量在持续减少
　　　　作为一种启示
　　　　作为一种证明
　　　　周围慢慢变得安静
　　　　周围开始变得寂静
　　　　突然天空响起惊雷
5500　雷声在空中炸响
　　　　伴随着耀眼的闪电
　　　　伴随着明亮的闪电
　　　　雷声慢慢地消失
　　　　亮光渐渐地微弱
　　　　黑暗突然降临
　　　　凌卡安的交汇处
　　　　黑暗突然来临
　　　　卡布卡安的交汇处
　　　　然后，太阳
5510　慢慢地爬上来
　　　　然后，阳光
　　　　逐渐照耀大地。

　　　　玛运巴大笑起来
　　　　迪格·棱阿万笑了起来：

　　　　"难道他不感到羞愧
　　　　难道他不感到尴尬
　　　　凌卡安的首领
　　　　他以为自己很强大
5520　他以为已经征服
　　　　他仅仅是借用了
　　　　他只是短暂拥有
　　　　纳能甘的特本甘
　　　　纳兰当干的达伊阿
　　　　因为他使用了魔法
　　　　因为他使用了神力。"

　　　　接着，玛运巴大喊道
　　　　接着，迪格·棱阿万大叫道
　　　　他召集所有的族人
5530　他召唤所有的臣民
　　　　他向大家说道
　　　　他大声宣布道：
　　　　"我亲爱的族人
　　　　我亲爱的臣民
　　　　这是我的意愿
　　　　这是我的命令
　　　　你们都全部集合到这里
　　　　你们都全部集中到这里
　　　　我们要讨论事情
5540　我们要商量事情。"

　　　　人们集中到一起
　　　　族人们都集合起来
　　　　就在大督的周围
　　　　就在首领的四周。

　　　　玛运巴说道
　　　　迪格·棱阿万宣布道：

"我想要告诉你们
你们要认真记住
我想要告诉你们
5550　你们要仔细听好
阿尼劳·玛运·安劳
努迪·曼拉格·迪瓦达
他是从我手指里冒出来的
他是从我的中指里弹出来的
我把他留在
玛拉恩·哈·因本苏德
我把他藏匿在
拉吉特·哈·纳卡塔娜
这不是为了密纳匀
5560　这不是为了杜密瓦达
毫无疑问
不可否认
我们的火焰被扑灭了
我们的火苗被吹灭了
因为他的确很强大
帕德斯伦·哈·卡巴特劳
因为他的确很厉害
盘丁卡保·呼·拉吉特。"

阿尼劳·玛运·安劳
5570　被人们高高举起
努迪·曼拉格·迪瓦达
被人们传来传去
就像一叶扁舟
飘荡在欢乐的人群之上

卡运巴安·哈·阿戈尤
他发出指示
利卡亚·丁德卡奈
他发出命令：

"亲爱的利卜温
5580　亲爱的玛拉拉奈
你们要建造船只
你们要建造海船
妇女们可以乘坐
姑娘们可以乘坐
带上年幼的孩子
带上幼小的孩子
我们要返回纳能甘
我们要回到纳兰当干。
请把孩子们集合起来
5590　请把小孩集合起来
还有所有的妇女
还有所有的姑娘
我们要带上所有的人
我们要带上妇女小孩。"
没有丝毫耽误
扬当的玛拉拉奈
没有浪费时间
纳能甘的利卜温
在年轻姑娘的指挥下
5600　在年轻男人的努力下
建造船只的工作完成了
他们很快把船造好了
每一艘船都不一样
没有一艘船是一样的。

玛运巴说道
迪格·棱阿万说道：
"亲爱的密纳匀
亲爱的杜密瓦达
坐到你的盾牌上去
5610　爬到你的盾牌上去
让我们回到纳能甘

　　　　让我们返回纳兰当干。"

　　　　密纳匀回答道
　　　　杜密瓦达回答道：
　　　　"亲爱的父亲
　　　　亲爱的父亲
　　　　我不能和你一起走
　　　　回到达故纳兰·塔·宇贡
　　　　我不能和你一起返回
5620　利卡兰·塔·玛达靳。"
　　　　我见到了我的父亲
　　　　这已经足够了
　　　　我见到了我的父母
　　　　这已经足够了
　　　　还有我的兄弟姐妹
　　　　还有我的很多同胞
　　　　还有我的很多先辈
　　　　还有我的很多长辈
　　　　我要回到因本苏德那里
5630　我要返回纳卡塔娜那里
　　　　我非常肯定
　　　　我非常确信
　　　　我的母亲巴依
　　　　她一定在为我担忧
　　　　我的母亲辛宇达
　　　　她一定非常孤独
　　　　可以想象
　　　　当我离开的时候
　　　　我的头发还很柔软
　　　　可以想象
　　　　当我离开的时候
5640　我的头发还很短
　　　　现在，我已经长大了
　　　　现在，我已经成为年轻人

　　　　几天之后
　　　　我要回去看看
　　　　几天之后
　　　　我要回去看看
　　　　我要回去
5650　陪伴母亲巴依
　　　　我要回去
　　　　陪伴母亲辛宇达。"

　　　　"这是对的
　　　　这是应该的。"
　　　　玛运巴回答道
　　　　迪格·棱阿万回答道
　　　　"不要再耽搁了
　　　　不要再迟疑了
　　　　你要回到纳能甘去
5660　你应该返回纳兰当干
　　　　带上你的母亲
　　　　带上你的母亲
　　　　因为我也很想她
　　　　因为我也很想她。"

　　　　阿尼劳·玛运·安劳
　　　　他坐上盾牌
　　　　努迪·曼拉格·迪瓦达
　　　　他坐到盾牌上
　　　　他马上飞了起来
5670　他很快飞了起来
　　　　就像黑鹰一样
　　　　搏击长空
　　　　就像黑鹰一样
　　　　在天空翱翔。

　　　　所有人都登上船

　　　　　刚刚建成的新船　　　　　　　　　没有用多长时间
　　　　　所有人都在甲板上　　　　　　　没有经过太长时间
　　　　　那刚建成的海船　　　　　　　　海船到达了
　　　　　船只陆续出发　　　　　　　　　纳能甘的交汇处
5680　　他们驶向海洋　　　　　　　　　船只到达了
　　　　　海船排成队形　　　　　5710　纳兰当干的交汇处①
　　　　　他们驶入海洋深处。　　　　　　他们走向甲板
　　　　　　　　　　　　　　　　　　　　他们把双桨
　　　　　必格萨伊独自一人　　　　　　　放到一边
　　　　　坐在她的萨杜克上　　　　　　　他们把船桨
　　　　　扬卜甘独自一人　　　　　　　　放到一边
　　　　　坐在她的萨琳达上　　　　　　　当他们完成这些
　　　　　她在海上航行　　　　　　　　　船只都集中在一起
　　　　　她还飞到空中　　　　　　　　　当他们做完这些
　　　　　她在空中飞行　　　　　　　　　船只都集合在一起
5690　　她高高地飞上天空。　　　5720　就在纳能甘的图拉瓦斯
　　　　　　　　　　　　　　　　　　　　就在纳兰当干的图戈达
　　　　　经过一段时间
　　　　　一段时间以后　　　　　　　　　玛运巴说道
　　　　　当他们正在航行　　　　　　　　迪格·棱阿万说道：
　　　　　当他们在海上漂荡　　　　　　　"你们仔细听
　　　　　他们感觉经过了很长时间　　　　你们认真听
　　　　　他们发觉过去了很长时间　　　　所有的房子和族屋②
　　　　　我们已经不记得　　　　　　　　所有的房子和族屋
　　　　　过了多少天　　　　　　　　　　都已经不见了
　　　　　我们已经算不清　　　　　　　　都已经消失了
5700　　经历多少日出日落　　　　5730　我所能看到的东西
　　　　　一年又一年　　　　　　　　　　只有高耸的竹子
　　　　　时间就这样流逝　　　　　　　　我所能看到的东西
　　　　　一年又一年　　　　　　　　　　只有挺拔的竹子
　　　　　岁月飞快地流逝。　　　　　　　还有茂密的玛考

---

① 原文为 Nalandanga，疑为 Nalandagan 之误。——译者注
② 原文为 tulugan，英文为 tribal house，类似于中国的祠堂。——译者注

还有散步的巴丽提树
这就是我的决定
这就是我的命令
我们要重建阿巴特
我们要重建土鲁干。"

还有那些努力的臣民
还有那些繁忙的族人
他们正在建造
巨大的房子
他们正在建设
华丽的城堡。

5740　玛运巴爬上
迪格·棱阿万爬上
最高的地方
最高的山上
他要在那里建造
最伟大的城堡
他要在那里建立
最华丽的族屋
他集合了所有的臣民
他集合了所有的族人
5750　我们感到非常惊奇
我们感到无比快乐

我再也无法讲述
我再也无法叙述
5760　他们做了很多事情
就在达古纳兰·塔·宇贡
他们完成了很多工作
就在利卡兰·塔·玛达靳。

达古纳兰·塔·宇贡
重新恢复了和平
在利卡兰·塔·玛达靳
重新恢复了和平。

第七章　菲律宾史诗
与中国南方少数民族史诗比较

在我国,"北方民族中流传着几百部英雄史诗,南方民族中间传承着大量形态更为古老的创世史诗和英雄史诗"①。我国南方少数民族的史诗多是创世史诗,而且几乎每个民族都有自己的创世史诗,又被称为"神话史诗"、"原始性史诗",今天已被民俗学者界定为"中国南方创世史诗群"。迄今,我国南方民族创世史诗已译成汉语出版或形成民俗文本资料的有几十种之多,包括彝族四大创世史诗云南楚雄彝族的《梅葛》、云南楚雄彝族和红河哈尼族彝族的《查姆》、大小凉山彝族的《勒俄特依》、云南弥勒阿细人的《阿细的先基》,云南纳西族的《崇搬图》(意为《创世纪》),广西布怒瑶族的《密洛陀》,云南白族的《开天辟地》,云南哈尼族的《奥色密色》,贵州东南苗族的《苗族古歌》,佤族的《葫芦的传说》,傣族的《洪水泛滥》,独龙族的《创世纪》,拉祜族的《牡帕密帕》,傈僳族的《创世纪》等。

我国南方的一些少数民族,在社会发展的早期,曾经历了频繁而残酷的掠夺战争阶段,经历了从氏族、部落、部落联盟到地方政权的发展过程。这样的社会生活在这些民族集体的历史记忆上留下了深深印记,这种历史记忆与当地源远流长的口头传统结合起来,也孕育出一批民族英雄史诗或具有英雄史诗性质的诗篇。在形式上,这些史诗是原始神话和创世史诗的传承和发展,讲述该民族现实生活中的英雄的伟大业绩,包括了彝族的《铜鼓王》、《阿鲁举热》、《戈阿楼》,傣族的《厘俸》、《兰嘎西贺》、《粘响》,纳西族的《黑白之战》、《哈斯争战》,普米

---

① 毕浔:《民间文学概论》,北京:民族出版社,2004年,第272页。

族的《金锦祖》和《支萨·甲布》,羌族的《羌戈大战》和傈僳族的《古战歌》[①]。这其中,云南景谷傣族的《厘俸》讲述的是英雄俸改和海罕、桑洛之间征战的故事。战斗规模非常宏大,战事也进行得非常激烈,战鼓震撼了茫茫森林,战火烧毁了无数村寨。彝族的《谱牒志》上讲述了创世纪之后产生的六大部落群体之间,时而杀牛结盟、联姻相亲,时而又兵戎相见、你争我夺。在这些纷乱之中,各部落产生了一个个英雄,率领族人征战。纳西族的《黑白之战》先讲述了自然界万物从混沌中不断演化而成,接着东族和术族不断争斗,最终白界的东族战胜了黑界的术族,世界终获光明。羌族的《羌戈大战》是具有英雄史诗雏形的史诗,讲述羌人与戈基人的征战,其中两族人相互比武、斗智的情节奇特而曲折。值得注意的是,我国南方民族的英雄史诗常与本民族的创世神话、创世史诗紧密联系在一起,史诗中往往是先讲述创世的经过,紧接着就讲述英雄率领族人征战和迁徙,也就是说,这些英雄史诗已融入到该民族的创世史诗集合之中,这与我国南方民族中创世史诗相对于英雄史诗要丰富得多是分不开的。

菲律宾各民族的史诗基本都是英雄史诗,讲述本民族历史上的杰出英雄人物为了部族利益率领族人历险征战、迁移他方,并追求个人爱情的伟大业绩。这些菲律宾民族也有丰富的讲述创世和起源的民间叙事,在内容上与我国南方民族的创世史诗比较接近,不过在民俗学研究中,这些民间叙事和口头传统通常都归入神话的范畴。战争和婚姻是世界各民族的英雄史诗中最为核心的两大主题,菲律宾史诗也不例外。菲律宾各族的英雄史诗都是以史诗英雄的历险经历作为情节主线,所以可以用历险活动的具体情节作为标准把菲律宾史诗分为两大类——浪漫史诗和战争史诗,以及另一小类——迁徙史诗。

浪漫型史诗中,英雄的一系列历险行为主要是为了寻找爱情或者为了本部族联姻,英雄爱上了一个女子而后不断追求,经历了一系列波折、冲突、争斗、和解等事件后,最终和心上人结婚。战争型史诗中,英雄为了家族、村社或部族的利益、生存和荣誉,为了保护其家人、帮

[①] 毕浔:《民间文学概论》,第 280 页;刘亚虎《南方史诗论》,呼和浩特:内蒙古大学出版社,1999 年,第 134 页。

助他人,开赴征程,和敌人、恶魔、敌对部族等血战,打败了对手,证明了自己的超凡能力并赢得族人的尊重。迁徙型史诗中,英雄率领家族、部落,为了逃避苦难或邪恶势力,跋山涉水,定居他方,追求幸福生活。大多数菲律宾史诗是前两类,迁徙史诗相对少得多,但这一类反映了民族迁徙作为人类发展史中至关重要的一段经历。不过,这三种类型史诗之间的界限并非泾渭分明。事实上,三种类型指称的是菲律宾史诗中最主要的三种内容,几乎所有的菲律宾史诗都不同地兼有上述两种甚至三种内容成分;与此同时,常常又总会有某一种成分在整个情节中居主导地位。所以,把某一史诗归为某一类并非意味着它只有该类情节,而是很可能还有其他类的情节与之并存,只不过是该类内容在数量上占据优势、在意义上更为重要。比如许多浪漫型史诗中,英雄经历的考验就是为了家族和村社的利益而征战。

菲律宾浪漫型史诗的代表是伊洛戈人的《拉姆昂传奇》、卡林加人的《乌拉林》、加登人的《鲁马林道》和巴拉望地区的《库达曼》。在这些爱情史诗中,有的男主人公只追求一位女子,如拉姆昂只对卡诺扬(Cannoyan)表达自己的爱意;有的男主人公则同时或先后与多名女子产生爱情,如拉保东公先后追求过三名女子,并最终娶她们为妻。这些史诗中,往往还涉及为了争夺恋人或为家人报仇雪恨,英雄去历险、进行战斗的情节,即战争的内容也被纳入到史诗之中。例如《拉姆昂传奇》中英雄拉姆昂最初就是为了报杀父之仇开始了各种历险,报仇雪恨之后才开始追求卡诺扬。

战争型史诗的代表是伊富高人的《呼德呼德》、棉兰老地区《阿戈尤》和《马达帕格》,这些史诗共同的中心内容是主人公为了部族和村社的生存,带领人民进行英勇的战斗。在棉兰老多个民族中广泛流传的《阿戈尤》讲述了阿格约父子带领人民外迁、返回和击败敌人等一系列的传奇经历。《呼德呼德》讲述了阿里古荣带领汉那卡(Hannanga)族人和达利格迪干(Daligdigan)族人进行战斗的故事,战争持续了三年,最终和平解决,两族的首领也互相联姻。《马达帕格》是菲律宾已知唯一一部主要讲述女英雄的史诗,讲述了马达帕格为了拯救自己的部族,不惜以身相许,嫁给掌管宝物的神,最后偷得宝物,拯救部族的故事。

迁徙史诗讲述的通常是因为受自然环境所迫,或社会异己力量的压迫,不得不离开民族发祥地,进行长途迁徙来到今天的居住地,史诗中充满了凄苦悲壮、思乡依恋的情怀,内容上包括民族压迫、反抗斗争等要素,同时也会出现杰出的英雄人物,率领族人战胜困难,靠着顽强的毅力和超自然力量的帮助最终取得迁徙的胜利。菲律宾的迁徙史诗反映了各民族先民历经千辛万苦迁徙、定居的历程,表达了追求本民族繁荣发展的理想式的诉求,比如,《拉姆昂传奇》中拉姆昂带领族人迁徙他处,从而避免了与伊戈罗特人之间的仇杀,让伊洛戈人恢复安宁与平静;《阿戈尤》中,阿戈尤最终来到了纳兰当干这个乌托邦式的理想之地,这也正是马诺伯整个民族的理想。在我国南方少数民族中,也有类似的迁徙史诗,它们与创世神话、创世史诗一样在该民族中被视为是本民族真实的历史。我国南方民族迁徙史诗有些本身就是一部完整的史诗,有些则是在该民族长篇创世史诗中情节丰富、篇幅较长的关于迁徙的篇章,也可以把这些篇章视为迁徙史诗。较有代表性有苗族的《鸺巴鸺玛》和《跋山涉水歌》、傣族的《巴塔麻嘎捧尚罗》、哈尼族的《哈尼阿培聪坡坡》等。创世史诗与该民族的创世神话一脉相承,是由众多神话连缀构筑而成的韵文体叙事系统,可以认为是韵文化、体系化了的神话或韵文体神话体系①。

世界各民族的英雄史诗,在情节结构上往往具有异常相似的叙述模式,讲述的很多都是大抵类似的内容,即史诗存在着具有代表性的情节程式。这一点早就得到了民俗学者的关注。法国文学批评家热奈特(Gerald Genette)曾从结构主义叙事学角度提出,史诗叙事在本质上是"动词的表达和扩展",针对荷马史诗《奥德赛》,他认为整部史诗不过就是"奥德修回归故乡依萨卡"这样一个句子的扩展。② 史诗程式研究的集大成者洛德(Albert Bates Lord)拓展了对于英雄史诗中"回归"这一概念的认识,提出"回归歌"(return song)是英雄史诗中常见的情节结构模式,"离去——劫难——回归——报应——婚礼"这一情节结构在许多英雄史诗中都能找到。神话学家约瑟夫·坎贝尔

---

① 毕浔:《民间文学概论》,第283页。
② 万建中:《民间文学引论》,北京:北京大学出版社,2006年,第161页。

(Joseph Campbell)曾总结出英雄从出发到回归的原型模式:英雄从小屋或城堡出发,走到了危险的阈限;如果遇到阈限的守卫者不让其通过,英雄需要打败守卫者,从而到"一个陌生而又异常熟悉的充满各种势力的世界旅行";"那里有些势力严峻地威胁他(考验),有些势力则给他魔法援助(援助者)";当英雄到达最低点时,会经历一次最重大的考验,从而得到报偿;"英雄最后要做的事就是归来",要么是那些势力赐福于他、保护他启程,要么就是他逃走并被追捕;到达归来的阈限时,超自然的势力必须留下;于是英雄从陌生世界归来而重新出现,并给现实世界带来恩赐。① 总之,英雄史诗的情节主干存在着"英雄到远方去冒险征战而后胜利归来"的规律性模式。②

菲律宾英雄史诗也具有鲜明的情节程式。史诗通常依照时间顺序叙事,按英雄的生平经历来讲述他的神奇经历和伟大业绩,很少会有倒叙、插叙。根据情节发展的时间顺序,可以归纳出菲律宾史诗的情节程式:(1)简短的开篇,艺人表示吟唱开始;(2)英雄出生在特殊而复杂的环境中,并表现出非凡的天赋;(3)英雄神奇般地长大成人并要义无反顾地启程去历险;(4)英雄经历了一次又一次的征战和历险;(5)在各种不寻常的历险事件中,英雄展现出超凡的能力和英雄主义的气概;(6)面对各种复杂、艰险的挑战,英雄通过艰苦卓绝的努力和拼搏,最终都获得了胜利;(7)面对最后的决战,英雄可能会意外死去,但最终也会起死回生并结婚从此过上幸福生活。不难发现,《呼德呼德》、《达冉根》等史诗都明显具有这一情节模式,整部史诗就是讲述阿里古荣、班杜干等英雄离去、劫难、归来、婚礼的回归歌。值得注意的是,菲律宾史诗通常可以按照情节发展顺序分作数段,每一段中都包含了一次对英雄的考验,每经历一次考验,英雄变得更加强大和神奇;史诗英雄有时会因为意外而死去,但和其他一些民族的史诗不同,菲律宾史诗中的英雄都一定会非常神奇的死而复活,最终是幸福生活的大团圆结局。

---

① [美]约瑟夫·坎贝尔著,张承谟译:《千面英雄》,上海:上海文艺出版社,2000年,第255、256页。

② 刘亚虎:《南方史诗论》,第208页。

韵律和表演形式是紧密结合在一起的。在菲律宾的民族语言中并没有"史诗"这样的术语,在很多民族语言中,主要表达成"长篇叙事歌谣"。菲律宾的史诗是否具有韵律只有在史诗被记录下来以后才能确定。在史诗表演中的停顿被看做是一行史诗的结束,如果史诗较长,而且没有规律性的停顿,那么就一般被认为是散文体的史诗。判断史诗的韵律可以通过两种方法,一是通过听史诗表演的过程找出其中的韵律,一是通过计算每一行史诗的音节来总结史诗音节上的规律。有的史诗的音节是有规律的,而有的史诗音节是没有规律的。史诗歌手在表演史诗的过程中也会根据实际情况添加音节或改变旋律。一些有天赋的史诗歌手所表演的史诗韵律的痕迹比较明显,而没有经验歌手所表演的史诗韵律会经常发生变化。①

在我国南方民族史诗中也有类似的情节程式,我国南方民族史诗中英雄的历险存在着规律性的模式,有学者把这种模式归纳为"离合型"。即史诗情节的主干中"既有出发分离,又有归来合聚","英雄到远方去冒险征战而后胜利归来"②。我国各民族英雄史诗在叙事结构上一般呈现出的情节程式是:"英雄的诞生和童年——英雄的第一次出征——英雄的婚姻——英雄的战争——英雄凯旋归来"③。在一些较长的史诗中,常常由数个离合型故事组成,即英雄会数次去历险或接受考验。比如傣族的《相勐》中英雄相勐用箭射开魔鬼石窟的洞门,杀死魔鬼、救出公主,并与公主订婚;《兰嘎西贺》中英雄召朗玛通过了拉神弓的考验,赢得了楠西拉公主的爱情。菲律宾史诗也可以按照情节发展顺序分作数段,常常是每一段中都包含了一次对于英雄的考验,每经历了一次考验,英雄变得更加强大和神奇。在这些考验中,英雄逐步征服、战胜和杀死了所有的对手,最终获得了心爱的人。

我国南方民族史诗中,英雄的冒险和考验主要也是一系列的征战,而且大多是场面壮阔、险象环生、波澜起伏的战争。比如《厘俸》

---

① Manuel, E. Arsenio, *A Survey of Philippine Epics*, Asian Folklore Studies, Vol. XXII, 1963, p. 52.

② 刘亚虎:《南方史诗论》,208页。

③ 毕浒:《民间文学概论》,第282页。

中，英雄海罕调集了八十万大军与俸改大战,最后还有天兵天将相助。南方民族史诗中的这种战争自然是夸张的结果,不过这增强了史诗奇幻的色彩,令情节更加引人入胜,也强化了英雄的高大形象。与我国南方民族史诗的这种宏大叙事不同,菲律宾英雄史诗中的考验和历险经历通常是"个人化"和生活化的。菲律宾史诗中最常见的考验也是战斗,虽然这些战斗大多对于英雄所在的部族、村社也有重要意义,但根本上仍是英雄个人能力展示的舞台,是英雄个人个性化的战斗,而非民族集体的宏大战争。菲律宾史诗中的战斗的规模都比较小,场景非常生活化,不像我国南方史诗那样成千上万人征战的波澜壮阔。英雄常常是与自然界的猛兽搏杀,比如《呼德呼德》中英雄阿里古荣杀死了野水牛,《拉姆昂传奇》中英雄拉姆昂杀死了大鳄鱼。如果英雄与他人征战,通常也只是小规模的战斗,绝非大型战争。比如《呼德呼德》中,阿里古荣虽然是带领了族人去与古米尼金族人作战,但整个战斗过程也只有阿里古荣和古米尼金单挑。最多也不过是古米尼金的弟弟比木约前来相助,阿里古荣的妹妹阿吉娜娅也参与其中。总之,菲律宾英雄史诗中的征战并不够激烈,更不会惨烈,而是"个人化"的施展个人的表演。而且战斗的结果,除了恶魔、猛兽会被英雄杀死,与英雄作对的反派人物常常也不会被杀,在不少史诗中还会出现双方化干戈为玉帛的和解。

这很大程度上还是因为史诗是对于社会现实的反映。我国南方民族有不少历史上曾达到很高的社会发展水平,建立了地方政权和王国。而菲律宾各少数民族历史上绝大多数都处于部族社会的形态,甚至在西班牙殖民统治开始之前还不知国家为何物。菲律宾南部穆斯林民族的一些史诗,反映了伊斯兰教传入(1380年)、西班牙人来到之前(1521年)的传统部族生活。只有在这些穆斯林民族史诗中,才能看到菲律宾的早期国家和地方政权,这是因为菲律宾南部皈依伊斯兰教的民族历史上曾建立过苏丹王国和地方政权。很多情况下,史诗被其流传民族视为口头的历史,我国南方民族史诗中关于战争的宏大叙事、英雄攻城陷池的叙述,和菲律宾英雄史诗中英雄个人化的历险、小规模的战斗,都与各自社会的发展水平、发展形态有关。

除了情节程式,史诗还有口头程式。在吟唱时,歌手或艺人拥有其独特的技巧,所吟唱的史诗也有着独特的结构和特点,所以史诗歌手才可能记住成千上万的诗句并顺利地吟唱,这就是史诗的口头程式。史诗中有大量的词语、诗行与场景是重复出现和循环运用的,史诗艺人主要是靠这些"常备片语"(stock phrases)和"习用的场景"(conventional scenes),进行即兴创作。菲律宾史诗中最常见口头程式就是诗节和词汇的反复出现,具体还可以分作诗句和关键词汇中的对称、排比、头韵、重复等。这些口头程式是歌手和艺人创作和表演的关键,是史诗口头传统的核心,艺人依靠程式,熟练掌握和运用学习、演唱、创编和传播史诗。口头程式是地方性的,它作为一种特殊化的语言,在一个民族中是相对固定的,具有典型的地方性色彩,是民族传统的组成部分。一个民族史诗中的口头程式是有限的,歌手和艺人通过长期学习这些特殊化的语言,从而实现了史诗历经一代代艺人、却能"万变不离其宗"、始终相对稳定地传承。菲律宾史诗地方性的口头程式中最具代表性的,就体现在一些极具菲律宾民族文化特色的场景会在史诗中反复出现。最常见的场景是嚼槟榔、穿衣打扮、婚礼庆典等,菲律宾史诗根据情节的发展通常可以分为数段,各段中常有上述这几个具有典型菲律宾民族文化特色的代表性场景反复出现。此外这些反复出现的场景还在菲律宾史诗中构成了平行结构,在叙事结构上达到了某种平衡。比如,阿里古荣在与彭巴哈荣作战时,见到彭巴哈荣的妹妹并与之结婚;彭巴哈荣与阿里古荣作战时,则见到阿里古荣的妹妹最终也与之结婚。桑达约死去了,他的爱人四处找她;桑达约的爱人死去了,桑达约也四处寻找。

附录一

菲律宾史诗的特点(译文)[①]

史诗艺人和史诗表演

在菲律宾的民族中,史诗一般都在节日和聚会的时候表演。聚会的仪式包括婚礼、洗礼、签订各种和平协议等。人们都喜欢观看各种关于祖辈的英雄行为的表演活动。这些表演活动一方面是鼓励年轻人学习前辈的手段,另一方面也是传承史诗艺术的重要手段。伊富高民族在特定的场合会演唱特定的史诗。第一种史诗在富有或又名望的人的葬礼上表演,第二种史诗在二次葬的时候表演,第三种史诗在丰收的时候表演。(Daguio,1952:38)在巴拉望地区,《库达曼》在祭拜狩猎之神的仪式中表演,以保佑他们顺利抓到猎物或野猪。《库达曼》的另一个表演场合是在欢迎客人的时候,用献上猪肉(rurungan)和表演史诗的方式来表示对客人的尊敬。在仪式中演唱史诗,使仪式的内容更加精彩,使参加仪式的人都能记住仪式的内容。(Manuel,1986:207)

史诗的演奏者可以是男的也可以是女的,不同性别的人都可以进行史诗表演。演唱者从他们长辈、父母或住地的长者那里学习史诗表演的技巧和内容。史诗表演一般在晚饭后的夜晚进行。夜色下安静的环境容易让人集中精神,专注史诗的表演。史诗艺人的表演可能持续 2—4 个小时。瑞斯玛在调查报告中写道:"1980 年,在一次田野调查中,女歌手帕勒娜(Perena)在表演《桑达尤的传说》的时候,从晚上 9 点一直唱到凌晨 3 点。"伊富高民族在白天的时候表演庆祝丰收的呼德呼德,这个时候,人们会聚集到谷仓的周围,举行庆祝丰收的聚会。

曼纽尔还调查了伊利亚农族和马诺伯族的史诗表演形式,他们都是以独唱的形式进行。没有任何伴奏。(1969:35—36)听众最感兴趣的地方是史诗的故事情节,不在于伴奏的音乐或歌手的声音。其他民族的史诗表演也是这样的。

[①] 本文译自 Damiana L. Eugenio, *Philippine Folk Literature : the epics*, Diliman, Q. C. , University of the Philippines Press, 2001, pp. xiii-lvii. (由于所引用的史诗文本不同,本译文与本书中史诗的译文在细节上可能略有不同。)

在伊富高地区,呼德呼德和阿霖(alim)①的表演都是以合唱的形式进行。在老者的葬礼上,在为病人祈福的仪式中,阿霖的表演是由个人完成的。

有的史诗艺人在演唱史诗的时候,和他们在唱其他歌曲是一样的形式。例如,当伊富高族在白天表演丰收呼德呼德的时候,史诗艺人一般坐在一个用芦苇(runo reed)编织而成的垫子上,或者坐在一个比较显眼的位置。听众围坐在史诗歌手的周围,有的坐在垫子上,有的直接坐在地上。(Diguio,1952:36—37)

有的史诗艺人在演唱史诗的时候,会采取一种比较特殊的行为方式。一个叫亚瑞(Aring)的马诺伯族史诗艺人在演唱的时候,她会拿一条毯子盖在自己身上,然后蹲坐在一张席子上,把自己的脸也盖得严严实实的。(Manuel,1975:29)一个叫帕勒娜(Perena)的苏巴农(Suban-on)史诗艺人在演唱《桑达尤的传说》的时候,会把一条毯子盖在灯的周围,她希望屋子里保持一种黑暗。她的身体斜躺着,紧闭双眼,好像进入了一种迷迷糊糊的状态。(Resma,1982:265)乌苏伊(Usuy)是一个巴拉望的史诗艺人兼巫师,当他表演《库达曼》的时候,他就斜躺在屋子角落里的一张席子上,角落里的光线很差。他的左手捂着眼睛,使自己不会分心。他的右手抓着床罩,盖在自己胸前。(Guillermo,1988:122;[Kudaman],1991:3)

英雄的冒险经历

史诗最主要的内容是叙述英雄的历险活动。根据英雄的历险活动的不同,可以把史诗分为两类。第一种可以称为浪漫型,史诗英雄的冒险活动与女人有关,可能是为了追求自己喜欢的女人,也可能是寻找自己伴侣。第二种类型的冒险活动是英雄为了家族,国家,人民的荣誉或者他人的需要而进行的,那种为了展示自己勇气和精神而进行的冒险活动也可以归入这个类型。正如很多人看到的那样,这两种类型的冒险活动并不互相排斥,可以预测这两种类型是可以共存的,浪漫型的史诗包含其他类型的冒险活动,反之亦然。

第一种类型的代表是《拉姆昂传奇》、《乌拉林》、《拉保东公》、《班杜干》、《鲁马林道》和《库达曼》。拉姆昂最大的冒险活动是为了追求伊娜斯·卡诺扬(Ines Cannoyan)。相似的,《乌拉林》(二)中的英雄班纳(Banna)的冒险活动就是为了追求拉古娜娃(Laggunawa),虽然拉古娜娃已经许配给了马尼拉的敦度甘(Dungdungan)。拉保东公一共进行了三次追求女人的经历,他的前两次冒险的经历获得了成功,他赢得了巾碧提南和安古伊·玛达纳雍(Anggoy Matanayon)的芳心,并娶两人为妻。但他第三次追求女人的冒险活动则以失败告终。雅瓦的丈夫萨拉纳扬战胜了拉保东公,并把他囚禁起来。马拉瑙族的英雄班杜干也去追求

---

① 一种史诗表演形式。——译者注

周围国家的美丽公主:巴巴莱(Babalai Anonan)的公主玛吉娜(Maginar),舜吉吉(Sun Girina Ginar)的公主米诺尤(Minoyod),巴古巴扬(Bagumbayan Luna)的公主玛靳纳旺(Manginawan),海中之地(Land-Between-Two-Seas)的公主婷班(Timbang),还有很多其他的公主。但史诗并没有具体说明追求女人的过程,而是重点说明班杜干的死和在马达利(Madali)和马巴宁(Mabaning)帮助下复活的过程。

加当族的英雄鲁马林道和巴拉望的英雄库达曼外出冒险的目的就是为了追求女人。鲁马林道一共得到了 5 个女人的芳心,并和她们生了 7 个孩子。库达曼在史诗刚开始的时候已经有 1 个妻子了,后来又娶了 9 个女人为妻,史诗的最后,库达曼和 10 个妻子一起举行庆祝活动。

史诗中除了英雄追求女人的浪漫冒险活动外,还包括英雄为了家族或国家的利益、荣誉而进行的冒险活动。拉姆昂最初的冒险活动就是为了给父亲报仇而和伊戈罗特人进行战斗。他不仅消灭了仇人,还折磨战斗中幸存下来的敌人。他赤手空拳打死了河里的鳄鱼,展示了巨大的力量。他遵守村庄的习俗,到河里去抓叫做拉朗(拉朗)的鱼。虽然拉姆昂被鲨鱼吃掉了,但在具有魔力的狗和公鸡的帮助下重新活了过来。

在史诗《拉保东公》中,英雄的两个儿子经历了寻找父亲的冒险活动。最终在前两个妻子的帮助下,英雄重新获得了自由。

在史诗《班杜干》中,英雄重新苏醒过来以后,和入侵的敌人进行了五天五夜的战斗。结果,筋疲力尽的班杜干被敌人抓到船上,关在船舱的一个小隔间里。等他恢复精力以后,班杜干打破隔间的门,控制了敌人的船只,顺利凯旋。

第二种类型的史诗包括《天国的仙女》、《图拉朗屠龙记》、《呼德呼德:阿里古荣》、《督玛利瑙的英雄古曼》、《科波拉甘的王国》、《桑达尤的传说》、《伊巴隆》、《图瓦安参加婚礼》、《珂罗狄亚·拉瓦纳》(Maharadia Lawana)和《图布禄》。在曼纽尔出版的《阿戈尤》文本中,英雄阿戈尤的冒险活动主要包括和摩洛人进行战斗、带领族人进行迁徙活动、建设新的家园、保卫新的家园、与入侵者进行战斗。在史诗《天国的仙女》中,英雄杜瓦昂的冒险经历主要是保护一个神秘的女子躲避追杀。他战胜了追杀的人,并把女子带回家乡库亚曼(Kuaman)。最后,他带着女子和族人一起到了一个可以永生的地方——卡图桑(Katuusan)。

伊利亚农的史诗英雄图拉朗被称作是"库拉曼河的鹭鸟",他冒险活动的主要内容是保护自己的族人。首先,他战胜了对族人安全产生威胁的巨鹰,并把巨鹰变成自己的奴隶和守卫。其次,图拉朗战胜了两伙强盗,一伙来自河流的上游地区,一伙来自河流的下游地区。敌人人数众多,但保护神透露了敌人的呼吸藏在一条蟒蛇的心脏里,图拉朗战胜了蟒蛇,把蟒蛇的心脏装在一个瓶子里。当英雄在敌人面前打破瓶子以后,敌人就投降了,并恳求得到宽恕。

在史诗《呼德呼德:阿里古荣》中,阿里古荣是生活在汉纳加(Hannanga)这个地方的安达洛(Amtalao)的儿子,他带领伙伴去和父亲的敌人——居住在达利迪甘(Daligdigan)的帕古伊万(Pangaiwan)作战。尽管这是为了荣誉的战斗,但阿里古荣的父亲更希望儿子去追求敌人的女儿并把她娶回家。阿里古荣战斗的对象是帕古伊万的儿子彭巴哈荣。两个年轻人的实力相当,在经过了一年半的战斗之后,两人不分胜负。在战斗的过程中,两个年轻人彼此互相敬仰。最后,阿里古荣停止战斗,将自己梳洗干净,穿上求婚者的全套服装(砍刀、腰带、挎包和梭镖),带着自己的同伴,来到达利迪甘。他们把梭镖插在彭巴哈荣家的院子里。彭巴哈荣的父亲举行了两家和解的仪式。阿里古荣向彭巴哈荣的妹妹求婚,并最终将布甘娶回家。

苏巴农史诗《督玛利瑠的英雄古曼》的主题是保卫本民族的领土不受外敌侵犯。史诗英雄通过和邪恶敌人的战斗,保卫本民族的土地和族人宁静的生活。当英雄不在的时候,大督朋班瓦(Pombanwa)和大督桑比拉坎(Sampilakan)也起到了带领族人战斗的作用。这里还要提到一个迪莉亚格(Dliyag'n)的女英雄,当两位年老的大督无法继续战斗的时候,她就挺身而出,抵抗了敌人长达一个月的进攻。

苏巴农族的另外两部史诗《科波拉甘的王国》和《桑达尤的传说》中,英雄进行冒险活动的想法是非常坚定的,无论遇到什么困难,都不会改变他们的决心。在史诗《桑达尤的传说》中,英雄的冒险由三次旅行组成。前两次旅行结束以后,桑达尤回到了家乡,可是第三次旅行结束后,他没有回到家乡,而是和族人一起参加了一次盛大的宴会(buklog),宴会结束以后,他们坐在一个黄金制成的台子(buklogon)上,一起升入充满快乐与和平的天国。在史诗的进程中,桑达尤进行了以下活动:他得到了两个大督家族的支持;他和两个大督家族的人参加宴会;他和多蒙迪亚奈(Domondianay)进行战斗,最终得知多蒙迪亚奈是自己失散多年的兄弟;他战胜了女巫巴雅(Bae Salagga);他主持了两个表妹波拉克(Bolak Sonday)和贝诺朋(Benobong)关于嫁妆的谈判,后来还有表弟楞古图毕(Lengotubig)关于聘礼的谈判;他和露玛腊(Lumalab)等表妹的追求者进行战斗;他死去,在波拉克和贝诺朋的帮助下复活;波拉克死去,但在他的帮助下复活;所有的族人都参加盛大的宴会并一起升入天国。在桑达尤的整个冒险活动中,基本都是在强大的家庭凝聚力的帮助下完成的,一起升入天国的共同目标将所有人紧紧团结在一起。

在史诗《科波拉甘》中,苏巴农族的英雄达雅克(Taake)按照命运的安排,来到穆斯林的居住地科波拉甘地区。当他们刚刚到达这里的时候,他们遭到穆斯林的驱赶和鄙视。达雅克经过努力,赢得了缤达旺夫人(Lady of Pintawan)[①]的芳心,

---

[①] 也可能是女神的名字。——译者注

并娶她为妻。达雅克决定和科波拉甘的大督们作战,他希望通过战胜大督来展示自己具备迎娶穆斯林公主的实力。在族人图密迪(Tomitib)的帮助下,达雅克战胜了周围五个国家的首领。最后,天神亚苏格(Asog)要求达雅克举行一次盛大的宴会,邀请所有人参加。在宴会上,天神降下神谕,要求大家和睦相处,并赐给达雅克两个妻子。

史诗英雄

就像其他国家和民族的史诗一样,菲律宾史诗中的英雄也有共同的特征:勇敢而强壮,巨大的战斗力,永不停息的冒险精神,坚定的决心,超凡的意志和出众的耐受力。

除了这些,菲律宾的史诗英雄还有自己独特之处,他们具有并善于使用超自然能力或魔力,或者具有神力的东西或动物。他们拥有自己的保护神或者一些友善的神灵,在需要的时候或关键的时候,会有声音指引他们怎么去做。

菲律宾的史诗英雄具备普遍的表现模式:(1)在一个不寻常的环境下生长;(2)在忍受痛苦的条件下长大成人,进行无休止的冒险活动;(3)在战斗或冒险活动中体现出英雄气质;(4)在战斗或冒险活动中取得胜利;(5)即使死了,也能复活并过上快乐的生活。

英雄的非凡身世

从史诗英雄的出生开始,不平凡的身世围绕着他们,一开始他就具有别人没有的气质能力。就像博尔拉(C. M. Bowra)指出,英雄出生的时候,就伴随着各种特别的预兆。例如,当拉姆昂的母亲生产的时候,村子里所有接生的人都不知怎么做,甚至两个男的接生员都束手无策。只有一个以手指有力著称的老妪完成了接生工作。卡林加族史诗《乌拉林》中,英雄班纳的母亲怀孕的过程就是充满神奇的因素。他的母亲在河里洗澡的时候,吃了一个漂在水面上的槟榔果,然后就怀孕了。拉保东公和他的两个兄弟具有神灵的本质,因为他们是天神阿伦希纳(Agyang Alunsina)和保巴瑞(Buyung Paubari)的儿子。苏巴农族的史诗英雄桑达尤也具有不平凡的诞生过程,因为他母亲在洗澡的时候梳头,他就从头发里生了出来。

神奇的成长过程

史诗英雄都具有奇迹般的成长速度。拉姆昂出生以后,就给自己起了名字,还选择了自己的教父,并问母亲他是否有父亲。班纳以神奇的速度长大成人,开始担负起复仇的使命。拉保东公也奇迹般地成长,成为一个强壮的大人,迫不及待地开始冒险活动。苏巴农的史诗英雄达雅克在夜里会长得很快。当他七个月大时,他开始不停地哭,谁也无法让他停下来。他一直哭了七天七夜,然后他轻轻地问母亲,他有没有父亲。他怎样被杀害,他是干什么的。当他听说父亲最喜欢用鱼钩和鱼线捕鱼的时候,他立刻跳到河里捕鱼。他抓了七大筐鱼给他的妈妈,然后他又睡了一个晚上以后,就长成一个英俊的青年,准备开始冒险活动。

无休止的冒险活动,或者对冒险活动的渴求,是很多史诗英雄的共同特点。当英雄还是小孩子的时候,他们就希望早日长大,早日开始冒险活动。当拉姆昂得知父亲到森林里去就再也没有回来,他就决定要去寻找父亲,而不顾母亲声泪俱下的挽留。同样,桑达尤长成了一个年轻小伙子,可是在他母亲的眼里,他还是一个小孩子。"你的嘴里还留着奶汁,你的嘴唇还在吸奶。"他向母亲恳求道:"萨拉温,我的母亲,请你放开束缚,我要摆脱这些束缚,我必须要走,如果没有冒险的经历,那就当不成大督。"

英雄的品质:外貌俊美

史诗英雄的生活就是战斗的经历,并通过战斗的过程展示英雄的品质。在所有的英雄品质中,最直接的表现就是身体的特征。史诗中的英雄都具有英俊的外表,具有影响其他人的能力,具有超出他人的行为方式。例如,班纳在去芒卡瓦村(Manggawa)追求拉古娜娃的时候,人们形容他的行动快得像"流星划过"。拉保东公在追求雅瓦的时候,雅瓦的丈夫形容拉保东公"他看起来就像神灵,他身上充满神性,他就像降临人间的天神。"杜瓦昂的形象"拥有阿尼图的力量,具有迪瓦达的品德",他的额头的中间有一道亮光。在另外一部史诗中,杜瓦昂在众多参加婚礼的宾客中显得鹤立鸡群,具有超出他人的气质。"他站在门口,玉树临风"。

苏巴农族史诗英雄桑达尤小时候就长得非常英俊,"仿佛太阳的光芒"。长大以后,

他成为英俊的大督	他像大树一样挺拔
全身都散发着光芒	他就像迪瓦达的儿子
就像他伫立在	他就像稀有花朵
蛮荒的土地上的大树	美丽而可爱的花朵

在巴拉望,体形苗条被认为是英俊的标准之一,英雄库达曼的腰被形容成像针一样细。他一微笑,就会露出闪亮的牙齿。伊利亚农族的英雄图拉朗的腰被形容成和麻宇斑斑草(meyubanban)一样细。

英雄的品质:声音洪亮

史诗英雄都能发出洪亮的声音,总是非常洪亮,可以使人肃然起敬,甚至使大

地颤抖。当拉保东公准备开始他第三次追求女人的历险时：

他大声喊,他大声吼	他的声音反复回响
声音就像击打铜锣	传遍了每一个角落
他的声音听起来	如此健壮的年轻人
充满了巨大的力量	发出的声音
充满了坚定的意志	使得竹子的末梢摇动。

班杜干王子复活以后,他将继续和敌人战斗。敌人都以为他已经死了。

班杜干被神灵举起来	他的声音沉重地打击了
他发出雷鸣般的叫声	敌人的信心和士气。
他站在盾牌上,跃入云端	

加当族的史诗英雄鲁马林道的声音也非常宏亮,当他对着乌鸦大声喊叫的时候,乌鸦就掉在他跟前,当他对着椰子树大声喊叫的时候,椰子就落在他面前。

英雄品质：领导能力

史诗英雄总是以人们公认的领袖形象出现。这种史诗英雄的领袖品质最有力、最雄辩的证明是史诗《班杜干》中的一个情节。布巴兰(Bumbaran)的国王发布法令,禁止大臣与班杜干说话。萨巴拉(Sabarat)宣称,虽然王国领主们都同样的伟大,但他承认:

我们当中没有人能想象	他的城堡坚不可摧
敢去和班杜干王子竞争	他是人人喜爱的花朵
这是为什么王子	他是人人敬仰的旗帜
被称作王国的保卫者	因为他已经长大成人
被全世界的人赞颂	因为他,我们得到邻国的尊重
他的人品毫无瑕疵	

马诺伯族的史诗英雄杜瓦昂也被公认为人民领袖。史诗中那个神秘的少女不和除他之外的任何人说话,以及盘卡乌卡(Pangavukad)的年轻人只知道他而非其他贵族的事实充分证明了他的独特影响力。不仅其他贵族尊他为领袖,普通人民也认为他是领袖。比如,一个普通的年轻人看到他要整装远行时,把他称作"我们敬仰的库亚曼王国中心的太阳",他还说他感到非常沮丧,"因为领袖即将远行,主人即将死去"。后来,在盘卡乌卡,有姐妹两人为他的外貌所打动。妹妹愁闷地说：

如果他是我唯一的哥哥　　　　　　因为我非常相信他
我不会允许他　　　　　　　　　　这个国家将会发生大事。
走进这干净的院子

杜瓦昂也很清楚自己作为人民领袖的责任。当准备去其他地方参加一个婚礼时,他向自己的国家投去一瞥,说道:"我为国家感到伤感,我将离开一段时间。"

英雄品质:魔法力量

除了拥有令人敬仰的天生的力量和勇气这个特点,菲律宾史诗英雄还有一个最与众不同的特点,就是几乎所有的英雄都有超自然或魔法的力量,或者拥有具有魔法的物品或动物,以帮助他们完成他们的使命。在所研究的史诗中,好像只有阿里古荣没有这种特殊的力量,其他所有的英雄都或多或少的拥有这种力量。

比如,拉姆昂就拥有超自然的力量。当他想点燃麦秆的时候,他能召唤风来助燃火焰,他也能召唤大雨来灭火。在他与苏马朗(Sumarang)搏斗的时候,

他开始召唤　　　　　　　　　　他带着这支梭镖
一阵海风　　　　　　　　　　　走过九座山
与此同时　　　　　　　　　　　可怜的苏马朗
他掷出梭镖　　　　　　　　　　就这样被梭镖击倒了。

此外,拉姆昂还拥有魔法石、护身符和具有魔法的动物。他的魔法公鸡在关于伊娜斯·卡诺扬嫁妆的谈判中担任他的发言人。在拉姆昂的复活中也发挥了很大的作用。在它的指挥下,拉姆昂的尸骨被收集起来,摆放整齐,然后伊娜斯把她的罩裙盖在上面,马上背过脸去。

卡林加族的史诗英雄班纳的魔法力量也一点不逊色。他把槟榔果当做信使发往各地。他让在战争中获得的战利品排成一排,跟他一起高呼胜利。不管去哪儿,他总是骑着"小云彩、红光束"。他让他的斧头(Diwaton)为他去杀任何他想杀的人。

拉保东公也用魔法旅行。他飞越云彩,穿行于广大的天空,这样他能在极短的时间里到达目的地。当有需要的时候,他会召唤他的班朗(pamlang)来帮忙。他还有一个水晶球可以让他看见任何他想看的。他的两个儿子,阿稣·芒卡和布雍·巴拉诺甘,后来也作为英雄加入史诗故事,他们也有非凡的力量。阿稣·芒卡有一只魔法船,布雍·巴拉诺甘可以在水上行走。

巴拉望英雄库达曼有一只叫灵吉桑(Linggisan)的宠物鸟,可以带他到任何他想去的地方。在准备出行的时候,他能把人装进萨拉帕(salapa)里,然后放在他的布昆(pugung,一种头饰)上。酿酒的时候,他只用把手放进酒缸口,美酒就酿成了。

马诺伯族史诗英雄杜瓦昂召唤闪电把他传送到盘卡乌卡主人的土地上。他只是稍稍动一下肩膀就可以去想去的地方。当和敌人搏斗时,他可以召唤帕顿(patung,一个充满力量的东西)来帮忙。他用他的唾液救活死去的村民。最后,他把村民送到卡图兀桑国(Katuusan),一个没有死亡、人们乘坐希纳林巴(sinalimba)或飞船的空中国度。他让自己的姐妹和天国的少女坐在自己的肩膀上也跟着飞了上去。

在曼纽尔发表的《阿戈尤》史诗中,阿戈尤的儿子塔纳戈耀(Tanagyaw)不仅有超自然的力量,还拥有一根黄金杖使他能完全消灭入侵者。[①]

阿戈尤的侄子图拉朗(Tulalang)也拥有魔法力量。他只要"稍微移动一下身体"就能登上梯子。他也能召唤他的盾和矛飞到他身边,命令他的盾在他睡觉的时候代替他战斗,他的守护神还能告诉他怎样才能打败敌人。

马拉瑙族的史诗英雄班杜干也具有魔法力量。他有一个只属于他的保护神(*daimon*)玛高(Magaw)。保护神住在天上,每次他和敌人打战的时候都会召唤保护神来帮忙。一次当他受伤,倒在荒无人烟的地方时,他召来玛高,神灵来了以后把他抬起来,飞了很远很远,直到把他送到婷班公主的门前。还有一次,当他和密斯考耀国王(Miscoyaw)的军队作战时,他召唤来玛高。在玛高的帮助下,他乘着神盾飞上云层,给敌人致命的一击。班杜干还有一只有魔力的鳄鱼,当他被从船上推进水里的时候,鳄鱼会接住他,再把他扔回到甲板上,然后和他并肩作战消灭敌人。

对苏巴农族的史诗英雄,以及很多其他民族的史诗英雄来说,头巾(monsala)是一种有魔力的运输工具。但英雄达雅克和桑达尤有着其他的魔力。达雅克小时候用父亲的鱼钩和鱼线钓鱼,并且运用他的魔力(和鱼虾交谈)钓到"满满七筐鱼"送给母亲。他还有神奇的力量,当他挥舞自己的刀时,天上也会落下血滴。他还能使自己隐身。桑达尤也在很小的时候显现出非凡的力量,当他和军队行进到鲁玛奈(Lumanay)河岸时,他让河水倒流回源头,这样他和他的同伴就能从河床上通过。他还能把人藏在戒指里,戴在手上。当他按波拉克的要求给出嫁妆时所表现出来的魔力也是惊人的,他拿出了:罐子、钱、长柄镰刀、斧子、"闪着太阳般金光的水槽,能把水导进她屋里的金色水盆中"和"一座像头发一样细的金色桥,接到遥远的求婚者的家里",他还给了波拉克要的:黄金织布机、金色的梳子、金色的背包和一个能继承她遗产的孩子。

当桑达尤打战打到口渴时,他让他的梭镖和敌人作战,自己飞到太阳边上喝太阳的汗水解渴。

[①] 在笔者的史诗译文中没有出现这个名字和情节。——译者注

最令人惊奇的是桑达尤只用轻轻一挥他的头巾,就能让死人复生。一次,他救活了七个他父亲在为他举行的祭血仪式上斩首的男女仆人。

史诗程式

在典型民间史诗的众多程式中,最与众不同的有这么几点:(1)史诗的开头就陈述史诗的主题,以及对神的祈祷,一般从故事的中段说起,然后在史诗的随后部分中给出必要的说明;(2)罗列战士、船只和军队;(3)主要人物进行正式对话;(4)经常使用史诗的明喻手法。

有的菲律宾民间史诗有一个正式的开篇,有的没有。即使有正式的开篇,也以不同的形式开头。没有一部史诗从故事的中段说起;从不正式列举战士、船只和军队,主角也没有正式的演说,并且只有一部作品很明确地使用了史诗的明喻手法。当然其中也能找到一些出现于典型民间史诗中的程式,像对复述、绰号、夸张的演说的大量使用;非常明确的魔法和超自然元素;在描写英雄能力时的绝对的夸张和女主角对各式各样嫁妆的要求等等。

菲律宾史诗的开篇在长度和形式上各不相同。比如《拉姆昂传奇》旧版本的开篇就很简明直接:"听我介绍拉姆昂的传奇一生。"但它的诗歌版就采用了典型的菲律宾韵律浪漫式的宗教祈祷:

啊,伟大的主啊,伟大的神灵　　这样我才可以
请给我启示,啊波　　　　　　　讲述一个伟大人物的故事。

伊富高族的呼德呼德开篇也很不正式:

阿里古荣,其父乃是安达洛　　"阿里古荣的伙伴在哪里?
家住汉纳加里面　　　　　　　你们在汉纳加干什么?"
某日阿里古荣起得早

简短的介绍性开篇也出现在以下史诗中《拉保东公》、《督玛利瑙的英雄古曼》、《科波拉甘的王国》、《桑达尤的传说》和《班杜干》。但《阿戈尤》系列史诗则有正式的开篇。《祈祷辞》是所有《阿戈尤》系列史诗的介绍性部分,它表示阿戈尤和他的人民是这片土地的主人。这个介绍性部分出现在正文(sengedurug)中,是对阿戈尤在他的天堂纳兰当干(Nelendangan)中部分生活的说明。引子(Kepu'unpu'un)只有一个,但有几个版本,但正文却有很多。比如曼纽尔的版本描述了阿戈尤系列中的一种正文。每一个正文有各自的开篇祈祷辞。

马诺伯族史诗《杜瓦昂》系列史诗的开篇也是一个介绍性的部分,被称作tabbayanon。这种序幕一般由两部分组成。第一部分是叙述者关于爱情、梦想和

挫折的主观的意见。序幕以称作"尾声"的部分结束,"尾声"主要由简短几行诗句构成,把序幕和故事主题连接起来。

菲律宾史诗以严格的时间顺序讲述主人公的冒险故事。他们中的许多(《拉姆昂》、《乌拉林》、《拉保东公》、《科波拉甘》和《桑达尤的传说》)都是以英雄出生而开始,没有一个像《伊利亚特》从故事的中间开始。史诗讲述了英雄的历险生涯,一般有幸福的结局。英雄获得了心爱的女人(妻子),征服了所有的对手。如果死了,一定会被复活。至少在两部史诗中,英雄把他的人民带入天堂。

比如《拉姆昂》,以英雄重生以及和妻子卡诺扬的重聚结束。《阿里古荣》的结尾,阿里古荣和对手彭巴哈荣的妹妹布甘结婚,彭巴哈荣娶了阿里古荣的妹妹阿吉娜娅为妻。《乌拉林》(二)的结尾,班纳得到了拉古娜娃的芳心。《拉保东公》的结尾,拉保东公重获自由,准备和他的第三个妻子雅瓦结婚。《库达曼》的结尾,库达曼正准备举行和十个妻子的婚礼。《天国的少女》的结尾,杜瓦昂把少女接回家中,并打败了想把她带去天堂的敌人。在《杜瓦昂参加婚礼》中,杜瓦昂得到了原本准备嫁给别人的少女,把她带回了库亚曼。在《阿戈尤:棉兰老岛伊利亚农族史诗》中,阿戈尤在他强大的儿子塔纳戈耀的帮助下保护自己的族人,并把苏拉温(Sunglawon)地区分了儿子居住。马诺伯地区伊利亚农族的英雄图拉朗同样成功杀死了他的两个对手、巨鹰和两伙强盗,他杀死强盗的方式是找到隐藏强盗呼吸的巨蟒,并将巨蟒杀死。班杜干(Frank Laubach 的文本)的结尾,班杜干成功的带回了五十个美丽的公主做妻子,受到了国人的热烈的欢迎。

三部苏巴农史诗也有幸福的结局。在《督玛利瑠的古曼》中,三个邪恶王后的孙子被击败,两个现任大督(Pomb'nwa 和 Manongaling)丢失的儿子和女儿在宴会上举行了婚礼。《科波拉甘的王国》的结尾,英雄达雅佐在被和他作战的穆斯林战士尊称为"至尊战士",然后他回到家中与妻子团聚,而神灵亚苏格在最后盛大的宴会上中又赐给他两个妻子。《桑达尤传奇》也以宴会结尾,然后英雄桑达尤和他家人坐着金色的台子飞向天国。

只有加当史诗《鲁马林道》的结尾略显伤感。英雄在留给孩子们忠告以后,就和妻子沃伊斯(Voice)住进了洞穴中,再也没出来。

各种各样重复叙述的运用是一个主要的史诗程式:场景或情节的重复,诗句的重复,仪式的重复(准备槟榔、梳理头发、涂油等)和程式化段落的重复。

这儿有一段在拉保东公中场景和公式化段落的重复。英雄三次出去求爱,每次都和母亲说:

  打开,请您打开   然后,我要从箱子里
  巴卢布甘・乌木宝   精心挑选
  这个巨大的木箱子   我所拥有的宝物

　　　　箱盖上有精美的装饰。　　　　　　还有精美的衣服①

在女孩家里,他也对女孩的母亲重复他的要求:

　　　　乌瓦,请把梯子放下来　　　　　我已经被露水湿透
　　　　请把楼梯放下来　　　　　　　　我冷得浑身颤抖。

　　加当的史诗英雄鲁马林道五次出去寻找心爱之人,五次结婚,并和五个妻子都生了孩子。

　　在《桑达尤传奇》中,为准备出门冒险给英雄或其他女主角头发梳理、涂油的仪式也多次重复。这种仪式一般由女性来做,母亲或者姐妹。桑达尤要求给头发擦油,梳成辫子,打成卷,他的母亲从八个小瓶子中取出油,梳理他的头发:

　　　　她梳了八遍头发　　　　　　　　她加上符咒
　　　　她把头发弄平顺　　　　　　　　将在战斗中使用
　　　　她把头发绕成八卷　　　　　　　还可以吸引
　　　　然后盘成圆形发髻　　　　　　　其他女人。
　　　　在发髻上

　　同样的仪式在另一个苏巴农史诗《科波拉甘的国度》中也有出现。英雄达雅克和另外两个主要人物:达雅克的同伴玛纳温(Tomitib Manaon)和科波拉甘的穆斯林大督首领利尤利尤(Liyoliyo)大督也接受了稍有差别的仪式。在达雅克临行前,他的母亲为他的头发焗油、为他梳理头发。

　　　　一边折叠了八次　　　　　　　　他在头上系上头巾②
　　　　另一边也折叠了八次　　　　　　红色和金色相间

　　托米提(Tomitib)的姐姐为弟弟进行了这个仪式,她用了七瓶油,把他的头发梳理了七次:

　　　　一边头发绕了八个圈　　　　　　在他的头上系上头巾
　　　　另一边头发也绕八个圈　　　　　金光闪闪,令人陶醉。

　　除了仪式的重复以外,还经常出现的公式化表达的重复。这种重复有时候只是短语的重复,有时候是几行诗的段落式重复。最短的是一些在英雄名字前出现的称号,像"极富才华的王子班杜干","勇敢者拉姆昂"和"孤胆英雄"。还有一些称号指一些特殊的角色,像"被很好保护的"指正在被拉保东公追求的女孩或是

---

① 不同版本的文本,叙述略有差别。
② 原文为 monsala,是指一种具有魔力的头巾。

"伟大的领袖"、"英明的首领"、"强大的大督"指阿戈尤。

长一点的公式化段落大量出现在《桑达尤传奇》中。桑达尤的父亲萨拉瑞（Salaria）大督总是在妻子面前数落自己的孩子：

哎呀，真是太可惜　　　　　没有给我带来好运
对我们而言，萨拉温　　　　这个丑陋的孩子！
我们的孩子

桑达尤的母亲含着泪努力劝阻还是孩子的桑达尤不要离开家的时候，说道：

你的嘴里还留着奶汁
你的嘴唇还在吸奶

其他史诗中的人物第一次见到桑达尤的时候，也重复说这样的话。
每次拜访者来到别人家的时候所重复的对话是这样的：
提纳尤波说道：

"远方的客人
请到里面休息
请坐在席子上休息。"

波拉克·逊黛说道：

"我们想要进去
可是我们的双脚是湿的。"

提纳尤波回答道：

"这不是睡觉的席子　　　　也坐在上面
这是铺地板的席子　　　　　即使枯萎的叶子
即使是迷路的狗　　　　　　也落在上面。"

其中只是做些变化以适应不同角色的对话，有时也可能只出现前四行欢迎辞。

在世界其他地方的民间史诗中也有一些常见的重复，常常是两行或两段用稍微不同的词语表达同样的东西，如下面的例子：

没过多长时间　　　　　　　现在，他经过
没有丝毫耽搁（《拉保东公》）　房子的门廊
大督开始说话　　　　　　　这个孤独的男人
伟大的领袖说道（《阿戈尤》）　他的身体在颤抖

他的身体在发抖	就像头顶的皇冠
就像头上的皇冠	一样摇摇晃晃（《督玛利瑙的
一样颤颤巍巍	英雄古曼》）

类似的情况出现在一些菲律宾民间史诗中，以达到叙述的平衡。在《阿里古荣》中，阿里古荣敬佩彭巴哈荣的外表，彭巴哈荣敬佩阿里古荣的能力。阿里古荣娶了彭巴哈荣的妹妹布甘，而彭巴哈荣娶了阿里古荣的妹妹阿吉娜娅。在《桑达尤传奇》中，桑达尤死了，波拉克寻找并在毗希班（Piksiipan）的水面上发现了他的灵魂，他的头靠在一个女人的腿上。波拉克把桑达尤按进她戴的戒指里，打败了那个女人。与此相同，波拉克死了，桑达尤也出去寻找她的灵魂，并在卡图纳旺（Katonawan）的水面上发现一个大督正把头靠在波拉克的腿上休息。于是桑达尤把波拉克按进他戒指上的珍珠里，也打败了大督。

在对菲律宾民间史诗的研究中值得注意的一点是作为史诗程式而延伸出的史诗明喻或荷马式的明喻只在《杜瓦昂》史诗中出现。经过精心的比较那可以让我们想起史诗明喻，或者也叫荷马式明喻。这种明喻与一般明喻不同，它更加直接，在文体上更加绚丽，并且是有意识的对荷马史诗方式的模仿。喻体的事物或图像成为一个独立的富有美感的事物，而把与之比较的本体排除在外。在《天国的少女》中，我们发现了一个很好的史诗明喻的例子描写了《杜瓦昂》姐姐走路的习惯：

少女听了他的话	它们担心
她就加快步伐	被母鸡
她就加快速度	落在后面
就好像	母鸡很早就起来
鸽子行走的步伐	母鸡一早就离开
鸽子走路的样子	带着它的小鸡
因为鸽子更快一些	去喂食伯纳的果子
鸽子行走的步伐	这可不像
鸽子走路的样子	优雅的少女
鸟的步伐更快一些	在地板上悠闲地散步。（11.
鸟的步伐更急一些	221—42）
它们要去吃伯纳的果子	

还有两个史诗明喻的例子描写杜瓦昂整装待发准备去帮助神秘的少女：

然后，他在盾牌的把手	轻轻地动了一下

就像一道闪电划过　　　　　因为它们感到担心
就像炙热的东西　　　　　　因为它们感到害怕
发出巨大的声音　　　　　　在河流交汇处
就像芦苇中的小鸟　　　　　草丛中的家
就像草丛中的小鸟　　　　　即将被洪水破坏。
它们发出巨大的叫声

超自然元素

像西方史诗中一样，菲律宾的史诗中，超自然力量在史诗进程中扮演着很有趣的角色，并时不时地对史诗的进程产生影响。比萨扬史诗英雄拉保东公的母亲阿伦希纳是一位传说中的神灵，她积极地参与到史诗进程中。每次拉保东公开始求爱冒险之前，她都为英雄准备好衣服；她还告知拉保东公的儿子们怎样可以打败他们的敌人萨拉纳扬。类似的，负责看守灵魂的地下精灵图哈瓦（Tuhawa'）告诉杜瓦昂，他的敌人萨卡纳的气息被保存在一只黄金做的长笛里面，这只长笛由居住在曼达甘（Mandangan）的普达利（Putali）保管着。杜瓦昂也从他的保护神那获得了类似的帮助，他被告知他的敌人的气息被保存在蟒蛇心脏里的一个小瓶子里。

在史诗《班杜干》中，英雄得到仙女玛考的协助，正如英雄自己所说，"我那住在天国的仙女，帮助我征服每一个敌人"。当他在荒野中患病时，他向玛考求助，仙女即把他带到了婷班公主的高脚屋中。在他复活后，很快就遭到密斯考耀的入侵，他便呼唤其他居于云中的善灵前来助战。

在苏巴农族的两部史诗《科波拉甘的国度》和《桑达尤的传说》中，精灵或仙女们也扮演着突出的角色。史诗情节中，在科波拉甘，冥界的所有神灵和森林精灵们都出来观看两个最强大的大督——希兰甘的大督达雅克和利尤利尤的大督（也是科波拉甘所有大督的首领）之间的战争。这些仙女中最重要的一个是云彩女神亚苏格，她在最关键时刻调解并停止了这场争斗。女神阻止了托米提和布拉望（Pampang Gogis Bulawan）的大督之间的战斗，她给托米提槟榔果，让他神志清醒，平静下来；然后她叫达雅克回到希兰甘举行宴会。在那里，她将给每个大督分配伴侣（或伙伴）。类似的，在史诗《桑达尤的传说》中，女神亚苏格从天而降，调解桑达尤和多蒙迪亚奈之间持续了三年之久的战争。她告诉他们，他们本是兄弟。

他界之旅

菲律宾史诗情节并不局限在我们生活的这个世界，有时延伸至天界和冥界。在史诗拉保东公中，英雄的求爱冒险穿越了三界。他在汉笃戈追求他的第一任妻子阿布央·巾碧提南;在冥界(地下世界)追求他的第二任妻子安古伊·度若浓(Anggoy Doronoon);在天国,"阳光灿烂的地方",追求他的第三任妻子雅瓦。另外,在史诗的后半部分中,英雄的儿子巴拉诺贡叫两个精灵飞至东方天国,请教他们的祖母阿伦希纳怎样杀死他们的敌人萨拉纳扬。

无独有偶,拉保东公并不是唯一一个曾前往地下界求爱的史诗英雄。加当英雄鲁马林道也曾到地下的世界一个由矮人们看守的叫纳达奎甘(Nadaguingan)的黑暗之地寻求他的第四任妻子卡里卡扬(Caligayan)。

在《杜瓦昂参加婚礼》中,杜瓦昂在和萨卡纳(Sakadna)的年轻人的打斗过程中意外地掉到了地下世界。萨卡纳的年轻人抓住杜瓦昂,狠狠地把他扔向地面,"杜瓦昂消失了,没有留下丝毫痕迹;他一直往下,直到麦弗扬(Maivuyan)之地",即,灵魂之地,属于地下世界。

在《桑达尤的传说》中,也有落入冥界的情节。当桑达尤死后,波拉克搜遍整个冥界,寻找他的灵魂,但没有找到。当波拉克死后,蒙德佩萨(Mendepesa)再一次被派往冥界寻找她的灵魂,也没有找到。这部史诗中的人物还有进行太阳之旅。英雄桑达尤开始冒险的时候,就以前往"太阳的中心"作为目标,他要在那里嚼槟榔。当他抵达后,他在一个梦中看到了波拉克和贝诺朋。后来,在与波拉克的追求者的大战中,桑达尤留下他的梭镖为他战斗,自己则前往太阳,以"用太阳的汗水解渴"。另一次,桑达尤带着杯子前往太阳,给刚复活的波拉克收集太阳的汗水解渴。这之前,波拉克也曾前往太阳为刚复活的桑达尤收集太阳的汗水。

在史诗《班杜干》中,英雄最好的朋友马达利和马巴宁乘坐他们的魔法盾飞到天国以找回班杜干的灵魂。通过欺骗和计谋,他们俩成功地偷走了装着班杜干灵魂的瓶子,班杜干因此得以复活。

主要的母题

菲律宾史诗母题多种多样,以那些与魔法和超凡相关的母体最为突出。在这些母题中,最主要的母题包括特定的魔法数字、具有魔法的物品、英雄拥有的魔法物品、动物以及具有魔法的交通工具。其他母题还包括复活以及它的附属母题——寻找死人的灵魂、永恒或可分离的灵魂、生命记号以及持续几月甚至几年的打斗。

一些民族赋予特定的魔法数字重大的意义。例如,苏巴农族的史诗表现出对数字"7"和"8"的特别偏好。在史诗《科波拉甘的国度》中,英雄达雅克在 7 个月大的时候开始啼哭,并持续哭了 7 天 7 夜;他睡了 7 天 7 夜;钓鱼钓了 7 天 7 夜,为他母亲钓了 7 筐鱼;他又睡了 7 天 7 夜,醒来便长成了一个英俊的青年。他走了 7 天 7 夜到达科波拉甘;他用了 7 天时间追求缤达旺夫人;他结婚的消息传播了 7

天 7 夜才抵达科波拉甘的大督们的耳际;达雅克和同伴们在迪巴洛邑(Dibaloy)休息了 7 夜;他们回家乡希兰甘的旅程花了 7 天;以及最后达雅克举行的盛大的宴会持续了 7 天。

在处理英雄的头发的时候,偏好转向了数字"8"。达雅克和他的"黑人兄弟"托米提的头发经过焗油、梳理,两边都弄了 8 个褶皱。另外,在史诗《桑达尤的传说》中,桑达尤在出发冒险之前,他把他的头发焗油并梳理了 8 次,弄平了 8 次,卷了 8 次。当他睡觉的时候,他挂了 8 层的蚊帐。当他喝酒的时候,他喝空了 8 坛酒。他以及其他男性角色的长袍有 8 层。在感恩节为庆祝桑达尤安全归来的献祭仪式上,有 7 个女仆和 7 个男仆作为祭品。

在布拉望的史诗《库达曼》中,"7"也是史诗所偏好的数字。如,库达曼的第一任妻子普特丽(Tuwan Putli)穿着 7 层的裙子;一位喝醉的女士扭动她的身体扭了 7 次;库达曼 7 天不食米饭;库达曼睡在 7 层的蚊帐下等。对于巴拉望人而言,180 是另外一个神秘的数字。饮酒节上,要求每次有 180 坛酒。库达曼能一口气喝下 180 坛酒。

在《天国的仙女》中,最受偏好的数字是"5"。杜瓦昂得叫他的妹妹 5 次才能听到她的回答;他和妹妹一起嚼槟榔,5 次嚼完了槟榔;再去神秘少女所在地的途中,他休息了 5 次;这个少女摇了 5 次才把酣睡的杜瓦昂摇醒;杜瓦昂和这个少女一起嚼槟榔,5 次吐出他们的咀嚼物;这个少女和杜瓦昂的妹妹一起嚼槟榔,5 次嚼完了槟榔;回到库亚曼 5 天后,一个入侵者来了;杜瓦昂鞭打了这个入侵者 5 次;在和入侵者战斗后,杜瓦昂睡觉休息了 5 天。

在史诗中可以看到魔法物品和魔法动物,每个英雄拥有其中的一件或几件。正如我们在对英雄的超凡能力的讨论中所指出的那样,拉姆昂拥有一些魔法石或者护身符,以及两只魔法动物——一只有着黄爪子的白公鸡和一只毛毛狗。当公鸡拍打翅膀时,伊娜斯的外屋倒塌了,从而引起了伊娜斯对拉姆昂的注意;当毛毛狗吠叫的时候,外屋被修复并变成了新的。公鸡不仅在给伊娜斯的嫁妆的谈判中担当了拉姆昂的发言人,还指导了拉姆昂的复活过程——整理骨头,并叫伊娜斯用她的外裙盖住骨头后转过身去。

班纳拥有一个神奇的斧头(Diwaton),这个斧头在他的所有冒险中为他杀人。他给它下的一个典型的命令就是:"你自己行动吧,杀死那些巴里温人。"

拉保东公拥有班朗咒语,每次陷入困境的时候,他都使用这个咒语,帮他脱离困境。他还有一个水晶球和一只魔法船,他水晶球从里面可以看见他想追求的第三任妻子雅瓦,魔法船可以把他载到雅瓦的住处。拉保东公的儿子巴拉诺贡拥有一支毒箭,"一箭可以射穿七个人"。另一个儿子芒卡(Asu Mangga)有一只载他们前往萨拉纳扬王国的魔法船。兄弟俩也有一个水晶球,从里面可以看见他们的父亲身在何处。

　　加当的史诗英雄鲁马林道有一件能说话的乐器阿佑丁,该乐器曾建议他去寻找一个美丽的少女;他还有一把大砍刀,当他在战斗中挥舞它时,砍刀便会唱歌。这把砍刀金光四射,使敌人眼花目眩,从而轻易地战胜敌人。鲁马林道还有一些鸟和一只猴子作为他的信使。

　　班杜干有一个可以骑在上面的魔法盾牌和一只很友好的鳄鱼。当他被推下了敌人的船时,这只鳄鱼抓住了他并把他拖回了甲板,然后和他并肩战斗。班杜干最要好的两个朋友马达利和马巴宁,也有魔法盾牌,他们曾骑着魔法盾前往天堂寻找班杜干的灵魂。班杜干还有一只能说话的鹦鹉,它帮他识别出了他的主人,哪怕英雄死了。婷班公主也有一只能说话的鹦鹉,她曾派它到布巴兰通报班杜干的死讯。

　　英雄杜瓦昂有一个帕通(patung),该物品拥有伤害敌人的魔力。在他和班古玛农的年轻人的战斗中,杜瓦昂向他的帕通要一绺金丝绊住敌人。

　　在《督玛利瑙的古曼》中,前来救助迪莉亚格的少女的孤胆英雄有一件黄金披肩,他用它给少女扇风,少女便恢复了以前的美貌。在苏巴农的两部史诗《科波拉甘》和《桑达尤的传说》中,英雄们以及其他一些人物所拥有的最重要的法宝就是方头巾,主要用做交通工具,也可以使晕倒的人苏醒。桑达尤就曾用方头巾使因情绪激动而晕倒的父母苏醒过来。用方头巾给疲乏的人扇风,可以帮助他们恢复美貌和活力。史诗中,迪莉亚格的少女的美貌在一个月的战斗之后渐渐消失,但当孤胆英雄用他的方头巾给她扇风之后,她的美貌就恢复了。后来,当这位孤胆英雄在持久的战斗中因过度消耗而变得虚弱时,作为答谢,迪莉亚格的少女用她的方头巾给他扇风,帮他恢复了活力。

　　方头巾也可以充当信使。当桑达尤生病时,他派方头巾去通知波拉克前来。类似的,当波拉克受了伤流血不止的时候,她派方头巾叫桑达尤前来。达雅克曾命令方头巾前去召集所有其他王国的酋长前来参加他举办的宴会。

　　方头巾甚至可以使死人复活。在为庆祝桑达尤安全归来的祭祀仪式中,当7个女仆和7个男仆被他的父亲斩首后,桑达尤挥舞他的方头巾使他们都复活了,而且比以前更好看了。此外,当冒拉(Saulagya Maola)在他的王国中挥舞他的头巾时,他的所有被杀死的臣民都复活了,而且人数还增加了。

魔法交通工具

　　魔法交通工具是菲律宾史诗中很常见的一个母题,从对英雄的超凡能力的讨论中可以看到,魔法移动是史诗英雄们超凡能力的一部分。英雄们,甚至史诗中的其他人物,采用多种多样的交通方式。班纳骑着"小云朵、红光束"奔向他的目标。

当拉保东公去求偶时,他神奇地"从云上穿越广袤的天空"。在他的第三次求爱冒险中,他骑着一只魔法船,呼啸而上,直到他想娶的少女的住地。杜瓦昂则乘闪电去帮助少女;这个疾驰而过的闪电还可以把他带到莫纳婉的土地上,以参加莫纳婉少女的婚礼。但他带领他的族人去往天国卡图兀桑时,他让他们乘坐一只飞船上,他的妹妹和天国的少女则骑在他的肩膀上。他摇晃肩膀,便神奇地到了天国。

马拉瑙英雄班杜干和他的朋友马达利、马巴宁骑着他们的魔法盾牌去旅行。苏巴农英雄则乘坐他们的魔法头巾,大规模地运载所有族人去天国则使用一个大台子。

复活

复活也是菲律宾史诗中常见的情节。不仅英雄们和重要的配角能复活,有时一个地方的死于战争的所有人口也能复活。复活的过程可以相对简单。拉姆昂的复活过程就是搜寻尸骨、排列好后用妻子伊娜斯的裙子盖住,同时母鸡啼叫、公鸡振翅、狗吠并刨地两次。马诺伯的英雄杜瓦昂则简单地通过吹进生命气息使那些被入侵者杀死的同伴们得以复活:

> 好像什么也没发生
> 少女们欢颜绽放
> 小伙子们欣喜若狂

类似的,玛沓巴卡(Matabagka)通过放槟榔到风神子民的口中而唤醒了他们。

复活的过程也可能是一个漫长而惊险的过程,例如在班杜干、桑达尤和波拉克的史诗里,因为史诗中有寻找死人的灵魂的情节。班杜干最好的朋友马达利和马巴宁需要飞到天国去骗过死神,才能偷到装有班杜干灵魂的瓶子。在桑达尤的史诗中,波拉克和贝诺朋经历了一场漫长而艰辛的探寻灵魂之行,最终他们在毗希班水域发现了他,他的头被安放在一个女人(bae)的膝上。波拉克被迫与这个女人战斗数月才打败她。当波拉克死时,轮到桑达尤去寻找她的灵魂,最终他在卡图纳旺水域发现了她,在一个房间里,一个大督把头枕在波拉克的膝上。桑达尤也需打败大督从而带回波拉克的灵魂。

有的母题和复活有联系,如可分离的灵魂,或者生命征兆和生命标记。在《拉保东公》、《图拉朗》和《杜瓦昂参加婚礼》的史诗中,英雄不能打败他的对手因为敌人是灵肉分离的。在拉保东公里,英雄的母亲,阿伦希纳告诉她的孙子,萨拉纳扬的灵魂藏在山中的一只野猪的心脏里。于是那巴拉诺贡和芒卡杀死了野猪,把猪心烤熟了,吃掉。在《杜瓦昂参加婚礼》中,麦弗扬的丈夫图哈瓦告诉杜瓦昂,灵魂的守护者居住在地下世界,萨卡纳的灵魂被安置在一个金笛里。杜瓦昂用他的魔法气息吹响了金笛,打碎金笛,从而击败了对手。在《图拉朗》史诗中,他的生命守护神通过一个梦境向他展现了对手的灵魂藏在一只大毒蛇心脏中的小瓶子里。图拉朗杀死了大蛇得到了瓶子,然后打败了对手。

生命征兆,或者生命标记,作为一个母题只体现在少数史诗中。这个母题主要表现为一个物体或者一种动物和人有着神秘联系。改变其中一个也将改变另一个。在离家去捉拉朗鱼之前,拉姆昂告诉伊娜斯,他梦见自己会被鳗鱼怪(tioan-tioan berkakan)吃掉。作为他死去的征兆:

> 到时房子的楼梯开始摇晃
> 到时厨房的屋顶会掉下来
> 到时炉子会裂开。

巴拉望英雄库达曼出征讨伐敌人之前,留给他妻子一朵巴拉诺依花(*balanoy*)。如果花盛开,那么他还活着,如果凋谢,他就死去了。桑达尤在他和他的族人升上天界之前也安慰一位要被留下的忧伤的女仆,他告诉她,他种下了一棵开花的蒂库兰卡树(*tikolanga*),他的生命安全通过树的成长显现:"当它发芽的时候,我正准备着盾牌,当叶芽张开的时候,我已全副武装,当它凋谢之时,我已战死沙场。"

战斗

史诗的世界主要是一个战争的世界,英雄与各种敌人打战。通常在魔力或超自然力的帮助下,英雄易如反掌地打败对手。对战争的描写言简意赅而场面盛大。例如在《拉姆昂传奇》中,他和文身的伊戈罗特族的战斗:

> 他召唤 他发起猛攻
> 一阵旋风 就像砍香蕉树一样利索
> 他随风飞奔而来

类似的,阿戈尤的儿子塔纳戈耀处置敌人也沿袭了简洁的作风:

> 你会震惊, 当正午之时,
> 也会怀疑, 你会看见漫山的死尸,
> 许多人死了, 尸骨成堆,
> 上千人倒下了, 你会看见遍野的死者,
> 当太阳达到中天, 骨骸成堆。

更有趣的是杜瓦昂和班古玛农年轻人的战斗描写比较生动细腻:

> 现在杜瓦昂起来了, 战斗即将打响了,

他的盔甲鼓起了。
他们变得警觉了，
他们紧张地站着，
两人对立在院子中。
一人幻想着，
像蛟龙般来回飞逝，
像鹦鹉般上下腾跃，
经历最严酷的考验。

两位男子，
因为疾风的来回，
因为箭头的穿梭，
一人会退回去看，
由锐箭切成的，
由长刀劈开的，
大地上的深深裂痕。（Manuel，1958:51）

拉保东公和萨拉纳扬的战斗描写同样生动：

我把萨拉纳扬
打入水中
七年之后才把他拉出来
噢嘟咿咿咿咿咿咿
萨拉纳扬并没有死
他是不会被杀死的
他是不会被打死的
他身体里并没有生命
他的生命藏在野猪体内
藏在迪格茂拉体内
野猪藏在帕林·布吉特

拉保东公拔起一棵
带有七个凹口的椰子树
他把萨拉纳扬的尸体
放在石头上
用椰子树刺穿尸体
布雍·萨拉纳扬的尸体
变成了椰子树的纤维
但他还没有死
还没有被剥夺生命（Jocano，1965:67）

史诗中战斗的另一个显著的特点是在一些战斗历时长久。阿里古荣和彭巴哈荣的战斗持续了一年半，尚未分出胜负。拉保东公和萨拉纳扬的战斗持续了7年多，因为萨拉纳扬的灵魂不在他的身体中。而巴拉望英雄库达曼和伊拉农族的大督的战斗也长达7年，最终他把敌人烧成灰烬而结束了战斗。苏巴农族的英雄桑达尤和多蒙迪亚奈打了3年，直到亚苏格女神阻止他们。

史诗中体现的习俗、信仰和价值观

史诗拥有最伟大的民族和社会意义，因为它有崇高的主题和严肃的立意，更因为它承载了歌唱史诗的民族所具有的信仰、习俗、思想和价值观。史诗中描绘的习俗和信仰使得它们对现代菲律宾读者来说仍然具有强大的吸引力。一些信仰与习俗传承至今。拉姆昂真实地展现了伊洛戈族习俗和信仰，特别是那些与怀孕、产子、求婚和结婚有关的情节。孕妇对酸味水果的渴望和对暴饮暴食的纵容，给产妇做巴里旦，放置产妇床铺的讲究，用一个小罐子装新生儿的脐带，以及接生婆服务——所有这些都生动地在史诗中得到了展现。

当拉姆昂准备向伊娜斯求婚之前,他洗了个澡,并用从秸秆灰洗头,这个习俗被认为是伊洛戈族的特殊习俗,而他加禄族的习俗则是用捣烂的咕咕树(gugo)的树皮洗头。

传统菲律宾人的热情好客在伊娜斯及其父母接待拉姆昂的情节中一览无遗。从中可见社会礼仪——给客人提供最好的一切(金子做的椅子,由特殊的米和肥胖的阉鸡做的饭菜,特制的槟榔)——之后他们问了拉姆昂此行的目的,也就是向伊娜斯求婚。

求婚和婚姻的习俗不仅在拉姆昂中体现,在其他浪漫的史诗中也能发现:《阿里古荣呼德呼德》、《鲁马林道》、《拉保东公》和《桑达尤的传说》。一个只在拉姆昂和阿里古荣中体现的远古的婚俗是求婚者把梭镖插在女子的院子里,作为是向女子求爱的标志。在《拉姆昂传奇》里,我们会发现追求伊娜斯的人不计其数,以至于能够很容易的在梭镖戳出的洞里面种植水稻。在伊富高族的《阿里古荣呼德呼德》史诗中,阿里古荣在向彭巴哈荣的妹妹布甘求婚的时候,与他的伙伴一起到达利迪甘并把梭镖插在彭巴哈荣的院子里。明白了阿里古荣的意图之后,彭巴哈荣让他的父亲主持了一场和解仪式(pahang),让两个家族之间的世仇得到化解。这个仪式中两人共嚼一个槟榔共饮一杯酒。之后阿里古荣拿出一个拎包作为向彭巴哈荣的妹妹求婚的象征。在被接受之后,遵守在结婚之前为新娘的父母提供服务的习俗,他要为彭巴哈荣家砍柴。

在拉保东公中,英雄通过一种不同的方式求婚。他首先找出他想要与之结婚的女孩,见过她之后,他宣称了想要娶她的意图,回家征求了父母的意见,并把双亲带到女方家里正式求婚,商量嫁妆、聘礼事宜。

给新娘准备嫁妆(或者新郎的聘礼)直到今天仍然是在某些民族中常见的风俗。风俗允许各种有趣的变化,从中折射出不同民族的价值体系。在《拉姆昂传奇》中,价值的衡量常和金子联系在一起。伊娜斯要求的所有嫁妆都必须是金的做的。拉姆昂被要求给伊娜斯家中的所有物品镀金——踏板、砧板、动物雕塑和其他给伊娜斯的玩物、织机甚至晾衣绳。在拉保东公中,巾碧提南的母亲提出的聘礼要求相对谦虚:"一个大木衣柜,外表精雕细刻,里面摆满织品,有序地叠好,美丽的首饰和迷人的衣裳。"这要求是如此谦虚以至于拉保东公的父亲慷慨地声明他会再添加更多东西:给她建一座大房子,有十个屋顶,一百个门。另一种聘礼的形式出现在拉保东公的第二任妻子那里,拉保东公用银子和金子为她家楼梯的每一个台阶付钱,否则送新娘出门的楼梯不会被放下来。

在马诺伯族史诗《杜瓦昂参加婚礼》中,嫁妆的形式是萨瓦甘(savakan),包括煮好的米饭,捣烂的米饭,煮熟的鸡,以及活禽。在史诗中,新郎不能实现两个萨瓦甘中的任何一个。第一个萨瓦甘要求"一个里穆空锣(Limukon),上面有十幅浮雕,九个拉玛拉玛(lamalama)"。另外一个则是"一个有魔力的沙洛由(sauroy)和一个金子做的朋达格(pondag)"①。杜瓦昂用他的魔力实现了两个萨瓦甘。因此,新娘对杜瓦昂有了特别的好感,引起了新郎的愤怒并和杜瓦昂发生了冲突,而杜瓦昂打败了他,把新娘带回了自己的国家。

在苏巴农族史诗《桑达尤的传说》中,对聘礼的要求很奇特。例如波拉克的父亲只要求一把镰刀一个斧头作为聘礼,而她的母亲不仅要求一笔数目庞大的钱和许多陶罐,还要求"从太阳的那一边引来的一条金色水槽,引水至闺房中的一个金盆里。"以及"一座金桥,要像头发那么细,连接新娘的家和新郎的房子,这样新嫁娘就不用踩到土地或者草地上。"波拉克的女佣要求一个金的织机,金的梳子,金的手袋以及一个能继承她的财产的孩子。

和以上这些奢侈的聘金要求形成鲜明对照的是达雅克给他妻子缤达旺小姐的聘礼是70个长颈陶罐,达雅克在女神亚苏格主持了他们的婚礼之后才把聘礼交给妻子。

在菲律宾的史诗中,婚礼的场面和方式通常都是非常铺张的。在《拉姆昂传奇》中,举行婚礼的时候,新郎和新娘镇上的人都来参加婚礼,他们从早到晚,不停地享用美食,尽情地跳舞。在菲律宾的民间习俗中,新郎和新娘要互相攀比慷慨的程度,新郎和新娘都试图在这方面超过对方。拉姆昂提供了所有依娜斯要穿的衣物,提醒他母亲带上绣着金花的拖鞋、镶嵌宝石的戒指、两把梳子和两只手镯。他也带上了宴会所需的一切物品,包括厨具。他邀请了自己镇上所有的人,坐在两艘船里。而依娜斯见到了拉姆昂的亲戚和同乡后,送给他们婚礼时穿的衣服,并把这些以后都留给了他们。她也把宴会上吃的盘子送给了他们。

在加当(Gaddang)史诗《鲁马林道》中,新郎的家族和同乡也带来了婚礼宴席所需的一切物品——水牛、猪、鸡、米、酒、槟榔叶等——还包括准备宴席和饭菜的人手。宴会进行了一天一夜,来到的客人身着礼服,在披肩边上挂着硬币。还表演了传统的婚礼舞蹈——图卡林(Tugaling)。老人们唱起民歌和民谣,讲述谜语和谚语,给新人以告诫。

《拉保东公》中就没有描述如此奢华的婚宴,但是收集人荷加诺说,拉保东公和他的妻子们的婚宴具有自己的特色。婚宴上,一杯酒被传给所有的客人喝,新郎喝了两次,然后是拉保东公和大督,他们也都喝了不只一次。

在波拉克和大督洛美罗(Lomelok)的婚礼中也有这种仪式性的喝法。波拉克先喝一口,然后是新郎洛美罗,然后他们坐在垫子上吃起来。而后妇女们回房

---

① 两种东西均为民族乐器。——译者注

睡觉,男人们继续喝酒。他们对食物很节约,新人们只吃了"一份菜、一口米"。

嚼槟榔是史诗中最流行的民间习俗,十分常见。《拉姆昂传奇》中,拉姆昂和依娜斯及其父母吃完午饭后,他们都要嚼槟榔。拉姆昂得到一种特殊的槟榔果,"很好的槟榔叶,走近它还会微笑",还有"种在卡加延东边的塔巴康(tabarcan)烟草"。在史诗《乌拉林》中,首领在咀嚼槟榔之后把唾液吐到地上,以此来表明一个人的力量来自马尼拉的敦度甘发现自己的唾液没有班纳的红,就泄气了,说"我感到非常沮丧,心情非常低落。"此外,槟榔果也可以作为邀请人们去参加宴会的信号。嚼槟榔在伊富高人的和解仪式中也有重要作用。彭巴哈荣的父亲把一个槟榔果分给阿里古荣好彭巴哈荣咀嚼,又把一杯酒分成两分,分别给他们俩喝下,以此来化解两个家族之间的仇恨。

女性接受男性的槟榔,或者女性为男性准备槟榔,被视作是接受求婚的意思。《乌拉林》中,图利耀(Dulliyaw)就是通过这种方式获得了度劳(Dulaw)芳心,尽管她已经和亚乌(Yau)订婚了。同样的故事也发生在阿戈尤的妹妹玛沓巴卡和风之神之间,以及库达曼和他的结发妻子及再婚的妻子之间。另一种变化了的形式出现于《科波拉甘的国度》中,英雄达雅克请求缤达旺的少女只有在接受他为丈夫之后,再去准备槟榔。

嚼槟榔也是让人重新振作并保持美貌和力量的方式。因为玛沓巴卡和敌人打得筋疲力尽后,她的皮肤失去了光泽,但在她嚼了"甜甜的穆努"之后,她又振作起来,恢复了美貌。《科波拉甘的国度》中的战士托米提有时在战斗中失去了理智,在神灵亚苏格给了他玛玛可(mamaq)之后,他出了一身汗,出汗之后,他的头脑又恢复了正常,又恢复了清醒的意识。嚼槟榔之后的红色唾液甚至可以用来让死者复活,杜瓦昂就用吐出的塔普(tabbug,含有嚼的槟榔汁和果片的红色唾液)让死去的人复活了。

苏巴农族的史诗中,嚼槟榔在人们的日常生活中发挥了至关重要的作用。在没有战争的时候,嚼槟榔和喝酒是他们日常生活的重要内容。盛放槟榔的容器腊盘(Laa pan)装满了调料(pamama、gina pog),这是在每个家庭都能看到的摆设。男人外出时也要在行囊中装上槟榔。槟榔是招待客人的第一样东西,通常由女主人来敬献。当桑达尤到达鲁玛奈时,他看起来实在是太迷人,以至于女仆叫出了她的女主人,说道:

> 巴耶,请您从房间里　　　　我并不合适
> 出来一下　　　　　　　　拿槟榔给他。
> 因为来了一个大督

两个大督一起嚼槟榔是友好的象征,桑达尤和多蒙迪亚奈在交战三年之后发

现原来彼此是兄弟,于是他们就一起嚼槟榔。这种习俗有趣的一面是未婚男子的槟榔果不能加石灰。正如多蒙迪亚奈所说的:

拉吉·桑达尤	因为我还没有结婚
我们一起嚼槟榔	我还没有向女人求婚
没有石灰的槟榔	

嚼槟榔几乎总是伴随着喝酒或相互敬酒。

男子请一位女子为自己准备一份槟榔是表达爱意或敬意的方式。当准备离开家的时候,桑达尤常常请他的妈妈为他这么做,有时还会一家人(桑达尤,他的父母)在一起嚼槟榔,以此来表现家庭的温暖。

女性为男子提供盛放槟榔的容器,并准备槟榔,这也是表达爱意的方式。为了欢迎桑达尤,年轻的女主人朗古图碧(Lengotubig)拿出盘子,制作槟榔,然后敬献给他。她的母亲,家里的女主人也重复了这种好客的行为。相反的,波拉克不喜欢的追求者就没有得到嚼槟榔,失意的追求者抱怨说:

哦,巴耶,波拉克·逊黛	没有品尝到
自从我来到这里	你做的槟榔
已经一个半月了	在你的腊盘里。

只是当桑达尤提醒波拉克要尊敬自己的追求者时,她和她姐姐贝诺朋为那些失意的追求者献上槟榔。

猎头习俗只是在卡林延的《乌拉林》和加当的《鲁马林道》中有描述。在《乌拉林》中英雄的杀戮和猎头行为是卡林延人勇敢的表现,这一点正是这部史诗的主旨,是英雄为他的亲人和族人所担负的责任。加当人的英雄鲁马林道送给他追求的女子一个人头。猎取人头是男人力量和勇气的象征,在《乌拉林》中也是这样。

一夫多妻制在四部史诗:加当的《鲁马林道》、比萨扬的《拉保东公》、巴拉望人的《库达曼》和苏巴农的《科波拉甘的国度》中都有描述。

加当英雄鲁马林道娶了五个妻子生了七个孩子。他继续求爱之行是根据一种有神力的、能说出演奏者思想的当地乐器——"阿佑丁"(ayoding)的"指示"而进行的,故事中这个乐器的"声音"一直指引着他。

拉保东公娶了两个妻子,在史诗结尾准备再娶第三个妻子。他的兄弟,呼玛达普能是这样向拉保东公的结发妻子证明另娶是正当的:

亲爱的姐姐	这是能干的人应该做的
这是长者的行为	这是勇敢的人应该做的。

史诗艺人乌迪格(Ulang Udig),认为一夫多妻是正当的,这是为了必须保证

本民族有足够的人口。拉保东公也相信这一点,同时,他向妻子们保证,他将平等地对待她们三个人。

"亲爱的,　　　　　　　　这就是勇士的生活
我将平等对待你们　　　　这就是英雄的生活。
我将公平地照顾你们　　　我缺少女人
我将在吊床上　　　　　　继承我的功绩
拥抱你们　　　　　　　　我怎么能没有孩子
你们都可以　　　　　　　我怎么能没有儿子
坐在我腿上;　　　　　　像我一样强壮?"
拥有很多女人

一夫多妻制的婚姻在巴拉望史诗《库达曼》中有最生动的描述。婚姻在史诗中是至关重要的主题之一,根据传统最理想家庭是男子娶了自己的姐妹或表姐妹,然后又娶了数个妻子。史诗中主人公娶了十个女子,希望她们能像姐妹那样相待。值得注意的是,巴拉望人的宇宙观中,库达曼的妻子们就是自然界的各种守护神。比如看她们的名字:

吉努古树的女神	Lady of the Ginugu Trees
里姆空鸽子的女神	Lady of the Limukon Doves
世界上油的女神	Lady of the Oil of the World
西风的女神	Lady of the West Wind
天空之神	Lady of the Celestial Azure
远方之神	Lady of the Space Beyond
世界的边界之神	Lady of the Threshold of the World

史诗中的一些故事情节可以在民间信仰和习俗中找到原型。比如马达利和马巴宁到天国去寻找班杜干的灵魂,这是因为马拉瑙人相信每个人的灵魂装在密封的罐子里,放在天堂的某个地方。而天国的这个地方由一个长着一千只眼睛的怪兽守护着,它叫瓦洛(Walo)。史诗中有两个人负责守护那里,一个是看门人,另一个是死亡天使。

伊富高的《呼德呼德》中阿里古荣在赴战场前用公鸡祈祷,并向伊道(idao)鸟占卜,他相信鸟的行为(啄食还是不啄)和鸡胆囊的形状能告诉他前途如何。

在苏巴农史诗《桑达尤的传说》中,桑达尤的父母数落自己的孩子,因为他们

认为赞扬孩子会招来魔鬼精灵的妒忌。为了躲开魔鬼的眼睛,他们说相反的话,英俊少年被称作丑陋。桑达尤长得很英俊,可是他父亲不能直接这么说,而是变成:

哎呀,真是太可惜　　　　　　没有给我带来好运
对我们而言,萨拉温　　　　　这个丑陋的孩子!
我们的孩子

类似的情况还出现在多蒙迪亚奈身上。多蒙迪亚奈是桑达尤的兄弟,他们刚刚团聚,多蒙迪亚奈在自己的家中招待桑达尤,邀请他和自己一起嚼槟榔、喝酒。他贬低自己的酒,说道:

拉吉,桑达尤　　　　　　　　这酒已经变质了
我们一起喝酒吧　　　　　　　这酒已经坏了
但是很遗憾　　　　　　　　　可能会伤害肚子。

其实这些酒都是很好的酒。这种贬低自己所有东西的习惯不只是在苏巴农族中如此,总的来说,在菲律宾人中都有这样表示谦虚的举止。

巴拉望人的礼节中就要求这样的谦虚举止——贬低自己的能力,就像穆塔穆塔(Muta-Muta)中说自己不会敲锣,而实际上他非常擅长。

典礼、仪式、宴会与节日

史诗中描述了很多菲律宾部族生活中的典礼、仪式、宴会与节日。上文中我们已经讨论了嚼槟榔的习俗。在《拉姆昂传奇》中,嚼槟榔在盛大的宴会中扮演着重要的角色。但在其他史诗中,槟榔有更重要的作用,甚至成为仪式的一部分。比如《呼德呼德》中,嚼槟榔是和解仪式的一部分,仪式结束以后,阿里古荣和彭巴哈荣之间结束了敌对状态。这部伊富高史诗中,阿里古荣还进行了其他两次仪式:在赴战场和父亲的敌人帕古伊万作战前用公鸡祈祷并向伊道鸟占卜。

英雄出征前所穿的服装都是史诗描述的重点,这也成为一种仪式化的表现形式。在《拉保东公》中,每次他要外出追求女人时,对于自己的服饰,他都要对母亲做仪式性、形式性的重复:

"打开,请您打开　　　　　　精心挑选
巴卢布甘·乌木宝　　　　　　我所拥有的宝物
这个巨大的木箱子　　　　　　我不从箱底拿
箱盖上有精美的装饰。　　　　我也不从最上面取
然后,我要从箱子里　　　　　我只拿中间的部分

我要仔细地挑选	然后，我要穿上长衫
那些具有魔力的物品	衣服下垂到脚踝
我要用这些东西	长衫盖住了脚后跟。"
装饰我的身体。	

  类似的，每当桑达尤准备出行历险的时候，他的母亲就拿出一件长袍给他穿，也被说成是"一件金衣"、"一件闪闪发光的衣服"和"一件折了八折的衣服"。

  另一个苏巴农史诗英雄达雅克，在出行历险前向母亲要好衣服的时候，他母亲从箱子里拿出一件"属于他第七和第九代祖先"的衣服。他穿的时候扎着腰带，"把合身的装饰扎得紧紧的"。

  马诺伯英雄杜瓦昂的服装也是很讲究的。在他去帮助那个神秘的少女之前，从装着他的衣服的"天国里编的篮子"中，拿到了自己的衣服。他换上了头饰和头巾，把长刃的砍刀（palihuma）插在腰带上的刀鞘中，他绑上匕首，手持梭镖和盾牌。

  在英雄出征之前进行焗油、梳头、把头发结成小辫和发结是苏巴农史诗中常见的。《桑达尤的传说》中描述了完整的过程：

亲爱的萨拉温	要在战斗中使用
拿来一些油	另外的符咒
涂在在桑达尤头发上	可以吸引女人。
她梳理他的头发	给他头发焗油之后
她梳了八遍	萨拉温说道：
她整理了八遍	你的头发
把桑达尤的头发	一定不能解开。
盘成圆发髻。	只有我能解开
他把符咒系在头上	当我解开你的头发
这些符咒	头发紧紧缠在一起。

  以活人作祭品是苏巴农族史诗中的另一种仪式。在《科波拉甘的国度》中，当大督提摩维（Timoway）的船不能动的时候，他就用一个同伴做了牺牲。他砍断了一个人的脖子，当血溅出来的时候，船"像闪电一样飞快移动"。在《桑达尤的传说》中，每当英雄历险凯旋的时候，他的父母用一个流血的仪式向神灵表示感谢。七男七女被砍头作为祭品。这种行为的残忍某种程度上有时也会被减轻了，桑达尤用他的头巾，让死去的仆人复活，他们变得比原来更加美丽和英俊了。

  巴拉望英雄库达曼的歃血仪式就没这么血腥。穆塔穆塔和他的兄弟里加延（Ligayan）的大督，拜访库达曼并进行歃血仪式，表达保持和平的愿望。为了签订盟约，库达曼给穆塔穆塔一把剑作为象征性的礼物。故事的尾声，甚至是曾经的敌人和被他打败的伊拉农族人（lanun），库达曼也都让他们复活，也进行了歃血为盟的仪式，并向他们提供援助。

宴席和节日庆典是菲律宾人民喜欢的活动。在《库达曼》中，生活就像是一系列永不终结的节日庆典，最常见的是喝酒的节日，每次都要准备180罐酒；也有敲锣的节日；还有庆祝稻米之神的节日，在巴拉望稻米是紧缺而珍贵的东西。在宴席中，大量的舞蹈和饮酒是最让人陶醉的，库达曼本人和他的妻子们在把180罐酒一饮而尽之后都睡着了，或者神志不清。让人们尽情畅饮之后，他们就感觉晕晕乎乎，好像飞上了云端。

对苏巴农人来说，布克洛（Buklog）这种历时一周的歌舞和饮酒庆典，是最重要的社会活动。这种活动可以在任何特定的情况下举行。《督玛利瑙的古曼》和《科波拉甘的国度》都是以宴会庆典结束的，欢庆中宣布了主要人物的婚礼的消息。在《桑达尤的传说》中，在桑达尤和他的族人从平台上升天之前也举行了大型的宴会。

价值观

对于评价英雄受人尊敬的共同价值观就是他的勇敢、力量和战斗中的表现。事实上这些品质如此地令人赞赏，以至于史诗赋予了英雄超自然的力量或神力，使他们能够用这种力量完成常人无法想象的壮举。班纳就可以通过杀死敌人全村来表明卡林加人崇尚勇敢的价值观，并以完成猎头攻击的方式来获取"心爱女人的青睐"。类似的，苏巴农英雄桑达尤被描述成非常的强大以至于向左边砍一下，就杀死了近五百个敌人，向右边再刺一下，又伤了五百个敌人。他的族人达雅克也具有极大的战斗力。尽管他身材小而年轻，但他杀死敌人就好像割草一样迅速，而敌人像砍倒的树一样倒下。马拉瑙史诗《达冉根》中的英雄班杜干在神灵超自然力量的帮助下，他从神盾上跳到云中攻击敌人，到处砍杀，许多船在他无情的刀下倾覆。

长期作战也是史诗英雄具有神力的特点在《呼德呼德》中，阿里古荣和彭巴哈荣大战了一年半的时间，只是间或停下来吃饭和睡觉。苏巴农族英雄达雅克和桑达尤一次就徒手战斗了四五个月。在一次这样的战斗中，在大战四个月后，桑达尤已经"不再是踏在大地上，而是站在成堆的死尸之上。"

菲律宾史诗英雄对于自己的国民和王国、家庭还有其他需要他帮助的人有很强的责任感。这种责任感正是史诗英雄荣耀生活的基础。在所有情况下，他都清楚地知道做什么是光荣，这使得他和普通人区别开来。比如马诺伯族英雄阿戈尤对人们的职责，就是保护族人，使其不受穆斯林的攻击，把他安置在和平的国度里，为他们提供食物,抵御侵略者。

在《天国的少女》中,杜瓦昂对于向他求助的神秘少女就感到一种责任感。当他的姐姐劝阻他不要去冒险的时候,他气得脸都红了,因为他感到勇敢的人不去帮忙是羞耻且不可容忍的。另一次,他接到他要去参加莫纳婉湖女神和萨卡纳人的婚礼的消息时,他又一次不顾他姑妈的意见就去了,因为他必须去做他应该做的事情。在这部史诗中,我们可以看到杜瓦昂履行了自己对人们和危难中的女神的职责。他把他们都带到了卡图桑国,一个没有死亡的天国。

民间史诗中英雄对家庭和族群的责任感构成了家庭价值观念的主题。这种家庭价值观念以爱的形式表达,这种爱把以各种不同方式把家庭成员互相紧密联系在一起。比如对父母的爱导致了某些英雄的历险,如在《拉姆昂传奇》中,英雄寻找自己的父亲并为他报仇。

还有其他方式显示了父母和子女之间紧密的联系。父母在子女的婚姻中起了积极的作用。就像《拉姆昂传奇》、《拉保东公》和《桑达尤的传说》中,父母为子女准备聘礼和嫁妆。他们主持整个婚礼庆典,婚礼之后母亲流着泪向女儿说再见,女儿就要离开家去丈夫那里生活了。波拉克的母亲甚至恳请桑达尤,如果女儿做了错事也不要打她,母亲愿意为她祈祷。母亲对于女儿离开家去和敌人作战的深深的忧虑,在《督玛利瑞的古曼》中有很感人的叙述:

啊,可怜的孩子	我的孩子还小
啊,亲爱的孩子	我不让你和他们走
我不想阳光晒到你	那样你只有受苦的份

史诗英雄看起来和母亲特别亲近。英雄出征之前,一般都要让母亲准备衣服、槟榔,给头发上油、梳理。母亲都很保护自己的孩子,唯恐孩子遇到危险或在外受苦。拉姆昂的母亲试图劝阻儿子不要去向美名远扬的美女伊娜斯·卡诺扬求婚,担心他会失败。桑达尤的母亲也试图阻止儿子去历险,因为他还只是个孩子,"你的嘴里还留着奶汁,你的嘴唇还在吸奶"。而桑达尤是一个非常热爱父母的史诗英雄,他经历了一系列的冒险活动后,又回到自己的家里,因为他不能忍受离开父母太长时间。甚至当他参加一个庆祝凯旋的盛大活动,因为太想念父母了,他又回家了。在他表兄的婚礼庆典中,他谢绝喝酒,说道:

拉吉,我得走了	我很想念
我要去睡觉	我的母亲萨拉温
我要去休息。	我非常想念
还有另一个原因	我的父亲萨拉瑞

在家中,母亲对桑达尤非常溺爱,他睡觉的时候给他挂上了八个蚊帐,并叫孩子的父亲不要打扰他,让仆人把鸡都赶进鸡笼里。

反过来,桑达尤也很尊重父亲的威严。在一次回家的时候,他的父亲大督萨拉瑞和他一起喝酒、相互敬酒。父亲说了很多话,桑达尤也有很多想说的,但是桑达尤没有说,因为他担心会影响到父亲的尊严。

在所有的史诗结局中,《桑达尤的传说》是唯一一部英雄没有结婚的史诗,这也许可以从某种角度解释为什么桑达尤和父母之间保持着非常紧密的关系。

另一个苏巴农英雄达雅克,当他要跌入大海的中央并意识到自己可能要死的时候,也向他的母亲显示了深深的热爱。

> 哦,我的母亲, 　　　　我们再也不能见到彼此,
> 如果我落入, 　　　　　我们永不能相见。
> 广阔大海里,

在菲律宾的史诗中,夫妻关系总是和谐而安宁。在《古曼》的开篇,大督朋班瓦和妻子巴伊拉卡(Bayslaga)是家庭和平幸福的写照——大督呼唤妻子,妻子回答说,自己已经准备好放下手中的事情来帮丈夫。和谐的关系同样体现在另两个苏巴农英雄达雅克和桑达尤的父母身上。达雅克的父亲想要去旅行,可是妻子反对,因为她已经怀有身孕并希望丈夫陪在身边。出于对妻子的尊敬,丈夫一直等到征求了妻子的同意才出发。妻子为表示同意,往丈夫的头发上焗油并帮他梳头、为他准备衣服、槟榔。即使在准备过程中妻子一直担心丈夫如若带回别的部族的女人,自己将会非常难过。桑达尤的父母也同样相敬如宾,并疼惜惟一的儿子桑达尤,因为桑达尤的出生是一个不平常的过程。他是从刚在利亚桑(Liyasan)河的水中沐浴完的母亲头发上被"梳"出来的。

年轻一些的夫妻,如萨拉纳扬与雅瓦,玛沓巴卡与风之神的故事可以被引为夫妻之爱的楷模。在他们之间,丈夫展现出对妻子极大的爱意和忠诚。在由拉保东公的儿子们造成的死伤面前,萨拉纳扬请求在最后一战之前回家向妻子诉说离别之情。在家里,萨拉纳扬拥抱着妻子,帮她轻摇吊床,劝说她做拉保东公的好妻子,不要嫉妒他别的妻子。他摇着妻子入睡,让仆人守着睡梦中的妻子并赶走苍蝇。在玛沓巴卡的故事中,虽然她嫁给风神因罕班(Inhampang)只是为了避免自己的国家被他侵略,但她仍对他充满爱意。后来当她带着珍贵的、可以控制风的塔鲁布(taklubu)和巴克洛(baklaw)逃跑的时候,她的丈夫因罕班(Inhampang)严格规定要去捉拿她的士兵:

> 不要用火烧她 　　　　我心爱的女人
> 不要伤害 　　　　　　我亲爱的妻子。

即使是在一夫多妻或者一妻多夫的婚姻关系中,夫妻关系总是愉悦和谐的。拉保东公的妻子们分散居住在不同的地方,鲁马林道的五个妻子也是一样。当拉保东公的一个妻子对他拥抱雅瓦表现出醋意的时候,他急忙安抚自己的前两个妻子:

亲爱的,
我将平等对待你们
我将公平地照顾你们
我将在吊床上
拥抱你们
你们都可以
坐在我腿上。

巴拉望的英雄库达曼总是对妻子充满深情、礼貌相待,而妻子们像姐妹一样住在一间房子里。他通过最先把自己的计划(如举办宴会)告诉第一位妻子来确定她的地位。他让第一个妻子来管理别的妻子,总是教导她要做其他人的大姐姐。

兄弟姐妹、姑舅叔侄之间的关系也同样充满温情和关爱。举例来说,阿戈尤总是对自己的妹妹玛沓巴卡说,他担心风神要入侵自己国家,而这样的话他是不会对自己的母亲倾诉。安慰班杜干的总是他的妹妹利民娜(Liaminna)公主,在他为没有人愿意在王宫里同他说话而悲伤的时候,他的妹妹为他送去了槟榔。在准备离开布巴兰之前,班杜干也总是要求她为自己的头发焗油、梳理、束发。杜瓦昂对自己唯一的妹妹充满了怜爱和尊敬。他把她叫来,告诉她自己想要去帮助一位神秘的、遇到麻烦的女子。他总是让她坐在自己的右边,表示对她的尊重,他说道:

即使还有上千
上百的人
会降临成为我的妹妹
我一点也不想接受她们
坐在我的左边
妹妹总是坐在我的右边。

同父异母的兄弟巴拉诺贡和芒卡,也就是拉保东公的前两个妻子所生的儿子,在寻找、解救父亲并在为他复仇的过程中形成了一个绝佳的团队。拉保东公的两个兄弟呼玛达能和杜玛拉达为找到他被囚禁的地方做出了贡献,他们还劝说拉保东公的两个妻子住到新的地方。

即使在史诗的一般人物中,我们也能看到亲密的兄弟姐妹关系:在达雅克的两个妻子缤达旺和缤图甘(Pintoqan)之间,在托米提和他的姐妹之间,在大督利尤利尤和他的姐妹之间。苏巴农族英雄桑达尤在见了自己的叔叔婶婶以及他们无数的孩子之后非常喜爱他们,积极参与他们的各种事务。他与他们共同参加宴会,主持波拉克、贝诺朋和楞古图毕关于嫁妆的谈判。在这些婚嫁事务中,他用魔法提供了所要求的嫁妆。

对国家、城邦的热爱是很多史诗中展现的另一种美好品德。班杜干可能是爱国的最佳典范。他对美丽富饶的布巴兰之爱极其强烈,以致当国王禁止大臣们与他讲话、他不得不要离开王国的时候,他的心都碎了。他恋恋不舍地环视美丽的布巴兰,在离开之前尽情端详每一处可爱的地方。如他的儿子所说,他爱这里太深了以至于一点也不希望见到族人的分裂。

马诺伯族的英雄杜瓦昂同样因不得以离开祖国库亚曼而伤心,即使是因为暂时离开去参加一个城邦的婚礼:

> 我如此心伤
> 要离开一段时间。

在《桑达尤》中,是桑达尤失散多年的兄弟多蒙迪亚奈展现了对祖国之爱。在他们为期一年半的战斗结束之后,桑达尤想让多蒙迪亚奈与自己同行回祖国利亚桑,而多蒙迪亚奈拒绝了邀请,说道:

> 我不能离开　　　　　　　巴拉塔甘的山丘
> 我故土的甘泉　　　　　　我深爱的巴拉塔甘。
> 我挚爱的家乡

桑达尤在自己和族人要升入天堂之前,留给仆人离别之言的时候表现了对祖国的热爱与挂念:

> 哦,大督桑比拉坎,　　　　这些美妙的流水,
> 看管好这里的水源,　　　　需要好好照料,
> 利亚桑的水源,　　　　　　它可能被抢走,
> 最宽广的河流。　　　　　　被陌生人占有。

对祖国的热爱还可以在萨榜(Walo Sabang)的大督们身上看到,他们被达雅克和托米提打败。在失败面前,利尤的首领说道:

> 贝拉克,这个王国　　　　　我们还能去哪里?我们应该
> 无法得到保全　　　　　　　死在这里。
> 我们无法保护她。　　　　　在我们自己的国土。
> 但是我们愿死去,　　　　　这仍是属于我们的荣誉
> 在这里死去。还能逃到什么地方?　如果我们死在这里。

对祖国的热爱可以表现为对自己民族的自豪。这在《科波拉甘的国度》中的英雄达雅克身上得到体现,因其展现了作为苏巴农人的极大自豪感。他的整个人

生就是为战胜种族歧视、力求苏巴农人的平等权利而做出的不间断的努力,这是一种平等,而不是超过科波拉甘的穆斯林大督或是任何其他王国的优越感。因此他的英雄主义支持他走遍各个王国并征服它们,他用自己的实际行动宣扬了苏巴农事实上的优越性。

其他的众多品质也在我们的史诗中得到体现:光明磊落,对伙伴的忠诚,和平共处,互助分享以及社会礼仪。光明磊落的品质在阿里古荣和彭巴哈荣为期一年半的战斗中得到体现。双方都承认并欣赏对方的技能,还向两方观战的人民表达了出来。拉保东公的儿子巴拉诺贡在向萨拉纳扬喊叫的时候同样表现了好斗的精神:

> 我们俩将有一场决斗　　　　　你不用召唤帮手
> 一场公平的决斗　　　　　　　请让你的手下离开。

对伙伴的忠诚在《科波拉甘》的达雅克身上得到显著体现,他看守并保护自己战友托米提的尸体,托米提是在他们与萨榜(Walo Sabang)的敌人作战时神秘死去的。达雅克说道:

> 如若他不醒来　　　　　　　　如果我不能使他复活,
> 我就不会回去　　　　　　　　如果我不能做到,
> 回到希兰甘。　　　　　　　　我最好也一起死去。
> 如若他不醒来　　　　　　　　或者就此消失。
> 我永远不会回去　　　　　　　我选择死亡。我最好也一起
> 回到我们的海岸。　　　　　　死去。

在巴拉望的史诗《库达曼》中得到显著展现的价值观有:和平共存,互助分享,以及社会礼仪。作为一个和平主义者,库达曼在菲律宾的史诗英雄中是独一无二的。他爱好和平,与世无争。对于他来说,战争是对巴拉望的纳格萨拉神(Nagsalad,也被称为"世界的编织者,库达曼常向其祈求指引)的冒犯。为了维护和平,他和任何愿意分享财产的人歃血为盟。当入侵的伊拉农族人到来时,库达曼彬彬有礼地邀请他们到家里,并让自己的妻子们望向窗外,以便伊拉农族人能够看到她们。他说他甚至愿意和他们分享妻子。虽然这在史诗中并不常见,然而库达曼为了维护和哥哥之间的和睦,的确和其分享了自己的第一个妻子。这个妻子被分成了两部分,神奇般地变成了两个同样美丽的女人。在和伊拉农族人的战争中,库达曼终于进行了战斗。他让自己的族人先投入战斗,而自己退到一旁从容不迫地嚼着槟榔观看战况。只有在保护精疲力竭的族人时,库达曼才亲自投入战斗之中,以结束伊拉农族人的侵略。

美学

菲律宾各民族对于美丽事物的美学感知或观念体现于他们的史诗中,展现于史诗英雄对于服装、个人修饰的偏好,对于男性气概和女性柔美的概念,对于居家装饰的方式,房间的陈设、英雄的武器,以及他们的日常生活和娱乐中。

史诗英雄对于他们的服装都是非常讲究的,尤其当要外出求爱之时。拉姆昂让他的母亲为他缝制条纹裤、镶有刺绣的衣衫,和华美的手巾。班纳偏爱亮色的服饰。而在《拉保东公》中,我们得到了关于英雄服饰的详细描写。拉保东公告诉他的母亲:

然后,我要从箱子里　　　　　　头巾上绣着精美图案
精心挑选　　　　　　　　　　这不是当地人的绣品
我所拥有的宝物　　　　　　　这是外地人的作品
我不从箱底拿　　　　　　　　他小心地拿起
我也不从最上面取　　　　　　萨拉敏库帽
我只拿中间的部分　　　　　　帽子有一圈银制的流苏
我要仔细地挑选　　　　　　　装饰着精美的饰带
那些具有魔力的物品　　　　　饰带不停地随风摆动
我要用这些东西　　　　　　　饰品总是叮当作响。
装饰我的身体。"　　　　　　　他的腰带又长又宽
然后,我要穿上长衫　　　　　他捡起腰带的两端
衣服下垂到脚踝　　　　　　　仔细地打了一个结
长衫盖住了脚后跟　　　　　　腰带的两端垂在前面
拉保东公这样装饰自己　　　　垂到他的脚上
他身上包裹着银器　　　　　　金属制成的伊库米利亚腰带
他身上戴着各种金饰　　　　　腰带的流苏都指向天空
他额头裹着头巾　　　　　　　可以映射天空的颜色。

史诗女英雄的服饰没有得到同等的关注。在的婚礼上,伊娜斯"穿着用金线刺绣的拖鞋,戴上镶嵌宝石的戒指,还有她的五个梳子,还有两只手镯",以搭配拉姆昂的"带饰物的衬衣,钩边的手绢,还有带刺绣的拖鞋,以及精美稻草帽。"

对史诗英雄的描述体现出了菲律宾人对于男性美的认识,英雄是高大英俊的,他的长相如天神一般优雅非凡。在巴拉望地区,英雄还是极其苗条的,他们的腰就像针一样细。他的头发长长,在外出游历或战斗之前,头发还必须焗油,梳理成一个小发髻。他磨过的牙齿被装饰以黄金,所以当他微笑时,他的牙齿会像闪电般闪亮。杜瓦昂在去参加一个婚礼的路上:

微笑一直在他脸上　　　　　　　　仅是尖尖两头露了一面
然后无人知晓　　　　　　　　　　雕琢过的牙齿现出全貌
耀眼的闪光来自何方　　　　　　　被库姆保抛光过的牙齿,
因它甚至没有全然显现　　　　　　经帕纳延甘雕琢的牙齿。

女性美的概念并没有得到清晰的界定,然而在对于女主人公的零散描述中,被着重强调的似乎是她们炫目的美貌和纤细优雅的体态。马诺伯史诗将一位美丽的少女比作太阳。当天国的少女现身时,仿佛:

太阳在那里闪亮
如同东升太阳的光芒。
她有着无可比拟的美貌。

杜瓦昂的妹妹也被比作升起的太阳以及:

一棵笔直站立的
年轻的金色之树

《古曼》中迪莉亚格的少女被形容为"一个光彩照人的美人","最美丽的花朵"。在巴拉望,库达曼的妻子们"纤细而散发出金光",其中一人"连指甲都闪着金子般的光泽"。女人们同样有打磨过的牙齿,她们的牙齿所闪出的光照亮了其他人。库达曼的一个妻子拥有如此透明的肌肤,以至于"你能看到嚼过的菜叶滑下她的喉咙"。

在拉保东公中,我们得到了对英雄所追求的女人的美丽最详细的描写:

她的手臂洁白无瑕　　　　　　　　没有任何的瑕疵
就像香蕉的茎　　　　　　　　　　她的步伐优雅柔美
她的大腿洁白无瑕　　　　　　　　她的臀部轻轻摇动
就像鱼的肚皮　　　　　　　　　　看上去非常可爱
皮肤就像剥开的香蕉　　　　　　　看上去纯真无邪。

史诗吟唱者并没有过多详述家庭事务,房屋内部也没有仔细描述。一个值得注意的例外是在《督玛利瑙的古曼》详细描写的迪莉亚格山上王国中的房屋,它的豪华陈设为我们提供了别样的视角,通过这个视角,我们对于民间室内装饰,以及人们所认为能称得上美丽和珍贵的房屋陈设有了更深的认识。

迪莉亚格的房子　　　　　　　　　大量的稻谷储存在那里。
有着八个房间　　　　　　　　　　在宫殿的一侧
一架金子做的梯子;　　　　　　　你也无法随意走动

金子做成的台阶	因为那里挂着很多锣。
和金色竹制的栏杆，	在房屋的远端
金色竹制的扶栏。	排着一行罐子
在每个房间中	黄金做成的罐子
你都无法自由走动	白金做成的罐子①
只因悬挂的吊床，	还有很多金黄色的瓷器
金子做成的吊床，	木材整齐地摞在一起
排成行的长凳，	一直摞到房子的椽木
黄金做成的长凳，	金黄色的木材堆在一起
黄金长凳和椅子。	一直堆到房梁上。
无数的财富在那里	

  我们还找到了其他形式的艺术表达，它们描绘了武器和家庭设备的一些装饰特征。在《科波拉甘》中，托米提的船被描述为拥有"鳄鱼式的船头和蛇状的船尾"，"有雕刻过的船舷并且装饰精美"。里面还提到了托米提的"装饰精美的盾牌，在他的手上如同燃烧的火一般"。用来装槟榔的容器同样装饰雕刻，例如杜瓦昂妹妹的槟榔盒：

由玛巾达瑙的年轻人雕刻	镶嵌了九样东西
玛巾达瑙的孩子们	图饰是银
雕饰有十种主题图饰	镶嵌为金。

  库达曼的短剑有一个黄金剑柄，在巴拉望地区几乎所有的家具物品都被装饰以黄金；帽子（tubaw）也用黄金装饰；砍刀（talibong）的把手被饰以黄金；而槟榔也装饰成金色的。

  就像史诗中所展现的那样，菲律宾人的传统生活方式被艺术化地投射到了史诗作品当中。在《古曼》的开场场景中，住在迪莉亚格房屋中的人们就在从事艺术创作。蒂娜由波（Tinayobo）在绣方头巾；大督朋班瓦在设计一个有内外装饰的盾牌；而他的妻子巴伊拉卡坐在黄金织成的美丽的席子上，缝绣着一个美丽的披肩。我们也看到马诺伯族的英雄杜瓦昂，在 Buhong Sky 的开场场景中，"坐在金制的台子上"，忙着"编织他的脚镯（tikos），为他的脚链（bangkaling）制作脐带状装饰。"

结语

  史诗如今仍继续被菲律宾少数民族群体所珍视，因为它对于他们的生活仍然

---

① 菲律宾古代并没有白金的提炼技术，可能是一种古代的白色合金。

是有意义的。吟唱史诗的场合仍然存在——卡林加人的和平协定和节日宴会；伊富高人的丰收庆典和婚礼；苏班温人在宴会上的表演。

很多史诗都是在最近一些年被收集起来的。奥彻托瑞娜夫人（Gaudiosa Ochotorena）在1968年记录了《科波拉甘的国度》，瑞斯玛（Virgilio Resma）在1980年记录了《桑达尤》。尼科拉（Nicole Revel-Macdonald）于1971—1972年搜集了巴拉望史诗《库达曼》，1983年在巴黎出版了它的文本，并最终于1991年在菲律宾出版了它的菲律宾语版文本。民俗学者手中掌握着更多的民间史诗文本，它们仍在等待着被誊写，被翻译，被编辑，被出版。

我们的民间史诗仍将继续作为菲律宾民间文学和文化的一个重要组成部分，因为它们记录了国家传统的一部分。它们是习俗和信仰，仪式和典礼，宴会和节日的传承者，更重要的是，它们传承着菲律宾人所珍视的价值观。

附录二

中外文专有名词对照表

原文	译称
abat	阿巴特
Abyang	Ginbitinan 阿布央·巾碧提南
Aganon	Dalinan 阿加隆·达利南
Aginaya/Aguinaya	阿吉娜娅/阿桂纳亚
aglay	阿格莱
Agung Tawaglinaw	阿昆·达瓦格利瑙
Agyu Man Dig Dagatun	阿戈尤·曼·迪格·达戈顿
alet	阿勒特
Aligmugkat	阿里戈姆卡
Aliguyon	阿里古荣
Alimit	阿里米
Alisot	阿里索特
alyayaw	阿拉耀
Amangabon	阿玛卡本
Amburayan	安布拉扬
Amtalao	安达洛
Ananayu	阿纳纳约
Anggoy Alunsina/Abyang Alunsina	安古伊·阿伦希纳/阿布央·阿伦希纳

Anggoy Doronoon	安古伊·度若浓
Anggoy Matanayon	安古伊·玛达纳雍
Anilaw Mayun Anlaw	阿尼劳·玛运·安劳
Antipulu	安迪布鲁
Apulang	阿普郎
aragan	阿拉干
ar-arosip	阿阿洛西
as-as	阿斯阿斯
Asu Mangga	阿稣·芒卡
Ayuman	阿尤曼
Ba'tara Walay'an	巴达拉瓦拉安
babakayowan	巴巴戈尤万
Babalay Anonan	巴巴拉伊·阿诺南
Bacayawan	巴卡亚旺
Bacong	巴贡
Bagyasan	贝戈亚桑
Bagyowan	巴戈尤万
bai	巴依
bakatin	巴卡丁
bakesan	巴克桑
baklaw	巴卡劳
balanak	巴拉纳克
Balanakan	巴拉那堪
balasan	巴拉桑
balawan	巴拉婉
Balibantongon	巴里班东恭

balitang	巴里旦
baliti	巴丽提
Ballihung	巴里洪
Balokbok	巴洛博
balugu	巴鲁古
banat-i	巴纳特伊
Banawol	巴纳沃
Banayao	巴纳耀
Bandan	班丹
bandong	班东
banga	班加
bangibang	邦吉邦
Bangkaw Balintuwasen	班考·巴林图瓦森
Banilagan	巴尼拉干
Banlak	班拉克
Banobo	巴诺博
bantay	班达伊
Bantugan	班杜干
Baratamai Lumna	巴拉塔·麦鲁纳
Barugbugan Umbaw	巴卢布甘·乌木宝
Basyaw	巴斯瑶
batunlinaw	巴顿黎瑙
bayadaw	巴亚刀
bayawa	巴亚瓦
Bayukka	巴约卡
Begyasan	贝戈亚桑

bellang	贝朗
Bilingon	比林翁
Bimuyug	比木约
binabanaw ha lana	比纳巴瑙·哈·腊纳
Binakle	比纳勒
binelay	比纳拉依
binentaw ha tinuha	比能淘·哈迪努哈
Binenwahen	比能瓦亨
bingpinggan	炳炳干
birangan Yagudu-an	比让干·雅古都安
biyaw	碧耀
Bo'yoga' Mabaning	波约加马巴宁
bokbok	博克博克
Bolontai a Pisigi	波隆泰皮斯吉
Bongkatolan Haglawan	彭卡度兰·哈戈拉万
Bugan	布甘
Bugawon	布加文
Bukidnon	布吉德农
bulengkay	布棱盖
Bulisungun	布利苏干
Bumacas	普玛卡斯
Bumbaran	布巴兰
bunulay	布努莱
Burigadang Pada	布瑞卡丹·帕达
Buy'anon	布依阿诺
buyan	布延

Buyong Saragnayan	布雍·萨拉纳扬
Buyung Baranugan/Baranugun	布雍·巴拉诺甘/巴拉诺贡
Buyung Paubari	布雍·保巴瑞
Cagayan	卡加扬
Caladan	卡拉丹
Calanutian	卡拉姆天
campilan	坎皮兰
Cannoyan	卡诺扬
Capariaan	卡帕瑞安
Cawayan	卡瓦杨
Cordillera	科迪列拉
curratsa	库拉萨
Da'romim'bang	达若民邦
Dagman	达格曼
dagondagon	达恭达恭
Dagunalan ta Yugung	达故纳兰·塔·宇贡
dalak	达拉克
Dalamanon	达腊玛隆
Dalayag	达拉雅
Daligdigan	达利迪甘
Dalinaynen Ambengen	达利奈楞·安本根
dangla	当拉
Dangunay	因丹古娜伊
dansuli	丹苏丽
dapdap	达普达普
Dardarat	达达拉特

Daronda	达荣达
dasole	丹索勒
Daulayan	道拉扬
day-a	达伊阿
Dayagen	达亚根
Dayeman	达耶曼
Dayoon	达勇
dayuden	达由登
Delemenen	德雷蒙内
der-an	德尔安
Di'ripor'sun Sim'ba	迪利波逊辛巴
Dig Dagatun Mayungba	迪格·达卡顿·玛运巴
Digdag-en	迪格达戈恩
Dimolnay	迪莫娜伊
Dinandingan	迪南丁安
Dinangkap	迪囊卡普
Dingli	町黎
Dinuganan	迪努阿南
Dinug-anan	迪努阿南
Dinulawan	迪努拉万
Diwata	迪瓦达
Dogodog	多扣多
Dopdopon	多普多邦
Dukligan	杜克里干
Dulnuan	杜努安
Dulnugen	杜努根

Dumalapdap	杜玛拉达普
Dumanayan	杜马纳延
Dumiwata	杜密瓦达
Dumiwatag Ayamen	杜密瓦塔戈·阿亚门
Dumulao	杜姆老
Duwindi	杜温迪
enehew	恩胡
fandanggo	方当果
Gagambaya Luna	加加巴亚·鲁纳
gagaynet	卡卡伊奈
Gamban	堪班
Gambayolan	甘巴约兰
ganta	干达
gasatan	卡萨丹
gepes	戈贝斯
gibang	吉膀
Gibuan	基布安
Gila Wad Paiyaka	吉拉·瓦德·帕雅卡
Gila wad Pa-iyaka	吉拉·瓦德·帕伊亚卡
Girina Ginar	吉里那基纳
Gonhadan	贡哈丹
Gotad	高塔德
Gulgulit	古古利
Gulubatnun Nan Labi	古鲁巴特能·南·拉比
Gulugundu' Piglibu	咕噜衮都·比里布
Gumingin	古米尼金

Gumugunal	古姆古纳拉
Gumumba	古姆巴
Gusimban	古新班
Hagabi	哈加比
Halawod	哈拉伍德
Halladung	哈拉东
Hallula	哈卢拉
Handog	汉笃戈
Hannanga	汉纳加
hayag	哈雅格
hikay	希盖伊
Hingot	辛沃特
Holyat	霍亚特
Humadapnon	呼玛达普能
Humbuluwan/Mumbuluwan	呼布鲁旺/姆布鲁望
Huminang	胡米崀
Huyadan	胡亚旦
ibuan	伊布安
Ido	伊度
Iken	伊干
Ikwang	伊卡万
Ikwangan	伊卡瓦甘
Ilian	依莲
iliyan	伊利延
Imbagtad Ku Malayun	因巴达特·库·玛拉匀
Imbalana hu Langit	因巴拉那·呼·兰吉特

imimmoco	因因摩珂
inagay	伊纳盖
In-agnay	因阿格奈
Inalang	伊娜朗
inaletan	伊纳勒坦
Inay Katubagaan	依纳依·卡图巴卡安
Inay Legeng sa Kilay	依纳依·乐庚·萨·吉拉依
Indangunay	因丹古娜,因丹古娜伊(Dangunay)的别称
Indumulao	因杜姆老,杜姆老(Dumalao)的别称
Inggulun	因古仑
Inkayas	因卡雅思
Inkilas	因吉拉斯
Innudanan	因努达南
Intayabat	因达亚巴特
Intumbangul	因顿巴固
In-uyay	因乌亚伊
Inyatabat	因雅达巴特
iskumilya	伊库米利亚
Isu'isu	伊苏伊苏
Juan	胡安
Kabukaan ta Dagsang	卡布卡安·达·达戈桑
Kabuyawanon	卡布亚瓦侬
Kadarayan Sandaw	卡达拉·扬桑道
kalapudhan	卡拉普罕
Kalasag aneg-egen	卡拉萨格·阿奈戈恩
kalasags	卡拉萨斯

Kalayon	卡拉雍
Kalingayan	卡林加延
kaliyaen/ kaliyaan	卡莉雅恩
kalugay	卡鲁盖
kamangyan	卡芒烟
kamanya	卡曼亚
kampilan	堪比兰
Kasumba Morop	卡苏巴·莫洛普
Katuldugen	卡杜杜根
Kayunbaan ha Agyo	卡运巴安·哈·阿戈尤
Kelusisi Aninayen	克鲁斯斯·阿尼纳延
Kiangan	吉安甘
Kiangan	齐安干
Kilat	吉拉特
kimmatuday	吉玛图达伊
ginuttu	金努图
kisol	吉索尔
Kitanglad	吉当拉
Kodaranga Luna	科达兰加·鲁纳
korma	科马
kudlang	古德朗
kugun	库甘
Kulaluy	拉路易
kulungkulung	库仑库仑
kumapey	库玛排
kutyapi	古蒂雅毗

Kuyasu	库亚苏
labuwa	拉布瓦
Lagabaan ko Langit	拉卡巴安·库·拉吉特
lagingan	拉吉甘
lagtinay	拉格蒂娜
Lagunga Nanghinaug	拉衮伽·南吉纳戈
Lagungun Lagabaan	拉滚滚·拉格巴安
lakap	拉卡
lakeg	拉克戈
Lakumbing	拉库姆缤
lalawigan	拉拉维甘
Lam-ang	拉姆昂
lampadan	朗帕丹
Langit ha Nakatana	拉吉特·哈·纳卡塔娜
Langlanapan	朗拉那盘
lantakas	兰达卡斯
lantuy	兰杜伊
lapu-lapu	拉普拉普
lawaan	拉瓦安
Lawanan	拉瓦能
lawlawigan	劳拉维甘
leddangan	勒丹干
Lena'neg Aninayen	雷纳那戈·阿尼纳延
Len-awan	棱阿万
Li'ugkug	里务库戈
Li'ugkug	里务库戈

Liaminna	利民娜
Libalan	利巴兰
Libhu-un	里布胡温
libun	黎本
Libuwen	利卜温
Ligalan ta Magaging	利卡兰·塔·玛达靳
Ligaya Tindeganen	利卡亚·丁德卡奈
Linawan Libay Bagyu	黎纳瓦·利巴依·巴戈尤
Lingkaan ta Madaging	凌卡安·达·玛达靳
Lintunganay ne Suguy	林顿伽内·呢·苏古伊
Lintupas	林图帕斯
linungbu'	利伦布
Linungbu'ha ban-egen	黎姆布·哈·班额根
Lipay	利帕伊
lolokisen	洛洛吉森
Longdongan	隆东干
loslosi	洛洛西
Liwliwa	利乌利瓦
Loy-a	罗伊亚
Lubaylubyok Hanginon	鲁巴依鲁巴由·哈巾浓
Lucutan	路卡丹
lulang	鲁朗
Lumalu-lumalangday	鲁玛鲁·鲁玛朗代
lumanog	路马诺
lumay	露玛伊
Lumbatan	兰巴丹

lumbayaw	仑巴瑶
lumendeb	鲁门德波
Lungba	伦巴
lungbaten	伦巴腾
Ma'dara'ba	马达拉巴
Mabaningun Dawrog	马巴宁公·道罗格
Mabpung	玛卜朋
macan	玛堪
macaw	玛考
Madadyong	马达雍
Magappid	玛卡比
Magappid	马加皮德
Magaw	玛高
Maginar	马金娜
Magkahonodhonod	摩卡霍诺霍诺
Magprayangpuru	玛帕拉央普茹
Magutu	马古图
Mahuyukhuyukun	玛呼尤胡宇昆
Makagwas	麻卡各瓦斯
Makalayan	马卡拉扬
Makawayan	马卡瓦延
Maladamal	玛拉达玛
Malalanen	玛拉拉奈
malam-an	马兰安
Malayen ha Inbunsud	玛拉恩·哈·因本苏德
Malili	马利利

Malitung Yawa	玛丽敦·雅瓦
malung	玛仑
mamaen	玛玛恩
Mangayaga Mayantaw	玛雅伽·玛雅桃
Manginawan	曼金娜万
manika	麻尼卡
Mapay'or	马贝尔
Mapundara Dulum	马本达拉·杜鲁姆
maratangtang	玛拉荡荡
maratectec	马拉特特
Marcos	马科斯
Marndili	曼蒂利
Masalagay	马萨拉盖
Masalagya	玛萨拉吉
Matilom	玛蒂隆
maya	玛雅
Mayungba	玛运巴
Meganding	梅干顶
Mendayawi	门达雅维
Menengneng	麦能能
mengapeng	蒙戈朋
mengitkit	门吉其特
Milung-ilung	密伦伊伦
Minayun	密纳匀
Minoyod	米诺约德
Miscoyaw	米斯科瑶

molave	莫拉菲
Momoocan	莫奴堪
Momosan Laglagingan	莫莫桑·拉格腊巾干
Moyaw-oyaw	摩耀摩耀
Mudan-udan	姆当乌当
Mundulaan	孟杜拉安
Mungan	姆甘
munu	穆努
musang	姆桑
Nabayung	纳巴雍
Naguilian	纳桂联
Nalandangan	纳兰当干
Nalbuan	纳布安
Namadsilung	纳玛德斯伦
Namadsilung	纳玛斯伦
Namanding	纳曼丁
Namongan	娜蒙安
Nanganudan	纳安努旦
Nasopan	纳索班
Natangkopan a Ragat	纳当科班·阿·拉加特
Nauyahan	纳亚汉
Nebeley	纳布耀
Nemenugang	纳门努刚
nenga	能伽
Nengemung	能戈蒙
Nengnengan	纳能甘

Newili'an	纽利昂
Nuevan	纽旺
Numpatangan	努巴达安山
Nunggidayan	农吉达言
Nuti Manlag Dwata	努迪·曼拉格·迪瓦达
O pamlang	奥班朗
odoyan	奥度延
Padang	帕当
Padsilung ha Kabatlaw	帕德斯伦·哈·卡巴特劳
Pahang	巴翰
pahugdal	帕胡戈达
paiyak	派雅克
Pakasan Gooman'ad	巴卡散·古曼阿德
Pala'la Ma'kayo'gan	巴拉拉马卡约干
Palaloma	巴拉罗玛
Palangga	帕兰卡
Paling Bukid	帕林·布吉特
Pamasingon	帕玛辛贡
Pamawkawan	帕茂卡万
pamtong	班通
Pamulaw	帕姆劳
panakumba	帕纳昆布
pandan	班当
Pandinggabaw hu Langit	盘丁卡保·呼·拉吉特
Pangaiwan	帕古伊万
Panganlawon	帕那拉温

Paniguan	巴妮婠
panlilaha	班里拉哈
papalas	帕帕拉斯
papapan	巴巴班
pasayanun	布萨亚努
Pas-ho	巴丝霍
pig-agawan	比格阿伽万
pig-aletan	比格阿勒坦
Pigsayu	必格萨伊
Pina'iyak	比纳伊雅克
Pinagtibolos Lona	比纳戈缇波洛斯·洛纳
Pinalangga	碧娜朗伽
Pinalintad Pamaloy	比纳林达特·帕马洛伊
Pinamatun	毗那玛顿
Pinamatun	比纳玛顿
Pinantaw	比南道
Pinintu	比林图
pintu	滨渡
Pinuklew	比努克鲁
pios	比欧斯
pocpoclo	波波科洛
Powalasan Sawray	波瓦拉散·萨莱
Puanpuan	普安普安
Puddunan	布杜南
pula	普拉
pulala	普拉拉

Pumbakhayon	彭巴哈荣
Rana'ya Ko'pora'gan	拉纳亚科波拉干
Ranay'ag	拉奈阿格
Ranga-ig	兰噶伊戈
Rangayig	兰噶伊戈
ranghiran	兰西兰
rarang	拉朗
sa'ut	萨乌特
sabangan	萨巴干
Sabarat	萨巴拉特
saduk	萨杜克
sagamantica	萨卡曼提卡
sagang	萨岗
sag-eban	萨格额班
Sagilan	萨吉兰
sakuduwan	萨库度万
Sakyep	萨基普
salabaw	萨拉苞
salaga-an kul-uman	萨拉伽安·库拉乌曼
Salagyaen	萨拉戈雅恩
Salagya-un	萨拉戈雅温
salinda	萨琳达
Sambangki	萨姆邦吉
samosam	萨摩萨姆
Sandawa	桑达瓦
sapuwen aneg-egen	萨布温·阿奈戈恩

Saraba	萨拉巴
saramingku	萨拉敏库
Saridandan	萨丽丹丹
sasakuruhan	萨萨古如汉
Sawalan	萨瓦兰
sayabaw	萨亚苞
Sayagamba	萨娅干巴
sayambawan	萨杨巴万
sayaw	萨耀
seha	色哈
seleysey	色莱塞
Seludey Penenglitan	瑟鲁代伊·帕能里丹
selumayag	塞鲁玛雅各
Sengeydumpil	森戈伊顿比
Seyluwen	瑟伊路温
Sibay Padalogdog	希巴依·帕达罗多
sibulan	希布兰
sigsiginan	西格西吉南
Simugay	希姆盖
Sinagmaling Diwata	西纳玛琳·迪瓦达
Siniliya hu Saya	西尼利亚·胡·萨亚
Sinimbulan	西宁布兰
Sinurugyang Alon	西努洛扬·阿隆
sinyuda	辛宇达
sipa	西巴
Solawan a Rogon	索拉万罗共

soso	索索
Sugbu	苏戈布
Suguy	苏古伊
Sumadag	苏玛达戈
Sumalay Bulawan	苏玛拉伊·布拉望
Sumarang	苏马朗
Sumpuy Paku-paku	逊布依·帕库帕库
susu	苏苏
Tabagka Wad Lamina	塔巴格卡·瓦德·拉米娜
Tabagka Wad Pintu-a	塔巴格卡·瓦德·宾图雅
Tadona	塔多纳
Tag'udanan	达戈乌达南
Taghuy	达戈乎伊
Tagmele'ta Kalasan	达戈梅勒·达·卡拉桑
taguma	达伽乌玛
Tagyakuwa	塔戈雅库娃
takembe	达肯贝
taklubu	塔卡鲁布
talabusaw	塔拉布扫
Talgan	塔甘
Taman'agan'a Sir'ig	达曼阿甘阿希伊格
Tan-eban	汤额班
tangbu-ay hu salili	坦布哈伊·胡·萨利利
tangkul	唐库拉
tangkulu	唐库鲁
tangraban	当戈拉班

Tapaan	达帕安
Tayandang	达阳当
Tebteb	特巴特巴
tegas	特卡斯
tegbengan	特本甘
telayu	特拉尤
telumbayaw	特伦巴耀
tigbaw	迪格苞
Tigmaula	迪格茂拉
Tigyandang	迪格扬当
Timbang/Datimbang	丁邦/达丁邦
Tiyulew Aninayen	提宇流·阿尼纳延
Tokop	多郭普
torsi	陶斯
Tubagaan	图巴卡安
tubaw	图保
tugda	图戈达
tugdanan	杜格达南
Tugpung Nangundilawa	图戈朋·南昆迪拉瓦
tulawas	图拉瓦斯
tulugan	土鲁干
tumanud	杜玛努达
Tumpas ha Manapiraw	图姆帕斯·哈·马纳比绕
Tupinaw	图比瑙
turugturug	图鲁图鲁
Udanan	乌达南

udtohanon	乌杜哈浓
Umagad Palinti	乌玛卡·帕林迪
Undi	温迪
Unnayan	文纳央
uripon	乌瑞本
utu	乌度
Uwa	乌瓦
Uyauy	乌亚伊
uyegingen	乌耶巾根
Vigan	维甘
wayang	瓦杨
Yaga Pinaniguan	亚伽·比格纳嫒
yaman-ag	亚曼阿格
Yambungan Pignayuan	扬卜甘·比格纳嫒
Yandang	扬当
Yandang Anud-anuden	扬当·阿努德·阿努登
Yayawag	雅雅瓦戈
Yendengan	延登甘
yinlantawen	因兰达温
Yugung	匀甘
Yungba	匀巴
Yungba-en/Yungba-un	匀巴恩/匀巴温

附录三

菲律宾民族译名表

吕宋岛

Apayao 阿帕瑶	Bago 巴果	Balangao 巴兰高
Bicol 比科、米骨	Bontoc 班多克	Ga'dang 加当
Ibaloi 纳波里 nabaloi	Ibanag 伊巴纳格	Ifugao 伊富高
Igorot 伊戈罗特	Ikalahan/Kalanguya 伊卡拉罕	Ilocano 伊洛戈
Ilongot 伊隆哥特	Isinay 伊西奈	Itawit 伊达威
Ivatan/Itbayat 伊巴旦	Iwak 伊瓦科	Kalinga 卡林加
Kankanay/Kankana-ey 堪卡奈	Kankanay 坎卡奈	Kapampangan 邦板牙
Malaweg 马拉维	Negrito 尼格利陀	Palanan 巴拉南
Pangasinan 班加诗兰	Sambal 萨姆巴	Tagalog 他加禄
Tinggian 丁吉安	Yogad 尤卡得	

比萨扬群岛

Abaknon 阿巴卡农	Aklanon 阿克兰	Bantoanon 班杜阿农
Boholano 保和	Bukidnon 布基农	Cebuano 宿务
Hiligaynon 希利盖农	Kiniray-a/Hamtikanon 基尼瑞	Masbateño 马斯巴特
Mangyan 芒扬	Rombloanon 兰博农	Sulod 苏洛德
Waray 瓦雷		

巴拉望群岛

Agutayanen 阿古达雅能	Batak 巴塔克	Kuyonen 库由能
Molbog 摩伯格	Palawan 巴拉望	Tagbanwa 达戈班瓦
Tau't Batu 陶特巴图		

苏禄群岛

Jama Mapun 佳玛玛本	Sama 萨马	Tausug 陶苏
Yakan 雅坎		

棉兰老岛

B'laan 布拉安	Bagobo 巴格伯	Butuanon 布图亚农
Ilianon 伊利亚农	Kalagan 卡拉甘	Kamayo 卡玛由
Ilanun 伊拉农	Kolibugan 库里布甘	Magindanao 马巾达瑙
Kamiguin 卡米圭	Mandaya 曼达亚	Manobo 马诺伯
Mamanwa 玛曼瓦	Maranao 马拉瑙	Sangil (Sangir/Marore) 散吉拉
Subanun/Suban-on 苏巴农	T'boli 特博里	Tasaday 达萨达伊
Tiruray 特鲁里		

索 引

《达冉根》1,8,199－201,203－204,349,381

《库达曼》6,347,353－354,363,369,377－378,381,386,390

《阿戈尤》7,8,239,240,242,245－247,347－348,355,361－362,365

《阿里古荣》5,7,363,366,

《拉姆昂传奇》5,7,115,117－119,123,126－129,347－348,351,354,362,372,374－376,379,382

《拉保东公》6－8,155－157,160,354－355,362－363,365,371,374－375,377,379,382,387

丁德卡奈 243,316－318,320－321,324,329－330,338,340,396

力量 4,24,29－30,33－34,43,119－121,136,165－166,168－169,172－174,176,180－183,186,191－194,198,222,251,263,270,285－287,289,300,313－314,321,329,334,337－338,348,355,358－361,367,376－377,381

干达 273,394

土鲁干 263,265－266,343,400

大督 128,150,158－160,166－167,173,176,180－181,184,186,195,198,228,234,237,239,241,243－245,247－254,257,262－263,265,282,287,289－291,293－294,298－299,302－303,307,309,311,315,319－320,324,338－339,356－358,363－367,369,371,373,375－376,380,383－386,389

门达雅维 243,268,271,274－276,278－279,397

习俗 2,10,156,199,291,355,373－379,390

马兰安 296,396

马来人 1－2,263

马纳比绕 290,400

马萨拉盖 243,262,282－283,288,290,292－295,297－299,301－302,397

天国 6,173,186,219,241,247,260,266,288－289,313,355－356,361,363,366－369,371,378,380,382,388

天神 134,138,145,171,173,178－179,201,231,244,246,267,313,328,357－358,387

巨蟒 261,263－264,315－316,363

巨鹰 355,363

牙齿 134,136,257,269,277,291,337,358,387－388

比让干·雅古都安 264,392
比努克鲁 277,279,398
比纳伊雅克 269,398,
比纳拉依 321,392
比林图 269,398
比格阿伽万 280,284—285,287,299—300,398
比格纳嫒 250,253—254,400
瓦杨 257,400
水稻 9,12,14,20—23,39,56,124,126,374
贝戈亚桑 242,248,268,271,274—276,278—279,392
拜尔 3
仑巴瑶 255—256,396
公鸡 25—28,32—33,38,42,55—56,83,100—101,110—111,121—122,126,137—138,140—145,151—153,279,294,301,355,360,369,371,378—379
丹苏丽 259,393
匀巴 243,262,280,283,290,400
匀甘 257,326,400
乌达南 252,267,400
乌耶巾根 246,400
文本 2,5—7,10—11,14—21,24—25,57,66,79,95,115,117,155,203—204,239—242,247,255,319,328,345,353,355,363—364,390
巴戈尤万 305—306,312,314—317,334—335,338,391—392
巴卡丁 251,392
巴卡劳 316,321,325,392
巴亚刀 267,392

巴亚瓦 259,392
巴克桑 261,264,392
巴丽提 255—256,261,343,392
巴里班东恭 306,309,311,392
巴纳特
巴纳特伊 262,264—265,392
巴拉那堪 261,392
巴拉纳克 162—164,169,305,392
巴拉婉 326,333,337,392
巴林图瓦森 323,392
巴依 162,169,194—195,197,299,300,309,324,332,334,341,392,396,399
巴妮婠 250—252,398
巴顿黎瑠 262,264—265,392
巴斯瑶 251,392
巴鲁古 259,392
古姆巴 291,394
古姆古纳拉 291,394
古蒂雅毗 256,395
古德朗 256,395
布甘 15,17,20—21,35—36,49,51—52,54—55,57,59,60—62,66—67,74—87,89—95,100—101,107—109,111,160,165,167,170,176—177,257,356,363,366,374,379,392,402
布亚瓦侬 250,395
布延 293—297,393
布利苏干 281,392
布侬阿诺 253,393
布胡温 281,396
布棱盖 296,392
卡巴特劳 244,320—322,335,340,397
卡布卡安 320—322,326—327,331,

336,339,395
卡拉桑 294,399
卡拉萨斯 300,395
卡拉普罕 296,395
卡图巴卡安 243,319－322,327,331－334,394
卡莉雅恩 298,300,303,395
卡雅戈 274
卡鲁盖 285,395
史诗艺人 4,352－354,377
仪式 12－13,22－23,25－26,49,55,57,69－70,72,77－78,87,89,95,107－108,127－128,147,150,156－158,160,171,199－200,241,247,255,353－354,356,362－364,369,370,374－376,379－381,390
鸟 28－30,58－59,120,228,247,251,271,285,314,355,360,366－367,370,378－379
闪电 229,234,269,282,291－294,297,307,310,333,339,361,367,371,380,387
兰杜伊 260,293,395
头巾 160－161,167,171,176－177,200,229,258,293,298,309,322,361－362,364,370－371,380,387,389
头发 12,44,72,127,130,135－136,148,182,213,243,259,266,289,296,309,325,336,341,357,361,363－364,369,375,382－384,387
必格萨伊 258,326,333,337,342,398
尼格利陀人 1－2,263
民都洛岛 1

民族精神 4
发髻 364,380,387
吉拉侬 243,319－321,327,331－334,394
吉膀 275,394
场面 119,350,372,375
扬当 245,254－256,258－259,261－263,267－268,271－272,274－279,282－284,288－291,295,300－301,305－306,308－309,312,314－316,334,338,340,400
亚曼阿格 293－294,296－297,400
亚歌 253－254
西巴球 264
西宁布兰 247,249,252－255,399
西尼利亚·胡·萨亚 260,409
达戈顿 282,285,290－291,391
达戈桑 320,395
达戈梅勒 294,297,399
达古纳兰 326,343
达冉根 7,200－201
达伊阿 260,324,331,338－339,393
达米阿娜 5,119,203
达阳当 251,400
达伽乌玛 258,399
达拉克 325,393
达耶曼 326,393
达肯贝 293,314,399
达勇 243,310－313,393
达普达普 300,393
吕宋岛 1,3,5,7,9,128,401
吊床 156,162－163,169－170,186,191－193,197－198,220－221,378,383－384,389

因本苏德 322,330,340—341,396
因卡雅思 295,297,394
因兰达温 261,400
因吉拉斯 292—293,295,394
因达亚巴特 292—293,295,297,394
因阿格奈 266,394
因顿巴固 266,394
因雅达巴特 297,395
延登甘 262,291,295—296,299—300,303,400
伦巴腾 396
伊卡万 258,394
伊苏伊苏 270,395
伊利延 73,260—262,280,295—300,394
伊纳勒坦 262,298,394
伊纳盖 264,394
伊洛戈 1—3,5,7,115—117,120,123—128,150,347—348,373—374,401
伊富高 1—3,5,7,9—18,20—24,28,31—32,34,36,56—58,77,79,86,94—95,103,126,347,353—354,362,374,376,378—379,390,401
色哈 272,399
色莱塞 266—267,399
衣服 120,135,137,141,146,151,160—161,165,167—168,170—171,176—177,218,243,269,278,291,294—295,325—326,336,364,367,375,380,382—383,387
汤额班 261,400
宇宙观 378
安本根 323,326,393
玛巾达瑙 241,247—248,250,314,389

玛考 342,367,396
玛达斯 318,320—321,326,341,343,396
玛玛恩 275—277,284,286,294,296—299,308,320,337,397
玛运巴 242,244,258,265,282—283,292—295,297—299,301—302,306,309—313,315—322,324—325,327,329—330,335,338—343,393,397
玛拉达玛 250,396
玛拉拉奈 340,396
玛萨拉吉 258,397
玛萨拉盖 292,302
玛蒂隆 243,250—253,397
玛雅 246,279,285—286,397
玛雅伽 251,253—254,397
玛雅桃 251,253—254,397
苏古伊 246—247,254—255,269,276—277,279,396,399
苏苏 258,399
苏特 273
杜玛努达 256,400
杜格达南 258,400
杜密瓦达 327—331,335—338,340—341,393
巫师 156,158,179,281—282,354
求爱 204,363,367—368,371,374,377,387
里务库戈 270,396
利卜温 340,396
利伦布 307,310—311,396
希姆盖 262,265,399
谷仓 13,25,28,30—31,33—34,36,38,40—42,58—62,64,70,87—89,124,

126,135,353
库仑库仑 326,395
库亚苏 272,395
库玛排 268,395
辛宇达 324,332,334,341,399
沐浴 260,383
灵魂 9,188－190,202,215,222－223,229－230,232－233,286,366－368,370－373,378
阿尤曼 243,247,249,252－255,391
阿戈尤 6,240－244,247－248,250,252,257－258,265,268,272,274,279,280,282－285,287－288,290－293,298,306,309－311,315－318,320－322,324,329－330,338,340,348,355,361－363,365,372,376,381,384,395
阿巴特 263,343,391
阿尼纳延 270－271,273,277－279,395－396,400
阿亚门 270,273,277－279,393
阿贡 268
阿里戈姆卡 266
阿里古荣 10－14,16－17,20－21,25－70,72－78,81－102,104－109,113,347,349,351－352,355－356,360,362－363,366,373－374,376,378－379,381,386,391
阿奈戈恩 323,326,395,399
阿格莱 296,391
阿勒特 260－262,280,295－297,299－300,391
阿斯阿斯 262,265,391
纳卡塔娜 322,330,340－341,395

纳兰当干 6,239－240,242,244－245,254－256,258,260,265－267,271,283－284,291,319,321,325,330,337－342,348,362,397
纳玛德斯伦 322,335－337,397
纳曼丁 321,327,331,334－337,397
纽利昂 254,269,278－279,397
表演 7,9,18－20,22－23,25,63,155,242,245,252,328,350－354,375,390
坦布哈伊·胡·萨利利 260,410
拉比 291,394
拉瓦安 298,300,303,395
拉瓦昂 249
拉布瓦 258,395
拉卡 239,241,265－267,313－314,383,389,395
拉吉特 313－314,320－322,330,335,340,395,398
拉米娜 306,399
拉克戈 261,395
拉库姆缤 274－275,395
拉姆昂 115－116,118－122,124－128,131－134,136－153,347－348,351,354－355,357－358,360,362,364,369,371－376,382,387,395
拉保东公 155－160,162－168,170－186,188,191－192,194－198,347,354,357－360,363－364,367－369,371,373－375,377－378,383－384,386－388
拉格巴安 288－290,314,395
拉格蒂娜 327,395
拉格腊巾干 307－308,397

拉滚滚 288—290,395
拉滚滚·拉格巴安 288,395
林图帕斯 254—255,269,277,396
林顿伽内 254—255,269,277,396
迪瓦达 156,170—173,191—192,197—198,246—247,254—255,269,276—277,279,285,290,296—297,315,323,327,329,335—338,340—341,358,393,397,399
迪格扬当 254,400
迪格苞 256—257,282,287,304—305,400
呼德呼德 9—22,24—25,57,79,95,353—356,362,374
帕马洛伊 312—313,398
帕兰卡 326,333,337,398
帕伊亚卡 306,394
帕那拉温 250—253,398
帕纳昆布 256,398
帕帕拉斯 321,398
帕姆劳 243,257,298
帕胡戈达 326,397
帕雅卡 283—284,290,306,332—334,394
帕德斯伦 320—322,335,340,397
图戈朋·南昆迪拉瓦 288,400
图巴卡安 320,400
图保 293,298,400
金笛 371—372
斧头 50,53,110,112,360,369,375
服饰 158,160,176—177,379—380,387
狗 121—122,137—138,141,151—153,163,170,355,365,369,371
怪兽 150—152,378

祈祷 26,28,32,49,55,158,165,172—173,190,246,283,285—286,296—297,315,328—329,334,362,378—379,382
姆当乌当 254,261—262,291,295—296,299—301,303,305—308,314,397
挎包 30—31,43,48—50,356,374
南吉纳戈 291,395
砍刀 36,43,46,48,84,263,271,287,321—323,325,356,370,380,389
战斗 6,26—27,32—37,39,41,43—44,46,48,56,63,100,118—121,126,130,133—136,140,156,160,172,174,178,180,185—187,190,192—196,214,216,234—235,244—245,247—250,256,267,271,278,280,283,287—289,292,294,300—304,306—310,312—313,315,335—336,338—339,346—347,351,355—359,361,364,367—373,376,380—381,385—387
冒险 5,192,204,246,349—350,354—358,363—364,367—369,371,382
毗那玛顿 250,398
哈戈拉万 307—308,392
哈雅格 295,394
复活 88,119,122,125,127,152,202,285—286,290,338,349,355—357,359—360,363,367—371,376,380—381,386
保护神 158,160,241,247,262,269,285,296,298,313—315,325,328—329,334,355,357,361,367

索 引

追求者 141,158－159,356,368,377
盾牌 27,33－34,36－37,40－41,46,
   61,130,132,202,211,217－218,
   229,232,234－235,244－245,267,
   271,280－281,287,299,301－302,
   305,307,310,313,322－323,326,
   330－331,333,335,337,340－341,
   359,366,370－372,380,389
音图班固
首领 47,128,133,169,173,180－181,
   183－184,195,202,224,241,247－
   254,264,282,287－288,290－291,
   293－298,300,302,307,309,311－
   312,315,320,322,324,328,338－
   339,347,357,364－365,367,
   376,385
活形态 9－10,13－14,18,20,68
派雅克 293－295,297,325,398
洛纳 312－313,398
结婚 119,122,129,144－145,167,197,
   202,265,274,346,349,352,363－
   364,368,373－374,377,383
班东 313,392
班达伊 256,392
班当 398
班里拉哈 258,398
班拉克 243,248,251－254,287,292
班额根 323,396
特伦巴耀树 270
特拉尤 270,400
脐带 159,175－176,179－180,184,
   192,373,389
凌卡安 244,322,326－327,331,335－
   336,339

高脚屋 31－32,86,156,367
唐库拉 293,400
唐库鲁 293,298,400
酒 26,38－39,49,53,55－57,65,71,
   76－78,93－94,102－105,108－
   109,145,166,296,360,369,374－
   377,379,381－383
家庭 50－51,119,156,241,252,356,
   376－378,381－383,388－389
宴会 31,38,67,71,78,132,145,148,
   160,245,356－357,363,367,369－
   370,375－376,379,381,384,390
宾图雅
朗拉那盘 312,395
冥界 367－368
能伽 266,397
桑达瓦 399
黄金 2－3,31,126,143,163,170,215,
   266－268,277,356,361,367,370,
   387,389
萨瓦兰 320,322,332－334,409
萨乌特 271,280,398
萨巴干 258,260,284－285,287,299－
   300,398
萨吉兰 239,312,398
萨亚苞 305,310,399
萨杜克 321,342,398
萨拉戈雅恩 243,280,399
萨拉伽安·库拉乌曼 264,408
萨拉苞 256－257,282,408
萨班干 279－280
萨基普 398
萨萨古如汉 258,409
萨琳达 321,342,399

萨耀 285,399

梅勒乌帕斯 273

梯田 9—10,20—21,23—24,37—43,
　47—48,58—59,61,63—64,69,71,
　75—77,79—83,85—86,88,90,94,
　97,102—103,105—106,108—
　113,126

梭镖 21,27,29,33—35,39,41,43—44,
　46—48,60—64,84,120—121,126,
　132—134,136,139—141,187,243,
　248,265,267,271,274,281—282,
　287,305—308,310—311,322—323,
　325—326,333,336,356,360—361,
　368,374,380

野猪 174,189—190,243,325,353,
　371,373

符咒 189—191,193,287,364,380

盘丁卡保

猎头 70,125,377,381

祭祀 13,22,26—27,30,32,76—77,
　108,156,370

麻卡各瓦斯 243,288,396

麻尼卡 257,397

族群 4,382,389

焗油 364,369,380,383—384,387

宿务 262,401

密伦伊伦 265,397

密纳匀 244—245,327—331,335—338,
　340—341,397

隆东干 305—308,314,396

婚礼 6,12,57,66—67,77,91,93,95,
　106—107,109,118,120,128,145,
　147,164—165,199,203,237,239,
　265—266,348—349,352—353,355,
　358,360,363,368,371,374—375,
　381—382,385,387,390

堪比兰 395

塔戈雅库娃 239,274—275,287,
　297,399

塔卡鲁布 316,321,325,399

塔拉布扫 262,399

超自然 4,120—121,156,200,329,
　348—349,357,360—362,367,
　372,381

棱阿万 396

椰子 123,129,135—136,159,166,174,
　183,243,251,359,373

棉兰老岛 1,6,7—8,199,239—241,
　363,402

雅雅瓦戈 278,400

程式 19—22,63,348—352,362—
　363,366

鲁门德波 262,396

鲁玛鲁·鲁玛朗代 243,280,282,285,
　290,291,396

鲁朗树 270

猴子 182,256,370

普拉拉 256,260,398

温迪 278,400

聘礼 73,77,107,112,165,356,374—
　375,382

蒙戈朋 272,397

锣 52,54,57,72,74,77—78,81,89,91,
　94,101,107—109,113,127,145,
　172,184,224—225,238,268,272,
　359,375,379,381,389

微笑 143,233,276,278—279,291,302,
　336,358,376,387—388

韵文 4—5,13,116—117,242,245,348
滨渡 293—295,297,325,332—334,398
嫁妆 165,257,356,360—362,369,374,
　　382,384—385
布努莱 325,392
碧娜朗伽 277,279,398
碧耀 327,392
槟榔 21,27,30,36,40,42,45,48—51,
　　61,64,75—76,78,80,82—86,90—
　　91,95,103,108,112—113,133,140,
　　142—143,200,204,213,220—221,
　　243—245,247,252—253,255,257—
　　258,269,275—277,284—286,290,
　　298,318,324,331,333,352,363,
　　368—369,371,374—377,379,382—
　　384,386,389
歌手 23,59,63,68,79,101,103,113,
　　200,203—204,224,350—354
精灵 1,68,109,188,202—203,219—
　　220,222—223,229,234—236,238,
　　244,256,367—379
稻谷 34,37—38,58,81,124,126,135,
　　253,388
黎牙实比 2
黎本 321,325,396
黎纳瓦 256,258—259,262—263,282—
　　283,288—289,291,295,300—301
箱子 160,165,167,170,176—177,363,
　　379—380,387
箭 177—178,186—187,190,193—195,
　　216,228,350,369,373
德拉戈
摩洛 243
摩耀摩耀 309,397
蟒蛇 244,261,264,316,355,367
穆努 294,296—299,308,318,320,
　　337—338,376,397
鳄鱼 118,135—136,203,235,244—
　　245,259,268—269,328—329,331—
　　334,351,355,361,370,389
魔法 68,120—121,156,159—160,183,
　　202,222,245,315,317—318,339,
　　349,360—362,368—371

参考文献

中文

朝戈金:《口传史诗诗学:冉皮勒〈江格尔〉程式句法研究》,南宁:广西人民出版社,2000年。

段宝林:《中国民间文学概要》,北京:北京大学出版社,2002年。

黄中祥:《哈萨克英雄史诗与草原文化》,北京:中央编译出版社,2007年。

刘浩然译《菲律宾伊洛戈族古典叙事诗 蓝昂的一生》,(菲)彼德洛·布干尼格 记录整理,(英)亚马杜·M·于逊 英译,泉州,1990年。

刘守华、巫瑞书主编:《民间文学导论》,武汉:长江文艺出版社,1997年。

斯钦巴图:《江格尔与蒙古族宗教文化》,呼和浩特:内蒙古大学出版社,1999年。

斯钦巴图:《蒙古史诗:从程式到隐喻》,北京:民族出版社,2006年。

张玉安、陈岗龙等著:《东方民间文学概论》,北京:昆仑出版社,2006年。

张玉安、陈岗龙主编:《东方民间文学比较研究》,北京:北京大学出版社,2003年。

张玉安、裴晓睿:《印度的罗摩故事与东南亚文学》,北京:昆仑出版社,2005年。

钟敬文主编:《民间文学概论》,上海:上海文艺出版社,1980年。

菲律宾语

Castro, Jovita V. , et al, eds. , *Antolohiya ng mga Panitikang Asean: Mga Epiko ng Pilipinas*, Lungsod ng Quezon: Komite ng Kultura at Kabatiran ng Asean, 1984.

Cruz, Isagani R. , Soledad S. Reyes, *Ang Ating Panitikan*, JMC Press, INC. 1984.

Gongora, Ernesto Paul M. , *Ang mga lantad at kubling istruktura sa epikong hudhud hi aliguyon : isang istrukturalistang pag-aaral*, Thesis (M. A.), Ateneo de Manila University, 2001.

Manuel, E. Arsenio, *Ang pagsasalin sa Pilipino ng Agyu: The Ilianon epic of Mindanao*, Paaralang Graduado, Dalubhasang Normal ng Pilipinas, 1975.

Maranan, Edgar B. , *Kudaman : isang epikong Palawan na inawit ni Usuy*, Ateneo de Manila University Press, 1991

英文

Castro, Jovita Ventura, *Anthology of ASEAN Literature: Epics of the Philippines*, ASEAN Committee on Culture and Information, 1983.

CCP Encyclopedia of the Arts, Vols. 1 and 2. Manila: Cultural Center of the Philippines, 1994.

David-Maramba, Asuncion, *Early Philippine Literature, from ancient times to 1940*, Second Edition, National Book Store, INC. 1971.

Demetrio, Francisco R. , "On Human Values in Philippine Epics ", *Asian Folklore Studies*, Published by Nanzan Institute for Religion and Culture Vol. 45, No. 2 (1986).

De la Torre, Visitacion R. , *An attempt to present some aspects of the structural method as applied to oral tradition: the Hudhud of Dinulawan and Bugan at Gonhadan*, Thesis (M. A.), Ateneo de Manila University, 1975.

Eugenio, Damiana L. , *Philippine Folk Literature : the epics*, Diliman, Q. C. , University of the Philippines Press, 2001.

Hutterer, Karl L. , "Philippine Archaeology: Status and Prospects", *Journal of Southeast Asian Studies*, Vol. XVIII, No. 2

Jocano, F. Landa, rec. & trans. , *Hinilawod: Adventures of Humadapnon* (Tarangban I). PUNLAD Research House, 2000.

Jocano, F. Landa, *Sulod Society: A Study in the Kinship System and Social Organization of a Mountain People of Central Panay*, University of the Philippines Press, 1968.

Jocano, F. Landa, *The Epic of Labaw Donggon*, University of the Philippines, 1965.

Lambrecht, Francis, *The hudhud of Dinulawan and Bugan at Gonhadan*, Baguio City, Saint Louis University, 1961.

Lumbera, Bienvenido L. , *Philippine Literature, a history & anthology*. Cynthia Nograles Lumbera. Anvil. 1997.

Lumbera, Bienvenido L. , *Tagalog Poetry* 1570—1898, *tradition and influences in its development*, Ateneo de Manila University Press, 1986.

Magos, Alicia P. *The Enduring Ma-aram Tradition: An Ethnography of a*

Kinaray-a Village in Antique, New Day Publishers, 1992.

Manuel, E. Arsenio, *Agyu: the Ilianon epic of Mindanao*, University of Santo Tomas, 1969.

Manuel, E. Arsenio, *Philippine Folklore Bibliography : a Preliminary Survey*, Philippine Folklore Society, 1965.

Manuel, E. Arsenio, *Tuwaang Attends a Wedding : the Second Song of the Manuvu Ethnoepic Tuwaang*, Ateneo de Manila University Press, 1975.

Maquiso, Elena G., *Ulahingan: an Epic of the Southern Philippines*, Humanities Pub., Silliman University, 1977.

Meñez, Herminia, *Explorations in Philippine Folklore*, Ateneo de Manila University Press, 1996.

Manuel, E. Arsenio, *A Survey of Philippine Epics*, Asian Folklore Studies, Vol. XXII, 1963.

Manuel, E. Arsenio, "A survey of Philippine folk epics", *Asian Folklore Studies*, Vol. XXII (1963), Published by Philippine Studies Program, University of Chicago.

Manuel, E. Arsenio. *The Epic in Philippine Literature*, Philippine Social Sciences and Humanities Review, 44, 1—4, 303—41.

Reyes, Calleja, Jose, *Ibalon: An Ancient Bicol Epic*, Philippine Studies, 16, 2: 318—47.

Yabes, Leopoldo Y., *A Critical Study of "The life of Lam-ang"*, University of the Philippines, 1958. Reprinted from Philippine Social Sciences and Humanities Review, vol. 23, nos. 2—4, June-Dec. 1958.

后　记

　　北京大学菲律宾语专业的师生对于菲律宾民间文学的关注持续了较长时间,经历了一个长期积累的过程。1994年4月,菲律宾语专业的92级学生就在艾斯卡萨博士(Nenita Escasa)的指导下,在一次学生文化节上以戏剧的形式表演了菲律宾的创世神话《第一个男人和女人》(Malakas at Magangda)。剧中的传统舞蹈竹竿舞(Tinikling)给观众留下了深刻印象。2001年夏,1998级学生在外教康铎(Jenneth Candor)的指导下,自编、自导、自演了菲律宾著名史诗《拉姆昂传奇》。2003年冬,2002级学生在康铎的指导下,改编并表演了菲律宾著名的文学作品《弗洛兰德和劳拉》(Florante at Laora)。这是弗朗西斯科·巴达扎(Francisco Baltazar,也称作 Francisco Balagtas)创作的诗歌作品,其故事原型来自菲律宾的民间爱情故事。通过各种表演活动和教学活动,学生们对菲律宾的民间文学产生了浓厚的兴趣,并开始尝试撰写一些关于菲律宾民间文学的文章。2002年,史阳就选取史诗《拉姆昂传奇》作为研究对象,用菲律宾语完成了《兰昂研究:内容与传统》(Pagkasuri sa Lam-ang: Nilalaman at Tradisyon)的本科生学位论文,并将此文翻译成了汉语。2006年,赵嵩同学撰写了《伊富高史诗〈呼德呼德〉研究》的本科生学位论文。此外,从2002年开始,我们就开始组织本科生翻译关于菲律宾民间文学的介绍性文章,1998级、2002级和2006级学生约三十多人先后翻译了约十万字的资料,包括菲律宾民间故事和研究论文,其中一部分翻译的内容经过修改,成为本文的一部分。在专业师生的共同努力下,2001年《菲律宾民间故事》(辽宁少年儿童出版社,《东方民间故事精品评注丛书》之一)出版。2002年,笔者参加教育部重大课题"东方民间文学研究"的工作,承担其中菲律宾民间文学部分。我们在2003年完成了相关的研究工作，并在菲律宾华裔青年联合会的资助下，在菲律宾出版了《菲律宾民间文学概论》。2008年，菲律宾民间文学概论作为四卷本《东方民间文学概论》的一部分出版。这一系列相关研究工作为我们的菲律宾史诗翻译和研究奠定了坚实的基础。

2006年，我们参加了教育部重大课题"东南亚古典文学的翻译与研究"的研究工作，承担子课题"菲律宾史诗的翻译与研究"工作。借此契机，笔者对菲律宾民间文学进行了更加深入的探讨，特别是对史诗资料的收集和整理工作呈现更加系统和全面的特点。在课题研究开展的前期，笔者曾在菲律宾华裔青年联合会吴文焕先生的帮助下，获得了一些菲律宾史诗研究的资料，包括菲律宾民间文学集成中的史诗材料、尚未正式出版的数个《呼德呼德》田野表演文本等。2007年、2008年，相继有研究生赵嵩和张巍同学到菲律宾留学，他们为笔者带回了一些相关的书籍。2009年1月，笔者利用参加菲律宾雅典耀大学（Ateneo de Manila University）建校150周年庆祝活动的机会，在该校的图书馆中复印了项目研究中急需的资料，主要包括史诗文本、相关研究成果和学位论文、一些最新的电子化口述资料。2009年3月—2010年3月，史阳由国家留学基金委资助，作为访问学者赴美国哈佛大学进修，在该校的图书馆内搜集到《达冉根》的多个文本以及其他菲律宾史诗和民间文学方面的相关研究文献。通过这些资料收集工作，笔者基本上掌握了二战后关于菲律宾史诗的研究成果。

作为菲律宾民间文学的典型代表，菲律宾史诗具有非常丰富的研究内容。我们的翻译和研究工作还只是一个序曲，在现有研究工作的基础上，我们希望今后着重在两方面继续后续研究工作：第一，开展深入的田野调查工作；第二，适当培养菲律宾当地民族语言的阅读和交流能力。田野和民族语言是菲律宾民间文学生长的土壤，通过掌握田野资料和民族语言，一方面可以获得更为丰富的史诗异文，尤其是来自不同史诗歌手的口头文本富有极高的学术价值；另一方面，能够了解史诗等其他民间文学样式在该民族原住民中的"活形态"，从而有助于在该民族文化的语境中探索和理解该民族的口头传统。

本书由吴杰伟和史阳合作完成，吴杰伟主要负责《呼德呼德》的一个文本、《拉姆昂传奇》《拉保东公》《阿戈尤》等史诗的翻译与研究工作以及附录部分,史阳主要负责《呼德呼德》三个文本、《达冉根》等史诗的翻译与研究工作以及中菲史诗对比研究。全书由吴杰伟统稿。我们对翻译成果的质量负责,史诗原文的出版者和记录者对文本的原创性负责。在我们写作的过程中,课题组的裴晓睿教授、张玉安教授、李谋教授、赵玉兰教授、林琼副教授、罗杰副教授对全书的写作工作提出了许多有益的修改意见。我们在收集资料和写作工作中,得到了菲律宾华裔青年联合会吴文焕先生、菲律宾雅典耀大学社会学与人类学系吉亚希达教授(Fernando Zialcita)的大力协助,特此感谢。此外,我们还要感谢北京大学菲律宾语专业 1998 级、2002 级、2006 级本科生在"菲律宾史诗特点"部分的协助。感谢北京大学东南亚文化方向研究生尚锋、李小元和霍然在全文统稿过程中的协助。

作者
2010 年于燕园